FINCHÉ MORTE NON CI SEPARI

La prima indagine del Commissario Locatelli

CHIARA ASSI

A mia mamma, Emanuela, che mi ha fatto appassionare ai gialli prima ancora che imparassi a leggere, e a mio papà, Ugo, che mi ha regalato il primo computer dove ho cominciato a scrivere tanti anni fa.

A Julie, che parla dei miei personaggi come se fossero veri, e ad Alessia. Senza le mie due lettrici beta avrei probabilmente lasciato perdere a metà.

A Luigi, per i modi di dire siciliani.

A Fabio, che ha disegnato la copertina.

E a tutti quegli amici e amiche che, coi loro racconti e i loro aneddoti, sono fonte inesauribile di ispirazione.

Questo romanzo è un lavoro di fantasia. Ogni riferimento a fatti, persone, cose realmente accaduti o esistiti è da considerarsi puramente casuale, involontario e pertanto non perseguibile.
I luoghi e la musica, invece, esistono eccome.

Tutti i diritti sono riservati. Qualsiasi riproduzione, anche parziale, senza autorizzazione scritta è vietata.
© Chiara Assi

CAPITOLO UNO

R*icordo di essermi svegliato un giorno e aver trovato tutto macchiato con i colori di un amore ormai perso.*
— Charles Bukowski

Sabato 30 settembre 2017

Cinque minuti a mezzanotte.
Cinque minuti e poi via, lontano da quella tortura, da quella gente, da quel rumore infernale.
Mezzanotte era un orario più che decente per andarsene a casa senza urtare le sensibilità di nessuno, festeggiata in primis. E poi, per dirla tutta, era già un miracolo che avesse resistito tre ore. In quello stramaledetto locale la temperatura era simile a quella di Tripoli in agosto, mentre la calca in pista gli ricordava il souk del Cairo: entrambe esperienze che Giulio avrebbe volentieri evitato di replicare.
Si allentò leggermente il nodo della cravatta pur sapendo che non avrebbe fatto alcuna differenza. Il caldo era troppo, la calca anche.
Quattro minuti e venti secondi a mezzanotte.
Poteva farcela.

Passò in rassegna il locale con lo sguardo, senza soffermarsi su niente in particolare.

La musica pompava dalle casse a un volume assordante e gli invitati, nonostante avessero tra i 35 e i 50 anni, ballavano come se fossero ancora al liceo. Non solo era fastidioso, era anche imbarazzante.

Una coppia non molto lontano da lui stava avendo il genere di discussione che nessuno dovrebbe avere in pubblico dopo avere ingerito massicce quantità di alcol. Soldi. Figli. Quell'impicciona di sua madre. Il modo in cui lui non la guardava più. Il modo in cui lei guardava il personal trainer invece che lui.

Ma si rendevano conto che li sentivano tutti?

O se non proprio tutti, li sentiva lui. Ed era in imbarazzo per loro.

Li osservò per qualche secondo.

Una coppia mal assortita, entrambi sui quaranta.

Lei, Giulio ne era quasi certo, era una collega di sua sorella allo studio d'architettura. Lui, invece, era quasi sicuramente un investment banker che pensava che presentarsi a una festa con una mise da pappone alla Scarface fosse un'ottima idea. Sposati con tutta probabilità da una decina d'anni. Due figli, di quello era certo, visto che non parlavano d'altro. Angelica, che da quando era cambiata la maestra non andava più bene a scuola, e Ruggiero, che non ne voleva proprio sapere di andare a scherma tre volte la settimana.

Sospirò e guardò di nuovo l'orologio.

Quattro minuti a mezzanotte.

Com'era possibile che fossero passati solo venti secondi?

La coppia, di colpo, passò dal litigare per il cellulare che la piccola Angelica voleva per il suo nono compleanno al baciarsi come se non ci fosse un domani.

Lì. A un metro da lui.

Giulio si allontanò di qualche passo per lasciarli fare, anche se era più che ovvio che loro non lo avessero visto. Bevve un sorso del suo drink, un gin tonic con troppo ghiaccio e troppo poco gin. L'hipster barbuto che glielo aveva preparato avrebbe meritato di finire in una prigione di Calcutta per come aveva annacquato quell'ottimo gin con dell'acqua tonica del discount.

"I cocktail fanno schifo, meglio bere birra." La voce di suo fratello lo fece sobbalzare e girare di scatto.

Non lo aveva nemmeno visto lì appoggiato alla parete nella penombra.

Stessi capelli castani, stessa riga da una parte, stessi occhi grigi, stesso naso dritto, stessa bocca vagamente imbronciata, stessa insofferenza per le feste. Non c'era da stupirsi che metà degli invitati avessero chiesto se per caso fossero gemelli.

Non lo erano, e la maggior parte di quella gente lo sapeva benissimo, ma alle feste le domande banali erano un male necessario. Giulio si avvicinò al muro e ci si appoggiò anche lui:

"Pensavo fossi già andato a casa..."

Marco guardò l'orologio: "Aspetto mezzanotte per andare. Me l'hai insegnato tu. A mezzanotte si può andare e nessuno si offende."

"O così si spera."

La pista sembrava sempre più piena, il caldo sempre più intenso, la musica sempre più alta. Tutto ciò che Giulio odiava al mondo era lì davanti ai suoi occhi, concentrato in un posto solo.

"Potreste almeno *fare finta* di divertirvi voi due..."

Greta di colpo era comparsa di fianco a loro, come se fosse spuntata dal pavimento. Aveva sempre avuto quel vizio di arrivare di soppiatto come un ninja, fin da quando erano bambini. I suoi occhi si posarono prima su di lui e poi su Marco, lampeggiando come due saette verde chiaro, quasi più brillanti delle paillette del vestito che aveva addosso. Era chiaro che volesse sembrare scocciata, ma non le stava riuscendo molto bene.

Marco non si mosse. Giulio scrollò le spalle e si staccò dal muro, nella speranza che la posizione eretta gli desse un'aria meno annoiata, e si sforzò di sorridere.

"Ci stiamo divertendo. È una bellissima festa."

Sua sorella piegò la testa da una parte:

"Bugiardo. Si vede lontano un chilometro che vorresti essere ovunque tranne che qui."

Due minuti a mezzanotte.

Poteva quasi vedere la luce in fondo al tunnel.

Solo che ora che lei era lì non sarebbe potuto fuggire in stile Houdini sotto il suo naso. Quello lo avrebbe già fatto Marco, con tutta probabilità.

"È *davvero* una bella festa... è solo che fa caldo. E c'è un rumore infernale..."

"Certo che c'è rumore... è una *festa*. Non un funerale." Ora Greta sembrava più esasperata che seccata. "Cosa volevi che facessi per i miei 40 anni? Una veglia funebre?"

"Avresti potuto non fare una festa." Contribuì Marco, laconico come solo lui sapeva essere. Lei alzò gli occhi al cielo e sbuffò. Aprì la bocca per ribattere, ma le prime note di *Despacito* riempirono il locale, causando un grido di entusiasmo collettivo che le spense qualsiasi protesta in gola. Giulio sentì una fitta stringergli le tempie e, senza volerlo, digrignò i denti.

"Ma insomma, si può sapere cos'hai?" Gli chiese sua sorella. Stava decisamente perdendo quella poca pazienza che aveva.

"Solo un po' di mal di testa. Niente di che."

"Avete litigato di nuovo, vero?"

Non aveva bisogno di specificare con chi. Sua sorella stava fissando il bancone del bar, dove Isabella era appoggiata per ordinare da bere.

Bella, bionda, intelligente. Cosa vuoi di più?

Tanto per cominciare, avrebbe voluto che fosse felice, come era stata un tempo.

"No." Mentì. "Nessun litigio."

"Ma piantala..." La voce di Greta lo colpì aspra e tagliente e sentì di colpo ancora più caldo. La sua recita poteva aver fregato tanti, ma non tutti. Non Greta, sicuramente, che anche se era un po' brilla aveva visto la verità attraverso la farsa. Giulio non sapeva cosa dire, quindi non disse niente, sperando di scoraggiarla dal continuare a parlarne. Speranza vana, ovviamente. "Non credi che dovresti fare qualcosa per essere felice invece che stare qui a crogiolarti nei tuoi problemi? Fai qualcosa per te stesso, Giulio. La vita è troppo breve per essere sempre incazzato e stare con una persona che ti detesta..."

Senza volerlo si girò di scatto verso di lei, il respiro di colpo bloccato da qualche parte tra naso e polmoni. Greta lo guardò con gli occhi sgranati, stupita dalla sua stessa affermazione, come se si fosse accorta un secondo troppo tardi di aver detto qualche parola di troppo. Anche Marco lo stava guardando con le sopracciglia leggermente inarcate, in attesa di una sua reazione.

Se si aspettavano un'esplosione di rabbia avrebbero potuto aspettarla anche tutta la vita. Basta rabbia, basta reazioni estreme, basta emozioni violente.

Sospirò e si sforzò di sorridere, tentando di riprendere a respirare normalmente:

"Se Isabella mi detestasse non credi che mi avrebbe già chiesto il divorzio?"

Greta alzò gli occhi al cielo, indecisa se essere sollevata o seccata:

"Fai come vuoi, *fratellino*. Ma non dire che non ti avevo avvertito..." Gli diede un buffetto sulla guancia, poi si girò verso Marco e gli puntò un dito contro: "E tu, *fratellone*, non provare ad andartene via a mezzanotte in punto senza nemmeno salutarmi!"

La guardarono allontanarsi ballando verso il centro del locale, dove tutti continuavano a bere, brindare e festeggiare, dimostrando di non avere il benché minimo senso del ritmo o del pudore.

Giulio rimase immobile dov'era, guardandoli come se stesse guardando un film. Vedere tutta quella gente così piena di vita, così felice, gli faceva venire in mente il suo ex collega Fontana e quel suo essere sempre pronto a divertirsi anche nei momenti più bui. Fontana aveva 42 anni, solo quattro in più di lui, eppure gli era sempre parso un ragazzino: a volte lo aveva quasi detestato per la sua capacità di lasciarsi scivolare addosso le cose negative con una scrollata di spalle. Ma il più delle volte, e questa era una di quelle, quella specie di spensierata incoscienza gliela aveva invidiata profondamente.

Non lontano da dove Greta era andata a ballare con suo marito, Giulio mise a fuoco suo padre, intento a parlare con Isabella. Sentì una goccia di sudore freddo, freddissimo, gelido, scendergli lungo la schiena. Cosa avevano da dirsi, ancora? Non voleva essere paranoico, ma era quasi sicuro che stessero parlando di lui. Di tutto quello che non faceva e avrebbe dovuto fare. Di tutto quello che non era e avrebbe dovuto essere.

Non lo riconosco più.

Non mi parla.

Non reagisce.

Non è più lui.

Avrebbe dato un braccio per avere i problemi di gestione del doposcuola dei genitori di Angelica e Ruggiero. Guardò in giro per il locale e vide che la coppia si era spostata a limonare su un divanetto, come se avessero vent'anni e si fossero appena conosciuti. Come se il resto del mondo non esistesse. Erano così... felici. Avevano litigato, sì, ma era stata una cosa passeggera. Non come le sue di liti, che si prolungavano per così tanto nel tempo da confondersi ormai una con le altre.

"Io vado." La voce di Marco lo fece girare.

Mezzanotte in punto.

"E Greta?"

"Greta ha ragione. Tua moglie è arrabbiata e tu sei infelice."

Giulio alzò gli occhi al cielo.

"Non intendevo quello. Intendevo, non saluti Greta?"

"Salutamela tu. E non cambiare discorso. Tua moglie è arrabbiata e tu sei infelice." Con Marco era inutile opporre resistenza. Se avesse continuato a insistere, lui avrebbe continuato a ripetere quella frase all'infinito.

Tua moglie è arrabbiata e tu sei infelice.

"Io e Isabella abbiamo... avuto una piccola discussione prima di uscire. Tutto qua."

"No. Non intendo stasera. Intendo sempre."

Maledizione a loro.

A Isabella, che aveva deciso di tormentarlo con mille domande giusto prima di uscire.

A suo padre, che non sembrava mai essere dalla sua parte.

A Marco, che non gliene lasciava passare una.

E a Greta, che aveva sempre ragione.

Giulio avrebbe fatto qualunque cosa pur di essere lontano da lì, da quella festa, da quella musica e, soprattutto, dalla sua famiglia. Era brutto da pensare, ma era così. Per un attimo gli mancarono le lunghe serate che aveva passato solo come un cane e in completo silenzio a Dushanbe. Almeno, là, non faceva caldo.

DOMENICA 1 OTTOBRE 2017

Maurizio era nella merda. E non solo un pochino. Ci era dentro fino alle orecchie.

La sensazione di onnipotenza che lo aveva accompagnato tutta la notte e quella certezza che tutto sarebbe andato alla stragrande erano svanite alle prime luci dell'alba, più o meno in contemporanea a quando era finita la coca.

E ora erano le sei del mattino e gli toccava tornare a casa, sperando che Sara stesse dormendo, così sarebbe potuto filare in bagno, pigliare un paio di sonniferi e dormire un po'.

Ma in realtà c'era poco da sperare.

Sara, probabilmente, lo aveva aspettato sveglia tutta la notte e sarebbe stata isterica. Già la sentiva formulare ogni tipo di accusa e lagnarsi di tutto lo scibile umano, la voce lamentosa, stridula, insopportabile. Ci sarebbero state urla di quelle da svegliare tutto il condominio e lui sarebbe dovuto rimanere lì ad ascoltarle.

Maurizio sbuffò. Era parcheggiato in garage da un quarto d'ora, ma non aveva il coraggio di salire.

Questa volta aveva davvero esagerato.

Aveva più o meno prosciugato il suo conto in banca personale e a quello di Sara non aveva più accesso da quando quel rompicoglioni di suo suocero si era messo di mezzo. Tale padre, tale figlia. Due esseri noiosi e insignificanti, il cui unico pregio era quello di essere pieni di soldi.

Si accese una sigaretta e inspirò a fondo.

Lui, invece, era al verde. Doveva un sacco di grana sia a Pietro che a Claude, per non parlare di quella che doveva al padre di Sara stesso. Dove sarebbe andato a prendere migliaia e migliaia di euro?

Lo stipendio era arrivato da quattro giorni e lui lo aveva fatto fuori. Tutto.

E ora mancavano venticinque giorni al prossimo versamento e tutto quello che aveva nel portafoglio era la banconota spiegazzata da venti che aveva usato per pippare gli ultimi rimasugli di coca poco prima.

Non era tutta colpa sua, però.

Sì, gran parte dei soldi li aveva sperperati perché era un idiota, ma sperava che almeno quelli che aveva dato a Elena sarebbero serviti a qualcosa. A farla allontanare da quel mondo di merda in cui si trovavano tutti e due, per esempio. Elena era giovane ed era bellissima e non si meritava quella vita di stenti che faceva. Non si meritava quella dipendenza infernale e nemmeno quegli schifosi con cui se la faceva, che la trattavano come se fosse una cosa invece che una persona.

Si meritava di essere aiutata in qualche modo, ma soprattutto si meritava una vita lontana sia dalla droga che da quegli uomini che le giravano intorno.

Fece un altro tiro e lasciò che il fumo gli uscisse lentamente dalle narici.

Chissà se darle quei soldi era stata una buona idea.

Le probabilità che li usasse in maniera pessima erano altissime, ma la speranza era l'ultima a morire, no?

E chi visse sperando morì non si può dire.

Maurizio sospirò.

Stava cominciando a montargli un mal di testa di quelli da record. I soldi ormai glieli aveva dati e non poteva certo riprenderseli. E le aveva anche dato il numero di chi l'avrebbe potuta aiutare ad uscire da quella marea di merda che era la sua vita. C'era solo da sperare che non usasse il biglietto da visita per farsi il filtro di una canna invece che per telefonare e farsi dare una mano.

Farsi aiutare, in quella situazione, era l'unica soluzione.

Dovevano farlo entrambi e anche al più presto.

Ovvio, era sempre facile pensarlo alle sei del mattino, quando la coca era finita ed erano finiti i soldi. Ma questa volta era diverso. Voleva davvero smettere. Non tanto per Sara, che non sopportava più, e tanto meno per quello stronzo di suo suocero, che non aveva mai potuto vedere.

No, lo voleva fare per Elena.

E per sé stesso.

Perché erano dieci anni che si conciava così tutte le settimane. Tutti i giorni, quasi. Ed era ora di piantarla. Doveva allontanarsi da quel mondo a tutti i costi, anche se allontanarsi avrebbe significato tornare a fare la vita da povero che faceva prima di conoscere Sara.

Povero ma sano.

Povero ma felice.

Non se ne era mai reso conto ma una volta, quando era un poveraccio qualunque, era stato molto più sereno. Non che ci volesse molto, ma così era.

Maurizio sospirò di nuovo e guardò l'ora. Le sei e venti. Era ora di affrontare sua moglie, ma soprattutto di pensare a come rimettere in sesto la sua vita. Era ancora abbastanza giovane da poter sperare in una seconda possibilità e, questa volta, non l'avrebbe sprecata.

―――

Erano le sei e mezza e la città stava ancora dormendo, cullata dal suono di una pioggerellina leggera ma insistente. I marciapiedi di Milano a quell'ora erano deserti, tolto qualche spazzino, un paio di universitari ancora in giro dalla sera prima e i runner insonni.

Non che Giulio si considerasse un vero e proprio *runner*.

Già la parola in sé lo infastidiva.

Non partecipava a gare podistiche, né amava confrontare i propri tempi con quelli degli altri, né gliene fregava qualcosa di usare un paio di scarpe piuttosto che delle altre. Anzi.

La verità era che odiava correre.

Era per quello che lo faceva quasi tutti i giorni per prima cosa appena sveglio: così la giornata non poteva che migliorare. Tutte le mattine alle 6 in punto si vestiva, si ficcava le cuffie nelle orecchie e usciva a prescindere dal tempo.

Era un'attività infame, ma la praticava con una costanza che sfiorava l'ossessione. Se ne rendeva conto.

Nel migliore dei casi correre lo annoiava. Invidiava profondamente quelli che si perdevano nei loro pensieri correndo, quelli che senza accorgersene correvano un'ora, macinando chilometri come se non ci fosse un domani. Lui, invece, si accorgeva di ogni singolo passo, di ogni respiro che gli usciva dalla bocca. Nonostante a dargli il ritmo ci fossero le sue canzoni preferite, dopo cinque minuti gli sembrava che fossero passate cinque ore, e non era certo per via della fatica fisica. A quella ci era più che abituato.

No. Era la fatica mentale a fregarlo. Perché se nel migliore dei casi correre lo annoiava, nel peggiore gli riportava alla mente le volte in cui correre era stata una necessità. Le volte in cui aveva corso per scappare, per mettersi al riparo o per mettere in salvo qualcuno, mangiando sabbia a Damasco o mandando giù boccate d'aria da gelare i polmoni ad Astana.

Ma soprattutto le volte in cui non aveva corso abbastanza in fretta, quelle in cui non era arrivato in tempo.

Nonostante fosse sudato e accaldato un brivido gli attraversò la schiena.
A quello era meglio non pensare.

Fece un cenno con la testa al tizio che incontrava più o meno tutte le mattine da undici mesi a quella parte e quello gli rispose con un sorriso. Cosa avesse da sorridere a quell'ora del mattino e sotto la pioggia era un mistero, ma non era mai capitato che non gli sorridesse.

Probabilmente era uno di quelli che non vedono l'ora che arrivi il weekend per uscire a cena con gli amici o andare al cinema con la moglie. Perché era felicemente sposato, ovviamente. Lo si capiva dalla fede che portava al dito e da quell'espressione beata che aveva sempre stampata in faccia.

Lo smartwatch gli vibrò al polso, distogliendolo dai suoi pensieri.

Congratulazioni! 4 minuti al chilometro. Questo è il tuo miglior ritmo di sempre.

Scrollò le spalle.

Se solo gliene fosse fregato qualcosa.

Sollevò lo sguardo. Era nell'angolo del parco più lontano da casa e lo stomaco gli brontolava dalla fame. Non ne aveva voglia, ma tagliò giù per un vialetto e si avviò trotterellando verso Porta Venezia.

Isabella, sicuramente, stava ancora dormendo. Avrebbe fatto in tempo a farsi la doccia, vestirsi, preparare il caffè e ingozzarsi di biscotti scozzesi burrosi prima ancora che lei si svegliasse. Almeno, così, avrebbe potuto affrontare la noia domenicale e il malumore di sua moglie a stomaco pieno.

Ludovica aveva la bocca secca al punto che le sembrava di avere la lingua incollata al palato e un mal di testa sordo che le batteva nella nuca con l'odiosa costanza di un metronomo. Ma ad averla svegliata non era stato quello, era stata la sete che le ardeva in gola, implacabile, decisa a farsi sentire e impossibile da ignorare. Rimase immobile per qualche secondo, senza aprire gli occhi. Sete e mal di testa a parte, tutto il resto sembrava essere più o meno a posto. Niente nausea. Anzi, forse un'avvisaglia di fame, anche se era ancora troppo addormentata per esserne sicura al 100%. Girò cautamente la testa verso destra e socchiuse gli occhi solo lo stretto necessario per mettere a fuoco la sveglia sul comodino.

Erano davvero le 15:46?

Dalle finestre filtrava la luce debole e grigiastra di una giornata di pioggia, una di quelle giornate di ottobre perfette per stare a letto tutto il giorno. Richiuse gli occhi e sospirò. La tentazione di rimettersi a dormire era forte, ma

la sete le picchiava in gola sempre più insistente. Perché cavolo non aveva portato dell'acqua in camera la sera prima?
Sorrise.
L'acqua era l'ultima cosa a cui stava pensando alle due del mattino quando lei e Andreas erano arrivati in camera da letto, in un turbine di baci sempre più profondi.
Aprì gli occhi e si guardò in giro. Sul cassettone c'erano una bottiglia di prosecco con due bicchieri, il vestito che aveva indossato la sera prima era appallottolato per terra e sul comodino c'era la cravatta che Andreas aveva addosso a cena. Ma di acqua nemmeno l'ombra.
Che palle.
Si mise lentamente a sedere nel letto e il lenzuolo le scivolò in grembo. Rabbrividì immediatamente. L'aria era decisamente troppo fredda per rimanere lì nuda e con le mani in mano. Si alzò e si diresse frettolosamente verso il bagno. Aprì il rubinetto e bevve dal lavandino fino a che la sete parve attenuarsi. Solo allora alzò lo sguardo e si fissò allo specchio. Oltre a non aver portato dell'acqua in camera la sera prima non si era struccata e non aveva tolto le lenti. Il risultato era che i suoi occhi blu porcellana erano secchi come il deserto del Gobi, mentre la faccia, con il mascara colato e il segno del cuscino su una guancia, la faceva sembrare una rockstar più che una psichiatra.
Scoppiò a ridere.
34 anni buttati nel cesso, avrebbe detto sua madre.
I tempi dell'università erano finiti da un pezzo, ma quando si trattava di divertirsi e stare fuori tutta la notte non riusciva a dire di no. E perché mai avrebbe dovuto, soprattutto?
Era quello il bello di essere single: non doveva rendere conto a nessuno e poteva passare il suo tempo libero come le pareva.
Si fece una doccia e scese in accappatoio in cucina. La sera prima aveva abbandonato la borsa lì sul bancone, di fianco al frigo. Prese uno yogurt e il telefono e si sedette su uno degli sgabelli.
47 notifiche di Whatsapp.
La gente non era normale e quello lo sapeva meglio di chiunque altro, ma davvero non avevano nulla di meglio da fare?
Scorse i messaggi in fretta, senza nemmeno guardare quelli che facevano parte delle chat di gruppo.
Non che gli altri fossero meglio.
Gliene saltò all'occhio uno di sua madre, che le chiedeva se era libera il 10 di novembre.
"Il 10 novembre? Ma è impazzita?"

Se glielo chiedeva con più di un mese di anticipo era sicuramente una qualche rottura di palle, quindi decise di non risponderle, per il momento.

C'era poi un messaggio di Andreas, che si era accorto di aver dimenticato la cravatta da lei e chiedeva se poteva passare a prenderla. Ludovica sorrise. Non le sarebbe dispiaciuto vederlo una seconda volta, soprattutto visto che lui a breve sarebbe tornato a Berlino. O forse a New York. Non ne era sicura, ma poco importava. Il punto era che poteva rivederlo senza il pericolo che le si attaccasse addosso come una patella allo scoglio. Gli rispose che sì, avrebbero di certo potuto vedersi, magari già quella sera stessa o il giorno seguente, se non aveva da fare.

L'ultimo era un messaggio di Sara Cattani. Erano due settimane che la assillava per incontrarsi per un caffè che, nel linguaggio di Sara, voleva dire vedersi in modo da potersi lamentare di tutti i suoi problemi matrimoniali e non.

Una noia mortale.

Era dalla prima media che Sara non faceva altro che creare drammi, per la maggior parte inutili. Solo che come faceva a dirle un'altra volta di no? Ormai non aveva più scuse plausibili, quindi le rispose che sì, sarebbe passata mercoledì alle due e mezza.

Via il dente, via il dolore.

Finì lo yogurt e si stiracchiò. Anche se si era alzata da poco l'unica cosa di cui aveva voglia era tornare a sdraiarsi. Non a letto, magari, ma sul divano, con un po' di buona musica in sottofondo e un bel libro.

Sorrise.

Sì. Quello era il modo perfetto per concludere un weekend altrettanto perfetto.

LUNEDÌ 2 OTTOBRE 2017

Giulio sospirò.

Il lunedì era sempre una giornata difficile, ma era pur sempre meglio dei sabati e delle domeniche che era obbligato a passare in casa a far finta che tutto andasse bene.

Entrò in Questura a passo spedito, l'impermeabile zuppo di pioggia, e salì le scale verso l'ufficio di Costazza. Lo avevano chiamato alle 7:30, chiedendogli di essere dal Questore entro un'ora, senza però dare ulteriori spiegazioni.

Isabella, che si era svegliata stranamente di buon umore e in vena di sperare

cose impossibili, era certa che fosse per una promozione, ma lui sapeva benissimo che non era così.
Figurarsi.
Costazza, se avesse potuto, lo avrebbe volentieri mandato a pulire i cessi. Altro che promozione.
No, data l'ora e l'urgenza si trattava sicuramente di una qualche rogna.
Bussò alla porta.
"Avanti!"
La aprì ed entrò.
Il Questore era circondato da una nuvola di fumo e come al solito aveva l'aria seccata e malevola.
"Eccola, Commissario Locatelli!"
Quella sua voce cantilenante gli urtò timpani e gli grattò sui nervi.
Deglutì: "Dottore, buongiorno."
Costazza non sorrise, né si alzò per dargli la mano, ma gli indicò la sedia davanti a lui:
"Prego, si accomodi."
Giulio obbedì. Le pile di carte sulla scrivania, il disordine sulle mensole e il posacenere strapieno di mozziconi lo infastidivano quasi quanto il Questore stesso, ma cercò di non darlo a vedere. "Si starà chiedendo perché l'ho convocata, Commissario."
Si limitò ad annuire. Costazza gli rivolse un sorriso che pareva più una smorfia, mostrando una fila di denti ingialliti dalla nicotina: "Verrò subito al dunque. Da quanto tempo è stato assegnato al Commissariato di Porta Venezia?"
"Il mese prossimo sarà un anno." Come se non lo sapessero benissimo tutti e due. Erano undici mesi che Costazza gli faceva pesare in tutti i modi quell'assegnazione che, a sentire lui, aveva privato il suo prezioso figlio del posto che gli spettava. Come se fosse colpa sua se il Commissario Filippo Costazza fosse arrivato più in basso di lui in graduatoria e fosse stato spedito a lavorare in un paese mai sentito nelle montagne del Friuli.
Il Questore prese una sigaretta dal pacchetto che aveva sulla scrivania e se l'accese con grande soddisfazione.
"Ecco, è proprio questo il fatto, Locatelli. Ha voluto tornare a fare il Commissario. Ha voluto tornare a farlo a Milano..."
"È il mio lavoro. E Milano è la mia città..."
Costazza lo fulminò con lo sguardo.
"Ormai è anche la mia. Lavoro qui da trent'anni..." Disse, contraddetto dal suo stesso accento ferrarese. Lo fissò con aria di sfida. Meglio non dire niente e

lasciare che a parlare fosse lui. Tanto non c'era nulla che potesse dire per uscire indenne da quella conversazione, ne era certo. Dopo qualche istante il Questore sembrò soddisfatto dal suo silenzio e continuò: "Dicevo... ha voluto tornare qui e fare il Commissario. E sappiamo tutti molto bene che un periodo di decompressione fosse necessario dopo il suo... *ultimo lavoro*. E mi sento anche di poter dire che in questi mesi siamo stati tutti molto pazienti con lei..."

"In che senso?" Le parole gli uscirono dalla bocca prima che potesse rendersene conto. Quella conversazione stava prendendo una pessima piega. Cosa ne sapeva lui del suo lavoro sotto copertura e di tempi di decompressione? Non ne sapeva niente. Ecco cosa. Non *poteva* saperne niente. Costazza strinse gli occhi, palesemente infastidito. Giulio si morse un labbro, ma non abbassò lo sguardo: "Mi scusi, Dottore. Non volevo interromperla."

"È scusato." Fece un tiro. "Quello che voglio dire è che le abbiamo lasciato tutto il tempo necessario per rientrare nell'ottica di lavorare nuovamente in un Commissariato. I medici l'hanno dichiarata in perfetta forma fisica e mentale. È stato pienamente riabilitato al servizio. E allora mi spiega perché mi arrivano lamentele che lei fa di tutto per non uscire dal suo ufficio?"

Giulio si sentì le guance improvvisamente bollenti. Avrebbe voluto chiedere chi esattamente si fosse lamentato, ma una mezza idea ce l'aveva. Era quasi certo che fosse stata la Ferri, sempre pronta ad impicciarsi nella sua vita, sempre in prima fila quando c'era da parlare a vanvera. Deglutì e scrollò le spalle. Doveva stare calmo. E soprattutto non doveva dare a Costazza la soddisfazione di farsi vedere alterato.

"Se l'ho fatto... l'ho fatto senza accorgermene." Mentì. Il Questore lo fissò negli occhi e fece un tiro particolarmente voluttuoso. Poi scosse la testa:

"Non mi prenda per il culo, Locatelli. Sappiamo tutti e due che non è così. Lei fa di tutto per non lavorare sul campo, per qualche motivo che non conosco e che non mi interessa nemmeno conoscere. Quindi non stiamo qua a raccontarci delle favole. Ha voluto fare il Commissario di Polizia? Lo faccia."

"Io non..."

"Mi lasci finire. Ora lei torna al suo Commissariato e, alla prima occasione, si alza dalla scrivania e va a lavorare sul campo. Vada a usare le *grandi capacità investigative* di cui tutti i suoi ex capi parlano tanto." Figurarsi se Costazza aveva parlato con i suoi ex capi. Prisco aveva sicuramente altro da fare che parlare di lui con il Questore, di quello era certo. E dubitava che Fontana avesse qualcosa di positivo da dire su di lui, visto quello che si erano detti l'ultima volta che si erano visti. *Sei un maledetto coglione, Locatelli. Mi hai fatto buttare nel cesso anni e anni per addestrarti e questo è il ringraziamento?*

"Ha parlato con i miei ex capi?"

"Sì. E mi hanno detto grandi cose su di lei. Quindi non voglio più sentire scuse."

"Non avevo intenzione di fornirne."

Di nuovo Costazza lo guardò male.

"Sa, Commissario, ho l'età per essere suo padre. Si lasci dare un consiglio." Lo fissò negli occhi e, quando si accorse che Giulio non aveva intenzione di dire niente, lo prese come un invito a continuare. "Ascolti quello che le ho detto. Non si rovini la carriera da solo."

"È una minaccia?"

"No. Come le ho detto è un semplice consiglio. È un consiglio, però, che la invito caldamente ad ascoltare."

Giulio annuì e si alzò:

"Se è tutto... avrei del lavoro che mi aspetta."

Costazza si appoggiò allo schienale della sedia, fece un altro tiro e sorrise:

"Ma certo. Vada pure."

Non se lo fece dire due volte.

Si allontanò il più in fretta possibile dall'ufficio del Questore e solo quando fu di nuovo in macchina si rese conto che non lo aveva nemmeno salutato, né gli aveva stretto la mano. Non che importasse davvero. Costazza lo detestava e così sarebbe stato per sempre.

Sospirò, mise in moto l'auto e ingranò la marcia.

Era ora di andare in Commissariato, sperando di riuscire a rinviare il suo ritorno sul campo ancora per un po'.

Glielo avevano detto tutti che a Milano c'era sempre brutto tempo, ma Olivia non ci aveva voluto credere. Ad ascoltare tutto quello che la gente aveva da dire sarebbe uscita pazza. O peggio, si sarebbe fatta convincere che fidanzarsi con Omar, il figlio dell'assessore Parisi, fosse una buona idea. Omar le dava la nausea. Non solo allungava sempre le mani alle feste in paese, ma aveva anche l'alito che puzzava di carciofi e sigarette.

Olivia odiava i carciofi, odiava l'odore del tabacco e, soprattutto, odiava Omar. L'ultima volta che lo aveva visto aveva dovuto dargli uno schiaffo per fargli capire che le mani poteva metterle in tasca se non sapeva dove altro metterle, ma non certo sul suo sedere.

Rosalia, ovviamente, le aveva detto che era pazza.

Sai quanti soldi hanno i Parisi? Dovresti essere felice che Omar ti dia delle attenzioni.

Ma che ne sapeva Rosalia? A diciannove anni si era fatta mettere incinta dal ragazzo che aveva dalla prima superiore, a venti si era sposata e a ventitré aspettava il secondo figlio. Facile per lei parlare.

Ma sposarsi e fare figli appena finite le superiori non era l'unica opzione, anche se Rosalia e quelle come lei volevano fartelo pensare. No, c'era altro a cui aspirare nella vita, anche se non era sicura cosa esattamente.

Guardò fuori dal finestrino. Il vecchio interregionale arrancava tra Piacenza e Milano sotto un cielo plumbeo che minacciava di regalare uno scroscio di pioggia da un momento all'altro. La Pianura Padana, che nelle descrizioni del sussidiario delle elementari era descritta come fertile, verde e rigogliosa, era un'infinita serie di campi marroni e rinsecchiti - un posto ostile e inospitale esattamente come glielo avevano descritto tutti quanti giù in paese.

"Ma che minchia ho fatto..." Mormorò tra sé e sé.

Aveva deciso di entrare in Polizia d'impulso e ora, di colpo, le era chiaro di aver fatto il proverbiale passo più lungo della gamba. Ma chi se lo aspettava?

Era stato uno shock per tutti.

Chiunque la conoscesse si era sorpreso che lei avesse vinto il concorso. Non molto simpatico da parte loro, ma nemmeno troppo sorprendente: non era mai stata una studentessa modello e aveva sempre navigato nella mediocrità più totale in tutte le materie, ginnastica inclusa. Studiare non le era mai piaciuto e non era mai stata competitiva: le era sembrato molto più semplice fare il minimo indispensabile perché non la mettessero in castigo e tutti si erano abituati a pensare che lei fosse così. Non esattamente una cima, ma una gran brava ragazza. Tutti tranne Zia Cecilia, che da sempre era certa che avrebbe fatto grandi cose.

Ma gli altri no.

Era per quello che erano rimasti basiti per il fatto che durante i primi sei mesi di prova lei non avesse deciso di mollare tutto. Perché quella era l'altra sua specialità: lasciare le cose a metà. Ma il colpo di grazia erano stati la nomina ufficiale ad agente di Polizia e l'assegnazione a Milano. Quello li aveva stesi.

La più sorpresa e sconcertata, comunque, era stata lei stessa.

A parte un pellegrinaggio a Medjugorje con nonna e le zie e il corso di Polizia a Vibo Valentia, non aveva mai lasciato la Sicilia fino al giorno prima, quando aveva preso il bus per Messina. Pensare di essere a una manciata di chilometri da Milano, una città che non conosceva e piena di gente che non aveva mai visto, le faceva attorcigliare lo stomaco in una matassa di nodi sempre più stretti.

E se non fosse stata capace di fare il suo lavoro? Un conto era essere un agente in prova a Ragusa e tornare tutte le sere a dormire a casa, un conto era essere dall'altra parte del paese e fare la poliziotta sul serio.

Vivì! Picchì vai a Milano? U sbirru unn'è travagliu pe' fimmine.

Forse papà, gli zii e i suoi fratelli avevano ragione, ma era proprio per quello che era partita nonostante fosse paralizzata dalla paura. Che ne sapevano loro? Manco ci erano mai stati a Milano. Tanto meno a fare gli agenti di Polizia, soprattutto quel mezzo delinquente di zio Mimmo.

Il treno si stava avvicinando alla periferia della città: i campi erano spariti e al loro posto erano comparsi dei brutti palazzi, squallidi e maltenuti, innaffiati da una pioggerella che sembrava sputacchiata senza troppa convinzione dai nuvoloni neri sopra di loro. Milano sembrava grigia e malevola esattamente come gliela avevano descritta tutti.

Chiuse gli occhi e sospirò.

No. Non doveva farsi influenzare, anche se man mano che il treno arrivava verso la stazione il cuore le batteva sempre più forte.

Strinse a sé lo zaino, dove aveva riposto qualche vestito, un paio di libri, la foto di lei e mamma nella Valle dei Templi e la bandana portafortuna che le aveva regalato Domenico prima dell'esame di Maturità. Aveva portato poche cose, ma quel fazzoletto arancione e nero non lo avrebbe lasciato a casa per tutto l'oro del mondo.

Il treno rallentò fino a fermarsi e Olivia fece un ultimo profondo respiro prima di prendere le sue cose e scendere sulla banchina. L'aria non era fredda come se l'era immaginata, ma la Stazione Centrale, in compenso, sembrava volerla schiacciare con la sua maestosa grandezza. La gente tutto intorno a lei si affrettava verso chissà dove, prendendola dentro senza nemmeno scusarsi, mentre l'altoparlante continuava ad annunciare partenze e arrivi di treni a raffica.

Ma davvero: che minchia aveva fatto?

Le veniva da piangere e avrebbe voluto, più di ogni altra cosa, risalire sul treno e tornarsene a casa. Deglutì e cacciò indietro le lacrime. Non era il momento di avere ripensamenti. Doveva arrivare al pensionato prima delle 18, se no magari non avrebbe trovato posto per dormire e allora sì che sarebbe stata fregata.

Giulio spense il computer e sospirò.

Erano quasi le sette di sera ed era decisamente ora di andare a casa, anche se non ne aveva molta voglia. Di che umore sarebbe stata Isabella? Ce l'avrebbero fatta a non litigare e a cenare come due persone normali, senza recriminazioni e senza tensioni?

Avrebbe potuto fermarsi al supermercato e comprare un barattolo del suo gelato preferito. Magari, così, sarebbe riuscito a vederla sorridere.

"Commissario?" La voce dell'Agente Caputo gli fece alzare lo sguardo. Era comparso sulla soglia della porta e sembrava a disagio.

"È successo qualcosa?"

"No." Lo vide mordersi il labbro. "È solo che... c'è qui il Vice Questore per lei..."

Dio, che giornata d'inferno.

Dopo l'incontro con Costazza le rogne si erano susseguite senza sosta, ma di quell'ultima avrebbe volentieri fatto a meno.

"Quale Vice Questore?"

"La Dottoressa Ferri."

Gli sfuggì un sospiro. Ma perché non lo lasciava un po' in pace anche lei? Sembrava davvero che l'intero universo stesse tramando contro di lui quel giorno.

Si stropicciò la faccia: "Falla pure entrare. Grazie."

Un attimo dopo Enrica Ferri entrò nel suo ufficio e gli fece segno di restare seduto. Anche se erano quasi le sette di sera era, come sempre, impeccabile: i capelli biondi sembravano appena fonati dal parrucchiere, gli occhi verdi erano brillanti e attenti e il viso truccato alla perfezione. Gli rivolse un sorriso a metà tra il compassionevole e lo zen:

"Scusa il disturbo. E scusami se sono piombata qua senza appuntamento, Giulio."

"Non ti preoccupare. Nessun disturbo." Mentì. Si alzò e le strinse la mano: "Accomodati pure."

Lei lo fece e gli rivolse un altro sorriso: "È da tanto che non facciamo quattro chiacchiere, noi due."

Dovette sforzarsi per non alzare gli occhi al cielo.

"Non direi. Ci siamo parlati un paio di settimane fa al convegno di..."

"Non è quello che intendevo." Lo interruppe lei.

"No?"

"No." Piegò la testa da un lato e sospirò. "So che stamattina hai visto il Questore..." Lui si limitò ad annuire. C'era stato un tempo, quando era entrato da poco in Polizia, in cui si era preoccupato di come girassero in fretta le voci, ma ormai la cosa non lo stupiva più di tanto: i pettegolezzi viaggiavano tra commissariati e Questura alla velocità della luce. Era come essere ancora alle medie, solo senza brufoli e con le cartelle di Equitalia da pagare. "Mi sembra di aver capito… per metterla in termini cinematografici… che ti abbia fatto un'offerta che non hai potuto rifiutare."

Giulio annuì: "Sì… e per metterla in termini meno cinematografici, mi ha minacciato."

La Ferri sgranò gli occhi, facendoli sembrare ancora più grandi del solito, e scosse la testa, con quel suo fare accondiscendente: "È proprio per questo che sono qui. Sapevo che l'avresti presa nel modo sbagliato…"

"C'era un modo giusto in cui prenderla?"

"So che tu e Costazza non siete mai andati d'accordo, Giulio, ma su una cosa ha ragione. Le tue capacità sono sprecate qua dietro a una scrivania. E questo lo sai anche tu."

"Quindi? Cosa vuoi dirmi?" Giulio si appoggiò allo schienale della sedia. Meglio non sbilanciarsi troppo.

"Quando ti ho conosciuto eri così entusiasta… volevi diventare Commissario e fare la differenza."

"Per carità di Dio, Enrica… cosa c'entra? Avevo 21 anni. Erano tempi diversi. Anche io ero diverso. Anche tu lo eri. Era *tutto* diverso."

Quella conversazione, all'apparenza così innocua, stava velocemente diventando peggio di quella con Costazza. Quelle passeggiate lungo il viale dei ricordi che tanto piacevano alla Ferri raramente andavano a finire bene per lui.

Lo fissò: "Ma certo che era tutto diverso! In questi sedici anni di acqua sotto i ponti ne è passata parecchia…"

"Sì. Senza dubbio ne è passata tanta." Giulio sospirò. "Ma non vedo quale sia il punto."

"Il punto è che devi far vedere che questo lavoro ti interessa come ti interessava allora… devi dimostrare al Questore che quella passione è ancora lì, che non sei diventato un inutile passacarte…"

Giulio inarcò le sopracciglia e rise sardonicamente: "Di inutile passacarte c'è già lui. Non vorrei mai rubargli il lavoro… visto che, a sentirlo, l'ho già rubato a suo figlio."

Lei sospirò:

"Ecco. Invece che fare lo spiritoso, dammi retta. Mi si spezzerebbe il cuore a vederti commettere questa specie di… suicidio lavorativo."

"Non esagerare, per favore." In realtà aveva ragione. Non era riuscito a pensare ad altro tutto il giorno. Costazza era sul piede di guerra ed era famoso per avere la miccia parecchio corta, quindi c'era da stare doppiamente attenti.

"Non sto esagerando. Non è un segreto che io abbia sempre avuto un debole per te…" Altro sorrisetto zen. "…lavorativamente parlando, ovviamente. So che non dovrei dirlo, ma sei il mio Commissario preferito."

Ma certo.

"Vista la concorrenza non è un gran complimento."

Il sorriso le si allargò: "Sei sempre il solito… arrogante."

"Non sono arrogante. Sono solo sicuro di me." La fissò e inarcò un sopracciglio: "Pensavo che fosse uno dei motivi per cui sono il tuo Commissario preferito."

"L'essere arrogante?" Chiese lei.

"L'essere sicuro di me."

Rimasero un attimo in silenzio, poi la Ferri allungò una mano sulla scrivania e la posò sulla sua: "D'accordo. Hai ragione. E se vuoi continuare a fare lo spiritoso fallo pure. Ma mi prometti, Giulio, che mi darai retta? Che tornerai a lavorare sul campo e la smetterai di far incazzare Costazza?"

No.

No!

NO!

Ogni volta che l'aveva ascoltata era tutto finito male, se non malissimo.

Una volta in particolare.

I servizi segreti sono un'occasione unica, Giulio. Non lo chiedono a tutti. Vai. È la cosa migliore che puoi fare in questo momento.

L'aveva ascoltata. Era andato via per più di sei anni. E ok, aveva fatto un grande passo avanti con la sua carriera, ma aveva anche spinto il suo matrimonio sull'orlo del baratro, un baratro sul quale lui e Isabella ancora danzavano e dal quale sarebbero potuti precipitare da un momento all'altro.

Sapeva di non doverle più dare retta, ma sapeva anche di essere lì lì per cedere.

Aveva sempre avuto il dono di fargli dire e fare quello che voleva, fin da quella volta in cui lo aveva convinto a non rimandare l'esame di Diritto Penale.

Era sempre così.

Lei domandava, lui eseguiva.

Poi in genere se ne pentiva.

Ma non nel caso dell'esame di Penale. Lì aveva preso 30.

Non le do la lode solo perché ha parlato come un futuro poliziotto invece che come un futuro avvocato.

Il commento del Professor Gilardi non lo aveva per niente infastidito. Anzi. Aveva semplicemente confermato quello che lui già sapeva.

Quel giorno, quel 25 giugno 2001, la sua vita era cambiata per sempre.

Sospirò.

Chissà, magari anche il 2 ottobre 2017 sarebbe diventato uno di quei giorni. Uno di quelli che poi si ricordano per sempre.

Lo dubitava, ma non aveva altra scelta:

"D'accordo, Enrica. Te lo prometto. Tornerò sul campo."

Lei sorrise soddisfatta e ritirò la mano da sopra la sua: "Bravo, Giulio. Così mi piaci." Si sentì lo stomaco annodato, ma cercò di non darlo a vedere. "Vedrai che non te ne pentirai."

Quello era tutto da vedere, ma non era il caso di stare lì a discutere.

Era meglio che andasse a casa e cercasse, per lo meno, di non litigare anche con sua moglie.

CAPITOLO DUE

Per farsi dei nemici non bisogna dichiarare guerra, basta dire quello che si pensa.
— *Martin Luther King*

MARTEDÌ 3 OTTOBRE 2017

Olivia, per sicurezza, aveva puntato la sveglia alle 6:00, alle 6:10, alle 6:15 e alle 6:20, ma a ben vedere non ce n'era stato bisogno. Il letto del pensionato era scomodo e cigolava, la sua stanzetta era fredda e umida, e una cacofonia di rumori estranei l'avevano tenuta sveglia praticamente tutta la notte. Verso le 4 del mattino aveva pianto, pensando alla sua camera a casa, con il copriletto con i papaveri e il confortevole concerto che facevano papà e suo fratello Giuseppe russando nelle loro rispettive stanze.

Poi si era alzata, aveva fatto la doccia, aveva indossato la divisa e aveva camminato fino al Commissariato, stringendo la lettera di assunzione in una mano. Doveva presentarsi alle ore 8:30 di martedì 3 ottobre 2017 presso il Commissariato di Porta Venezia e incontrarsi con un certo Commissario G. A. Locatelli.

Già il nome le faceva paura.

Questo Commissario Locatelli era sicuramente un vecchio impettito e con lo stesso sguardo perfido del Prof. Mancuso. Come lui sarebbe stato piccolo, canuto e cattivo, con un paio di occhietti porcini pieni di silenziosa disapprovazione. Solo che invece che darle 3 in Scienze, come faceva Mancuso, questo Locatelli l'avrebbe licenziata e rimandata in Sicilia con la coda tra le gambe.

Girò l'angolo e sospirò..

Più si avvicinava al Commissariato più le veniva paura.

Rallentò fino quasi a fermarsi e fu felice di sentire il telefono vibrarle in tasca.

Era un messaggio di zia Cecilia.

Ieri si celebravano i Santi Angeli Custodi. Ho pregato per te, amore mio. In bocca al lupo. Vedrai che andrà tutto bene.

Olivia avrebbe tanto voluto essere infastidita, ma in realtà il messaggio di sua zia e la sua fissa con i santi del giorno, che di solito trovava imbarazzante, la fecero sorridere.

Era pronta.

Era in anticipo, ma poco importava. Meglio arrivare prima che in ritardo, soprattutto il primo giorno.

Entrò in Commissariato, salì le scale e sbucò in un open space con una decina di scrivanie, schedari un po' ovunque e un viavai che la sorprese per quell'ora del mattino. Nessuno la degnò di uno sguardo, quindi si avvicinò a un uomo sulla cinquantina che stava guardando il sito della Gazzetta dello Sport.

"Buongiorno. Mi chiamo Olivia Rizzo, sono qui per incontrarmi con il Commissario Locatelli."

"Non c'è." Disse quello, senza nemmeno alzare gli occhi dallo schermo.

Ok.

Deglutì e continuò a guardarlo: "Dove... dove posso aspettarlo?"

"Se deve fare una denuncia può farla con gli agenti qui dietro di me..." Indicò con un pollice alle sue spalle. Le scrivanie erano vuote, ma forse non se ne era accorto, preso com'era a leggere le notizie sportive.

"Io sono qui per... è il mio primo giorno di lavoro."

Finalmente il tizio alzò lo sguardo e la fissò: "Sei il nuovo agente?"

Olivia annuì.

"Ci mancava solo questa..." Mormorò lui, forte abbastanza perché lei potesse sentirlo. "Vieni. Ti porto nel suo ufficio." Si alzò e le fece segno di seguirlo. Attraversarono l'open space, poi aprì una porta e le fece segno di entrare: "Aspettalo qui. Ma non so a che ora arriverà."

Olivia fece per rispondergli, ma quello se ne andò sbattendo la porta.

Che stronzo.

Non sarebbero stati tutti così, vero?

Perché se così fosse stato sarebbe stato un ottimo motivo per tornarsene da dove era venuta.

Sospirò e si guardò in giro.

Che tipo sarà stato il Commissario Locatelli?

Il suo ufficio non offriva grandi indizi.

Era una stanza lunga e stretta, come fosse un tram, fredda e mal illuminata. Sotto l'unica finestra, priva di tende e coi vetri non esattamente puliti, c'era un divano, liso e concio, mentre lungo le altre pareti c'erano appoggiati degli archivi di metallo. Davanti a lei, proprio di fronte alla porta, c'era una scrivania, dietro la quale erano appesi un paio di diplomi di laurea.

Strinse gli occhi per vedere meglio. Uno era dell'Università Statale di Milano e l'altro de La Sapienza di Roma, ma erano troppo lontani perché riuscisse a leggere qualcosa di più. La scrivania era mediamente ordinata: c'erano un computer portatile, un portapenne pieno di bic rosse e nere, e plichi di carte su cui probabilmente stava lavorando. L'unico oggetto personale era una cornice d'argento posata in un angolo del tavolo.

Olivia si sporse un pochino per poterla guardare.

Era la fotografia in bianco e nero di due sposi. Marito e moglie erano due ragazzi sui 25 anni, chiara di capelli lei e castano lui, entrambi alti, snelli e bellissimi. Data l'età con tutta probabilità la ragazza era la figlia del Commissario. Purtroppo Locatelli sembrava essere in tutto e per tutto uguale al Prof. Mancuso. Anche lui teneva una foto della figlia e del marito di lei nel suo ufficio, una stanzetta triste e priva di vita esattamente come quella. L'unica differenza era che la figlia e il genero di Mancuso erano brutti come il peccato.

Per il resto tutto identico.

Sospirò e guardò di nuovo in giro.

Non c'era nient'altro da guardare o per lo meno, niente che potesse guardare senza spostarsi dal punto in cui l'aveva mollata quello stronzo che l'aveva portata lì.

Erano le otto e un quarto.

Sperava solo che questo Locatelli, come il Prof. Mancuso, fosse puntuale. Quell'attesa la stava uccidendo, così come la stavano uccidendo le scarpe troppo strette e i pantaloni della divisa troppo larghi, che continuavano a caderle nonostante la cintura.

Pazienza.

Bisognava avere pazienza.

La giornata non era cominciata nel migliore dei modi.

Dopo una notte di sonno agitato e una colazione a base di silenzi risentiti, Giulio era uscito di casa per accorgersi che l'autunno era arrivato tutto d'un colpo: uno scroscio d'acqua repentino come quelli estivi ma gelido come quelli invernali lo aveva colto di sorpresa mentre camminava tra casa e il Commissariato, facendolo arrivare al lavoro fradicio e intirizzito.

"Buon giorno a tutti." Abbaiò a nessuno in particolare. Fece finta di non vedere che il Sovrintendente Beretta fosse come al solito su Facebook e che l'Agente Scelto Zorzi stesse leggendo un libro che di certo non aveva nulla a che fare con il lavoro. Erano le otto e un quarto del mattino e non voleva seccature. Era chiedere troppo?

L'Ispettore Marchi gli si parò davanti con un sorrisetto mellifluo e una delle sue cravatte improponibili:

"Buon giorno, Commissario. Piove?" Giulio non gli rispose e si tolse il trench zuppo, cercando di non farlo gocciolare troppo per terra. Ma Marchi non era uno da darsi per vinto così facilmente: "Il Questore l'ha chiamata. Due volte."

Giulio alzò gli occhi al cielo e sospirò.

Altro che giornata senza rogne.

Due chiamate di Costazza prima delle nove del mattino non gli facevano presagire nulla di buono, ma era meglio rimandare il problema a più tardi e, soprattutto, era imperativo non dare a Marchi la soddisfazione di farsi vedere infastidito. Scrollò le spalle:

"C'è altro?"

"È arrivato il nuovo agente…" Disse l'Ispettore con una voce che gli parve carica di significati nascosti. Lo guardò ma quello non disse niente.

La voglia di prenderlo a sberle era tanta, ma Giulio si limitò a cacciare le mani in tasca e a giocherellare con la medaglietta attaccata alle chiavi: "E?"

"È già nel suo ufficio." Marchi sghignazzò: "È una donna. Sicula, per di più."

Locatelli inarcò le sopracciglia: "Vuole ritirare immediatamente quello che ha appena detto, Ispettore, o preferisce un richiamo scritto?" Solo dopo un secondo si accorse di aver stretto la medaglietta nel pugno quasi come per stritolarla. Sospirò e si sforzò di allentare la presa.

Marchi lo guardò con la sua solita faccia da schiaffi: "Ritiro tutto, Commissario."

Vari mormorii attraversarono la stanza, ma nessuno disse niente. Giulio non aggiunse altro e marciò a grandi passi verso il suo ufficio, gli occhi di tutti puntati addosso. Sapeva che lo chiamavano Capitan Cagacazzi e non gliene fregava niente. Che pensassero quello che volevano. Non era lì per fare amicizia. Era lì per fare il Commissario, come gli aveva ricordato Costazza, quindi quello avrebbe fatto.

Spalancò la porta ed entrò nel suo ufficio.

In piedi di fianco alla scrivania c'era una ragazza che dimostrava appena vent'anni con addosso una divisa di almeno una taglia troppo grande, con le spalle curve e lo sguardo perso nel vuoto.

"Buongiorno, sono il Commissario Locatelli." Tolse la mano dalla tasca e gliela porse. L'agente lo fissò un secondo con gli occhi castani sgranati, come se non fosse sicura sul da farsi, poi sembrò uscire dal suo stato di torpore e gliela strinse:

"Agente Olivia Rizzo, Dottore." Nonostante lo sguardo impaurito aveva una stretta decisa e una voce calda e piacevole. "È un piacere conoscerla."

"Piacere mio. Si accomodi..." Le indicò la sedia davanti alla scrivania e si sedette a sua volta. "Mi racconti un po' di lei."

Olivia Rizzo rimase un attimo in piedi, imbambolata, come se lui le avesse detto qualcosa di strano. Poi, molto lentamente, si accomodò e si guardò intorno, mordendosi il labbro inferiore.

"Io... non saprei da dove cominciare."

Giulio scrollò le spalle. Di solito i nuovi agenti lo inondavano di storie, tutte più o meno uguali, sul perché avessero deciso di entrare in Polizia e di quanto si sentivano pronti a cambiare il mondo. L'agente Rizzo, invece, sembrava pronta a mettersi a piangere e a scappare a gambe levate.

"Può iniziare col dirmi da dove viene e cosa ha fatto fino adesso..." Cercò di aiutarla lui. Fece per tamburellare le dita sul tavolo, ma si fermò. Aprì il fascicolo che aveva davanti a lui e diede un'occhiata al curriculum per vedere se qualcosa lo colpiva. Avrebbe dovuto leggerlo la sera prima, ma poi era arrivata la Ferri e se ne era dimenticato.

23 anni.

Siciliana.

Risultati mediocri a scuola...

"Sono di Scicli. In Sicilia." Finalmente lo guardò in faccia: "Ho appena finito i sei mesi di prova e... è stata una sorpresa essere assegnata qui. In un posto... così."

Giulio si guardò intorno.

Un posto così? Così come?

Quello era uno degli uffici più brutti in cui avesse mai lavorato: era una stanza piccola, rumorosa per via di un tram che passava di continuo sotto la finestra, arredata con mobili che avevano senza dubbio visto giorni migliori. E, dulcis in fundo, nell'aria aleggiava ancora l'odore stantio delle sigarette che il precedente Commissario aveva fumato con abbandono fregandosene del divieto appeso al muro.

"Sì, in effetti non è il massimo..." Considerò ad alta voce. La Rizzo arrossì violentemente e lo guardò strabuzzando gli occhi:

"No, no! Dottore, mi sono spiegata male. Non intendevo criticare... intendevo dire che spero di... di essere all'altezza di lavorare in un Commissariato come questo."

"Le assicuro che questo Commissariato non ha niente di speciale. Probabilmente è identico a quello in cui avrebbe lavorato a Scicli."

Ed è pieno di deficienti, avrebbe voluto aggiungere.

"Se lo dice lei, Dottore..." Non sembrava molto convinta e Giulio decise che quello non fosse il momento migliore per dirle di non chiamarlo *Dottore*.

Continuò a passare in rassegna il curriculum. Anche al corso di formazione non aveva esattamente brillato, ma poi, finalmente, gli cadde l'occhio su qualcosa di interessante: "Vedo che è un'ottima tiratrice. Praticamente un cecchino..."

Di colpo la vide sbiancare. E dire che gli sembrava di averlo detto con un tono piuttosto incoraggiante.

"Io... io... io non saprei."

Che cosa non sapesse non gli era chiaro. Conosceva poliziotti con vent'anni di esperienza che avrebbero fatto carte false per avere una mira del genere. Lui stesso, che si era sempre considerato un tiratore sopra la media, non ci si avvicinava nemmeno lontanamente. Ma la Rizzo lo stava guardando come se le avesse appena mosso una critica, quindi decise di lasciare stare:

"Va bene. Allora... se non ha domande... possiamo metterci al lavoro."

Lei lo fissò: "Una domanda ce l'ho."

"Mi dica."

"Chi è quell'uomo che sta seduto alla scrivania più vicina alla porta?"

"Quello è l'Ispettore Marchi. Perché lo chiede?"

L'agente scrollò le spalle e abbassò lo sguardo. "Nessun motivo. È che ho una pessima memoria con i nomi..."

Molto probabilmente era una bugia, ma non era quello il momento di mettersi ad insistere: "D'accordo. Allora venga, le faccio vedere un paio di cose."

Giulio si alzò e le fece segno di seguirlo.

Non era certo compito suo fare da comitato di benvenuto ai nuovi agenti, ma il suo arrivo era caduto proprio a fagiolo: Costazza lo avrebbe richiamato più tardi, o possibilmente mai, e avrebbe avuto la scusa perfetta per continuare a stare in ufficio ancora per un po' senza che il Questore e la Ferri potessero dire niente.

Olivia era al lavoro da sei ore e due minuti e avrebbe tanto voluto poter andare a nascondersi in qualche angolo a piangere. Il Commissario Locatelli e un tale Agente Nicola Caputo l'avevano letteralmente instupidita investendola con una marea di nozioni, informazioni e dettagli che lei, ovviamente, aveva già dimenticato, e ora le sembrava di avere la nausea come se fosse stata su un ottovolante.

Quel posto era un incubo. Le scrivanie erano troppo vicine una all'altra e il chiasso che facevano i suoi colleghi parlando tra di loro e con chi si presentava allo sportello le aveva fatto venire il mal di testa.

Chiuse gli occhi e sospirò.

Grazie a Dio erano quasi tutti andati a pranzo, lasciando il Commissariato semi vuoto e silenzioso.

Ma quel delizioso silenzio non durò a lungo.

Lo squillo di un telefono cominciò a rimbombare nella stanza e nel suo cervello.

Suonò una volta, poi due, poi tre, poi quattro.

Al quinto squillo il Commissario comparve sulla porta del suo ufficio:

"Qualcuno può rispondere, per favore?" Disse a nessuno in particolare. Solo un secondo dopo si accorse che la stanza era praticamente vuota. "Dov'è Beretta?"

"È sceso a pranzo..." Mormorò Olivia. Non sapeva esattamente chi fosse Beretta e sperò di non metterlo nei guai. Sicuramente il pranzo faceva parte dei loro diritti, no? Lei, per sicurezza, aveva deciso di restare in Commissariato, tanto era troppo agitata per mangiare, ma era certa che persino a Milano una qualche pausa fosse... *norma*le, durante una giornata lavorativa di otto ore. Locatelli guardò l'ora:

"Ah... sono le due passate? Risponda lei, Rizzo, per favore."

E con quello sparì di nuovo nel suo ufficio.

Merda.

Avrebbe fatto meglio ad accettare l'invito degli altri e andare a pranzo insieme a loro. Così non avrebbe dovuto rispondere al telefono.

E invece...

Anche se non se la sentiva, alzò la cornetta.

Coraggio. Probabilmente non era niente di importante o di grave.

"Commissariato di Milano…. Porta Venezia." Sussurrò nel ricevitore.
"Buongiorno. Sono Quadri. Siamo sulla scena di una morte sospetta in Via Nino Bixio. Lo dice lei al Commissario?" Disse la voce dall'altro capo del filo, annientando la sua speranza.
Una morte sospetta.
Il suo primo giorno di lavoro.
Che poi *morte sospetta*, probabilmente, era un modo carino di dire omicidio.
Olivia sospirò.
Con tutta probabilità il Commissario non avrebbe chiesto a lei, che era l'ultima arrivata, di andare con lui sulla scena di un crimine, giusto?
Si avvicinò alla porta del suo ufficio sentendosi i piedi, e lo stomaco, di piombo:
"C'è stata una morte sospetta in Via… Via Nino Bixio, Dottore." Disse con un filo di voce. Locatelli alzò lo sguardo, sbuffò e rimase un secondo in silenzio, come a vagliare le varie opzioni. Poi si alzò:
"Andiamo, Rizzo, venga con me."
Olivia annuì, sentendo un groppo fastidioso allo stomaco: era proprio destino che quel giorno le sue speranze venissero infrante. Altro che Santissimi Angeli Custodi. Avrebbe avuto bisogno di un miracolo, ecco cosa.

"Chi è la vittima?" Giulio attraversò a grandi passi la portineria del bel palazzo d'epoca, affrettandosi verso l'ascensore. La Rizzo era rimasta un po' indietro, ma non rallentò. Doveva, per mancanza di termini migliori, darle una sveglita. Con gentilezza e tatto, ovviamente, ma bisognava che uscisse dal trance in cui sembrava trovarsi da quando era arrivata in Commissariato quella mattina.
"Un tale Maurizio Giuliani. 36 anni."
"Causa della morte?"
"Apparentemente… infarto. Lo hanno trovato morto, per terra, in camera da letto."
"Chi ha trovato il corpo? La moglie?"
La Rizzo consultò un piccolo bloc notes: "No. È stata un'amica della moglie."
Giulio premette ripetutamente il tasto di chiamata dell'ascensore e inarcò un sopracciglio: "Un'amica della moglie lo ha trovato nella loro camera da letto?"

"Così pare, Dottore. Perché?" Gli sembrò in egual misura nervosa e spiazzata.

"Perché mi sembra un po' strano. A lei no?"

La ragazza lo fissò, poi scrollò le spalle: "Dovrebbe?"

Sembrava sul punto di piangere. Giulio cercò di non alzare gli occhi al cielo e di non sbuffare, ma ci riuscì solo parzialmente. Un mezzo sbuffo gli uscì lo stesso dalle labbra e lo mascherò con un colpo di tosse.

"Dico solo che è strano che un'amica della moglie fosse nella camera da letto di una coppia sposata. Tutto qui."

"In effetti… è un po' strano."

"E non solo. Trovo anche strano che ci chiamino per una morte per infarto… e che a morire d'infarto sia stato un 36enne."

"Magari aveva una malattia…" Suggerì la Rizzo.

"Se così fosse perché mai l'avrebbero definita una morte sospetta?" Scosse la testa. "No, non credo che si tratti di una malattia."

L'arrivo dell'ascensore interruppe il filo dei suoi pensieri. La Rizzo stava ancora guardandolo con gli occhi sgranati, come un cervo davanti ai fari.

Giulio sospirò: "Comunque sia… è inutile stare qui a fare congetture. Andiamo a vedere cosa è successo."

Ludovica si trovava in una posizione scomoda, in tutti i sensi.

Quella stava davvero rivelandosi una settimana di merda.

Prima le era piombata in studio una sua ex paziente che era tornata col marito, che l'aveva riempita di botte e quasi mandata al creatore. Poi si era aggiunta sua madre, in una fase di assillo più intensa del solito. E ora c'era Maurizio morto stecchito sul pavimento della camera da letto e Sara che le stava singhiozzando in un orecchio da mezz'ora, comprensibilmente isterica.

Ed era solo martedì.

Maledizione a lei e al suo vizio di non segnarsi le cose in agenda. Se lo avesse fatto non si sarebbe presentata da Sara il giorno sbagliato per bere il caffè e non si sarebbe trovata in mezzo a quel casino. E invece no. Era lì. E, anche ad essere ottimista, non vedeva come riuscire ad andarsene al più presto.

Cercò di calmare la sua amica accarezzandole i capelli, ma il gesto non ebbe l'effetto desiderato. Non che si aspettasse che l'avesse. In fondo la situazione non era certo delle migliori. Cosa c'era di peggio che diventare vedova a 34 anni? Ben poco, a parte averne 34 ed essere sposata con uno come Maurizio, ovviamente. Ma quello era meglio non dirlo a Sara.

Qualcuno bussò alla porta della cucina, riportandola sulla terra.

"È permesso? Polizia." La voce dall'altra parte della porta le fece immediatamente drizzare le orecchie. Era profonda e sicura: la voce di un uomo, che però tradiva allo stesso tempo un qualcosa di giovanile. Era una bella voce, che le lasciava immaginare la giusta dose di fascino.

Ludovica scosse la testa.

Non era quello il momento di mettersi a fantasticare sulla voce di uno sconosciuto dietro la porta. Era una bella voce, certo, ma apparteneva a un poliziotto e, anche se aveva detto solo tre parole in croce, ebbe l'impressione che fosse il tono di chi non si fa condire via tanto facilmente. Una vera seccatura, insomma, perché avrebbe voluto levarsi da quel ginepraio il più in fretta possibile.

"Avanti... prego." Cercò di liberarsi dalla morsa in cui la stringeva Sara, ma lei non glielo lasciò fare.

La porta si aprì ed entrarono nella stanza un uomo e una donna molto giovane. La ragazza, un'agente in divisa di non più di vent'anni, aveva stampata in faccia un'espressione spaventata e confusa, manco l'avesse trovato lei il morto.

C'era quasi da averne tenerezza.

Ma non ne ebbe il tempo perché, d'improvviso, si sentì osservata.

Ludovica spostò lo sguardo e non poté fare a meno di inarcare le sopracciglia.

Il proprietario della bella voce era un uomo davvero attraente, probabilmente suo coetaneo, alto e magro, molto elegante per essere un poliziotto. Sotto l'impermeabile leggermente bagnato di pioggia si intravedeva un completo grigio antracite, una camicia bianca e una cravatta di un bel verde foresta: tutta roba di qualità, dal tessuto della giacca fino alla punta delle oxford che aveva ai piedi.

Lo guardò in viso.

Aveva due bellissimi occhi grigi, pieni di determinazione, e l'aria risoluta. No. Come aveva temuto non sarebbe stato uno facile da condire via con un paio di sorrisi e qualche sbattito di ciglia.

Tutto di lui sembrava confermare che non fosse certo lì per cazzeggiare: aveva il volto leggermente pallido, perfettamente sbarbato, il naso dritto e la bocca increspata in un lieve broncio. I capelli, castani e abbastanza corti, erano pettinati con la riga da una parte e gli davano un'aria vagamente militaresca e ancora più inflessibile.

Ecco un uomo che trasuda ordine e serietà, avrebbe detto, tutto soddisfatto, suo padre.

Ludovica sospirò.
Bello e intransigente.
E sbirro.
Un gran casino, insomma.

Il pianto della vedova aggredì i timpani di Giulio con un numero di decibel che rasentava la tortura e che gli fece accapponare la pelle, ma cercò di non scomporsi e guardò le due donne sedute in cucina davanti a lui. Come c'era da aspettarsi, la moglie della vittima era un relitto umano, con la faccia rossa e gli occhi gonfi dal pianto, i capelli biondi scarmigliati e appicciati alla testa, le spalle che sobbalzavano ritmicamente, scosse dai singhiozzi.

L'altra, invece, sembrava calmissima, soprattutto se si considerava che doveva essere stata lei a trovare il cadavere. Si sciolse delicatamente dall'abbraccio della vedova e si alzò, piazzandosi davanti a lui con aria sicura. Doveva essere una abituata a non passare inosservata, quello era certo.

Giulio la squadrò senza farsi troppi problemi.

Avrà avuto qualche anno meno di lui, ma sicuramente non meno di trenta, ed era una bella donna, con lunghi capelli scuri leggermente ondulati che le incorniciavano un viso da bambola di porcellana. Lo sguardo, però, non aveva nulla della tontaggine di una bambola. Anzi. Aveva un paio di occhi blu scuri che lo stavano fissando pieni di curiosità, come se gli stessero facendo una radiografia.

Giulio si schiarì la voce e distolse lo sguardo, frugando in tasca per tirare fuori il suo taccuino: "Buon pomeriggio. Io e l'agente Rizzo siamo qui a prendere le vostre deposizioni..." La vedova continuò a piangere come se nemmeno lo avesse sentito. Forse era meglio lasciarla calmare un attimo. Si voltò verso l'amica: "Presumo che sia stata lei a trovare la vittima..." Per essere ottobre era vestita in maniera decisamente bizzarra. Aveva dei pantaloni larghi e svolazzanti, rossi, una camicia di seta bianca e dei sandali con un tacco spropositato.

Gli rivolse un leggero sorriso e gli tese la mano.

"Sì, sono stata io a trovare Maurizio. Piacere, Ludovica Invernizzi." Giulio le strinse la mano, ma quando fece per lasciare la presa lei non glielo lasciò fare: "Lei, invece?"

"Io... invece?" Aggrottò le sopracciglia e vide un sorrisino dipingersi sulle labbra rosso fuoco di lei. "Ah, certo. Mi scusi. Piacere mio, Commissario Locatelli."

Anche se pareva impossibile, la vedova si mise a piangere ancora più forte.

"Bene, *Commissario*." Disse, quasi come se essere Commissario fosse qualcosa di strano. "Credo che sarebbe meglio lasciare Sara un attimo tranquilla... cosa ne dice? Potrei parlarle nell'altra stanza, magari..."

Si trovò ad annuire. Non stava certo a lei decidere, ma l'idea di allontanarsi da quel pianto snervante lo convinse a darle retta.

"Ma certo. Rizzo, può rimanere lei con la signora? Io torno subito." Fece segno alla Invernizzi di precederlo in corridoio: "Prego. Mi sembra di aver capito che conosca bene questa casa... quindi faccia pure strada."

Lei lo guardò e alzò un sopracciglio, un'espressione vagamente sorpresa e sicuramente divertita in viso, ma non disse niente e si limitò a passargli vicina, sfiorandogli il braccio con la sua spalla:

"Venga, andiamo in salotto."

La seguì, avvolto da una nuvola di profumo. Nonostante avesse le gambe più corte di lui la Invernizzi aveva il passo svelto e dovette accelerare per raggiungerla in soggiorno, una stanza grande e luminosa. I mobili, decisamente passati di moda da qualche lustro e quasi tutti sul beige, erano simili a quelli che la sua prozia Maria aveva nella casa al lago. Chissà come mai una coppia giovane viveva in una casa arredata in quel modo. Che l'appartamento non fosse loro?

Giulio tirò nuovamente fuori il taccuino.

"Il motivo per cui volevo parlarle in privato, Commissario, è che non credo che Maurizio sia morto di morte naturale." Disse la Invernizzi senza tanti preamboli.

Alzò lo sguardo e la fissò: "Non avrà toccato il corpo, spero."

"Certo che l'ho toccato!" Esclamò lei. "Non sapevo che fosse morto. E, per la cronaca, sono medico. Era mio preciso dovere soccorrerlo."

Rimase un secondo con la bocca aperta prima di chiuderla e sospirare. Ci mancava solo quella. Una zelante dottoressa sulla sua scena del crimine.

"Mi scusi, *Dottoressa*. Non avevo idea..."

"Ma certo che no! Mica vado in giro con la scritta *medico* in fronte. E non ho addosso né camice né stetoscopio, quindi non avrebbe mai potuto capirlo. Si consideri perdonato." Sembrava che si stesse divertendo un mondo. Giulio aprì la bocca per risponderle, ma poi si rese conto che non aveva niente da dire e di nuovo la richiuse. Meglio lasciarla parlare, visto che a quanto pareva le piaceva molto farlo. Chissà che non avesse intenzione di dire qualcosa di interessante. Lei continuò: "Ma torniamo a Maurizio. Credo che sia morto di overdose."

"Cosa glielo fa pensare?"

"Il fatto che fosse un noto cocainomane. O per lo meno... lo era, ai tempi."

"D'accordo. E, mi perdoni la domanda, Dottoressa... ma cosa ci faceva lei nella camera da letto dei Giuliani?"

"Sapevo che me l'avrebbe chiesto."

"E?"

"Pensavo fosse il bagno, ma mi sono sbagliata."

"Non era mai stata in questa casa, prima?"

La Invernizzi scosse la testa lentamente:

"Mai. Sara è tornata da poco a vivere a Milano. Lei e Maurizio sono stati negli Stati Uniti per anni. Era la prima volta che la rivedevo da allora... mi ha invitato per un caffè qualche giorno fa e sono venuta a salutarla. Tutto qua."

Sbuffò. O era la persona più sfortunata della terra oppure gli stava mentendo. Non vedeva una sua amica per anni e la prima volta che si rivedevano trovava *per ca*so il cadavere di suo marito in camera da letto in cui era entra*ta per caso* pensando fosse il bagno?

No, c'era qualcosa che non quadrava, ma non era il momento di calcare la mano. La Invernizzi pensava di essere furba ed era meglio lasciarglielo pensare, almeno per un po'.

"Dunque lei è arrivata qui alle...?"

"Erano da poco passate le due. Ho chiacchierato con Sara per un po'. Poi sono andata di là... per andare in bagno... e ho trovato Maurizio. Era già morto."

"E che ore erano quando lo ha trovato?"

"Le due e venti, direi."

"Da quanto tempo era morto?" Chiese Giulio.

La vide spalancare gli occhi: "In che senso?"

"Nel senso che lo ha toccato. Ed è medico... si sarà fatta un'idea della... tempistica."

"Io... a dire il vero... no. Non sono un medico legale, non è il mio campo."

"Ma ha capito subito che era morto, giusto?"

"Sì. Era già un po' troppo freddo per essere vivo. Non voglio sparare numeri a caso, ma direi che probabilmente era morto da meno di un'ora." Per un secondo parve meno spavalda, come se il pensiero del corpo senza vita di Maurizio Giuliani la impressionasse. Ma durò solo un istante. Una frazione di secondo dopo la vide tornare serena.

"Benissimo. La ringrazio, Dottoressa. Ora può andare... ma se le dovesse venire in mente altro, mi chiami per favore." Scribacchiò il numero del Commissariato su una pagina del taccuino, poi la staccò e gliela porse: "Purtroppo ho finito i biglietti da visita, ma mi può trovare qui."

La Invernizzi prese in mano il pezzo di carta e lo studiò per qualche secondo: "È un numero fisso... e se avessi bisogno urgente di chiamarla?"

Le rivolse il sorriso più irritante che aveva in repertorio: "Se chiama questo numero qualcuno le risponderà a qualunque ora del giorno e della notte. E, se fosse il caso, mi inoltreranno la telefonata."

Lei sorrise e strinse leggermente gli occhi: "Un uomo geloso del suo numero di cellulare... una rarità."

Dio, quante chiacchiere inutili.

"La saluto, Dottoressa Invernizzi." Tagliò corto. Le passò davanti per tornare verso la cucina e il profumo che le aleggiava intorno gli solleticò di nuovo le narici.

"A presto, Commissario."

Non si girò a guardarla, ma ebbe la netta sensazione che lei lo stesse guardando e sorridendo.

Giulio si diresse a grandi passi verso la cucina dove, a giudicare dai singhiozzi, la vedova stava ancora piangendo tutte le sue lacrime. Quella Dottoressa Invernizzi non gliel'aveva raccontata giusta, di quello era sicuro, ma ora non aveva tempo per pensarci. Anche se non ne aveva voglia doveva dare un'occhiata al morto e voleva che la Rizzo andasse con lui.

La trovò seduta al tavolo della cucina, intenta a consolare la vedova. Si schiarì la voce per attirare la loro attenzione:

"Rizzo, andiamo un attimo in camera da letto. Lei signora se la sente di stare qualche minuto da sola? O vuole che faccia venire qui qualcuno?"

Scosse la testa: "Andate pure. Mi farò un tè. Ho bisogno di qualcosa di caldo..."

"Benissimo. Allora, con permesso... torniamo subito."

Fece segno alla Rizzo di seguirlo, uscì in corridoio e aprì la porta della camera da letto. Così come la cucina e il salotto, la stanza era arredata con mobili lussuosi ma un po' fuori moda, come se fosse stata ristrutturata l'ultima volta negli anni '80. C'era persino della moquette, di un orrendo color pesca. No, non potevano averla arredata i Giuliani, quella casa.

Arredamento demodé a parte, il corpo di Maurizio Giuliani era per terra, accasciato come una bambola di pezza vicino al comodino, con il viso rivolto verso sinistra, come stesse guardando sotto il letto.

Giulio sospirò.

Di cadaveri, in vita sua, ne aveva visti tanti, eppure non si sarebbe mai abituato alla vista e all'odore della morte.

Prese dalla tasca un paio di guanti di lattice e ne allungò un paio anche alla Rizzo: "Se li metta e vediamo cosa è successo..."

La ragazza non rispose.

Si girò e la vide immobile, anche lei con la bocca spalancata e un pallore non del tutto dissimile da quello del morto. "Rizzo? Tutto bene?"

"Non... non... non ho mai toccato un morto ammazzato, Dottore."

Giulio si morse la lingua per non imprecare. Non aveva nulla contro i neofiti. Quello che lo seccava era che lui passava intere settimane a fargli da nave scuola e poi, appena quelli cominciavano ad essere utili invece che un peso, venivano magicamente trasferiti altrove per far spazio a una nuova infornata di imbranati. Il tutto, ovviamente, grazie al solerte intervento di Costazza.

"Non è mai una cosa piacevole, Agente, ma purtroppo fa parte del nostro lavoro. E non è detto che sia stato ammazzato..."

La ragazza annuì ma non accennò a prendere i guanti che lui le stava tendendo. Anzi. Qualche secondo più tardi la vide cominciare a tremare prima di scappare via tenendosi le mani sulla bocca.

Grandioso.

Il suo nuovo agente vomitava alla vista dei cadaveri.

Alzò gli occhi al cielo e mise via i guanti extra, poi si accovacciò di fianco al corpo. Le narici del morto erano leggermente sporche di polvere bianca, dunque la Invernizzi poteva avere ragione. Allungò una mano e aprì il cassetto del comodino davanti al quale era accasciato il cadavere. Una boccetta di collirio, una piccola torcia, una fede da uomo con inciso al suo interno *Sara 14.5.2011*.

La fede di Maurizio Giuliani, quindi.

Richiuse il cassetto e tastò le tasche della giacca e dei pantaloni del morto. In quella interna del blazer trovò un piccolo porta pillole d'argento, pieno di polvere bianca.

Che cocainomane raffinato.

La richiuse e la infilò in una bustina di plastica prima di alzarsi per guardare la scena dall'alto. Tutto intorno a Giuliani era in perfetto ordine.

Tutto immobile, tutto al suo posto.

Sentì un'improvvisa sensazione di peso sullo stomaco.

Erano anni che non era sulla scena di un crimine in veste di poliziotto. Di morti, ammazzati e non, ne aveva visti anche troppi mentre era sotto copertura, ma non aveva certo potuto mettersi a studiarli e a investigare. Spesso aveva dovuto persino far finta di niente. E poi aveva solo potuto riempire quei rapporti, asettici e stringati, in cui comunicava a Prisco che *Il soggetto era deceduto in seguito a diverse ferite di arma da fuoco alla testa e al torace* oppure che *L'Agente era stato rinvenuto privo di vita in seguito alla recisione* *della giugula*re. Quelle rare volte in cui aveva potuto assistere ai loro funerali aveva assicurato a tutti, spesso mentendo, che i loro cari erano morti in un secondo, senza soffrire, senza sentire niente.

Bugie su bugie su bugie.

Sembrava che ormai tutta la sua vita non fosse altro che quello: un'enorme bugia, una perenne messa in scena.

La verità è un concetto molto sopravvalutato, mio caro Locatelli.

Così diceva sempre Prisco. Non lo aveva mai contraddetto, perché quel sociopatico del suo ex capo non era il genere di uomo che amasse essere messo in discussione, ma non dover più sentire le sue teorie sui meriti del vivere una vita piena di menzogne lo faceva stare decisamente meglio.

Un brivido gli corse lungo la schiena.

Sarebbe stato in grado di occuparsi di quel caso come doveva?

Sospirò e raddrizzò le spalle.

Ma certo che sì. Investigare era come andare in bicicletta. Era sempre stato abbastanza bravo a farlo e sarebbe tornato ad esserlo.

Anzi.

Era sempre stato *molto* bravo. Non c'era motivo di essere falsamente modesto. Quelle capacità che Costazza pensava fossero state inventate da Prisco e dagli altri, lui ce le aveva veramente. E ne aveva anche altre che il Questore non poteva nemmeno sognare e che sperava di non dovergli mostrare mai. C'era solo da riprendere dimestichezza.

Sei bravo, Locatelli. Molto bravo. È un peccato che tu ti faccia influenzare dai sentimenti, se no saresti l'agente perfetto.

Forse Fontana aveva ragione: pur avendo solo cinque anni più di lui sapeva un'infinità di cose che lui ignorava. E chissà, forse avrebbe dovuto dargli retta ed essere meno coinvolto. Ma non era mai riuscito a rimanere completamente distaccato da quello che vedeva ed era così anche quella volta.

Anche Maurizio Giuliani gli faceva impressione.

Si accovacciò di nuovo e avvicinò la faccia al pavimento in modo che fosse alla stessa altezza di quella del morto. Pallore cadaverico a parte, sembrava addormentato, con gli occhi chiusi e la bocca socchiusa, un particolare inquietante e interessante allo stesso tempo.

Chissà che tipo era stato da vivo.

Un noto cocainomane, lo aveva definito la Invernizzi senza tanti giri di parole e senza la minima pietà.

Sicuramente un po' riduttivo. Avrà avuto anche altre caratteristiche, altri difetti, altri pregi. Avrà avuto degli hobby e degli interessi, delle ossessioni e delle passioni.

Gli piaceva vestire elegante, tanto per cominciare. Indossava un completo chiaramente fatto su misura, al collo aveva una cravatta di pura seta, e anche le scarpe che aveva ai piedi erano di marca e tenute alla perfezione.

E cosa ci faceva un uomo del genere a casa il martedì pomeriggio alle 2?

Probabilmente avrà avuto un lavoro che glielo permetteva. Poteva essere un libero professionista. Un avvocato, magari, o un architetto.

Giulio stava per alzarsi quando qualcosa sotto il letto attirò la sua attenzione. Allungò una mano e afferrò un piccolo oggetto luccicante.

Si alzò e aggrottò le sopracciglia.

Un gemello.

Ma Maurizio Giuliani non portava una camicia che richiedesse l'uso dei gemelli. O per lo meno non la portava quel giorno.

Dei passi in corridoio lo distrassero e con la coda dell'occhio vide Davide Banfi della Scientifica entrare nella stanza da letto, scarmigliato come suo solito. Aveva i capelli spettinati, la barba di qualche giorno, il completo spiegazzato e la cravatta, atroce come poche, allentata.

Gli sorrise: "Giulio! Che sorpresa... non pensavo di trovarti qui."

Non aveva tutti i torti. Erano otto anni che non si incontravano più su una scena del crimine. I primi sette perché lui era stato via. L'ultimo perché si era guardato bene dall'uscire dall'ufficio e avere a che fare con morti e feriti.

"Ordini dall'alto." Si limitò a dire.

Banfi annuì: "A te forse non farà molto piacere, ma a me sì. Mi sono sempre trovato bene a lavorare con te. Ma non posso certo dire la stessa cosa dell'Ispettore Marchi."

Suo malgrado sorrise. Anche a lui aveva sempre fatto piacere avere a che fare con il Capo della Scientifica.

"Ti ringrazio."

Davide si mise i guanti: "Allora... cosa abbiamo qui?"

"Possibile morte di overdose. Abbastanza coca in questa scatoletta per fare un festino... e poi abbiamo questo..." Giulio infilò il gemello in un'altra bustina di plastica e si alzò da terra. Banfi si avvicinò e guardò il contenuto con interesse:

"C'è gente che ancora usa i gemelli... di giorno?"

Scrollò le spalle: "Non saprei. E non so nemmeno di chi sia e quando gli sia caduto sotto il letto. Potrebbe anche essere del morto... anche se lo dubito. Questa sembra essere una U in corsivo e lui si chiamava Maurizio."

"Magari erano un cimelio di famiglia. Forse il nonno si chiamava Ubaldo o Umberto o qualcosa del genere..."

"Sì, forse è così." Allungò le due bustine a Banfi: "Tieni, vedi che impronte trovi. E…"
"Sì?"
"Cerca di fare il modo che Maggi non ci metta tre mesi a fare l'autopsia, per favore."
"Farò del mio meglio, ma sai com'è… già ci mette una vita a presentarsi sulla scena del crimine…"
Giulio sospirò:
"Sì. Ma meglio così. Meno lo vedo, meglio è." Banfi scoppiò a ridere. "Ora vado… devo trovare il mio nuovo agente e accertarmi che non si sia impressionata troppo."
"Se cerchi una ragazza sui vent'anni coi capelli scuri credo sia di là a vomitare…."
Annuì e lo salutò. Doveva trovare la Rizzo e doveva parlare con la vedova. Non poteva più rimandare.
Le trovò entrambe in cucina, sedute al tavolo con davanti a loro delle tazze di tè. Nel vederlo entrare la Rizzo scattò in piedi con tanta foga che quasi ribaltò la sedia.
"Comoda, Rizzo. Si sente meglio?" Lei annuì e si risiedette. Giulio si schiarì la voce e si girò verso Sara Cattani. Per quanto ancora sconvolta, sembrava essersi notevolmente calmata e non poté che esserne felice.
"Mi spiace molto per suo marito, Signora…"
"Signora Cattani. Non ho mai usato il cognome di Maurizio." Supplì lei, gli occhi fissi sulla tazza che aveva davanti.
"Bene… Signora Cattani. Vorrei farle qualche domanda sul Signor Giuliani, se se la sente."
Sara Cattani alzò lo sguardo e annuì: "Ma certo, Commissario. Mi dica."
"Come mai suo marito era a casa di martedì pomeriggio?"
"Veniva spesso a casa per pranzo."
"Lavorava qua vicino?"
"Non esattamente vicino… Maurizio lavora… *lavorava* per una delle aziende di mio padre. Gli uffici sono a City Life… ma in motorino non ci metteva molto a tornare a casa per pranzo."
"Dunque avete pranzato insieme… e poi?"
"Poi Maurizio è andato di là a cambiarsi… si era macchiato la camicia mangiando."
"Si ricorda a che ora sia andato in camera da letto?"
"Saranno state… le due? Credo?"
"E questo è successo prima o dopo che arrivasse la Dottoressa Invernizzi?"

La donna scosse la testa: "Oh… io… credo dopo. No, scusi. Prima. Credo."

"Cerchi di ricordare, Signora Cattani. Quando la sua amica ha citofonato… lei e suo marito dove eravate?"

"Io ero qua… stavo caricando la lavastoviglie. Maurizio era appena andato di là… sì, ecco. È andato di là appena prima che lei arrivasse… quando ha suonato il citofono mi sono chiesta chi fosse, perché non aspettavo nessuno."

"Non aspettava la Dottoressa Invernizzi?"

"No… cioè, non oggi. Sarebbe dovuta venire domani a prendere il caffè, ma ha sbagliato il giorno. È sempre stata così sbadata…"

La presenza della solerte dottoressa in quella casa si stava facendo sempre più interessante.

"Quindi la Dottoressa Invernizzi e suo marito non si sono incontrati, oggi."

Sara si alzò e andò a posare la sua tazza nel lavandino:

"No. Quando sono andata ad aprire lui era già in camera. Poi io e Ludovica siamo tornate qua in cucina e ci siamo fatte un caffè. Ci siamo messe a chiacchierare e abbiamo perso la cognizione del tempo e…" La voce le si incrinò. "Non mi sono accorta da quanto tempo fosse andato via Maurizio, fino a quando la Ludo mi ha chiesto dove fosse il bagno… oh mio Dio, Commissario… se solo me ne fossi accorta prima… avremmo potuto salvarlo!" Scoppiò a piangere violentemente, gli buttò le braccia al collo e gli appoggiò il viso al petto, scossa dai singhiozzi. Giulio non poté fare altro che abbracciarla goffamente e lasciarla fare.

"Shhhh… Signora Cattani…. Si calmi. Non è colpa sua." Cercò di placare quel pianto isterico che gli stava trapanando di nuovo i timpani e logorando i nervi, ma lei non accennò a smettere. Lasciò che si sfogasse per quella che gli parve un'eternità, fino a che, dal nulla, la Rizzo si avvicinò a loro e appoggiò una mano sulla schiena della vedova. Non appena Sara Cattani sentì la mano dell'agente tra le scapole smise di singhiozzare, si raddrizzò e lasciò andare la presa. Giulio trattenne a stento un sospiro di sollievo.

"Mi scusi, Commissario…" La vedova fece un passo indietro e tirò su col naso: "Credo di aver bisogno di stendermi. Mia madre sta per arrivare a prendermi e vorrei… riposare un attimo."

"Ma certo. Si stenda pure sul divano. Tornerò a parlarle nei prossimi giorni, non c'è fretta."

Grazie a Dio quello strazio era finito. Non vedeva l'ora di andare a casa, farsi una doccia e togliersi quella camicia bagnata di lacrime e macchiata di mascara.

Chissà perché aveva pensato che l'aspetto peggiore dell'essere di nuovo su una scena del crimine sarebbe stato avere a che fare col cadavere. Si era dimenticato che, in realtà, la cosa di gran lunga più snervante era parlare coi familiari e avere davanti agli occhi il loro dolore.

Sospirò: "Andiamo, Rizzo. Aspettiamolo giù, il PM."

Olivia non si era mai sentita così in imbarazzo in vita sua. Dopo una mattinata già poco brillante in Commissariato aveva voluto mettere la ciliegina sulla torta vomitando sulla scena di un crimine, la prima e probabilmente anche l'ultima che avrebbe mai visto. Quella era l'ennesima conferma che quel lavoro non facesse per lei.

Avevano ragione papà e i suoi fratelli. Lo sbirro era un mestiere da uomini.

Appena lasciato l'appartamento di Maurizio Giuliani e Sara Cattani lei e il Commissario Locatelli si ritrovarono sul pianerottolo, in silenzio, ad aspettare che l'ascensore arrivasse al quinto piano. Osservò il suo capo, preso da chissà quali pensieri, e si sentì nuovamente inondata dall'imbarazzo. Non poteva credere di avergli quasi vomitato sulle scarpe.

Si schiarì la voce: "Volevo chiederle scusa per prima, Dottore."

Lui scrollò le spalle: "Non si preoccupi, Rizzo. Sono cose che capitano, all'inizio. Almeno è andata a vomitare altrove e non ha compromesso la scena del crimine..."

Olivia sorrise. Carino da parte sua metterla così.

"Grazie, Dottore."

"So che è brutto dirlo, e probabilmente non mi crederà, ma in un certo senso... si abituerà ai cadaveri." Continuò lui. Sentì lo stomaco stringersi e contorcersi. Non credeva proprio, ma non ebbe il coraggio di ribattere.

"Sì, Dottore."

"Ah... e non mi chiami Dottore, per favore. Non lo fa nessuno. Commissario andrà benissimo."

Olivia annuì. A quello si sarebbe abituata molto più facilmente che ai morti.

"Va bene... Commissario." Deglutì e si schiarì di nuovo la voce: "Io... posso chiederle di non darmi del lei? Non lo fa nessuno."

Parve sorpreso, ma annuì: "Come vuoi, Rizzo." Schiacciò altre tre volte il pulsante di chiamata dell'ascensore, poi sbuffò: "Mi sa che è rotto... andiamo giù a piedi, che se no qui si fa notte..."

Olivia lo seguì verso le scale. Era a Milano da nemmeno 24 ore e una cosa l'aveva già capita: avevano tutti una fretta indiavolata. Sempre. Non solo avevano fretta che arrivassero gli ascensori, ma avevano anche fretta di salire e scendere dal tram, di bere il caffè, di pagare al supermercato. A quanto pareva avevano anche fretta di risolvere gli omicidi, il che probabilmente era un bene per la pubblica sicurezza, ma la cosa la preoccupava perché non era sicura di riuscire a mantenere quel ritmo.

Forse, per evitare di rimanere ancora più indietro, sarebbe stato meglio chiedergli cosa avesse scoperto esaminando il morto dopo che lei era corsa a vomitare. In fondo non le costava niente. Peggio di così era dura.

"Commissario... posso chiederle della... scena del crimine?"

"Cosa vuoi sapere?" Domandò lui, come se fosse la cosa più normale del mondo.

"È morto davvero di arresto cardiaco?"

Lui si fermò di botto e lei quasi gli andò addosso: "Perché lo chiedi?"

"Come ha detto lei... era un po' giovane per essere morto di infarto... e quando io e la moglie eravamo sole in cucina ho un po'... indagato."

Si sentì lo sguardo di lui addosso e le orecchie in fiamme.

"Non dirlo come se fosse una cosa negativa. È il nostro lavoro. Hai scoperto qualcosa?"

"Le ho chiesto che genere di problemi di cuore avesse il Signor Giuliani e la signora ha detto che non ne aveva. Che aveva un altro genere di problema..."

"Le hai chiesto quale?"

Olivia scosse la testa: "Ovviamente no! Ma lo ha detto con un tono come... se si vergognasse."

Locatelli aprì la bocca per dire qualcosa quando un grido di quelli da spaccare i timpani lo interruppe, facendolo sobbalzare. Olivia si sentì di colpo le mani sudate e il cuore in gola. L'urlo sembrava fosse arrivato dal piano sotto quello dove si trovavano. Il Commissario le fece segno di seguirlo e corse giù per le scale, tirando la pistola fuori dalla fondina. Olivia si domandò se dovesse farlo anche lei.

Una nuova ondata di nausea la colpì, ma non ebbe il tempo di pensarci troppo.

Lo seguì a rotta di collo giù dalle scale, appoggiando la mano sulla fondina senza però osare tirare fuori l'arma. Il cuore le batteva talmente forte che lo sentiva nelle tempie e una specie di ronzio le ovattava le orecchie. Arrivati sul pianerottolo del secondo piano trovarono la porta di uno degli appartamenti spalancata e lui si precipitò dentro. Fece per seguirlo di nuovo, ma un secondo dopo lo vide bloccarsi di colpo. Si girò di scatto verso di lei, bianco in volto, e le fece segno di fermarsi:

"Aspetta lì, Rizzo..."

Olivia rimase immobile dov'era sul pianerottolo, ma non poté fare a meno di sentire, e riconoscere, l'odore del sangue. Grazie a Dio aveva già vomitato tutto quello che aveva nello stomaco mezz'ora prima, perché questa volta non era sicura che avrebbe fatto in tempo ad arrivare in bagno.

Giulio abbassò l'arma.

Nel mezzo del salotto c'era una donna immobile a pancia in giù, circondata da una pozza di sangue troppo grande per sperare che potesse essere ancora viva. Un'altra donna, quella che doveva aver gridato, era in piedi a un paio di metri dal cadavere con gli occhi sgranati e la bocca spalancata. Tremava come una foglia.

"Sono il Commissario Locatelli. Lei chi è?"

Quella lo guardò come se non avesse capito la domanda.

"Io? Io..." Si schiarì la voce: "Mi chiamo Gabriella La Torre. Sono qui per le tende..."

Giulio si avvicinò al corpo per sentire se c'era battito, anche se già sapeva che non ne avrebbe trovata la minima traccia. Infatti era gelida. Doveva essere morta da almeno quattro ore, forse anche di più.

"Di che tende sta parlando?"

"Sono un'arredatrice d'interni. Ero qui a prendere le tende della Signora Molinari. Voleva cambiarle... mi aveva lasciato le chiavi."

Indicò il cadavere: "È questa la Signora Molinari?"

Quella lo guardò ancora più stralunata: "No. Non ho mai visto questa donna in vita mia..."

La fissò. Che fosse andata fuori di testa per lo shock?

Le si avvicinò e, gentilmente ma fermamente, la condusse fuori dall'appartamento sul pianerottolo: "Rizzo... accompagna fuori la signora, per favore. E prendi la sua deposizione." Se era stata in grado di calmare il pianto isterico di Sara Cattani sarebbe stata anche in grado di gestire questa tale La Torre. O così sperava. Lo aveva assalito un mal di testa martellante e avere di fianco qualcuno che urlava lo avrebbe fatto impazzire.

Tornò nel salotto e osservò più da vicino la morta.

Avrà avuto una trentina d'anni ed era una bellissima ragazza, con lunghi capelli rossi, occhi verdi e carnagione chiara. Le avevano fracassato il cranio colpendole la testa ripetutamente con qualcosa di molto pesante. Si guardò intorno, ma la stanza era piena di roba buttata in giro e gli parve impossibile poter individuare su due piedi l'arma del delitto.

Girò di nuovo lo sguardo sulla morta. Lo smalto sulle mani era tutto sbeccato, ma sotto le unghie non sembrava avere residui di pelle. Dunque non aveva cercato di difendersi o per lo meno non lo aveva fatto graffiando. I vestiti erano tutti al loro posto, la maglietta ancora infilata dentro i jeans: niente di particolare da notare, se non per il fatto che fossero entrambi fatti di pessimo materiale. Si mise i guanti e le ispezionò le tasche. Niente portafoglio e niente documenti. Nemmeno un cellulare. L'unica cosa che le trovò in tasca fu un biglietto da visita.

Dottoressa Ludovica Invernizzi.

Ah, però.

Due morti nello stesso palazzo nel giro di poche ore. E tutti e due avevano qualcosa a che fare con quella rompipalle della Invernizzi.

Molto interessante.

Ludovica si sedette sul divano e sospirò.

Il telefono continuava a suonare sul tavolino davanti a lei, ma non aveva voglia di vedere chi fosse. Andreas, probabilmente, per via della cravatta.

Avrebbe dovuto rispondergli, prima o poi, ma in quel preciso istante non poteva far altro che pensare a quello che era successo quel giorno.

Al cadavere di Maurizio, ai singhiozzi di Sara.

Ma soprattutto alle domande di quel simpaticone del Commissario Locatelli.

Non era stata la chiacchierata più piacevole della sua vita, ma se l'era cavata bene. Aveva detto quello che c'era da dire ed era riuscita ad andarsene in tempo record, ma aveva la spiacevole sensazione che lui non le avesse creduto al 100%. Non sembrava il solito tonto, quel poliziotto. Anzi. Anche se aveva cercato di mascherarlo in tutti i modi, parlare con lui l'aveva snervata perché era una di quelle persone che non lasciavano trasparire niente. Non aveva mai sorriso, né aveva mai cambiato il tono di voce. Era stato pacato ed educato ed era andato subito al dunque, senza perdere tempo con inutili giri di parole. Aveva dimostrato, insomma, di essere preciso e intelligente.

Il peggio del peggio.

Era chiaro che non avesse creduto che lei non fosse mai stata in quella casa prima, ma non aveva potuto fare altro che dirgli quello. Anche se Maurizio era morto, una promessa rimaneva una promessa.

Ludovica si morse il labbro.

Quel particolare l'avrebbe fregata, prima o poi. Anzi, molto prima che poi.

Il telefono riprese a suonare e questa volta lo prese in mano.

Come aveva immaginato era Andreas.

"Pronto?"

"Eccoti, finalmente. Pensavo volessi tenerti in ostaggio la mia cravatta per sempre..."

"Ma figurati. Volevo solo avere il tempo di restituirtela di persona. Come si deve."

Lo sentì ridere: "Mi fa piacere sentirtelo dire. E quando avevi in mente di farlo?"

Era ora di smettere di pensare alle domande di quel Locatelli, al suo sguardo serio, a quegli occhi che la fissavano come se volesse leggerle nel pensiero.

Sorrise: "Anche stasera, se ti va. Mi trovi a casa..."

Ma sì.

Ormai quel che era fatto era fatto.

Se ne sarebbe occupata in un altro momento. Era ora di pensare a qualcosa di diverso e di decisamente più piacevole.

―――

Era sempre più facile, di giorno. Se stava lontano dai buchi angusti come la cantina e dai posti che brulicavano di moribondi come il pronto soccorso, se la cavava egregiamente.

Oddio, egregiamente forse no.

Se la cavava, al punto che tutti lo guardavano soddisfatti, come se fosse merito loro. Come se sperassero di prendere una medaglia.

Il merito, invece, non era di nessuno, anche perché sarebbe stato un finto merito. Quella non era la realtà: era una recita estenuante che Giulio portava avanti da mesi. Ogni giorno faceva i salti mortali per sembrare normale, sia al lavoro che fuori, e la gente ci cascava.

Di notte, però, era diverso.

Arrivava a sera esausto e non ce la faceva più a recitare.

E appena abbassava la guardia la sua mente cominciava a pullulare di immagini, suoni e voci che lo lasciavano in preda a un terrore cieco che non si ricordava di aver mai provato da sveglio, nemmeno nei momenti peggiori della sua vita.

Quella sera era una di quelle.

Aver visto Giuliani e quella ragazza morti lo aveva disturbato molto più di quanto avrebbe potuto ammettere ad alta voce senza rischiare di finire di nuovo dallo psichiatra.

Ma se lo doveva tenere per sé, così come doveva tenersi per sé la certezza che gli incubi fossero dietro l'angolo ad aspettare solo che lui si addormentasse. Se lo sentiva.

Meglio rimanere sul divano a leggere, con la luce accesa, e sperare così di assopirsi senza però addormentarsi del tutto.

"Non vieni a letto?"

Isabella era comparsa sulla soglia e nemmeno se ne era accorto.

Gli si strinse lo stomaco. Vederla lì così, con gli occhi azzurri pieni di speranza, i capelli biondi che le sfioravano le spalle e una sua vecchia maglietta della Polizia come pigiama, gli fece stringere anche il cuore.

"Magari dopo. Ora leggo ancora un po'." Cercò di mantenere un tono leggero, sperando che lei lasciasse perdere, che non se la prendesse. Era una speranza inutile, ovviamente. In un istante lo sguardo di Isabella si rabbuiò e fu come se il salotto fosse attraversato da ondate di risentimento quasi palpabili.

"Davvero non vuoi venire a letto?"

Non è che non volesse. Non voleva niente di più al mondo, a dire il vero. Ma non poteva. Non quella sera.

"Più tardi ci vengo. Ma ora non ho sonno..." Mentì.

Lei sospirò: "Come vuoi. Buona notte."

La vide scomparire dietro l'angolo e la porta della camera da letto si chiuse con un colpo secco, non abbastanza forte per essere catalogato come una porta sbattuta ma poco ci mancava.

Giulio sospirò.

Avrebbe tanto voluto alzarsi, andare in camera da letto, scusarsi e addormentarsi abbracciato a lei come facevano una volta, ma sapeva che non era buona idea.

Lo faceva per lei.

Non voleva spaventarla o farle del male, nemmeno per errore. E non poteva nemmeno spiegarle quello che gli succedeva perché non lo avrebbe mai capito. Lo avrebbe preso per pazzo. Pazzo come a volte si sentiva lui stesso se si soffermava troppo a pensarci.

No, era meglio stare lì sul divano, con il suo libro e la luce accesa.

Cercò di concentrarsi sul paragrafo che stava leggendo e rileggendo da più di cinque minuti. Poteva farcela. Doveva farcela.

È tutta una questione mentale.

I sogni non sono che sogni.

Non ci pensare e vedrai che ti passa.

Non era così certo che fossero vere, quelle cose. Ma tutti gliele avevano

ripetute per mesi e con grande convinzione. Certo, era facile parlare quando non toccava a loro quella tortura, notte dopo notte.
   Giulio sospirò.
   Tutti Sigmund Freud con la psiche degli altri.

Sei anni. Isabella aveva passato sei anni d'inferno a sperare e pregare che Giulio tornasse a casa sano e salvo. Che tornasse a fare un lavoro normale, per quanto potesse essere normale avere il cervello di suo marito e sprecarlo a fare il poliziotto.
   Per sei anni lui era stato quasi sempre lontano, mentre lei aveva vissuto attanagliata dalla paura che non tornasse vivo o, peggio ancora, che tornasse mutilato in qualche modo orrendo.
   Che razza di persona spera che il proprio marito muoia piuttosto che vederlo tornare a casa vivo ma mutilato?
   Lei era una di quelle, a quanto pareva. Non ne andava fiera, ma non poteva farci niente.
   Alla fine le sue preghiere erano state ascoltate. Giulio era tornato a casa. Tutto intero. Due gambe, due braccia, le dita tutte al loro posto. Eppure era come se le avessero restituito una persona diversa, il guscio del ragazzo di cui si era innamorata e con cui si era sposata.
   A guardarlo pareva identico: forse un filo più magro, i muscoli un po' più definiti e il viso leggermente più affilato, ma tutto sommato uguale. I capelli castani, corti e con la riga da una parte, erano sempre al loro posto; gli occhi grigi sembravano un po' più stanchi, ma non avevano certo perso l'abitudine di danzare costantemente in giro per la stanza, attenti e osservatori; il naso e la bocca, dritti e un po' severi, erano tornati anche loro senza subire il minimo cambiamento, nemmeno la più piccola delle cicatrici, così come le guance, che lui teneva sempre sbarbate alla perfezione. E allora perché le sembrava così diverso?
   Non si era mai sentita così sola, nemmeno quando lui era lontano.
   Lontano. Che parola odiosa.
   Perché, durante quei sei anni, non aveva nemmeno potuto sapere dove fosse, così che ogni sera, quando al telegiornale annunciavano l'ennesima disgrazia, si era dovuta chiedere se suo marito potesse essere là, in mezzo alle vittime di un aereo caduto in Siberia o di un missile sulla striscia di Gaza.
   Eppure quell'incertezza, quella paura, ora le mancavano.

Perché la certezza che lui fosse nella stanza di fianco e che non avesse nessuna intenzione di dormire nel letto con lei era quasi peggio.

Ora sì che era veramente *lontano*.

Era per via degli incubi, diceva lui.

Quella però era l'unica cosa che le era data di sapere.

Per il resto non aveva mai voluto dirle altro: cosa sognasse e perché, ma anche perché il divano fosse un posto migliore per addormentarsi e, soprattutto, perché non volesse dormire con lei. Quando glielo chiedeva gli occhi di Giulio diventavano grigio scuro, quasi color antracite, e le sue mani, sempre nervose già di loro, si contorcevano ancora di più. Era lampante che non volesse parlarne, ma questo non lo rendeva certo meno doloroso.

Isabella si infilò a letto, spense la luce e si girò su un fianco, cercando di concentrarsi su cose più piacevoli.

Il giorno del loro matrimonio, per esempio. Con gli occhi chiusi ancora le sembrava di essere lì, sotto braccio a suo padre, mentre percorrevano la navata di San Simpliciano. Le pareva di guardare un film: all'altare la aspettava Giulio, nervoso ed emozionato come non mai. Proprio lui. Giulio Locatelli. Sempre calmo e posato, tranne quel giorno di fine febbraio, in cui le era sembrato così speranzoso e felice.

Un rumore in strada quasi la distrasse dai suoi ricordi, ma Isabella tenne gli occhi chiusi, stringendoli più forte, e rivide l'attimo in cui era arrivata all'altare. Lui le era sembrato bellissimo, con quel suo viso così serio e l'aria solenne, ma con gli occhi che brillavano per l'emozione.

Il rumore di un tram in lontananza cercò di strapparla nuovamente dai suoi ricordi, ma di nuovo si concentrò.

Meglio i ricordi del passato che la tristezza e l'aridità del presente.

La felicità li aveva investiti come un treno in corsa una volta sposati quando si era trasferita con lui in quella casa. Pazzesco pensare come quelle stesse stanze, che ora sembravano una prigione, una volta fossero state talmente piene di amore e di risate da rischiare quasi di scoppiare.

Non muoverti, sei stupenda.

Le sembrò quasi di sentire le labbra di Giulio che le baciavano ogni singola lentiggine tra collo e spalle. E ne aveva tante.

Una lacrima bollente le scese lungo la guancia, facendola rabbrividire, circondata com'era dal freddo della stanza vuota.

Un rumore, forte e stridente, le fece spalancare gli occhi.

Annaspò al buio per accendere la luce e cercare di capire cosa era stato, ma si bloccò quando un secondo urlo, ben più forte del primo, le arrivò alle orecchie. Lo stomaco le si contrasse e le sembrò che fosse diventato grande come una noce.

Giulio.

Un altro dei suoi incubi.

Isabella buttò giù le gambe dal letto e corse in salotto per svegliarlo, ma arrivata davanti al divano vide che lui era già sveglio. Era semi sdraiato con la luce ancora accesa, il libro appoggiato alle gambe e lo sguardo perso nel vuoto come se nemmeno la vedesse.

"Giulio..." Cercò di tenere la voce bassa perché alzarla lo faceva spaventare ancora di più.

Lui si drizzò a sedere e sbatté gli occhi un paio di volte. Poi la guardò come se, finalmente, l'avesse messa a fuoco e riconosciuta.

"Scusa... scusami. Devo aver avuto un incubo..." Le disse con la voce strozzata, evitando il suo sguardo. Fece per fare un passo avanti e andare ad abbracciarlo, ma lui balzò in piedi come se avesse preso la scossa: "Faccio una doccia."

"Perché invece non vieni a letto, per favore?"

Lui annuì. Era pallido, quasi cadaverico.

"Prima faccio la doccia. Sono un po' sudato." Non si era nemmeno accorta che aveva la maglietta zuppa. "Ma poi vengo subito a letto. Promesso."

Lo guardò trascinare i piedi fino in bagno come se fosse in trance e chiudere la porta dietro di sé.

Come sempre.

C'era solo da sperare di addormentarsi prima che lui finisse la doccia perché già sapeva che si sarebbe girato e rigirato tra le lenzuola fino all'alba come un'anima in pena, tenendola sveglia ma rifiutandosi di dire cosa lo angosciasse.

Non sarebbe stato così, una volta.

Ma ormai sì.

Ormai era tutto cambiato e tutto diverso e la speranza che le cose potessero tornare come un tempo era più flebile ogni giorno che passava.

CAPITOLO TRE

Amore... tu sei per me il coltello con cui frugo dentro me stesso.
— *Franz Kafka*

MERCOLEDÌ 4 OTTOBRE 2017

La giornata era cominciata male.

Giulio aveva dormito a stento e dopo essere tornato dalla sua solita corsa mattutina aveva trovato Isabella seduta a far colazione, di pessimo umore. Aveva cercato di chiacchierare, ma lei aveva risposto a monosillabi, quindi alla fine aveva lasciato perdere, si era fatto la doccia, aveva bevuto il caffè ed era scappato al lavoro.

Non che lì le cose andassero meglio.

Marchi infilò la testa nel suo ufficio e gli rivolse uno dei suoi sorrisi irritanti:

"C'è il Signor Questore al telefono, Commissario. Glielo passo?"

Ci mancava solo lui.

"Sì, grazie..." Sospirò Giulio. Appoggiò la schiena alla sedia e sollevò la cornetta: "Commissario Locatelli."

"Locatelli. Alla buon'ora!" La voce nasale dall'altra parte del filo gli aggredì i timpani. "È un'ora che cerco di parlarle."

Erano le otto e venti. E se proprio aveva avuto quella gran fretta di parlargli perché non lo aveva chiamato sul cellulare? Comunque era meglio non dire niente. Non voleva certo che cominciasse a chiamarlo senza sosta anche sul telefonino.

"Be', eccomi qua. A cosa devo il piacere?"

"Il piacere? Il piacere un cazzo, Commissario!" Appunto. "Ho saputo di Maurizio Giuliani." Rimase in silenzio, in attesa di capire cosa volesse esattamente il Questore. Come al solito non tardò a dirglielo: "Conosco il padre di Sara Cattani da molti anni."

Giulio alzò gli occhi al cielo. Frugò in un cassetto, sperando di trovarci una pastiglia per il mal di testa, ma l'unico blister che pescò era vuoto.

"Capisco." Si limitò a dire.

"È il Commendator Cattani."

Pure Commendatore. Di bene in meglio.

"Capisco." Ripetè.

"È sicuro di capire, Locatelli?"

"Mi faccia indovinare. Vorrà assicurarsi che la faccenda venga risolta in fretta?"

"In fretta e senza tanto chiasso. Dopo tutto è stato uno sfortunato incidente."

"Non credo, Dottor Costazza. Forse non lo sa, ma è stata ritrovata una donna morta nello stesso palazzo, poco dopo Giuliani. Non credo sia una coincidenza."

Il Questore rimase in silenzio qualche istante, ma lo sentì accendere una sigaretta e aspirare: "Ascolti, Locatelli. Non me ne frega un cazzo se trovano un intero palazzo di donne morte. Chiuda il caso di Giuliani in fretta e senza fare chiasso. E poi si occupi anche dell'altro caso. Ma quello di Giuliani ha la massima priorità. D'accordo?"

"Non credo che cambierebbe qualcosa, anche se non fossi d'accordo."

"Non faccia lo spiritoso con me, Commissario. Non è giornata." E quando mai lo era? "Chiuda il caso e lo faccia senza rompere i coglioni a mezzo mondo!"

Non dovette nemmeno sforzarsi di rispondere perché gli attaccò il telefono in faccia. Appoggiò la cornetta e sospirò. Quella sì che era una gran rottura. Ci mancavano solo il Questore e le sue maledette amicizie nella Milano bene.

L'Agente Rizzo entrò nel suo ufficio con in mano un vassoio:

"Le ho portato un caffè dal bar qua sotto... quello della macchinetta fa schifo..." Disse posando il vassoio sulla scrivania. Le sorrise:

"Grazie, Rizzo. Molto gentile. Abbiamo novità su Giuliani e sulla donna morta?"

Lei tirò fuori un blocchetto dalla tasca e si mise a scartabellare:

"Il Dottor Maggi questa sera eseguirà l'autopsia sul corpo di Giuliani. Per quanto riguarda la donna morta… non sappiamo ancora chi sia. La Scientifica ha confermato che non aveva con sé una borsa, quindi niente documenti."

Giulio annuì, massaggiandosi il mento: "Altro?"

"L'appartamento è di una certa Giada Molinari, sembra che al momento sia in vacanza nella Terra del Fuoco… non siamo ancora riusciti a contattarla, ma ci sto provando."

"Benissimo. E la ragazza che ci ha aperto la porta, invece?"

"Si chiama Ana Mendoza. Pulisce la casa dei Giuliani tutti i giorni. L'ho convocata qua come mi ha chiesto… ed è appena arrivata." Vide che la Rizzo era confusa. "Posso chiederle come mai le vuole parlare?"

Gli venne da sorridere.

Senza sapere perché pensò a Fontana, che come prima cosa quando si intrufolavano da qualche parte andava sempre a curiosare nell'armadietto del bagno e in frigo. *È pazzesco quello che puoi capire di una persona guardando nel cesso e in cucina.*

"Potrebbe saperne molto su Maurizio Giuliani. E su Sara Cattani." Tracannò il caffè che aveva nella tazzina. "Falla accomodare, per favore. E resta qua a prendere appunti."

La Rizzo annuì e dopo qualche istante tornò in ufficio con la ragazza al seguito. Ana Mendoza era giovane, con due occhi scuri molto vivaci e il modo di muoversi sicuro di chi sa quello che fa e quello che vuole.

Si alzò e si strinsero la mano: "Scusi se l'abbiamo dovuta far venire qui con così poco preavviso, Signora Mendoza. Si accomodi pure."

Lei si sedette: "Non c'è problema, Commissario. La signora mi ha dato la giornata libera…" A dispetto del nome e del cognome parlava italiano senza la minima inflessione, se non quella di qualcuno nato e cresciuto e Milano. E di certo non sembrava sconvolta per quello che era capitato solo due giorni prima nella casa in cui lavorava.

"Molto bene. Volevo chiederle da quant'è che lavora dai Giuliani."

"Da marzo. Prima ci andavo solo due mattine alla settimana. Da poco più di un mese ci lavoro dal lunedì al venerdì."

"Come mai?"

"Perché prima c'era solo il Signor Giuliani. La Signora è tornata dall'America a fine agosto e allora hanno chiesto che andassi più spesso."

Giulio annuì: "E che tipo era Maurizio Giuliani?"

"Non certo il tipo con cui vorrei essere sposata."

"In che senso?"

"Amava un po' troppo il whisky e la cocaina. Conciava la casa da fare schifo svariate volte alla settimana con i suoi amici..."

Ah, però. Inarcò le sopracciglia: "Non cercava di nascondere il suo stile di vita?"

"Non di certo a me. Ma i Giuliani sono il genere di persone che non calcolano quelle come me come persone vere."

"Quelle come lei?"

"Sì, sa... io sono nata qui a Milano da genitori ecuadoregni e ho il passaporto italiano, ma mi chiamano lo stesso *la filippi*na. Non che me ne freghi... basta che paghino. E loro lo fanno sempre. E sono puntuali."

Giulio annuì. Conosceva molto bene il genere. "Dunque con lei non faceva grandi sforzi per nascondere la sua passione per whisky e narcotici... e con gli altri?"

"Faceva qualche sforzo in più, soprattutto con sua moglie e con suo suocero. Ma nemmeno poi tanto..."

"Quindi da quando Sara Cattani era tornata i festini erano cessati?"

"Più o meno. A meno che lei non fosse via. Spesso va via per andare alle terme... a distendere i nervi." Lo disse con un tono divertito che fece quasi sorridere Giulio.

"È una donna... nervosa?"

"È una donna che ha troppo tempo per le mani e quindi ne ha molto per farsi paranoie di vario tipo."

Giulio si schiarì la voce prima di continuare: "Il Signor Giuliani la tradiva, che lei sappia?"

"Non mi stupirebbe. Ho trovato segni del passaggio di altre donne... rossetto sui bicchieri... capelli lunghi sul divano... ma niente di più. Non posso dirlo con certezza."

"Ora veniamo al giorno in cui il Signor Giuliani è morto. È successo qualcosa di particolare quella mattina?"

La ragazza scrollò le spalle: "Sono arrivata dai Giuliani verso le 9 e ho cominciato a pulire dalla camera da letto, come sempre. Il Signor Giuliani è uscito di casa per andare al lavoro alle 9:15, mentre la Signora è uscita per andare dal parrucchiere poco dopo. Mentre usciva mi ha dato una lista di commissioni da fare, quindi alle 10 sono uscita anche io. Sono andata al supermercato, in tintoria e in posta e sono tornata verso le 11:30."

Giulio annuì. Se tutti i testimoni fossero stati così attenti e precisi il suo lavoro sarebbe stato mille volte più facile.

"Dopo cosa è successo?"

"Quando sono tornata la Signora era in salotto con il Commendator Cattani."

Nel sentire quel nome Giulio sentì la pelle d'oca dietro il collo:

"Il padre di Sara?"

E il *caro conoscente* del Questore.

"Sì. È un padre molto... presente."

"E di cosa parlavano?"

"La Signora stava avendo uno dei suoi... momenti. Delle sue crisi. La sentivo piangere, ma non so cosa avesse. Sono andata a pulire i bagni e lo studio, quindi non potevo sentire cosa dicevano. Comunque verso mezzogiorno il Commendatore è andato via e la Signora sembrava più calma."

"Quando è tornato il Signor Giuliani ha notato qualcosa di diverso dal solito o di strano?"

"Non direi... hanno mangiato in sala da pranzo, non parlavano molto, guardavano per lo più i cellulari. Ma quello lo facevano sempre. E poi... poi è arrivata la Dottoressa Invernizzi. Quello mi ha un po' stupito..."

"È arrivata il giorno sbagliato, giusto?"

"Sì, ma non è quello che mi ha stupito."

"E cosa, allora?"

"Pensavo che la Dottoressa Invernizzi fosse amica del signor Giuliani, non della signora."

"Perché?"

"Perché le altre volte che l'avevo vista era venuta per parlare con lui, quando la signora non c'era."

Dunque non si era sbagliato. La Invernizzi non era stata molto sincera con lui.

"Era venuta lì molte volte?"

"Non moltissime. Quattro o cinque, più o meno. Erano sempre visite brevi. Si chiudevano nello studio per una ventina di minuti, poi lei se ne andava."

Giulio appoggiò la schiena alla sedia e annuì.

Il Commendator Cattani era stato a casa dei Giuliani poco prima che Maurizio morisse e questo significava che avrebbe dovuto trovare il modo di interrogarlo senza che il Questore si mettesse di mezzo. Non sarebbe stato né facile, né piacevole, di quello era sicuro.

E poi c'era la Invernizzi, che gli aveva mentito. Andava a trovare Giuliani, si chiudevano nello studio una ventina di minuti e poi andava via.

Poteva voler dire tutto e niente.

Prese in mano la foto di Maurizio Giuliani che avevano preso da una delle cornici del salotto. Era stato un tipo affascinante, problema di cocaina a parte, il genere di uomo che poteva di sicuro piacere alle donne. Sua moglie, invece, era una donna piuttosto... anonima. Che Giuliani e la Invernizzi avessero una storia? Certo che tradire la moglie in casa propria mentre qualcuno è presente era davvero da idioti. Ma com'è che aveva appena detto la Mendoza?

I Giuliani sono il genere di persone che non calcolano quelle come me come persone vere.

Tutto poteva essere. E al contrario che con Cattani, interrogare la Invernizzi non avrebbe richiesto grandi manovre diplomatiche, dunque tanto valeva cominciare da lei.

―――

Ludovica mescolò il caffè, anche se non ci aveva messo dentro lo zucchero, e sorrise.

Aveva fatto bene a rispondere ad Andreas la sera prima. Era stato divertente rivederlo prima che partisse. Ed era stato esattamente quello di cui aveva bisogno per distrarsi, tant'è che aveva dormito come un angelo, come se tutta quella storia assurda di Maurizio non fosse nemmeno successa.

Fece per portarsi la tazzina alla bocca, ma il telefono squillò e la riabbassò.

Numero sconosciuto.

Aggrottò le sopracciglia: "Pronto?"

"Buon giorno. Parlo con la Dottoressa Invernizzi?" La voce non le diceva niente. L'accento pugliese nemmeno.

"Sì, chi parla?"

"Sono l'Agente Caputo del Commissariato di Porta Venezia." Il sorriso che fino a poco prima aveva dipinto in faccia le sparì in un secondo. "La chiamo per conto del Commissario Locatelli."

Sospirò: "Ma certo. Mi dica."

"Il Commissario vorrebbe parlarle. Potrebbe venire qui oggi pomeriggio alle 14?"

Avrebbe potuto dirgli di no con qualche scusa, ma a cosa sarebbe servito?

Non era certo sorpresa. Ci avrebbe scommesso che quel Commissario rompipalle non avrebbe fatto passare molto tempo prima di interrogarla più approfonditamente: le era parso uno con cui c'era poco da scherzare e rogne del genere era meglio togliersele dai piedi immediatamente. Quindi, tanto valeva.

"Ma certo. Gli dica che sarò lì alle due."

Attaccò il telefono e sospirò.

Era proprio un peccato che quel Locatelli fosse così antipatico. Era sempre un peccato quando un bell'uomo rovinava tutto avendo un carattere di merda. Ma d'altra parte non si poteva avere tutto.

E poi mica doveva uscirci a cena, con quel rompipalle.

Doveva solo restare calma, rispondere alle sue domande e cercare di non farsi convocare per un terzo interrogatorio, perché qualcosa le diceva che il secondo le sarebbe bastato e avanzato.

La Dottoressa Invernizzi entrò nell'ufficio di Giulio come se stesse sfilando su una passerella, avvolta da una nuvola di profumo e con il passo deciso di chi è abituato a calcare il palcoscenico. Non poté fare a meno di scuotere la testa: nonostante il tempo fosse tutt'altro che clemente indossava un completo di camicia e pantaloni bianchi e un trench rosso che sicuramente non teneva caldo. Le labbra, anche quelle rosso fuoco in tinta con l'impermeabile, le si schiusero in un sorriso smagliante:

"Buongiorno Commissario, buongiorno Agente!" Si accomodò davanti a lui alla scrivania e accavallò le gambe. "Cosa posso fare per lei?"

Giulio guardò l'orologio che aveva al polso, poi la fissò: "Pensavo avesse deciso di non venire. L'avevamo convocata qua per le due... o sbaglio? Sono quasi le due e venti."

Lei non parve particolarmente preoccupata: "Mi scuso per il ritardo. Sono venuta a piedi e ci ho messo più del previsto... ma eccomi qua. Voleva vedermi?"

"Sì. Ho delle domande da farle, Dottoressa Invernizzi."

"Molto bene... ne ho anche io per lei."

"Mi scusi?"

Il suo tono stupito non colpì la Invernizzi, che continuò a parlare come se niente fosse: "Non trova che ci fosse qualcosa di strano sulla scena del crimine?"

Lo stava prendendo in giro? Giulio sbuffò: "Anche se fosse non verrei certo a raccontarlo a lei."

"Perché no?"

"Perché mai dovrei?" Si esasperò. La Invernizzi era lì da meno di due minuti e gli stava già facendo venire un gran mal di testa.

Di nuovo lei non sembrò colpita: "Forse non lo sa, ma sono una psichiatra forense e una specialista in criminologia. Potrei aiutarla."

Ma certo. Non solo la zelante dottoressa toccava i cadaveri sulle sue scene del crimine. Era pure psichiatra forense e criminologa. Davvero il meglio, insomma. Una fitta alle tempie gli fece stringere gli occhi un istante.

"Forse non lo sa, ma sono perfettamente in grado di condurre un'indagine. Quindi, se non le spiace, risponda all*e mie* di domande..."

"Ma certamente, dica pure." Si appoggiò meglio allo schienale della sedia e gli rivolse un sorriso a dir poco beffardo. Giulio fece finta di non notarlo e fece segno alla Rizzo di prendere appunti.

"Cominciamo dalle basi. Come conosce Maurizio Giuliani e Sara Cattani?"

"Io e Sara siamo andate a scuola insieme."

"Elementari? Medie? Liceo?"

La Invernizzi sbuffò: "Che differenza fa?"

"Le assicuro, Dottoressa, che se lo chiedo non è tanto per fare. Non mi interessa sapere a chi delle due piacesse Dylan McKay e a chi Brandon Walsh, ma voglio sapere come e quando vi siete conosciute." Quel riferimento così pop chiaramente la sorprese e Giulio trattenne a stento un sorriso soddisfatto. Se pensava di essere l'unica a poter essere irritante si sbagliava di grosso. In fin dei conti, lui aveva imparato a infastidire la gente da un vero e proprio campione. Fontana. *Se li fai innervosire, molto prima che poi ti dicono tutto.* Certo, a volte le avevano prese facendo innervosire la persona sbagliata, ma tutto sommato ne avevano quasi sempre guadagnato.

"Come vuole. Ci siamo conosciute in prima media..." Per un secondo parve seccata, ma poi sorrise: "E tanto per la cronaca, a me piaceva Dylan. Ho sempre avuto un debole per i cattivi ragazzi."

Alla Rizzo scappò un risolino e Giulio la incenerì con lo sguardo.

"Molto bene. E già che parliamo di cattivi ragazzi... parliamo di Maurizio Giuliani. Come lo conosce?"

"Tramite Sara, ovviamente."

"Sara a parte... non eravate amici? Non vi vedevate?"

La Invernizzi inarcò le sopracciglia:

"Se sta pensando che io e Maurizio avessimo una storia, Commissario, si sbaglia."

Chissà perché allora era andata da lui quando Sara non c'era. E chissà perché non voleva ammetterlo.

"Non sto pensando niente, Dottoressa. Sto solo domandando." La guardò in quei suoi occhi blu porcellana e lei lo fissò di rimando. "Si conoscevano da tanto lui e Sara?"

La Dottoressa si morse un labbro e, seppur brevemente, sembrò soppesare le parole prima di rispondere:

"Si sono conosciuti una decina di anni fa a una festa. A St. Moritz. C'ero anch'io."

"Che genere di festa?"

"Il genere di festa in cui tanti annoiati figli di papà bevono champagne come fosse acqua e pippano come se non ci fosse un domani." Piegò la testa da una parte e lo guardò con un sopracciglio inarcato: "Ha presente?"

"L'unica volta che sono andato a una festa del genere è stato per fare una retata."

La Invernizzi scoppiò a ridere: "Be', comunque sia avrà capito il genere di festa di cui parlo. E il genere di gente che ci va."

"Dunque mi sta dicendo che Maurizio fosse un annoiato figlio di papà?"

Lei scosse la testa: "Niente affatto. Lui era lì a fare il cameriere."

"E lei e Sara cosa ci facevate lì? A parte annoiarvi, ovviamente."

Per un secondo, di nuovo, sembrò infastidita, come se a quella festa non ci volesse proprio pensare.

"La festa era a casa di... di quello che allora era il mio ragazzo. Avevo invitato Sara perché non sopportavo più né lui, né i suoi amici e volevo qualcuno con cui passare il tempo. A fine festa ho trovato Sara e Maurizio avvinghiati come due piovre." Alzò gli occhi al cielo e gli sorrise: "Lei ci crede all'amore a prima vista, Commissario?"

"No."

"Nemmeno io. Ma Sara sì. Il giorno dopo non faceva che dirmi che Maurizio fosse l'uomo della sua vita e che lo avrebbe sposato. All'epoca avevo pensato che fosse ancora ubriaca dalla sera prima. E invece..."

"Invece lo ha sposato davvero."

"Sì, anche se nessuno era particolarmente entusiasta della sua scelta. Soprattutto il padre di Sara. Diceva che Maurizio aveva appeso il cappello, che non fosse altro che un cacciatore di dote."

"E lei cosa ne pensava di Maurizio, invece?"

"Non mi stava particolarmente simpatico, se è quello che mi sta chiedendo."

"E come mai?"

"Era molto possessivo, ma allo stesso tempo non pensava che Sara potesse esserlo con lui. La solita storia dei due pesi e due misure, insomma. Se lui fa il cretino in giro è un figo, se lo fa lei è una zoccola... non lo trovo giusto."

Giulio rimase in silenzio, sperando che lei elaborasse, ma non lo fece. Per qualche momento nessuno dei due parlò e l'unico rumore che si sentì nell'ufficio fu quello della pioggia che aveva cominciato a battere sui vetri.

Quella storia non aveva molto senso. Se Maurizio non le andava a genio perché era andata a casa più di una volta mentre la sua amica Sara non c'era? E perché la donna morta del secondo piano aveva in tasca un suo biglietto da visita? Quella era una cosa ancora più interessante, a bene vedere.

Sospirò. L'unico modo per scoprirlo era chiederlo a lei, ma non voleva farlo lì, davanti alla Rizzo. Si schiarì la voce:

"Bene. Per ora non ho altre domande." Si alzò. "Devo andare in tribunale... le posso dare un passaggio da qualche parte, Dottoressa?"

Lei gli parve un attimo stupita, ma poi sorrise: "Sì, grazie. Se va in quella direzione... le posso chiedere un passaggio a casa? Con questa pioggia..."

"Certamente. Andiamo." Tagliò corto lui. Era ora di capire un paio di cose in più su Maurizio Giuliani e sulla misteriosa donna del secondo piano, ma soprattutto voleva capire cos'avesse da tenergli nascosto la Invernizzi.

———

Ludovica seguì Locatelli giù per le scale del Commissariato in silenzio, quasi correndo. Improvvisamente sembrava che avesse una gran fretta di andare via di lì e di liberarsi di lei.

Che uomo strano.

Esattamente come il giorno prima non aveva nemmeno accennato un sorriso e non aveva mai cambiato tono di voce, cosicché leggerlo era stato praticamente impossibile. E la cosa non poteva che infastidirla dato che di solito capire la gente, gli uomini soprattutto, per lei era una passeggiata di salute.

Non lui, però.

Locatelli era la stramaledetta eccezione che confermava la regola.

Di colpo le si fermò davanti e Ludovica gli finì addosso. Il suo soprabito sapeva leggermente di muschio bianco e sandalo. Le seccava ammetterlo, ma era un ottimo profumo.

"Mi scusi..."

Lui non le rispose, ma le aprì la portiera di una Giulietta nera. Se non fosse stato per il fatto che la stava snervando con quel suo modo di fare misterioso e ostinatamente silenzioso Ludovica avrebbe trovato divertente il fatto che lui le avesse rivolto un gesto così galante e un po' demodé. Di divertente, invece, non c'era proprio niente.

"Prego, Dottoressa." Si limitò a dire. Così come l'ufficio, anche la macchina non lasciava trasparire nulla della sua personalità. Era pulita alla perfezione e vagamente profumata, anche se non c'era traccia di un arbre magique. Era ordinato, ecco: quello era l'unica cosa che si poteva capire di lui. Locatelli salì in automobile e accese il motore in silenzio.

"Come mai ha voluto darmi un passaggio, Commissario?"

La domanda, purtroppo, non sembrò né stupirlo né coglierlo di sorpresa.

"Volevo parlarle in privato." Mise la freccia e uscì dal parcheggio.

"Mi dica."

"Ieri abbiamo trovato un altro cadavere nel palazzo dove vive la sua amica Sara."

Il cuore si mise a batterle più forte e sentì la bocca improvvisamente asciutta.

"Chi altro è morto?"

"Una donna di cui non conosciamo l'identità. L'abbiamo trovata con il cranio rotto in un appartamento al secondo piano."

"Perché me lo dice, Commissario?" Cercò di tenere la voce ferma e neutra ma si rese conto da sola che il suo tono era alquanto innaturale. Erano fermi a un semaforo e Locatelli si girò a fissarla. Il giorno prima non ci aveva fatto caso, ma aveva degli occhi non solo molto belli, ma anche incredibilmente penetranti. Maledizione. Odiava essere guardata così. Non sopportava pensare che lui fosse in grado di leggerla mentre lei non riusciva a capire niente di lui.

Quanto ci metteva quel semaforo a venire verde?

"Conosceva qualcuno in quel palazzo?"

Quell'uomo, oltre ad essere difficile da capire, era un mago a ignorare le domande degli altri.

"A parte Sara? No. Non conoscevo nessuno."

"Ed è sicura che ieri sia stata la prima volta che è stata lì?"

"Ma certo che sono sicura, perché?"

"Perché mi sta mentendo, Dottoressa. So che lei era stata nell'appartamento dei Giuliani prima di ieri. Quindi perché non ricominciamo da capo e mi dice la verità?"

Merda.

Tutta colpa di Ana, sicuro come l'oro.

E colpa sua che aveva deciso di mentire come una cretina, per mantenere una promessa fatta a un tizio morto che non le era nemmeno mai stato particolarmente simpatico.

Ormai si era cacciata in un angolo e, se voleva uscirne, forse conveniva dirgli le cose come stavano.

"D'accordo."

"Allora... mi dica come sono andate le cose ieri."

"Sono andata a prendere un caffè con Sara perché erano settimane che insisteva per vedermi. Ma ci sono andata il giorno sbagliato... sarei dovuta andare oggi."

"Uno sbaglio sfortunato..." Commentò lui.

"Può dirlo forte."

"E perché è andata nella camera da letto di Maurizio e Sara?"

"Me lo ha chiesto Sara. Maurizio era in camera da un sacco di tempo e... Sara aveva paura che fosse stato male..." Lui le diede un'occhiataccia. "...per via della coca."

"E perché ha mandato lei?"

"Non so se ha visto, ma Sara non è quella che chiamerei una donna forte... sclera per molto meno, glielo assicuro."

"E lei ci è andata, come se niente fosse?"

"Non esattamente. Trovare cadaveri non mi esalta. Ma sono un medico. E se lo avessi trovato ancora vivo avrei sicuramente potuto fare più di Sara per salvarlo. Solo che era già morto... glielo giuro."

Lui annuì senza guardarla in faccia:

"Dov'era esattamente ieri tra le 8 e le 14? La verità, possibilmente."

Quella poi!

"Sta forse sospettando di me, Commissario?"

"Sono tutti sospettati in questa fase dell'indagine." Di nuovo quella voce piatta.

Ludovica sentì bruciarle la bocca dello stomaco e il cuore batterle in gola: "Ah, quindi lo è anche lei?"

Lui la guardò e sbuffò: "Non sia assurda."

"Assurda? Non sono assurda. Capita spesso e volentieri che un poliziotto ammazzi qualcuno nascondendosi dietro alla divisa!"

"E perché mai avrei dovuto uccidere un uomo che non conoscevo, scusi?"

"E perché mai io avrei dovuto uccidere una donna che non conoscevo, scusi?"

Pur sentendosi ridicola, Ludovica incrociò le braccia e fissò lo sguardo fuori dal finestrino. Forse stava esagerando, ma quella sua aria pacata e indifferente le stava davvero facendo saltare i nervi. Tanto valeva essere polemica e petulante, spingerlo al limite, vedere fin dove sarebbe durata quella sua calma insopportabile.

"D'accordo, Dottoressa. Se vuole saperlo, ieri mattina ero in Commissariato a cercare di convincere la mia nuova agente che il poliziotto non sia un mestiere solo da uomini. E ci sono rimasto fino a quando ci è arrivata la chiamata che ci diceva che Giuliani era morto. E ora che le ho fornito il mio alibi, mi può fornire il suo, *per cortesia?*"

Ok. Era riuscita a seccarlo. Non era incazzato come lei aveva sperato, ma era già qualcosa. Ludovica sospirò e si girò a guardarlo negli occhi:
"Non ne ho uno. Sono stata a casa tutta la mattina a lavorare. Da sola. E poco dopo la una sono uscita per andare da Sara." Deglutì e abbassò lo sguardo. "Dunque sta a lei credermi, Commissario."
"Io le crederei anche... ma mi spiega perché la donna morta al secondo piano aveva il suo biglietto da visita in tasca, visto che dice di non conoscerla?"
Ah, ecco. A quella mastodontica montagna di merda che si stava rivelando quella settimana mancava giusto quello.
"Gestisco un programma di sostegno per vittime di violenza domestica. Può darsi che qualcuno glielo avesse dato per convincerla a partecipare..."
"Una coincidenza un po' fortunata, non trova?"
Ma come si permetteva?
Ludovica si sentì il viso in fiamme.
Grazie a Dio erano arrivati in Via Lincoln.
"La pensi come vuole, Commissario." Sibilò senza riuscire a guardarlo negli occhi. "Questa è casa mia. Se ha finito con le su*e domande*, avrei da fare."
Lui fermò la macchina e si schiarì la voce: "No, per ora non ho altre domande."
"La saluto, allora. Grazie del passaggio."
Non gli diede il tempo di aggiungere altro e scese il più in fretta possibile dall'automobile. Chiuse la portiera e si allontanò a grandi passi da lui, sperando con tutto il cuore che non si fosse accorto delle lacrime che le avevano riempito gli occhi e che ora le stavano scorrendo lungo le guance.

Giulio sbuffò.
La Dottoressa Invernizzi era appena scappata dalla sua auto come se l'abitacolo fosse in fiamme e non era del tutto certo di aver capito il perché.
Una cosa era certa: era riuscito a farle cambiare umore chiedendole se avesse un alibi. Se fino a quel momento era stata affabile, seppur un po' irritante e sopra le righe, fatta quella domanda si era messa sulla difensiva, offesa a morte dall'idea che lui l'avesse considerata una sospettata.
Che poi non pensava veramente che lei potesse avere qualcosa a che fare con i due morti, ma il fatto che gli avesse mentito lo aveva irritato, così come lo aveva irritato la totale mancanza di serietà con cui sembrava prendere la situazione.

Ora, magari, l'avrebbe presa un po' più seriamente.

Entrò nel suo ufficio e ci trovò dentro l'Agente Rizzo, ancora seduta al tavolino nell'angolo, circondata dai suoi appunti. Appena lo vide scattò in piedi facendo cadere metà dei fogli per terra. Giulio si piegò e la aiutò a raccogliere gli appunti.

"Rizzo! Lo sai, vero, che di là hai una scrivania con un computer e un telefono?"

"Mi scusi, Commissario. È che… non sono abituata a lavorare con la gente che mi guarda." Balbettò, senza guardarlo negli occhi. Le porse i fogli:

"C'è qualcuno di là che ti da fastidio, per caso?"

Lei scosse la testa con veemenza. Un po' troppa.

"No, no."

"Sicura?"

"Sicura."

Che pessima bugiarda.

Dieci a uno che era Marchi a darle fastidio.

Dava fastidio a tutti, ma sembrava che si divertisse in particolar modo a tormentare gli agenti più giovani. Lo avrebbe volentieri preso a calci.

"D'accordo. Comunque sia… per me puoi anche stare qui a lavorare, se non sei troppo scomoda su quel tavolino…"

Si sedette e solo dopo un attimo si accorse che lei lo stava guardando con la bocca spalancata e gli occhi sgranati:

"Dice davvero, Commissario?"

Manco le avesse appena detto che aveva vinto la lotteria.

In un certo senso la capiva: anche lui odiava lavorare negli open space e avrebbe fatto carte false per non dover avere a che fare con l'Ispettore Marchi.

"Ma certo. Basta che non parli troppo."

"Sarò una tomba!" Fece segno di chiudersi le labbra con una cerniera immaginaria e Giulio non poté fare a meno di sorridere:

"Scherzavo, Rizzo. Non mi sembri certo una che chiacchiera tanto… al contrario della nostra amica Invernizzi…"

"La Dottoressa è una donna fantastica… non trova?"

"Fantastica? Addirittura?"

"Sì. Vorrei tanto essere come lei." La Rizzo ora aveva lo sguardo sognante, perso nel vuoto.

"E perché mai vorresti essere come lei?"

"Innanzitutto è bellissima…" Bella era bella, su quello non ci pioveva. "E poi… ha visto che vestiti stupendi aveva su, sia ieri che oggi? È elegante. E raffinata…"

"...e irritante." Aggiunse Giulio. Ma la Rizzo era persa nei suoi pensieri:
"Vorrei poterli portare io quei pantaloni a palazzo..."
Si chiamavano così, quei pantaloni svolazzanti?
"Beh, Rizzo, potremmo cominciare con il chiedere una divisa della tua misura, che ne dici? Questa ti è grande... " Giulio sfogliò i suoi appunti e sbuffò. "Ma prima cerchiamo di capire cos'altro possiamo fare per mandare avanti questa indagine. Non vorrei che il Questore mi chiamasse un'altra volta."

Un'altra telefonata di Costazza sarebbe stato davvero troppo.

A tutto c'era un limite.

Veronica si sentiva il peso della paura addosso come se fosse un asciugamano bagnato fradicio. Solo dopo qualche istante realizzò che a bagnarla, in realtà, era un sottile strato di sudore ghiacciato che la copriva da capo a piedi.

Non si era mai sentita così in vita sua.

Mai.

Giovanni russava come un cinghiale di fianco a lei, a bocca aperta, completamente stordito dall'alcol. Sembrava in coma. Ma chi le avrebbe garantito che non si sarebbe svegliato?

Lo guardò con la coda dell'occhio. Il petto si alzava e abbassava a ritmo regolare e il respiro era quanto di più profondo e rumoroso ci si potesse aspettare da un essere umano.

Il cuore le galoppava in gola, ma sapeva che quella era la sua occasione d'oro. Tutto quello che doveva fare era alzarsi, piano, pianissimo, e sgattaiolare fuori dalla camera da letto e poi, ancora più piano, fuori da quel buco maledetto del loro appartamento. Al solo pensiero le mani cominciarono a sudarle e il cuore si mise a battere ancora più forte, talmente forte che per un attimo ebbe paura che il rumore svegliasse Giovanni.

Ma lui continuava a dormire e russare come se niente fosse.

Come se un'ora prima non le avesse spaccato un labbro e tirato un pugno nell'occhio talmente forte che c'era da sperare che non le fosse caduta la retina.

No. Lui dormiva. Beato e incosciente.

Veronica sentì bollire nello stomaco una rabbia sorda verso di lui, ma soprattutto verso sé stessa.

Cosa cazzo ci faceva ancora lì?

Girò le gambe e le mise giù dal letto, fermandosi per vedere se Giovanni si fosse accorto di qualcosa.

Continuava a russare.

Veronica riprese a respirare, piano.

Sulla sedia nell'angolo della camera da letto c'erano i suoi vestiti. Erano sporchi di sangue, quello che lui le aveva fatto uscire dal labbro, ma poco importava.

Si alzò trattenendo di nuovo il fiato e fece tre passi in punta di piedi.

Di colpo Giovanni si girò nel letto, allungando una mano nel punto dove sarebbe dovuta essere lei.

Veronica spalancò gli occhi. Lui, nel buio, mezzo addormentato, stava tastando il materasso.

Se aveva pensato di aver avuto paura prima, ora si stava letteralmente cagando addosso.

Fanculo ai vestiti.

Non c'era tempo da perdere.

Senza più curarsi di non fare rumore corse fuori dalla stanza, attraversò il salotto, prese al volo la borsetta, aprì la porta di casa e si precipitò prima giù dalle scale e poi fuori dal portone.

Doveva correre come mai aveva fatto in vita sua, perché se l'avesse raggiunta l'avrebbe ammazzata.

Il marciapiede, sotto i piedi nudi, era gelido e la pioggia di ottobre le sferzava il viso, ma non si fermò. Corse fino a che le parve di essere senza fiato e poi corse ancora un po', fino a quando arrivò al parcheggio dei taxi. Grazie al cielo ce n'era uno.

Saltò sul sedile posteriore, facendo quasi spaventare il tassista:

"Mi porti via da qui!" Quello si girò a guardarla con gli occhi sgranati e rimase un secondo a bocca aperta. Veronica si accorse solo allora, guardandosi nello specchietto retrovisore, che il labbro le stava sanguinando di nuovo e che il suo occhio destro era talmente tumefatto da essere completamente chiuso. "Per favore, vada via da qui..." Aggiunse un po' più gentilmente.

Il tassista annuì, mise in moto e partì: "La porto in Polizia? O al Pronto Soccorso?"

Veronica scosse la testa:

"No, lasci stare. Mi porti in Via Lincoln, per favore." Il tassista fece per protestare ma lei lo bloccò con un gesto della mano "Dico davvero. Andare dalla Polizia non servirebbe a niente, adesso."

Ci era già stata e non avevano fatto assolutamente niente, a parte riempire moduli su moduli e guardarla come se la colpa fosse sua. Era ora di farsi portare da qualcuno che l'avrebbe aiutata veramente.

Ludovica si versò l'ennesimo bicchiere di vino e si lasciò cadere sulla poltrona.

Stava bevendo troppo, a stomaco vuoto per giunta, e l'indomani avrebbe sicuramente avuto un gran mal di testa, ma non gliene fregava niente.

Anche se erano passate ore da quando Locatelli l'aveva accompagnata a casa, non riusciva a pensare ad altro.

Come si permetteva di sospettarla per l'omicidio di quella tizia? Maurizio, ancora ancora, ok: teoricamente lo avrebbe potuto ammazzare, anche se non avrebbe mai sprecato il suo tempo così. Ma la ragazza? Mai nella vita.

Mai.

Si faceva un mazzo incredibile da anni per aiutare ragazze come lei, quindi perché mai avrebbe dovuto ucciderla in maniera tanto orribile, fracassandole il cranio?

Le si rivoltò lo stomaco e cercò di respirare profondamente per combattere la nausea che l'aveva scossa tutto d'un tratto.

Se c'era qualcuno che avrebbe ucciso volentieri, quello era il Commissario Locatelli, con quel suo fare pacato e i suoi sospetti assurdi. Cosa cavolo si era messo in mente? Come se lei non avesse niente di meglio da fare nella vita che andare in giro ad ammazzare i mariti delle sue amiche e donne sconosciute a random.

Sospirò e si accasciò sul divano.

Era proprio una serata di merda ed era tutta colpa di Locatelli.

Chiuse gli occhi.

Forse non proprio *tutta* colpa sua.

Ci aveva messo del suo anche lei, mentendogli.

Era stata un'idiota, ok, ma lui era stato...

Non era stato niente. Se non logico, razionale, distaccato da tutto e da tutti. Ecco cos'era che la faceva imbestialire: il fatto di non essere riuscita a capirlo. Era un uomo indecifrabile e come tutte le persone indecifrabili la faceva sentire completamente impotente.

Ludovica scoppiò a piangere.

Forse quella settimana le stava logorando i nervi un po' più del dovuto.

Sarebbe stato meglio fare un passo indietro, distanziarsi un secondo dalla situazione e darsi una calmata.

Sì, quella era decisamente una buona idea.

Perché a farsi coinvolgere emotivamente andava sempre a finire che ci si faceva male.

Anzi, malissimo.

Come con Francesco. Come con Simone. Come con Francesco e Simone.
Il suono del citofono la sorprese.
Chi cavolo poteva essere a quell'ora? Erano le undici passate.
Ludovica si asciugò gli occhi, si alzò e appoggiò il bicchiere al tavolino davanti a lei. Non fece in tempo ad uscire dalla stanza che il campanello suonò altre due volte, sempre più incalzante.
"Arrivo!" Si affrettò verso l'ingresso e si avvicinò alla porta: "Chi è?"
"Ludo! Apri, per favore. Sono io… Veronica." La voce della sua amica la sorprese ancora più di quanto l'avesse sorpresa il citofono. Girò la chiave nella toppa, aprì la porta e si trovò davanti Veronica scalza, in pigiama, con la faccia gonfia di botte e un labbro sanguinante. Di colpo le sembrò di avere la bocca piena di sabbia e dovette fare uno sforzo per trovare la saliva per deglutire:
"Mio Dio, Vero! Entra… vieni." Disse prendendola per un braccio e tirandola in casa. "Ma cosa ti è successo?"
"Giovanni."
Non aggiunse altro e scoppiò a piangere.
Ludovica si sentì come se l'avessero messa sotto una doccia ghiacciata.
Ma certo, che domande. Erano anni che andava avanti così. Aveva tentato in tutti i modi di convincerla a lasciarlo, ma era stato come parlare al vento. Veronica trovava sempre una scusa per tornare da lui, per dire che non era così male, che Giovanni sapeva essere davvero dolce quando voleva. Dolce come un bon bon.
Lo avrebbe volentieri strozzato a mani nude.
Solo allora si accorse di avere il respiro corto. Si morse un labbro e sospirò, cercando di calmarsi prima di aprire la bocca e dire qualcosa di cui si sarebbe pentita.
"Vieni di là. Raccontami cosa è successo…" Disse alla fine.
Si sedettero sul divano e Veronica scrollò le spalle, guardandosi le mani:
"Si è incazzato perché oggi sono stata da mia madre e sono tornata… *tardi*. Era ubriaco fradicio e… e niente." Si indicò la faccia con un gesto vago della mano. "E poco fa, mentre ero a letto… ho iniziato a pensare che avrebbe potuto ammazzarmi. Che potrebbe ammazzarmi, la prossima volta…"
"Ma non ci sarà una prossima volta, Vero. Adesso basta."
Veronica la guardò finalmente negli occhi e scoppiò di nuovo a piangere: "Non so come fare…"
Ludovica la abbracciò e le accarezzò i capelli: "So io come fare. Non ti preoccupare. Andrà tutto bene…"
"Non volevo piombare così a casa tua…" Le piagnucolò sulla spalla.

"Ma hai fatto bene a farlo! Mi occupo di queste cose tutti i giorni per donne che non conosco. Vuoi che non lo faccia per te?"

"Lo so. Avrei dovuto lasciarlo prima..." Veronica si sciolse dall'abbraccio e tirò su con il naso.

"Non pensare a quello. L'importante è che tu adesso abbia deciso di farlo. E che tu sia qui. Al sicuro." Ludovica le strinse una mano e le sorrise cercando di avere un fare incoraggiante: "Sarai mia ospite per tutto il tempo che sarà necessario a sistemare questo casino. E non voglio sentire obiezioni..."

Veronica sorrise: "Sei sicura?"

"Ma certo che sì. Perché mai non dovrei esserlo?"

"Abbiamo orari e stili di vita completamente diversi..." La guardò, serissima. "Io devo svegliarmi alle sei tutti i giorni per andare a scuola e prendere il mio stipendio da fame e non ho nemmeno i soldi per uscire a mangiare una pizza... tu hai una vita stupenda. E una casa ancora più stupenda. E..."

"...ed ero qui a bermi una bottiglia di vino da sola." Le sorrise. "Fidati, Vero. Le giornate di merda le ho pure io. E sono contenta che tu sia qui, così almeno ci sentiremo meglio tutte e due."

Gli occhi di Veronica si riempirono di nuovo di lacrime: "Dici davvero?"

Si alzò e le tese la mano: "Ma certo che sì! Vieni, dai. Ti faccio vedere la tua camera e il tuo bagno, così puoi farti una bella doccia prima di andare a dormire."

La sua amica annuì: "Va bene. Ma non ho voglia di parlare di Giovanni, adesso."

"Non c'è problema." Le sorrise. "Se vuoi ti parlo io di come un poliziotto testa di cazzo mi abbia più o meno accusato di omicidio, oggi pomeriggio...."

Veronica la fissò: "Scusa?"

"Una storia assurda. Andiamo su, te la racconto."

Salirono le scale in silenzio.

Non aveva davvero voglia di raccontarglielo, ma in qualche modo doveva pur distrarla dal pensiero di Giovanni. E poi, chissà, magari parlarne avrebbe fatto bene anche a lei.

———

Erano le cose banali che a volte le lasciavano intravedere il vecchio Giulio.

Isabella lo guardò, un po' sprofondato nella sua poltrona preferita con un libro in mano e le gambe allungate sul tavolino, e le sembrò quello di una volta: silenzioso ma rilassato, leggermente nel suo mondo ma allo stesso tempo presente e concentrato.

Il ragazzo di cui si era perdutamente innamorata era lì sotto, nascosto da qualche parte.

Le si chiuse violentemente la bocca dello stomaco.

Avrebbe voluto buttargli le braccia al collo e chiedergli di perdonarla, perché era stato tutto un errore, ma non poteva.

Si erano giurati che non avrebbero mai detto niente a nessuno, tanto a meno a Giulio.

Erano in tre a saperlo, al mondo.

Lei e Stefano, per ovvi motivi. E lo sapeva Raffaele, che però era il suo migliore amico e non sarebbe mai andato in giro a spifferarlo a qualcuno. Anzi, era stato proprio lui a fermarla quando lei, in un violento impeto di senso di colpa, aveva detto di voler andare a dire tutto a suo marito. Raffaele l'aveva calmata, l'aveva fatta ragionare e l'aveva fatta desistere dall'idea.

A cosa sarebbe servito dirglielo? Ormai quello che era fatto era fatto e dirglielo lo avrebbe fatto solo soffrire.

Si morse il labbro e cercò di allontanare il ricordo di Stefano.

"Perché mi stai guardando così?" La voce di Giulio la fece quasi sobbalzare. Era di nuovo rimasta imbambolata a fissarlo?

"Niente..." Si affrettò a dire, spostando lo sguardo altrove. "Ero soprappensiero."

Sentì di nuovo quella sensazione orribile allo stomaco e quel sudore freddo alle mani. Giulio posò il libro che aveva in mano, si alzò e le si avvicinò:

"Sicura? Sei pallida..." Quando era gentile e preoccupato per lei era pure peggio. Era sempre stato sensibile e si era sempre accorto quando c'era qualcosa che non andava. Il fatto che ne fosse ancora capace nonostante le cose tra di loro stessero andando alla deriva la faceva sentire ancora più una merda.

Si sforzò di guardarlo in faccia. Sarà stato il suo senso di colpa a influenzarla, ma pareva più rilassato e felice del solito: aveva il viso disteso e i suoi occhi grigi parevano più chiari, più leggeri. Allungò tentativamente una mano e gli sfiorò la guancia con una carezza.

"Sicurissima. Sono solo stanca... è stata una giornata d'inferno in Tribunale."

Giulio annuì e Isabella sospirò. Una volta lui le avrebbe chiesto di raccontargli cosa fosse successo. Le avrebbe fatto mille domande. Le avrebbe dato consigli. L'avrebbe fatta sentire meglio. Ma ormai, tutte quelle cose, non le faceva più.

"Mi spiace...." Disse alla fine, come se si sentisse obbligato a dire qualcosa.

"Non ti preoccupare. Niente di che." Cercò di sorridergli: "Tu, invece? Come è andata... oggi? Al lavoro, intendo?"

Dopo gli incubi della notte prima avrebbe voluto chiedergli come si sentiva, ma sapeva che tanto non gliene avrebbe parlato.

"È stata una giornata lunga anche per me..." Le disse guardandosi in giro. Deglutì un paio di volte e poi la guardò di nuovo in faccia: "Costazza... vuole che lavori di più sul campo. E..."

"E?"

"E niente."

Avrebbe voluto alzare gli occhi al cielo, ma non lo fece.

"Non è... *niente*. Non penso sia una buona idea, Giulio."

Lui abbassò lo sguardo: "Perché no?"

"Non... non credo tu sia pronto. Non voglio che ti succeda qualcosa perché hai la testa da qualche altra parte." Gli prese entrambe le mani e lui, finalmente, la guardò. "Dì a Costazza di mandare qualche altro commissario. O un ispettore. Non devi farlo per forza tu."

Lui scrollò le spalle: "Non è così semplice. Il Questore è stato categorico."

"Quindi lo farai? Tornerai sul campo?"

Giulio si morse un labbro: "In realtà... l'ho già fatto. Sto lavorando a un caso." Ma certo. E ovviamente non ne aveva discusso con lei. Si guardarono qualche istante, poi Giulio sospirò e le rivolse un brevissimo sorriso: "Comunque... credo che stasera dormirò a letto."

Isabella aprì la bocca per dire qualcosa, ma la richiuse. Cosa c'era da dire? Forse era meglio non dire niente, non evidenziare il fatto che per lui dormire a letto fosse un'eccezione invece che una regola.

Andò a lavarsi il viso, sperando così di cancellare il pensiero di Stefano. Ma era difficile, se non impossibile. Continuò a strofinare le guance e gli occhi con acqua e sapone fino a quando la pelle cominciò a pizzicarle e solo allora smise.

Si asciugò la faccia senza guardarsi allo specchio, infilò il pigiama e andò in camera da letto. Giulio si era tolto i vestiti e aveva indossato i suoi vecchi pantaloni di flanella a quadri e una maglietta grigia. Lo guardò mentre si infilava sotto le coperte, lo sguardo fisso sul soffitto. Non sembrava molto convinto di quello che stava facendo. Anzi, le parve sinceramente preoccupato.

Isabella si stese di fianco a lui e sospirò:

"Spengo la luce?" Domandò a bassa voce, senza guardarlo.

"Sì, spegni pure."

Una volta al buio lo sentì tirare alcuni sospiri molto profondi, quasi agonizzanti, ma poi più niente, solo i respiri sempre più regolari e pesanti di chi si sta addormentando. Aprì gli occhi per sbirciare. Il profilo di Giulio era rilassato, con la bocca leggermente aperta e il torace che si alzava e abbassava ritmicamente. Era talmente bello vederlo dormire così in pace che avrebbe voluto rannicchiarsi contro di lui come faceva una volta, appoggiandogli la testa sulla spalla.

Solo che non poteva.

Il pensiero di Stefano era troppo insistente. Era come se i flashback, quella sera, proprio non volessero smettere di tormentarla. Non sentiva il suo ex amante da più di un anno, ma la sua voce le rimbombava ancora nelle orecchie.

Isa, non possiamo fare una cosa del genere a Giulio...

Stefano aveva cercato di opporre resistenza. Poca. Pochissima. Ma un tentativo lo aveva fatto. Era stata lei a convincerlo e la cosa, ora, le dava la nausea.

Promettimi che lui non verrà mai a saperlo.

Ovviamente gli aveva promesso mari e monti, ma soprattutto che Giulio non sarebbe mai venuto a saperlo. Almeno quello gliel doveva. Lo doveva a tutti e due: a Stefano, ma anche a Giulio. Meritava di portare quel fardello da sola, di soffrire in silenzio.

Isabella si morse il labbro e si girò dall'altra parte, dando le spalle a suo marito. Lui stava dormendo profondamente, ma non voleva rischiare che si svegliasse e la vedesse piangere.

CAPITOLO QUATTRO

Scivolarono rapidamente in uno stato di intimità dal quale non si sarebbero mai ripresi.
— Francis Scott Fitzgerald

GIOVEDÌ 5 OTTOBRE 2017

Giulio arrivò in Commissariato che erano le 8:10 e marciò direttamente nel suo ufficio. La Rizzo era già arrivata e già al lavoro, curva sulla sua scrivania, se così si poteva chiamare quel tavolino sgangherato e traballante nell'angolo. Non appena lo sentì entrare alzò lo sguardo e gli sorrise:
"Commissario! Siamo riusciti a rintracciare la Molinari. Il suo cellulare ancora non prende, ma ho qui il numero del suo albergo a Buenos Aires."
Era ora.
Non lo disse, però, perché la Rizzo sembrava incredibilmente soddisfatta di sé e particolarmente motivata, un discreto miglioramento rispetto allo stato semi catatonico in cui era stata due giorni prima. E poi non voleva essere un pessimo capo come era stato Bertarelli quando lui aveva cominciato il suo primo incarico come Commissario. *Non creda, Locatelli, è stata tutta fortuna la sua.* Non voleva sminuire. Non voleva essere sarcastico.
"Molto bene. La chiameremo quando là saranno le otto del mattino. Ottimo lavoro, Rizzo."

Lei arrossì vistosamente: "Grazie."

"Vorrei anche che mi rintracciassi l'attività di martedì mattina di questo numero di telefono..." Le scrisse il numero della Invernizzi su un post it e glielo passò. Anche se era stata poco collaborativa era quasi certo che non c'entrasse niente con quello che era successo in Via Nino Bixio: se avesse voluto accoppare qualcuno, la Dottoressa avrebbe usato un metodo più raffinato. Era una rompipalle, ma non era certo stupida. "Sono arrivati i risultati dell'autopsia di Maurizio Giuliani?"

"Non ancora."

"E quelli della donna del secondo piano?"

"Nemmeno."

Giulio alzò gli occhi al cielo.

Il Dottor Maggi stava diventando una vera e propria spina nel fianco. Lo era sempre stato, a dirla tutta, ma stava anche diventando sempre più lento, sempre più inaffidabile. Ma guai a dirlo a qualcuno, perché quell'uomo aveva amici ovunque, Prefetto incluso. L'unica era fare il conto alla rovescia e aspettare il giorno in cui sarebbe andato in pensione, sperando che poi non ne arrivasse uno ancora peggio. Mancavano poche settimane, ma nel frattempo bisognava arrangiarsi e cercare di tenerselo buono, onde evitare ulteriori rogne.

Niente autopsie, dunque, un cadavere senza nome in un appartamento di una donna che non avrebbe potuto contattare ancora per ore e la Invernizzi come unico comune denominatore tra i due morti.

Giulio sospirò.

Anche se era più o meno certo che anche quelli della Scientifica non avessero trovato qualcosa di nuovo e interessante nell'appartamento del secondo piano, voleva comunque parlare con loro.

"Banfi è di là?"

La Rizzo scosse la testa: "No, oggi non è ancora arrivato."

Poco male.

Alzò la cornetta e compose il suo numero: "Davide... toglimi una curiosità. Avete trovato qualcosa nell'appartamento della Molinari?"

"Niente arma del delitto, se era quello che speravi."

"Speravo in un indizio qualunque che potesse aiutarmi a capire chi fosse la morta. È così strano che quella donna fosse lì... senza borsa, senza telefono, senza niente..."

Lo sentì sospirare nel telefono: "Sì, l'ho pensato anche io. Il fatto è che quella è la casa di una persona a cui non piace buttare via niente. Abbiamo trovato di tutto. Ma soprattutto una quantità di vestiti pazzesca. Decine di giacche negli armadi, un numero di scarpe imbarazzante. E le borse, poi... nell'armadio all'ingresso ce ne sono 63."

"E siamo sicuri che siano tutte della Molinari? Non è che magari una di quelle borse è della morta?"

"Giulio, come faccio a saperlo? Mica ci scrivono il nome nelle borse. Le abbiamo passate tutte, ma non c'erano documenti o telefoni in nessuna di loro. Solo un sacco di ciarpame. E prima che tu me lo chieda... prendere delle impronte su una borsa è inutile. Ne sono tutte strapiene. Ne abbiamo appena esaminata una per un altro caso. Sai cosa ci abbiamo trovato sopra?"

"Cosa?"

"A parte le impronte della proprietaria, abbiamo trovato le impronte di altre 24 persone, alcune delle quali parziali e per la maggior parte irriconoscibili, ma anche schizzi di sangue, che ad occhio nudo non si vedevano. E sperma. Di due persone diverse."

"Mi stai prendendo in giro?" Chiese Giulio.

"No. E indovina di chi era questa borsa..."

"Non saprei... di una squillo?"

"No. Di una signora di 73 anni. L'aveva comprata usata in un negozio vintage per andare al matrimonio della nipote."

Giulio sospirò: "D'accordo. Ho capito l'antifona. Grazie lo stesso, Davide."

Una volta attaccato il telefono, allungò i piedi sotto la scrivania e sbuffò. La casa della Molinari era una di quelle scene del crimine che aveva sempre odiato: una casa strapiena di cose inutili tra le quali era facile che si nascondesse qualcosa di utile. A detta della portinaia del palazzo, la proprietaria aveva poco più di trent'anni, era single e faceva un lavoro da ricchi. Che cosa intendesse con quel *da ricchi* era stato impossibile capirlo, ma guardandosi in giro in casa dopo aver scoperto il cadavere della sconosciuta in salotto, aveva dedotto che la padrona dell'appartamento avesse uno stile di vita agiato e sopra la media, decisamente in contrasto con il fatto che una donna interamente vestita di indumenti di pessima qualità fosse stata ammazzata nel suo salotto.

Quella tizia morta avrebbe potuto essere chiunque.

Un'amica. Una parente. O forse una donna qualunque, lì per stirare o per pulire.

No, quello no, perché la portinaia aveva detto che le pulizie a casa della Molinari le faceva una donna di colore e la morta aveva la pelle bianca come il latte.

Dunque un'amica, una parente o magari un'intrusa.

Ma dato che quella non era casa sua, cosa ci faceva lì mentre la proprietaria era dall'altra parte del mondo?

"Rizzo... la Molinari ha parenti?"

L'agente scattò in piedi: "I genitori sono morti in un incidente stradale quando aveva sedici anni. Ha una sorella, che si chiama Elena, che ha tre anni meno di lei."

"E dov'è?"

"Risulta domiciliata a Salerno. Volevamo contattarla, ma non ha un recapito telefonico. Non ha un lavoro. Non... non ci sono tracce di lei da anni."

Quella sì che era una cosa curiosa.

"Una foto l'abbiamo?"

"Ce n'è una dell'ultima volta che ha fatto la carta d'identità, nel 2004."

"2004?"

La Rizzo annuì e gli allungò un foglio.

Elena Molinari, nata a Milano il 3 settembre 1989. La foto mostrava una ragazzina con occhiali e apparecchio, i capelli castani, la pelle tormentata dall'acne. Possibile che quella fosse la ragazza che avevano trovato morta? L'età più o meno coincideva. Il resto no. Ma non sarebbe certo stata la prima a cambiare molto dai 15 ai 28 anni. Giulio si alzò e si schiarì la voce:

"Dobbiamo tornare sulla scena del crimine..." Disse più a sé stesso che alla Rizzo.

"Dalla Signora Cattani?"

"No, al secondo piano. A casa della Molinari." L'agente annuì, abbassando lo sguardo, ma non disse niente. Era più che chiaro che non ci volesse andare, ma non avevano scelta: "Il corpo è stato portato via... ma voglio che tu veda... che mi aiuti a cercare alcune cose."

"Va bene, Commissario."

La Rizzo lo guardò come una condannata diretta al patibolo, ma lo seguì senza più dire niente.

La cosa positiva era che il corpo era stato portato via.

Quella negativa era che la macchia di sangue per terra si vedeva ancora, pure bene, e che nell'aria aleggiava ancora l'inconfondibile odore dolciastro del sangue stesso. Le si torse lo stomaco ma cercò di non farci caso, sperando che la loro fosse una visita breve.

Bastava non guardare quel punto per terra, dove il pavimento era diventato color ruggine, e cercare di respirare dalla bocca. Sarebbe andato tutto bene.

"Rizzo? Tieni…" Locatelli le allungò un barattolino di plastica.

"Cos'è, Commissario?"

"Balsamo di tigre. Mettilo nel naso e per una ventina di minuti non sentirai altri odori, a parte quello dell'eucalipto…" Olivia lo applicò alle narici con un senso di sollievo sempre più intenso man mano che l'odore del sangue si affievoliva, fino a diventare inesistente.

"Lei non ne vuole?"

Locatelli riprese il contenitore dalla sua mano e se lo rimise in tasca:

"Non ho un gran senso dell'olfatto, purtroppo. Lo uso solo all'obitorio o quando ci sono odori davvero forti…"

Beato lui, che non aveva un gran senso dell'olfatto. Olivia respirò a pieni polmoni per assicurarsi che l'unguento coprisse tutti gli altri odori e sorrise soddisfatta. Sì, così andava decisamente meglio.

"Perché siamo qui, Commissario?"

Lui scrollò le spalle, guardandosi in giro:

"Mi è venuto il dubbio che la ragazza morta che abbiamo trovato fosse la sorella della padrona di casa."

"La ragazza bruttina con l'apparecchio?"

"Sì, lei." Si guardò in giro. "Nella foto era appena adolescente… può essere che sia cambiata, nel frattempo."

"Ma la morta era vestita male. Era… povera. Giada Molinari è… molto benestante."

"Questo è vero. Ma scelte diverse possono portare a risultati diversi, anche se si è sorelle… non credi?"

Olivia annuì: "Sì. Io e i miei fratelli siamo molto diversi. Ma ho sempre pensato che fosse perché io sono una femmina e loro maschi."

Lo vide sorridere: "Quello c'entra solo fino a un certo punto. Ho un fratello che fisicamente mi assomiglia al punto che la gente pensa che siamo gemelli. Ma per il resto siamo opposti e conduciamo una vita completamente diversa."

Rimase in silenzio e lo fece anche lei.

Tutto intorno a loro regnava il caos più totale e Locatelli sembrava un po' perso nei suoi pensieri.

"Cosa cerchiamo, quindi?" Gli chiese. Lui si girò verso di lei e sorrise lievemente:

"Non lo so. Ma sono sicuro che ci sia sfuggito qualcosa che possa spiegare la presenza della donna morta in questo appartamento… o che perlomeno ci possa dire se era o no la sorella."

Lo osservò passare in rassegna i libri sugli scaffali, i quadri sulle pareti, i soprammobili in giro per il salotto in completo silenzio. Quella casa era piena di roba - era difficile capire cosa stesse cercando il suo capo. Lo seguì in cucina, dove lui aprì e chiuse dei mobiletti che mostrarono un'altra marea di roba: piatti e bicchieri dall'aria costosa, un numero di spezie degno di un ristorante etnico, bellissime pentole di ghisa smaltata. Poi fu la volta del bagno, dove c'erano abbastanza prodotti per il viso e per il corpo da aprire un centro estetico e, infine, la camera da letto, anche quella piena di *roba*: cuscini, vestaglie e quadri erano ovunque, come se anche di notte ci fosse bisogno di essere circondati da centinaia di oggetti.

"Che caos infernale!" Esclamò Locatelli dopo aver aperto l'ennesimo cassetto pieno di cose a caso. Lo richiuse e sospirò scuotendo la testa: "E in mezzo a questo casino non riesco a capire se qualcosa possa essere della morta..."

"Beh, ma tra poco in Argentina sarà mattina e potrà almeno chiedere alla Molinari chi c'era qui in casa sua..."

Lui si girò a guardarla e annuì: "Sì... quello è vero. Ma vorrei potermi fare un'idea più chiara di questa scena del crimine prima che la Molinari torni e metta le mani ovunque. Vorrei che qualcuno potesse..." Si interruppe e sospirò. "...non so nemmeno io cosa vorrei."

Olivia si guardò in giro, ma tutto quello che vedeva era, come aveva detto lui, un gran casino. E lei con le cose incasinate non era mai stata brava. Ci voleva qualcuno di esperto, non l'ultima arrivata come lei.

Forse non lo sa, Commissario, ma sono una psichiatra forense. E un'esperta di criminologia.

"Commissario? Ho avuto un'idea..."

"Dimmi, Rizzo. Qualsiasi idea è meglio del vuoto cosmico che ho in testa io in questo istante."

"La... la Dottoressa Invernizzi ha detto di essere un'esperta di criminologia?"

Lui la fissò con uno sguardo talmente intenso che le fece sentire la faccia in fiamme. Poi però annuì: "Così ha detto, ma temo di non starle tanto simpatico, da quando l'ho accusata di avere a che fare con le due morti...."

Olivia sospirò: "Gli sbirri non stanno mai simpatici quando accusano qualcuno di omicidio." Un secondo dopo averlo detto si domandò da dove le fosse venuto quel pensiero. Guardò Locatelli di sottecchi e lo vide sorridere:

"Quello è vero. Ma si può sempre rimediare..."

"Le farà una telefonata?"

"No. Non amo telefonare. Ma ho in mente qualcosa di meglio."

Era curiosa di sapere cosa, ma lui non disse più niente, quindi si tenne il dubbio e lo seguì fuori dall'appartamento, finalmente lontana da quella macchia di sangue.

———

Anche se non erano nemmeno le otto Ludovica era stanca morta. Erano stati tre giorni difficili: tra amiche nella merda fino al collo, mariti morti stecchiti e assurde accuse di complicità in omicidio era frustrata al punto di voler urlare. Ma urlare sarebbe stato inutile, a meno di farlo in faccia allo stramaledetto Commissario Locatelli. E anche quello, a ben vedere, sarebbe stato inutile dato che sembrava godere di ottima fama all'interno della Polizia.

Se conosci il tuo nemico e te stesso, la tua vittoria è sicura.

Suo padre, uno che di nemici e di vittorie se ne intendeva parecchio, glielo ripeteva sempre. Dunque lei aveva fatto una telefonata al Vice Questore Enrica Ferri, che conosceva seppur superficialmente da qualche anno, e le aveva chiesto di Locatelli, sperando le dicesse che era un pirla.

E invece...

Uno stimatissimo collega, aveva detto quella.

Preciso, attento e implacabile nella ricerca della giustizia.

Era quasi scoppiata a ridere, nel sentirglielo dire. Più che una descrizione le era sembrata un epitaffio. Ma in realtà c'era poco da stare allegri. Locatelli, a sentire la Ferri, era il dono di Dio alla Polizia: non solo stimato collega ma anche uomo integerrimo.

Integerrimo o no, lo avrebbe volentieri strozzato con le sue mani.

"Il tuo frigo è sempre così vuoto?" La voce di Veronica la riportò sulla terra. "Ci sono solo condimenti e alcol..."

Si voltò a guardarla. A distanza di ventiquattr'ore il suo volto faceva ancora più impressione: i suoi occhi azzurri erano gonfi, uno per le botte e l'altro per il pianto, e oltre al labbro spaccato aveva anche un taglio sullo zigomo. Sulle braccia e sulle gambe varie ecchimosi e ferite vecchie e nuove facevano capire esattamente da quanto tempo andava avanti quella storia. Da troppo. Ludovica sentì il cuore stringersi al punto di smettere di battere:

"Temo di sì... ma possiamo ordinare una pizza, se ti va."

"Salsiccia e friarielli?" Domandò Veronica con un sorriso un po' storto. Sorrideva, ma si vedeva che stava male. Sapere quanto stava soffrendo, fisicamente ma soprattutto psicologicamente, le faceva venire le lacrime agli occhi. Ma piangere non sarebbe servito a un granché, dunque le ricacciò da dove erano venute e si sforzò di sorridere a sua volta:

"Dai, ordinala. Io intanto mi faccio un drink e vado a mettere un po' di musica." Si versò una vodka con ghiaccio e si diresse in salotto, dove si mise a scartabellare tra la sua collezione di vinili. Simon & Garfunkel erano l'ideale per stendere i nervi e allontanare tutti i pensieri su Maurizio, Sara, il misterioso cadavere trovato nell'appartamento del secondo piano e quel rompipalle di Locatelli. Mise il disco sul giradischi e cercò di svuotare la mente. Si raggomitolò sulla sua poltrona preferita, sospirò e chiuse gli occhi.

Avrebbe dovuto trovare il modo di far sì che quegli idioti in Polizia si occupassero del caso di Veronica e Giovanni e doveva farlo in fretta. La cosa, ovviamente, non la esaltava. Veronica le aveva raccontato come erano andate le cose, quante volte aveva cercato aiuto completamente invano. Roba da sbattere la testa contro il muro.

Il suono del campanello quasi la spaventò.

Non era possibile che la pizza fosse già arrivata, quindi l'unica altra alternativa era che ad essere arrivata fosse una qualche rottura di palle. E lei voleva solo stare lì rannicchiata a bere vodka e autocommiserarsi.

Non si mosse e lasciò che fosse Veronica ad andare ad aprire. Allungò una mano, alzò un po' il volume dello speaker e prese un sorso del suo drink, decisa ad ignorare il mondo esterno.

Ecco, così andava meglio. Che andassero tutti quanti all'inferno e la lasciassero in pace.

Ma non fece in tempo a pensarlo che vide Veronica comparire sulla porta del salotto con gli occhi sgranati e le sopracciglia inarcate:

"Ludo... c'è qui un ispettore di polizia per te..."

"Commissario." La corresse una bella voce fuori campo. Conosceva bene quella bella voce. Cosa cavolo ci faceva Locatelli a casa sua, per di più a quell'ora? Di colpo le sembrò che in salotto facesse caldo.

Abbassò la musica, si alzò e si avvicinò lentamente alle doppie porte che davano sull'ingresso. Da dietro Veronica, fermo sulla soglia, Locatelli le posò gli occhi addosso, serio e impassibile, con un completo blu scuro, la camicia bianca e una cravatta bordeaux. Visto che non sembrava intenzionato a dire qualcosa, Ludovica si schiarì la voce:

"Commissario... le presento la mia coinquilina, Veronica De Luca. Vero, questo è il Commissario... Locatelli."

Solo in quell'istante realizzò di non sapere nemmeno come si chiamasse di nome.

Li guardò stringersi la mano e, per una frazione di secondo, si ritrovò a tenere il fiato temendo che lui stesse per dire qualcosa a proposito della faccia tumefatta di Veronica. Invece, ancora una volta, la sua espressione rimase immutata. Solo quando la sua amica si congedò e tornò in cucina Ludovica riprese a respirare normalmente.

"L'ho disturbata, Dottoressa?" Chiese Locatelli, guardandosi in giro, sempre impalato sulla porta del salotto.

"Per niente. Stavamo aspettando una pizza." Tornò a sedersi sulla sua poltrona preferita e incrociò le braccia. Cosa cavolo voleva? Muovere altre assurde accuse nei suoi confronti? Cercò di capire se quello che gli intravedeva in viso fosse disagio ma, come al solito, non riuscì a leggerlo. Tanto valeva essere diretti, quindi: "Come mai è qui, Commissario?"

Anche se lei non l'aveva invitato ad entrare Locatelli fece un paio di passi in avanti, si schiarì la voce e la guardò dritta negli occhi:

"So che lei non c'entra niente con la morte di Giuliani e della donna del secondo piano." Le disse con tono pacato e piatto.

Il cuore prese a martellarle in gola: "E come lo sa?"

"Il suo alibi è stato confermato."

"Ma io non gliene ho fornito uno."

"Lo so. Ma glielo ha fornito il suo telefono. Martedì mattina non si è mai mossa da qui. Ed è stata al telefono quasi ininterrottamente." La guardò. "Consulenze telefoniche?"

Dritto al punto e con voce calma, infusa di quella che le sembrò una nota di rispetto.

Si ritrovò ad annuire: "Sì. Il martedì mattina rispondo alle chiamate di… gente che ha bisogno d'aiuto."

Locatelli roteò leggermente gli occhi e sbuffò, ma un secondo dopo tornò immediatamente a guardarla, composto: "Avrebbe potuto dirmelo…"

"Chi chiama… rimane anonimo. Non avrei potuto darle il numero di nessuno di loro."

Locatelli abbassò lo sguardo e sospirò: "So che quel genere di chiamate sono anonime…" Lo vide esitare per qualche secondo. "Comunque… ho pensato che le facesse piacere saperlo al più presto…"

Ludovica sentì il peso che aveva sullo stomaco sollevarsi, come se un'improvvisa folata di vento lo stesse portando via:

"Ha pensato bene, mi fa molto piacere saperlo."

"Le avrei telefonato domani mattina. Ma… passavo per di qui e ho pensato di dirglielo di persona." Locatelli si morse il labbro inferiore e diede di nuovo un'occhiata in giro: "Mi spiace davvero se l'ho disturbata."

Forse era stata un po' precipitosa nel giudicarlo. Era stato gentile ad andare lì a informarla e averlo lasciato lì in piedi come uno scolaretto non era stato molto educato da parte sua. E, soprattutto, immaginarsi di strozzarlo a mani nude era stato un tantino eccessivo.

"Le ho già detto che non mi ha disturbato. Davvero. E per dimostrarglielo le offro volentieri qualcosa da bere. Cosa ne dice, Commissario?"

Locatelli spostò il peso da una gamba all'altra e guardò l'orologio. Lo guardò anche Ludovica. Erano le otto e dieci. Con tutta probabilità avrà avuto qualcosa di meglio da fare, anche se non riusciva ad immaginare cosa amasse fare uno come lui il giovedì sera. Molto probabilmente qualcosa di palloso, ma magari l'avrebbe sorpresa dicendo che doveva andare a un vernissage talmente alternativo che nemmeno lei era stata invitata.

Lo guardò un attimo.

Il fare serio. I vestiti impeccabili. La riga da una parte.

Altro che vernissage, alternativo o no.

Probabilmente le avrebbe semplicemente detto che doveva andare, con lo stesso tono pacato e neutrale con cui l'aveva accusata e scagionata per gli omicidi di Via Nino Bixio e la cosa sarebbe finita lì. Così come era comparso dal nulla due giorni prima, sarebbe sparito per sempre dalla sua vita.

Poi però lo vide annuire lentamente: "Ma certo." Sentì un sorriso nascerle sulle labbra. Che fosse meno palloso del previsto? "Dell'acqua, magari?" Continuò lui.

Eh no. Così, però, stava rovinando tutto.

Ludovica inarcò le sopracciglia: "Non mi dica che è astemio! Perché se lo è mi spiace, ma non possiamo proprio essere amici!"

Il Commissario corrugò leggermente la fronte e scosse la testa lentamente: "No. Non sono astemio."

"Bene. Allora posso tentarla con una birretta?"

Lui le rivolse un sorriso, seppur molto velato. Dunque sapeva sorridere, quando voleva. E aveva anche un bel sorriso, per quanto talmente breve da rischiare di perderselo con un battito di ciglia.

"Perché no? C'è sempre tempo per una birretta."

Ludovica gli sorrise di rimando.

"Perfetto, si accomodi che gliela porto subito."

Mentre andava in cucina si sentì di colpo leggera. Il giorno prima Locatelli l'aveva letteralmente fatta incazzare come una bestia, anche se si rendeva conto che non lo avesse fatto apposta. Ma ora era lì e anche se Ludovica sapeva che non lo avrebbe mai e poi mai detto ad alta voce, era chiaro che fosse arrivato a casa sua per offrire il proverbiale ramo d'ulivo. Non poteva che esserne ammirata, dato che quello era qualcosa che lei non avrebbe fatto nemmeno sotto tortura.

FINCHÉ MORTE NON CI SEPARI

Una volta rimasto solo nel salotto della Dottoressa Invernizzi, Giulio si guardò in giro. Era una stanza larga e ariosa, interamente arredata con mobili di design mid century modern risalenti alla fine degli anni Cinquanta, con un bel camino e persino un pianoforte nell'angolo. Il parquet per terra scricchiolava deliziosamente sotto i piedi e le pareti color pavone erano ricoperte di libri e quadri, né troppi ma nemmeno troppo pochi, e sul giradischi girava un vinile di Simon & Garfunkel. La Dottoressa aveva buon gusto, quello era sicuro.

Guardò di nuovo l'ora. Le otto e dodici. Non sapeva nemmeno lui perché aveva indugiato quando lei gli aveva chiesto se voleva fermarsi a bere qualcosa. Aveva dato uno sguardo all'orologio per abitudine, forse. Ma chi voleva prendere in giro? Non aveva niente di meglio da fare e lo sapeva bene.

L'unica speranza che aveva per quel giovedì sera era quella di non litigare con sua moglie e di riuscire a leggere un paio di capitoli del suo romanzo prima di andare a dormire. Forse, però, era meglio che non lo sapesse anche la Invernizzi, che per una serata in casa era vestita, truccata e pettinata come se dovesse andare a ritirare un premio Oscar. A parte i piedi nudi, l'aveva trovata avvolta da una tunica verde chiaro, dalla quale spuntavano dei pantaloni neri che le fasciavano le caviglie. Le labbra, del solito rosso fuoco, e gli occhi blu, truccati alla perfezione, erano incorniciati dai capelli pettinati ad arte con una di quelle pettinature che dovevano sembrare fatte a caso ma non lo erano.

Se aspettava così una pizza chissà come si vestiva quando doveva uscire.

I passi della Dottoressa che rientrava nella stanza lo fecero tornare alla realtà.

Gli porse un bicchiere di birra e sorrise:

"Devo confessare che non essere più sospettata di omicidio mi sollevi parecchio...."

"Lo immagino."

Si sedette sulla poltrona davanti a lui:

"E mi dica... quella donna al secondo piano? Avete scoperto chi è?"

"Mi era venuto il dubbio che potesse essere la sorella della padrona di casa... ed è così. Giada Molinari ce lo ha confermato oggi pomeriggio al telefono." La guardò. "Si chiamava Elena Molinari, da sposata Torriani. Le dice qualcosa il nome?"

"Mai sentita, mi spiace..." Pareva sollevata. "Era sposata quindi?"

"Separata. È stata sposata con un tizio che l'anno scorso l'ha mandata all'ospedale sette volte in dodici mesi."

"Mi domando come si faccia a sposarsi con un tizio del genere... o a sposarsi, in generale. Bisogna essere pazzi..." Considerò lei scrollando la testa. Poi le si stampò in faccia un sorriso sornione: "Mi scusi, Commissario. Magari lei è sposato..."

"Sì. Sono sposato." La Dottoressa annuì, come se già lo sapesse o se lo aspettasse. La vide guardargli la mano sinistra e inarcare un sopracciglio, chiaramente stupita dal fatto che lui non portasse la fede. Grazie a Dio, però, non gliene chiese il motivo.

"Ovviamente non intendevo darle del pazzo perché è sposato…"

"Ovviamente."

"Figli?"

"No." Calò un attimo di silenzio, durante il quale bevvero entrambi un sorso dai loro bicchieri. "Deduco che lei… non sia sposata."

"No. Matrimonio e figli non fanno per me." Bevvero un altro sorso in silenzio, poi Ludovica si piegò leggermente in avanti, come se gli dovesse fare una confidenza. Giulio si ritrovò a piegarsi anche lui in avanti, per andarle incontro. "Grazie davvero di essere passato, Commissario Locatelli." Sembrava sinceramente sollevata, come se fosse una persona completamente diversa da quella piena di astio che aveva lasciato davanti a casa il giorno prima. Era amichevole. Ma soprattutto sembrava felice.

"Non c'è di che. E non mi deve chiamare per forza Commissario Locatelli." Rispose d'impeto, senza pensarci. "Giulio va benissimo."

Se la cosa la sorprese non lo diede a vedere. Si limitò a sorridere, piegando la testa da una parte:

"Come vuole… Giulio." Pronunciò il suo nome lentamente, deliberatamente, come se non lo avesse mai sentito prima. E non solo. Lo disse con quella che gli sembrò un'estrema soddisfazione. Come se il nome Giulio fosse qualcosa di speciale o di diverso dal solito.

"E possiamo darci del tu…"

Lei scoppiò a ridere: "Non so se riesco a reggere tutte queste eccitanti novità!" Nel sentirla ridere così si ritrovò a sorridere anche lui. "Allora tu chiamami Ludovica. O Ludo. Come preferisci."

Non l'avrebbe mai chiamata *Ludo*. Quello era poco ma sicuro. Era già tanto che avesse trovato il coraggio di dirle di chiamarlo Giulio e di dargli del tu. Non era da lui dare confidenza così tanto e così in fretta, ma nonostante non fossero partiti con il piede giusto con lei si era sentito di colpo a suo agio, come non gli succedeva da tempo.

"Tranne sul lavoro, ovviamente, Dottoressa Invernizzi."

"Ma certo, Commissario Locatelli."

Sorrisero entrambi. Forse quello era il momento giusto per chiederle aiuto per la questione dell'appartamento della Molinari. Fece per aprire la bocca, ma il citofono lo interruppe.

"Deve essere arrivata la nostra pizza…" Ludovica gli parve quasi dispiaciuta. Dispiaceva un po' anche a lui. La conversazione, per quanto fosse iniziata male, stava cominciando a diventare piacevole.

"Allora vi lascio mangiare in pace. Anche io…" Guardò l'orologio e fece un vago segno nell'aria con la mano. "Anche io devo andare."

Si alzarono entrambi e la seguì in silenzio fino alla porta.

Ludovica la aprì, prese la pizza e pagò il ragazzo delle consegne, poi si girò verso di lui:

"Ti auguro una buona serata, Commissario."

Giulio sorrise: "E io ti auguro buon appetito… Dottoressa."

Uscì e scese i tre gradini verso il marciapiede. L'aria frizzante di ottobre lo avvolse e lo accompagnò fino alla macchina. Era ora di tornare a casa, anche se non ne aveva una gran voglia.

―――

Non c'era niente da fare: come faceva i cocktail Raffaele non li faceva nessuno.

E come la faceva ridere lui, non la faceva ridere nessuno.

A Isabella stavano praticamente scendendo le lacrime dalle troppe risate e si rese conto che era tanto, troppo, che non rideva così.

"Basta, Raffi, basta! Così mi fa male la pancia dal ridere!"

"Ma scusa! Mica è colpa mia se la mia vita sentimentale sembra uscita da un film horror. Guarda che que*l cretin*o me lo ha dett*o veramen*te!"

"Non ci credo." Isabella sghignazzò, prese un altro sorso di margarita e si mise a sedere sul divano di fianco a lui.

"Te lo giuro! Mi chiama e mi f*a ti sto per mandare un messaggio*. E io gli ho detto*, ma scusa…Non puoi dirmelo a voce dato che siamo già al telefono?*"

"E lui?"

"E lui dice che no, che ormai ha già scritto il messaggio. Manco avesse scritto la Divina Commedia, capisci?" Giù altre risate. "E allora gli dic*o ok, mettiamo giù e mandami sto messaggio.*" Raffaele prese fiato e già che c'era prese una sorsata di margarita dal suo bicchiere.

"E cosa c'era scritto nel messaggio?"

"C'era scritto che voleva dirmi che si sposa questo sabato."

Isabella quasi sputò il drink:

"Ehhhh?"

"Sì. Esatto. Flirta e mi messaggia per mesi e poi mi dice...anzi! M*i scrive* che sta per sposarsi. *Con una donna.* E poi dimmi se non mi devo lamentare!"

Scoppiarono di nuovo a ridere.

"Hai ragione. Hai vinto. Puoi lamentarti anche tutta la sera!" Disse Isabella tra una risata e l'altra. Lui la guardò stringendo gli occhi:

"E tu, invece?"

"Io niente..." Non riuscì a guardarlo in faccia. Mentirgli era sempre difficile. Anzi: inutile.

"Eh no, eh! Non è che io posso stare qui a raccontarti tutte le mie sfighe e poi tu mi dici che non hai niente da dire!" La cantilenò facendo il finto offeso. "Voglio sapere come va con Giulio."

"Come vuoi che vada? Va... come al solito. Lavora sempre fino a tardi. E quando è a casa è come se fosse perso nel suo mondo..."

"E a letto?"

"A letto ci dorme più spesso, adesso..."

Raffaele le diede una finta pedata:

"Che cretina che sei. Cosa vuoi che me ne freghi di dove dorme? Intendevo come va a lett*o tra di voi.*"

Isabella sentì il cuore trivellarle la cassa toracica:

"Va meglio." Mentì.

Lui sbuffò. La pazienza non era mai stata la sua dote numero uno.

"Meglio di cosa? Meglio di quando vi vedevate tre volte l'anno? Meglio non vuol dire niente."

Isabella scrollò le spalle. Non sapeva davvero cosa dirgli, come spiegargli che, in realtà, le cose, a letto, erano andate meglio quando si vedevano tre volte l'anno. Perché allora quelle poche volte che si vedevano facevano scintille. Da quando era tornato, invece, tutto era diventato in qualche modo freddo e macchinoso.

"Non è così facile da spiegare..."

"Beh, provaci. Ammetto di non essere un grande esperto di sesso tra etero, m*a le ba*si mi sono sufficientemente chiare."

Isabella tirò un sospiro profondo, pensando a lei, a Giulio e a lei e Giulio insieme.

"È come se lui avesse la mente completamente da un'altra parte..."

"Credi ti tradisca e pensi a un'altra?" La interruppe, gli occhi quasi fuori dalle orbite. Isabella scosse la testa:

"Ma figurati... la stronza che lo ha tradito sono io, ricordi?"

Non fece in tempo a dirlo che le si riempirono gli occhi di lacrime.

"Macché stronza. Ormai quel che è fatto è fatto. Piantala di flagellarti con questa storia di Stefano!" Raffaele le prese una mano e gliela strinse. "È stato un errore. Ne facciamo tutti, Giulio compreso. Se non ne facesse ora non saresti qui a piangere." Isabella deglutì un paio di volte e cercò di ricacciare le lacrime da dove erano venute.

"Piango perché mi sento in colpa. Lui era chissà dove a rischiare la vita e io ero qui a…"

"Smettila, Isa. Davvero. Pensa al presente. Perché dici che ha la testa altrove?"

Prima di rispondere sbirciò l'orologio. Erano quasi le otto e mezza e Giulio sarebbe arrivato a momenti.

"Non credo che abbia la testa altrove perché pensa a un'altra. È come se lo facesse perché *deve* e… non era così, una volta. Lo sai." Non poté fare a meno di pensare ai baci infiniti che si davano un tempo, al modo in cui ridevano sotto le coperte, alle cose che si dicevano prima di scivolare insieme nel sonno. "Allora non me ne ero accorta… ma ero fortunata. Era affettuoso… e dolce."

"E adesso?"

"Adesso è un miracolo riuscire a farlo dormire a letto. Non ride mai. Mi bacia di fretta. Fa tutto di fretta, come se non vedesse l'ora di potersi allontanare da me…"

"Addirittura?"

"Sì. Ogni mattina si sveglia alle sei meno un quarto e sparisce per più di un'ora a correre. Poi si fa la doccia e scappa in ufficio. Torna sempre tardi e, quando ha del tempo libero, piuttosto che stare a casa con me va a lavare la macchina. Tutti i weekend. Anche se è già pulita."

Raffaele stava per dire qualcosa quando il rumore delle chiavi infilate nella toppa li interruppe. Isabella si schiarì la voce: "Ok. È ora di parlare d'altro."

Lui annuì e si lanciò in uno sproloquio su una mostra che aveva organizzato un suo amico pittore all'Hangar Bicocca. Isabella tirò un sospiro di sollievo, si ricompose e sorrise. Dopotutto c'era un motivo se Raffaele era il suo migliore amico.

Appena aperta la porta Giulio sentì la voce di Raffaele rimbombare in casa e alzò gli occhi al cielo.

Quella non ci voleva proprio.

Voleva solo mangiare qualcosa, farsi una doccia, leggere un paio di capitoli del suo libro e andare a dormire entro le dieci e mezza. Ma a giudicare dal livello di decibel che provenivano dall'altra stanza se lo poteva scordare.

Sospirò ed entrò in salotto. Sua moglie e Raffaele erano seduti sul divano con due margarita in mano, entrambi senza scarpe e coi piedi sul tavolino, in totale relax. Isabella aveva le guance arrossate, dall'alcol o da chissà che, e pareva felice. O se non proprio felice, per lo meno sembrava più rilassata del solito. Gli piaceva vederla così, mentre rideva, anche se non lo faceva grazie a lui.

"Eccoti, finalmente!" Anche Raffaele era parecchio allegro. "Ti tengono sempre in ufficio fino alle otto passate?"

Stava per dire di sì, ma poi decise che era meglio dire la verità: "No, ma sono passato a casa di una testimone... avevo delle buone notizie da darle." Sorrise. "Scusate il ritardo..."

Isabella si alzò, si avvicinò a lui e gli diede un bacio veloce sulla guancia. Non era una cosa che faceva spesso. O per lo meno, non era una cosa che faceva spesso negli ultimi tempi. Una volta lo faceva tutti i giorni.

"Nessun problema, abbiamo chiacchierato un po'..."

"E ti abbiamo preparato una cenetta da re, caro il mio Giulietto!" Aggiunse Raffaele.

Gli sembrò quasi una minaccia.

"E cosa si mangia di buono?"

L'amico di sua moglie tirò fuori dal forno una pirofila e gliela mostrò. Al suo interno c'era quello che sembrava un mattone ricoperto di malta.

"Polpettone di ceci e verdure e contorno di indivia grigliata. Ottimo per combattere il colesterolo."

Magari l'indivia grigliata sarebbe stata commestibile, ma sul polpettone non riponeva grandi speranze. Odiava i ceci. Perché nessuno se ne ricordava mai? E cosa gliene fregava a Raffaele del suo colesterolo?

"Sarà sicuramente ottimo!" La voce non gli uscì troppo convincente, ma loro non sembrarono curarsene, presi com'erano a cercare di tagliare il polpettone senza che si sgretolasse come fango al sole.

Giulio non potè fare a meno di pensare alla pizza che stavano aspettando la Invernizzi e la sua amica Veronica. Anzi, la su*a coinquili*na, l'aveva chiamata. Non che una dottoressa, soprattutto non una che abitava in una villetta del genere in Via Lincoln, avesse bisogno di avere una coinquilina per dividere le spese. Sicuramente quella convivenza aveva più a che fare con il fatto che Veronica avesse la faccia gonfia di botte, delle botte date di recente a giudicare dal colore dei lividi. Forse avrebbe dovuto dire qualcosa, ma aveva avuto la sensazione che nessuna delle due ne volesse parlare, quindi se ne era stato zitto. Stare zitto al momento giusto era una delle sue doti migliori.

E poi, in quel momento, aveva altre gatte da pelare. C'erano Isabella e

Raffaele brilli, una vera tortura in fatto di decibel, nel piatto aveva un polpettone talmente gnucco da essere quasi immasticabile e doveva pure trovare il modo di chiedere il parere della Invernizzi su quel macello di appartamento della Molinari.

Ma era meglio andare con ordine e cominciare dalle domande più semplici: come si faceva a buttare via una fetta di polpettone senza che nessuno se ne accorgesse?

———

La pizza era esattamente quello di cui Veronica aveva bisogno: un'orgia di carboidrati, una colata di formaggio, l'amarognolo dei friarielli e l'unto della salsiccia. Lei e Ludovica la mangiarono tutta praticamente in silenzio, appollaiate sul bancone della cucina. Era tanto che non si godeva un momento del genere. Una semplice pizza con la sua migliore amica, senza ansie e senza pretese. Senza orari da tenere d'occhio per non fare incazzare Giovanni. Esattamente come dovrebbe essere una pizza, insomma.

Sospirò.

La serata sarebbe stata praticamente perfetta, se non fosse stato per il fatto che Ludovica le sembrava come preoccupata, un po' presa da altri pensieri. E se già le era sembrata così quando era arrivata a casa dal lavoro, dopo la visita di quel poliziotto le sembrava ancora più persa tra chissà quali riflessioni.

"Ma quindi, questo Commissario?" Domandò una volta che ebbe finito di mangiare.

"È quello che mi ha convocato in Polizia ieri." Rispose Ludovica.

"Quello... odioso?"

La sua amica scoppiò a ridere: "Forse ero stata un filo affrettata nel mio giudizio."

"Pensa ancora che tu sia coinvolta negli omicidi?"

"No. È venuto a dirmi che mi ha trovato un alibi..."

"In che senso... ti ha trovato un alibi?"

"Ha fatto controllare il mio telefono... e gli hanno confermato che martedì sono stata qui tutta la mattina."

"È stato gentile..."

"Sì, molto."

Veronica sospirò. Solo a Ludovica poteva capitare di avere a che fare con un poliziotto che si sbatteva a trovarle un alibi invece che incriminarla senza pensarci due volte. Niente a che vedere con quei dementi con cui aveva avuto a che fare lei durante il suo matrimonio con Giovanni. Dei passacarte con un cervello da gallina che non l'avevano mai presa molto sul serio, una serie di cretini che era più che chiaro che non avessero una gran voglia di lavorare. Un brivido le attraversò il corpo e cercò di non pensarci. Pensare a Giovanni, anche adesso che se ne era andata, era raramente una buona idea.

Bastavano e avanzavano le decine di messaggi che lui le mandava ogni giorno, supplicandola di farsi sentire. Ma ormai lo conosceva. Sapeva che quei messaggi erano una messa in scena, pieni di promesse vuote che non aveva nessuna intenzione di mantenere.

"Sei fortunata ad avere a che fare con uno così invece che coi cretini che capitano a me..."

"Sì... sembra uno in gamba. Intelligente. Ben educato."

Veronica annuì:

"Pensi che potrebbe... aiutarmi? Con Giovanni, intendo."

Ludovica sorrise:

"Ma certo che sì. Se mi dai il permesso, gliene parlerò al più presto. Anche domani."

Anche domani.

*Doma*ni sembrava minacciosamente vicino, ma non poteva stare lì a perdere tempo e tergiversare. Doveva agire. Doveva fare in modo che Giovanni sparisse per sempre dalla sua vita e doveva farlo subito. Doveva lasciare che la aiutassero, perché da sola non ce l'avrebbe mai fatta.

"D'accordo. Se pensi di potergli parlare già domani..."

"Ma certo che posso." Disse Ludovica con un sorriso sempre più largo. "Ho il suo numero e so dove lavora. Domani mattina me ne occupo, non ti preoccupare"

Le sembrò incredibilmente determinata e nel vederla così non potè fare a meno di sorridere.

Quel povero Commissario non sapeva quel che lo aspettava.

VENERDÌ 6 OTTOBRE 2017

Erano le 9 in punto, ma Locatelli non era ancora arrivato in Commissariato.

Strano. Ludovica aveva pensato che fosse uno di quei tipi che dormivano sotto la scrivania... e invece no. C'era la giovane agente che aveva visto con lui a casa di Sara tre giorni prima, ma di lui neanche l'ombra.

"Dottoressa Invernizzi, si accomodi... il Commissario starà arrivando." Disse la ragazza, arrossendo come se fosse colpa sua. Si guardò le mani, poi la guardò di nuovo negli occhi: "Di solito arriva sempre alle 8. Cioè... in questi giorni è sempre arrivato a quell'ora ma io non so..."

Non finì la frase e abbassò di nuovo lo sguardo. Si era cambiata la divisa e ora ne indossava una decisamente più della sua misura, il che era un modesto miglioramento se si considerava il fatto che quello scempio sartoriale le era imposto. I colori e il taglio erano quelli che erano, ovviamente, ma almeno non sembrava più che avesse addosso un sacco.

"Grazie mille..." Ludovica fece per chiudere la porta dietro di loro, ma Locatelli comparve esattamente in quel momento con l'aria trafelata. Ludovica sorrise. Trafelato ma sempre elegante, con camicia bianca, completo blu e una cravatta di un audace giallo intenso.

"Buongiorno, Commissario."

Lui la guardò aggrottando le sopracciglia:

"Buongiorno..." Poi vide l'agente. "Buongiorno a tutte e due."

"Mattinata difficile?" Ludovica si sedette e accavallò le gambe. Sulla scrivania c'era una grossa cornice d'argento che l'aveva già incuriosita due giorni prima. Cercò di vedere cosa contenesse, ma era messa in un modo che solo chi era seduto dalla parte di Locatelli potesse vederla. Una mezza idea, comunque, ce l'aveva. Era la tipica cornice da foto di matrimonio, regalata probabilmente da qualche lontano parente che non sapeva cos'altro regalare. Fece cadere di nuovo lo sguardo sulla mano sinistra di lui. Niente fede.

Interessante.

"Serata impegnativa. Mattinata... ancora di più."

Ancora più interessante. Dunque dopo essere uscito da casa sua aveva avuto una serata *impegnativa*.

"Questioni di lavoro?"

Lui le sembrò confuso: "No... no. Ospiti a cena. Niente di che." Appese il soprabito. Era più che chiaro che non avesse intenzione di elaborare ulteriormente e soddisfare la sua curiosità. "Avevamo appuntamento e me ne sono dimenticato?"

"No, però dovevo parlarti. Ho un favore da chiederti."

Vide l'agente inarcare le sopracciglia nel sentire che gli stava dando del tu. Lo sguardo della ragazza si spostò da lei a lui e poi di nuovo a lei, come se non si potesse capacitare di quell'improvvisa confidenza. Locatelli annuì:

"Che coincidenza. Anche io." Si accomodò sulla sua sedia. "Prego, prima tu."

Ludovica sorrise e si schiarì la voce:

"Si tratta di Veronica."

Il suo sguardo si fece immediatamente vigile.

Un buon segno.

Preciso, attento, implacabile nella ricerca della giustizia.

Così aveva detto la Ferri. Non che l'opinione della Ferri fosse così importante, ma dopo un inizio non esattamente scoppiettante, Locatelli cominciava a starle simpatico. Poteva sperare, insomma, di essersi sbagliata sul suo conto. Poteva anche azzardarsi a sperare che fosse meno pirla della media dei poliziotti con cui aveva avuto a che fare Veronica fino a quel momento.

"Non ho potuto fare a meno di notare il labbro rotto e l'occhio nero, ieri sera." Disse lui, il tono controllato e cauto.

"Allora immaginerai già cosa c'è dietro." La voce le uscì tagliente come il vento che stava soffiando fuori dalla finestra. Lui sembrò non farci caso e annuì:

"Un marito o fidanzato che la concia così una settimana sì e una no. Che però le dice di amarla tanto e che non la picchierà mai più. E così lei al lavoro dice di essere caduta dalle scale o di aver picchiato la faccia contro un mobiletto della cucina. Lui per qualche giorno la tratta quasi bene. Poi di colpo, per una qualunque sciocchezza, diventa una furia e la gonfia di botte un'altra volta. E così via... all'infinito."

Ludovica sentì mille aghi pungerle il corpo e solo dopo un attimo si accorse di essere coperta di pelle d'oca. Sentirgli descrivere ad alta voce quella situazione e pensare che quella fosse stata la vita di Veronica per anni le dava la nausea.

"Sì... qualcosa del genere. Tranne per il fatto che in questo caso non vogliamo che vada avanti all'infinito."

"Certo che no. Se Veronica è decisa a lasciare questo tizio bisogna fare in modo che succeda il più in fretta possibile. E bisogna fare in modo che lui non le faccia più del male."

Hallelujah. Finalmente uno che capiva esattamente quello che andava fatto.

Si sforzò di sorridere nonostante si sentisse lo stomaco annodato e la bocca secca: "Proprio così. Ed è qui che entreresti in gioco tu..."

Giulio annuì: "Veronica lo ha mai denunciato?"

Eccola la domanda tanto temuta. Quella alla quale seguiva la solita manfrina del *se non lo ha mai denunciato e non vuole farlo, noi non ci possiamo fare niente*. Aveva cantato vittoria troppo presto, forse.

"È questo il problema! Come fate a pretendere che una denunci il marito se non la potete proteggere?"

"In che senso, scusa?"

"Nel senso che non potete pensare che una con un marito violento lo denunci e poi aspetti con tutta calma il processo mentre lui è a piede libero e ha tutto il tempo di ammazzarla! Come fate a non capirlo?"

"Lo capisco benissimo, credimi. Ma..."

"Vuoi sapere come è andata?" Lo interruppe lei, rendendosi conto di avere la voce pericolosamente alta. "Ha parlato non so quante volte con un Ispettore deficiente che non ha mai fatto niente in proposito. Sembrava quasi che fosse colpa di Veronica, a sentire lui! Che razza di imbecille può dire che i capi d'imputazione siano deboli quando..."

"Me ne occuperò io, ok?" La voce pacata di Locatelli le fece morire il resto della frase in gola. Solo dopo qualche istante si rese conto di avere la bocca aperta. La chiuse, deglutì e lo fissò negli occhi:

"Davvero?"

Lui annuì:

"Sì, davvero. Sono d'accordo con te... purtroppo le nostre leggi non garantiscono molta sicurezza alle vittime di violenza domestica."

"Ma te ne occuperai lo stesso?"

"Sì. Però dovrò parlare con Veronica. E dovrò farle ripetere tutta la storia, anche se l'ha già ripetuta mille volte. Anche se non sarà piacevole."

"Ma certo, tutto quello che vuoi!" Finalmente il mattone che aveva sullo stomaco sembrò sollevarsi un pochino.

Giulio annuì: "In cambio ti chiedo solo un favore. Ho bisogno della tua opinione su un appartamento."

Aggrottò le sopracciglia: "Se è la mia opinione che vuoi, volentieri. Ma ti avverto. Il mercato immobiliare non è il mio forte..."

Lui sorrise. Aveva un bel sorriso quando si impegnava a farlo durare più di mezzo nanosecondo. E aveva una bella bocca, con un arco di Cupido perfettamente delineato. E... e non era il momento di guardargli la bocca, ecco. Lui le stava chiedendo un favore e, il minimo che poteva fare, era ascoltarlo. Spostò lo sguardo e lo fissò negli occhi.

"Non devo comprare casa. Ma vorrei il tuo parere da esperta sull'appartamento del secondo piano in Via Nino Bixio. Mi potresti aiutare? Per favore?"

Il suo parere da esperta.

Ludovica sentì un sorriso inarcarle la bocca:

"Ma certo, Commissario. Anche subito!"

―――

Giulio non sapeva esattamente cosa aspettarsi da quella visita all'appartamento della Molinari. L'unica volta che aveva lavorato con un sedicente esperto di criminologia non era rimasto esattamente incantato dai risultati prodotti. Anzi.

Il mago della criminologia e il PM gli avevano quasi fatto arrestare la persona sbagliata e, da quella volta, non ne aveva più interpellato uno, nonostante ci fossero suoi colleghi che sostenevano di non poter più vivere senza l'aiuto dei loro preziosi esperti.

Però era anche vero che, a giudicare dal CV che la Invernizzi aveva condiviso su LinkedIn, lei era decisamente a un altro livello.

La sera prima, dopo essere riuscito a liberarsi del polpettone senza che Isabella e Raffaele se ne accorgessero, si era seduto in poltrona mentre loro parlavano di dei tizi che lui non conosceva e aveva dato una sbirciata veloce al curriculum della Dottoressa, tanto per essere sicuro che fosse davvero all'altezza.

Avrebbe potuto farne anche a meno.

Dopo una maturità classica da 98/100 in un prestigioso liceo privato milanese, si era laureata in medicina in tempo record per poi frequentare un master in criminologia negli Stati Uniti, dove si era diplomata summa cum laude. Da lì in poi i successi erano piovuti uno dopo l'altro, tra articoli pubblicati dalle maggiori riviste scientifiche internazionali e il famoso programma per vittime di violenza domestica che, ogni anno, assisteva più persone a Milano e provincia che tutti gli altri programmi della Lombardia messi insieme. Ovviamente non si era fermata lì e aveva collezionato corsi post laurea in una miriade di università tra le migliori del mondo, studiando con professori talmente famosi che persino lui, che di psichiatria non sapeva niente, ne conosceva un paio.

Era abbastanza certo, quindi, che la Invernizzi sapesse il fatto suo.

Giulio aprì la porta dell'appartamento e la lasciò entrare prima di lui con un gesto della mano.

Le passò un paio di guanti di lattice: "Tieni, mettiti questi..." Lei gli sorrise e gli svolazzò di fianco, perfettamente a suo agio nonostante la vistosa chiazza di sangue per terra. La osservò mentre si guardava in giro, come se davvero fosse lì per comprare la casa.

"Questa Molinari ama le cose belle..." Considerò dopo un paio di minuti indicando dei quadri appesi al muro.

Giulio annuì:

"Sì, questo tizio è l'enfant prodige della pittura che manda in visibilio tutti i radical chic di Milano."

Raffaele e Isabella non avevano fatto altro che parlare di lui la sera prima a cena. E per le dieci cene prima di quella. Lei lo guardò e piegò la testa da una parte:

"Te ne intendi?"

"Di arte o di radical chic?"

"Scegli tu, Commissario."

"Meno di quanto vorrei, per quanto riguarda l'arte."

Ludovica sorrise e si girò a osservare i libri sugli scaffali. Giulio aveva già guardato anche quelli quando era stato lì con la Rizzo e ci aveva trovato solo una marea di romanzetti rosa di quarta categoria.

"Buon gusto in fatto d'arte e pessimo in fatto di letteratura…"

Toccò a Giulio sorridere: "Sono felice di non essere l'unico snob, quando si tratta di libri."

Lei scoppiò ridere.

"Tranquillo. Sei in buona compagnia. La mia lista di snobismi è molto lunga e spazia dai libri alla musica all'intimo maschile…"

"Scusa?"

"Ma sì, dai… ci sono certe cose su cui non transigo. Canottiere della salute, calzini a mezzo polpaccio, slipponi improponibili… cose così." Si girò a guardarlo e per un secondo Giulio temette che stesse per chiedergli che tipo di intimo avesse addosso, ma poi la vide indicare la porta della camera da letto: "A proposito di mutande, andiamo di là."

Non che avesse qualcosa da temere.

Non aveva mai portato la canottiera in vita sua, i suoi calzini erano tutti blu o bordeaux e lunghi fino al ginocchio e indossava solo e unicamente boxer di cotone non elasticizzato. Ma a prescindere, non gli sembrava il caso di discuterne con lei.

La seguì e la guardò aprire qualche cassetto del cassettone prima di soffermarsi su quello dei pigiami.

"Donna freddolosa…" Considerò la Invernizzi ad alta voce, passando la mano su una serie di pantaloni di flanella a scacchi. Poi di colpo sollevò una camicia da notte a sottoveste di seta nera. "…donna che ha intenzione di farsi scaldare da qualcun altro… sai se Giada Molinari stia con qualcuno?"

Giulio scrollò le spalle:

"So che non è sposata…"

"Questo è chiaro, direi."

"Lo capisci dai pigiami?" Domandò lui. Ludovica si girò a guardarlo con un sorriso:

"Ma certo. Ha un cassetto pieno di pigiami anti stupro. Che sono quelli che mette sempre. E poi ha questa micro sottoveste di seta e pizzo…."

"Non ti seguo."

"Scusa se te lo chiedo, ma tua moglie si è mai messa un oggettino del genere?"

Grazie al cielo era ancora girata a frugare nel cassetto perché Giulio si sentì avvampare come non gli succedeva da tempo.

"Non... no. Mai." Mentì tra i denti. "Preferisce dormire con le mie vecchie magliette."

Ludovica scoppiò a ridere:

"E chi ha parlato di dormire?"

Giulio si sentì le guance ancora più calde:

"Non vedo cosa c'entri con Giada. Ed Elena." Si mise a frugare a caso in un cassetto del comodino per darsi un tono.

"C'entra perché questa è una sottoveste per sedurre. Dunque Giada, prima di andare a cavalcare nella Pampa, voleva irretire qualcuno...."

"Come fai a sapere che sia sua? Magari la sottoveste era di Elena... potrebbe essersela dimenticata qui. La sorella ha accennato al fatto che ogni tanto le prestava la casa..."

"Le prestava la casa? In che senso?"

"Non lo so... era sconvolta. Capivo a stento quello che diceva... ma quando la vedrò di persona glielo chiederò."

Ludovica scosse la testa:

"Comunque ti assicuro che questa non è di Elena." Gli indicò l'etichetta all'interno della sottoveste. "Questa marca è cara come il fuoco... sarà costata 400 euro."

Giulio spalancò gli occhi:

"Una camicia da notte che costa 400 euro?"

"A meno che, ovviamente, qualcuno non gliel'abbia regalata..."

"Un uomo ricco?"

Ludovica annuì, rimettendo a posto la sottoveste.

"Ricco. O pirla. O entrambe le cose." Si voltò a guardarlo. "Avete trovato qualcosa di interessante nella sua valigia?"

"No. Niente valigie. Nessun effetto personale. La mia ipotesi è che fosse arrivata qui lunedì sera molto tardi. O anche nel mezzo della notte. Perché però sia venuta qui senza valigia... è difficile dirlo."

"Che stranezza..." Disse. "Com'era vestita quando l'avete trovata?"

"Un paio di jeans e una felpa nera. Scarpe da tennis."

"Di marca?"

"Tutta robaccia."

"Niente giacca?"

"Non addosso. Ma lunedì faceva caldo. E all'entrata c'è un armadio pieno di giacche e borse... solo che non sappiamo se qualcosa lì dentro sia suo. Vuoi dare un'occhiata?"

Ludovica piroettò sui tacchi e si girò verso di lui:
"Ma certo, vediamo…"
Quando le mostrò l'armadio rimase un attimo a bocca aperta. "Che gran casino!"
Giulio annuì: "Diciamo che l'ordine non è la dote numero uno di Giada Molinari. La Scientifica ha dato un'occhiata nelle tasche delle giacche e nelle borsette, ma sono tutte piene di roba a caso. Rossetti, scontrini di tre anni fa, occhiali da sole rotti… di tutto. Ma niente cellulari. E niente documenti."
Ludovica osservò i contenuti dell'armadio piuttosto velocemente, senza soffermarsi su qualcosa in particolare. Dopo qualche secondo prese una borsa in mano:
"Credo che questa non sia della padrona di casa. Credo sia della morta…"
Gliela porse Lui si avvicinò e la prese in mano.
"Cosa te lo fa pensare?"
"È l'unica che non vale niente in questo armadio. È finta pelle. Le altre sono tutte griffate. E poi questo color… cacchetta. Le altre sono tutte belle tonalità decise."
Giulio la guardò un secondo senza sapere cosa dire. Poi aprì la borsa e frugò dentro. C'era uno scontrino che risaliva alla mattina dell'omicidio, dunque Ludovica aveva ragione. Non poteva che essere la borsa di Elena dato che Giada Molinari, quella mattina, si trovava nella pampa argentina e non avrebbe potuto acquistare un pacchetto di biscotti al supermercato.
"Bel colpo, Dottoressa…" Mormorò.
Lei gli sorrise, soddisfatta:
"Grazie, Commissario. Felice di essere stata d'aiuto."
Locatelli si sedette al tavolo del soggiorno e ci rovesciò sopra il contenuto della borsa, sperando di trovare altri indizi, ma non c'era dentro un granché. Tastando sul fondo sentì che la fodera era rotta, ci infilò dentro le dita e tirò fuori la chiave di scorta di una macchina. Era senza marca, né telecomando, né niente, ma era la cosa più interessante che avessero trovato fino a quel momento.
"Dunque Elena ha una macchina… da qualche parte. …" Disse più a se stesso che a lei.
"Qua intorno parcheggiare non è esattamente facile…" Sentì i passi di Ludovica avvicinarsi, fermandosi esattamente dietro la sua schiena, e un secondo dopo sentì la mano di lei appoggiarsi sulla sua spalla. Quel gesto lo sorprese, ma cercò di non darlo a vedere. Ruotò il busto e alzò lo sguardo per incrociare il suo:
"Ne so qualcosa… abito qua dietro in Via Sirtori…"

"Ma dai! Quindi siamo quasi vicini... il mio studio è in Via Malpighi."

"Tutte vie in cui qualcuno che abita in Via Nino Bixio potrebbe trovare parcheggio... anche se serve un po' di fortuna." Si alzò. "Ci farò lavorare su la Rizzo e Caputo. Qualcosa scopriremo." Le sorrise. "Vieni, ti do un passaggio a casa."

―――

La Giulietta di Locatelli era impeccabilmente pulita e profumata, proprio come la prima volta che ci era salita, ma a differenza di due giorni prima l'atmosfera era decisamente più rilassata. Il silenzio che li abbracciava da quando si erano seduti in macchina non era carico di tensione. Anzi. Era uno di quei silenzi piacevoli che Ludovica non si sentiva di dover riempire a tutti i costi.

Guardò il Commissario di sottecchi. Era preso a pensare a chissà cosa e tamburellava con le dita sul volante ogni volta che si fermavano a un semaforo. Aveva delle belle mani, grandi ma magre, con le dita piuttosto affusolate per essere un uomo, e le muoveva in continuazione, come se non ne potesse fare a meno.

"Avrei qualche altra domanda da farti su Maurizio e Sara." Disse lui, rompendo il silenzio.

"Dimmi pure, Commissario."

"Ho parlato con Ana Mendoza, la ragazza che pulisce e stira a casa loro. È molto sveglia."

"Sì, Ana è parsa molto sveglia anche a me. Sarà stata una fonte inesauribile di informazioni..."

"Non sai quante. A quanto pare prima che Sara tornasse a Milano Maurizio si è divertito a fare festini a base di whisky e coca... ma questo tu lo sai già, vero?"

Ludovica annuì: "Sì. Lo so già."

"E mi puoi dire perché?" Strano che avesse aspettato così tanto a chiederglielo.

"Ma certo. Maurizio mi aveva contattato tramite Facebook quest'estate... voleva essere aiutato. Voleva smettere con la coca, smettere con quel giro di gente che frequentava... e così gli ho parlato un paio di volte, gli ho dato i nomi di colleghi specializzati e posti a cui rivolgersi. Tutto qua."

"Era per quello che andavi a casa sua? Per parlare della riabilitazione?"

"Esatto."

Giulio annuì e abbozzò un sorriso:

"Scusami, ma ho dovuto chiedertelo."

Sembrava deliziosamente a disagio.

"Non c'è problema. Capisco perché tu me l'abbia chiesto. E voglio essere sincera con te... mi piace divertirmi con gli uomini. Ma non coi mariti delle altre."

Tenne lo sguardo fisso davanti a lui, anche se erano fermi a un semaforo:

"Perché non me lo hai detto quando eravamo a casa loro?"

"Non volevo che Sara sentisse. Non ero il suo medico e ne avevamo sempre parlato in maniera informale... ma Maurizio mi aveva chiesto di non dirglielo e se mi si chiede di tenere un segreto lo faccio. Lo sto dicendo a te solo perché..." Perché glielo stava dicendo? A metà frase si rese conto di non saperlo. "...perché ti potrebbe servire per le indagini. E dubito che correrai a raccontarlo in giro."

Locatelli annuì: "Ti ringrazio. A quanto pare Maurizio teneva nascosto a Sara molto altro. Ana Mendoza ha detto che ha trovato tracce di rossetto sui bicchieri e cose del genere... credi che la tradisse?"

"È difficile dirlo. A Maurizio piaceva fare il cretino con le donne, ma non so se poi, effettivamente, passasse alle vie di fatto." Considerò Ludovica.

"Può essere che Sara sospettasse un tradimento?"

"Non saprei. Non ci vedevamo da tanto, quindi la fedeltà di suo marito non è stata proprio la prima cosa di cui abbiamo parlato... mi ha fatto una testa così sul negozio che aveva chiuso a Miami e che avrebbe voluto riaprire qui, ma di interessante ha detto ben poco."

Lo vide annuire, pensieroso. Era come se avesse qualcosa per la testa. Una preoccupazione, forse?

"C'è un'altra cosa." Disse alla fine.

Ah, ecco.

"Sarebbe?"

"Poco prima che Maurizio morisse era andato a casa loro il padre di Sara, il Commendator Cattani." Ludovica non poté fare a meno di notare una punta di nervosismo nella voce di Locatelli. Il Commendatore era un uomo estremamente potente, con le mani in pasta ovunque, amministrazione cittadina e Polizia comprese. Il suo nervosismo non solo era comprensibile, ma anche giustificato. "Lo conosci?"

"Non bene. Ma lo conosco abbastanza da sapere che Roberto Cattani è uno stronzo e può essere una persona estremamente spiacevole. Stacci attento." La faccia di Giulio si rabbuiò notevolmente e lo vide annuire:

"Sì, lo avevo immaginato. Il cadavere di Maurizio non era ancora arrivato sul tavolo dell'obitorio che Cattani aveva già chiamato il suo amico Questore per dirgli di dirmi di muovermi a chiudere il caso."

Ludovica annuì: "Non mi stupisce. È uno che ci tiene molto alle apparenze. E ora?"

"E ora niente. Dovranno imparare entrambi ad avere pazienza." Lo vide sorridere leggermente. Aveva lo sguardo sicuro e determinato. Era più che chiaro che il Commissario Giulio Locatelli non fosse uno che si arrendeva alla prima difficoltà. Forse, una volta tanto, la Ferri aveva detto qualcosa di giusto.

CAPITOLO CINQUE

Sei così coraggioso e calmo che mi dimentico che stai soffrendo.
— Ernest Hemingway

SABATO 7 OTTOBRE 2017

Essere stanco e di cattivo umore di sabato mattina, ormai, era diventata un'abitudine, ma ciò non significava che lo infastidisse di meno. Anche se non era di turno Giulio entrò in ufficio di buon'ora e sbuffò. Aveva dormito malissimo e nemmeno andare a correre all'alba lo aveva fatto sentire meglio. La discussione con Isabella appena tornato dalla corsa non aveva fatto che peggiorare la situazione, così aveva fatto una doccia ed era uscito in fretta e furia di casa per evitare che lo screzio sfociasse in lite. Non era stato abbastanza veloce, purtroppo.

Ma certo, vattene. Tanto ormai è come se vivessi da sola.

Si sedette alla scrivania e cercò di pensare ad altro. Aveva detto alla Invernizzi che quel pomeriggio sarebbe passato a casa sua per parlare con Veronica e voleva arrivarci preparato. Chiamò l'agente Caputo nel suo ufficio:

"Mi troveresti per favore gli incarti delle deposizioni fatte da una certa Veronica De Luca negli ultimi... tre anni?"

"Certamente. Altro?"

"Per caso è arrivato il referto autoptico di Maurizio Giuliani?"

"Appena adesso. Glielo porto subito."

Caputo tornò poco dopo con in mano delle carte e un biglietto:
"Ecco, Commissario. Il referto che mi ha chiesto e un messaggio per lei arrivato stanotte."
Lo ringraziò e guardò il biglietto. Giada Molinari sarebbe stata di ritorno quella sera e quindi avrebbe potuto presentarsi in Commissariato il giorno seguente, domenica. Ottimo. Aveva parecchie cose da chiederle e sperava che finalmente, parlando con lei, avrebbe capito qualcosa in più sulla vita e sulla morte di sua sorella.

Giulio spostò l'attenzione sul referto autoptico.

Secondo il Dottor Maggi, Maurizio Giuliani era morto per overdose di cocaina tra le 14:00 e le 14:20 di martedì pomeriggio. Alzò un sopracciglio. Una precisione che non era da lui.

Lo lesse di nuovo.

C'era qualcosa che non andava.

Come faceva Maggi a essere così certo dell'orario? O aveva tirato a indovinare o qualcuno gli aveva imbeccato quella risposta. Qualcuno come Costazza, per esempio, messo sotto pressione dal suo amico Commendator Cattani.

Caputo si schiarì la voce, distogliendo Locatelli dai suoi pensieri:
"Ecco i fascicoli che mi ha chiesto, Commissario. Di quella Signora De Luca."

Giulio annuì: "Grazie."

Aprì l'incarto, cominciò a sfogliarlo e rimase senza parole.

Veronica aveva rilasciato deposizioni contro suo marito svariate volte, soprattutto nel 2014 e 2015 E lo aveva fatto proprio lì, in quel commissariato. Guardò le date. L'ultima risaliva a poco più di un anno prima, dunque a poco prima che lui cominciasse a lavorare lì. Dopo doveva essersi stufata e aveva lasciato perdere. Ma la cosa che lasciò Giulio a bocca aperta era un'altra. Di tutte le deposizioni si era occupato quel maledetto idiota dell'Ispettore Marchi.

Avrebbe detto che aveva mal di stomaco, ecco cosa.

Non era la scusa migliore del mondo, ma Isabella non aveva una gran voglia di sforzarsi per trovarne una migliore e starsene a casa quella sera. Suo marito ci poteva anche andare da solo a cena da Federico, non sarebbe morto nessuno. E poi, visto come era stato scostante e insopportabile quella mattina, non gli sarebbe certo dispiaciuto andare senza di lei a casa del suo amichetto.

Sbuffò.

Quella complicità da compagni del liceo e quel modo che quei due avevano di capirsi spesso senza parlare le facevano saltare i nervi. Si rendeva conto di essere meschina a pensarlo, ma non poteva far altro che essere in qualche modo gelosa di Federico, perché con lui Giulio sembrava il vecchio Giulio e con lei non riusciva ad esserlo. E se già non le era mai stato particolarmente simpatico, ora non poteva proprio più sopportarlo.

La cosa, ovviamente, era reciproca. Perché quindi sbattersi per andare a cena a casa di uno che non ti regge? No. Molto meglio inventarsi un malanno inesistente e guardarsi una serie su Netflix.

Sentì la porta aprirsi e Giulio entrò in casa.

La guardò, come se stesse cercando di capire di che umore fosse, poi sospirò:

"Ciao…"

"Ciao."

Non gli avrebbe certo reso la vita facile.

Fece un passo verso di lei: "Ho appena sentito Federico, chiede se va bene andare là per le sette e mezza…" Lo vide guardare l'orologio, senza nemmeno togliersi l'impermeabile. Come al solito era di fretta. Ormai i minuti che passava a casa durante il weekend si potevano contare sulle dita di una mano.

"A dire il vero… non credo che verrò con te stasera. Non sto molto bene."

Lui la guardò con fare scettico:

"E cos'hai?"

Possibile? Non notava mai niente, non le sue lune storte o i suoi malumori, e adesso improvvisamente notava quello?

"Ho lo stomaco sottosopra…" Lo guardò negli occhi per metterlo alla prova. Lui rimase in silenzio per qualche istante, poi sospirò:

"Se non ti va di venire a cena con noi basta dirlo, non c'è bisogno di inventare scuse…" Gli suonò il telefono e lo tirò fuori dalla tasca. Guardò il display, indugiò un attimo, poi lo silenziò e non rispose. Non era da lui.

Isabella scrollò le spalle:

"Va bene. Se è quello che vuoi sentirti dire… non mi va di venire a cena con voi." Sperava sinceramente che lui avesse un qualche tipo di reazione, anche se sapeva molto bene che non sarebbe successo. Era come se, ormai, fosse fatto di ghiaccio, come se niente più lo interessasse o lo smuovesse.

Il telefono squillò un'altra volta, ma questa volta se lo portò all'orecchio:

"Ciao…" Abbassò lo sguardo. "Sì, scusa, ti avevo telefonato per dirti che sono un quarto d'ora in ritardo. Sto per uscire di casa… tra poco sono da te." Si morse un labbro. "Veronica è già lì?" Qualche altro attimo di silenzio.

"D'accordo. A presto." Chiuse la telefonata e alzò lo sguardo verso di lei: "Senti, Isa... fai come vuoi. Ma avverti tu Federico. Io ora non ho tempo."

"Chi era al telefono?" Chiese Isabella ignorando di proposito quello che lui le aveva appena detto.

"Una testimone ad un caso a cui sto lavorando."

"E vi date del tu?"

"È molto giovane..."

Sembrava a disagio.

Chissà cosa c'era dietro.

Sicuramente una bugia.

E se fosse stata sposata con un altro uomo avrebbe sospettato che ci fosse dietro anche un tradimento, ma lo conosceva troppo bene per considerare un'ipotesi del genere. Anche quando non si erano visti per mesi mentre lui era sa il cielo dove non aveva mai pensato, nemmeno per un secondo, che lui la potesse tradire. La cosa che le dava fastidio, però, era che la sua fedeltà avesse più a che fare con il senso del dovere che con l'amore. Giulio non l'avrebbe mai tradita perché non era giusto tradire, non per altro.

Lo guardò in faccia, alla ricerca di un qualche indizio, ma ormai era davvero come essere sposata con uno sconosciuto sempre taciturno, imperturbabile, perso nei suoi pensieri.

"Beh, allora ti conviene correre da lei." La voce le uscì in un sibilo rabbioso.

Per la prima volta da quando era entrato in casa Giulio sembrò avere una reazione quasi umana. La fissò e corrugò la fronte:

"Si può sapere cosa ho fatto di male questa volta? Mi sono perso qualche cosa?" Aveva la faccia di uno che avrebbe pagato pur di essere altrove e la cosa la fece infuriare ancora di più.

"Sai cosa ti sei perso? Solo gli ultimi sette anni del nostro matrimonio. Ma non ti preoccupare. Niente di importante."

Avrebbe voluto urlare.

Era tutta colpa sua e lui nemmeno se ne rendeva conto.

Non sapeva che se non fosse andato via avrebbero avuto una vita normale e tutta quella storia con Stefano non sarebbe mai successa.

Aveva rovinato tutto e non poteva nemmeno dirglielo.

"Forse non ti ricordi che sei stata tu a dirmi che avrei potuto fare molto di più che essere un semplice poliziotto."

"Si, ma intendevo che avresti potuto fare l'avvocato o il magistrato! Cosa ne sapevo che saresti andato a lavorare nei servizi segreti? Che razza di idea è lasciare tua moglie praticamente sola per sei anni?"

"Una pessima idea, a quanto pare. Ma ora sono tornato e vedo che anche questa non ti è piaciuta come idea. Quindi, davvero, non so come renderti felice." Giulio aveva la mascella serrata e gli occhi dardeggianti, ma teneva la voce bassa e lo sguardo fisso altrove, con quel fare controllato che ormai lo caratterizzava in tutto.

"Potresti cominciare con il dormire nel nostro letto un po' più spesso!"

"Se dormo sul divano è solo per non svegliarti quando... soffro d'insonnia."

"Ma cosa cazzo dici, Giulio? Se soffrissi di insonnia non dormiresti! Tu dormi e ti svegli in preda al terrore. Ti rendi conto di cosa voglia dire per me?"

"Ed è proprio per questo che dormo sul divano! Per non darti fastidio."

"Non è questione di fastidio! È questione di non sapere cosa ti succede. Cosa è che sogni?"

"Niente." Era pazzesco. Non riusciva nemmeno a guardarla in faccia.

"Se fosse così non ti sveglieresti urlando in un lago di sudore! Perché non vuoi dirmelo?"

Finalmente si degnò di incrociare il suo sguardo:

"Perché dirtelo non farebbe nessuna differenza. È una cosa mia. Non potrai mai capirla. Quindi quando ti dico di lasciarmi in pace a dormire sul divano, credimi, lo faccio soprattutto per te." Quella voce, così bassa e gelida, prima di partire non l'aveva mai avuta, ne era certa.

"Fai come vuoi... tanto è quello che fai sempre."

"Da che pulpito!" Giulio rise sardonicamente. "Comunque ora non ho tempo di discuterne. Devo andare."

Senza nemmeno aspettare che lei rispondesse uscì dalla porta, chiudendosela alle spalle con un colpo secco. Quel rumore le echeggiò nelle orecchie come un tuono e d'improvviso vide tutto offuscato, ma ci mise un attimo a capire che era per via delle lacrime di rabbia che le avevano riempito gli occhi.

Non fece niente per fermarle.

Ecco, in momenti come quello se ripensava al tradimento non sentiva più il senso di colpa, ma quasi una sottile e perversa soddisfazione.

Non ci voleva un'esperta di psicologia per capire che Locatelli fosse di pessimo umore. Le era bastato uno sguardo, non appena gli aveva aperto la porta: aveva le labbra strette, la mascella serrata e gli occhi di un grigio più scuro del solito.

"Giulio. Ciao…" Accennò un sorriso ma lui non lo ricambiò. Si limitò a cacciarsi le mani in tasca:

"Scusami per il ritardo ho… avuto un contrattempo."

Ludovica annuì e gli indicò il salotto:

"Non c'è problema. Veronica ti sta aspettando di là. Prego…"

Giulio entrò nella stanza. Lo vide fare un considerevole sforzo per sorridere a Veronica, ma non gli riuscì granché bene. Si schiarì la voce: "Volete che rimanga o preferite che vada via?"

"Rimani!" La pregarono entrambi all'unisono.

"Ma certo, resto volentieri."

Giulio e la Vero si sedettero sul divano uno di fianco all'altra e lei si accomodò in poltrona di fronte a loro.

Sì, Giulio era decisamente di umore infimo, anche se cercava di mascherarlo. Si stropicciò la faccia tra le mani, come se volesse cancellare qualche pensiero dalla testa, poi tirò fuori un taccuino e sospirò:

"Allora, Veronica… ho visto che per due anni ti sei presentata più volte per sporgere denuncia contro tuo marito. Proprio nel mio Commissariato."

"Cosa?!?" Solo un secondo dopo Ludovica si accorse di essere stata lei a parlare. Lui la fulminò con lo sguardo:

"Lasciami finire, per favore." Le intimò prima di girarsi nuovamente verso Veronica. "Dicevo… all'epoca non lavoravo lì… ma ho letto le tue deposizioni. Sono tutte firmate da te e dall'Ispettore Marchi."

"Sì."

"Le hai lette prima di firmarle?"

Veronica prese a farsi scrocchiare le dita di entrambe le mani:

"Io… non me lo ricordo. Perché?"

"Perché sembra quasi che la colpa sia tua in quelle deposizioni… se così possiamo chiamare quella montagna di carta straccia…"

"L'Ispettore Marchi non sembrava molto convinto della gravità della situazione. E mi ha fatto capire che non si poteva fare un granché per proteggermi prima di andare in tribunale…" Disse con un filo di voce e gli occhi pieni di lacrime.

Ludovica sentì una rabbia cieca batterle nello stomaco. Stava per aprire la bocca quando Locatelli la sorprese: lo vide allungare un fazzoletto a Veronica e le appoggiò una mano sulla spalla:

"Non so come scusarmi per il comportamento di Marchi, ma fidati… d'ora in poi se ne occuperà qualcuno di più competente. Possiamo fare in modo che Giovanni non ti sfiori mai più. Ma ho bisogno del tuo aiuto per farlo imputare e condannare. Mi aiuterai?"

"Ma certo che sì!" Esclamò Ludovica, incapace di stare zitta un secondo di più. Locatelli si girò verso di lei, gli occhi ancora più scuri e leggermente socchiusi:
"Ti ho già chiesto una volta di lasciarmi finire, per favore."
Annuì, anche se controvoglia. Il tono di Giulio, pur essendo restato basso e controllato, non ammetteva repliche. Le dava un po' fastidio essere zittita, ma allo stesso tempo quell'autorevolezza le dava davvero da sperare che sarebbe stato in grado di sistemare le cose.
"Sì... certo. Lo farò." Sussurrò Veronica, tra un singhiozzo e l'altro, asciugandosi gli occhi nel fazzoletto che le aveva dato lui. Un fazzoletto di stoffa. Locatelli doveva essere l'unico uomo al mondo a usarli ancora.
"D'accordo. Tuo marito ti ha mandato in ospedale varie volte... hai tenuto tutte le carte che ti hanno dato quando ti hanno ricoverato?"
"Le ho nascoste nel mio cassetto in sala professori perché avevo paura che lui le distruggesse..."
"È stata un'ottima idea. Quelle saranno utili in tribunale." La guardò. "Hai mai avuto prognosi di più di 20 giorni?"
Veronica annuì:
"Sì, quando mi ha rotto il braccio..."
Ludovica chiuse gli occhi e si morse la lingua per non dire niente.
"Ok... e tuo marito ti ha mai minacciato?" Chiese Giulio sommessamente.
"Sì. A voce per lo più. Ma una volta anche con un coltello. E... ha detto che mi avrebbe ammazzato se lo avessi denunciato o se lo avessi lasciato..." Veronica scoppiò a piangere violentemente e si accasciò sulla spalla di Locatelli. Lui la lasciò fare. Le cinse le spalle, e aspettò che si calmasse e che si sciogliesse dall'abbraccio di sua iniziativa. Ludovica avrebbe voluto fare qualcosa, ma era più che chiaro che, in quel momento, era meglio fare da spettatrice. Giulio aveva in mano la situazione e, dovette ammettere a sé stessa, se la stava cavando meglio di come avrebbe fatto lei. Era calmo, autorevole e pacato, anche se allo stesso tempo era chiaro che non fosse indifferente alla situazione di Veronica.
"Ti ha mai obbligato ad avere rapporti con lui?" Le domandò lui, la voce bassa e ferma, che tradiva solo una leggera traccia di disgusto. Veronica annuì:
"Tantissime volte."
"E ora che te ne sei andata, ti sta cercando?"
"Mi scrive in continuazione su Whatsapp. Ma solo per supplicarmi di tornare da lui, nessuna minaccia."
"Va bene. Ho capito." Sospirò Locatelli. Ludovica studiò il suo volto. Se prima le era sembrato torvo, ora le sembrava fumasse di una rabbia silenziosa

ma letale. "Mi dispiace di averti fatto parlare di nuovo di queste cose, Veronica, ma era necessario."

"Non c'è problema, non è stato così tremendo..." Rispose lei forzando un sorriso, a dispetto delle lacrime che continuavano a scenderle lungo il viso.

"Ti ringrazio." Giulio si voltò verso di lei: "Dottoressa? Mi puoi accompagnare alla macchina, per favore? Mi sono scordato di avere un referto da farti vedere."

Lei si alzò:

"Ma certo."

Lo seguì fuori dalla porta e giù dagli scalini fino in strada:

"Che referto mi vuoi far vedere?"

"Non ce l'ho con me. In realtà volevo parlarti un attimo in privato. Di Veronica."

"Dimmi."

"I capi d'imputazione per mandarlo dentro non mancano. Minaccia aggravata, lesioni personali, percosse... e anche violenza sessuale e stalking. Però ci sono due cose che dovrai fare perché vada tutto bene."

"Farei qualsiasi cosa."

"La prima è che dovrai fare in modo che non cambi idea. Credi di poterlo fare?"

Annuì: "Credo proprio di sì. Le altre volte non era così... determinata."

"Molto bene. La seconda è più difficile. Dovrai convincerla a mettersi in aspettativa dal lavoro. Da lunedì in poi non credo che sia una buona idea che Veronica vada in giro... non lo conosco, ma ho paura che una volta denunciato Giovanni possa perdere la testa."

"Potrebbe perderla eccome."

"A maggior ragione... se deve andare da qualche parte lo faccia oggi o domani perché poi dovrà stare chiusa in casa per un bel po'. E la gente non se ne rende conto ma non è facile. Ma è fondamentale." La fissò. "Vorrei che ci fossero leggi diverse. Che potessimo proteggerla in altro modo, ma..."

"Non è colpa tua, Giulio." Gli sorrise. "Non ti preoccupare. Da lunedì non metterà il naso fuori di casa."

Lui annuì: "Va bene. E... state attente, per favore." Spostò il peso da un piede all'altro e si morse il labbro: "Se doveste avere anche solo il più lontano sentore che ci sia qualcosa che non va, chiamatemi a qualsiasi ora del giorno e della notte. Intesi?"

"Certamente. Grazie mille."

Aprì la portiera: "Ora devo andare..."

"E per quel referto?"

"Magari te lo faccio vedere settimana prossima."
"Il lunedì e il giovedì sono sempre in studio fino a tardi. L'indirizzo ce l'hai. Primo piano, prima porta a sinistra. Facile, no?"
Lui annuì e le fece un cenno di saluto prima di salire in macchina e andarsene. Ludovica lo guardò allontanarsi, fino a quando la Giulietta nera svoltò in fondo alla via, sparendo dalla sua vista. Si sentì di tirare finalmente un sospiro di sollievo. Per la prima volta da quando Giovanni aveva iniziato a maltrattare Veronica anni prima aveva l'impressione che la situazione potesse risolversi.

Isabella gli era sempre stata sulle palle da morire.
Dal momento in cui Giulio l'aveva conosciuta Federico si era augurato che la storia tra di loro non andasse in porto, ma ovviamente non era stato così. Lei lo aveva assediato con la determinazione di un mastino, aspettandolo dietro ogni angolo dei chiostri della Statale, sempre fingendo di essere lì per caso.
Quegli occhioni azzurri e i capelli biondi da angioletto avevano fatto fesso Giulio, ma non lui: lo aveva capito subito che quella lo tampinava così solo perché lui, per farla breve, non la cagava.
Aveva cercato di avvertirlo, ma lui naturalmente non gli aveva dato retta.
Dopo tre mesi in cui lei ci aveva provato in tutti i modi aveva ceduto e ci era uscito insieme.
Ed ecco il risultato. Isabella l'aveva spuntata: era riuscita a mettersi insieme a lui, sposarselo e rovinargli la vita in ogni modo possibile e immaginabile.
Quei due stavano insieme da… quattordici anni?
"Minchia…" Gli scappò ad alta voce, mentre versava i taralli in una ciotola.
Giulio lo guardò, inarcando le sopracciglia: "Cosa?"
"Tu e Isabella state insieme da quattordici anni."
"A dire il vero quindici. E?"
"Non me ne capacito."
Giulio rimase in silenzio e girò lo sguardo altrove, come se non avesse mai visto i quadri appesi alle pareti del salotto. "Non cominciare, ti prego..." Disse alla fine, con quello che a Federico parve un tono supplicante. E stanco.
"Sto solo dicendo che state insieme da quindici anni. Sono stato il vostro testimone di nozze. E lei ancora fa di tutto per evitarmi…"
Giulio si appoggiò al muro e mangiò distrattamente una fetta di pane: "Credo che stia evitando me, più che altro."

"E perché mai dovrebbe?"

"Sempre la solita storia. Dice che la escludo. Che non sono più quello di una volta…"

Ma possibile che fosse così stronza, quella?

"Ma certo che non lo sei! Anche io non sono quello di una volta e non ho passato sei anni della mia vita sa Dio dove, rischiando la pelle in continuazione!" Giulio scrollò le spalle e non disse niente. Tenne lo sguardo fisso per terra, come se sul pavimento ci fosse posata la risposta a tutti i suoi problemi. Gli mise in mano una bottiglia di birra: "Sai come la penso."

"Sì, Fede. Lo so. E tu sai come la penso io."

Ma certo. Giulio e i suoi nobili sentimenti, che un giorno lo avrebbero portato prematuramente alla tomba. Sulla sua lapide ci sarebbe stato inciso qualcosa come *Qui giace Giulio Locatelli, ucciso dalla sua integrità, dal suo senso del sacrificio e dalle sue mille responsabilità immaginarie.*

Aveva cercato di farglielo capire in mille modi, ma ormai stava per lasciar perdere. Lo conosceva dalla IV° ginnasio e in tutti quegli anni non era mai e poi mai riuscito a convincerlo di niente. Non lo aveva convinto a provarci con la Pellizzari al suo diciottesimo. Non lo aveva persuaso a lasciar perdere le avance di Isabella. Non era nemmeno riuscito a consolarlo quando era morta sua madre.

Non aveva mai fatto niente di utile per lui, se non cercare di indovinare quale fosse il momento giusto per stargli vicino e aiutarlo a raccogliere i pezzi.

"A dire il vero no. Non lo so."

Giulio parve sorpreso: "Cosa vuoi dire?"

"Voglio dire che prima era diverso. Non sono mai stato contento che tu stessi con lei, ma almeno all'inizio eri felice. Ma ora non lo sei. Ed è questo che non capisco." Sbuffò. "Non sei mai stato un tipo da evitare i problemi. Ma con Isabella… è quello che stai facendo."

"Stiamo solo attraversando un periodo difficile. Non è la fine del mondo…"

Federico sbuffò: "Lo sai, vero, che non ci crede nessuno se lo dici con quel tono? Tanto meno io…"

Giulio sospirò. "D'accordo. Come vuoi." Mangiò un tarallo, poi lo guardò: "Ora possiamo parlare di altro, per favore? È sabato sera. Non ho voglia di parlare di… di me e Isabella."

Una supplica.

Una preghiera.

Sorrise: "Ma certo. Ho io una cosa di cui parlarti." Gli fece segno di seguirlo in cucina. "Ti ho mai parlato di Mara, la strafiga della contabilità?"

Lo sentì scoppiare a ridere dietro di lui: "No, ma sono certo che tu stia per parlarmene."

Lo guardò con la coda dell'occhio. Al contrario di poco prima sembrava sinceramente divertito, quasi rilassato.

Sorrise.

Missione compiuta.

Giulio entrò in casa cercando di non fare rumore: era da poco passata la mezzanotte e Isabella doveva già essere andata a dormire. Fece qualche passo e si fermò di botto a metà tra la porta della camera da letto e il divano.

Sospirò.

Rilassato era rilassato. La serata con Federico gli aveva fatto bene, come al solito. Dopo essere riuscito ad evitare di parlare troppo del suo matrimonio era stato più che felice di ascoltare i racconti sulle peripezie del suo amico con Mara, la strafiga della contabilità, e dei loro maneggi per non farlo capire agli altri colleghi. Federico lo aveva fatto ridere di gusto, come sapeva fare lui, farcendo le sue storie di particolari probabilmente esagerati ma verosimili.

Ma sì. Era rilassato. Era abbastanza sereno.

Sospirò di nuovo, poi entrò in camera in punta di piedi.

Isabella era addormentata rannicchiata sul fianco sinistro, e quel po' di luce che entrava dalla finestra le illuminava il viso abbastanza perché lui potesse vederlo. Sembrava leggermente imbronciata.

Si infilò a letto di fianco a lei, a pancia in su, e cercò di mettere in pratica le tecniche che gli aveva suggerito a suo tempo Fontana.

Non è la vodka a farmi dormire. È il training autogeno.

Non era così facile, però, e non era nemmeno sicuro del tutto che l'alcol non fosse la vera causa delle sonore ronfate del suo ex collega.

Cercò di concentrarsi sul ritmo e sulla profondità del suo respiro, ma quello di Isabella lo distraeva e confondeva troppo.

Aprì di nuovo gli occhi e la guardò.

Gli era sempre piaciuto guardarla dormire, fin dalla prima volta che l'aveva vista addormentata. Anche se erano passati quindici anni lei gli sembrava uguale, anche se sapeva che in realtà era completamente diversa. Non era più la ragazza che lo aveva tampinato perché voleva che lui andasse a una festa.

E dai, è una festa! A tutti piacciono le feste.

A me no...

Ma ci sarà da bere. E da mangiare.

Davvero… non so.
E ci sarò io. A questo non puoi dire di no!

Le aveva detto di no lo stesso, ma il sabato sera, dopo che Federico gli aveva detto in venti modi diversi di non farlo, si era presentato in quell'appartamento schifoso sulla Circonvallazione, quello della festa, sperando che lei ci fosse.

Lei c'era.

Lo aveva abbracciato e tenuto stretto un paio di secondi di troppo. Lei gli piaceva e la cosa gli aveva fatto paura. Era già in crisi per colpa di una ragazza con gli occhi verdi che gli aveva letteralmente fatto il cuore a coriandoli e non sapeva se farsi coinvolgere da un'altra fosse una buona idea.

Anzi, lo sapeva benissimo. A soli 22 anni aveva già capito che era una pessima idea.

Ma Isabella aveva riso e scherzato con lui per tutta la sera come se il resto della festa non esistesse, fino a quando si era dimenticato del suo cuore fatto a coriandoli. Avevano bevuto vino di quarta categoria in bicchieri di plastica e avevano parlato per ore seduti su un divano lercio, fino a quando si erano addormentati. Verso le sei del mattino Giulio si era svegliato di botto, ancora sul divano, e si era trovato Isabella tra le braccia, con gli occhi chiusi e il respiro di chi sta dormendo profondamente. Tutto intorno a loro c'erano bottiglie e bicchieri vuoti, gente che dormiva buttata un po' ovunque, e una nuvola di fumo che aleggiava ancora nell'aria.

Ed era proprio così che la ricordava.

Addormentata e felice, tra le sue braccia, come se quello fosse il miglior posto in cui essere al mondo.

Per un secondo gli parve di non riuscire a riempire i polmoni d'aria, come se l'ossigeno in camera si fosse esaurito, e gli si chiuse la gola. Senza nemmeno rendersene conto allungò un braccio e tirò Isabella a sé come se fosse un salvagente durante una tempesta. Aveva la pelle morbida e profumata. Sapeva di casa.

"Così mi fai male..." Borbottò lei aprendo leggermente gli occhi. Forse l'aveva stretta un po' troppo. Non era stata sua intenzione svegliarla.

Allentò la presa: "Scusami. Stavo solo abbracciandoti." Lei richiuse gli occhi e sospirò. Dopo qualche istante sembrò di nuovo addormentata e si girò sul fianco destro, dandogli le spalle.

Giulio rimase immobile nel letto, con gli occhi aperti, a fissare il punto in cui la luce che filtrava dalla finestra toccava il soffitto.

DOMENICA 8 OTTOBRE 2017

Tranne per i capelli, biondi invece che rossi, Giada Molinari era la copia sputata di Elena. Nel vederla entrare nel suo ufficio Giulio ebbe una sensazione sconcertante di déjà vu, specialmente dato che quella che aveva davanti era la copia viva e vegeta della donna che aveva trovato esangue nell'appartamento del secondo piano.

Viva, vegeta e sconvolta.

"Prego, Signora Molinari, si accomodi." Le strinse la mano. "Come le ho già detto al telefono... sono davvero molto spiacente per la morte di sua sorella."

La donna annuì e si sedette, guardandosi intorno con un'espressione incredula stampata in viso.

"Non capisco come possa essere successo..." Mormorò, tormentandosi le pellicine intorno all'indice sinistro.

"Stiamo indagando proprio su questo. Il salotto era molto in disordine quando sono arrivato sulla scena, quindi la prima impressione che abbiamo avuto è che possa essere stato un furto finito male. Poi però lo abbiamo escluso, perché non c'erano segni di effrazione."

"No?"

"No. Elena ha aperto al suo aggressore." La guardò. "Sembra stupita."

"Lo sono... perché sono sparite alcune cose."

Giulio inarcò le sopracciglia: "Che cosa?"

"Niente di valore... i quadri che ho in salotto valgono molto e non li hanno toccati..."

"Sì, li ho notati."

"Però..." Si interruppe e scosse la testa.

"Però cosa, Signora?"

"Sono spariti due fermalibri. Erano due piramidi. Li avevo comprati in Egitto."

Aggrottò le sopracciglia: "Erano molto pesanti?"

La Molinari annuì: "Sì. Una volta uno dei due è caduto e si è spaccato il pavimento..." Ecco dunque la misteriosa arma del delitto. Un fermalibro.

"È sparito altro?"

"Non che io sappia... ma non ho fatto in tempo a guardare bene. Se dovesse mancare altro... glielo farò sapere."

Giulio annuì: "D'accordo. Ora... se non le dispiace dovrei farle delle domande su sua sorella."

Lei si soffiò il naso e sospirò: "Mi dica."

"Mi ha accennato che fosse a casa sua perché era in difficoltà finanziaria. Può spiegarsi meglio?"

"Elena... non ha mai avuto una vita facile. I nostri genitori sono morti quando eravamo ragazzine... e lei l'ha presa male. Si è sempre messa in un sacco di guai. Non ha mai avuto un lavoro serio. Ha... vagabondato per gli ultimi dieci anni, passando da un uomo all'altro. E ora era rimasta senza casa e quel porco del suo ex non le voleva dare un soldo, così le ho detto che poteva stare da me mentre ero via... per rimettersi in sesto."

"Chi è questo ex?" Chiese Locatelli.

"Si chiama Gabriele Torriani. Un bastardo violento che la picchiava di continuo..."

"Quanto violento?"

"Abbastanza da ucciderla. Da quando lo aveva mollato non la lasciava in pace..." Disse con la voce incrinata.

"Lo aveva lasciato da molto?"

"Da più di un anno, ma lui non smetteva di darle il tormento."

"Sa se sua sorella avesse un nuovo fidanzato? O se si vedesse con qualcuno?"

"Non eravamo molto in confidenza... Ha vissuto a Salerno per un po', con un altro suo ex... e ci eravamo perse di vista del tutto. Poi quando è tornata a Milano si è sposata con quello schifoso e abbiamo continuato a vederci poco. Da quando lo ha lasciato mi ero ripromessa di fare più parte della sua vita, ma ormai è troppo tardi..." Scoppiò a piangere. Giulio annuì e le passò un pacchetto di fazzoletti:

"C'era qualcun altro che avrebbe potuto avercela con sua sorella?"

"Non che io sappia... ma come le ho detto, non eravamo molto vicine di questi tempi."

"E c'è qualcuno che potrebbe invece avercela con lei?" Le domandò Giulio a bruciapelo.

Giada Molinari rabbrividì: "No, non vedo chi potrebbe avercela con me. Non penserà che fossi io l'obiettivo?"

"Devo prendere in considerazione tutte le ipotesi, Signora Molinari."

Lei annuì: "Ma certo, mi scusi."

Tirò fuori dal cassetto della sua scrivania la borsa che Ludovica gli aveva indicato come quella della vittima e la appoggiò sulla scrivania:

"È sua questa?"

Giada Molinari scosse lentamente la testa:

"No. Questa è di Elena. *Era* di Elena."

Dunque Ludovica ci aveva visto giusto.

"Dentro ci abbiamo trovato una chiave di scorta di un'automobile. Sa per caso che macchina avesse sua sorella?"

"Mia sorella non aveva una macchina, che io sappia."

Curioso.

"Un'ultima cosa, Signora Molinari, poi la lascio andare. Saprà che lo stesso giorno in cui abbiamo trovato sua sorella, abbiamo trovato anche il corpo di un uomo al quinto piano. Si chiamava Maurizio Giuliani. Lo conosceva?"

La osservò attentamente. Era chiaro che sapesse già che Giuliani era morto visto che non parve per niente stupita:

"Sì, me lo hanno detto. Lo... conoscevo di vista. Lo incrociavo in ascensore. Nell'atrio. Alla riunione di condominio." Disse lentamente, asciugandosi gli occhi, sempre più rossi.

"Va bene, ora può andare. Se avessimo altre domande la chiameremo."

Giulio salutò la Molinari, chiuse la porta e si girò verso la Rizzo:

"Cosa ne pensi?"

"La Dottoressa Invernizzi aveva ragione a proposito della borsa..." La voce trasudava ammirazione. Non potè fare a meno di sorridere e annuire:

"La cosa non mi stupisce." Si appoggiò al muro dietro la scrivania e mise le mani in tasca. "Dunque ora dobbiamo trovare l'ex marito violento e sentire cosa ha da dirci. Ma per oggi ci posso lavorare con Caputo. Tu vai pure a casa, Rizzo, e goditi la domenica."

"E lei, Commissario? Non va a godersi la domenica con la sua famiglia?"

Giulio pensò a Isabella, che aveva in programma un brunch in un nuovo ristorante super salutista con Raffaele, e alla famiglia Locatelli, che si sarebbe riunita a casa di sua sorella per pranzo. Lo avevano invitato, ovviamente, ma lui aveva declinato con una scusa. Suo padre era in città, quindi lui e suo cognato avrebbero discusso di politica, finendo inevitabilmente per litigare. Marco si sarebbe lamentato per la cottura del pollo arrosto. Greta gli avrebbe detto di invitare tutti a casa sua allora. E i gemelli avrebbero fatto un casino infernale. Scrollò le spalle:

"No, per questa domenica no..." Le sorrise: "Ma tu vai a fare qualcosa di divertente. Sali in cima al Duomo. Vai alla Pinacoteca di Brera o alle Gallerie d'Italia. Esplora un po' la città. Vedrai che finirà per piacerti."

Una volta solo Giulio si stropicciò la faccia e sospirò. Avrebbe potuto lavorare fino a mezzogiorno e mezzo e poi andare a casa, certo di trovarla vuota. Isabella sarebbe stata al suo brunch con Raffaele e lui avrebbe avuto a disposizione almeno tre ore di relax e silenzio. Magari avrebbe pure fatto un pisolino, che dopo la notte che aveva passato sarebbe stato un toccasana. Sì. Avrebbe fatto così. Ma prima doveva vedere con Caputo di rintracciare quel tale Gabriele Torriani che a sentire la Molinari era il sospettato perfetto. Sperò che fosse vero ma non ci fece troppo affidamento: i parenti delle vittime in genere erano i meno indicati a capire quel genere di cose.

―――

"Cosa ti avevo detto? È una giornata stupenda... e passeggiare non è così male. O no?" Veronica la guardò e sorrise. "Dì la verità!"

Ludovica scoppiò a ridere: "D'accordo. Non è come fare kickboxing, ma non è per niente male."

Per essere ottobre il sole era ancora caldo e la giornata era *davvero* stupenda.

Veronica la prese per un braccio e la fece fermare: "Ludo... io non so come ringraziarti."

"Per cosa? Per essere venuta a passeggiare con te? Vabbè che non sono mattiniera, ma alzarmi alle dieci invece che a mezzogiorno non è stato così difficile..."

La sua amica rimase seria: "No... intendo dire per tutto. Per... per quello che stai facendo per me. Per come mi stai aiutando."

"Non c'è di che. Siamo amiche dal liceo. Per me è un piacere aiutarti." Le sorrise. "Davvero."

"E grazie anche per questa camminata. Mi preoccupa un po' dover stare chiusa in casa da domani..."

Ripresero a camminare e Ludovica sospirò:

"Lo so, ma vedrai che non sarà così male. E vedrai anche che Giulio riuscirà a risolvere in fretta."

Svoltarono in Via Lambro.

"Dici?"

"Ma certo che sì. Anche perché..."

"Dottoressa! Veronica!" La voce di Locatelli la interruppe e le fece alzare di botto lo sguardo. Lui era lì di fronte a loro, come al solito in giacca e cravatta, come al solito con quell'espressione seria in viso. Non era incazzato come il giorno prima, ma aveva l'aria di essere stanco. Esausto, addirittura.

"Giulio! Cosa ci fai qui?" Solo un secondo dopo si rese conto di essere sotto l'ufficio di lui.

"Stavo... tornando a casa dal Commissariato. Voi?"

Ludovica fece un gesto con la mano indicandosi vagamente i vestiti. La felpa oversize, i leggings, le vecchie scarpe da tennis che cadevano a pezzi. Non aveva nemmeno messo gli occhiali da sole, maledizione, ed era struccata.

"Noi... un po' di moto. Prima della... clausura. Tu cosa ci fai qui?"
Che cretina. Glielo aveva già chiesto.
Lui inarcò un sopracciglio:
"Io... sto sempre tornando a casa dal Commissariato. Ho bisogno di un paio d'ore di sonno."
Un paio d'ore di sonno all'una della domenica pomeriggio? Ma non aveva un qualche noioso pranzo famigliare a cui partecipare, come tutte le persone sposate?
"Allora ti lasciamo al tuo sonnellino..."
Lui annuì: "E io vi lascio alla vostra passeggiata..."
Si salutarono e lo guardò allontanarsi a grandi passi per la sua strada. Solo dopo qualche istante, quando fu sicura che lui fosse abbastanza lontano, sbuffò.
"Merda..."
"Cosa?" Veronica la stava guardando come se fosse pazza.
"Sono conciata come una pezzente..."
"Sei vestita per camminare. E poi cosa te ne frega, scusa?"
"Non me ne frega niente. Ma non mi piace farmi vedere vestita come una stracciona da..." Fece un gesto vago con la mano.
"Dal Commissario Locatelli? Non credo che la cosa lo abbia sconvolto."
Ludovica sbuffò di nuovo.
"Non dico che lo abbia sconvolto. Ma non ti è parso... strano?"
Veronica scosse la testa, poi la guardò sorridendo e inarcando un sopracciglio:
"A me sei parsa più strana tu..."
Non le diede il tempo di rispondere e riprese a camminare.
Doppia merda. Allora era stato ovvio...
Le trotterellò dietro per raggiungerla: "In che senso, scusa?"
"Nel senso che non eri la solita splendida e splendente Ludovica Invernizzi."
Tripla merda.
"Ma certo che non lo ero. Guarda come sono conciata! E poi chi si aspettava di vederlo?"
"Non mi hai ancora detto perché te ne freghi tanto che ti abbia vista così."
"Ti ho già detto che non me ne frega, infatti."
Veronica continuava a guardarla con il fare di chi la sa lunga. La vide sorridere: "Non è che, *per caso*, Locatelli ti piace?"
Per un secondo fu come se il cuore avesse smesso di batterle, e si sentì le guance andare a fuoco. Veronica aveva sempre avuto il dono di capire quelle

cose ancor prima di lei. Era sempre stato così e non aveva mai sbagliato una volta.

"Ma per favore! È un uomo sposato. Sai che gli uomini sposati non li guardo nemmeno per sbaglio."

"E se non lo fosse?"

"Ma lo è."

Veronica ormai ridacchiava come una deficiente di terza media e continuava a lanciarle occhiate scettiche.

"Conosco quella faccia, Ludo. Sposato o non sposato, lui ti piace."

"Quelli sposati…"

"Lo so." La interruppe. "So che non esci mai con quelli sposati. E fai molto bene. Ma quello che dico è diverso. Dico che lui ti piace. Non che farai qualcosa in proposito…"

Ludovica sospirò e la prese a braccetto: "Infatti non farò un bel niente. Anche perché nessuno ha detto che sia vero. Che lui mi piaccia davvero." Veronica le tirò fuori la lingua. "E ora basta dire scemate. Fermiamoci a mangiare da qualche parte che tutto questo camminare mi ha messo appetito…"

Come sperato, casa sua era vuota e silenziosa.

Giulio si avvicinò al frigo per prendere dell'acqua e vide che Isabella gli aveva lasciato un biglietto.

Sono al brunch con Raffi. Non credo che tornerò prima delle 4, devo fare un po' di shopping. Isa.

Ottimo.

Aveva almeno tre ore per dormire un po' e riposarsi senza che nessuno lo interrompesse. Andò in camera da letto, mise il telefono su uso aereo, si tolse i vestiti e si buttò sotto le coperte in boxer, troppo stanco per prendersi la briga di mettere il pigiama.

Appena toccò il materasso esalò un sospiro di pura beatitudine. Stare sdraiato al buio, in silenzio, era esattamente quello di cui aveva bisogno. Stirò gambe e braccia e chiuse gli occhi.

Lui e Caputo non avevano ottenuto niente. La domenica era sempre una giornata del cavolo per sperare di ottenere qualcosa, ma un po' ci aveva sperato comunque. Ma non era quello il momento di pensare a Gabriele Torriani e a dove trovarlo. Non era nemmeno il momento di riflettere su dove si potesse trovare la macchina di Elena Molinari. Non era il momento di pensare al lavoro, punto.

Era il momento di non pensare proprio e riposare.

Giulio cercò di svuotare la mente, ma l'immagine di Ludovica gli balzò davanti agli occhi. Era stata strana quando l'aveva incontrata poco prima, come se fosse stata a disagio per qualcosa. Per cosa, però, era impossibile dirlo. Non c'era niente di strano in una passeggiata domenicale. Anzi. Era una cosa normale. Ed era anche una cosa carina che avesse accompagnato Veronica a fare un giro prima di quella che lei stessa aveva definito *la clausura*.

Giulio rise sommessamente.

La clausura.

Se la rivide davanti. Con quella felpa col cappuccio e le scarpe da tennis sfasciate gli era sembrata una liceale. E quella specie di chignon un po' spettinato non era da lei. Anche il viso struccato e le labbra del loro colore naturale erano assolute novità. Ma quello che l'aveva colpito di più erano le guance leggermente arrossate dall'esercizio e gli occhi, come più brillanti del solito.

Sorrise e si girò sul fianco sinistro, sentendo il sonno arrivare ad ondate sempre più insistenti. Non avrebbe certo avuto bisogno del training autogeno, quello era poco ma sicuro. Non fece nemmeno in tempo a rigirarsi sulla schiena che scivolò nel sonno e non sentì più nulla.

CAPITOLO SEI

L*'uomo saggio non dà le risposte giuste, ma fa le domande giuste.*
— *Claude Levi Strau*ss

LUNEDÌ 9 OTTOBRE 2017

"Giulio!"

La voce tuonante di Banfi lo fece sobbalzare. Alzò lo sguardo dal computer e si stropicciò il viso:

"Davide! Pensavo fossi in laboratorio a quest'ora..."

Come al solito era spettinato e aveva i vestiti spiegazzati. Si accasciò sulla sedia davanti a lui e sorrise: "Non oggi. Così ho pensato di passare a trovarti. Ho fatto male?"

"Certo che no." Gli indicò la sedia. "Siediti. Conosci l'Agente Rizzo?"

"Ci siamo... visti in quell'appartamento in Via Nino Bixio."

Lei arrossì violentemente: "Non ci eravamo presentati perché stavo vomitando..."

Banfi scoppiò a ridere, la solita risata che faceva tremare le pareti, e si girò a guardarlo: "Certo che anche tu... portarla sulla scena di un omicidio il primo giorno di lavoro!"

Giulio scrollò le spalle: "Doveva pur cominciare da qualche parte. Lo abbiamo fatto tutti, no?"

"Certo... ma un omicidio?"

"Ci avevano detto che era un infarto. E se proprio vuoi saperlo, il mio primo giorno in Polizia l'ho passato in un bordello gestito dalla camorra dove la ragazza più vecchia aveva 15 anni… è stato un miracolo che non abbia dato le dimissioni."

"Ti batto. Il mio primo giorno di lavoro mi sono dovuto presentare in una cantina dove avevano fatto un rito satanico ed erano finiti all'altro mondo in quattro. Figurati che…"

Giulio, con la coda dell'occhio, vide la Rizzo sbiancare e alzò una mano per fermarlo: "Me lo hai già raccontato, grazie. Evito volentieri il bis…"

Banfi scoppiò a ridere di nuovo e tirò fuori dalla borsa i due sacchetti delle prove che gli aveva dato Giulio nella camera da letto di Maurizio Giuliani:

"D'accordo. Sono venuto a parlarti di questi." Spinse verso di lui quello con dentro la scatoletta d'argento: "Coca purissima, non certo del genere che trovi dal primo spacciatore che passa."

"Impronte?"

"Solo quelle del morto. Ma non è tutto…" Banfi spinse verso di lui il sacchetto con dentro il gemello che aveva trovato sotto il letto. "Anche questo ha su delle impronte, di due persone forse. Ma sono troppo frammentarie, non so dirti se siano quelle del morto."

Maledizione.

"Dunque siamo di nuovo al punto di partenza… sappiamo solo che il proprietario del gemello ha un nome che comincia con la U…"

"O con la V… potrebbe anche essere una V…" Considerò Banfi.

"Ma quella non è una U. E nemmeno una V!" La voce della Rizzo fece alzare la testa a entrambi. Arrossì di nuovo ma si avvicinò alla scrivania e girò il gemello di 180°, in modo che Giulio lo vedesse girato. "È il simbolo del Leone. Il segno zodiacale."

In mille anni lui non ci avrebbe mai pensato, quello era certo.

Banfi si lasciò partire un fischio:

"Un bel miglioramento rispetto a quelli che ti arrivano di solito…"

Giulio sorrise e annuì. Vomito a parte non poteva certo lamentarsi.

"Ottima idea, Agente… quando era nato Maurizio Giuliani?"

La Rizzo sorrise, aprì il suo fascicolo, ma appena cominciò a leggere il sorriso le sparì dal volto: "Il 10 aprile… quindi era dell'Ariete."

"Dunque il gemello non è suo… si suppone. Che fosse un cimelio di famiglia?"

"Non era nemmeno di suo padre." Aggiunse continuando a leggere. "Maurizio Giuliani era figlio di Alberto Giuliani, nato a Monza il 4 febbraio

1946, morto a Milano il 7 ottobre 2014. Il padre era Acquario. Vuole che controlli il nonno?"

"Non importa, Rizzo, credo di sapere di chi sia questo gemello..."

Lo guardarono entrambi con le sopracciglia inarcate. Giulio si appoggiò allo schienale della sedia e sospirò: "L'unico uomo che può essere stato in quella stanza quel giorno è il Commendator Roberto Cattani, a sentire la Mendoza. Quindi dovrò trovare un modo di scoprire se questo gemello è suo senza che scoppi la terza guerra mondiale."

La Rizzo diede un'occhiata al fascicolo per qualche secondo, poi alzò gli occhi e annuì:

"Credo che abbia ragione, Commissario. Roberto Cattani è nato il 27 luglio... è Leone."

Giulio sospirò e appoggiò il sacchetto con il gemello sulla scrivania. Quella rogna se la sarebbe volentieri evitata.

Olivia stava uscendo dal portone del Commissariato quando le si avvicinò l'Ispettore Marchi.

"Eccola qua... la nostra ragazzina siciliana!" L'apostrofò rivolgendole quel suo ghigno orrendo. Cercò di non curarsene e cercò di sorridere, ma non le riuscì né l'una né l'altra cosa.

Gli occhi di Marchi, con quella luce cattiva che li distingueva, le facevano paura.

Senza volerlo abbassò lo sguardo: "Buonasera, Ispettore..."

"Dimmi un po'... hai finito di leccare il culo, per oggi?"

Olivia sentì lo stomaco annodarsi e fece per passargli di fianco senza rispondergli, ma lui la prese per un polso. Tutta l'aria che aveva nei polmoni sembrò svanire in un instante.

Lo fissò: "Mi lasci!" Quella voce sibilante non le parve nemmeno la sua.

"Non vi insegnano, in Terronia, a rispondere come si deve ai propri superiori?"

Aveva la faccia in fiamme e sentiva il cuore batterle nelle orecchie, ma cercò di restare calma:

"Ci insegnano a stare lontani da quelli come lei..."

Lo guardò negli occhi e lui, per qualche lunghissimo e orribile secondo, la fissò di rimando senza parlare. Poi scoppiò a ridere con quella sua risata raccapricciante:

"Ecco, brava. Allora stammi lontana. Anzi, vattene proprio che fai un favore a tutti."

Olivia fece uno sforzo immane per deglutire e per non abbassare lo sguardo. Lo tenne fisso su di lui, come le aveva insegnato a fare Domenico.

Non abbassare mai lo sguardo con quelli che ti trattano male, Vivì.

Le mancava da morire e avrebbe voluto piangere, ma non era quello il momento. Guardò Marchi negli occhi fino a che fu lui a guardare altrove. Poi si schiarì la voce: "Le auguro una buona serata, Ispettore."

Non aspettò che lui rispondesse o che reagisse in alcun modo. Si allontanò da lì il più in fretta possibile perché già sentiva le lacrime bruciarle negli occhi e l'ultima cosa che voleva era farsi vedere in quello stato da quel cornuto.

Giulio guardò la facciata del bel palazzo liberty dove si trovava lo studio di Ludovica. Fuori era già buio e quasi tutte le luci alle finestre erano accese: una di quelle era la sua, sempre che fosse ancora al lavoro, ovviamente. Difficile dirlo stando sul marciapiede, ma provare non gli costava niente.

E poi era stata lei a dirgli di passare pure, che di lunedì e giovedì lavorava sempre fino a tardi.

Era lunedì. Erano quasi le sette di sera. Le probabilità di trovarla in studio erano alte. Entrò dal portone insieme a un ragazzo con un cane e fece le scale a due a due.

Anche se era abituato a correre arrivò davanti alla porta col fiato leggermente corto.

Suonò il campanello e attese, cercando invano di farsi andare via il fiatone. Dopo qualche secondo di silenzio la porta si aprì e si trovò davanti un tizio sulla cinquantina in gilet e papillon. Che avesse sbagliato porta?

Quello gli sorrise: "Sì?"

"Ehm... è qui lo studio della Dottoressa Invernizzi?"

"Certo. Prego, entri. Ha un appuntamento?"

"Non esattamente. Sono il Commissario Locatelli... la Dottoressa mi aveva detto di passare... Ma se è impegnata posso anche chiamarla domani." Disse, iniziando già a fare dietrofront. L'altro però scosse la testa:

"No, no, prego. La Dottoressa mi ha detto che aspettava una sua visita. La trova in fondo al corridoio, a destra." Disse, senza mai smettere di sorridere. Lo stava aspettando? Giulio aggrottò le sopracciglia, ma decise di lasciar perdere e, dopo aver mormorato un ringraziamento, si diresse lungo il corridoio.

Arrivato alla porta in fondo a destra bussò. Assurdamente aveva ancora il fiato un po' corto.

"Avanti!" Disse la voce di Ludovica da dentro la stanza.

Fece un profondo respiro.

Non aveva bei ricordi degli studi di analisti e psicologi che aveva dovuto frequentare dopo il congedo dai servizi segreti. Esercitavano tutti in delle stanzette anguste, male arredate, decorate con piante finte impolverate e poster motivazionali che gli avevano fatto venire voglia di andarsene immediatamente. Invece era dovuto restare. Lo avevano assillato per tre mesi, chiedendogli continuamente cosa provava e come si sentiva. Lui all'inizio aveva detto la verità. Non sentiva e non provava un bel niente. Da anni. E quello era l'unico motivo per cui era ancora vivo e non aveva dato fuori di matto del tutto. Ma loro non ci avevano voluto credere. Così, per togliersi di torno e per far in modo che firmassero i moduli per riabilitarlo al servizio in Polizia, si era inventato di sana pianta dei sentimenti che non provava e quelli, non sapeva se per mancanza di interesse o di intelligenza, ci avevano creduto.

Essere di nuovo con la mano sulla maniglia dello studio di una di loro, dunque, non lo faceva sentire esattamente a suo agio, anche se non poteva certo paragonare la Invernizzi a quella sfilza di dementi con cui aveva avuto a che fare lui.

Si fece coraggio e aprì la porta.

La stanza, dentro, era grande e molto diversa da come se l'era immaginata. Le pareti erano pitturate di grigio chiaro, gli scaffali erano pieni di libri e le finestre facevano sicuramente entrare una bella luce durante il giorno. Per terra il parquet era coperto da un paio di tappeti persiani dall'aria antica e la scrivania al centro della stanza era coperta di carte, penne colorate e libri, come se un gruppo di bambini delle elementari ci stesse facendo sopra i compiti. Senza volerlo si trovò a sorridere.

No, quello studio era decisamente diverso dai buchi che aveva dovuto frequentare lui.

"Ecco qua il Commissario Locatelli!" Disse Ludovica, come se non avesse aspettato altro da tutto il giorno. Si alzò e attraversò la stanza a grandi falcate. Come al solito portava i pantaloni a palazzo che tanto piacevano alla Rizzo, questa volta di seta verde sgargiante, e una camicia, anche quella di seta, grigio perla. Al contrario del giorno prima aveva i capelli in perfetto ordine, le labbra rosso fuoco e i soliti tacchi d'ordinanza. Stava benissimo anche con felpa oversize e scarpe da tennis, ma era chiaro che si sentisse decisamente più a suo agio quando indossava una delle sue mise colorate e impeccabili, seppur sempre un po' stravaganti.

"Buona sera, Dottoressa."

"La giacca la prendo io..." Gli disse, aiutandolo a togliere il trench. Lui la lasciò fare. Lo appese e gli indicò con un vago cenno della mano la poltrona e il divano che c'erano alla destra della scrivania: "Prego, siediti!" Disse tornando a sedersi. Lui si avvicinò, ma rimase in piedi.

"Dove devo sedermi?"

Ludovica alzò un sopracciglio:

"C'è chi preferisce il divano, girandomi le spalle... e chi preferisce sedersi in poltrona e guardarmi in faccia."

"Sì, certo... ma quelli saranno pazienti, suppongo. Io no..."

"Ah, non sei venuto per farti analizzare? E io che non aspettavo altro..." Disse lei, fingendosi delusa. Giulio sentì un sorriso nascergli sulle labbra:

"Dubito che analizzarmi sarebbe così interessante..."

"Non sono per niente d'accordo." Disse abbassando leggermente la voce, come se stesse per confidargli un segreto. Quelle parole, insieme al modo in cui pronunciò il suo nome, lo convinsero a optare per la poltrona. Sembrava l'opzione più sicura.

Solo un secondo dopo essersi seduto si rese conto che, per colpa di un cuscino troppo grande piazzato proprio dietro la schiena, era scomodissimo.

"Ottima scelta. Anche se lascio libero ognuno di sedersi dove gli pare, preferisco guardare la gente in faccia mentre parliamo..."

"Soprattutto se, *come me*, questa gente non è qui per farsi analizzare."

Lei rise: "Molta gente è convinta che psichiatri e analisti non facciano altro che analizzare i comportamenti altrui 24 ore su 24..."

"E non è così?"

"Per carità! Se così fosse non avrei amici. E soprattutto non andrei a letto con nessuno dal giorno della laurea!"

Ah. Certo.

Giulio rimase in silenzio perché non sapeva cosa dire. La guardò negli occhi e lei sorrise: "Ciò detto, temo di non avere birrette qui." Aprì un cassetto e produsse una bottiglia di rum. "Però ho dell'ottimo rum dominicano invecchiato 23 anni. Ne vuoi un bicchiere, Commissario?"

"Certamente. Grazie"

Ludovica ne versò due shot e gliene passò uno:

"Salute. È stata una giornata allucinante da queste parti. Un drink ci vuole proprio."

Locatelli alzò il bicchiere e annuì. Bevve un sorso e, quando alzò lo sguardo verso di lei, la trovò a fissarlo intensamente. Cercò di sistemarsi meglio sulla poltrona, senza riuscirci, e abbozzò un sorriso.

"Comodo? Rilassato?" Chiese lei alla fine.

"Assolutamente no." Si guardò le mani e giochicchiò con il bicchiere.

"Sei davvero così a disagio perché hai paura che ti analizzi?"

Si sentì arrossire: "Non oseresti mai farlo senza il mio consenso."

Una speranza più che una certezza.

Lei sorrise: "Certo che no. Sono una professionista. È solo che il lunedì è il giorno in cui io e Saverio ci occupiamo dei pazienti della fondazione di mia madre. Un gruppo di spocchiosi e tediosi figli di papà che non posso che trovare estremamente odiosi." Lo guardò negli occhi: "Potresti risollevare le sorti di questa giornata rispondendo a qualche domanda innocente..."

"Qualche... domanda innocente?"

"Niente che non chiederei in presenza di mia nonna. Giuro."

Giulio sospirò. Era più bravo a fare domande che a rispondere, ma non gli venne in mente un solo motivo per rifiutarsi, quindi annuì:

"E va bene..." Sapeva già che se ne sarebbe pentito. "Cosa vuole sapere... Dottoressa Invernizzi? Risponderò a tre domande. Ma non di più."

Ludovica gli rivolse un sorriso trionfante.

"Il Dottor Freud che c'è in me vuole cominciare, naturalmente, dalla famiglia." La famiglia? Ma davvero? Giulio rimase in silenzio, in attesa. "Cosa mi dice del suo rapporto con i suoi genitori, Commissario?"

"Voglio bene a mio padre, anche se non siamo mai andati particolarmente d'accordo. E volevo molto bene a mia madre. Ma non ci leggerei dietro chissà quale analogia con i miei desideri e le mie scelte in fatto di partner." Fece una breve pausa. Lei lo stava guardando interessata. "Altre domande, Dottoressa?"

"Moltissime."

"Ma a una ho già risposto, quindi ne rimangono due..." Prese un altro sorso di rum e allungò le gambe.

"Benissimo, Commissario. Seconda domanda. A cosa era dovuto il muso lungo di sabato pomeriggio?"

"Che muso lungo?"

Ludovica scoppiò a ridere:

"Farò finta di non aver sentito questa risposta evasiva... che non fa che aumentare la mia curiosità, ovviamente."

"Ovviamente." Quella domanda non se l'aspettava. "D'accordo, Dottoressa... non credo che la sconvolgerò dicendo che il muso lungo fosse dovuto a un piccolo diverbio matrimoniale, unito all'esasperante incompetenza di alcune persone con cui sono costretto a lavorare."

Stare sul vago era sicuramente la strategia vincente in quel momento.

"Lasciamo perdere per ora l'incompetenza dei suoi collaboratori..."

Lui scrollò le spalle: "Io lascerei perdere anche il diverbio matrimoniale. Non è nulla di interessante, al contrario di quello che pensa lei."

Non doveva dargliela vinta.

"Elabori, Commissario."

Rimase in silenzio. Cosa poteva risponderle per non compromettersi troppo? Per cosa litigavano le coppie normali? Per chi doveva portare giù la pattumiera? Per chi aveva dimenticato di bagnare il ficus?

La voce di Ludovica interruppe il filo dei suoi pensieri: "Sei felice di essere sposato, Giulio?"

Chissà perché di colpo era uscita dal personaggio ed era di nuovo passata a dargli del tu. Cercò di deglutire, ma si sentì come la bocca piena di sabbia.

Che strana domanda.

Di solito la gente, se proprio doveva chiedere qualcosa del genere, chiedeva se eri *felicemen*te sposato. Invece lei gli aveva chiesto una cosa ben diversa. Voleva sapere se era felice *di esser*e sposato.

Bevve un sorso di rum.

Aveva voglia di dirle la verità, ma il sorriso sornione che le incurvava le labbra rosse fuoco gli suggerì che non fosse un'idea saggia. Anche se voleva dirlo a qualcuno, ammettere che erano anni che si sentiva solo e che si chiedeva spesso se essersi sposato fosse stato un enorme errore, non era quello il momento.

"Sì, certo. Se no non mi sarei sposato."

Ludovica alzò gli occhi al cielo: "Non vogliamo parlarne in modo un po' più specifico?"

Non potè fare a meno di sorridere: "Mi spiace, Dottoressa, ma ha usato le tre domande che aveva a disposizione..." Lei stava per protestare e per fermarla alzò una mano: "Ora ho io una cosa da chiederti. Ti lascio qui questo referto. Dimmi cosa ne pensi... domani o quando hai tempo. Non c'è fretta." Tirò fuori dalla tasca un foglio piegato e lo appoggiò sulla scrivania. Lei lo prese ma non lo aprì. Rimase semplicemente a guardarlo mentre svuotava il bicchiere e si alzava. "Ti ringrazio per il rum. Il Matusalem è sempre stato uno dei miei preferiti."

"Un esperto di rum. Interessante."

Giulio sorrise a labbra strette. Davvero la trovava una cosa interessante? Meglio non indagare. Meglio non esagerare e andarsene mentre stava ancora, per così dire, vincendo.

"Buona serata, Dottoressa."

Lei sorrise: "Buona serata, Giulio."

Di nuovo quella nota di soddisfazione nella voce nel pronunciare il suo nome.

Sorrise brevemente anche lui, ma non disse niente. Si limitò ad allontanarsi dalla scrivania, prese il suo soprabito dall'attaccapanni e, una volta aperta la porta, si affrettò giù per il corridoio.

Ludovica rimase immobile seduta alla scrivania e sorrise.

Il Commissario Giulio Locatelli era pieno di sorprese.

La sua prima impressione, che fosse un rompipalle tutto d'un pezzo, era stata sbagliata sotto ogni punto di vista e di quello non poteva che essere felice. Dietro quella facciata così seria e stoica cominciava a intravedere dell'altro: era un uomo intelligente, educato e incredibilmente dedito al suo lavoro. Sembrava anche capace di grande introspezione, anche se era più che chiaro che, come molti capaci di tale introspezione, non amasse condividerne i frutti. La incuriosiva e anche tanto, soprattutto perché sembrava che facesse apposta ad essere evasivo nelle sue risposte, come se avesse da nascondere chissà cosa.

Come, per esempio, la storia che il suo pessimo umore del sabato prima fosse dovuto a *un piccolo diverbio matrimoniale*. Quella balla poteva andare a raccontarla a qualcun altro. Con la moglie ci aveva litigato nel vero senso della parola, ci avrebbe scommesso, ma per qualche strana ragione non voleva ammetterlo a lei, ma probabilmente neanche a sé stesso.

La vibrazione del suo cellulare sul tavolo la fece quasi sussultare. Aprì Whatsapp e sentì un sorriso nascerle sulle labbra.

Ho voglia di te.

Un secondo dopo arrivò un secondo messaggio.

Tanta.

Quella sì che era una buona notizia. Quella giornata era stata tediosa all'impossibile e una serata in compagnia di uno degli uomini emotivamente meno impegnativi che avesse mai conosciuto era proprio quello che ci voleva.

Ludovica fece partire la telefonata:

"Luca? Ciao. Ci vediamo a casa mia tra un'ora?"

Una volta arrivato a casa Giulio trovò l'appartamento buio e deserto.

Appoggiò le chiavi sul tavolino vicino alla porta, la chiuse, e accese la luce.

Isabella doveva essere fuori, anche se non aveva la più pallida idea di dove potesse essere e con chi: messaggi non ne aveva lasciati, né attaccati al frigo né tramite Whatsapp, quindi poteva essere ovunque. Forse in palestra o magari fuori con Raffaele o con qualche amica.

Provò a chiamarla, ma aveva il cellulare spento.

Per un secondo considerò la possibilità di mangiare qualcosa, ma una veloce occhiata all'interno del frigo lo fece desistere. Il cespo di lattuga che aveva passato da giorni il punto di non ritorno certo non gli stimolò l'appetito, così come non glielo stimolò il blocco di tofu che lo guardava con aria di sfida da uno dei ripiani. Per il resto il frigo non conteneva altro che condimenti vari e, nascosta dietro una sfilza di senapi e ketchup, una bottiglia di birra da 66 centilitri.

Posso tentarla con una birretta?
Sorrise.

Era stato piacevole bere quella birra a casa della Invernizzi, la settimana prima, così come era stato piacevole bere quel rum nel suo studio. Era stato qualcosa di diverso dal solito. Quanto tempo era che non beveva qualcosa con qualcuno, così tanto per fare, chiacchierando piacevolmente? Non se lo ricordava neanche. Anzi. Se lo ricordava eccome. Erano passato più di un anno, quasi due, da quando era stato seduto in quel bar a Kazan a brindare con Fontana e Farah per il quarantesimo compleanno di lui. Forse Greta non aveva tutti i torti: avrebbe davvero dovuto fare qualcosa per divertirsi ogni tanto, come facevano tutte le persone normali.

Chiuse il frigo e andò in bagno. Era stato in giro tutto il giorno. Aveva sudato. Si sentiva appiccicoso e sporco, ma anche mentalmente esausto. Si spogliò ed entrò sotto la doccia.

Il getto caldo lo fece sentire meglio quasi immediatamente. Mise la testa sotto l'acqua e chiuse gli occhi, cominciando a rilassarsi e a riordinare le idee. Avrebbe voluto concentrarsi su altro, su qualsiasi cosa, ma non riusciva a smettere di pensare al caso Giuliani/Molinari, perché anche se di casi ne aveva dovuti aprire due separati per far tacere Costazza, nella sua mente il caso era uno unico. C'era qualcosa di quella storia che non lo convinceva per niente, come se ci fosse un particolare ovvio che però gli sfuggiva. Ripercorse mentalmente tutti gli avvenimenti, dal ritrovamento di Maurizio Giuliani a quello di Elena Molinari. Il corpo di Giuliani gli era parso strano fin dal primo istante, anche se non capiva perché. E l'uccisione della Molinari restava per ora un mistero, anche se l'ex marito violento dava molto da sperare.

Ma c'era qualcosa d'altro che lo disturbava, a partire da quell'assurda "coincidenza" di trovare due morti nello stesso palazzo. Gli sembrava che

Giada Molinari non fosse stata del tutto sincera con lui, anche se non era certo a che proposito.

Ma più ci pensava, più le idee gli si confondevano in testa.

Era sempre stato così o era davvero fuori allenamento?

Uscì dalla doccia, indossò l'accappatoio e si asciugò sommariamente i capelli con un asciugamano. Tornò in salotto e si guardò intorno. Il silenzio di casa sua, che gli era sempre piaciuto, improvvisamente gli parve insopportabile. Voleva smettere di pensare al caso, ma non sapeva come.

Leggere di solito lo aiutava. Girò lo sguardo verso la libreria, ma invece che sui libri posò gli occhi sul suo violino, appoggiato su uno dei ripiani.

L'unica a toccarlo, da quasi due anni, era Magda quando lo spolverava. Giulio fece un paio di passi in avanti e accarezzò il legno, liscio e lucido.

Chissà se anche suonare il violino era come indagare e andare in bicicletta.

In casa non c'era nessuno, tanto valeva provare.

Afferrò l'archetto e appoggiò il violino sulla spalla sinistra.

Non si ricordava che il legno contro la mascella fosse così duro.

Chiuse gli occhi per cercare di ricordare un qualche pezzo.

Li riaprì e suonò tentativamente le prime note del terzo movimento dell'estate di Vivaldi: non esattamente una scelta facile per uno fuori esercizio, ma non ricordava altro.

Sbagliò un paio di note e ricominciò da capo.

Un po' meglio, ma non benissimo.

Possibile che il collo gli facesse già male?

Non stare lì così rigido. Rilassati. Hai in mano un violino, non una bomba a mano.

Il ricordo della voce di sua madre lo fece sorridere. Gli sembrò quasi di sentirla, come se fosse lì nella stessa stanza. Chissà cosa avrebbe detto nel vederlo così. Sarebbe stata contenta di vederlo col violino in mano, quello era certo, ma sarebbe stata sicuramente meno felice di vederlo pieno di dubbi e di problemi, lavorativi e non.

Respirò profondamente e rilassò le spalle, poi chiuse gli occhi e ricominciò a suonare.

Era strano. Non solo si ricordava esattamente come muovere la mano sinistra sul violino e la destra sull'archetto, ma si ricordava benissimo anche le note, come se si fosse esercitato l'ultima volta il giorno prima.

È un presto, non una marcia funebre.

Accelerò il ritmo e piegò la schiena, muovendosi con la musica. Le braccia gli facevano già male, ma non si fermò. Era un dolore piacevole, simile a quello che si sentiva quando si sforzava camminando in montagna.

Ora stava andando troppo veloce, ma tanto non c'era nessuno a fermarlo.
Così spezzerai una corda.
Giulio non diminuì né la velocità con cui muoveva le mani né l'intensità con cui suonava.

Chissà perché mai non aveva toccato il violino per anni.

Era bello sentire quella sensazione di onnipotenza che provava quando faceva ballare l'archetto sulle corde. Era qualcosa che avrebbe dovuto tenere a mente, che su certe cose aveva ancora pieno potere. Sentiva la mente vuota e leggera, come se al mondo non esistesse nient'altro che la musica intorno a lui: non c'erano omicidi, né incubi, né Costazza, né liti con Isabella.

Lasciati andare, Giulio. Non pensare sempre così tanto.

Un altro mezzo sorriso gli incurvò le labbra, trasformandosi poi in una smorfia.

Sua madre gli aveva detto di lasciarsi andare così tante volte che contarle sarebbe stato impossibile, ma lui, in quello, non le assomigliava per niente e non era mai riuscito a darle retta.

Era quasi arrivato alle ultime note quando il suono del telefono lo interruppe, facendogli aprire di colpo gli occhi. Aveva il fiato corto e il braccio destro gli tremava dallo sforzo.

Appoggiò il violino sul ripiano e si avvicinò al telefono.

Dottoressa Ludovica Invernizzi cell

Giulio rimase a fissare il display per qualche secondo. Si erano visti poco prima. Come mai lo stava chiamando? Ebbe un tuffo al cuore. Che fosse successo qualcosa a Veronica?

"Commissario Locatelli."

Aveva la voce leggermente roca e il fiato ancora corto. Dall'altra parte sentì un secondo di silenzio.

"Giulio. Sono io. Ludovica. Ti ho disturbato?"

La Dottoressa aveva la voce normale e tranquilla.

Sua madre aveva ragione: doveva smetterla di pensare sempre così tanto e di pensare sempre al peggio.

"Ehm... io..." Cercò di farsi venire in mente qualcosa di brillante da dirle. Erano le dieci passate di lunedì sera, non sapeva che fine avesse fatto sua moglie, non aveva cenato e stava suonando il violino in accappatoio. No, non lo aveva certo disturbato. Però avrebbe volentieri fatto a meno di farle sapere che la sua serata aveva toccato quei livelli. "Stavo leggendo un libro. Nessun disturbo."

Quello era sempre un buon modo per darsi un tono, anche se leggere non giustificava il fiatone. Cercò di respirare normalmente ma ci riuscì male.

"Cosa leggevi di bello?"

Ecco. A quello non aveva pensato. Guardò i titoli che aveva davanti agli occhi sulla libreria.

L'amante di Lady Chatterly. No, meglio di no.

Cuore. Peggio che andar di notte.

Dieci piccoli indiani. Troppo scontato per un poliziotto.

Doveva inventarsi qualcosa e farlo in fretta. Allungò la mano estraendo un libro alla cieca:

"Taccuino di un vecchio sporcaccione." Lesse ad alta voce, rendendosi conto un secondo troppo tardi che non avrebbe potuto pescare libro peggiore.

La sentì scoppiare a ridere: "Adoro Bukowski!"

Certo. Se lo sarebbe dovuto aspettare.

"Ehm... sì. Anche io."

Non era esattamente vero. In realtà Bukowski gli ricordava la storia più assurda e dolorosa che aveva avuto in vita sua, quindi non amava molto rileggerlo. Ma di certo non era il caso di dirlo a Ludovica. Anzi, non era nemmeno il caso di pensarci, nonostante fossero passati sedici anni.

Rimasero entrambi in silenzio per qualche secondo, prima che lei si schiarisse la voce.

"Ti ho chiamato perché ho dato un'occhiata veloce al referto che mi hai lasciato e... hai ragione. C'è qualcosa che non quadra."

Grazie a Dio si era messa a parlare di lavoro.

"Cosa, esattamente?"

"La causa della morte non mi convince. Sì, Maurizio aveva della cocaina in circolo, ma non abbastanza per ammazzarlo di overdose. Soprattutto visto che, a sentire Sara, era un cocainomane incallito. Quindi sì, la coca può averlo *aiutato* a morire, ma non è stata solo quella. Però per esserne sicuri dovresti chiedere un tossicologico completo, visto che il tuo dottor Maggi non l'ha fatto. Pensi che potresti farlo domani?"

Maggi se la sarebbe sicuramente presa.

Il Questore sarebbe sicuramente intervenuto.

Ci sarebbe voluta una bella dose di diplomazia, senza dubbio, ma Ludovica aveva ragione: andava fatto un esame approfondito.

"Se è un esame tossicologico che vuole avere, Dottoressa, un esame tossicologico avrà!"

Ludovica rise: "Bene. Mi piace che mi si dia quello che voglio."

Sorrise: "Questo l'avevo intuito..."

"È un sorriso quello che sento nella tua voce, Commissario?" Chiese lei, la voce un filo più bassa del solito. Quel tono lo fece rimanere momentaneamente senza un goccio di saliva in bocca e senza parole. Come aveva fatto ad accorgersene?

Fece per rispondere, ma dall'altra parte del filo sentì una voce maschile in lontananza: "Ludoooo! Hai finito la tua telefonata? Sono pronto per il secondo round!"

Il sorriso che aveva sulle labbra sparì immediatamente: "Ehm... forse è meglio che torni dal tuo amico. Sembra impaziente."

"Sì, la pazienza non è il suo forte." La sentì sospirare. "Dai... ti lascio tornare da Bukowski."

"Sì. Certo." Tentennò un secondo. "Buona notte, allora."

"Buona notte a te, Giulio."

Chiuse la telefonata prima di poter dire, o sentire, altro.

Mentre Ludovica tornava dal suo amico in attesa del secondo round si ritrovò con un libro di Bukowski in una mano e la vaga idea di bersi un altro rum che gli frullava per la testa. Non aveva cenato e si sentiva vagamente brillo, ma si versò ugualmente un mezzo tumbler del rum che aveva in casa nella speranza che lo avrebbe aiutato a dormire.

Di solito non funzionava, ma non aveva idee migliori.

Finito il bicchierino si ritirò in camera da letto e cercò invano di leggere per distrarsi, ma aveva le palpebre troppo pesanti e troppi pensieri che gli giravano per la testa per poter assorbire le parole che gli danzavano davanti agli occhi sulle pagine del libro.

Con un sospiro carico di frustrazione appoggiò il romanzo sul comodino, spense la luce e cercò di svuotare la mente. Quando era solo faceva meno fatica a eseguire gli esercizi di training autogeno di Fontana. Inspirare ed espirare, dentro e fuori, all'infinito, come se tutto il resto dell'universo non esistesse. Come poco prima, mentre si era perso nella musica. Dentro dal naso, fuori dalla bocca. Respiri profondi, lenti, pensati.

Quando sentì la porta della camera aprirsi lentamente non avrebbe saputo dire se erano passati due minuti o due ore da quando si era steso a letto. Un forte odore di tequila invase la stanza e lui rimase immobile dando le spalle alla porta mentre sentiva Isabella andare in bagno, poi tornare, mettersi il pigiama e infilarsi sotto le coperte di fianco a lui.

Era meglio far finta di dormire.

Non aveva voglia di parlarle.

Non voleva litigare.

Non voleva nemmeno sapere dove fosse stata e con chi.

Voleva solo dormire, riposarsi e non pensare a niente.

"Sono stata fuori con Raffaele."

Come facesse a sapere che era sveglio era un mistero.
Non si girò a guardarla. Rimase immobile e sospirò: "Tex Mex?"
"Sì. È stato divertente."
Giulio sbirciò l'orologio che aveva ancora al polso. Alla faccia del divertente. Erano le tre e dieci. Dunque aveva dormito, anche se male. E sua moglie era tornata alle tre passate puzzando di tequila. Quella stamberga che tanto piaceva a Isabella e a Raffaele chiudeva alla una, di quello era sicuro, e Dio solo sapeva cosa avessero fatto per due ore dopo la chiusura del locale.
Avrebbe potuto dirglielo.
Ma era stanco e non era quella l'ora per mettersi a discutere. Fece un finto sospiro beato, come per dirle che si stava addormentando, e lei ebbe il buon gusto di fare finta di crederci. Se Isabella poteva far finta di essere stata al Tex Mex con Raffaele fino alle 3 lui poteva far finta di dormire, vista l'ora. Era su quel genere di cose che ormai si basava il loro matrimonio.

MARTEDÌ 10 OTTOBRE 2017

Rispetto all'ultima volta che Giulio l'aveva vista, Sara Cattani sembrava una persona diversa. Non stava né singhiozzando né urlando, il che era un gran bene per i suoi timpani e per i suoi nervi, e sedeva tranquilla sul divano di fronte a lui, vestita di un beige perfettamente in tinta con il salotto. Anche così, truccata, pettinata e ben vestita, rimaneva una donna incredibilmente anonima, una di quelle che passano inosservate per tutta la vita. L'esatto contrario di quello che doveva essere stato suo marito da vivo, insomma. Anche le foto nelle cornici sul tavolino di fianco a loro lo confermavano: Sara e Maurizio erano stati una coppia non certo ben assortita. Bello, spavaldo e sorridente lui, bruttina, timida e seria lei.

Sgranò gli occhi e sbatté le palpebre un paio di volte: "Ci sono novità, Commissario?"

"Non moltissime. Volevo solo farle qualche domanda in più ora che è più tranquilla."

Lei annuì: "Ma certo. Anche se... non capisco cosa ci sia da domandarmi. Maurizio è morto di overdose, come avevo sempre temuto..." Abbassò gli occhi e si mise a fissare la tazzina del caffè che aveva in mano. Sembrava ancora molto scossa. Forse, almeno per ora, non era il caso di dirle che la cocaina che aveva in circolo suo marito non era sufficiente ad averlo ammazzato.

"Martedì scorso non ho avuto occasione di chiederle come si siano svolte le cose il giorno della morte di suo marito..."

"In che senso?" Oltre ad essere una donna anonima, sembrava costantemente stupita, anche dalle domande più elementari.

"Mi può dire cosa avete fatto lei e suo marito quella mattina?"

"Ma... ma certo. Niente di particolare. Dopo colazione Maurizio è uscito per andare al lavoro... verso le 9:15, come sempre. Io sono uscita poco dopo per andare dal parrucchiere. Sono tornata intorno alle 11. Ho preparato il pranzo... e quando Maurizio è tornato abbiamo mangiato. Il resto lo sa..."

Interessante. Chissà perché aveva deciso di non dirgli che suo padre era stato lì prima di pranzo quel giorno. Sara Cattani lo guardava con gli occhi sempre più sgranati. Era difficile dire se facesse la finta tonta o se lo fosse davvero.

"Conosceva Elena Molinari?"

Sara aggrottò le sopracciglia:

"Chi?"

"Elena Molinari. La donna che abbiamo trovato al secondo piano..."

Scosse la testa, con l'aria ancora più confusa:

"No... quella che vive al secondo piano si chiamava Giada Molinari, non Elena."

Questa volta fu il turno di Giulio di scuotere la testa:

"L'appartamento è di Giada Molinari. Ma la donna morta non è lei. È sua sorella Elena."

Sara Cattani lo guardò per qualche secondo come se non avesse capito quello che era stato detto. Poi sbatté gli occhi un paio di volte e scrollò le spalle:

"Non... non sapevo che avesse una sorella. Non la conoscevo bene. Non vivo qui da molto..."

"A questo proposito... di chi è questo appartamento, Signora Cattani?"

"Era dei miei nonni. Mio padre lo ha dato a me e Maurizio all'inizio dell'anno quando abbiamo deciso di tornare a vivere in Italia. Eravamo a Miami, prima." Per lo meno si spiegava il gusto antiquato in fatto di arredamento e decorazioni.

"Quindi vi siete trasferiti qui a inizio anno?"

"Maurizio sì, a marzo. Io sono arrivata a inizio settembre. Mi sono dovuta occupare di un po' di questioni burocratiche prima di lasciare gli Stati Uniti... vendere la casa, vendere il mio negozio... ci vuole tempo per quelle cose."

Annuì: "Sa se suo marito conoscesse Elena Molinari?"

Sara scrollò le spalle: "Non credo. Perché mai avrebbe dovuto conoscerla? Non... non capisco."

Giulio la fissò: "Cosa non capisce?"

"Perché mai avrebbe dovuto conoscere la sorella di una donna che vedeva per caso ogni tanto in ascensore?"

"Mi scusi ma devo chiederglielo… tra lei e suo marito andava tutto bene?" Domandò Giulio, ignorando quello che lei gli aveva appena detto. Era ora di darle una svegliata. Sara strinse gli occhi e per la prima volta gli sembrò, invece che triste, seccata.

"Ma certo che deve. È sempre il coniuge ad essere il primo sospettato, non è vero?" Lui non le rispose e si limitò a guardarla in faccia. "Le cose andavano abbastanza bene tra di noi. Molto meglio che a Miami."

"In che senso?"

Lo guardò un attimo, poi sospirò: "Non ha visto i risultati dell'autopsia, Commissario? Mio marito aveva il vizio della cocaina."

"Ho letto il referto autoptico. Ma non è di quello che voglio parlare… quello che voglio sapere è perché le cose andassero meglio qui che a Miami."

"Quando eravamo là il vizio di mio marito aveva raggiunto livelli assurdi. Ma qui era diverso… era più sereno. Stava cercando di smettere…" Abbassò gli occhi e una lacrima le scorse sul viso. Chissà se stava deliberatamente mentendo o se davvero non sapeva dei festini di suo marito.

"Cercando?"

"Sì… cercava. Ma non ci riusciva. Il suo amico Pietro faceva in modo che lui non ci riuscisse mai…" Sibilò lei con la voce dura e le guance improvvisamente arrossate.

"Chi è questo Pietro?"

"Pietro Zoppi. Se non fosse per lui, oggi Maurizio sarebbe ancora vivo…" Gli occhi di Sara si riempirono di lacrime e se li asciugò con un fazzoletto. Giulio sospirò. Ora veniva la parte più complicata:

"Non prenda la mia prossima domanda nel modo sbagliato, Signora Cattani, ma vorrei sapere se suo marito le era fedele."

Sara strinse gli occhi: "E cosa c'entra questo con una morte per overdose?"

"Risponda alla domanda per favore…"

"Questa è una domanda che avrebbe dovuto fare a lui…"

"Ma non posso farla a lui."

"Lei è sposato, Commissario?" Giulio annuì. "Ecco. Allora saprà benissimo che non è il genere di cosa che una persona sa del proprio coniuge. Ci si può fidare o non fidare. Tutto qui."

"E lei? Si fidava?"

"Ma certo che sì. Se no non sarei rimasta con lui. Non crede?"

No, non credeva. Non era così sicuro che le cose fossero così semplici, ma non glielo disse. Si alzò e le tese la mano:

"Mi dispiace di averla disturbata, Signora Cattani. Grazie ancora della disponibilità." Sapeva bene che non avrebbe cavato altre informazioni dalla vedova. Per lo meno non quel giorno. "Ho solo un'ultima cosa da chiederle. Potrebbe darmi il numero di telefono di suo padre, per favore?"

———

Olivia aveva male ai piedi, ma non era certo il caso di dirlo perché Locatelli sembrava già abbastanza incazzato di suo senza bisogno che lei si mettesse a lagnarsi.

Trovare l'ex di Elena Molinari si stava rivelando una vera seccatura. Al telefono non rispondeva. L'avevano cercato in un appartamento che risultava essere il suo domicilio, dove invece che lui avevano trovato una famiglia di cingalesi intenti a cucinare una brodaglia puzzolente come non mai. Quelli, tra una mestolata di sbobba e l'altra, avevano detto che il padrone di casa non si vedeva da due settimane e che non sapevano come rintracciarlo. Allora erano andati sul suo presunto posto di lavoro, un'officina disordinata e sporca.

"Lo sto cercando anche io, quel ladro..." Il carrozziere aveva l'aria decisamente scocciata. "Anzi, se lo trova, gli dica che so benissimo che quel carburatore l'ha preso lui."

Vide Locatelli sbuffare: "Sarà mia premura." Si guardò in giro. "Non ha davvero la più pallida idea di dove trovarlo?"

L'altro fece spallucce: "So che se la fa con una tale Lory, una smandrappa che lavora in un bar in Giambellino."

"Il nome di questo bar?"

"Ma che ne so... forse aveva il nome di un fiore. O di una città. Qualcosa di straniero, forse. Non ne sono sicuro."

"Va bene. La ringrazio." Le fece segno di seguirlo e uscirono sul marciapiede. "Vediamo un po'..." Lo osservò mentre tirava fuori il telefono e apriva Google Maps. "Dunque... bar in via Giambellino..." Digitò ancora qualcosa. "Potrebbe essere questo. Bar Petit Paris." La guardò. "Andiamo a dare un'occhiata, è proprio qua dietro."

Lo seguì, anche se i piedi le facevano sempre più male ad ogni passo ma, per l'appunto, non era il caso di lamentarsi.

Camminarono in silenzio fino a che si trovarono davanti all'entrata del bar.

A Parigi lei non ci era mai stata, ma dubitava che i bar da quelle parti fossero così. Non in centro per lo meno.

"Che fogna..." Commentò Locatelli.

Aprì la porta ed entrarono.

Dietro il bancone la famosa Lory, una tizia troppo truccata e troppo poco vestita per gli anni che aveva, serviva da bere a un branco di degenerati dall'aria poco raccomandabile. Tra di loro c'era anche Gabriele Torriani stesso, un personaggio talmente viscido da volersi fare una doccia anche solo dopo avergli stretto la mano. Era intento a giocare a carte con altri tre brutti ceffi e parve seccato dal loro arrivo.

"Signor Torriani... se lo lasci dire. Lei è un uomo davvero difficile da rintracciare. Abbiamo provato a chiamarla tutto il giorno..." Locatelli, anche se aveva la solita voce calma e pacata, era chiaramente esasperato quanto lei dalle ricerche di quel pomeriggio.

Quello scrollò le spalle: "Non rispondo ai numeri sconosciuti. Sono sempre e solo rotture di coglioni... e come vede avevo ragione. Se la Pola si scomoda a venire fin qui ci sarà senz'altro una rogna sotto..."

"Si, effettivamente c'è *una rogna*."

"E sarebbe?"

"Abbiamo trovato la sua ex moglie morta."

Torriani sembrò sorpreso, ma non del tutto dispiaciuto. Rimase in silenzio qualche istante, tutti gli occhi puntati su di lui.

"Una rogna bella grossa..." Commentò alla fine. "E cosa volete da me?"

"Vogliamo interrogarla. Domani mattina, in Commissariato."

"D'accordo... ora posso tornare alla mia partita?"

Locatelli si schiarì la voce: "Se non si presenta puntuale, la troverò di nuovo e questa volta ce la porterò io in Questura. Ci siamo capiti?"

"Ma certo. Non ho nulla da nascondere."

"Mi fa piacere per lei." Si girò a guardarla. "Andiamo, Rizzo."

Olivia non se lo fece dire due volte.

Finalmente se ne sarebbero andati da quel postaccio. E finalmente avrebbe potuto togliersi le scarpe.

Giulio sbuffò. Gabriele Torriani gli aveva fatto perdere un sacco di tempo. Erano le sette passate e non avrebbe avuto tempo di passare da casa a fare la doccia prima di andare da suo fratello.

Odiava non poter fare la doccia.

Avere accesso all'acqua corrente era un lusso che aveva sempre dato per scontato, prima di dover fare a piedi il passo del Vachir qualche anno prima. Assurdamente di quei giorni non ricordava tanto la paura per la concreta possibilità di venire ammazzato da un commando di talebani, ma il fastidio del non potersi togliere tutta quella maledetta polvere afgana di dosso.

La prima cosa che voglio fare appena saremo in Tajikistan è bere una birra ghiacciata. Gli sembrava ancora di sentirla, la voce di Farah. *Spero per il bene di Fontana che ne abbia messa in fresco un bel po', se no è la volta buona che gli sparo.*

Giulio, invece, aveva sognato solo di poter fare una doccia.

E ancora adesso avrebbe pagato per avere il tempo di andarsene a fare una, ma arrivare in ritardo da suo fratello non era mai una buona idea.

Entrò nel palazzo e salì le scale a piedi.

Parlare con Sara Cattani era servito a poco. Quel suo costante stato di stupore lo aveva fatto innervosire non poco, ma non aveva potuto farci niente: aveva dovuto annuire e far per lo meno finta di credere a quello che gli aveva detto sul marito. Che le cose tra di loro non andavano poi così male. Che si fidava di lui. Che lui stava cercando di smettere. Poteva essere tutto vero come poteva non esserlo: d'altronde non era nemmeno in grado di capire il suo di matrimonio, figurarsi quelli degli altri. E poi c'era il problema della stretta parentela di Sara con il fantomatico Commendator Cattani: era una situazione da trattare con la massima delicatezza se voleva evitare interferenze da parte di Costazza.

Suonò il campanello e dopo pochi secondi Marco gli aprì.

"Sei in ritardo di cinque minuti." Gli disse, a mo' di saluto.

Annuì: "Lo so. E non ho nemmeno avuto tempo di fermarmi a prendere qualcosa da bere."

Suo fratello allontanò il pensiero con la mano: "Ho il frigo pieno. Vieni." Lo seguì in cucina. Marco si rimise a sminuzzare una cipolla con gesti sicuri ed efficaci, l'album rosso dei Beatles come sempre in sottofondo.

"Cosa mi prepari di buono?"

Non alzò lo sguardo dal tagliere ma accennò un sorriso: "Ho fatto i ceci in sei modi diversi…"

Giulio, di colpo, si sentì ancora più stanco: "Ma io odio i ceci… è l'unico ingrediente al mondo che non mi piace…"

"Lo so. Li ho fatti per quello. Devo trovare un modo per farteli piacere."

"Te lo ha prescritto il medico?"

"Eh?"

"Niente, lascia stare." Sbuffò. "Comunque credo non esista una ricetta coi ceci che io non abbia assaggiato mentre ero in Medio Oriente. Non mi piacciono e basta…"

"Non erano ricette mie." Giulio si sedette al bancone e sospirò. Ci mancava solo la cena a base di ceci. Marco gli porse una birra, poi si rimise a trafficare con il frullatore a immersione: "I miei ceci sono diversi. Senti che profumo."

Opporre resistenza era inutile. Annusò un vasetto che suo fratello gli stava agitando sotto il naso.

"Che spezia è?"

"Non è *una* spezia. È un *mix* di spezie che mi prepara Aysel. Lo fa apposta per me."

"E chi è Aysel?"

"Il proprietario di un negozio al mercato delle spezie a Istanbul. Vado una volta al mese a fare la spesa da lui."

Ah, certo. Lui faceva appena in tempo ad andare all'Esselunga sotto casa, mentre Marco andava al bazaar di Istanbul come se nulla fosse. Forse aveva davvero sbagliato mestiere.

Marco mescolò un'ultima volta la crema di ceci prima di metterglielo davanti: "Assaggia. Voglio aggiungere questo hummus al menù del ristorante."

Giulio sospirò e affondò il cucchiaino nella ciotola prima di portarlo al naso e inspirare profondamente. Il profumo era buono. Mise l'hummus in bocca e si prese qualche secondo prima di parlare:

"Le spezie sono ottime... peccato che si senta lo stesso il sapore dei ceci."

Marco lo assaggiò a sua volta e scosse la testa:

"Posso migliorarlo. Ci vuole più olio, forse." Disse chiaramente rivolto a sé stesso.

"Dov'è Gordon, tra l'altro?" Chiese Giulio guardandosi in giro.

"In camera da letto che dorme. Tua moglie invece dov'è?"

"Cosa c'entra Isabella adesso?"

"Tu mi hai chiesto di Gordon... io ti chiedo di tua moglie."

"Marco... non è la stessa cosa..."

"Non ho detto che sia la stessa cosa. Ma avevo invitato tutti e due e tu mi hai detto che saresti venuto da solo. Come mai?"

"Beh, veramente..."

"Eccolo qui!" Lo interruppe suo fratello chinandosi a prendere in braccio il suo gatto. Gordon, un'enorme palla di pelo lungo e rosso, lo lasciò fare e guardò sia lui che Giulio con aria annoiata. "Cosa stavi dicendo?" Domandò Marco, piazzandogli il gatto in braccio.

"Lascia stare..." Giulio lo accarezzò e quello si mise subito a ronzare, facendo le fusa furiosamente sulle sue gambe.

"No. Ti ho chiesto di tua moglie. Dov'è?"

"Aveva un appuntamento con le sue amiche."

"Non mangiate mai insieme?"

"Ma certo che mangiamo insieme... non sempre però."
"Quante volte alla settimana?"
"Dipende."
"Da cosa?"
"Cos'è, un interrogatorio?" Sbottò Giulio. Un secondo dopo averlo detto se ne pentì. Suo fratello smise di colpo di muovere le mani sul tagliere e si girò verso di lui, più confuso che offeso:
"Ti sei... arrabbiato?"
"No... non proprio. Un po'."
"Non capisco. Sì o no?"
"Non con te. Con lei." Cercò di chiarire Giulio. Marco strinse gli occhi:
"Non capisco lo stesso. Lei non è qui."
"Lo so, ma solo a pensarci mi sono innervosito. Tutto qua. Non è colpa tua. Davvero."
Il gatto gli si acciambellò in braccio e chiuse gli occhi, soddisfatto della sua nuova sistemazione.
"Ok..." Suo fratello gli piazzò davanti un'insalata di ceci con delle verdurine tagliate a julienne. "Assaggia."
Giulio obbedì, cercando di non scomodare Gordon.
"Questa proprio non mi piace... i ceci si sentono ancora di più. E c'è anche troppo aceto."
Suo fratello sbuffò, ma non disse niente in proposito, anche se era più che chiaro che non avesse alcuna intenzione di abbandonare la sua crociata per trovare una ricetta per fargli apprezzare la bontà dei ceci.
Marco si schiarì la voce: "Alla festa di Greta hai detto che se Isabella ti detestasse ti avrebbe già chiesto il divorzio..." Giulio si ritrovò ad alzare gli occhi al cielo. A quanto pareva quella dei ceci non era l'unica crociata che voleva portare avanti quella sera. "Non sono d'accordo. Il mio commis detesta la moglie ma dice che non divorzierà mai."
"E ti ha detto anche perché?"
"*Perché... non vuole dare un centesimo a quella stronza.*" Disse Marco con un improvviso e pesantissimo accento sardo. Giulio scoppiò a ridere:
"Mi fai morire..."
"E a proposito di morire... dice anche che le vorrebbe tirare il collo. Ma non credo che lo voglia fare veramente. Giusto?"
"Sì, voglio sperare che sia un modo di dire..."
"Però non capisco..."
"Cosa non capisci?"
"Non capisco perché mai uno resti sposato a qualcuno che non sopporta."

Bella domanda.

Marco, ovviamente, lo stava guardando pieno di curiosità aspettandosi che lui potesse spiegarglielo in due parole. Erano trent'anni che Giulio colmava le lacune di suo fratello e lo aiutava a navigare nelle insidiose acque delle convenzioni sociali. Non era mai stato facile, soprattutto perché man mano che il tempo passava le domande e i dubbi di Marco diventavano sempre più complessi, delle matasse sempre più difficili da sbrogliare.

"Non è facile da spiegare... la gente a volte mente a proposito del suo matrimonio perché ha paura della verità..." Si lambiccò il cervello per cercare un esempio calzante, uno che allontanasse la discussione da lui e Isabella. "Oggi, per esempio, ho parlato con la vedova di un tizio che sembra sia morto di overdose. Entrambi giovani, sui 35 anni... le ho chiesto se le cose col marito andassero bene. Se lui le fosse fedele. Secondo te cosa mi ha risposto?"

Marco ci pensò su qualche secondo: "Non ti ha detto la verità."

"Non solo non mi ha detto la verità... non mi ha detto niente. Ha detto che le cose andavano *abbastanza* bene. Che non si può mai sapere per certo se il proprio partner ci sia fedele..."

"Lo ha fatto perché ha paura della verità? Perché le cose non andavano bene e lui la tradiva?"

Giulio scrollò le spalle: "Non lo so. Magari era tutto vero. O magari era tutto falso. Il punto è che quando c'è di mezzo il matrimonio molta gente non vuole dire come stanno veramente le cose."

Suo fratello annuì con fare pensieroso, come se finalmente tutti i pezzi del puzzle fossero al loro posto.

Se l'era cavata piuttosto bene, dunque.

"Ho capito. È per quello che non vuoi mai parlare di Isabella? Perché non vuoi mentire?"

La birra che stava bevendo gli andò di traverso e fu scosso da alcuni colpi di tosse talmente forti che Gordon saltò giù dalle sue gambe con fare seccato. Com'è che erano finiti a parlare di nuovo di lui?

Cercò di ricomporsi: "Può darsi..."

Marco scrollò le spalle: "Con me puoi anche dire la verità. Non lo dico a nessuno."

"Allora appena saprò qual è la verità, sarai il primo a saperla."

"Sarò il secondo. Il primo sarai tu."

Si sforzò di non alzare gli occhi al cielo: "D'accordo. E ora... non hai degli altri ceci da farmi assaggiare?"

Suo fratello inarcò le sopracciglia: "Mi hai creduto prima? Non ho fatto veramente tutto a base di ceci. È martedì. Il martedì la mamma faceva sempre gli gnocchi. Lei li faceva al burro, ma io li ho fatti con il ragù di costine di cinta senese."

Giulio non poté fare a meno di sorridere. Gli gnocchi che faceva suo fratello facevano dimenticare qualsiasi cosa: domande imbarazzanti, testimoni restii, omicidi irrisolti e persino il sapore dei ceci.

CAPITOLO SETTE

Spingiti sempre troppo lontano, perché è lì che troverai la verità.
— Albert Camus

MERCOLEDÌ 11 OTTOBRE 2017

Ludovica appoggiò la copia del rapporto alla scrivania e sorrise.

Più lo leggeva, più si convinceva del fatto che la Ferri avesse ragione: Giulio era davvero preciso e attento come le aveva detto al telefono. E lo era stato anche nel compilare quelle pagine, nonostante occuparsi di un caso di violenza domestica non facesse certo parte delle sue mansioni.

Eppure lo aveva fatto.

E lo aveva fatto bene.

E lo aveva fatto solo e unicamente per fare un favore a lei e Veronica.

Doveva vederlo. Ringraziarlo.

Si alzò, prese il pacchetto che si era fatta consegnare dal suo panificio preferito, e uscì dall'ufficio.

Da quando quel cretino di Luca aveva interrotto la loro conversazione telefonica con la sua richiesta per un secondo round Giulio si era volatilizzato e Ludovica non poteva certo biasimarlo. Anche attraverso il telefono il suo imbarazzo era stato quasi palpabile, quindi non si era stupita più di tanto del fatto che avesse cercato di chiudere in fretta la conversazione per poi sparire per tutto il giorno seguente.

Adesso però era ora di vederlo.

Perché quel rapporto era il rapporto scritto da un uomo che si meritava una visita a domicilio, con tanto di colazione offerta.

Entrò in Commissariato alle 9 in punto e trovò Locatelli e l'Agente Rizzo a lavorare in perfetto silenzio, ognuno chino sul proprio tavolo. Erano una coppia davvero particolare, quei due. Perché la ragazza fosse sempre appollaiata su quel tavolino nell'angolo dell'ufficio di lui era un mistero, ma quel che era certo era che sembravano apprezzare la silenziosa compagnia l'uno dell'altra.

"Buongiorno!" Appoggiò il vassoio della pasticceria sulla scrivania di Giulio. "Vi ho portato la colazione..."

La Rizzo annusò l'aria e si sciolse in un enorme sorriso. Lui, invece, appoggiò la schiena alla sedia e sorrise leggermente. Sembrava felice di vederla:

"Dottoressa! Qual buon vento?"

Indicò il pacchetto:

"Ho pensato che aveste fame, quindi mi sono fermata a prendervi qualcosa da mangiare..."

"Con questo profumo è difficile non averne..." Commentò Olivia. Ludovica rise:

"Molto bene..." Si piegò in avanti per scartare il pacchetto e, già che c'era, cercò di dare una sbirciata alla famosa cornice sulla scrivania.

Bingo.

Come aveva ipotizzato, era una foto del matrimonio. Una versione più giovane di Giulio sorrideva di fianco a una bionda molto bella, dall'aria seria ma decisamente soddisfatta, quasi estatica. Avrebbe voluto studiare i dettagli, ma era meglio non tirare la corda, quindi finì di aprire il pacchetto e si sedette di fronte a Giulio: "Buon appetito. Non ero sicura di cosa vi piacesse, quindi ho preso un po' di tutto. Crema, marmellata, qualcosa di salato..."

Olivia prese una brioche alla crema e si mise a mangiarla con gusto al suo tavolo. Locatelli, invece, ne prese una di quelle farcite con prosciutto e formaggio e la morse con estremo entusiasmo, come se non mangiasse da secoli. Amava la colazione salata, dunque.

"Grazie del pensiero. A cosa dobbiamo questa visita?"

Ludovica scrollò le spalle:

"Volevo ringraziarti per quello che stai facendo per Veronica. Non l'avevo mai vista così determinata a farla finita con Giovanni."

"Prego, ma non credo sia merito mio. Non ho fatto che ascoltarla e stilare un rapporto."

Inarcò un sopracciglio:

"Che è più di quello che sia mai stato fatto prima. Quindi grazie." Rimase un attimo in silenzio a guardarlo. Giulio le rivolse un sorriso un po' imbarazzato, come se quei ringraziamenti fossero quasi troppo. Non lo erano per niente, ma forse era meglio cambiare discorso. Si guardò intorno e le cadde l'occhio sul divano scassato che c'era sotto la finestra. "E quello?"

Giulio seguì il suo sguardo e scrollò le spalle:

"L'ho ereditato dal precedente Commissario. Così come questa tinta orrenda sulle pareti e la puzza di fumo..."

"Sei qui da poco?"

Lui si morse il labbro: "Non... no. In realtà da un anno. Ma... non ho ancora avuto tempo di... sistemare l'ufficio."

Ma era arrossito? Lo guardò per qualche istante, ma lui non disse altro. Forse, di nuovo, era meglio cambiare discorso.

"Ci sono novità?"

Giulio annuì, mandò giù l'ultimo morso di croissant e si schiarì la voce: "Abbiamo scoperto delle cose interessanti negli ultimi giorni."

Suo malgrado, Ludovica si sporse in avanti, sedendosi quasi sul bordo della sedia:

"Vale a dire?"

Lui sorrise e si appoggiò allo schienale, poi intrecciò le dita e si appoggiò le mani sullo stomaco:

"Pazienza, Dottoressa. Ora te lo racconto. Ma poi mi dovrai dare di nuovo il tuo parere da esperta, d'accordo?"

Non poté fare altro che sorridere.

Le piaceva il tono con cui diceva *il tuo parere da esperta*.

Era serio.

Lo voleva davvero.

Ed era gentile, come pochi erano gentili nel chiedere le cose.

"Certo... sono al tuo servizio, Commissario." Lo vide sorridere. "Ma adesso dimmi cosa avete scoperto. Sono curiosa."

Giulio tentennò un secondo: "Ovviamente tutto quello che sto per dire è strettamente confidenziale...."

"Segreto professionale... vai tranquillo."

Lui annuì: "Molto bene. Siamo riusciti a trovare l'ex di Elena."

"Quello con la fedina penale lunga un chilometro?"

"Proprio lui. Un tipo davvero a modo che arriverà a breve per essere interrogato. Ma non è tutto." Picchiettò con la penna sulla scrivania e la guardò: "Ho anche parlato di nuovo con Sara, che mi ha fatto il nome di un certo Pietro Zoppi. Ti dice qualcosa?"

Sentire quel nome la fece sobbalzare. Anche se avesse voluto dirgli che no, non lo aveva mai sentito nominare, ora sarebbe stato impossibile. Giulio aveva notato la sua reazione e la stava guardando con una buona dose di curiosità. E comunque non ci teneva a mentirgli, le era bastata la prima e unica volta in cui lo aveva fatto.

Annuì: "Sì. Era uno del giro della gente che frequentavo all'università. Non esattamente un mio amico. Ma amico di..." Amico di Francesco. O come lo chiamava lui, compagno di corso. Come se quello snobismo del non chiamarlo amico avesse cambiato qualcosa.

"Amico di...?" La imbeccò Giulio.

Deglutì: "Amico di amici." Scrollò le spalle. "Anzi. Più che altro un conoscente di certi miei... amici." Lo guardò: "Hai presente quella gente che frequenti all'Università e che poi, appena puoi, non frequenti più?"

Lo vide annuire: "Ho presente molto bene."

Ludovica inarcò le sopracciglia. Chissà a cosa e a chi si riferiva.

"Beh, ecco... Pietro Zoppi era uno così. Uno che a volte girava con noi, ma non spessissimo."

"E sapresti dirmi che tipo è?"

"Certo. È il tipo con cui non mi sorprende per niente che girasse Maurizio. Anche Zoppi ha sempre avuto una vera e propria passione per la coca."

Giulio annuì: "Altro?"

"No. Cercavo di stare lontana da certa gente."

Rimasero in silenzio. Lui la stava guardando in modo strano, forse, o forse era lei ad essere paranoica. Quando si trattava di qualunque cosa avesse a che fare con Francesco lo diventava abbastanza facilmente, nonostante fossero passati dieci anni.

"Ok..." Lui la guardò e accennò un sorriso. "C'è un'altra cosa. La questione dell'esame tossicologico. Ho convinto il Dottor Maggi a incontrarmi all'obitorio più tardi, ma non mi è sembrato dell'idea di approfondire la cosa. Non senza che lo chieda direttamente il PM..."

"Ed è un problema farlo chiedere a un PM?"

Locatelli sospirò: "Non dovrebbe esserlo... ma in questo caso lo è."

Ludovica si morse il labbro. Normalmente non amava sbandierare il nome di sua madre in giro, ma non poteva non aiutarlo dopo quello che aveva fatto lui per Veronica. Gli sorrise: "Di questo mi posso occupare io."

Lui aggrottò le sopracciglia: "E come?"

"Tu non ti preoccupare. Portami con te all'obitorio e vedrai che non mi dirà di no."

Sembrò dubbioso, ma annuì: "D'accordo. Spero solo che non lo venga a sapere il Questore..." Considerò ad alta voce, rivolto più a sé stesso che a lei.

"Problemi anche con lui?"

"Diciamo che non siamo esattamente migliori amici..."

"Va beh, dai... anche se scoprisse che siamo andati dal medico legale cosa potrebbe fare? Metterti a lavorare nell'armadio dello scope? Hai già l'ufficio più brutto della città..."

Giulio scoppiò a ridere. Aprì la bocca per risponderle ma un agente bussò per annunciare che Gabriele Torriani era arrivato.

Ludovica raddrizzò la schiena e lo guardò negli occhi: "Vorrei poter assistere all'interrogatorio."

"E perché mai?"

Sembrava giustamente stupito.

"So che non è il mio mestiere... ma ho una certa esperienza con la feccia come lui. E ti prometto che me ne starò zitta in un angolo a prendere appunti, non ti accorgerai nemmeno che ci sono."

Giulio rimase immobile per qualche secondo, poi sorrise: "Sai cosa? Resta pure. Usiamo periti per qualsiasi scemenza ormai, quindi direi che avere qui un'esperta di psichiatria forense per interrogare un possibile colpevole di femminicidio sia un'ottima idea."

Chissà perché ogni volta che si riferiva a lei come a un'esperta le veniva da sorridere. Non che non lo fosse. Lo era. Ma il modo in cui lo diceva lui lo rendeva in qualche modo più speciale.

"Grazie, Commissario."

"Aspetta a ringraziarmi... non ti sto per presentare George Clooney." Alzò lo sguardo verso l'agente sulla porta. "Portalo pure qui, Caputo."

Il ragazzo lo fissò: "Non... non in sala interrogatori?"

"No. Non esageriamo." Appoggiò la schiena alla sedia e sospirò. "Qui andrà benissimo."

Non appena il sospettato fece il suo ingresso nel piccolo ufficio di Locatelli Olivia cercò di non rabbrividire troppo vistosamente. Se già Gabriele Torriani le aveva fatto un misto di schifo e paura la sera prima in quel bar puzzolente e sporco dove lo avevano trovato, ora le fece ancora più impressione. Aveva i capelli unti leccati indietro, la barba non fatta e puzzava di sigarette stantie e di profumo del discount. Le ricordò Omar, il figlio dell'assessore Parisi, e la cosa la fece rabbrividire ancora di più.

Torriani si buttò come un sacco di patate sulla sedia davanti alla scrivania senza che nessuno lo avesse invitato a farlo.

"Come vede ho mantenuto la mia promessa, Commissario."

Olivia chiuse la porta e si accomodò nel suo angolino, grata che quel tizio le desse quasi le spalle. Vederlo di profilo le bastava e avanzava.

Locatelli e la Dottoressa Invernizzi rimasero un attimo in piedi prima di sedersi uno di fianco all'altra dietro la scrivania. Se fino a pochi secondi prima avevano riso e scherzato, ora sembravano serissimi.

"Grazie di essere venuto qui, Signor Torriani." Cominciò il Commissario.

Il viscido occhieggiò la Dottoressa e le fissò la scollatura per alcuni lunghissimi secondi prima di fare un ghigno soddisfatto: "Prego. E questa bella signora... chi è?"

Locatelli lo fulminò con lo sguardo: "Ques*ta signora* è *la Dottoressa* Invernizzi ed è una nostra consulente. Assisterà alla nostra chiacchierata."

Torriani fece un fischio, lo sguardo sempre fisso sulla scollatura: "Per me può assistere a tutto quello che vuole..."

Olivia la vide fissarlo con aria tra il glaciale e lo schifato, senza nemmeno degnarsi di rispondere, prima che Locatelli si schiarisse la voce: "Sono spiacente di averle dato la notizia della morte della sua ex moglie quando ci siamo visti ieri al bar... forse non se lo aspettava."

Quello finalmente spostò lo sguardo dalla Dottoressa e guardò il Commissario: "Me lo aspettavo eccome!"

Ogni volta che parlava le faceva venire un brivido.

"Perché se lo aspettava?"

"Perché Elena non era capace di stare fuori dai guai. Li attirava come una calamita. E non c'è da stupirsi che alla fine qualcuno abbia deciso di ammazzarla... se le andava a cercare e trovava casini ovunque andasse, quella troia."

Olivia vide gli occhi della Invernizzi rabbuiarsi e la vide lì lì per aprire la bocca, ma poi il Commissario mosse una mano sotto la scrivania e le strinse lievemente il gomito. La cosa sembrò fermarla.

"Di che genere di casini parliamo, Signor Torriani?"

"Quanto tempo ha? La lista è lunga..."

"Anche tutta la giornata."

Quello sbuffò e alzò gli occhi al cielo, come se la cosa non lo riguardasse. Olivia non sapeva come facesse Locatelli a stare così calmo e a non sbatterlo al muro per farlo confessare come facevano nei film americani.

"Innanzitutto aveva un pessimo gusto in fatto di uomini."

"Questo lo vedo..." Buttò lì il Commissario, alzando solo un angolo della bocca per sorridere brevemente. Le venne da ridere ma si trattenne.

"Hey, io sono stato uno dei migliori!"

"Ma certo, lo immagino! Lei è il sogno di ogni donna, giusto?" Torriani non disse niente. "Scusi se mi permetto... ma lei ha o non ha mandato all'ospedale la sua ex sette volte in dodici mesi?"

"Balle. Era legittima difesa. Quando era fatta come un caimano diventava una furia. Ha pure cercato di uccidermi con una padella di ghisa una volta!"

"Il motivo?"

"Era strafatta come sempre in quel periodo... e abbiamo litigato perché non le volevo dare i soldi per andare a farsi un'altra dose. Così ha cercato di colpirmi con la padella di ghisa e io, per difendermi, l'ho spinta per terra. Ma ovviamente a chi avete creduto voi poliziotti? A lei! Come sempre!" Incrociò le braccia sul petto e girò lo sguardo con fare offeso. Olivia guardò il Commissario e la Invernizzi: si scambiarono uno sguardo e lei fece un cenno con la testa quasi impercettibile.

"Quindi Elena faceva uso di droghe molto spesso?"

"Spesso? SPESSO? Ma ha sentito quello che ho detto? Era fatta dal mattino alla sera!"

"E che droghe usava?"

"All'inizio cocaina e ecstasy. Poi quando i soldi hanno cominciato a scarseggiare qualsiasi porcata trovasse a Rogoredo le andava bene."

"E come mai Elena l'ha lasciata?"

Torriani scoppiò a ridere: "Non so chi le abbia detto questa cazzata, Commissario, ma non è stata lei a lasciare me. Sono stato io a lasciarla. Avrò i miei difetti, ma non mi drogo e non ne potevo più di andare avanti così. Solo che poi, ovviamente, la stronza voleva i miei soldi e la mia casa. Doveva sentirla, in tribunale. Come se lei fosse Santa Maria Goretti e io il diavolo in persona."

Olivia vide Locatelli e la Invernizzi scambiarsi un'altra occhiata.

"D'accordo... e mi può dire dov'era la mattina di martedì 3 ottobre, Signor Torriani?"

Quello sorrise, un sorriso viscido e soddisfatto che fece accapponare la pelle a Olivia: "Ero su un aereo di ritorno da Budapest. Ho ancora la carta d'imbarco, se la vuole."

Il Commissario, se era deluso, non lo diede a vedere: "Sì, mi piacerebbe vederla."

L'altro si tirò fuori il portafoglio dalla tasca e buttò sul tavolo un pezzo di carta.

"Eccola qua. Comunque sia, se state cercando chi possa avere ammazzato Elena, fossi in voi parlerei con Dario, il suo piccolo stalker." Locatelli e la Invernizzi alzarono di colpo lo sguardo per guardarlo negli occhi e Torriani sembrò decisamente fiero di essere riuscito a sorprenderli. "Non so come si chiami di cognome, ma lavora in quel cesso di pizzeria aperta 24 ore dove lavorava Elena. La seguiva ovunque come una specie di piattola. Quello sì che è uno svitato completo."

"Lo cercheremo. Ora ho un'ultima cosa da chiederle, Signor Torriani." Quello annuì con un grugnito. "Elena aveva un'automobile?"

Il viscido scoppiò a ridere: "Ma per favore! Se l'avesse avuta l'avrebbe venduta per comprarsi altra droga. Come ha fatto con la bicicletta. Che, per inciso, era mia."

Locatelli annuì e lo congedò.

Non appena fu uscito dalla stanza si girò verso di lei: "Mi puoi fare un favore, Rizzo?" Lei annuì. "Prendi il vassoio delle brioche e vedi se di là hanno fame…"

Non esattamente il compito che si aspettava, ma con tutta probabilità era un modo carino per mandarla da un'altra parte e poter parlare da solo con la Dottoressa. Avrebbe pagato per poter rimanere, perché era certa che aveva molto da imparare da entrambi, ma non era certo nella posizione per fare richieste del genere.

Si alzò, prese le paste e uscì dalla stanza, chiudendosi la porta alle spalle e lasciandoli alle loro misteriose chiacchiere.

Giulio si sedette di nuovo alla scrivania e guardò la Invernizzi: "Cosa ne pensi?"

Ludovica, invece che sistemarsi al solito posto di fronte a lui, dove era stato seduto fino a poco prima Torriani, rimase seduta lì di fianco, gli occhi piantati sulla foto di lui e Isabella il giorno del matrimonio. Si sentì lo sguardo di lui addosso e sorrise: "Eravate molto giovani. Quanti anni avevate?"

Non era una cosa di cui aveva molta voglia di parlare, ma era una domanda facile a cui rispondere.

"Io ne avevo 27, lei 25."

"Caspita. Praticamente dei bambini." Studiò la foto qualche altro istante. "Tua moglie è molto bella."

Non sapeva mai cosa dire quando la gente gli diceva così.
"Ehm... grazie."
"Sembrate due attori da tanto siete attraenti e perfetti...."
Due attori.
Non sapeva quanta verità ci fosse in quello che aveva appena detto. Negli ultimi tempi erano diventati davvero due attori da Oscar, a far finta che tutto andasse bene. Ma non aveva certo intenzione di parlarne. Non in quel momento, non con lei.
"Possiamo concentrarci su Torriani, per favore?"
Ludovica guardò ancora per qualche secondo la foto, poi si girò a guardarlo e sorrise: "Ma certo. Direi che non può essere stato lui. Di questi tempi è abbastanza difficile far salire qualcuno su un aereo al posto tuo... quindi se fino alle 2 del pomeriggio era su un volo tra Budapest e Orio al Serio non può aver ucciso Elena."
"E se avesse chiesto a qualcuno di farlo?"
"Non mi sembra che ne abbia le possibilità economiche." Lo guardò e lui annuì. "E poi c'è il modo in cui è stata ammazzata. È stata una cosa molto personale. Quei colpi così violenti alla testa..."
"Sì, sono tipici di qualcuno che conosce la vittima e che la odia profondamente..." Disse. Ragionare ad alta voce non gli era sempre piaciuto. C'era stato un tempo in cui lo aveva considerato una cosa strana e per lo più inutile. Ma poi era andato a lavorare per i servizi segreti ed era stato obbligato a fare quello che Fontana chiamava *il gioco dei se e dei ma* e si era ricreduto quasi immediatamente. Sparando ipotesi assurde seduti su una panchina fuori dal museo di Chagall a Vicebsk avevano avuto un'epifania talmente geniale da dimenticare il freddo di quella mattina bielorussa. Da quel momento non aveva mai più dubitato dell'utilità di quel modo di lavorare. Guardò Ludovica e sorrise. Con lei gli era venuto naturale fare quel gioco. "Quindi direi che possiamo eliminare Torriani dai sospetti."
Lei annuì: "A meno che non salti fuori altro, temo di sì."
Scrollò le spalle e sbuffò: "Sarebbe stata un'ottima pista... peccato."
"Sì. Ma in realtà ci ha dato un paio di informazioni interessanti..."
"Il nome dello stalker è una... e poi?"
"Beh, ci ha detto molte cose che non sapevamo di Elena. La sorella ti aveva detto che si drogava e che aveva un'indole violenta?"
Alzò un sopracciglio. Non aveva tutti i torti. "Effettivamente no. Aveva solo detto che era sempre stata ribelle e che aveva avuto una vita difficile. Credi che Torriani ci abbia detto la verità in proposito?"
"Non lo escluderei. E se questa storia della cocaina è vera... potrebbe

essere il misterioso nesso tra Elena Molinari e Maurizio Giuliani." Concluse lei. "Forse sarebbe il caso di fare l'esame tossicologico anche ad Elena."

Fosse stato semplice...

Si alzò e le indicò la porta: "Prego, Dottoressa. La porto immediatamente all'obitorio dove potrà discuterne con il suo collega, l'esimio Professor Maggi."

———

Ludovica non aveva mai fatto così tanta fatica in vita sua a convincere un uomo a darle quello che voleva. Quel cavolo di Dottor Edoardo Maggi era un vero rompicoglioni, di quelli da gara. Appena aveva visto Locatelli si era subito messo sul chi vive e si era chiuso a riccio, sordo ad ogni domanda e indifferente ad ogni lusinga. Alla fine, dopo mezz'ora di inutili balletti, aveva dovuto sfoderare l'artiglieria pesante. Aveva casualmente citato il nome di sua madre: una cosa che odiava fare e che non faceva quasi mai, ma che con quelli come lui funzionava sempre. Nel sentire il nome della presidente dell'ordine dei medici Maggi aveva, seppur a malincuore, capitolato e aveva promesso di fare entrambi gli esami, anche se aveva immediatamente messo le mani avanti dicendo che ci sarebbe voluto il suo tempo perché il personale era quello che era e gli strumenti anche. Giulio, dal canto suo, l'aveva guardata un po' stupito, ma era stato zitto e aveva lasciato che fosse lei a condurre le danze, anche se la cosa aveva infastidito ancora di più Maggi.

Ludovica salì in macchina di fianco a lui: "Meglio che niente, no?"

Lui mise la freccia per uscire dal parcheggio e sorrise: "Molto meglio di quello che avrei potuto fare io..."

"Dunque adesso... cosa farai mentre aspetti che questo lumacone faccia gli esami tossicologici?"

"Cercherò lo stalker. E dovrò anche parlare di nuovo con Giada Molinari uno di questi giorni, cercare di capire qualcosa di più su sua sorella."

"E Sara? Ha detto qualcosa di interessante... a parte dirti di Pietro Zoppi?"

"Niente di che... era come in uno stato di perenne stupore e mi guardava come se non capisse quello che le chiedevo."

"È sempre stata così."

"Tonta?"

Ludovica sorrise e annuì: "Sì... più o meno. Alle medie, quando la interrogavano, faceva spesso scena muta... oppure scoppiava a piangere. Se non fosse stato per suo padre e le sue generose donazioni alla scuola l'avrebbero sicuramente bocciata più di una volta."

"E nei rapporti personali, invece? Che genere di persona è?"
"Non ha mai avuto molti amici... anzi. E anche coi ragazzi era un disastro. Quelli che le piacevano andavano tutti dietro a sua sorella minore, che è il suo esatto opposto. Carina e simpatica e sempre circondata da una marea di persone."
"Quindi sposare Maurizio è stata la sua unica vittoria?"
"Se la vuoi chiamare una vittoria... sì. Lui l'ha sposata per i soldi, ma lei ha sempre fatto finta di non saperlo. O forse non l'ha mai saputo davvero... chi lo sa." Giulio non disse niente e guidò in silenzio per qualche secondo, come soprappensiero. Che stesse pensando al suo di matrimonio? Era un argomento di cui, chiaramente, non gli piaceva molto parlare. E forse anche lei, coi suoi commenti caustici, non è che proprio lo invogliasse ad aprirsi. "Scusami se sono così cinica nei riguardi del matrimonio, ma lo trovo davvero un'istituzione inutile e dannosa..."
"Non devi scusarti con me. Non la prendo sul personale... anche perché dubito che mia moglie mi abbia sposato per i soldi..."
"No, eh?"
"No. Sono un poliziotto."
"Con dei vestiti di lusso, però..."
Lui arrossì leggermente: "Mi piacciono le cose belle."
"Come a Giada Molinari." Lo fissò. "Ma scommetto che tu le tieni in ordine, queste cose belle."
"Come fai a dirlo?" Le domandò.
"Una delle poche cose che è facile capire di te è che sei ordinato."
"E va bene. Hai ragione." La guardò brevemente, poi tornò a guardare la strada. "Sono ordinato. Anche troppo, forse."
Ludovica sorrise, ripensando alla foto sulla scrivania di lui: "Chi lo dice? Tua moglie?"
"Anche, ma non solo. Lo diceva anche mia madre. E lo dice sempre mia sorella."
"Un modo un po' strano per infastidire le donne, ma ognuno ha il suo..."
Lui rise: "Non lo faccio apposta per infastidire le donne... ma per puro caso nella mia famiglia gli uomini sono molto più ordinati delle donne. Tutto qui."
Avrebbe voluto fargli mille domande sulla sua famiglia, ma soprattutto su quella misteriosa moglie di cui parlava sempre molto poco. Lo guardò con la coda dell'occhio. Sembrava di colpo molto pensieroso.
"Hai lo sguardo molto serio... a cosa stai pensando?"
Giulio scrollò le spalle. "Al matrimonio dei Giuliani. Se Maurizio aveva

sposato Sara per i soldi e lei non se n'è mai accorta doveva essere un attore formidabile…"

"…oppure lei doveva essere determinata a credere che fosse vero amore. E propendo più per questa versione, conoscendoli. Lei lo amava alla follia. Lo venerava. Si fidava ciecamente di lui."

Lui rimase in silenzio per un bel po' prima di scrollare le spalle e sospirare: "Quando ci sono di mezzo sentimenti e matrimonio, pur di mantenere lo status quo si fanno le cose più strane…"

Aveva lo sguardo fisso davanti a sé e gli era uscita una voce strana, meno sicura del solito, come se quell'osservazione non fosse rivolta a lei ma a sé stesso o come se le sue stesse parole lo avessero in qualche modo stupito.

Chissà se stava ancora parlando di Sara e Maurizio o se era passato a parlare di altro. Ludovica aprì la bocca per chiederglielo, ma poi la richiuse. Meglio non esagerare. Lui pareva perso in un altro mondo e forse non era il caso di disturbarlo proprio in quel momento.

GIOVEDÌ 12 OTTOBRE 2017

"Così mi farai ingrassare, Vero!"

Veronica sorrise e osservò Ludovica assaggiare le sue lasagne. Dato che non poteva uscire di casa tanto valeva impiegare il suo tempo in maniera costruttiva: si era fatta portare la spesa a domicilio e aveva passato la mattina dietro i fornelli, preparando la pasta fresca con la planetaria e facendo sobbollire il ragù per ore.

"Ma se sei in perfetta forma…"

"Sì, perché di solito a pranzo non mangio così… queste lasagne sono divine. Non riesco a credere che tu ti sia fatta 'sto sbattimento!"

"Beh, non è che io abbia molto altro da fare…"

Si sedette di fronte a lei e assaggiò un boccone. Sì, erano venute proprio bene, anche se forse ne aveva fatte un po' troppe.

"Vedrai che non durerà a lungo questa clausura… prestissimo tutto andrà a posto e tornerai a fare una vita normale." Sembrava convinta a tal punto che quasi ci credette anche lei.

"Tu invece? Che programmi hai per il weekend?"

"In teoria dovrei andare a Berlino… ma posso anche cancellare." Ludovica lo disse come se niente fosse, ma non poteva pensarlo *davvero*.

"E perché dovresti cancellare, scusa?"

"Posso stare qui con te, se vuoi…"

Era impazzita?

"Non dirlo neanche per scherzo, Ludo! Non voglio che tu non vada a Berlino per colpa mia..."

"Ma tanto Berlino non si sposta... posso andarci un'altra volta. Anzi! Possiamo andarci insieme."

Quello sì che sarebbe stato stupendo. Erano anni che non andava da nessuna parte, se non due settimane a Senigallia dagli insopportabili parenti di Giovanni, e l'idea di un weekend in una città che non aveva mai visto le riempì il cuore di gioia come se stesse effettivamente per partire. Ludovica aveva ragione. Presto, anzi prestissimo, tutto sarebbe andato a posto e la sua vita sarebbe stata assolutamente stupenda come se l'era sempre immaginata.

"Ci andremo insieme, ma intanto inizia ad andarci tu. Insisto. Io starò qui a rincoglionirmi di serie in tivù e a pensare a te che balli tutta notte in qualche assurda discoteca berlinese con il biondissimo Hans..."

Ludovica scoppiò a ridere: "Il biondissimo Andreas."

Anche Veronica rise. Aveva sbagliato di poco. Quello che era certo era che non c'era nessun motivo per far rimanere la Ludo a casa e dare buca a questo Andreas: si sarebbe gustata un weekend in solitudine, avrebbe guardato una serie dopo l'altra su Netflix e, ora che il frigo era finalmente pieno, avrebbe cucinato ogni genere di manicaretto. Finalmente avrebbe perfino avuto il tempo di leggere qualche romanzo giallo tutto d'un fiato, come piaceva fare a lei.

Sì. Quella storia dello stare chiusa in casa era un po' una rottura, ma poteva avere anche i suoi lati positivi. Bastava cercarli.

———

Giulio guardò l'orologio. Erano quasi le sette e il cielo sopra Via Malpighi stava diventando scuro. Era giovedì, dunque era l'ora perfetta per passare dallo studio della Dottoressa Invernizzi.

Di nuovo lo fece entrare il tizio con il papillon e di nuovo gli disse, con un sorriso, che lei lo stava aspettando.

Bussò e aprì la porta.

Come la prima volta Ludovica era seduta alla scrivania, circondata da carte e pennarelli di ogni tipo. Gli sorrise:

"Commissario! Mi stavo giusto chiedendo se avessi intenzione di passare per un po' di rum... ne ho proprio bisogno!" Pareva davvero contenta di vederlo. Lui sorrise e si accomodò sulla poltroncina davanti a lei, dopo però aver tolto il cuscino.

"Giornata pesante?"

"Il giovedì è sempre pesante..." Ludovica versò due bicchierini di rum e gliene porse uno: "Ma dimmi... qual buon vento ti porta in questa gabbia di matti?"

Interessante scelta di parole per una psichiatra.

"Sono qui perché oggi sono io ad avere una domanda per te, Dottoressa."

Era più o meno vero.

"Sono abbastanza sicura che uno dei cardini dell'analisi sia che il flusso di domande debba rimanere unidirezionale..."

Gli venne da ridere. Forse era la prima volta che rideva in tutta la giornata.

"Non dirmi che hai paura delle mie domande..."

"Paura... io? Ma figurati." Lo fissò. Sembrava divertita. "Dai, Commissario... fammi questa domanda. Ma ti rispondo solo se dopo posso fartene una io."

Lui annuì: "Va bene. Mi sembra giusto."

"Allora, cosa vuoi chiedermi?"

"Come mai hai deciso di fare questo lavoro?"

Lo fissò per qualche istante. Forse non era la domanda che si aspettava, ma anche se c'erano mille cose di lei che lo incuriosivano, quella per ora era la cosa che lo interessava di più. Sua madre era presidente dell'ordine dei medici. Era chiaramente molto benestante. Sembrava essere sempre allegra e piena di vita, l'esatto opposto degli altri suoi colleghi con cui lui aveva avuto a che fare. Avrebbe potuto fare mille cose nella vita e invece aveva deciso di avere a che fare ogni giorno con una montagna di problemi difficilmente risolvibili. Non era da tutti.

"Quando dici *questo lavoro*... quale intendi? Analista per figli di papà con problemi inesistenti? Progetto per vittime di violenza domestica? Linea anti suicidio? Perizie psichiatriche per il tribunale?"

"Fai tutte queste cose?"

"Sì. Mi piace variare, nel lavoro come nella vita... mi annoio a fare sempre la stessa cosa."

Giulio annuì: "D'accordo. Ma sono pur sempre sfaccettature dello stesso mestiere. Come mai hai scelto di specializzarti in psichiatria?"

Lei sorrise: "Mi piace mettere il becco nelle vite degli altri."

"Questa mi sembra una spiegazione plausibile ma non del tutto sincera."

"Se pensi che ci sia dietro un qualche trauma infantile mi spiace deluderti, ma non c'è. Ho avuto una delle infanzie più normali al mondo."

"Non penso nulla del genere. Ero solo curioso di sapere come mai hai scelto di avere a che fare con cose a cui la maggior parte delle persone cerca di non pensare."

"Sarà per compensare l'inutilità di fare da analista ai figli di papà?" Disse lei, gli angoli della bocca incurvati all'insù.

"Se non li puoi sopportare perché ti occupi di loro?"

"È una lunga storia... ma per farla breve ti dico che c'entra mia madre e che se non ottiene quello che vuole ti rende la vita un inferno."

Stava volutamente divagando ma Giulio decise di non sottolinearlo e prese un sorso del suo rum.

"Bene. Tocca a lei, Dottoressa." Disse poi. Ludovica lo guardò stringendo gli occhi come se stesse pensando intensamente a cosa domandargli e per un attimo lui temette il peggio. Gli avrebbe chiesto sicuramente di Isabella e del suo matrimonio. Era ovvio che fosse curiosa di saperne di più e lui le aveva servito l'occasione di indagare su un piatto d'argento. Era stato un idiota.

"La vedo nervoso, Commissario." Lo punzecchiò Ludovica, come se potesse leggergli nel pensiero. Lui scrollò le spalle, cercando di sembrare noncurante.

"Niente affatto."

"Benissimo. Visto che stiamo parlando di scelte lavorative... so che sei tornato a vivere a Milano da poco più di un anno. Prima dov'eri?"

Giulio trasalì e la guardò con tanto d'occhi. Come faceva a saperlo?

"Posso chiederti come lo sai?"

"Ho conoscenze altolocate in Polizia."

"Quanto altolocate?"

"Il Vice Questore Enrica Ferri."

Si trattenne a stento dall'imprecare ad alta voce. Maledizione alla Ferri. Possibile che non fosse capace di tenere la bocca chiusa? Che poi non sapeva nemmeno un decimo di quello che lui aveva fatto in quei sei anni, quindi a maggior ragione sarebbe stato meglio se fosse stata zitta.

"Beh... allora ti avrà anche detto dov'ero prima di tornare a Milano."

"Non gliel'ho chiesto. Lo sto chiedendo a te."

Lui sospirò. Stare sul vago con la Invernizzi era difficile.

"Ho lavorato per sei anni sotto copertura. All'inizio in Sicilia. Poi per lo più all'estero. Ex repubbliche sovietiche. Medio Oriente. Afghanistan. Cose così."

"Esercito?"

"No. Non esattamente."

Vide un'espressione sorpresa dipingersi sul viso di lei:

"Servizi segreti?" Giulio si morse il labbro inferiore e la guardò negli occhi senza dire niente. Ludovica gli sorrise: "Non ti preoccupare... non andrò certo in giro a dirlo ai quattro venti."

Scrollò le spalle: "Non è un segreto... ma non amo parlarne troppo. E la Ferri ne sa molto meno di quello che crede di sapere."

"La Ferri ne sa molto meno di quello che crede di sapere su un sacco di cose. Ma su di te ha ragione."

Cosa le avesse detto su di lui era un mistero: avrebbe voluto chiederglielo, ma non voleva sembrare troppo interessato e dare troppo peso alle sue chiacchiere.

"Su certe cose ha ragione, su altre... dubito."

"Mi ha semplicemente detto che sei un poliziotto fenomenale e che hai una mente analitica invidiabile. Ha un'altissima opinione di te..."

Giulio si lasciò scappare un sospiro di sollievo. Non aveva idea che Enrica parlasse bene di lui, in sua assenza. L'ultima volta che gli aveva fatto un complimento sincero era stato dieci anni prima tramite un post it.

"Ha un po' esagerato." Minimizzò. "Ho sempre fatto il mio dovere, questo è quanto."

Ludovica sorrise lievemente: "Sei anni sono tanti. Non deve essere stato facile."

"Infatti... non lo è stato."

"E come mai ci sei andato, se posso permettermi una seconda domanda?"

Giulio abbassò lo sguardo e fissò per qualche secondo il liquido ambrato che aveva nel bicchiere. C'era qualcosa nel tono di lei che gli faceva venire voglia di parlarne.

"Mi si è presentata l'opportunità. E l'ho colta al volo perché volevo fare qualcosa di diverso che essere un semplice poliziotto." Non appena le parole preferite di sua moglie gli uscirono dalla bocca si sentì un idiota. Perché mai aveva detto una cosa del genere?

Ludovica inarcò un sopracciglio, scettica: "Pensavo ti piacesse fare il poliziotto. Mi hai dato l'idea di amare quello che fai e di farlo anche bene..."

"Infatti a me piace e anche molto. Ma..." Si interruppe. Era saggio tirare in ballo Isabella? Molto probabilmente no.

"Ma non piace a tua moglie?" Gli chiese lei, lo sguardo fisso nei suoi occhi, come se già lo sapesse. Avrebbe voluto mentire, ma ormai era inutile. Stava dicendole troppo, ma era come se non riuscisse a fermarsi.

"Molto perspicace." Si limitò a dire.

"E invece le piaceva stare con un agente segreto?"

Avrebbe voluto ridere. Com'è che gli diceva sempre Fontana? *Svegliati, Locatelli. Questo non è un mestiere per gente sposata.* In genere glielo diceva poco prima di sparire con una qualche donna avvinghiata addosso. E non erano mai delle donne qualunque. Erano, per la maggior parte, una più bella dell'altra. Lui, dal canto suo, se ne andava a casa da solo e leggeva più o meno tutta notte, per cercare di non pensare a quanta nostalgia aveva di casa. Non aveva mai letto così tanto in vita sua come durante quei sei anni.

"No. Non le piaceva per niente, ovviamente. Lei voleva che facessi il magistrato... o cose del genere."

Ludovica scoppiò a ridere: "Ma davvero? Non riesco proprio a vederti come magistrato."

Giulio, suo malgrado, sorrise: "Appunto. Nemmeno io mi ci sono visto."

Bevvero un sorso in silenzio.

"E ora che sei tornato?" Lasciò perdere di dirle che gli stava facendo molte domande in più di quella pattuita.

"Ora che sono tornato faccio il Commissario e bevo buon rum dominicano."

Lei sorrise: "In ottima compagnia, aggiungerei."

Anche lui sorrise e annuì: "Sì, la compagnia non è male." Brindarono e finirono quel che restava nel bicchiere: "Prima o poi dovrò ripagarti di tutto l'alcol che mi stai offrendo..."

"Tutto l'alcol? Ti ho solo offerto una birretta e un paio di rum! Ma se proprio insisti c'è una cosa che potresti fare per ripagarmi."

Ludovica lo stava guardando con un'aria ostentatamente innocente che lo fece subito preoccupare. Era una sua impressione o faceva di colpo caldo lì dentro?

"E sarebbe?"

"Non fare quella faccia, non è niente di illegale o di immorale. Mi accompagneresti alla Malpensa domani?"

Giulio tirò un sospiro di sollievo e annuì. Quello sì, si poteva fare.

———

Ludovica si mise la giacca, spense la luce e uscì in corridoio nell'istante esatto in cui Saverio emerse dal suo ufficio.

"Già finita la chiacchierata con il Commissario?" Le chiese.

Diede un'occhiata all'orologio: "È stato qui quasi un'ora... e comunque non è un paziente."

Lui le sorrise: "Questo lo so. Non esci mai di lì sorridendo quando finisci con un paziente."

Fece per ribattere, ma in effetti era vero.

"Chiacchierare con lui mi piace..." Ammise.

Saverio annuì: "Sembra un bravo ragazzo."

"Credo che lo sia." Bravo, anche se un po' strano. Sembrava sempre molto serio, a volte addirittura stoico, ma poi d'improvviso sorrideva e cambiava completamente: gli venivano due leggere fossette, gli si illuminavano gli occhi e subito sembrava un ragazzino. E poi c'era il modo in cui la guardava. Aveva sempre quel fare interessato e attento, a prescindere dall'argomento della conversazione. A volte pareva timido, ma allo stesso tempo il suo atteggiamento aveva un che di sicuro. La cosa la incuriosiva. Parecchio.

"È anche un ottimo conversatore."

"Una dote poco diffusa..." Commentò lui.

"Purtroppo sì."

Si incamminarono entrambi lungo il corridoio verso l'atrio.

"Posso dirti una cosa, Ludovica?"

"Ma certo."

"Credo sia un rapporto che valga la pena coltivare. E..."

"È sposato, Save."

Lui scosse la testa: "Forse mi sono spiegato male. Non sto certo suggerendo che abbiate una relazione clandestina. So che non è da te..."

Gli sorrise: "No, infatti. Ma stavo solo dicendo che ha una moglie. Molto bella. E..." Chissà che tipo era. Dalla foto sulla scrivania sapeva per certo che era molto bella, anche se in maniera estremamente eterea, quasi diafana, con quei capelli chiari e il viso severo nonostante il sorriso. Era difficile, però, immaginare che carattere potesse avere.

"E?"

"E niente. Non credo vadano molto d'accordo."

"Te lo ha detto lui?"

Uscirono dalla porta sul pianerottolo.

"No. Non gli piace parlarne." Scrollò le spalle. "È più che altro stata una mia impressione. E cosa vuoi che ne sappia io di matrimoni?"

Saverio sorrise: "Credo che tu ne sappia più di quello che credi."

"Giusto. So che è un'istituzione inutile e castrante. Mi basta guardare in famiglia per averne conferma..."

Questa volta la guardò con aria di rimprovero: "Ma dai. Tuo padre e Gloria mi sembrano felici..."

"Sì, ma mia madre e Claudio non lo sono, anche se fingono il contrario. E non lo sono la maggior parte dei miei conoscenti sposati." Lo prese a braccetto. "E poi, la verità è che non riesco a immaginarmi di svegliarmi e addormentarmi ogni giorno con la stessa persona."

"Se questa persona fosse speciale potresti abituartici. Potrebbe persino finire per piacerti."

"Non credo. E poi pensa che noia la vita senza il brivido di baciare qualcuno per la prima volta!" Saverio fece per ribattere, ma lei continuò: "No, la monogamia non fa per me e, a giudicare da quello che vedo in giro, non fa nemmeno per la gran parte della gente intorno a me."

Saverio rise: "D'accordo. Può essere che tu abbia ragione."

Uscirono dal portone.

"Sono *sicura* di avere ragione."

"Non esserlo troppo. Ti ricordo che pochi giorni fa eri talmente furiosa con il Commissario Locatelli che sei andata a casa a metà pomeriggio perché non riuscivi a concentrarti." Lo vide sorridere. "E ora, invece, non vedi l'ora che lui passi da te per chiacchierare..."

Odiava quando aveva ragione.

"E va bene, Save. Hai ragione. Ammetto che le cose siano cambiate molto in questi giorni."

Sorrise anche lei.

Era vero.

In sette giorni tanto era cambiato.

E chissà quante altre cose sarebbero cambiate nei giorni e nelle settimane a venire.

Non vedeva l'ora di scoprirlo.

CAPITOLO OTTO

*Eppure resta che qualcosa è accaduto,
forse un niente
che è tutto.*

— *Eugenio Montale*

VENERDÌ 13 OTTOBRE 2017

Olivia non avrebbe voluto essere nei panni di Locatelli in quel momento. Quella mattina aveva convocato in Commissariato il Commendator Cattani e nemmeno un quarto d'ora dopo aveva ricevuto una chiamata dal Questore che urlava talmente tanto che lo si sentiva in tutta la stanza anche senza il vivavoce.

Lui, però, era rimasto abbastanza impassibile. Aveva solo allontanato la cornetta dall'orecchio - probabilmente per non farsi perforare un timpano - e lo aveva lasciato strillare prima di borbottare qualche mezza frase e attaccare il telefono. Poi aveva ripreso a lavorare come se non fosse successo niente.

E ora il Commendatore stava entrando lì in ufficio e non aveva per niente l'aria simpatica. Anzi. Trasudava odiosità da tutti i pori: era un ometto non particolarmente alto, magrissimo, con pochi capelli e un'espressione insofferente stampata in viso, come se un'indagine per omicidio non fosse abbastanza importante per scomodarlo.

Olivia si fece piccola piccola nel suo angolo, sperando che non si accorgesse nemmeno di lei. Una volta tanto il suo desiderio fu più o meno esaudito. Cattani si guardò intorno con aria schifata, la vide, ma non la degnò nemmeno di un saluto. Poi fissò lo sguardo su Locatelli:

"Lei deve essere il Commissario Locatelli." Gli tese la mano. "Piacere, Roberto Cattani." Si guardarono negli occhi e se la strinsero, serio Locatelli e con un sorriso da politicante Cattani.

"Prego, si accomodi. Spero non sia stato troppo disturbo venire fin qua."

Il Commendatore si sedette sulla sedia davanti a lui e gli rivolse un altro sorriso falso: "Nessun disturbo. Non voglio certo intralciare il corso della giustizia."

Anche il Commissario si sedette: "Sarò breve, perché so che è un uomo molto impegnato..." Prese in mano una penna e se la girò tra le dita. "Ho saputo che la mattina in cui è morto suo genero lei è passato a casa di sua figlia. Le posso chiedere come mai?"

"Ma certo. Mia figlia voleva parlarmi."

"E dove avete parlato?"

"In salotto, naturalmente."

Locatelli rimase impassibile e annuì: "Di cosa voleva parlarle Sara?"

"Era molto preoccupata per Maurizio. Aveva notato che aveva ripreso a fare un uso smodato di droga e voleva che la aiutassi a farlo smettere."

"Come?"

"Quella mattina abbiamo vagliato la possibilità di mandarlo in un centro specializzato, in Svizzera. Avrei pagato tutto io, naturalmente."

"Naturalmente. E Maurizio secondo lei ci sarebbe andato?"

"Diciamo che avrebbe dovuto."

"I ricoveri coatti non sono previsti dalla legge..."

"Certamente. Ma visto che lavorava per me e viveva in una casa di mia proprietà... sono sicuro che avrebbe accettato."

Locatelli annuì con fare solenne.

"Conosce Pietro Zoppi?"

"So chi è." Il tono del Commendatore si fece duro, ma il Commissario non sembrò curarsene. Anzi. Accennò un mezzo sorriso.

"Sua figlia sembra ritenerlo responsabile della morte di Maurizio."

"Mia figlia è molto fragile in questo momento, non darei molto peso a quello che dice. Ha appena perso il marito e, anche se non era un granché come marito, è sciocata da quello che è successo. Gradirei che lei la lasciasse in pace a elaborare il suo lutto. Ci siamo capiti?"

Olivia vide Locatelli inarcare leggermente un sopracciglio e poi produrre un altro sorrisino, questa volta leggermente tirato:

"Ma certo, Commendatore." Lo fissò. "Ci siamo capiti alla perfezione."

"Molto bene, Commissario. E vorrei anche che questa indagine fosse chiusa in fretta. Mio genero è morto di overdose. Non credo che avrà difficoltà a concludere questa faccenda al più presto."

"Farò il possibile."

"Bene. Sono felice di sentirglielo dire."

Rimasero tutti e due in silenzio per qualche istante, poi Locatelli aprì il cassetto e spinse la bustina con dentro il gemello verso Cattani.

"Un'ultima domanda... è suo, questo?"

Quello per un secondo sembrò sorpreso, poi però annuì lentamente:

"Sì, è mio. Credevo di averlo perso..."

"Quando?"

"Questo non me lo ricordo, Commissario. Sono un uomo impegnato..."

"È possibile che lo abbia perso martedì mattina, quando era da sua figlia?"

"Se lo avete trovato a casa di Sara... ha già la risposta a questa domanda."

Locatelli non disse niente e continuò a guardarlo negli occhi. Per alcuni lunghi secondi Cattani tamburellò col piede sul pavimento, poi si schiarì la voce:

"Effettivamente... ora che ci penso... sì. Indossavo quei gemelli martedì scorso."

"Vede, il fatto è che lo abbiamo trovato a casa di Sara, ma non in salotto. Lo abbiamo trovato sotto il letto."

Il Commendatore sospirò e poi scrollò le spalle:

"Prima di andare via sono andato in bagno. Devo averlo perso mentre ci andavo. E prima che me lo chieda, non sono andato nel bagno degli ospiti perché la filippina lo stava pulendo."

"Molto bene, Commendatore. La ringrazio."

Si strinsero la mano e Cattani, così come era arrivato, se ne andò a grandi passi, lasciando la porta aperta e senza salutarla. Olivia si girò a guardare il suo capo. Era ancora in piedi e si era messo le mani in tasca con fare pensieroso. Poi di colpo si voltò verso di lei e sorrise:

"Beh, la Dottoressa Invernizzi aveva ragione. Cattani è davvero una persona spiacevole."

Sospirò e si sedette alla scrivania.

"E ora, Commissario?"

"Ora continuiamo a fare il nostro lavoro, esattamente come se il Commendator Cattani e il suo amico Questore non esistessero."

Olivia non poté fare a meno di sorridere. Chissà, magari un giorno anche lei sarebbe stata brava a gestire i problemi e le persone ostili. Per ora, però, preferiva limitarsi a vederlo fare al Commissario.

———

Ludovica sbuffò.

Come sempre quando faceva la valigia la sua camera e la cabina armadio sembravano una zona di guerra: aveva tirato fuori vestiti a decine e c'era roba sparsa dappertutto, ma la borsa sul letto era ancora vuota, tolto l'intimo e il beauty.

A Berlino faceva già un freddo cane, nonostante fosse solo metà ottobre, ma non voleva nemmeno andare in giro imbacuccata e sembrare un fagotto.

Il cellulare squillò sul comodino e la fece sobbalzare.

Era Locatelli.

"Commissario!" Lo salutò. "Non dirmi che non puoi più portarmi alla Malpensa!"

"Sono un uomo di parola. Se dico che ti porto non ti preoccupare che ti porto." Era una sua impressione o sembrava quasi risentito? Sorrise nel telefono:

"Lo so. Ti stavo prendendo in giro." Lo sentì ridere e il suo sorriso si allargò ancora di più. Non rideva molto spesso, ma aveva una bella risata. "Come mai mi chiami, allora?"

"Ho convocato Cattani qui in Commissariato, questa mattina."

"E?"

"Diciamo che la tua descrizione era molto accurata."

"Stronzo e spiacevole?"

"E intimidatorio. Mi ha detto di non andare a dare fastidio a sua figlia e di muovermi a chiudere l'indagine."

"Spero che tu lo abbia mandato a cagare…"

"Assolutamente no. Non ho bisogno di avere tra i piedi lui e il Questore. È meglio che pensino di aver ottenuto quello che vogliono."

"Che sarebbe?"

"Vogliono che io pensi che Maurizio sia morto di overdose da cocaina e vogliono che la questione sia chiusa così."

"Ma noi sappiamo che non aveva abbastanza cocaina in corpo da ucciderlo…" Considerò Ludovica.

"Ma loro non sanno che noi lo sappiamo."

Non aveva tutti i torti.

"E ti dirò di più. Se io volessi andare a bere un caffè con la mia vecchia amica Sara... nessuno di loro saprebbe che poi potrei venire a spifferarti tutto quello che mi ha detto."

Lo sentì ridere sommessamente: "Speravo che avresti detto qualcosa del genere, cara la mia Mata Hari."

"Mata Hari? Detto da te è un gran complimento, caro il mio 007..."

"Ma certo che lo è." Si schiarì la voce. "Allora dimmi... a che ora devo passare a prenderti?"

"Alle sei in punto mi trovi fuori dalla porta con la valigia in mano."

E anche se lo aveva visto solo il giorno prima non vedeva l'ora che arrivasse sera perché, ne era sicura, stando per un'ora in macchina insieme avrebbe di certo scoperto cose molto interessanti su di lui.

―――――

C'era un traffico da incubo, in ogni direzione, e come se non bastasse Ludovica non era ad aspettarlo fuori dalla porta come gli aveva promesso. Giulio alzò gli occhi al cielo e frugò in tasca per trovare il cellulare.

5 notifiche Whatsapp.

Tutte della Invernizzi, ovviamente.

Sono 5 min in ritardo.

Fai 7.

Anzi 10.

Scusa non trovo CDI

Trovata! Arrivo!

Giulio sbuffò, ma proprio in quel momento la vide uscire di casa con una delle sue mise svolazzanti: un vestito multicolor lungo sotto il ginocchio abbinato a un chiodo di pelle nera e a degli stivaletti da motociclista.

Era mai passata inosservata un giorno in vita sua?

Probabilmente no.

Anzi. Sicuramente no.

Suo malgrado sorrise.

La portiera si aprì e l'abitacolo si riempì di quel suo solito profumo:

"Scusa! Eccomi!" Buttò una borsa sul sedile dietro di lui. "Andiamo che siamo in un ritardo megagalattico!" Farle presente che non era lui ad essere arrivato tardi sarebbe stato inutile, quindi non disse niente. Tanto lei era un fiume in piena e aveva l'impressione che non lo avrebbe fatto parlare tanto facilmente: "Lo so, lo so. Non guardarmi così, Commissario. Lo so che è colpa mia se siamo in ritardo."

Cercò di immettersi nel traffico: "Cosa vuol dire CDI?"

"Carta di identità, no?"

"Ah, certo. Ovvio. Non la tieni nel portafoglio come tutti?"

"Di solito sì, ma l'avevo tolta per fare una fotocopia e poi mi sono dimenticata di rimetterla a posto. Non indovinerai mai dove l'ho trovata!"

"Dove?"

"Sotto il cuscino."

Aggrottò le sopracciglia: "Del divano?"

"Ma no! Del letto!"

Certo. Un'altra cosa estremamente ovvia.

"E come ci era finita?"

"Ah, questo non lo so."

"E come ti è venuto in mente di guardare sotto il cuscino, scusa?"

"In realtà l'ho trovata lì mentre stavo cercando il mio... tutt'altro."

Fece per chiederle cosa, ma ci ripensò. Meglio non sapere. C'erano aspetti della vita della Dottoressa Invernizzi che era meglio rimanessero avvolti nel mistero.

Ludovica sospirò: "Certo che con questo traffico forse faresti prima ad andarci a piedi, a Berlino."

"Berlino, eh? Bella città."

"Sì, piace molto anche a me. Un mio amico dj mi ha invitato all'inaugurazione del locale in cui suonerà quest'inverno. Dovrebbe essere una figata. Tutto electro swing di prima categoria..."

Giulio annuì:

"Non so se è all'altezza del tuo amico dj, ma ho una playlist di electro swing su Spotify... mettila pure, se vuoi."

Ludovica lo guardò con tanto d'occhi e prese in mano il telefono:

"Non avrei mai detto che potesse essere il tuo genere. Sei pieno di sorprese..." Giulio scrollò le spalle e non disse niente. Se c'era una cosa su cui era particolarmente ferrato era la musica. "E non hai la password nel telefono?"

Ora sembrava addirittura sciocca.

"No, perché?"

"Perché sei probabilmente l'unico uomo al mondo a non averla..." Era una cosa così strana? Non l'aveva mai messa perché non aveva mai pensato che nel suo telefono ci fosse qualcosa da nascondere. Guardò Ludovica con la coda dell'occhio e la vide sfogliare le sue playlist, prima di selezionare quella di electro swing: "Ti piace della musica fantastica, Commissario. Sono tutte raccolte bellissi...." Si interruppe bruscamente e scoppiò a ridere. "Tutte bellissime tranne una. Perché mai hai una playlist che si chiama *Tamarri si nasce*?"

Si sentì arrossire: "È quella che uso quando vado a correre."
"Allora sei perdonato." Gli sorrise. "Dunque sei anche un podista..."
"Più o meno sì."
"E dimmi... che altri segreti mi tieni nascosti?"
"Nessun segreto..."
Lei lo guardò inarcando le sopracciglia: "Ma figurati! Dai, dimmi tre cose che non so su di te. Tre cose interessanti."
"Non saprei da dove cominciare..."
Lei sorrise con quel suo fare pericoloso. La strada per la Malpensa era ancora lunga, non sarebbe riuscito a evitare l'interrogatorio tanto facilmente.
"Tre cose a scelta. Dimmi, per esempio, quale è stato il viaggio più bello che hai fatto in vita tua."
"È difficile sceglierne uno... ma direi forse la Transiberiana da Mosca a Pechino."
Ludovica lo guardò un secondo a bocca aperta:
"Wow. È un viaggio che mi ha sempre affascinato. E..."
"...e prima che tu me lo chieda, l'ho fatto dopo la Maturità con il mio migliore amico."
"Non stavo per chiedertelo!" Scoppiò a ridere e poi alzò gli occhi al cielo. "E va bene, stavo per chiedertelo. Ma bando alle ciance... seconda cosa che voglio sapere di te. Cibo del cuore e cibo che odi."
"Questa è quasi troppo facile, Dottoressa. Cibo preferito gli gnocchi. Cibo che odio i ceci."
"Molto bene. E ora la terza cosa... come mai non porti la fede?"
Eccola là. Se lo sarebbe dovuto aspettare, ovviamente. Era stata abile. L'aveva presa alla lontana, parlando di viaggi e cibo. E ora...
In realtà, però, la domanda non gli aveva dato così fastidio. Anzi, non gliene aveva dato per niente.
"Ho dovuto smettere di portarla quando sono andato sotto copertura. E quando sono tornato... ho provato a rimetterla, ma mi dava fastidio, quindi... niente. Non l'ho più messa."
"Comprensibile. E ti giuro che non sto leggendo niente tra le righe..."
"Puoi anche farlo, se vuoi. Io, al tuo posto, lo farei."
Un secondo dopo averlo detto se ne pentì.
Perché mai aveva detto una cosa del genere? La Invernizzi non era certo una che aveva bisogno di essere invitata a indagare o a leggere tra le righe. Eppure gli era uscita così, quella frase, senza davvero pensarci.
Ludovica, però, annuì ma non disse niente per un paio di minuti e lui si

limitò a guidare ed ascoltare la musica. Forse aveva fatto male a dirle la verità. O forse no. Lasciò che fosse lei a rompere il silenzio:
"Il viaggio più bello che ho fatto è stato in Nuova Zelanda." Gli disse alla fine.
Giulio sorrise: "Non ci sono mai stato. Deve essere stupendo."
"Lo è. E il mio cibo preferito è il risotto. Ma non darmi un piatto coi carciofi, perché potrei rovesciartelo in testa. Li odio. Non riesco proprio a mangiarli…"
"Addirittura?"
"Giuro."
"E la fede non la porti perché non sei sposata…"
Lei scoppiò a ridere: "Esatto. Ma se fossi sposata, cosa che non accadrà mai, la porterei. E vorrei che la portasse anche mio marito… e questo è esattamente il motivo per cui non mi sposerò mai. Non sopporto l'idea di dover costantemente rendere conto a qualcuno della mia vita e delle mie scelte."
Giulio fece per aprire la bocca e dirle che il matrimonio non era nulla del genere, ma poi la richiuse. Meglio stare zitti, portare la Invernizzi all'aeroporto e lasciare che pensasse quello che voleva sul matrimonio.

Va bene essere distratti, presi dal lavoro e traumatizzati da sa Dio cosa, ma dimenticarsi addirittura una cena? Davvero?
Una cena coi suoi genitori, poi.
Che erano lì come due spaventapasseri seduti sul divano a far finta di sorseggiare del Franciacorta e, soprattutto, a far finta di non notare che il loro genero fosse più di mezz'ora in ritardo.
Isabella avrebbe voluto tirare un calcio al muro.
Se almeno Giulio avesse fatto lo stramaledetto favore di rispondere al telefono… e invece no, manco quello. Era irraggiungibile, sicuramente perché lui lo aveva messo su uso aereo.
Una volta non si sarebbe mai comportato così, quello era poco ma sicuro. Ma da quando era tornato aveva la testa perennemente tra le nuvole, quasi come se ad aver fatto ritorno a Milano fosse stato solo il suo corpo. La mente, ma soprattutto il cuore, chissà dove li aveva lasciati.
La porta di casa si spalancò di colpo e suo marito entrò quasi di corsa, avendo il buon gusto almeno di sembrare trafelato:
"Scusatemi, scusate il ritardo!" Disse togliendosi di fretta il soprabito.
Isabella balzò in piedi: "Era ora! Ma che fine avevi fatto?"

"Ho dovuto fare un salto alla Malpensa e c'era un traffico pazzesco... scusatemi davvero, pensavo di metterci molto meno." Isabella gli avrebbe volentieri detto esattamente quello che pensava delle sue scuse e del suo salto alla Malpensa, ma i suoi si erano alzati dal divano per salutarlo e non le sembrò il caso di cazziarlo esattamente in quell'istante.
No.
Gliela avrebbe fatta pagare più tardi, una volta soli.
Lasciò che si salutassero tutti e li fece accomodare a tavola, sperando vivamente che la pasta e ceci non fosse diventata una colla a forza di aspettare i porci comodi di Giulio.

―――

Giulio spingeva la pasta avanti e indietro nel piatto cercando di farsi venire voglia di mangiarla, ma senza un gran successo.
L'ironia della situazione non gli era sfuggita.
Nemmeno due ore prima aveva confessato quanto non gli piacessero i ceci ed ora eccolo lì con un malloppo colloso di pasta e ceci nel piatto. E fosse stato solo quello. Isabella era stata pure troppo indietro di sale e pepe, come al solito, quindi non sapeva di niente. Avrebbe voluto aggiungerci un po' d'olio e del peperoncino per renderla più appetibile, ma se lo avesse fatto lei lo avrebbe preso sicuramente come un affronto. Meglio lasciar perdere e mangiarla così com'era.
"Buonissimo!" Mentì con entusiasmo. Isabella lo fulminò con lo sguardo ma non disse niente.
"Forse manca un po' di sale..." Commentò suo suocero. Beh, se lo diceva lui...
"Il sale ti fa male alla pressione, Papà." Lo liquidò lei. Saggiamente Andrea Ferrari decise di lasciar perdere e si girò verso di lui:
"Allora, come va il lavoro, Giulio?"
Era sempre l'unica cosa che gli chiedeva.
"Molto bene, grazie." Mandò giù a fatica un altro boccone di pasta, coadiuvato da un sorso di vino. "Lei? Tutto bene?"
Era una domanda di circostanza, la sua. Quando mai le cose andavano male a un notaio? Ma quello era il loro copione: parlavano poco e solo e unicamente di lavoro, di fatti di cronaca e di eclatanti condizioni meteorologiche, roba dalle trombe d'aria in su.
Per il resto, basta.

"Non potrebbe andare meglio. Carlo si è dimostrato una grande aggiunta al nostro team, come ti avrà detto Isabella."

Giulio annuì, anche se non si ricordava che lei gli avesse detto nulla del genere.

Quell'odioso del marito di Sofia, la sorella maggiore di Isabella era, per ovvi motivi, il genero preferito del signor Ferrari. Ora, poi, che era riuscito a passare l'esame di stato di notaio era diventato una vera e propria superstar nel firmamento della famiglia. E da quel momento si era comodamente parcheggiato nello studio del suocero, aspettando con ansia che quello andasse in pensione o tirasse le cuoia per diventarne unico signore e padrone. Sembrava che nessuno se ne accorgesse, anche se era piuttosto ovvio.

"Lo immagino... Carlo è un... un..." Un leccaculo. Uno stronzo. Un pomposo imbecille. "...un ottimo elemento."

Suo suocero aveva la bocca piena, quindi sua suocera ne approfittò per inserirsi nella conversazione: "Credo che a breve lui e Sofia avranno il terzo."

Eccola là.

Strano che avesse aspettato così tanto per tirare fuori il suo argomento preferito.

"Il terzo cosa?" Chiese. Sua moglie, di nuovo, lo fulminò con lo sguardo.

"Ma il terzo figlio, no?" La madre di Isabella alzò gli occhi al cielo. "E voi, invece? Quando me lo date un nipotino?"

Non sapeva se ridere o piangere.

La voglia di dirle che le probabilità che sua figlia rimanesse incinta erano pari a zero dato che non si sfioravano da mesi era tanta. Ma forse non era un argomento di conversazione adatto a una cena di famiglia.

"Mamma, per favore!"

Grazie a Dio Isabella aveva avuto la decenza di intervenire.

"Dico solo che non avete più vent'anni. E non so cosa stiate aspettando..."

Giulio bofonchiò una qualche mezza frase di circostanza, poi approfittò della stoppositità della pasta per parlare il meno possibile e annuire distrattamente, ascoltando a stento quello che veniva detto.

Due persone i cui nomi non gli dicevano niente erano appena tornate da una vacanza da sogno alle Maldive, dove avevano speso 25,000 € in una settimana.

Tale Alessandra, un'amica di Isabella, si era sposata con un abito orrendo. Giulio non si ricordava di aver partecipato al matrimonio, ma non disse niente, onde evitare gaffe.

C'erano da ridipingere i bagni della malefica casa sul lago e nessuno sembrava essere d'accordo su che colore scegliere.

I figli di Sofia e Carlo erano già i primi della classe, mille anni luce avanti ai loro compagni di scuola e dell'asilo, ed eccellevano in tutti gli sport. Lui li aveva visti sciare l'inverno precedente e gli erano parsi entrambi scoordinati e frignoni come la madre, oltre che spocchiosi come il padre, ma molto probabilmente era meglio tenerselo per sé.

Lo squillo del telefono in tasca lo fece sobbalzare, ma gli diede anche un filo di speranza. Per un attimo sperò, pur sentendosi immediatamente in colpa, che lo stessero chiamando sulla scena di un crimine. Invece no. Era Caputo, dal Commissariato. Con un cenno di scusa si alzò e si allontanò dal tavolo per rispondere.

"Scusi se la disturbo a quest'ora, Commissario, ma ho pensato che le potesse interessare. Abbiamo trovato Dario Longhi. Il tizio che lavorava nella stessa pizzeria della Molinari."

"Ottimo! Lo avete convocato?"

"Sì. Non gli abbiamo detto il perché, ma sembrava che avesse l'impressione che fosse per via di un incidente in motorino. Comunque verrà domani mattina alle 11 in Commissariato. Prima non ce la fa perché fa il turno di notte."

"Va benissimo così, Caputo. Ottimo. E grazie di avermi chiamato."

Attaccò il telefono e si girò verso il tavolo:

"Mangiamo il dolce?" Chiese sperando vivamente che non fosse un semifreddo di carrube, albicocche secche e agar-agar.

Le sue preghiere furono esaudite. C'era un semplicissimo affogato al caffè. Sembrava proprio che la cena si sarebbe conclusa meglio di com'era iniziata. Non che ci volesse molto, ma era già qualcosa.

―――

Ludovica si guardò in giro e sorrise.

Aveva fatto bene ad andarci, a Berlino.

Il locale dove suonava Andreas era a dir poco fantastico. I suoi amici erano simpatici. I drink erano ben fatti e costavano un terzo che a Milano. E l'atmosfera, così come anche la musica, erano perfette.

Bevve un sorso del suo Negroni e sorrise di nuovo.

Andreas le fece un cenno con la mano dalla console e lei lo salutò di rimando. Era davvero carino. E metteva della bellissima musica.

Non so se è all'altezza del tuo amico dj, ma ho una playlist di electro swing su Spotify... mettila pure, se vuoi.

La voce di Giulio le fece capolino nella testa, così come se niente fosse.

La sua playlist non solo era all'altezza, ma era ancora più interessante se si pensava che l'avesse fatta un poliziotto e non un dj.

Vabbè che non era certo un tipico Commissario, quello ormai era assodato.

Non che un appartenente alle forze dell'ordine non potesse avere delle passioni come quella per la musica di nicchia o per i vestiti di lusso, ma Giulio era particolare in tutto e per tutto. Forse erano stati gli anni nei servizi segreti o forse era sempre stato così. Quello era difficile dirlo, per ora.

Anche se si sentiva un po' cretina a farlo prese il telefono dalla borsetta, aprì Whatsapp e ingrandì la foto del profilo di Giulio. Sicuramente gliela doveva aver fatta la moglie mentre erano in vacanza da qualche parte, perché non era in giacca e cravatta. Indossava come sempre una camicia bianca, ma coi primi due bottoni sbottonati e le maniche rimboccate, e guardava a destra dell'obiettivo, ridendo. Sullo sfondo c'erano delle dune di sabbia, il che suggeriva una vacanza in qualche modo esotica.

Com'è che aveva detto?

Mia moglie non mi ha certo sposato per i soldi.

Eppure tutto di lui suggeriva che fosse più benestante di quello che voleva dare a vedere. Chissà. Forse quella coi soldi era lei. Per scoprirlo avrebbe potuto forse...

No, doveva smetterla.

Basta fare la stalker.

Chiuse l'applicazione e mise di nuovo via il telefono.

Quelle cose che tanto la incuriosivano di lui le avrebbe scoperte normalmente. Facendogli domande e sperando che lui volesse risponderle. Fino a quel momento aveva sempre soddisfatto la sua curiosità, non vedeva perché mai avrebbe dovuto smettere da un momento all'altro.

"Isa... la vuoi smettere, per favore?"

Sua moglie non si voltò a guardarlo e continuò a sprimacciare i cuscini del divano, come se la mezzanotte del venerdì sera fosse il momento ideale per fare le pulizie.

Giulio sospirò e si sedette in poltrona: "Puoi dirmi cosa c'è che non va?"

Non gli disse una parola e non si girò.

Quando i suoi suoceri se ne erano andati si era aspettato lo scoppio della terza guerra mondiale e invece era stato messo davanti a quel silenzio intenso e logorante. Era peggio. Molto peggio.

"È perché sono arrivato in ritardo? È quello il problema?"

Finalmente lei si voltò e lo fissò: "Davvero credi che sia quello?"

"Io... non lo so. Se tu me lo dicessi sarebbe più semplice."

Isabella alzò gli occhi al cielo: "È tutto quanto, Giulio. Tutto. Il ritardo. Il tuo lavoro. Il modo in cui pensi solo a te stesso. Il modo in cui stai a tavola con noi e nemmeno ascolti quello che viene detto..."

"Non è vero che non ascolto. Ho ascoltato tutto. Della promozione di Carlo. Del matrimonio della tua amica Alessandra. Dei bagni della casa al lago..."

"Hai ascoltato ma non hai detto una parola!"

"Scusa, ma sono argomenti su cui non ho molto da dire. Carlo non mi è mai stato simpatico e non lo hai mai potuto vedere nemmeno tu. Questa Alessandra non so chi sia. E il colore dei bagni di una casa che detesto come potrebbe mai interessarmi?"

"Adesso la detesti, addirittura?"

"Sì. E se non lo sai forse sei tu a non ascoltare quando parlo." La fissò. "Ti ho sempre detto che in quel posto ci vado solo perché so che a te fa piacere."

"*Quel posto*, come lo chiami tu, è uno dei paesi più belli sul lago di Como e c'è gente che viene da tutto il mondo per vederlo!"

"Ok. Ma non vedo cosa c'entri questo con il colore dei bagni?"

"Non c'entra niente!" Urlò lei. "Quello che dico è che sembra che tutto quello che mi riguarda, che *ci* riguarda, a te non interessi più!"

"Ti sbagli. Mi interessa eccome." Era vero. "Ma quello di cui avete parlato stasera non aveva niente a che vedere con noi due. Tolto, ovviamente, quando tua madre mi ha chiesto cosa aspetti a metterti incinta, come se la cosa dipendesse solo da me!"

"La cosa dipende solo da te, Giulio."

"Ah, sì? Pensavo che si dovesse essere in due per concepire un figlio. E forse non te ne sei accorta, ma sono mesi che mi eviti come se fossi un appestato."

"Sei tu ad evitare me. E sei tu che non vuoi un figlio. Non lo hai mai voluto e non lo vuoi nemmeno ora."

"Ma certo che non lo voglio, Isa!" Si alzò in piedi. "Come puoi pensare che io voglia un bambino quando ci parliamo a stento e non facciamo altro che litigare? Credi che sarebbe una buona idea? Che sarebbe felice? Un figlio non è un cerotto, Cristo Santo!"

Lei scrollò le spalle: "Molto bene. E prima, invece? Che scusa avevi?"

"Non avevamo nemmeno trent'anni."

"Tua madre ha avuto tuo fratello a 23 anni!"

Giulio sbuffò: "Cosa c'entra mia madre adesso?"

"C'entra eccome!"

"Mia madre era impulsiva e non pensava mai alle conseguenze di quello che faceva, ok? Non ci ha pensato nemmeno quella volta. Non mi stupisce. Ma io non sono mai stato come lei e ci penso eccome alle conseguenze." Prese un secondo fiato. "E mettere al mondo un figlio in questo momento, con tutto quello che ho visto e con tutto quello che sta succedendo tra di noi, è una pessima idea!"

Isabella alzò gli occhi al cielo: "Ma certo. Giusto. Quello che hai visto e che non mi vuoi raccontare ti impedisce di avere fiducia nel futuro. E ti impedisce di comportarti come un marito normale con me. Perché tutto ruota intorno a te. A te e a queste stramaledette cose che non vuoi dirmi!"

"Non posso dirtele. È diverso."

"Non me ne frega un cazzo della tua semantica, Giulio!" Scoppiò a piangere. "Io voglio che tu torni ad essere com'eri! Perché non eri così prima. Non eri così e mi manchi... anche se sei tornato... mi manchi!" Tirò su col naso. "Non sei mai stato così, prima..."

Quello era vero.

Non avrebbe potuto di certo dirle il contrario.

Gli si strinse il cuore nel petto e fece un passo verso di lei: "Isa... mi dispiace."

Allungò una mano per abbracciarla, ma lei lo vide e lo schivò: "Non mi toccare! E piantala di ripetere che ti dispiace. Perché lo dici, ma poi non fai mai niente perché le cose migliorino!"

Anche quello forse era vero.

"D'accordo." Cercò di incrociare il suo sguardo, ma lei non lo alzò. "Dimmi cosa posso fare per migliorarle. Qualunque cosa." Lei continuò a piangere in silenzio. Non se la sentiva affatto, soprattutto non dopo quella discussione, ma non vedeva altra soluzione. "Non... non dormirò più sul divano, ok? Mai più. Dormirò a letto d'ora in poi."

Isabella scrollò le spalle e poi, finalmente, lo guardò negli occhi: "Fai come vuoi."

"Voglio dormire di fianco a te." Mentì.

Si sentiva come un condannato in rotta verso il patibolo, ma non aveva scelta. Era una cosa che andava fatta, una cos che forse avrebbe dovuto fare molto tempo prima.

La seguì in camera da letto in silenzio e, sempre senza parlare, si spogliò e si infilò i pantaloni di flanella e la maglietta.

Ce la poteva fare.

Doveva ignorare quella sensazione di pesantezza che sentiva al petto e fare gli esercizi di Fontana. Inspirare ed espirare. Dentro e fuori. Come se non esistesse nient'altro al mondo. Nessun problema. Nessuna preoccupazione. Solo il presente. Nessun futuro. Ma soprattutto, nessun passato.

SABATO 14 OTTOBRE 2017

Giulio si fece un caffè di quelli schifosi della macchinetta e si accasciò sulla sua sedia in ufficio.
    Aveva passato una serata e una nottata di inferno.
    Il suo ultimo disperato tentativo di rappacificazione gli si era ritorto contro alla grande, come spesso succedeva. Si era infilato a letto diligentemente, nonostante sentisse l'aria già mancargli nei polmoni e gli incubi nuotare sotto la superficie dei suoi pensieri.
    Aveva cercato di essere forte.
    Aveva cercato di fare training autogeno.
    Aveva cercato di essere come Fontana.
    Ma sapeva che avrebbe fallito. Perché lui non era così. Non riusciva a fregarsene, non era capace di dimenticare e andare avanti.
    Il risultato era stato il solito.
    A metà notte si era sentito prima le mani, poi il viso e poi la bocca coperti di sangue, caldo e appiccicoso, mentre delle urla lancinanti gli rimbombavano nelle orecchie. Aveva tentato di svegliarsi, ma non ci era riuscito subito: solo al terzo tentativo aveva finalmente spalancato gli occhi, senza nemmeno essersi accorto di essere saltato a sedere nel letto, completamente inzuppato di sudore.
    Ovviamente aveva fatto spaventare anche Isabella.
    Era andato a fare una doccia, l'unica cosa che di solito lo faceva stare meglio, e si era lavato i denti, le mani e la faccia per sciacquare via quel sangue immaginario, ma non era servito a niente. Per il resto della notte era stato seduto sul divano con la luce accesa e lo sguardo fisso sui libri sulle mensole di fronte a lui, troppo scosso per potersi riaddormentare.
    La sua promessa di non passare più la notte in salotto era durata meno di cinque ore.
    E ora lui era stravolto e Isabella, ne era certo, era furibonda.
    Sbuffò e bevve un sorso di caffè.
    Non sapeva più cosa fare.
    I farmaci, che all'inizio lo avevano aiutato, si erano rivelati più un problema che una soluzione. E la terapia non era servita a niente. Una serie di annoiati psicologi e medici lo avevano a stento ascoltato, parlando a non finire di disordine da stress post-traumatico, come se non lo sapesse già da solo che

quegli incubi avessero a che vedere con quello che aveva vissuto durante gli anni sotto copertura.

In realtà non ci aveva mai sperato troppo che lo guarissero, sempre che ci fosse qualcosa da guarire. Molto empiricamente aveva capito quali fossero le cose che lo tenevano lontano dagli incubi — dormire sul divano, addormentarsi in silenzio, essere fisicamente stanco e mentalmente sereno — e quelle che invece glieli garantivano, prima fra tutti l'andare a dormire dopo aver litigato o discusso.

Quello della sera prima era un esempio da manuale.

Sbuffò e prese in mano il cellulare, già mezzo scarico.

Tieni troppe app aperte, devi ricordarti di chiuderle.

Glielo diceva sempre, Greta.

Scorse tra le app, chiudendole a una a una: Spotify. Instagram. Quella della banca. Whatsapp. La fotocamera. La cartella delle foto.

Stava per chiuderla ma si fermò. C'erano quattro fotografie che non aveva mai visto.

Ludovica le doveva aver scattate il giorno prima in macchina, mentre l'accompagnava all'aeroporto. Erano una serie di selfie in cui lei faceva delle boccacce e lui appariva sullo sfondo, sorridente e rilassato. In una addirittura rideva.

Erano leggermente buie, ma Giulio si trovò a sorridere lo stesso.

Chissà. Forse Ludovica, essendo del mestiere, poteva avere un qualche consiglio per i suoi incubi, se non addirittura una qualche soluzione. Non era così campata in aria, come idea.

Aprì di getto Whatsapp e cliccò sulla conversazione con Ludovica del giorno prima, ed ebbe un tuffo al cuore quando vide che era online.

Beh, non c'era da stupirsi. Chissà a che razza di festa era stata. Una di quelle che non finiscono prima dell'ora di colazione, ci avrebbe giurato.

Era online, dunque. Era lì. Cosa poteva scriverle, dunque? Che era in Commissariato perché non sopportava il pensiero di stare a casa senza niente da fare? Che non riusciva a dormire per via degli incubi? Che aveva paura a dormire nel letto? Che non sapeva più come fare a riprendere una vita normale dopo quello che aveva visto e fatto?

Chiuse la app e buttò il telefono sul tavolo. "Sei patetico..." Si disse da solo. Sospirò e si nascose la faccia tra le mani. Doveva smetterla. Era un Commissario di Polizia, non un ragazzino spaventato dai brutti sogni.

"Commissario?" La voce di Caputo gli fece aprire di botto gli occhi. "È arrivato Longhi. Lo faccio entrare?"

Annuì: "Sì. E fermati qui con noi. Vorrei che assistessi."

"Vuole che assista io?"

Oltre a lui, di là, c'era soltanto Marchi.

"Sì. So che vorresti diventare Sovrintendente. Potrebbe esserti utile fare qualcosa di diverso che stare dietro al computer..."

Caputo sorrise e il viso gli si illuminò: "Ma certo! Grazie. Grazie, Commissario."

"Prego." Gli indicò l'open space alle sue spalle. "Ora fai entrare quel tizio, per favore."

Il ragazzo sparì e tornò dopo pochi istanti seguito dal presunto stalker della Molinari.

Giulio lo guardò.

Dario Longhi non aveva l'aria di essere un assassino. Soprattutto non uno che ammazza una donna a mani nude fracassandole il cranio. Era un tipo magro e bruttino sui venticinque anni, con un importante inizio di calvizie e le spalle innevate di forfora: non esattamente il tipo da far perdere la testa alle ragazze, insomma, soprattutto non a una ragazza come Elena Molinari.

"Buongiorno, Signor Longhi. Sono il Commissario Locatelli." Gli strinse la mano e quello gli lasciò il palmo bagnato da uno strato di sudore caldiccio. Dovette fare uno sforzo per non pulirsela nei pantaloni. "Si accomodi, per favore."

Lui lo fece.

Si sedette sul bordo della sedia, quasi come volesse essere pronto per un'eventuale fuga e cominciò a farsi scrocchiare le dita delle mani.

"Sa perché l'abbiamo convocata?" Gli domandò.

Cominciò a sbattere gli occhi furiosamente e si guardò in giro.

No. Dario Longhi non era un assassino. Aveva l'aria di essere un poveraccio e nemmeno tanto sveglio.

"È per via dell'incidente in motorino, vero? Ma guardi che non è stata colpa mia. Io mi sarei fermato, ma se arrivo in ritardo con le consegne delle pizze poi mi tolgono i soldi dallo stipendio e già mi pagano una fame e..."

Giulio si schiarì la voce e alzò una mano per interrompere quello sproloquio:

"Signor Longhi... non so di che incidente in motorino lei stia parlando e nemmeno voglio saperne niente. L'ho convocata per un motivo ben diverso."

L'altro sembrò sollevato e per un attimo smise di tormentarsi le dita delle mani.

"Ah. Allora non saprei..." Mormorò. Giulio lo fissò bene in viso prima di sganciare la bomba:

"Abbiamo trovato Elena Molinari morta. Uccisa." Longhi rimase un attimo immobile, come se gli avessero sparato. Poi lasciò cadere le braccia lungo i fianchi e spalancò la bocca per dire qualcosa, ma non gli uscì un suono. Era diventato pallido al punto di sembrare lì lì per svenire o per vomitare. Caputo, che fino a quel momento era stato zitto nell'angolo a prendere appunti, fece un gesto con la testa e Giulio annuì: "Sì, portagli del caffè e dell'acqua, per favore..."

"Come... morta?" Disse alla fine Longhi, dopo essere stato in completo silenzio per quasi un minuto. Caputo tornò con un caffè e una bottiglietta d'acqua e glieli piazzò davanti ma quello non li considerò neanche. "Come fa a essere morta la mia Elena?"

Sconvolto era sconvolto. O era l'attore migliore al mondo, e questo Giulio lo dubitava dato che sembrava non avere un QI particolarmente elevato, oppure davvero non sapeva che la Molinari fosse morta.

"Come ha detto, scusi? La *sua* Elena?"

"Io e Elena... eravamo fatti per stare insieme. Stavamo per fidanzarci."

Alzò un sopracciglio: "E questo lo sapeva anche Elena?"

Le probabilità che una ragazza come lei potesse interessarsi a uno come lui erano pressoché nulle: fosse stato brutto ma intelligente o brutto ma simpatico avrebbe potuto essere ma così... no. Longhi lo guardò stralunato:

"Lei... lei doveva solo avere un po' di tempo per rendersene conto."

"Non se la prenda, ma ci hanno detto che lei con Elena avesse un rapporto ben diverso. Più simile a quello tra stalker e vittima..."

Tutto d'un tratto Longhi saltò in piedi, rovesciando la sedia: "Non è vero!" Urlò con tutto il fiato che aveva. Caputo si mosse per intervenire ma gli fece cenno di fermarsi. Giulio si alzò e sospirò:

"Signor Longhi... raccolga la sedia, si sieda e non alzi la voce con me. *Per favore.*"

Quello lo fissò per qualche istante, lui stesso sorpreso dal suo scatto d'ira, poi ubbidì. Si sistemò di nuovo davanti a lui e lo fissò con sguardo bovino. Chissà se preso da un raptus poteva essere in grado di uccidere qualcuno. Era possibile, ovviamente, anche se dalla reazione stupita che aveva avuto poco prima pareva che non sapesse nemmeno che la Molinari fosse morta.

Prese un sorso d'acqua dalla bottiglietta che Caputo gli aveva messo davanti: "Come è morta?"

Giulio rimase in piedi e appoggiò le mani alla scrivania, piegandosi verso di lui:

"L'hanno uccisa a casa della sorella. Le hanno rotto il cranio con un corpo contundente."

Longhi impallidì e rabbrividì.

"Ma perché? Chi avrebbe potuto fare una cosa del genere a Elena?"
"Questo speravo me lo potesse dire lei."
"Io la amavo. Non le avrei mai fatto del male."
Giulio inarcò le sopracciglia: "Non è che la amava un po' troppo?"
"No!" Disse l'altro alzando di nuovo la voce. Giulio lo guardò il più torvamente possibile e lo vide arrossire. "Mi scusi... è che sono sconvolto. Io la amavo veramente."

"Ma Elena non la ricambiava, giusto?"
Le spalle di Longhi, che già erano spioventi, sembrarono affossarsi ancora di più:
"Gliel'ho già detto. Aveva solo bisogno di tempo per rendersene conto. Chieda ai nostri colleghi. Non le ho mai dato fastidio..." Mugugnò.
"Lo farò. E ora mi dica. Dov'era la mattina di martedì 3 ottobre dalle 8 a mezzogiorno?
Longhi sembrò fare mente locale:
"Io... era martedì scorso?"
"Sì, esatto."
"Settimana scorsa ho fatto i turni della mattina. Quindi ero al lavoro."
"Sì, ma lei fa consegne... avrebbe potuto ucciderla tra una consegna e l'altra."
"Faccio le consegne di notte per arrotondare. Il mio lavoro di giorno è stare in cassa. Se non ci crede lo chieda al mio capo..." Aveva gli occhi pieni di lacrime e l'aria smarrita. Giulio sospirò. Non avrebbe cavato un granché d'altro da lui. Era un idiota di prima categoria e viveva in un mondo tutto suo dove lui e Elena stavano per fidanzarsi, ma non era un assassino.
Anche Dario Longhi era stato un buco nell'acqua.

Il messaggio di Giovanni era arrivato da più di un'ora, ma a Veronica tremavano ancora le mani. Da quando se ne era andata di casa gliene aveva mandati a decine, ma questo era diverso dagli altri. Questo le faceva paura.
Prese in mano il telefono e lo rilesse.
Pensi di esserti nascosta bene? Stupida puttana. Vengo a prenderti e ti ammazzo.
Un'ondata di nausea la pervase e sentì in bocca un sapore metallico; il cellulare le cadde in grembo, ma lo lasciò lì.
Il suo primo istinto era stato quello di correre fuori di casa e scappare, ma si

era subito bloccata. Dove voleva andare? Non c'era un posto più sicuro della casa di Ludovica. E lui non poteva sapere che lei fosse lì.
O almeno così sperava.

Da lunedì non aveva più messo piede fuori di casa come da ordine del Commissario Locatelli, ma prima di allora ovviamente era uscita, era persino andata al lavoro. Se l'avesse vista allora? Magari la settimana precedente l'aveva vista e seguita, aspettando di trovarla sola per ammazzarla. Poteva essere andata così.

E poi c'era la storia della farmacia.

Anche se aveva promesso e giurato che non sarebbe uscita di casa, quella mattina aveva fatto una piccola eccezione per correre alla parafarmacia all'angolo. Non poteva aspettare. Ed era stata una cosa di un minuto. Non aveva nemmeno pensato che lui potesse essere in zona e vederla. Abitava e lavorava dall'altra parte della città, per Dio.

Ma tutto poteva essere.

Che l'avesse vista lì? O mentre tornava a casa?

L'avrebbe trovata e ammazzata, di quello era certa.

Veronica rabbrividì.

Avrebbe tanto voluto che Ludovica non fosse a Berlino. Ma era stata lei a tranquillizzarla e a dirle di partire pure, che non c'era niente di cui preoccuparsi.

E invece...

Un rumore in strada la fece sobbalzare. Il cuore prese a martellarle in petto talmente forte che per un secondo fu quasi sicura che avrebbe avuto un infarto.

Con le mani che le tremavano fece l'unica cosa che poteva fare in quel momento per cercare di rimediare al suo errore e compose il numero del Commissario Locatelli. Lui, grazie a Dio, rispose al secondo squillo.

"Sono Veronica De Luca. Credo che mio marito mi abbia trovato."

Giulio arrivò davanti alla villetta di Ludovica a sirene spiegate, attirando gli sguardi curiosi di alcuni passanti. Si precipitò alla porta e suonò.

"Sono Giulio. Aprimi!"

Si guardò in giro alla ricerca di un qualsiasi segno sospetto, ma nella luce piena del pomeriggio tutto sembrava normale e tranquillo. Quando lei aprì la porta, solo uno spiraglio, lui si infilò dentro, chiudendosela subito alle spalle. Veronica aveva gli occhi sbarrati e tremava violentemente, il viso di un pallore quasi impressionante.

"Sta venendo ad ammazzarmi!" Gli buttò le braccia al collo e lo strinse al punto di fargli male, ma la lasciò fare.

"Calmati, per favore. Raccontami cosa è successo."

"È colpa mia. Mi avevi detto di non uscire, ma io oggi pomeriggio sono andata in farmacia cinque minuti e quando sono tornata... mi è arrivato questo messaggio." Si sciolse dall'abbraccio e gli mostrò il telefono. Lui lo lesse e si morse un labbro.

"Vieni, andiamo di là." La pilotò verso il salotto e la fece sedere sul divano. Perché la gente non gli desse mai retta quando si trattava della loro incolumità per lui sarebbe sempre rimasto un mistero. Mai una volta che qualcuno lo ascoltasse e se ne stesse al sicuro. Eh no. Tutti quanti avevano sempre la brillante idea di *uscire un attimino* o di *andare un secondo a comprare il giornale* rischiando di farsi ammazzare. "Non saresti dovuta uscire, mi sembrava di essere stato abbastanza chiaro." Sbottò, anche se sapeva che ormai non serviva a niente.

Lei scoppiò a piangere ancora più forte e Giulio si pentì immediatamente di aver usato quel tono con lei.

"Lo so... sono un'idiota." Singhiozzò. Rimproverarla in quel momento non solo era inutile, era anche controproducente. Le appoggiò una mano sulla spalla:

"Dai, non fare così. So che è difficile rimanere chiusi in casa per lunghi periodi di tempo... e ormai quel che è fatto è fatto. Non ci resta che risolvere la situazione."

"Non si risolverà un bel niente! Sono nella merda in tutto e per tutto!" Si nascose la faccia tra le mani e continuò a singhiozzare. Il pianto la stava scuotendo da capo a piedi. Giulio si sedette di fianco a lei e le cinse le spalle con un abbraccio. Non sapeva davvero cosa dirle per farla stare meglio.

Sospirò.

Cercava di evitare quelle situazioni proprio perché sapeva di essere negato. Anni prima, in un buco dimenticato da Dio in Siberia, Farah glielo aveva detto senza tanti giri di parole.

Non sei un granché a consolare le ragazze che piangono.

Aveva dovuto darle ragione.

È per quello che cerco di non farle piangere.

Lei era scoppiata a ridere e si era asciugata gli occhi.

Ritiro quello che ho detto. Non sei poi così male... soprattutto considerando che non è colpa tua se sto singhiozzando come una bambina dell'asilo.

Guardò Veronica. Forse avrebbe dovuto cercare di farla ridere. Ma come?

Non la conosceva come conosceva Farah. E lei stava piangendo perché aveva paura che suo marito la ammazzasse, non perché Fontana si era comportato in maniera discutibile e a tratti incomprensibile come spesso faceva.

No, forse un po' di realismo sarebbe stato meglio.

"Guarda il lato positivo. Ho già parlato con la PM Arduino. È una tosta. E ha già ordinato l'arresto di Giovanni. I miei uomini lo stanno già cercando e ti assicuro che lo troveranno e la Arduino è una che non lascia che le cose..."

"Sono incinta."

La voce gli morì in gola. Rimase con la bocca aperta e ci mise qualche secondo a ricordarsi di chiuderla, deglutire e continuare a respirare.

"È per quello che sono andata in farmacia. In mezzo a tutto il casino che è stata la mia vita da settembre a questa parte non mi ero resa conto di essere così in ritardo. E quando me ne sono resa conto non sono riuscita ad aspettare... dovevo saperlo." La voce le si spense in un pianto sommesso.

Se un attimo prima aveva pensato di trovarsi al di fuori del suo elemento, ora la situazione era precipitata a tal punto che non sapeva nemmeno da dove iniziare. Perché mai lo stava raccontando a lui?

Avrebbe tanto voluto che ci fossero lì la Rizzo o Ludovica. Loro avrebbero sicuramente saputo come affrontare una situazione del genere.

"Scusami, non so cosa dire..."

La verità era meglio che niente.

Lei lo guardò e accennò un sorriso triste:

"Non ti preoccupare. Se fossi in te non saprei nemmeno io cosa dire." Giulio annuì e appoggiò la schiena allo schienale del divano, improvvisamente esausto. Lei fece lo stesso e gli appoggiò la testa a una spalla: "Sono completamente fottuta."

Fece per aprire la bocca e dirle che non era vero, ma decise di non farlo. Mentirle non sarebbe servito a molto.

"Spero che non ti dispiaccia... ma ho avvertito Ludovica mentre venivo qui. Del messaggio di Giovanni, ovviamente. Non della gravidanza. Quello ancora non lo sapevo."

La sentì annuire contro la sua spalla:

"Grazie."

"È corsa all'aeroporto e sta cercando di tornare già stasera... ma nel frattempo starò qua io con te. Finché non troviamo tuo marito non voglio che tu stia da sola."

"Lo arresterete?" Chiese lei quasi sussurrando.

"Al più presto. Ma tu devi promettermi di non uscire più di casa finché non saremo sicuri che non possa farti del male."

"Te lo prometto." Il telefono gli vibrò nella tasca della giacca e lo pescò per controllare.

Sospirò di sollievo.

"È Ludovica. Arriva stasera."

Veronica si drizzò a sedere e si abbracciò le ginocchia: "Le ho rovinato il weekend."

Giulio scosse la testa e sorrise: "Non mi preoccuperei troppo. Quando le ho parlato mezz'ora fa si era appena svegliata e sembrava ancora ubriaca da ieri sera... quindi credo che abbia avuto la sua dose di divertimento."

"E l'ho rovinato anche a te.... Avrai avuto sicuramente qualcosa di meglio da fare che farmi da balia."

Pensò all'atmosfera di gelido rancore che ci sarebbe stata a casa sua se fosse stato lì in quel momento. Isabella non era una che lasciava finire le liti in fretta. Anzi: i suoi musi erano famosi per durare giorni.

"So che non mi crederai... ma no, non avevo niente di meglio da fare."

Veronica lo fissò e aggrottò le sopracciglia: "Pensavo avessi una moglie..."

"Sì... infatti. Ce l'ho."

Nel momento stesso in cui lo disse si rese conto di come gli suonavano vuote quelle parole. Chiuse gli occhi e sospirò. Sì, aveva una moglie. Ma da quanto tempo era che non lo diceva più con la giusta dose di sentimento? Mesi? Anni? Non se lo ricordava nemmeno più.

Anche se aveva ancora gli occhi chiusi sapeva di avere lo sguardo di Veronica fisso su di lui. Poi la sentì sospirare: "È brutto quando ci si accorge che il proprio matrimonio è diventato una farsa."

Aprì gli occhi di scatto: "Come, scusa?"

Lei arrossì e scrollò le spalle:

"Scusami... stavo parlando di me, ovviamente..."

Giulio sospirò: "No. Stavi parlando di me."

"Non intendevo dire niente... non so nulla del tuo matrimonio. Non so nemmeno perché l'ho detto. Scusami."

Abbassò gli occhi: "Non devi scusarti." Il cuore gli stava battendo un filo più veloce del solito. "Ci hai preso in pieno."

Era la prima volta che lo ammetteva ad alta voce e gli faceva un certo effetto.

"Mi spiace." Disse lei con un sospiro. Giulio annuì e rimasero in silenzio per quella che gli sembrò un'eternità. Ma non era un silenzio spiacevole. Anzi.

"Come lo hai capito?" Chiese alla fine lui. Veronica scrollò le spalle:

"Ti ho visto quattro volte in croce… e tutte le volte sembrava che il solo pensiero di tornare a casa tua fosse una tortura."

Maledizione. Se se ne era accorta lei, che se ne fossero accorti tutti?

"Non pensavo di essere così… ovvio. Così trasparente."

"Non lo sei. È che… diciamo che ho l'occhio allenato quando si tratta di infelicità coniugale." Giulio tirò quasi un sospiro di sollievo. Quasi.

"Posso… io… non…" Cercò le parole, ma non gli vennero. Sentiva come una specie di sensazione di peso alla bocca dello stomaco.

Lei lo guardò e annuì: "Non ti preoccupare. Non lo dirò a nessuno." Giulio si sentì immediatamente meglio. "Non lo dirò nemmeno a Ludovica."

"Grazie." Non sapeva perché la cosa lo sollevasse così tanto.

"Tu però dovresti promettermi di non dire a nessuno della mia gravidanza. Nemmeno a Ludovica."

Una strana richiesta. Inarcò un sopracciglio, ma poi annuì: "Ma certo. Non è affar mio. Non le dirò niente."

"È che… non so ancora cosa voglio fare. Col bambino, intendo. Ho bisogno di tempo per pensarci da sola, senza che tutti mi dicano la loro opinione in proposito."

"Ti capisco." Chiuse di nuovo gli occhi. Anche lui aveva bisogno di tempo per pensare e per riordinare le idee nella sua mente in subbuglio. Ne aveva bisogno, ma il problema era che sembrava che nessuno volesse dargli abbastanza tempo nemmeno per prendere fiato quella settimana, figurarsi per mettere ordine tra cuore e cervello.

DOMENICA 15 OTTOBRE 2017

Se non fosse stato per il groppo che sentiva in gola, Ludovica si sarebbe potuta addormentare in taxi. Il volo era partito con più di un'ora di ritardo e in aereo non era riuscita a chiudere occhio, completamente attanagliata dal senso di colpa. Non aveva fatto altro che pensare a Veronica e alla paura che doveva aver avuto quando le era arrivato il messaggio di quel pezzo di merda di Giovanni.

Lo maledisse e subito dopo maledisse sé stessa.

Perché non era stata a casa? Che bisogno c'era di andare a Berlino proprio in quel momento?

Nessuno.

Se non il bisogno di saziare il suo insensato e continuo desiderio di divertirsi.

E guarda com'era andata a finire.

Aveva promesso a Veronica che si sarebbe occupata di lei e invece l'aveva lasciata sola proprio nel momento peggiore. Aveva fatto esattamente il contrario di quello che avrebbe dovuto.

Sentì gli occhi che le si riempivano di lacrime, ma le ricacciò da dove erano venute: il taxi stava fermandosi davanti a casa sua ed era ora di essere forte.

Di casini ne aveva già combinati abbastanza andando a Berlino, ora non si poteva permettere il lusso di frignare. Doveva agire.

Entrò in casa e tese l'orecchio. Tutto taceva, ma la luce dell'abat-jour in salotto era accesa. Appoggiò la borsa per terra ed entrò in soggiorno in punta di piedi. Veronica era sdraiata sul divano, profondamente addormentata con una coperta addosso. Aveva il viso arrossato dal pianto, ma a parte quello sembrava tranquilla. Giulio, invece, era seduto sulla poltrona di fianco a lei, anche lui addormentato, ma girato con fare protettivo verso il divano. Aveva l'aria stravolta. L'aveva chiamata alle quattro del pomeriggio ed ora era passata la mezzanotte. Era lì da più di otto ore a vegliare sulla sua amica. Sentì allo stesso tempo una sensazione di estrema gratitudine e un enorme senso di colpa. Gli occhi le si riempirono di nuovo di lacrime e di nuovo le inghiottì, ricacciandole indietro.

Piangere non sarebbe servito a niente.

Fece un passo in avanti e il parquet le scricchiolò sotto i piedi. Giulio si mosse e aprì lentamente gli occhi.

"Dottoressa..." Sbatté le palpebre un paio di volte e la guardò. Cercò di sorridergli, ma si rese conto di non riuscirci per niente. Lui si stropicciò la faccia e si alzò. Una spalla gli scrocchiò e se la massaggiò con aria distratta, restando ancora in silenzio e guardandola con fare un po' assente. "Devo essermi addormentato, scusami."

Ludovica cercò per la terza volta di fila di non piangere. Era stato otto ore a far quello che avrebbe dovuto fare lei e si scusava pure per essere crollato dal sonno? Il senso di colpa la stava schiacciando sempre di più.

"Non scusarti. Andiamo di là..."

―――

Giulio seguì Ludovica in cucina, si sedette su uno sgabello intorno all'isola di cottura e si sistemò il nodo della cravatta. Aveva la schiena irrigidita e la testa ancora confusa dal sonno, per non parlare della gola secca per la sete e lo stomaco che brontolava dalla fame. Era mezzanotte e mezza. Tolto il pisolino sulla poltrona, durato poco più di mezz'ora, non dormiva da 22 ore e non mangiava da mezzogiorno. Si sentiva letteralmente a pezzi.

"Non sarei mai dovuta andare a Berlino!" Sbottò Ludovica, tirando un pugno sul bancone. Lui sobbalzò e scosse la testa:
"Non è colpa tua..."
"Sì che lo è! Sarei dovuta stare qui. E invece sono andata a Berlino per un*a festa*!"
Giulio sospirò: "Anche se fossi stata qui non saresti mai stata giorno e notte in casa a controllare Veronica... non sei un cane da guardia. E nemmeno la sua balia."
"Ma sono sua amica da mille anni e avrei dovuto starle vicino!"
"Adesso sei qui. E quello è l'importante."
"Lo dici solo per farmi sentire meglio."
Gli venne quasi da ridere. Far sentire meglio gli altri non era proprio il suo forte.
"Lo dico perché è vero."
Lei annuì e sembrò calmarsi un po'. Aprì il frigo:
"Hai fame? Posso offrirti del prosciutto crudo... delle olive... dei fiori di cappero... e dei taralli. Mi spiace ma non ho altro di pronto..."
A Giulio venne l'acquolina in bocca come se gli avessero offerto una cena in un ristorante stellato:
"Va benissimo quello che hai, grazie."
"Hai sete?"
"Anche. E sonno. Ma soprattutto fame e sete."
Ludovica gli mise davanti i barattoli delle olive e dei capperi, il pacchetto del prosciutto e il sacchetto dei taralli. Poi gli aprì una birra e ne prese una anche per se stessa:
"Spero che non succeda di nuovo... ma nel caso succedesse, la prossima volta sentiti libero di fare come se fossi a casa a tua. *Mi frigo es tu frigo*..."
Giulio sorrise e divorò un paio di taralli, qualche oliva e una fetta di prosciutto.
"A dire il vero ho avuto la tentazione di bere un po' del tuo rum di là in salotto... ma poi mi devo essere addormentato."
Ludovica si sedette di fianco a lui e gli appoggiò una mano sul braccio. Anche attraverso la giacca e la camicia gli sembrò che la mano di lei fosse bollente.
"Non so come ringraziarti, Giulio."
"È il mio lavoro."
"No. È la notte tra sabato e domenica e sei qui da più di otto ore. Hai una casa... e una moglie. E invece che essere comodo nel tuo letto con lei sei qui a romperti le palle per colpa mia. Ti devo delle scuse e anche dei grandi

ringraziamenti." Lo fissò serissima, la mano sempre sul suo braccio. Giulio sospirò. Durante il pomeriggio e la serata Isabella lo aveva chiamato tre volte e ogni volta era stata più spiacevole della precedente. Aveva cercato di spiegarle che fosse un'emergenza ma lei era andata su tutte le furie.

Sei il capo, non puoi farlo fare a qualcun altro?

Certo che avrebbe potuto, ma il punto era che si era reso conto di volerlo fare lui. Non voleva nemmeno per un secondo che Veronica si sentisse abbandonata e che cambiasse idea sulla denuncia. Aveva provato a dirglielo, ma si era spiegato malissimo e Isabella se l'era presa ancora di più e gli aveva attaccato il telefono in faccia.

"Non scusarti. Anche se fossi a casa in questo momento dubito che sarei a letto."

Ludovica lo guardò inarcando le sopracciglia:

"Davvero? Perché hai l'aria stravolta di uno che avrebbe bisogno di dormire per due giorni di fila..."

Giulio annuì. La sentiva, la stanchezza, ovviamente. Ma sapeva anche che una volta arrivato a casa avrebbe litigato con Isabella e che sarebbe andato a dormire con la certezza di avere davanti a sé una notte piena di incubi.

"È una storia un po' lunga..."

Lei lo fissò: "Mi sembri un uomo con il dono della sintesi."

Era troppo stanco per opporsi, quindi scrollò le spalle: "Da quando sono tornato... ho problemi a dormire. Ho degli incubi ricorrenti e quindi, a volte... anche se sono stanco... non ho molta voglia di andare a letto. Tutto qui."

Scrutò il viso di Ludovica per vedere se lo stesse guardando come se fosse un mentecatto, ma non lo stava facendo. Anzi. Lo guardava come lo guardava sempre, con uno sguardo sinceramente interessato.

"Se mai ne volessi parlare..." Buttò lì lei, senza però insistere. Ringraziò Dio che avesse capito che non aveva nessuna intenzione di discuterne in quel momento. Guardò la sua birra quasi vuota e sospirò:

"Ti ringrazio, Dottoressa. Un giorno te ne parlerò con calma." Diede un occhio all'orologio. "Ora è un po' tardi... tu e Veronica dovete andare a dormire. E io devo andare a casa." Non ne aveva voglia, ma non poteva stare lì per sempre.

Lo guardò negli occhi con uno sguardo che sembrava volesse leggergli nel pensiero e annuì. Giulio si alzò:

"Buona notte, allora..."

Anche lei si alzò, in modo da guardarlo faccia a faccia. Gli appoggiò una mano sulla spalla e Giulio sorrise lievemente. Gli sorrise anche lei.

"Buona notte a te, Giulio. E grazie."

Era la una del mattino e di Giulio neanche l'ombra. L'ultima volta che l'aveva chiamato erano quasi le undici e ora, anche se avrebbe voluto chiamarlo di nuovo solo per mandarlo a cagare, Isabella decise che sarebbe stato meglio aspettare che arrivasse a casa per cazziarlo di persona. Anche perché per telefono lui aveva il dono di dire che doveva andare, che doveva mettere giù, che qualcuno aveva bisogno di lui. Perché c'era sempre qualcuno che aveva bisogno di lui, a quanto pareva, ed era sempre più importante di lei.

Sempre.

Ci sarebbe dovuta essere abituata, ormai, e invece...

Ogni volta che succedeva era peggio della precedente e lei si sentiva un po' più trascurata e un po' più insignificante.

E se c'era una cosa che non voleva era sentirsi in quel modo: una specie di moglie disperata che aspetta invano che il marito torni nel mezzo della notte. Per fare cosa, poi? Per piantonare la casa di una tizia minacciata dal marito. Un lavoro che avrebbe potuto benissimo fare un qualunque agente, anche uno appena entrato in Polizia. Ma figuriamoci! Suo marito, l'eroe, doveva farlo di persona per motivi che lei stentava a capire.

Forse giusto per stare fuori di casa, lontano da lei.

Le si riempirono gli occhi di lacrime e se le asciugò furiosamente con il dorso della mano.

Piangere come una cretina non serviva a niente.

Isabella sospirò profondamente e si alzò dal divano. Non riusciva più a stare seduta, quindi cominciò a camminare avanti e indietro per il salotto, come faceva una volta mentre ripeteva ad alta voce per l'esame di stato. Camminare l'aveva sempre aiutata a riflettere e a calmarsi, a mettere a fuoco i problemi e a partorire le eventuali soluzioni.

Chi si credeva di essere Giulio?

Quella sua aria pacata e quel suo sguardo indecifrabile la facevano andare in bestia. Non era possibile che non capisse che quello non era il modo di comportarsi, quindi l'unica altra opzione era che lo capisse eccome e se ne sbattesse.

Non posso venire a casa adesso, è una situazione delicata.

Certo, come al solito. Erano sempre tutte situazioni delicate, cose importanti, persone bisognose. Forse, in realtà, erano tutte balle. Forse Raffaele aveva ragione a chiederle, ciclicamente, se fosse sicura che Giulio non avesse un'altra. Magari ce l'aveva per davvero, da anni, e l'aveva sempre fatta fessa. O magari ne aveva avute mille prima, durante e dopo la vita sotto copertura.

Isabella scosse la testa e smise di colpo di camminare.

No.

Aveva spiato ossessivamente il suo cellulare negli ultimi mesi, mentre lui era sotto la doccia, ma non ci aveva trovato mai niente di interessante. Non aveva nemmeno la password nel telefono, Santo Cielo. Non aveva trovato niente. Pochissimi messaggi, quasi tutti dei suoi fratelli e di Federico, foto del tutto innocue e un registro delle chiamate recenti che mostrava solo una cosa: che a suo marito non piaceva parlare al telefono più dello stretto necessario.

Quindi aveva lasciato perdere il cellulare ed era passata ai vestiti. Aveva frugato nelle sue tasche e nel portafoglio, anche se non era certa di sapere esattamente cosa cercare: un indizio forse, uno scontrino incriminante per un mazzo di rose o un numero di telefono, anche se ormai nessuno li scriveva più a mano, o magari persino un preservativo. Invece niente. Nelle tasche aveva solo trovato monete e scontrini insignificanti che le avevano fatto scoprire poco o niente, a parte il fatto che spesso verso le 13:30 Giulio era al supermercato vicino al Commissariato, dove comprava, a turno, vaschette di bresaola o scatolette di tonno. Per quanto non li trovasse due pasti nutrizionalmente solidi, Isabella aveva dovuto ammettere che non erano certo segni di un marito fedifrago. Il portafoglio era servito ancora a meno: ci teneva solo pochi contanti, le carte di credito, la patente, la carta d'identità e il tesserino della Polizia. Tutte cose nella norma e per niente sospette.

In un ultimo disperato tentativo era entrata nell'account di e-banking di suo marito. Lì la password ce l'aveva ma era talmente scontata che l'aveva indovinata al primo colpo. Aveva cercato ingenti prelievi di contanti al bancomat o pagamenti di camere d'albergo o ristoranti, ma anche lì era rimasta a bocca asciutta: più che transazioni con il telepass, andando e tornando dall'Alto Adige dove viveva suo nonno, pagamenti di utenze e qualche spesa innocua qua e là... non c'era niente.

Quindi no. Non aveva ragione di credere che negli ultimi mesi Giulio l'avesse tradita, a meno che avesse trovato l'unica amante al mondo a non costare un centesimo e a non lasciare tracce.

Isabella riprese a camminare per il salotto.

No, la spiegazione doveva essere un'altra e solo una persona poteva dargliela.

Il rumore delle chiavi nella toppa interruppe i suoi pensieri.

Era l'una e venti, ma non aveva sonno.

Era ora di capire, una volta per tutte, cosa pensasse suo marito.

"Si può sapere dove cazzo sei stato?"

Giulio sobbalzò e alzò lo sguardo. Isabella era in piedi sulla soglia del salotto, in pigiama, con le mani sui fianchi e uno sguardo a dir poco truce.

Appoggiò le chiavi sul tavolino vicino alla porta e sospirò. Non aveva nemmeno fatto in tempo a togliersi la giacca. Forse sarebbe stato meglio dormire in macchina.

"Te l'ho detto al telefono. Ero a casa di una donna che è stata minacciata di morte dal marito."

Ovviamente quella spiegazione non sarebbe bastata. Isabella aveva gli occhi stretti a fessura e il volto rosso di rabbia, dunque le probabilità che lasciasse perdere e soprattutto che lo lasciasse andare a dormire erano più o meno nulle.

"Fino ad adesso? Ma sai almeno che ore sono?"

"Sì, fino ad adesso. E sì, è quasi l'una e mezza del mattino."

"E ti sembra normale? Potevi lasciarci un piantone a casa di quella!"

"No, non potevo. Non volevo che cambiasse idea sulla denuncia contro il marito. È una situazione…"

"Delicata? Complicata? Lo so. Dici sempre così." Sibilò Isabella.

"È il mio lavoro avere a che fare con situazioni del genere."

"No, Giulio. Il tuo lavoro è fare il poliziotto. Non lo psicologo, l'assistente sociale o la guardia del corpo!" Ribatté lei. Giulio cercò di non lasciare che il volume della sua voce gli urtasse i nervi più dello stretto necessario.

"Cosa vuoi che ti dica per far durare il meno possibile questa discussione? Sono stanco morto, Isa. Ti scongiuro, dimmelo."

"Non voglio che tu mi dica niente! Non sono *una pazza* a cui dare ragione per farla stare zitta!" Ecco, aveva detto la cosa sbagliata e lei ora stava urlando ancora di più.

"Non ho mai detto che tu sia una pazza. Ti sto solo scongiurando di lasciarmi riposare perché sono giorni che dormo al massimo tre ore per notte e non riesco a stare in piedi…"

"Però sei riuscito a stare in piedi fino adesso a casa di quella…"

Una fitta di mal di testa particolarmente violenta gli fece digrignare i denti. Tirò una manata al muro: "Dio Santo, Isabella, piantala!"

Non era stata sua intenzione urlare, ma ormai lo aveva fatto.

Lei si bloccò immediatamente, ma continuò a guardarlo con uno sguardo che gli parve... soddisfatto, forse? Sì. Era proprio soddisfatta, come se avergli fatto perdere le staffe fosse stata una vittoria. Quella faccia era peggio di tutto il resto messo insieme. Peggio delle grida. Peggio dei musi lunghi. Peggio delle recriminazioni. Deglutì e abbassò la voce di un'ottava: "Vuoi smetterla di prendertela con quella poveretta? Non ha niente a che fare con me o con te o con il motivo per cui ce l'hai tanto con me. Lascia il mio lavoro fuori da questa storia."

"Da che storia?"

"Da questa…" Giulio indicò vagamente lo spazio tra loro due e cercò di abbassare ulteriormente la voce. "Non è colpa mia se il mio lavoro non ti va a genio. Ti ho sempre detto che avrei fatto il poliziotto. Eppure mi hai voluto sposare lo stesso. E adesso, dopo dieci anni, mi tormenti ancora per una cosa che non posso cambiare… ti rendi conto dell'assurdità?"

"Non puoi o non vuoi cambiarla?"

"*Non posso* perché ormai è tardi. E *non voglio* perché questo è il mio lavoro e mi piace. Quindi fattene una ragione e lasciami andare a dormire che non ne posso più…"

"Ma certo, vai a dormire! Ovviamente sul divano, vero? Così non ti vengono gli incubi…"

"No, Isabella. Dormo sul divano perché non ho nessuna voglia di dormire vicino a te." Appena lo disse la guardò negli occhi e gli sembrò sorpresa per una frazione di secondo, prima di passare dallo stupore alla rabbia:

"Fai quel cazzo che ti pare…" Sibilò prima di andare in camera da letto e sbattere la porta. Giulio sospirò e si tolse la cravatta e le scarpe prima di andare in bagno a farsi una doccia. Non solo avrebbe dovuto dormire sul divano, ma avrebbe dovuto farlo senza pigiama dato che Isabella si era chiusa in camera togliendogli l'accesso all'armadio.

Poco importava, era talmente stravolto che era un miracolo che non si addormentasse in piedi.

Era tanto che Isabella non dormiva così male. Aveva tentato di prendere sonno in tutti i modi, ma la lite con Giulio l'aveva scossa più del solito, anche se non capiva perché.

Litigare con lui non era certo una novità: nell'ultimo anno praticamente non avevano fatto altro, ma era come se la lite della notte prima fosse stata in qualche modo diversa. Forse perché era riuscita, seppur brevemente, a fargli alzare la voce e a farlo reagire? Era una consolazione piuttosto magra, dato che comunque lui era riuscito a dire tutto e niente come suo solito e, smacco finale, si era rifugiato a dormire su quel maledetto divano, lasciandola come sempre sola a letto.

Guardò l'ora. Erano le otto. Di dormire ancora non se ne parlava. Si era rigirata tra le lenzuola tutta notte e di stare a letto non ne aveva più voglia.

Sospirò.

Non si era mai sentita così in vita sua.

Sola.

Indecisa.

Demoralizzata.

Il telefono vibrò sul comodino, distogliendola dai suoi pensieri. Allungò una mano, guardò la notifica e il cellulare le cadde quasi per terra.

Era un messaggio di Stefano.

Sentì di colpo il cuore batterle a velocità raddoppiata.

Perché le stava scrivendo? Gli aveva detto di lasciarla in pace, che tra loro era tutto finito, che quei mesi durante i quali si erano visti erano stati un grosso errore. Era stata categorica quando gli aveva detto che non le avrebbe mai più dovuto scrivere, talmente chiara che quando lui, effettivamente, era sparito dalla circolazione lei ci era rimasta quasi male. Ma quella del taglio netto era l'unica soluzione. Si era imposta di non pensare più né a lui né alla loro storia e ci era riuscita, per la maggior parte, tolti i momenti in cui si sentiva talmente in colpa che non riusciva a pensare ad altro.

Ed ora eccolo lì che tornava a scriverle dopo mesi di silenzio, come se lei non avesse già abbastanza pensieri per la testa. Perché come diceva sempre Raffi, prima o poi ritornano. Tutti. E sempre nei momenti meno adatti.

Avrebbe dovuto cancellare il messaggio senza leggerlo.

Avrebbe dovuto, ma non ce l'avrebbe mai fatta.

Sospirò e lo aprì.

Via il dente via il dolore, no?

Ieri ti ho visto in Via Torino. So che mi hai detto di non scriverti più, ma come faccio? Anche dopo tutto questo tempo non riesco a smettere di pensare a te. Mi manchi. Ho voglia di vederti. Ti prego.

L'aveva vista il giorno prima, ma non si era fatto vedere.

Forse perché lei era lì con Raffaele? O forse perché non aveva avuto il coraggio di andare a salutarla?

La ragione poco importava.

L'aveva vista e aveva deciso di scriverle perché aveva voglia di vederla.

E la verità era che, in un certo senso, anche lei aveva voglia di vederlo. Aveva voglia di vedere una persona che aveva voglia di vederla. E aveva voglia di essere guardata, di essere vista, di essere considerata. Aveva voglia di essere abbracciata e baciata, aveva voglia di sentire il peso del corpo di Stefano sopra di lei.

Sì. Anche lui le mancava, ma non era quello il punto.

Le mancava, ma allo stesso tempo lo detestava perché rappresentava tutto quello che c'era di sbagliato nella sua vita e la distraeva da quello che importava veramente.

Giulio era a pochi metri da lei, in linea d'aria, e non era quello il momento di mettersi a scrivere a Stefano su Whatsapp.

Appoggiò il telefono sul comodino e sospirò.

Ci avrebbe pensato più tardi.

Si alzò, aprì lentamente la porta della camera da letto e coprì i pochi metri che la separavano dal salotto in punta di piedi.

In casa regnava completo silenzio, al punto che si chiese se Giulio fosse già uscito, ma dopo qualche secondo si rese conto che no, lui era ancora lì. Era sdraiato sul divano a pancia in su, addosso solo i boxer scozzesi, con il plaid mezzo buttato addosso e il torace che si alzava e abbassava ritmicamente, mentre respirava con la bocca un filo aperta.

Così rilassato, con i capelli spettinati e l'espressione serena, sembrava quasi il ragazzo che aveva conosciuto nel chiostro della Statale. Nonostante fossero passati quindici anni non era cambiato molto: non era ingrassato come molti loro coetanei e aveva ancora tutti i capelli al loro posto. L'espressione, invece, non era più la stessa: sorrideva sempre meno e aveva il viso quasi sempre leggermente imbronciato, anche se quando rideva, ormai sempre più di rado, gli venivano ancora quelle fossette che lei aveva trovato così carine quando lo aveva conosciuto.

Le cadde l'occhio su una cicatrice lunga una decina di centimetri che aveva sul fianco sinistro, ma distolse subito lo sguardo. Non l'aveva sempre avuta. Era comparsa l'anno prima, dopo mesi che non si vedevano, dopo settimane particolarmente difficili in cui lui non aveva potuto farsi sentire per niente. Quando gli aveva chiesto cosa fosse successo lui aveva risposto con un laconico *non è niente*, come se il fatto che suo marito avesse quello che sembrava il segno di una coltellata sul corpo non fosse affar suo.

Rimase immobile in piedi sull'angolo del salotto a guardarlo dormire per qualche minuto.

Era vero, allora. Sul divano, lontano da lei, dormiva davvero bene. Le venne un po' da piangere, ma avrebbe voluto anche prenderlo a schiaffi. Come faceva a non capire che così non si poteva vivere?

Appena lo vide muoversi si allontanò in punta di piedi dal divano e si mise davanti ai fornelli, in modo da non essere né troppo vicina né troppo lontana da lui.

Non sapeva cosa pensare, né tanto meno cosa fare.

Per la prima volta in vita sua, avrebbe voluto essere diversa, magari una di quelle persone che riescono a riprendersi dalle liti come se niente fosse e a dimenticare tutto nel giro di pochi minuti.
Come cavolo facevano?
Giulio, naturalmente, era uno di quelli. Cinque minuti dopo aver litigato furiosamente era in grado, come se niente fosse, di parlare con il più normale dei toni, magari anche di scherzare e scusarsi come se nulla fosse mai successo.
Anche su quello erano opposti.
Possibile che sua madre avesse ragione?
Forse era davvero una cagata quella degli opposti che si attraggono. O meglio: prima si attraggono, ma poi, inevitabilmente, finiscono per navigare in galassie diverse.

Giulio aprì gli occhi e la prima cosa che vide fu Isabella, girata quasi di schiena ad armeggiare con la lavastoviglie.
Erano da poco passate le otto.
Tra stare a casa di Ludovica fino all'una passata, tornare a casa, litigare con sua moglie, fare la doccia e cercare invano di addormentarsi aveva dormito circa quattro ore.
Non poteva andare avanti così.
Sarebbe impazzito o avrebbe fatto un incidente in macchina o, ancora peggio, avrebbe commesso un qualche errore imperdonabile sul lavoro. Sospirò. Avrebbe voluto continuare a dormire, ma Isabella stava svuotando la lavapiatti a pochi metri da lui, e il rumore di mobiletti e stoviglie faceva sì che fosse impossibile riprendere sonno, quindi si mise a sedere sul divano. Lei continuò a trafficare in cucina, stando ben attenta a non girarsi mai verso di lui, anche se era più che ovvio che lo avesse visto con la coda dell'occhio. Ce l'aveva ancora con lui. Come sempre, del resto. Perché Isabella era oro olimpico nel tenere il muso per giorni e non perdeva mai occasione di ricordarglielo.
Giulio sbuffò, buttò da parte il plaid e si alzò. Faceva freddo. La fissò per qualche istante, poi scrollò le spalle e andò a vestirsi per non congelare. Si infilò pantaloni, camicia e golf. Doveva riuscire a pensare a un modo per riuscire a fare pace con lei. L'esperienza gli diceva che fosse impossibile, ma una volta tornato in salotto fece lo stesso un tentativo:
"Buongiorno..." Disse col tono più amichevole che gli riuscì.

Isabella non smise di pulire il piano della cucina anche se era già perfettamente pulito e la vide irrigidirsi.

"Buongiorno…" Bofonchiò senza girarsi. Era già qualcosa. Spesso, dopo che avevano litigato, nemmeno lo salutava.

Pescò due capsule dal vaso in cui le tenevano: "Caffè?"

"No, grazie." Di nuovo non si girò nemmeno a guardarlo.

Giulio lasciò cadere una capsula nel vaso e mise l'altra nella macchinetta. Guardò il liquido scuro scendere nella tazza, cercando di raccogliere tutte le forze che aveva in corpo per tentare il tutto per tutto. Era domenica. Nessuno dei due aveva impegni. Avrebbero potuto fare pace, parlare un po', magari andare a pranzare da qualche parte. A Chiaravalle, o in qualche posto in cui sentirsi in vacanza pur non andando lontano. E nel pomeriggio sarebbero potuti stare sul divano abbracciati, mezzi addormentati, come avevano sempre fatto nelle giornate di pioggia.

Pensare di tenerla tra le braccia gli fece provare una sensazione di calore allo stomaco. Non era sperare troppo, no?

Una volta pronto il caffè si sedette al tavolo in modo da essere girato verso di lei, anche se Isabella continuava a dargli le spalle. Bevve un sorso e la guardò aprire e chiudere armadietti, continuando a pulire cose già pulite, facendo rumore e muovendosi troppo e troppo in fretta, come se facendo così, occupandosi di cose inutili, potesse evitare quelle utili.

"Isa… perché non ti siedi? Ti faccio un caffè e lo beviamo insieme…" Disse quasi sottovoce, come se stesse recitando una preghiera. Non era stata sua intenzione usare quel tono, ma ormai non poteva farci niente. Sentiva un bisogno disperato di avere un contatto fisico con lei, fosse anche solo tenerle la mano ed essere guardato negli occhi. Lei aprì l'acqua nel lavandino e cominciò a pulirlo con la spugna.

"No, grazie, ti ho già detto che non lo voglio."

"Non puoi sederti un attimo lo stesso? Ti faccio un tè. O qualunque altra cosa…" Una supplica, quasi un lamento. Odiava aver usato quel tono due volte in un minuto, ma non era riuscito a fare altrimenti. Il desiderio di sentirla addosso a lui, di stringerla e sentire i loro respiri diventare un tutt'uno era più forte della necessità di mantenere un minimo di dignità. "O siediti e basta, senza bere niente."

"Per fare cosa?" La voce di Isabella era come carta vetrata. Chiuse un mobiletto come se volesse disintegrarlo e il rumore rimbombò in tutta la stanza.

La sensazione di calore allo stomaco che Giulio aveva sentito poco prima evaporò come se gli avessero tirato addosso una secchiata d'acqua gelida. Era tutto inutile.

Buttò giù il caffè e si alzò:
"Niente, lascia stare. Io vado a lavorare."
"Ma oggi non devi lavorare..."
"Sì, ma piuttosto che stare qui un altro istante a sentirti sbattere le ante dei mobili e vederti girare come una trottola, preferisco andare in Commissariato. Almeno lì c'è silenzio."

Fissò la schiena di Isabella, sperando che si girasse, ma lei non lo fece. Continuò a sfregare il lavandino come se dovesse pulire chissà cosa e non disse più niente.

Giulio sospirò e uscì di casa.

A Olivia non dispiaceva essere a lavorare di domenica.

Qualunque cosa era meglio che stare ad annoiarsi in quel buco di pensionato.

Caputo mescolò il caffè e si appoggiò al muro: "I turni peggiori sono quelli del venerdì e del sabato sera, ma la domenica in genere è tranquilla, soprattutto la mattina..." Il sovrintendente Beretta e l'agente scelto Zorzi annuirono dalle loro scrivanie, dove uno stava leggendo il giornale con i piedi sul tavolo e l'altro sfogliava un librone dall'aria noiosa.

"Beh, allora spero di lavorare sempre alla domenica mattina... se è così tranquilla."

"E c'è pure un bonus. Quello stronzo di Marchi non c'è quasi mai. Cambia sempre i turni con uno di noi perché spera ancora di vincere al totocalcio e sta tutto il giorno incollato alla tv a vedere le partite..." Aggiunse Beretta.

Olivia sorrise.

Quel cornuto non aveva molti amici all'interno del commissariato e la cosa non poteva che farle piacere.

Zorzi ridacchiò: "Se poi ti capitano queste domeniche così in cui non c'è nemmeno il Commissario... sciambola!" Ma non fece in tempo ad aggiungere altro che Locatelli comparì sulla porta con un'espressione torva in viso:

"Ti è andata male, Zorzi. Sono arrivato..." Trasalirono tutti e quattro e cercarono di ricomporsi. Caputo si staccò dal muro, Beretta tolse immediatamente i piedi dalla scrivania e piegò il giornale e Zorzi chiuse frettolosamente il libro, diventando rosso in viso. "Allora? Si lavora o si fa salotto qui?" Abbaiò il Commissario guardandosi in giro. Era chiaramente sull'incazzato andante, anche se Olivia non era sicura che fosse colpa loro.

Cosa ci faceva lì? Era quasi certa che fosse il suo giorno libero.

Al posto del solito completo e cravatta aveva addosso un paio di pantaloni blu, un golf girocollo grigio da cui spuntava il colletto di una camicia bianca e delle Clarks marroni. Dunque quella mattina si era vestito per passare la domenica a… a fare qualunque cosa facesse Locatelli quando non lavorava. Poi però doveva aver cambiato idea ed era piombato lì che non erano nemmeno le nove, con la faccia scura e l'umore sotto i tacchi.

Quell'uomo era un mistero.

Caputo si sedette alla scrivania e prese in mano delle carte che aveva davanti a lui: "Lavoriamo, lavoriamo…"

Ma il Commissario non aveva finito. Si guardò in giro e strinse gli occhi: "E dov'è Marchi?"

"L'Ispettore… ha fatto cambio di turno con me… doveva…"

"Beretta, per favore, non ti sforzare a inventare qualche scusa. So benissimo che doveva passare la domenica a guardare Pressing!" I tre ragazzi ridacchiarono e lui li guardò, esasperato: "Cosa c'è da ridere?"

"Commissario, Pressing non va in onda dal 1999…"

Locatelli alzò gli occhi al cielo: "Comunque sia, Beretta, la prossima volta che Marchi vuole cambiare il turno con te, fate il favore di dirmelo. Non può sempre fare quello che vuole!" Partì di gran carriera verso il suo ufficio e sbatté la porta.

Rimasero tutti un attimo in silenzio.

"Ma cos'è che ha?" Bisbigliò alla fine lei.

"Il solito. Avrà litigato con quella strega della moglie e adesso starà qui tutto il giorno a fare l'isterico…" Rispose Caputo.

Zorzi alzò gli occhi al cielo: "E dai, Nick!"

"Dai cosa? È la verità."

"Dico solo che non è bello litigare con la propria moglie. Non dovresti scherzarci su…"

Caputo scrollò le spalle: "Non ci stavo mica scherzando. Dicevo solo le cose come stanno." Si girò verso di lei: "Comunque fossi in te, Rizzo, lo lascerei là nel suo brodo e mi piazzerei a una di queste scrivanie oggi…"

Olivia non fece in tempo a farlo che la porta di Locatelli si aprì di nuovo: "Beretta! Come si chiama quel tuo amico Ispettore a Porta Romana?"

"Amico Ispettore?"

"Sì. Non hai un amico Ispettore con cui vai a ubriacarti una sera sì e una no? Non parli d'altro la mattina…" Olivia trattenne una risatina. Era vero. I racconti di Beretta sulle sue serate brave rasentavano la fantascienza e aveva un tono di voce talmente alto che doveva averli sentiti anche il Commissario. Anche con la porta chiusa.

Il sovrintendente arrossì e annuì: "Ah! Ma certo... si chiama Luca... l'Ispettore Zanin. È uno che sa il fatto suo. Perché?"

Anche Locatelli annuì: "Vieni con me, Beretta. E chiama questo Zanin." Poi si girò verso Olivia, Caputo e Zorzi: "Rizzo, tu vai a casa. E tu, Zorzi, chiama Marchi e digli di venire immediatamente a lavorare. Anzi. Meglio. Lo farò io. Siamo d'accordo?"

Olivia avrebbe voluto chiedergli perché la stava mandando a casa, ma a parte il fatto che non avrebbe mai trovato il coraggio di fare una domanda del genere, lui era già fuori dalla porta con Beretta che lo seguiva quasi correndo.

―――

La domenica pomeriggio stava gocciolando via lenta come una flebo. Ludovica aveva dormito poco e male dopo che Giulio era andato a casa, con il senso di colpa che ancora le pesava sullo stomaco, e ora si sentiva nervosa e inutile come non mai. Avrebbe voluto fare qualcosa, qualsiasi cosa, ma l'unica che poteva fare era restare vicino a Veronica e aspettare.

Tamburellò con le dita sul tavolo e sospirò.

La pazienza non era mai stata il suo forte.

Stare seduta con le mani in mano men che meno.

Guardò per la millesima volta l'ora.

Erano solo le due e un quarto.

Avrebbe voluto chiamare Locatelli per chiedere se c'erano novità, ma si trattenne. Quel povero cristo aveva passato la maggior parte del suo sabato pomeriggio e tutto il sabato sera dietro a Veronica. Era andato a casa che era l'una di notte. Erano passate a stento 12 ore: non poteva, *non doveva* chiamarlo e rompergli le palle.

A quell'ora sarà stato a godersi il meritato riposo con la moglie o magari stava gustandosi il pranzo della domenica da qualche parte. Lo conosceva poco, ma aveva visto che gli piaceva mangiare e che lo faceva con entusiasmo. Dunque sì, poteva benissimo darsi che stesse rilassandosi al ristorante con...

Lo squillo del cellulare quasi la spaventò.

Fissò il display per qualche secondo prima di assimilare quello che stava vedendo.

Era lui.

"Giulio!" Cercò di usare un tono rilassato, ma non le riuscì granché bene.

"Dottoressa... scusa se ti disturbo di domenica, ma volevo dirti che lo abbiamo trovato. Giovanni Schira è in stato di fermo." Aveva una voce strana.

Stanca ma anche soddisfatta. Un'ondata di sollievo la travolse come uno tsunami.

"Davvero?"

"Sì. Sono sotto casa sua." Dunque non era al ristorante con la moglie. "E abbiamo aggiunto anche resistenza e violenza a pubblico ufficiale alla sua lunga lista di imputazioni..."

Le si contorse lo stomaco e sentì una nuova fitta di senso di colpa: "Stai bene? Cosa ti ha fatto?"

Ma lo sentì ridere:

"A me non ha fatto niente... ma un certo Ispettore Zanin non è stato altrettanto fortunato. Ha un occhio che domani sicuramente sarà nero..."

Ludovica sospirò di sollievo. "Lo dici tu a Veronica?"

"Ma certo. E poi la porto fuori di qui a festeggiare!"

"Mi sembra un'ottima idea."

"Vuoi unirti a noi?"

Lo sentì tentennare un secondo prima di rispondere:

"Magari un'altra volta. Devo parlare con la PM e occuparmi di tutte le scartoffie... ma grazie lo stesso."

Ludovica annuì, cercando di non rimanerci male. Era ovvio che lui avesse da fare. E non lo avrebbe biasimato anche se non avesse avuto niente da fare ma non avesse voluto comunque vederle.

Avrà avuto la nausea di loro, ormai. E aveva una moglie. Avrà voluto passare almeno una qualche ora di quel weekend con lei.

Aveva fatto più di quello che lei avesse mai sperato ed era normale che fosse stanco e avesse bisogno di riposo. Gli avrebbe fatto un regalo per ringraziarlo anche se lui continuava a minimizzare e dire che era solo il suo lavoro. Quello sì. Una bella bottiglia di rum per lui e anche qualcosa per quel poveraccio che si era preso i pugni di Giovanni.

Non era certa che i poliziotti potessero accettare regali del genere, ma scrollò le spalle: anche se non potevano avrebbe trovato il modo di darglieli. Un modo, a volere, si trovava sempre.

CAPITOLO NOVE

Il momento migliore per piantare un albero è vent'anni fa. Il secondo momento migliore è adesso.
— Confucio

LUNEDÌ 16 OTTOBRE 2017

Erano solo le 9 del mattino, ma Giulio era già stanco morto. Uscì dall'open space per allontanarsi un attimo dal rumore delle chiacchiere e dal ronzio dei neon e si piazzò davanti alla macchinetta di fronte all'ascensore. Non aveva esattamente bisogno di altra caffeina, era già abbastanza nervoso così, ma era assonnato e doveva svegliarsi in qualche modo. Inserì la moneta.

"Eccola qua, la nuova cocca del capo!" La voce sibilante dell'Ispettore Marchi gli arrivò alle orecchie e senza volerlo Giulio si bloccò, il dito alzato per schiacciare il bottone dell'espresso senza zucchero. "Pensavo che voi siciliani sapeste farvi i cazzi vostri... ma a quanto pare mi sbagliavo."

Dovevano essere sul pianerottolo sotto di lui.

"Non... non so di cosa parla... Ispettore."

"Ah, non lo sai? Allora te lo dico io. È inutile che lecchi il culo al Commissario per farti dare la domenica libera e far venire a lavorare me..." Marchi sembrava quasi che ringhiasse invece che parlare. Giulio si allontanò dalla macchinetta, si avvicinò ai gradini e guardò giù senza farsi vedere. Come aveva ipotizzato erano sul pianerottolo, l'Ispettore con la faccia pericolosamente vicina a quella dell'Agente.

"Io non ho fatto niente del genere!" La Rizzo aveva il tono spaventato.

"Come no! Tu e Capitan Cagacazzi siete diventati culo e camicia e per colpa tua a me tocca lavorare la domenica…"

Ok, aveva sentito abbastanza.

Aveva sempre pensato che Marchi fosse un pessimo elemento, ma mai come in quel momento avrebbe voluto avere la libertà di poter intervenire senza badare al protocollo.

"Marchi!" La sua voce rimbombò nella tromba delle scale e fece sobbalzare sia la Rizzo che l'Ispettore. Si girarono entrambi e lo fissarono per qualche secondo, spaventata lei e strafottente lui.

"Mi dica, Commissario." Disse Marchi con un sorrisetto insopportabile. Glielo avrebbe tolto volentieri a schiaffi.

"Mi sembrava di essere stato chiaro ieri pomeriggio."

"Sì, Commissario." Il sorriso irritante di Marchi sparì e al suo posto comparve un'espressione piena di disprezzo. Non desiderava nulla di più che scendere e fargli del male fisico. Sarebbe stato semplice. E sarebbe stato liberatorio. Ma no. Non poteva.

Lo fissò negli occhi: "E allora, se sono stato chiaro, perché mi sembra di averla appena sentita essere estremamente spiacevole con l'Agente Rizzo?"

L'Ispettore alzò il mento con aria di sfida: "Si sbaglia… era solo uno scherzo."

Certo. Come no.

Giulio lo squadrò per qualche altro secondo, poi guardò lei:

"Vieni, Rizzo. Ho un lavoro per te."

Lei non se lo fece dire due volte e salì le scale quasi correndo. Sentì Marchi mormorare qualcosa, ma non capì cosa.

Non che importasse sapere esattamente cosa. Sicuramente qualcosa di spiacevole, di quello era sicuro.

Attraversò l'open space, entrò in ufficio e si sedette dietro la scrivania. Aveva il fiatone e il cuore gli martellava in gola. C'era stato un secondo, lì sulle scale, in cui aveva avuto paura di perdere le staffe e mettere le mani addosso a Marchi. Aveva dovuto raccogliere tutte le sue forze per non reagire d'istinto, per tenere la voce bassa e, soprattutto, per non scendere sul pianerottolo e attaccarlo al muro come si sarebbe meritato.

Era riuscito a trattenersi, ma ora aveva il fiato mozzo come non gli capitava da tempo. Era una sensazione che non gli piaceva, quella di essere sul punto di perdere il controllo perché poi, a perderlo, finiva sempre male sia per lui che per chi aveva intorno.

Niente reazioni da isterico, Locatelli. Non siamo alle medie. Fallo un'altra volta e ti sollevo da terra a calci.

Così gli aveva detto Fontana. E aveva ragione. Giulio infilò la mano destra in tasca e giocherellò con la medaglietta attaccata alle chiavi per qualche secondo, girandola tra pollice e indice come fosse una moneta.

"Commissario…" La voce di Olivia lo fece quasi sobbalzare. Era pallida e sembrava spaventata e Giulio si sentì invadere da una nuova ondata di rabbia, ancora più cocente di quella di pochi istanti prima. "Cosa è successo?"

"Niente, Rizzo." Cercò di controllare il tono della voce ma ci riuscì male. La vide annuire e sedersi alla sua scrivania, senza però accendere il computer o fare altro. Rimase lì seduta, ferma a guardarlo, come se si aspettasse una spiegazione. Giulio esalò un sospiro profondo: "Voglio che chi lavora in questo Commissariato porti rispetto a tutti. A me, ai superiori, ai colleghi, a quelli che vengono qui per chiedere aiuto, a quelli delle pulizie. *A tutti.*"

"Sì, Commissario." Annuì lei con un filo di voce.

"E voglio che tu mi dica la verità. Il motivo per cui vuoi stare qui nel mio ufficio e non di là ha a che fare con il modo in cui ti tratta l'Ispettore Marchi?"

"Io… non…"

"La verità, Agente Rizzo." Sibilò, trattenendosi a stento dal tirare un pugno sulla scrivania.

"Sì."

"Cosa ti ha detto?"

"Oggi o in generale?"

"In generale."

Olivia sospirò: "Mi chiama *ragazzina siciliana… cocca del capo… cagnolino ammaestrato.* Niente di grave…"

Giulio strinse gli occhi:

"Questo lo dici tu. Non solo è grave, ma è anche inaccettabile. Nessuno si permette di chiamare Marchi *vecchietto bresciano*, quindi non vedo perché lui debba chiamare te *ragazzina siciliana*. Sono stato chiaro?"

———

"Sono stato chiaro sì o no?" Ripetè Locatelli.

Era palese che fosse furibondo, anche se teneva la voce bassa. Era rosso in viso, aveva le narici dilatate e ogni parola che gli usciva di bocca era simile a un ringhio. Olivia avrebbe di gran lunga preferito che urlasse come faceva Zia

Cecilia quando era arrabbiata. Quel tono gelido e controllato la snervava ancora di più.

"Sì, Commissario." Assurdamente le stava venendo da piangere e si sentiva bollire come se avesse la febbre alta. Era ovvio che lui volesse aiutarla, ma allo stesso tempo non voleva essere la causa di dissapori all'interno del Commissariato. Era arrivata da due settimane e già aveva combinato un macello. Se già prima Marchi la odiava, ora sarebbe stato ancora peggio.

Non riuscì a trattenere le lacrime e le sentì scendere, calde, lungo le guance. Oltre al macello anche la figura di merda. Perfetto. Locatelli alzò lo sguardo proprio in quel momento, ancora torvo e incazzato come non mai. Olivia cercò di fermare le lacrime e asciugarsi il viso, ma non riuscì a ricomporsi: "Mi scusi, Commissario…"

Lui la fissò un attimo, si morse un labbro e poi si alzò di scatto:

"Non ti scusare. Vado giù a prendere due caffè… ti lascio un attimo da sola." Marciò fuori dall'ufficio e si chiuse la porta alle spalle. Appena lo sentì allontanarsi Olivia scoppiò a piangere ancora più forte e lasciò che le lacrime le inondassero il viso. Non sapeva nemmeno lei perché stava singhiozzando a quel modo, come una ragazzina isterica.

Marchi era uno stronzo. Con tutta probabilità il giorno prima o quella mattina stessa si era preso la strigliata che meritava, ma lei cosa c'entrava? L'idea di doverlo incontrare tutti i giorni le faceva venire il mal di pancia. Sapeva che il Commissario aveva ragione, ma l'Ispettore le faceva paura lo stesso.

La paura non serve a niente, rovina solo l'umore.

Il ricordo delle parole di sua madre la fece quasi sorridere.

Era vero. La paura non serviva a niente. Soprattutto non serviva ad affrontare Marchi.

Olivia fece un respiro profondo e si asciugò la faccia con un fazzoletto.

In quel momento Locatelli rientrò in ufficio con due caffè su un vassoio e un sacchetto di carta in mano. La guardò brevemente e le sembrò sollevato nel vedere che lei non stava più piangendo.

"Ti ho preso anche una brioche alla crema…" Disse, con il suo tono di voce normale. Solo allora Olivia si azzardò a guardarlo negli occhi. Anche quelli erano tornati normali. I soliti occhi gentili.

"Grazie, Commissario."

Bevvero il caffè in silenzio prima che lui si schiarisse la voce:

"Voglio che tu sappia che sono dalla tua parte, Rizzo."

"Sì… lo so che lei è dalla mia parte."

Lui sorrise e sorrise anche lei. Grazie a Dio sembrava che Locatelli non avesse intenzione di discutere ulteriormente dell'argomento.
"Bene. Allora mettiamoci al lavoro."

―――

Erano da poco passate le sei di sera ma Giulio non stava in piedi dal sonno. Niente di strano, visto che negli ultimi tre giorni aveva dormito sì e no un totale di dieci ore. Gli bruciavano gli occhi e gli pulsava la testa, quindi uscito dal Commissariato si precipitò a casa con un'unica idea: farsi una doccia e infilarsi sotto le coperte, perché dopo tre notti di fila sul divano aveva bisogno di dormire al silenzio, al buio e, soprattutto, in tutta comodità.

Entrò in casa e trovò Isabella in salotto, intenta a infilare alcune cornici in una delle tante borse che aveva intorno a lei. La fissò senza dire niente, cercando di registrare quello che stava succedendo: il fatto che lei fosse a casa alle sei del pomeriggio, le valigie sparse per la stanza, lo sguardo colpevole che aveva sul viso.

Fu quello a colpirlo come un gancio allo stomaco.

Isabella si irrigidì e rimase immobile, con una cornice in una mano e un foglio di giornale per incartarla nell'altra. Forse non l'aveva mai vista arrossire così violentemente.

"Cosa stai facendo?"

Domanda completamente inutile, ovviamente.

Era lampante cosa stesse facendo: se ne stava andando. E non solo. Doveva aver preso il pomeriggio libero per riuscire ad andarsene prima che lui tornasse a casa, pensando che lui sarebbe arrivato dopo le sette e mezza come al solito.

Giulio sbatté ripetutamente gli occhi.

Avrebbe voluto dire o fare qualcosa, ma improvvisamente gli sembrò di essere fatto interamente di pietra: fredda, pesante e assolutamente impossibile da muovere. Isabella, sempre più rossa in viso, appoggiò la cornice e il giornale e si guardò le mani a lungo prima di rispondere:

"Io... me ne vado. Non ce la faccio più a vivere così."

"Mi stai lasciando?"

Altra domanda completamente inutile, ancora più della prima.

"Sì."

Rimasero in silenzio per alcuni secondi, che però gli parvero ore.

Un cane abbaiò per strada e la Signora Bianchi, nell'appartamento di fianco, alzò il volume della televisione.

Giulio cercò di sentire qualcosa. Sorpresa, dolore, rabbia. Qualsiasi cosa. Ma non sentì niente, se non una strana sensazione di vuoto nel petto.

Fu lei, alla fine, a parlare:

"Dì qualcosa, Giulio..."

"Cosa... cosa vuoi che ti dica?" Era strano. Sentiva la sua voce come se arrivasse da lontano, come se avesse le orecchie piene di ovatta. Isabella scrollò le spalle:

"Qualsiasi cosa. Avrai qualcosa da dire, no?"

"Io... no. A dire il vero. No."

"Non vuoi nemmeno sapere perché?"

Deglutì a fatica, sentendo quello strano vuoto nel petto farsi ancora più grande, ancora più profondo. Se fosse andato avanti ad allargarsi così, molto presto lo avrebbe inghiottito.

"Me lo hai già detto il perché... non ce la fai più a vivere così. Non... non credo di aver bisogno di sentire altre ragioni."

"E non hai niente da dire?"

"Mi... mi dispiace."

"Ti dispiace? T*i dispiace*? Ti lascio dopo quindici anni e tu non hai altro da dire che *ti dispiace* stando lì in piedi come un ebete?"

Non era in piedi come un ebete. Era in piedi come qualcuno a cui hanno appena strappato e calpestato le budella, lasciandolo completamente svuotato. C'era una bella differenza.

"Non puoi decidere come devo reagire. E se voglio stare qui in piedi *come un ebete*, starò qui in piedi come un ebete!"

"Non ci posso credere! Io sono qui con il cuore spezzato e tu rimani lì a guardarmi come se non fosse successo niente..." Isabella scoppiò a piangere. Vederla in lacrime gli fece irrigidire ogni muscolo del corpo. Era così stufo di vederla così, come se fosse l'unica a soffrire.

"Ah, sei tu che hai cuore spezzato? E io come pensi che mi senta?"

"Non lo so, perché come al solito non mi dici nulla! Stai lì senza reagire, senza fare niente!"

"Cosa vuoi che faccia? Stavi cercando di andartene senza nemmeno dirmi niente... dopo quindici anni! Ti rendi conto?"

"Io non volevo andarmene senza dirti niente..." Non riuscì nemmeno a guardarlo in faccia mentre lo diceva.

"Ma fammi il piacere! Abbi almeno il coraggio di ammetterlo o dimmelo guardandomi negli occhi!" Lei rimase in silenzio e scoppiò a piangere ancora più forte. "E non piangere! Cos'hai da piangere? Sei tu che mi stai lasciando!"

"Cosa c'entra? Anche se ti sto lasciando non vuol dire che io non stia male... era per quello che volevo andare via prima che tu arrivassi."

"E cosa pensavi di fare? Di sparire? Siamo sposati, Cristo Santo. Prima o poi mi avresti dovuto rivedere, per lo meno per divorziare... sei un avvocato, dovresti saperle queste cose." Ormai stava urlando anche lui, ma non importava. Non importava più niente.

"La vuoi smettere? Questo sarcasmo non serve a molto!"

"Anche le tue lacrime non servono a un granché, fidati."

Rimasero in silenzio tutti e due. L'unico suono che si sentiva era quello dei loro respiri, corti e affannosi.

Isabella si asciugò le lacrime con il dorso della mano e lo guardò con aria di sfida: "Almeno io ho avuto il coraggio di prendere una decisione..."

"Ma certo che hai preso una decisione. Così come hai deciso che io avrei dovuto dimenticare la mia ex per te, dall'oggi al domani. Perché anche se non sapevi niente di lei avevi *deci*so che tu eri meglio. Che eri più speciale." Sapeva che quello era un colpo basso e forse era proprio per quello che l'aveva detto. Lei, infatti, lo fulminò con lo sguardo, ma non le lasciò il tempo di ribattere: "E poi hai *deciso* che avrei dovuto sposarti. E fare carriera. E smettere di fare carriera perché la mia carriera nei servizi segreti non ti andava bene. E adesso, dulcis in fundo, hai *deciso* che niente di tutto quello che ho fatto è bastato e quindi hai *deciso* di lasciarmi. Complimenti! Vuoi una medaglia?"

"Non voglio nessuna medaglia! Vorrei solo che tu, per una volta, reagissi!"

"Io sto reagendo! Questo è il mio modo di reagire e mi spiace se non è quello che ti aspettavi. Ma sono stanco morto e non solo perché non dormo, ma soprattutto perché ogni secondo in cui sono a casa si trasforma in una lite e io non ne posso più di litigare con te..." Nel momento stesso in cui lo disse si rese conto che era forse la cosa più vera che le avesse detto negli ultimi mesi.

"Lo dici come se l'unico ad essere stanco fossi tu!" Isabella aveva il viso paonazzo e una voce furiosa che non le aveva mai sentito usare. "Pensi che io non sia stanca di discutere con te?'"

"E allora, sei sei stanca, piantala di tormentarmi, tanto qualunque cosa io dica non va bene..."

"No! Adesso mi ascolti! Perché tu sarai stanco di litigare, ma io sono mesi che vivo in punta di piedi perché tu hai sempre qualcosa che non va! Solo che, ovviamente, non mi puoi dire cosa, perché con te è tutto un segreto di stato. E sono stanca anche io. Sono stufa marcia di fare questa vita di merda!"

"Molto bene. Da domani non la farai più. Dovresti essere contenta." La voce gli uscì in un sibilo.

"Non ti chiedi nemmeno dove andrò e cosa farò? Non ti chiedi se voglio divorziare? Non te ne frega proprio niente?"

Giulio alzò gli occhi al cielo e scoppiò a ridere, una risata amara che non gli parve nemmeno la sua:

"Per il momento andrai dai tuoi, probabilmente. Continuerai a fare l'avvocato. E, anche se non è il tuo ramo di specializzazione, credo che tu abbia abbastanza amici divorzisti da sapere già quel che vuoi fare..."

"E ovviamente non ti chiedi nemmeno se io abbia un altro... Non ti sfiora nemmeno l'idea? Non vuoi saperlo?" La voce di Isabella era, oltre che rotta dal pianto, sempre più alta. Giulio cercò di non lasciare che i toni acuti gli trivellassero il cervello più dello stretto necessario.

"Cambierebbe qualcosa saperlo? No. Quindi no, non me lo sto chiedendo. E soprattutto non ho nessuna intenzione di chiederlo a te."

"E allora non chiedermelo!" Gridò. "Però una cosa te la chiedo io. Perché da quando sei tornato non mi hai mai più guardato? Ti faccio così... schifo?"

"Ma sei impazzita? Ogni volta che cerco anche solo di sfiorarti ti allontani come se ti dessi fastidio!"

"Lo faccio perché sembra che tu lo faccia tanto per farmi un piacere! Mi guardi, mi parli e mi tocchi come se per te fosse un peso e... non eri così, prima!"

Non eri così, prima.

Era così stufo di sentirselo dire.

Lo sapeva benissimo di non essere più come prima, ma cosa ci poteva fare? Niente. Ci aveva provato in mille modi, ma la risposta era sempre quella: non ci poteva fare niente. Giulio abbassò lo sguardo e sospirò, tentando di riprendere fiato, cercando di trovare le parole giuste per dirle che, davvero, le cose non stavano così. Che guardarla, parlarle e toccarla non era affatto un peso. Che se...

Il rumore improvviso di cocci in frantumi lo fece sobbalzare mandandogli il cuore in gola.

Non si era accorto che Isabella avesse preso in mano il vaso dal tavolino del salotto. Se ne accorse solo quando, ormai, lei lo aveva scaraventato a terra con quel boato assordante.

Rimase immobile.

Non aveva la più pallida idea di come gestire la situazione. Non era mai stata una da reazioni estreme, era sempre stata posata, razionale e logica. Era irriconoscibile. Era lì, anche lei immobile, circondata dai cocci rotti, il viso rosso e le spalle scosse dai singhiozzi. Giulio fece per avvicinarsi a lei, ma lei lo bloccò alzando una mano:

"Lasciami sola."

"Sei..."

"Lasciami sola, ho detto." Lo urlò talmente forte da pensare che la potessero sentire anche dall'altra parte della città.

Non era certo che fosse la cosa giusta da fare, ma afferrò il soprabito e marciò fuori di casa e giù dalle scale, attraversò il cortile e uscì dal portone. Solo una volta in strada si rese conto di avere il cuore che batteva a ritmo irregolare, il fiato corto, la bocca secca e un vago senso di nausea.

Erano le sei e mezza.

Non sapeva cosa fare e nemmeno dove andare.

Nella fretta di uscire aveva lasciato in casa sia il telefono che il portafoglio. Certo, sarebbe potuto andare a piedi a casa di Federico, di Greta o di Marco. Nessuno di loro abitava vicinissimo, ma non erano nemmeno così lontani.

Ma non voleva.

Non voleva sentirsi dire *te l'avevo detto* da Federico. Avrebbe avuto tutte le ragioni del mondo per dirglielo perché, effettivamente, glielo aveva detto. Mille volte. Gli aveva detto di lasciar perdere Isabella più o meno dal primo momento in cui l'aveva conosciuta. *È una maledetta rompicoglioni, di quelle che non sono mai felici.* Più chiaro di così... Quindi no, non era il caso di andare da Federico.

Però non voleva nemmeno andare da Greta. Se la immaginava, stanca morta dopo una giornata in studio, intenta a preparare la cena mentre suo marito faceva il bagno ai gemelli. Se fosse piombato lì a casa sua, ovviamente, lei lo avrebbe accolto a braccia aperte. Lo avrebbe ascoltato. Non gli avrebbe nemmeno detto *te l'avevo detto*, anche se, in effetti, glielo aveva detto pure lei. Avrebbe cercato di tirarlo su di morale, avrebbe insistito che rimanesse a cena. Anche suo cognato sarebbe stato gentile. I gemelli lo avrebbero abbracciato e sarebbero stati mandati a guardare la televisione mentre i grandi parlavano di cose da grandi. Li avrebbero comunque interrotti un milione di volte e no, non ce la poteva fare a sopportare nemmeno quello.

Rimaneva Marco. Il lunedì e il martedì erano i suoi giorni liberi quindi, con tutta probabilità, lo avrebbe trovato a casa intento a cucinare ascoltando l'album rosso dei Beatles, con Gordon acciambellato sul divano o appollaiato in cima alla libreria. Marco non gli avrebbe detto *te l'avevo detto*. Gli avrebbe però ripetuto parola per parola quello che gli aveva detto almeno un migliaio di volte. *Tua moglie non sorride mai. Tu non sorridi più. Non capisco perché non sei più felice.* O peggio, lo avrebbe tartassato di domande per capire cosa era successo, per essere sicuro di aver afferrato bene le cavernose e incomprensibili nuance del suo stato d'animo. E no, non sarebbe riuscito a sopportare neanche quello.

Giulio chiuse un attimo gli occhi e inspirò profondamente.

Anche se non aveva con sé né il portafoglio né il telefono, poco importava, tanto non aveva nessun posto in cui andare.

O forse...

Riaprì gli occhi e sospirò.

Forse un posto in cui andare c'era.

Rimase ancora un attimo fermo, poi cominciò a camminare a passo sostenuto verso via Malpighi.

―――

Locatelli entrò nel suo studio come se stesse facendo irruzione in un covo di malavitosi: quasi di corsa, con il fiato corto, e lasciando la porta verso il corridoio spalancata dietro di lui, manco dovessero arrivare i rinforzi. Ludovica alzò gli occhi dal computer con un sorriso già sulle labbra: era contenta di vederlo. Anche se non si davano mai veramente appuntamento, quasi ogni giorno lui trovava una qualche scusa per passare da lei, come se ammettere apertamente di essere lì solo per bere qualcosa e chiacchierare fosse un peccato mortale. E anche quella sera, eccolo lì.

Lo vide guardarsi intorno come se non avesse mai visto lo studio in vita sua. Aveva un'aria decisamente strana, ma forse era solo stanco.

"Buona sera..." Mormorò. Senza nemmeno aspettare che lei rispondesse, si accasciò sul famoso divanetto sul quale non si era mai seduto, dandole le spalle.

"Buona sera a te!" Aveva l'aria più che strana. Sembrava come... fulminato.

E sembrava che non riuscisse a stare fermo. Dopo essere stato sdraiato meno di tre secondi buttò le gambe giù dal divano, appoggiò i gomiti sulle ginocchia e si nascose la faccia fra le mani.

"Giulio... va tutto bene?"

Non la guardò.

"Mia moglie mi ha lasciato."

Ludovica, per un attimo, non si mosse. Non era la prima volta che qualcuno le diceva una cosa del genere, ma per alcuni secondi si trovò a non respirare. Non per il fatto in sé, non le era certo sembrato che Locatelli avesse una vita matrimoniale felice, ma più che altro perché fosse lì a dirlo a lei.

Si alzò in piedi e andò a chiudere la porta che lui aveva lasciato aperta e, tornando verso la scrivania, gli diede un'occhiata veloce. Era pallido, con lo sguardo perso nel vuoto, seduto scomposto su quello stramaledetto divanetto come se non avesse la forza di fare altro. Aveva perso tutta la sua stoicità e al posto della sua solita espressione imperturbabile ne aveva una sconvolta.

Tornò a sedersi alla scrivania e si schiarì la voce:

"Credo sia il caso che tu ti alzi dal divano. Preferirei che ci parlassimo faccia a faccia." Lui non mosse un muscolo. "Giulio? Mi hai sentito?"

"Sì."

"E?"

Lui non rispose, ma si alzò e si accasciò sulla sedia davanti a lei con gli occhi sbarrati e lo sguardo perso nel vuoto.

"Così va meglio. Vuoi parlarmi di quello che è successo?"

Lui scosse la testa.

"No. Vorrei un bicchiere di rum, se è possibile."

Ludovica annuì, pescò la bottiglia dal cassetto e ne versò due bicchieri, spingendone poi uno verso di lui.

Locatelli lo afferrò e lo mandò giù tutto di un colpo, rabbrividendo immediatamente dopo. Spinse di nuovo il bicchiere verso di lei e glielo riempì di nuovo senza dire niente. Questa volta lui ne prese un sorso normale, ma rabbrividì comunque. Chiuse un secondo gli occhi prima di fare un lungo sospiro, perso in chissà quali pensieri.

Si stropicciò la faccia con la mano che aveva libera: "È tutta colpa mia."

"Lo dubito fortemente."

"Ah si? E perché?"

"Perché non può solamente essere colpa tua. Credimi. Si è sempre in due a ballare il tango."

Giulio scrollò le spalle: "In questo caso credo di essere riuscito a fare tutto da solo."

"E come avresti fatto?"

"Sono andato via per più di sei anni! Sei anni in cui l'ho vista sì e no tre volte l'anno. Direi che già solo questo basta e avanza…"

"Sei andato via perché lei non voleva che tu fossi… e qui cito le sue testuali parole... un semplice poliziotto!"

Ma davvero lui si sentiva responsabile per il fatto che sua moglie lo stesse lasciando?

"Ma poi ho fatto di peggio!" Continuò lui, come se nemmeno l'avesse sentita o ascoltata. "Poi sono tornato e mi sono accorto di non essere più come ero prima, come mi voleva lei. E non sono nemmeno stato capace di fare finta per farla felice!"

Quello era troppo.

"E grazie a Dio, direi! Giulio, non puoi fingere di essere una persona diversa per fare felice tua moglie. Quei sei anni ti hanno cambiato. E non so come eri prima... ma anche se sei diverso, dovrebbe essere felice che tu sia tornato tutto intero..."

"*Sembr*o intero, ma quella vita mi ha spezzato." La interruppe lui. Aveva la voce piena di tristezza e rassegnazione.

"Spezzato cosa?"

"Il cuore. Lo spirito. Tutto quello che si poteva spezzare, è stato spezzato. Sono tornato completamente incapace di essere felice o di provare dei sentimenti normali..."

"Non sono per niente d'accordo."

"E tu cosa ne sai?" A dispetto delle parole, il suo tono pareva una supplica, come se non desiderasse niente di più al mondo che lei lo capisse e, soprattutto, che lo assolvesse da quelle assurde accuse che si stava rivolgendo da solo.

"Il fatto che tu stia provando la tristezza e il dolore che chiaramente stai provando in questo momento dimostra che sei capace di provare sentimenti normali."

"Pensavo che a voi terapisti non piacesse usare il termine *normale*."

"Infatti non te lo sto dicendo da terapista. Se vuoi un terapista vai in fondo al corridoio da Saverio. Te lo sto dicendo da amica."

Giulio la guardò per qualche secondo, come se fosse sorpreso da quello che aveva appena sentito.

La fissò: "Siamo... siamo amici?" Aveva gli occhi di un grigio scurissimo, diversi dal solito. Scuri e tristi, ma illuminati da un guizzo di speranza quasi impercettibile.

"Mi piace pensare che lo stiamo diventando."

Di nuovo Giulio la guardò negli occhi per svariati secondi senza dire niente.

"Piacerebbe pensarlo anche a me." Disse alla fine. Ludovica sorrise:

"Allora pensiamolo entrambi."

Locatelli annuì e si nascose di nuovo la faccia tra le mani, sospirando. Sembrava leggermente più calmo, ora.

"Sono mesi che vuole che le racconti della mia vita sotto copertura. E degli incubi che ho da quando sono tornato..." Accennò lui. Appoggiò la schiena alla sedia e sospirò: "Ma non sono mai riuscito a farlo."

"Non è una cosa facile di cui parlare."

"No. Per niente. Ed ero stufo di parlarne e di sentire le opinioni idiote degli altri in proposito... così ho deciso di smettere di parlarne e di tirarmene fuori.

Solo che non pensavo che così facendo mi sarei anche tirato fuori dal mio matrimonio..." Di nuovo quella tristezza e quella rassegnazione nella voce. Ludovica abbassò gli occhi. Quel tono le spezzava il cuore.

"Non potevi saperlo..."

Giulio rimase in silenzio per un po', pensando a chissà cosa, poi scrollò le spalle:

"Forse non avrei dovuto lasciarla sola..."

"Te lo ha chiesto lei?"

"Sì... più o meno."

"Allora hai fatto bene. Ma fossi in te... non starei in giro tutta la notte."

"Non ne avevo nessuna intenzione..."

"Lo so."

"Non avevo nemmeno intenzione di venire qui, in realtà."

"So anche questo. Ma hai fatto bene a farlo." Ludovica sospirò. "Ora beviti l'ultimo cicchetto e torna a casa, Giulio."

Locatelli annuì allungandole il bicchiere. Si vedeva che non aveva voglia di tornare a casa, ma Ludovica era certa che lo avrebbe fatto lo stesso. Sarebbe andato a casa e avrebbe fatto la cosa "giusta". Sarebbe stato calmo, affidabile e razionale e si sarebbe preso tutte le colpe del mondo. Anche quelle che non aveva.

———

Giulio trovò Isabella seduta sul divano. Mentre lui era uscito aveva raccolto i cocci del vaso da terra e si era visibilmente calmata: non aveva più il viso rosso e il fiato corto, ma piangeva in maniera sommessa, con il capo chino, guardandosi le mani. Nel sentirlo rientrare alzò lo sguardo verso di lui. Non sembrava più sconvolta, solo stanca.

"Posso restare?" Chiese Giulio, quasi sottovoce. Lei annuì:

"È casa tua... certo che puoi restare."

È casa tua.

Era vero. Tecnicamente la casa era sua. Ma l'aveva sempre considerata casa loro.

"Mi spiace, Isabella. Non sai quanto."

Tra il sonno arretrato e il rum, quella era l'unica cosa che riusciva a mettere a fuoco: il dispiacere che gli stringeva il petto, il cuore e la gola tentando di soffocarlo.

"Lo so, Giulio. Anche a me. Ma è meglio così." Isabella si alzò e si mise di fronte a lui. Era decisamente più calma e serena di come si sentisse lui: era tornata ad essere la donna razionale e pacata che era sempre stata fino all'anno precedente, prima che lui la tirasse lentamente ma inesorabilmente fuori dai gangheri. "Mi spiace anche per il vaso…"

"Non ti preoccupare. Non mi era mai piaciuto."

Lei sorrise leggermente: "E perché non l'hai mai detto allora?"

"Perché ce lo aveva regalato tua madre. E a te piaceva."

Isabella fece un passo avanti, si avvicinò e gli accarezzò una guancia: "Sei stato un buon marito… voglio che tu lo sappia."

Certo che se quello era il risultato…

Ma polemizzare non sarebbe servito a niente.

Anche pensarci non serviva a niente.

"Io… non volevo tirartelo addosso." Lo guardò negli occhi. "Davvero. Non… lo sai che non farei mai una cosa del genere, vero?"

"Ma certo che lo so."

"Non ci ho nemmeno pensato, fino a… fino a quando ormai era già rotto, per terra. Non voglio che tu pensi che io sia come quella… *pazza*."

"Non penso niente del genere. Davvero. Sei sempre stata il suo esatto opposto."

Non voglio parlare di lei, Isa. È stata la storia peggiore della mia vita e non voglio pensarci più.

Ironico che ne avessero parlato il giorno in cui si erano messi insieme e che ne stessero parlando anche mentre si stavano lasciando. Ancora più ironico realizzare che se in quel momento gli avessero chiesto chi delle due gli aveva fatto più male non avrebbe saputo rispondere.

Giulio allungò le braccia e la tirò a sé. Non era sicuro che lei avrebbe apprezzato, ma appena la strinse lei lo avvolse a sua volta in un abbraccio e gli appoggiò il viso a una spalla. Solo dopo qualche istante si accorse che lei stava di nuovo piangendo, anche se sommessamente. Le accarezzò la schiena e la cullò, aspettando che da un momento all'altro iniziassero a scendere delle lacrime anche a lui.

Ma non successe niente del genere.

Il vuoto nel petto era ancora lì, ma a parte quello non sentiva altro, se non una sensazione di stanchezza e di intorpidimento.

Isabella pianse per qualche minuto con la faccia contro il suo petto prima di alzare lo sguardo verso di lui. Gli diede un bacio leggero sul collo, poi uno sulla guancia.

Giulio ruotò leggermente la testa per poterla guardare negli occhi. Erano arrossati e gonfi, eppure erano gli stessi occhi che lo avevano fatto innamorare da ragazzo. Era tutto il resto ad essere cambiato. Come sarebbe stata la vita senza di lei? Più facile? Più difficile? O semplicemente diversa in tutto e per tutto?

"Posso baciarti?" Chiese lei sottovoce. Giulio cercò di sorridere, ma era come se tutti i suoi muscoli facciali si fossero paralizzati. Annuì senza parlare, sentendosi un groppo sempre più grande in gola.

Isabella appoggiò le labbra alle sue, prima tentativamente, poi con sempre più insistenza.

L'insistenza divenne presto foga vera e propria e cominciarono a baciarsi come non si baciavano da secoli, come i primi tempi, come quando lei, ridendo, gli aveva detto *ti voglio nudo, Giulio Locatelli.* O come quando lui era da poco andato a vivere da solo e quella casa aveva ancora pochi mobili ma l'unico che a loro importava veramente era il letto. O come quando lui tornava dalle missioni e tutto quello che desiderava era sentire il corpo di Isabella contro il suo, per sentirsi di nuovo vivo e per dimenticare quello che aveva fatto e visto durante i mesi in cui era stato lontano.

Quei baci erano bellissimi e strazianti.

Era come se gli ultimi dieci anni, ma sopratutto gli ultimi dieci mesi, non ci fossero mai stati.

Era come avere di nuovo 22 anni ed essere pronto a una nuova vita insieme.

Solo che non era così.

Di anni lui ne aveva 37 e la loro vita insieme stava per finire.

Giulio sentì una sensazione di vuoto nei polmoni e dovette staccarsi un secondo da quel bacio che lo stava facendo finire in quello che pareva un vortice senza fine. Le prese il viso fra le mani e la fissò negli occhi. Aveva le pupille dilatate e il respiro affannoso e, assurdamente, gli venne in mente quella volta in cui si erano strappati i vestiti di dosso salendo le scale verso la mansarda della famosa casa dei genitori di lei sul lago. Era l'unico bel ricordo che aveva di quel posto malefico. Fece per aprire la bocca ma lei lo zittì con un altro bacio insistente. La lasciò fare per qualche secondo, poi si staccò di nuovo per guardarla. Questa volta gli occhi di Isabella si incupirono immediatamente:

"Hai detto tu che potevo baciarti..."

Lui abbozzò un sorriso:

"Certo che puoi. Ma vai piano. Abbiamo tutta la notte."

Anche Isabella sorrise e un'altra lacrima le scese lungo il viso, fino al punto in cui lui gliela fermò con un pollice. Si chinò e riprese a baciarla e lei ricambiò più lentamente, esattamente come le aveva chiesto di fare.

E ad ogni bacio era come se un pezzo di lui si sgretolasse, si staccasse, cadesse e finisse chissà dove, mentre la voragine che aveva nel petto diventava sempre più profonda.

MARTEDÌ 17 OTTOBRE 2017

Erano le sei e mezza e il cielo sopra Viale Regina Giovanna era più nero del suo umore.

Era decisamente presto per andare in ufficio, persino per i suoi canoni, ma Giulio non voleva vedere Isabella portare giù le valigie e andarsene. Meglio togliere il disturbo e lasciare che lei facesse tutto in pace, senza di lui.

Ne era sicuro.

Era stata forse la notte più strana della sua vita, se si toglieva quella che aveva passato in una stalla in compagnia di un gregge di capre da qualche parte sulle montagne dell'Afghanistan. E quella trascorsa nella carrozza di un treno russo in compagnia di un gruppo di siberiani con cui, per non dare troppo nell'occhio, aveva dovuto cantare e bere vodka fino all'alba. Per il resto di notti così intensamente diverse non ne aveva mai passate.

Era stata una nottata a tratti travolgente e a tratti annichilente e, ovviamente, di dormire non se ne era parlato neanche.

Sospirò.

No. Non vederla andare via era l'opzione migliore per tutti e due. Meno lacrime, meno discorsi, meno dolore. O almeno così sperava perché, ad essere sincero, stava già abbastanza male così.

Non poteva ignorare la spiacevole sensazione che provava alla bocca dello stomaco, né tanto meno poteva fare finta di non sentire ancora quella specie di dolore, di vuoto, nel petto, ma sperava che lavorare lo avrebbe aiutato.

Di solito aiutava.

Accese il computer e cercò di concentrarsi sul caso Giuliani, ma tutto gli ricordava Isabella, anche le cose che non c'entravano niente con lei.

Isabella che piangeva.

Isabella che lo lasciava.

Isabella che lo baciava.

Isabella che faceva le valigie e se ne andava verso una nuova vita, migliore e senza di lui.

Anzi: migliore *perché* senza di lui.

Senza volerlo posò lo sguardo sulla foto del loro matrimonio e gli sembrò che il cuore gli battesse sempre più piano, come se da un momento all'altro avesse intenzione di fermarsi. Anche se sapeva che non era così chiuse gli occhi, cercando di concentrarsi sui suoi respiri. Quanto sarebbe durata quella tortura? Erano passate a stento 12 ore e già gli sembrava di non poter sopportare oltre quel dolore sordo che sentiva pervadergli il petto.

Il telefono vibrò sulla scrivania, spaventandolo. Aprì gli occhi e dette un'occhiata alla notifica.

Come stai?

Cosa ci faceva Ludovica sveglia alle 6:37 a mandargli messaggi su Whatsapp?

Allontanò il telefono senza aprire il messaggio. Tentò di nuovo di concentrarsi sul caso, ma un'altra vibrazione lo distrasse.

Guarda che lo so che sei sveglio.

Alzò gli occhi al cielo. Ci si metteva pure lei, adesso? Vabbè che era stato lui ad andarla a cercare la sera prima... ma gli sembrava di averle già detto abbastanza, anche troppo. Se avesse potuto, sarebbe tornato indietro nel tempo e non sarebbe certo andato a raccontarle tutti i suoi problemi come aveva fatto.

Cosa cavolo gli era venuto in mente?

Aveva reagito d'istinto, senza nemmeno pensare.

Le era piombato nello studio come una specie di pazzo, in cerca di qualcosa che non era chiaro nemmeno a lui.

Aveva fatto una figura da idiota.

Una terza vibrazione lo fece imprecare tra sé e sé.

Allora?

Sbuffò. Possibile che non potesse lasciarlo in pace? Non capiva che non erano nemmeno le sette e che aveva bisogno di un attimo di tempo per digerire tutto quello che era accaduto? E dire che faceva la psicoterapeuta, santo cielo. Faceva così anche con i suoi pazienti? Li tartassava fino a quando li mandava fuori di testa?

Qualcuno bussò alla porta e Giulio gettò la penna che aveva in mano sulla scrivania trattenendosi a stento dall'inveire ad alta voce.

"Avanti!" Abbaiò. Si augurò che chiunque fosse avesse una ragione più che buona per averlo disturbato. La porta si aprì e apparve Ludovica.

Di colpo si sentì la bocca secca e le guance in fiamme.

Neanche dodici ore prima era andato da quella donna a raccontarle i fatti suoi come se fossero amici da anni ed ora eccola lì. Aveva l'aria stanca, anche se come al solito era truccata e pettinata alla perfezione. La fissò un secondo, mettendo a fuoco solo un attimo dopo il top di paillettes, la giacca troppo leggera per la temperatura che c'era fuori, i jeans strappati e l'immancabile sandalo con tacco. Sembrava pronta per andare in discoteca.

"Visto che non rispondi ai miei Whatsapp sono venuta a vedere come stavi..." Disse lei accomodandosi sulla sedia di fronte a lui.

Giulio annuì. Era possibile essere, allo stesso tempo, estremamente irritati e incredibilmente grati? A quanto pareva, sì.

"Non... non sono un grande fan dei messaggi. E di Whatsapp..."

"Sì, l'ho capito. È per questo che sono venuta di persona... ho visto la tua macchina parcheggiata qua fuori e ho dedotto che fossi già arrivato in ufficio."

Inarcò un sopracciglio: "Perspicace... ma non è un po' presto per pedinare la gente?"

"Presto?" Rise. "A dire il vero non sono ancora andata a dormire... stavo tornando a casa adesso e sono passata di qui."

Ah, certo. Cercò qualcosa da dire, ma lei lo precedette:

"E dalla tua faccia direi che anche tu non hai dormito per niente stanotte..."

Più che una domanda era un'affermazione.

"Sì... è stata una notte... difficile." Ammise lui, cercando di stare sul vago. Ludovica sorrise:

"Lo vedo. Lo sai, vero, che hai un succhiotto enorme sul collo?"

Giulio, quasi senza accorgersene, alzò la mano sinistra e se la portò alla gola, sentendosi avvampare.

"Io... io... non..."

"Non c'è niente di cui vergognarsi, Commissario. Ci caschiamo tutti... L'ultima notte di sesso è un must, quando ci si lascia."

Giulio abbassò la mano e sospirò, cercando di non pensare al trasporto con cui lo aveva baciato Isabella e al modo in cui lo aveva spogliato, con una foga tale che gli aveva staccato tre bottoni della camicia. Erano a stento arrivati a letto.

"Questa tua teoria è stata pubblicata su qualche rivista scientifica?"

Ludovica rise:

"Non ancora, ma a giudicare da come sei arrossito direi che ho ragione."

Giulio non disse niente e si limitò a spostare delle carte che aveva davanti a lui, tentando di allontanare dalla mente l'immagine di Isabella nuda sotto di lui con la bocca incollata al suo collo. Da quando era tornato a vivere a Milano lei era stata scostante, quasi come se lui la infastidisse. Ma non la notte prima. No. La notte prima era tornata a essere quella di un tempo, se non addirittura meglio. Era stato tutto più intenso, a tratti più veloce ma spesso più lento del solito, come se ogni singolo secondo contasse. E forse era così. Contavano, quei secondi, perché erano gli ultimi.

Ludovica lo sorprese appoggiando la mano sopra la sua. Aveva la mano leggermente fredda e la pelle morbidissima. "A parte gli scherzi... come stai?"

Lui sospirò e guardò la mano smaltata che, sopra la sua, sembrava più piccola del solito. Poi alzò lo sguardo: lo stava fissando con gli occhi blu un po' sgranati e le sopracciglia inarcate. Sembrava sinceramente preoccupata per lui. E se lo guardava così doveva esserle sembrato completamente fuori di testa la sera prima. Si vergognava come un ladro, ma ormai non poteva tornare indietro. Tanto valeva essere sincero.

"Non benissimo."

Lei annuì, lasciando la mano dov'era. Da fredda che era stava diventando sempre più calda.

"Anche se la parola *normale* a noi del mestiere non piace... è normale che tu non stia benissimo."

"Se lo dici tu mi fido."

Gli rivolse un sorriso velato: "Potresti prenderti qualche giorno di vacanza..."

Ci mancava solo quello. Ore e ore a disposizione per pensare a quello che era successo.

Scosse la testa: "No, meglio di no. Preferisco concentrarmi su altro."

"Prima o poi dovrai pensarci, però. Parola di esperta."

"Esperta di matrimoni finiti?"

"Matrimoni... no. Ma sono un'esperta di storie finite male."

"Le tue o quelle degli altri?"

"Per lo più quelle degli altri."

"E le tue?"

"Ne parleremo un'altra volta..."

"Stai forse evitando la mia domanda, Dottoressa?"

Ludovica gli rivolse un sorriso sornione:

"Forse. Ma non è importante. Quello che importa adesso è come ti senti tu. Vorrei che tu venissi a cena con me e la Vero stasera."

"Ti ringrazio, ma non credo di essere dell'umore."

"Sicuro, Commissario? Un po' di compagnia ti farebbe bene."

"Sicuro, Dottoressa." Si fissarono negli occhi e Giulio cercò di accennare un sorriso.

"Promettimi però che mangerai qualcosa."

"Te lo prometto."

"E quando dico mangiare... intendo qualcosa di solido. L'alcol non conta."

"Promesso."

Lei sorrise e tolse lentamente la mano da sopra quella di lui.

"Molto bene. Allora ti lascio lavorare..."

Si alzò e fece per andarsene.

"Ludovica?" Lei si girò a guardarlo. "Grazie mille di essere passata."

Gli sorrise di nuovo e uscì dall'ufficio, chiudendosi la porta alle spalle.

Giulio rimase immobile, seduto alla scrivania.

Solo dopo qualche istante si rese conto che il cuore aveva iniziato di nuovo a battergli a velocità quasi normale: forse, dopo tutto, non si sarebbe fermato. Forse quel dolore, quella tortura, non sarebbero stati impossibili da affrontare. Forse non sarebbe stato male per sempre. Sospirò e riprese in mano il fascicolo del caso. E forse sarebbe riuscito a risolvere pure quello di problema. Perché tutto, prima o poi, si risolveva, ma alcune cose, come quel caso per esempio, andavano risolte in fretta, prima che ci si mettessero il becco Questori, Vice Questori e compagnia cantante.

Ludovica? Grazie mille di essere passata.

Era stata sveglia tutta notte eppure non riusciva a dormire, nonostante la camera da letto fosse buia e silenziosa, proprio come piaceva a lei. Sbuffò e si girò di lato cercando di svuotare la mente. Nel pomeriggio aveva degli appuntamenti in studio e doveva assolutamente sfruttare quelle quattro ore di sonno.

E invece niente. Le parole di Giulio continuavano ad echeggiarle nel cervello.

Ludovica? Grazie mille di essere passata.

Non l'aveva mai chiamata per nome prima.

Era una scemata, ma le aveva fatto un effetto strano sentirgli pronunciare il suo nome. Per un istante non era stata la Dottoressa o la Dottoressa Invernizzi. Era stata semplicemente Ludovica, l'amica che aveva allungato la strada verso casa di svariati chilometri per andare a vedere come stava.

D'altronde non avrebbe potuto non passare da lui, non dopo averlo visto in quello stato la sera prima.

Che poi chissà come mai era andato proprio da lei. Avrebbe voluto chiederglielo, ma aveva deciso che fosse meglio non farlo. Se glielo avesse chiesto lui l'avrebbe presa sicuramente nel modo sbagliato e avrebbe pensato di averle dato fastidio.

Si girò di nuovo a pancia in su e sospirò.

Un po' la preoccupava.

Era più che chiaro che si ritenesse unico responsabile della fine del suo matrimonio, il che era assurdo, ovviamente. Lui, però, era stato irremovibile su quel punto. Avrebbe voluto dirgli che tra i sei anni che aveva passato lontano da casa e il disordine da stress post traumatico di cui molto probabilmente soffriva, era un miracolo che tra lui e sua moglie non fosse finita molto prima. Ma anche quella non era una cosa facile da dire.

Ludovica si rese conto che, per quanto blandamente, lo stava psicanalizzando, un vizio che aveva sempre avuto e che aveva spesso usato a suo vantaggio. Perché non era vero che non analizzasse i comportamenti altrui 24 ore su 24. A volte, anzi, molto spesso, lo faceva eccome.

E no.

Non era giusto.

Anche se per scherzo, dalla prima volta che avevano parlato lei gli aveva promesso che non lo avrebbe psicanalizzato senza il suo permesso. Si trattava, dunque, di mantenere la promessa e di essere sua amica e non la sua analista.

Ci sarebbero voluti tempi biblici e tanta pazienza per scoprire chi era veramente Giulio Locatelli, ma aveva la sensazione che ne sarebbe valsa la pena.

Le acque chete sono quelle che travolgono i ponti.

Quelle parole che ripeteva sempre la sua maestra delle elementari le saltarono in mente.

Sorrise.

Chissà se era vero.

Con quel pensiero finalmente si sentì scivolare nel sonno.

Pietro Zoppi doveva essere un balordo. Un balordo ricco, ma pur sempre un balordo. L'atrio del suo ufficio, con vista sul Duomo e sulla Torre Velasca, era stato arredato con il chiaro intento di ostentare ricchezza e potere, mentre le due segretarie alla reception sembravano state scelte più perché sembravano delle Bond girls che per le loro abilità lavorative.

Una delle due, quella che se la tirava di più, si stava limando un'unghia da più di cinque minuti. L'altra, oltre a ruminare in maniera fastidiosa una cicca, non faceva che scrivere al cellulare.

"Credete che ci metterà molto a liberarsi, il Signor Zoppi?" Domandò Giulio dopo aver aspettato dieci minuti.

"È molto impegnato..." Disse quella con in mano il cellulare, senza nemmeno alzare lo sguardo.

"Immagino. Ma forse non avete capito che sono qui per un'indagine di omicidio. E ho una certa fretta."

Alla parola *omicidio* lo guardarono tutte e due. Quella col telefono si alzò:

"Vado a controllare." Gli passò davanti con andatura da passerella e sparì dietro una porta. Pochi istanti dopo tornò e gli rivolse un sorriso falso:

"Si accomodi, prego."

Se l'atrio gli era sembrato stravagante e inutilmente opulento, l'ufficio di

Zoppi era ancora peggio, tutto laccato di nero e pieno di orribili pezzi di arte ultramoderni comprati, sicuramente, solo per quanto costavano. Zoppi, un uomo sulla quarantina lampadato e con gli occhi da furbo, indossava un completo grigio vagamente iridescente e assurdamente estivo, con i pantaloni troppo stretti e senza cravatta. I primi tre bottoni della camicia non erano allacciati e lasciavano intravedere una catenina d'oro troppo spessa.

Balordo, ricco e tamarro, dunque.

"Buongiorno, Capitano! Pietro Zoppi, al suo servizio."

Giulio gli strinse la mano: "Commissario, a dire il vero."

"Ah, mi scusi! Le ragazze devono aver capito male... e non me ne intendo di gradi dell'esercito. Non ho fatto il militare."

Non c'era da stupirsene.

"Sì, beh... come le ho detto sono Commissario. Di Polizia."

"Certo, certo. Si accomodi." Disse Zoppi sedendosi a sua volta. "Come posso aiutarla?"

"Sono qui per parlare della morte di Maurizio Giuliani."

"Lo immaginavo. È morto di overdose, mi hanno detto."

"Stiamo ancora investigando, a dire il vero. Sono qui perché la Signora Cattani, la moglie di Maurizio, è convinta che lei fosse il motivo per cui suo marito non riusciva a smettere con la cocaina..."

Zoppi scoppiò a ridere. Una risata spiacevole quasi quanto lui.

"Io? Ma per favore! Maurizio non aveva certo bisogno di me per trovare la coca. Non la tocco quella roba, io."

Non era quello che gli aveva detto Ludovica e, così a spanne, si fidava più di lei che di lui. Giulio sbuffò: "Ascolti, non sono dell'antidroga e non mi interessa incriminarla per possesso e uso di stupefacenti. Quello che mi interessa è che lei mi dica la verità sulle feste a casa di Maurizio Giuliani. Ha mai partecipato?"

L'altro annuì con fare riluttante:

"Sì."

"Molte volte?"

"Non saprei, non me le sono segnate in agenda."

Giulio ignorò il tono sarcastico che aveva usato e continuò:

"Chi altro c'era a queste feste?"

"Non erano vere e proprie *fes*te. Non eravamo mai più che cinque o sei."

"Lei, Giuliani e chi altro?"

"Ragazze. Ma non mi chieda i nomi, non me ne ricordo mezzo."

"Per caso lei conosce una certa Elena Molinari?" Si tolse la foto dalla tasca e gliela mostrò. Zoppi rimase impassibile:

"Mai vista. Chi è?"

"Una donna che abbiamo trovato morta nello stesso palazzo di Maurizio Giuliani."

"No, mi spiace. Non la conosco."

Spinse la foto di nuovo verso di lui e Giulio se la rimise in tasca.

"Mi può dire dov'era la mattina di martedì 3 ottobre dalle otto a mezzogiorno?"

Zoppi sembrò fare mente locale prima di rispondere:

"Ero a casa. Non stavo molto bene. La domenica avevo esagerato un po' a fare festa... capisce? E così il lunedì sono stato male in ufficio e quindi martedì sono stato a casa."

"C'è qualcuno che può confermarlo?"

"No, Commissario. Vivo solo."

Giulio soppresse il sorriso che gli stava nascendo sulle labbra. Finalmente qualcuno che non aveva un alibi e che, molto probabilmente, non aveva fatto che mentirgli da quando avevano iniziato a parlare.

Le cose stavano cominciando a farsi più interessanti.

L'umore di Sara sembrava decisamente migliorato.

Certo, aveva l'aria stanca, ma non ci si poteva aspettare altro da una a cui era morto prematuramente il marito da sole due settimane.

"Grazie di essere venuta, Ludo. Vuole dire molto per me."

Le sorrise e si accomodò al tavolo della cucina: "Non devi ringraziarmi. Anzi... sarei dovuta venire prima. Ma non ero sicura che volessi compagnia..."

"In effetti i primi giorni non ne volevo. Ma adesso sono felice che tu sia qui."

"Come vanno le cose?"

Sara le mise davanti un caffè.

"Insomma... molta gente si sente a disagio a chiamarmi per via di come è morto Maurizio. Mi fanno sentire come una specie di appestata."

"Sì, lo immagino. Ma non pensare a quello che dice la gente. Lo sai che parlano tanto per fare..."

"Lo so. Ma come se non bastasse dicono che Maurizio mi tradisse... come se fosse una cosa divertente di cui parlare."

"E... era vero?" Domandò cautamente, mescolando il suo caffè anche se non ci aveva messo lo zucchero. Con la coda dell'occhio vide Sara rabbuiarsi. Forse non era stata la domanda giusta.

"Certo che no!" Sbottò. "Non lo penserai anche tu, vero?"
Si affrettò a scuotere la testa:
"Certo che no! Se tu mi dici che non è vero io credo a te, Sara. Non vedo perché dovrei dare retta a dei pettegolezzi di gente che ne sa poco o niente."
"Beh, allora sei una delle poche a credermi." Sospirò. "Non sto dicendo che fosse tutto rose e fiori, ma non era nemmeno così male come si immaginano tutti. Maurizio aveva i suoi momenti, ma stava cercando di uscirne. Dalla droga, intendo."
Quello era vero, solo che non poteva dirglielo. Anche se Maurizio era morto Ludovica avrebbe mantenuto il segreto come le aveva chiesto lui.
"Non è un percorso facile… soprattutto da affrontare da soli." Offrì. "Avevi mai pensato di chiedere aiuto a qualcuno? Ai tuoi, magari?"
Di colpo sembrò aver cambiato umore: "No. Non volevo che mio padre entrasse in questa storia… ha già abbastanza preoccupazioni."
Interessante. Non era quello che il Commendator Cattani aveva detto a Giulio. Ma insistere non sarebbe servito.
Le sorrise: "Ma certo, era solo un'idea…"
Rimasero in silenzio per qualche istante, poi Sara la fissò negli occhi:
"Come… come fai a vivere sola?"
"In che senso?"
"Io… lo trovo orribile. Tu non senti mai il bisogno di compagnia?"
Quella sì che era una domanda che non si aspettava.
Scosse la testa: "In realtà mi piace molto. E poi la compagnia non mi manca… solo non gradisco che rimanga troppo a lungo."
"Ma non ti manca *qualcosa*, Ludo? Non vorresti avere qualcuno di speciale con te?"
"No. Non voglio un fidanzato. Non voglio un altro Francesco. È l'ultima cosa di cui ho bisogno per stare bene."
Sara scosse la testa: "Sono passati dieci anni… non posso credere che tu la pensi ancora così." Ludovica scrollò le spalle. Il solo pensiero di Francesco la infastidiva. Non tanto per Francesco in sé, che dalle foto che postava su Facebook era ancora affascinante, bello come il sole e con la faccia da schiaffi, ma per come era stata lei mentre stavano insieme. Una cretina. Una pezza da piedi. Una versione di sé stessa che non le piaceva per niente.
"La penserò così per sempre, credo. Sto molto meglio senza un fidanzato. So che non è una cosa per tutti… ma per me è così." Allungò una mano e le diede una leggera stretta a una spalla. "Ma tu non devi preoccuparti. Se vorrai trovare qualcuno di speciale, quando sarà il momento lo troverai. Ne sono sicura. Ma io no. E va bene così."

Sara annuì, ma era chiaro che non fosse per niente convinta di quello che Ludovica le aveva appena detto. La cosa le diede più fastidio del dovuto, così come le aveva dato più fastidio del dovuto aver parlato, anche solo per un istante, di Francesco.

―

Promettimi però che mangerai qualcosa. Qualcosa di solido. L'alcol non conta.
L'alcol contava eccome.
Sarebbe *dovuto* contare, perché Giulio non aveva nessuna intenzione di ingerire altro per il resto della serata: aveva lo stomaco chiuso, comunque, e non sarebbe riuscito a mandare giù niente di solido anche se avesse voluto.
O così gli piaceva pensare.
Aprì la bottiglia di vodka che aveva appena comprato al supermercato, riempì un bicchiere di ghiaccio e ne versò dentro una quantità indegna, come fosse acqua.
Tanto non lo vedeva nessuno.
Si accasciò in poltrona e mandò giù un paio di sorsate. Anche se era gelida la vodka gli sembrò bollente in gola e nello stomaco. Rabbrividì ma ne mandò giù un altro sorso.
Era dai tempi di Minsk che non beveva vodka in quantità massicce. Erano passati sei anni, ma era buona e forte, esattamente come se la ricordava. Esattamente come aveva bisogno che fosse. Ne bevve ancora un po' e chiuse gli occhi.
Era tanto che non pensava a Minsk.
Si era sforzato come un pazzo per non pensarci più, ma ora era senz'altro meglio che pensare a Isabella e allo spettacolare fallimento che era stato il suo matrimonio.
Minsk, dunque, completamente bianca e spazzata da una tormenta di vento e neve senza fine.
Quella topaia immonda in cui erano finiti per cercare rifugio dal freddo.
Iryna, sempre che quello fosse il suo vero nome, che lo guardava con i suoi occhi azzurro ghiaccio, bellissimi e pericolosissimi.
È il tuo compleanno, Alex, devi bere per forza.
Una vodka, due vodke, tre vodke.
Alla quarta vodka la solitudine che lo tormentava da giorni si era dissolta nell'aria fumosa della bettola.
Anche attraverso l'aria irrespirabile di quel tugurio il profumo vanigliato di

Iryna gli aveva riempito le narici, facendolo sentire leggero, più ubriaco di quello era.

Alla quinta vodka aveva smesso di combattere contro l'insistente fantasia di baciarla che gli stava annebbiando il cervello e le aveva fissato le labbra, senza ritegno e senza remore.

Perché mi guardi così, Alex?

Alla sesta vodka avrebbe voluto dirle che non si chiamava Alex. Avrebbe voluto sentirle pronunciare il suo nome, quello vero, sentirselo sussurrare nell'orecchio anche solo una volta.

Poi la musica russa che usciva incessantemente dagli speaker di quarta categoria di quel buco era finita e le prime note di Wind of Change erano uscite gracchiando dalle casse.

Vieni, fammi ballare.

Iryna lo aveva preso per mano e si era stretta a lui come se la sua vita dipendesse da quello e il profumo vanigliato si era fatto quasi troppo intenso perché lui potesse continuare a ignorarlo. Lei lo aveva baciato e lui l'aveva lasciata fare. Si erano baciati per tutto il resto della canzone, per tre minuti buoni, come due liceali. Quando si erano staccati Fontana gli aveva sorriso da dove era seduto, si era messo la sigaretta in bocca e aveva puntato entrambi i pollici verso l'alto, come se non aspettasse altro di vederlo limonare con una tizia a caso.

Vieni a casa con me, ti prego.

Non ci era andato.

Ma sei scemo, Locatelli? Non farti scappare questa occasione.

Era tornato a casa solo, sotto la tormenta.

Si era rannicchiato nel letto scomodo di quel suo appartamento freddo e squallido e aveva pianto tutta la notte, completamente ubriaco e dilaniato a tratti dal senso di colpa per averla baciata e a tratti dal rimpianto di non essere andato a casa con lei.

Bei tempi, quando ancora riusciva a piangere.

Giulio aprì gli occhi e scosse la testa.

Odiava ammetterlo ma Fontana aveva ragione. Sarebbe dovuto andare a casa con Iryna, ecco cosa.

E invece no. Era stato fedele. Era stato integro. Aveva fatto la cosa giusta.

E quello era il risultato.

Si versò un altro bicchiere di vodka e ne bevve un paio di sorsi: l'umore gli era leggermente migliorato, ma si poteva fare di meglio, molto meglio.

Si poteva bere fino a dimenticarsi di Minsk e di Iryna, ma soprattutto di Isabella.

Mandò giù altri due sorsi.

Si sentiva strano.

Sarà stata la vodka, ma il vuoto che sentiva intorno a lui, invece che rattristarlo, lo fece sentire in qualche modo sollevato.

Finì la vodka che aveva nel bicchiere tutta d'un fiato: magari, se si fosse ubriacato come quella sera a Minsk, sarebbe riuscito a piangere e poi si sarebbe sentito meglio. Rimase un attimo immobile, aspettando le lacrime, ma non successe assolutamente niente.

"Manco quello sei capace di fare, *Alex...*" Disse ad alta voce, versandosi un altro bicchiere. Scoppiò a ridere e tracannò la vodka. Magari se ne avesse bevuta abbastanza sarebbe riuscito a usarla per riempire quel vuoto che sentiva nel petto.

Ne buttò giù un altro bicchiere.

Non sapeva che ore fossero, ma di colpo si sentiva stanco.

Si alzò dalla poltrona e si buttò sul letto senza nemmeno togliersi la giacca e la cravatta. La voce di Fontana non voleva smettere di rimbombargli nella testa.

Ma sei scemo, Locatelli? Non farti scappare questa occasione.

Scemo era scemo, quello ormai lo aveva capito. E l'occasione se l'era fatta scappare. Quella, insieme a tante altre.

Chiuse gli occhi e si addormentò così, con le scarpe ai piedi e le luci accese.

CAPITOLO DIECI

I nuovi inizi sono spesso camuffati da fini dolorose.
— *Lao Tzu*

MERCOLEDÌ 18 OTTOBRE

Olivia non fece in tempo a mettere piede in Commissariato che Beretta la fermò: "Occhio che oggi Locatelli morde…"

Non esattamente quello che sperava di sentirsi dire dopo aver passato tutta la giornata precedente assieme a Caputo alla ricerca della macchina della Molinari, prima in Via Nino Bixio, poi nelle vie antistanti e, infine, nei depositi dei vigili. Cercare una macchina di cui non conoscevano né la marca, né il modello, né la targa era stata una vera rottura.

La buona notizia era che l'avevano trovata e che non avevano trovato solo quella. Nel bagagliaio c'era una borsa con i suoi vestiti e il suo portafoglio e tra il sedile del guidatore e il freno a mano era caduto il famoso cellulare mancante della morta: il primo colpo di fortuna dall'inizio delle indagini, insomma. Una botta di culo che, anche se Locatelli era di cattivo umore, non avrebbe potuto ignorare, giusto?

"Ma gli avete detto dell'auto della Molinari e del telefono?"

"Glielo ha detto Caputo. Io quando è così gli sto alla larga…"

"E lui?"

"Lui niente. Ha detto *bene*. Ed è andato a chiudersi nel suo ufficio senza più dire una parola."

Sospirò. E lei che non vedeva l'ora di dirglielo...

"Ma cos'ha?" Insistette. Beretta scrollò le spalle:

"Ahhhh... bella domanda. Già ieri sembrava un morto vivente... oggi è pure peggio. Se sei così curiosa vai di là a vedere. Io non ci penso neanche."

Olivia annuì e si diresse verso l'ufficio di Locatelli. Non poteva stare tutto il giorno nascosta in un angolo solo perché il capo era di cattivo umore, no? E poi cosa ne sapeva Beretta? Esagerava sempre. Magari aveva esagerato anche quella volta lì.

Aprì la porta e piantò gli occhi addosso a Locatelli.

Ok, forse questa volta non aveva esagerato. Sembrava davvero un morto vivente.

Era seduto ingobbito alla scrivania con lo sguardo perso nel vuoto, il gomito sinistro appoggiato al tavolo e la mano che reggeva la testa. Nel sentirla entrare alzò gli occhi iniettati di sangue verso di lei e la fissò per qualche secondo.

"Rizzo..." Gracchiò. Anche la voce era orribile. Se la schiarì e aggrottò le sopracciglia: "Buongiorno."

"Buongiorno, Commissario." Olivia rimase ferma sulla porta a guardarlo e lui chiuse un secondo gli occhi, sospirando come se il solo salutarla lo avesse sfiancato, per poi raddrizzarsi sulla sedia:

"Avete trovato la macchina della Molinari. Bravi."

Normalmente il suo complimento l'avrebbe fatta arrossire, ma era troppo preoccupata per perdere tempo con cose del genere.

"Grazie." Chiuse la porta e si sedette al suo tavolino. Locatelli rimase in silenzio con lo sguardo di nuovo fisso nel vuoto, come se si fosse dimenticato che lei era lì. Forse se lo era dimenticato davvero. Non erano fatti suoi, ovviamente, e Zia Cecilia le avrebbe dato dell'impicciona, ma Olivia non riuscì a trattenersi: "Non sta bene, Commissario?"

Lui sbatté le palpebre un paio di volte, poi scrollò le spalle e fece un gesto vago con la mano, come per allontanare quella domanda:

"Troppi giorni di fila senza dormire... un po' di mal di testa... niente di grave." Da come stringeva continuamente gli occhi, però, il mal di testa che aveva doveva essere ben più forte di quello che voleva far credere. Locatelli si raddrizzò ulteriormente sulla sedia, cercando forse di sembrare meno zombie, e si schiarì nuovamente la voce: "Ho messo in carica il telefono che avete trovato e ora lo hanno di là per aggirare il problema della password. Secondo il libretto della macchina, invece, il proprietario è un certo Michele Loiacono..."

"E chi è?" Domandò Olivia. Lui scrollò le spalle e sospirò:
"Ancora non lo sappiamo. Però siamo piuttosto certi che il cellulare sia della Molinari. Ha come salvaschermo una foto di lei al mare."
Qualcuno bussò alla porta e Locatelli digrignò i denti, come se quel rumore fosse troppo forte per essere sopportato. Caputo infilò la testa nella stanza:
"Abbiamo sbloccato il cellulare, Commissario. Venga a vedere."

———

La testa gli stava letteralmente per esplodere. Ad ogni rumore, ad ogni movimento, ad ogni cambiamento di luce era come se il cervello gli si gonfiasse un po' di più, andando a premere contro l'interno del cranio. E non era tutto. Aveva anche la sensazione che qualcuno gli stesse martellando con insistenza la nuca, causando delle scariche che gli facevano vedere le stelle.

Ed era tutta colpa sua, ovviamente.

La sera prima aveva ricordato tante cose su Minsk, su Iryna e sulla vodka. Quello che non aveva ricordato, o che non aveva voluto ricordare, era lo stato pietoso in cui si era svegliato il giorno dopo in quella gelida e buia mattina bielorussa di sei anni prima. Lo aveva strappato dal sonno il baccano infernale che Fontana aveva fatto bussando alla sua porta come se la volesse buttare giù. Si era trascinato ad aprirgli e se lo era trovato davanti insopportabilmente allegro e in ottima forma, come se la sera prima avesse bevuto solo acqua. *Te lo hanno mai detto che bevi come un principiante? Vestiti. Dobbiamo andare. E vedrai che l'aria fredda ti farà sentire come nuovo.* Non era esattamente andata così. Anzi. Aveva vomitato sei volte quel giorno, che poi era il motivo per cui non aveva mai più bevuto vodka liscia in quantità così massicce.

Ma purtroppo a quello non ci aveva proprio pensato.

Ed ora, un respiro sì e un respiro no, si sentiva sul punto di stramazzare al suolo, dove sarebbe morto soffocato dal proprio vomito come Jimi Hendrix. Un fulgido esempio di professionalità per tutto il corpo di Polizia, insomma.

Come se non bastasse la Rizzo e Caputo lo stavano guardando, aspettandosi ovviamente che lui si alzasse dalla scrivania e andasse con loro a vedere il cellulare della Molinari. Giulio sospirò, appoggiò le mani sulla scrivania e si alzò. La testa prese a girargli furiosamente e gli si rivoltò lo stomaco. Non poteva stare male davanti ai due agenti. Doveva tirarsi insieme in qualche modo. Si lasciò ricadere sulla sedia e sospirò. Sia Caputo che la Rizzo lo stavano ancora guardando, sempre più preoccupati.

"Scusate… devo… aver avuto un calo di pressione." Mentì. Sperò con tutto se stesso che se ne andassero e lo lasciassero morire in pace.

Non si mossero.

Caputo si schiarì la voce: "Vuole che le chiami il Dottor Banfi, Commissario? È nell'altra stanza…"

Ci mancava solo di farsi vedere in quello stato pietoso da ancora più gente.

"Banfi non è un medico." Protestò.

"Come no?"

"No. È laureato in Farmacia… o Biotecnologie mediche… qualcosa del genere. Non è la stessa cosa. E poi sto bene…" Ma non fece in tempo a finire la frase.

"Chi parla di me e della mia laurea?" La voce allegra di Banfi rimbombò nella stanza, facendo sobbalzare tutti e dandogli un'altra scarica di mal di testa. Non fece neppure in tempo a reagire e minimizzare.

Caputo lo indicò: "Il Commissario non sta bene…"

Delatore che non era altro.

Giulio si sentì gli occhi di Banfi addosso e lo vide sorridere:

"Lo vedo. Andate pure, me ne occupo io… ah, Nicola, non è che per caso mi porteresti una coca cola? Tieni i soldi..." Li fece uscire e si chiuse la porta alle spalle. Poi si girò a guardarlo: "Hai bisogno di una coca cola e di una dose massiccia di ibuprofene."

"E tu cosa ne sai?"

"Ho una laurea in Farmacia e un master in Biotecnologie mediche. Direi che in questo frangente battono la tua laurea in Giurisprudenza e il tuo master in Sicurezza pubblica. Comincia da queste…" Buttò verso di lui un blister di pastiglie. "Comprate in Spagna. Hanno delle pastiglie da cavalli, lì. *Genial por la resa*ca. Prendine due, la coca cola arriva tra un attimo."

Giulio allungò la mano, prese una pastiglia e la mandò giù con un sorso d'acqua.

"Devo aver preso un'influenza…" Mormorò. Chiuse gli occhi un attimo e sospirò. Quando li riaprì Banfi si era seduto di fronte a lui e lo guardava con un sopracciglio alzato:

"Influenza? Ma per favore… tu hai preso una sbornia colossale, altro che influenza."

Giulio annuì, troppo debole per continuare a mentire: "È così ovvio?"

"Per un esperto di sbornie come me, sì. Per gli altri sembri soltanto sul punto di morire…"

"Ottimo." Giulio prese una seconda pastiglia e un altro sorso d'acqua.

"E a cosa è stata dovuta questa sbornia colossale, se posso chiederlo?"

Aveva il cervello troppo annebbiato per trovare una scusa plausibile, quindi decise di dire la verità. Tanto a breve sarebbe morto dal mal di testa, tanto valeva dirla. "Mia moglie se n'è andata di casa."

Banfi rimase un secondo immobile con gli occhi sgranati, poi scosse la testa: "Cristo, Giulio, mi dispiace. Ma cosa ci fai qui? Non potevi prenderti un paio di giorni di malattia?"

Anche lui con quella storia?

"Per far cosa? Per stare a casa a fissare il vuoto e bere come se non ci fosse un domani? L'ho già fatto ieri sera, grazie."

Caputo bussò ed entrò con la lattina di coca cola. Banfi gli sorrise e lo ringraziò. Rimasero tutti e due in silenzio finché la porta fu di nuovo chiusa.

"Tieni. Bevi questa. Vedrai che ti farà digerire quello che hai bevuto e passare la nausea..." Giulio annuì e prese la lattina. "Non sapevo che le cose fra di voi andassero male..."

"Non lo sapeva nessuno. Ma andavano male. Malissimo."

"Ne hai parlato con qualcuno?"

"Sì."

"Bene. E se mai avessi bisogno di parlare anche con me... fai pure. Ho divorziato tre volte, sono abbastanza esperto in queste cose."

Banfi aveva avuto tre mogli? Quella era un'assoluta novità. Lo conosceva da più di dieci anni e non sapeva quasi niente di lui. Forse Isabella non aveva tutti i torti quando diceva che avere a che fare con lui era un martirio se era talmente distaccato e dissociato da tutto e tutti da non sapere nulla sulle persone che lo circondavano.

"Non... non avevo idea."

"La prima l'ho sposata a 22 anni. Avevamo la segatura nel cervello. Zero soldi, diciotto ore di lavoro al giorno a testa e abbiamo fatto due bambini in tre anni. Non ci voleva Nostradamus per immaginarsi come sarebbe finita..." Banfi lo guardò come se si stesse divertendo un mondo a parlare dei suoi matrimoni falliti.

"E poi?"

"La seconda l'ho sposata che avevo 32 anni. L'amore della mia vita. Una bionda stupenda con un carattere di merda, capace di far piangere Satana in persona." Scoppiò a ridere: "So che ne sai qualcosa. Di bionde."

Giulio decise di ignorare quel commento:

"E come mai è finita? Non era l'amore della tua vita?"

"Te l'ho detto. Carattere di merda." Sbuffò: "Mi ha lasciato dopo nemmeno due anni."

"E la terza?"

"La terza meritava di meglio che stare con uno incasinato come me. Mi

sono reso conto che le stavo tarpando le ali. È stato doloroso, ma necessario."
Doloroso ma necessario. Certo. "Vuoi un consiglio, Giulio?"

Non lo voleva, ma si rendeva conto di non essere nella posizione per dire una cosa del genere. Banfi cercava solo di essere gentile.

"Ma certo. Dimmi."

"Cerca di non stare sempre solo. Ti conosco. E sarà quello che hai in mente di fare. Ma ci saranno pure un paio di persone sulla faccia della terra con cui ti piace passare del tempo, no?" Pensò ai suoi fratelli, a suo nonno, a Federico e alla Invernizzi. Quell'ultimo pensiero lo sorprese, ma nemmeno più di tanto.

"Ma certo… poche ma ci sono."

"Passaci del tempo allora. Tutto qua." Banfi lo scrutò, poi sorrise: "Ti sta tornando un po' di colore in faccia. Come ti senti?"

"Effettivamente… meglio. Grazie, Davide."

"E di che? Se vuoi a tutti i costi stare qui e lavorare non puoi farlo mentre sei più di là che di qua…" Si alzò dalla sedia. Lo fece anche Giulio, cautamente. Non si sentiva certo bene, ma almeno non gli girava più la testa come prima.

"Ti posso chiedere…"

"Non chiederlo neanche. Non lo dirò a nessuno. Né di tua moglie, né tanto meno che eri conciato così per una sbornia. Se mai qualcuno dovesse dire qualcosa, la mia versione dei fatti sarà che avevi preso l'influenza. Ok?"

"Grazie."

"Prego. Ci manca solo di far arruffare le piume a quel rompicoglioni di Costazza."

Giulio sentì la faccia sgretolarglisi in un sorriso:

"Sì, non hai tutti i torti…" Sospirò. "Ora è meglio che vada di là a vedere quel telefono… la Rizzo e Caputo mi stanno aspettando."

Banfi annuì, aprì la porta, e se ne andò dopo aver fatto un cenno di saluto con la mano.

Giulio rimase immobile ancora per qualche secondo.

Non essere sempre così stronzo e sospettoso, Locatelli. Guarda che al mondo ci sono anche persone che ti vogliono bene.

Sospirò.

Anche su quello Fontana aveva ragione.

E avrebbe decisamente dovuto fare uno sforzo per ricordarselo un po' più spesso.

"Ho bisogno del tuo aiuto, Rizzo. Dovresti passare al setaccio il telefono di Elena Molinari e cercare qualunque cosa ci possa aiutare con l'indagine."

Olivia si sentì la bocca secca, ma annuì. Guardare nel cellulare di un'altra persona, come se non bastasse di una morta, la metteva un po' a disagio, anche se si rendeva conto che fosse assolutamente necessario farlo date le circostanze.

Prese in mano il telefono che Locatelli le stava tendendo e annuì.

"Da cosa comincio, Commissario?"

"Direi da Whatsapp, visto che sembra che questa donna non passasse più di 5 minuti senza usarlo... vedi se trovi un qualsiasi collegamento tra lei e Maurizio Giuliani. O se ci sono messaggi che possano sembrare in qualche modo minacciosi." Le indicò la sedia di fronte a lui. "So che è un lavoro infame, ma con questo mal di testa non vorrei che mi sfuggisse qualcosa..."

Olivia si sedette e lo guardò un attimo. Dopo essere stato chiuso in ufficio per una decina di minuti con Banfi sembrava stare meglio, ma non aveva comunque un'aria molto sana. Scrollò le spalle e si concentrò sul telefono, cominciando a passare le conversazioni di Whatsapp a una a una. Messaggi alla sorella, alla collega, a un tale Bibo a cui diceva che aveva lasciato le luci dell'auto accese. Poi c'erano quelli all'estetista, al suo capo e a una tizia di nome Lula per andare a fare shopping.

Senza volerlo, sbuffò rumorosamente.

"Cosa c'è?" Chiese Locatelli.

"Niente... è che Elena segnava la gente in rubrica usando i loro soprannomi. Non si capisce niente..."

"In che senso?"

"Nel senso che sono tutti Bibo, Bubi, Chiarina R.... c'è una Sister, che però non è Giada. È una sua amica..."

"E la sorella sotto cosa l'ha registrata?"

"Sorellona." Giulio alzò gli occhi al cielo e Olivia ridacchiò: "Poi ci sono Tato, Tata, Michi L., Flo..."

"Come hai detto scusa? Michi...?"

"Michi L."

"Questo Michi L. potrebbe essere Michele Loiacono, il proprietario della macchina..." Considerò Locatelli, improvvisamente attento.

Olivia strinse gli occhi:

"Sì, potrebbe."

Si stropicciò la faccia: "Comincia da lì, allora."

Olivia attaccò a leggere i messaggi che si erano scambiati la Molinari e Michi L., guardando ogni tanto di sottecchi il suo capo. Era lì seduto,

appoggiato allo schienale, con le gambe allungate sotto il tavolo, i gomiti appoggiati ai braccioli della sedia e le dita che sorreggevano la testa all'altezza delle tempie, con lo sguardo perso nel vuoto a pensare a chissà cosa. Quando, finalmente, trovò qualcosa degno di nota ebbe quasi paura a dirglielo da tanto le sembrava in trance:
"Commissario?"
Lui sobbalzò lievemente.
"Hai scoperto qualcosa?"
"Credo che Elena e Loiacono avessero una relazione..." Mormorò.
"Da cosa lo hai capito?" Domandò lui, interessato.
"Alle due del mattino Elena gli ha scritto *Sei a casa?*"
"E lui?"
Olivia aprì la bocca ma non le uscì un filo di voce. Leggergli ad alta voce quel messaggio era fuori questione: si sentiva già la faccia bruciare fino alle orecchie e le pareva quasi che Zia Cecilia fosse lì con loro nella stanza, a guardarla con disapprovazione, manco fosse stata lei a scrivere il messaggio. Come tutta risposta gli allungò il telefono.
"Se è per scopare sì." Lesse ad alta voce Locatelli. Alzò gli occhi al cielo:
"Relazione profonda, vedo..."
Fece per restituirle il telefono, ma gli fece segno di aspettare:
"Non è tutto. Credo non fosse una relazione molto... felice. Guardi cosa le ha scritto lui pochi giorni dopo..."
Lui scorse i messaggi in silenzio per qualche istante, poi inarcò le sopracciglia:
"Sei una troia, lo so che ti fai un altro." Scosse la testa. "Sembra che Elena Molinari fosse una calamita per balordi di ogni tipo..." Le passò il cellulare, sospirò e si rimise a guardare il vuoto con quel suo fare pensieroso. Olivia stava per chiedergli se andasse tutto bene quando finalmente mise a fuoco cosa c'era di diverso quella mattina in ufficio e le si spense la voce in gola.
La cornice con la foto del matrimonio del Commissario era sparita dalla scrivania.
Le tornarono in mente le parole di Beretta.
Avrà litigato di nuovo con quella strega della moglie.
Approfittò del fatto che lui fosse distratto per osservarlo: oltre ad essere pallido, aveva delle occhiaie piuttosto marcate e gli occhi parevano di un grigio più scuro del solito.
Quella dell'influenza era una bugia bella e buona, ma non era certo nella posizione per dirgli qualcosa, quindi tornò a concentrarsi sul telefono e lo lasciò ai suoi pensieri, anche perché sembrava che non avesse nessuna

intenzione di dire altro e, comunque, lei non avrebbe saputo come gestire la situazione. Quindi tanto valeva, per una volta, dare retta al detto preferito di quell'omertoso di Zio Mimmo: *a megghiu parola e chidda ca un si dici.*

La Rizzo e Caputo avevano insistito ad oltranza perché andasse con loro a pranzo, ma Giulio era riuscito in qualche modo a rifiutare con la scusa che aveva da fare e si era rintanato in ufficio, con la porta chiusa, a godersi un po' di solitudine e silenzio. Non inghiottiva niente di solido da più di un giorno, ma non aveva una gran fame e non era proprio dell'umore per mangiare in compagnia.

O per mangiare in generale.

C'era già da ringraziare il cielo, o forse Banfi, che gli fosse passata la nausea e che ora gli rimanesse soltanto un fastidioso mal di testa metallico.

Ora che gli effetti dello shock iniziale, della sbornia e del post sbornia si erano affievoliti lo aveva finalmente colpito la realizzazione che Isabella se ne era andata veramente, e che anche se per legge ci sarebbe voluto del tempo per ufficializzare la cosa, di fatto lei non era più sua moglie. Non lo avrebbe più chiamato per sentire a che ora sarebbe arrivato a casa. Non gli avrebbe più chiesto com'era andata la giornata. Non gli avrebbe più fatto quei biscotti di avena che gli piacevano tanto nonostante fossero preparati con una serie di bizzarri ingredienti super salutari che conosceva solo lei.

Quasi in automatico, aprì il cassetto basso della scrivania e tirò fuori la latta dove teneva i biscotti. Anche se non aveva fame ne mangiò uno e quel sapore così familiare, invece che farlo sentire meglio, lo intristì.

No, così non andava bene.

Il passato era passato e doveva metterlo da parte, così come aveva fatto con tante altre cose in vita sua. Non era la prima volta che veniva lasciato e, così come le altre volte, non sarebbe morto. Il cuore glielo avevano già spezzato per bene altre tre ragazze, ma si era ripreso, quindi bastava fare le stesse cose che aveva fatto per riprendersi all'epoca, tipo...

Tipo cosa?

Nel caso della Vale aveva molto poco razionalmente pensato che fosse giunta la fine del mondo e che non si sarebbe mai più avvicinato a una ragazza in vita sua. Nel suo stato d'animo apocalittico tardoadolescenziale aveva letto libri di oscuri filosofi esistenzialisti, ascoltato musica da ago in vena e, senza nemmeno aspettare che uscissero i risultati della Maturità, si era rifugiato a casa del nonno in Alto Adige, dove aveva deciso di andare a fare il militare invece che iscriversi subito all'Università. Poi era partito per la Transiberiana e, in qualche modo, tra Ulan Bator e Pechino aveva cominciato a sentirsi meglio. Aveva visto un'alba stupenda fuori dal finestrino e, di colpo, aveva pensato che il mondo avrebbe continuato a girare, con o senza Valentina Rimoldi. E così era stato.

Nel caso di Aisling era stato diverso. Quando lei se ne era andata a fare il giro del mondo lui ci era rimasto malissimo anche se sapeva da mesi che lei sarebbe partita: genio che non era altro era riuscito in qualche modo a non pensarci, a far finta che lei non se ne sarebbe mai andata. Invece il giorno della partenza era arrivato e lui si era ritrovato solo e con l'esame di diritto penale da preparare in tre settimane. Aveva bevuto, quello se lo ricordava. Forse aveva anche pianto, anche se era poco macho ammetterlo. Di nuovo, era andato a casa del nonno per un po', perché lì nessuno faceva domande e nessuno cercava di farlo sentire meglio. E alla fine aveva dato Penale e aveva pure preso 30.

Alla terza nemmeno ci voleva pensare, anche se in quel caso era stato lui a lasciare lei, obbligato da circostanze che non riusciva più a reggere. In un certo senso era stata la peggiore di tutte. Incontrarla tutti i giorni, dopo averla lasciata, era stata una tortura. Vederla con il suo vero fidanzato, quello ufficiale, era stato pure peggio. E andare al loro matrimonio fingendo di essere felice per loro era stata la punizione che si era meritato per avere avuto per mesi una storia con una ragazza già impegnata, così come si era meritato anche tutte le conseguenze che quella storia aveva avuto sulla sua vita.

Giulio sospirò e chiuse la latta dei biscotti.

Non avrebbe mai dovuto lasciare che Isabella *lo consolasse* appena uscito da quel disastro di storia, ecco cosa. Avrebbe dovuto darsi del tempo per stare da solo. Ma non lo aveva fatto ed ora non serviva a niente pensarci.

Il vero problema era che tutte le cose che aveva fatto in passato per sentirsi meglio erano assolutamente fuori questione. Non poteva andare di nuovo a fare il militare, non aveva voglia di leggere Sartre ed era decisamente meglio andarci anche piano col bere dopo l'exploit della sera prima. Rimaneva solo l'idea di andare a casa di suo nonno, se solo il lavoro non lo avesse tenuto inchiodato a Milano.

Quindi, anche quello, era fuori discussione.

Un disastro.

Forse era meglio concentrarsi su altro, se non voleva impazzire.

Afferrò il cellulare della Molinari e prese a guardare la miriade di messaggi che si era scambiata con una marea di persone nelle settimane prima della sua morte.

Alle 8:55 del mattino in cui l'avevano uccisa aveva scritto un messaggio a Zio G.
Non so come ringraziarti.
Sono da Giada, ma è meglio che io mi tolga di mezzo per un po'. Ho paura e sono stanca di questa situazione. Non ti preoccupare, mi farò sentire presto. E tra non molto tutto questo sarà solo un brutto ricordo.
Grazie di cosa? E paura di chi?
Lo zio, poco dopo, aveva risposto semplicemente*:*
Non ti agitare, arrivo.
E lei*: Dammi dieci minuti. Porto giù la borsa.*
Poi basta. E purtroppo, al contrario che con tutte le altre persone con cui si scambiava messaggi, le conversazioni con Zio G. precedenti al 3 ottobre le aveva cancellate.
Una cosa strana, ma anche interessante.
Poco prima di essere ammazzata Elena si era sentita minacciata da qualcuno e lo aveva detto a suo zio. Locatelli provò a chiamare il numero, ma era spento. Se lo segnò e sospirò. Dunque aveva scritto il messaggio, aveva portato in macchina la borsa e, mentre era lì, le era caduto il cellulare. Era in partenza, quindi, ma per qualche ragione doveva essere tornata in casa. E averlo fatto le era stato fatale.
Giulio andò avanti a scorrere le conversazioni.
Due giorni prima di morire lei e un certo PZ si erano messi d'accordo per vedersi.
Tu vieni lì e non ti preoccupare di portare niente. Vedrai che ci divertiremo ;-) Aveva scritto PZ.
Locatelli non potè fare a meno di pensare a Pietro Zoppi. Controllò il numero di telefono.
Coincideva.
Dunque Pietro Zoppi e Elena Molinari si conoscevano e lui gli aveva mentito.
Quella sì che era una bella scoperta. Era una vittoria piccola, piccolissima, ma per un breve attimo lo fece sorridere.

GIOVEDÌ 19 OTTOBRE 2017

"Mi ha mentito, Signor Zoppi." Disse Locatelli senza nemmeno aspettare che l'altro si sedesse. Olivia nascose a stento un ghigno: il Commissario sembrava essere tornato in forma, anche se le occhiaie le aveva ancora. A parte quello, la faccia era decisamente più riposata del giorno prima e anche gli occhi e la voce parevano tornati alla normalità.

Zoppi aprì la bocca per dire qualcosa, ma poi la richiuse e si sedette, accavallando e scavallando un paio di volte le gambe prima di trovare una posizione di suo gradimento.

"Non so di cosa stia parlando, Commissario." Rispose alla fine con un sorrisetto spavaldo. La voce, però, tradiva un filo di tensione.

"Mi ha detto di non conoscere Elena Molinari. Eppure dai messaggi che vi siete scambiati si direbbe che vi conosceste eccome."

"Questo non vuol dire che sia stato io a ucciderla."

"Nessuno ha detto che sia stato lei, infatti."

"Ma è quello che pensa..."

"Signor Zoppi, dubito che lei sia in grado di leggermi nel pensiero, quindi si limiti a rispondere alle mie domande, per cortesia." Pacato ma seccato al punto giusto. Olivia si trovò di nuovo a sorridere tra sé e sé.

"D'accordo... mi dica, Commissario." Borbottò Zoppi, la voce leggermente più bassa.

"Perché conosceva Elena Molinari?"

"Avevamo una relazione."

Olivia dovette sopprimere un sussulto. Ma non ce l'aveva con Michele Loiacono la relazione? Guardò Locatelli che, invece, era rimasto impassibile, come se già lo sapesse.

"Ma davvero? E da quanto?"

"Da cinque mesi. Niente di serio, però."

"Non sembra granché affranto per la morte della sua amante."

Zoppi rivolse al Commissario un sorriso irritante:

"Non sono il genere di uomo che frigna in pubblico."

Si fissarono negli occhi per qualche secondo, poi Locatelli scrollò le spalle:

"Come vuole lei. Ma ho l'impressione che la relazione, Elena, ce l'avesse con Maurizio Giuliani..."

"Ma mi faccia il piacere! Maurizio ed Elena? È decisamente fuori strada, Commissario."

"D'accordo. Allora mi può dire perché ha cercato di tenermi nascosta questa relazione?"

"Elena non è... non *era* il genere di persona con cui mi facevo vedere in giro. La nostra era una cosa privata."

"Si spieghi meglio, per favore."

"Noi... non uscivamo a cena o cose del genere, ecco."

Locatelli si schiarì la voce: "E cosa facevate, allora?"

"Me lo vuole proprio far dire a tutti i costi, Commissario?"

"A scanso di equivoci direi proprio di sì. Tanto siamo tutti grandi e vaccinati... non faccia il timido."

"Andavamo ai festini di Maurizio. E andavamo a letto. Tutto qui."

"Andavate ai festini. Andavate a letto. Ma non è stato lei a ucciderla..."

"Certo che no! Perché mai avrei dovuto ucciderla?"

"Non lo so, Signor Zoppi, i motivi sono sempre gli stessi. Una lite tra amanti. Una questione di soldi. Gelosia."

"Le giuro che non sono stato io. Non so niente di questa storia. L'ultima volta che ho visto Elena era due o tre giorni prima che morisse. Non ci vedevamo spesso durante la settimana... più che altro ci trovavamo nel weekend."

"Va bene. Ciò non toglie che lei sia il maggiore sospettato in questa indagine, quindi si tenga a disposizione per favore. E nel caso non fosse stato lei a ucciderla, fossi in lei starei molto attento. Due persone vicine a lei sono state ammazzate. Non prenda la cosa alla leggera."

Zoppi si alzò e si passò una mano nei capelli spettinati:

"La ringrazio per l'avvertimento, Commissario. Ma non si preoccupi. So badare a me stesso." Fece una specie di inchino. "Vi saluto."

Se ne andò, sbattendo la porta.

Olivia vide Locatelli scuotere la testa:

"Al nostro amico Pietro Zoppi proprio non piace dire la verità..." Disse più a sé stesso che a lei.

"In che senso, Commissario?"

"Non credo che avesse davvero una relazione con Elena. Ma credo che stia cercando di coprire il fatto che fosse Maurizio Giuliani ad avercela. Devo parlare con Giada Molinari. È ora che qualcuno cominci a dire la verità..." Sospirò e le passò un post it: "Mentre io vado a parlarle vedi per favore di risalire al proprietario di questo numero di telefono. E continua anche a spulciare i messaggi di Elena, per favore."

Olivia annuì e cercò di sembrare contenta di quel compito che le aveva assegnato.

In verità avrebbe preferito andare con lui, perché aveva l'impressione di imparare molto di più quando assisteva agli interrogatori, ma se voleva che rimanesse lì e si occupasse di telefoni l'avrebbe fatto. Il capo era lui, in fin dei conti. E l'importante era che le permettesse di stare lontana da Marchi. Quella era la cosa che aveva più a cuore.

Giulio aveva preferito incontrare Giada Molinari a casa sua piuttosto che in Commissariato come la volta precedente, sperando così che lei si sentisse più a suo agio e fosse più sincera.

"Prego, Commissario. Si accomodi."

Si sedette sul divano e si guardò in giro. Il salotto era stato messo più o meno a posto, anche se era comunque pieno di oggetti, libri e quadri, e per terra era stato aggiunto un tappeto per coprire il punto in cui era stata ammazzata Elena.

Giada Molinari seguì il suo sguardo e indicò il pavimento con il mento: "Il sangue è venuto via... ma mi fa impressione lo stesso." Sospirò. "Credo che venderò questa casa e mi trasferirò altrove al più presto..."

"Non la biasimo."

Si girò a guardarlo: "Come mai ha voluto vedermi, Commissario?"

"Ho alcune domande da farle a proposito di sua sorella... e vorrei che questa volta non mi tenesse nascosto niente." La vide sussultare leggermente e guardare immediatamente da un'altra parte. Poi si schiarì la voce e tentò di sorridere, anche se con scarsi risultati.

"Ma... ma certo. Anche se non credo di averle mai tenuto nascosto niente..."

Giulio la guardò inarcando le sopracciglia e lei arrossì.

"Vorrei sapere se Elena era già stata da lei per qualche periodo di tempo prima del 3 ottobre..."

Lei sospirò: "Sì. Un paio di volte. Una volta l'anno scorso, d'estate... mentre io ero al mare. E l'altra questa primavera. Sono stata a Copenhagen per un corso di formazione per tre settimane e le ho lasciato la casa, perché era proprio quando si stava lasciando con Gabriele..."

"Era per caso verso marzo o aprile?"

"Sì, era a cavallo tra marzo e aprile. Perché?"

"Ed è per caso allora che sua sorella ha conosciuto Maurizio Giuliani?" Chiese, ignorando la domanda della donna. Lei, come tutta risposta, scoppiò a piangere:

"Credo di sì..."

"Quindi lei sapeva della loro relazione."

Giada Molinari annuì tra un singhiozzo e l'altro: "Sì..." Dunque Pietro Zoppi, tanto per cambiare, aveva mentito. Elena la relazione ce l'aveva con Maurizio, non con lui. Proprio come aveva sospettato.

"Però ha pensato bene di dirmi che lei Giuliani lo conosceva solo perché lo incontrava in ascensore e alla riunione di condominio."

"Questo era vero! Io con Giuliani non ci ho mai avuto niente a che fare!" Rispose, risentita.

"Perché non mi ha detto che sua sorella lo conosceva bene?"

"Perché speravo che non fosse come pensavo..."

"Cioè?"

"Speravo di sbagliarmi. Speravo di aver capito male... speravo che non avessero una relazione."

"E invece ce l'avevano."

"Credo di sì."

Giulio sospirò: "Perché *crede*?" Lo stavano veramente iniziando a stufare con tutte quelle omissioni e quei dubbi che seminavano a destra e a manca.

"Non le ho mentito quando le ho detto che io e Elena non eravamo molto in confidenza. Lei non mi ha mai detto di avere una relazione con lui... ma l'ho capito da sola."

"Come?"

"Da aprile a questa parte Elena insisteva spesso per venire a trovarmi. Il che era già strano, visto che prima non si faceva mai vedere. Stava qui poco, giusto una ventina di minuti. E poi diceva che doveva andare. Mi sembrava che ci fosse qualcosa sotto, così una volta l'ho spiata. E l'ho vista salire al quinto piano invece che scendere... e ho capito che andava da quel... da quell'uomo."

"D'accordo." La guardò negli occhi: "Quando abbiamo perquisito la casa, abbiamo trovato in un cassetto una sottoveste di seta nera. Molto costosa..."

Non fece in tempo a finire la frase: "Non era mia quella. Era di Elena."

"Gliela aveva regalata Giuliani?"

Giada scrollò le spalle:

"Posso solo immaginare di sì..."

Giulio sospirò. Sapere che avevano avuto ragione a pensare che quello fosse un regalo di Maurizio era una magra consolazione, perché ora doveva passare all'argomento più spinoso:

"Sapeva che sua sorella facesse uso di cocaina?"

Si preparò a un'esplosione di pianto, ma Giada si limitò ad annuire, come annichilita:

"Anche questo l'ho capito. Certo non me lo ha detto lei..."

"E ha deciso che fosse una buona idea tenermi nascosto anche quello?"

"Cosa sarebbe servito dirglielo? Ormai era morta!" Scoppiò a singhiozzare con rinnovata disperazione. Giulio sospirò e le passò un pacchetto di fazzoletti:

"Sarebbe servito a capire molto prima perché le morti di sua sorella e Maurizio Giuliani fossero collegate."

"Io... non ci avevo pensato. Ero sconvolta..."

"Vorrei che capisse, Signora, che qualunque cosa lei trovi o scopra a proposito di sua sorella potrebbe esserci d'aiuto per scoprire chi l'abbia ammazzata."

Lei lo guardò e annuì: "Lo capisco, Commissario. Mi creda."

Giulio annuì, sperando che lo avesse capito davvero:

"Un'ultima domanda, Signora Molinari. Lei ha uno zio il cui nome comincia con la lettera G?"

Lei lo guardò con gli occhi sgranati e scosse la testa:

"No, perché?"

Come no?

"È sicura?"

"Ma certo che sono sicura. Ho un solo zio e si chiama Achille."

Maledizione a Elena e al suo vizio di registrare le persone in rubrica con i soprannomi: Zio G non era suo zio. E non solo. Era un completo sconosciuto che teneva sempre il cellulare spento: roba da tirare una craniata al muro.

Una volta uscito dal palazzo Giulio si sedette in macchina e sospirò. Anche se aveva dovuto cavarle le informazioni con le pinze, Giada Molinari era stata utile a qualcosa. Ora almeno sapeva che la relazione tra Elena e Maurizio non se l'era immaginata solo lui.

Mentre accendeva la macchina gli squillò il telefono.

Era suo padre.

Con tutta probabilità aveva saputo che Isabella se ne era andata di casa, quindi Giulio si guardò bene dal rispondergli. Era tutto il giorno che amici e conoscenti non facevano che scrivergli e telefonargli, ma lui non aveva niente da dire a nessuno di loro.

Erano passati solo tre giorni da quando lei se ne era andata e non aveva ancora elaborato del tutto l'accaduto.

Aveva voglia di pensarci con calma e voleva capire bene come si sentiva prima di affrontare le domande e i commenti di tutti.

Doveva, per una volta, fare quello che pensava che facesse bene a lui, prima di preoccuparsi di Isabella, di suo padre e di tutti gli altri.

Mise la marcia e sospirò.

Sapeva cosa doveva fare e decise di farlo subito.

―――

Ludovica non stava nella pelle. Erano tre anni che voleva uscire con Carlo, ma per una ragione o per l'altra, per lo più per sfiga, non erano mai riusciti a combinare. Quando si erano conosciuti lui era infelicemente sposato, e lei quelli sposati, anche se infelicemente, non li toccava. La volta dopo si erano incontrati a una festa di un amico in comune a Londra, lui fresco di divorzio, ma lei già in compagnia di un altro. Poi si erano visti per caso in un ristorante a Milano, dove lui stava cenando con la sua nuova ragazza. E via così, per quella che era sembrata un'eternità. Ora, però, erano finalmente riusciti a mettersi d'accordo per andare a cena e poi a bere qualcosa. Anche se lei, a ben vedere, avrebbe saltato volentieri entrambe le cose e sarebbe andata al dunque. Dopo tre anni, aveva tutto il diritto di essere un po' impaziente.

Il suono del campanello la fece sobbalzare: era già vestita e truccata, ma non aveva nemmeno avuto il tempo di mettersi le scarpe e tirare un attimo il fiato. Cosa gli veniva in mente di arrivare con mezz'ora di anticipo? Che fosse addirittura più impaziente di lei? Senza sapere se sbuffare o sorridere corse scalza ad aprire la porta:

"Hai così tanta fretta di vedermi, Carlo?" La voce le morì in gola quando davanti a lei, incorniciato dallo stipite, vide che c'era Giulio, in completo grigio scuro e con la cravatta verde foresta che aveva addosso il giorno che si erano conosciuti. Si sentì un sorriso nascere sulle labbra, vedendo che lui, per quanto serio e un filo imbronciato, sembrava messo mille volte meglio che martedì all'alba. Le occhiaie erano meno marcate e le pareva che gli occhi fossero di un grigio leggermente più chiaro che due giorni prima. "Giulio!"

Lui spostò il peso da una gamba all'altra, guardandola a stento in faccia: "Sì... ma se stai aspettando Carlo possiamo vederci domani. Non è una cosa urgente."

Ludovica alzò gli occhi al cielo e con un inchino esagerato gli fece segno di entrare: "Ma non dirlo nemmeno. Vieni, dai."

Entrò in casa: "Sono passato in studio da te, ma Saverio mi ha detto che eri andata a casa perché non stavi bene." Guardò il vestito verde smeraldo che aveva addosso e inarcò un sopracciglio: "Spero nulla di grave..."

Non poté fare a meno di ridere: "Una piccola bugia che ho detto per avere il tempo di prepararmi... sai com'è il giovedì da quelle parti. Poi oggi c'era pure mia madre a fare una delle sue comparsate, quindi figurati..."

Giulio annuì e la seguì in salotto in silenzio. Si accomodò sulla poltrona e le rivolse un sorriso un po' tirato, continuando a non dire niente. Era andato lì per fare scena muta e guardarla come se avesse tre teste?

Visto che non sembrava che lui avesse intenzione di parlare Ludovica si schiarì la voce: "Beviamo qualcosa allora? Ho bisogno di stendere i nervi."

"Come mai?"

"Come mai cosa?" Prese tempo.

"I nervi."

"Ah... ho un appuntamento stasera. Con questo Carlo." Giulio annuì senza dire niente. "Mi piace da tre anni. Quindi sono un po' nervosa. Hai presente?"

"Non... non particolarmente."

"Non eri nervoso la prima volta che sei uscito con..." Ludovica si bloccò a metà frase e si morse un labbro. "Scusami, non volevo..."

Ma lui sorrise lievemente e scrollò le spalle: "Non ti preoccupare."

Gli passò un bicchierino di rum e brindarono: "Allora... cosa mi racconti?"

Giulio aprì la bocca e la richiuse, poi guardò nel bicchiere, come se stesse cercando la risposta lì nel rum. Alla fine alzò lo sguardo e scrollò le spalle:

"È da un po' che non parliamo del caso. Ci sono delle novità."

Ah. Dunque era lì in veste ufficiale.

"Ottimo. Dimmele pure, sono curiosa."

"Abbiamo trovato lo stalker della Molinari. Dario Longhi."

"E? Che tipo è?"

"Un minus habens che non riuscirebbe nemmeno a uccidere una mosca. E ha pure un alibi, era al lavoro."

Sbuffò.

"Altro?"

"La Rizzo e Caputo sono riusciti a ritrovare la macchina della Molinari. Era stata portata via dai vigili."

"Storia della mia vita... è per quello che non ho più un'auto e ora uso solo il car sharing." Considerò Ludovica. Giulio sorrise, come se la cosa non lo stupisse. Almeno era riuscita a farlo sorridere. "E a chi è intestata?"

"A un certo Michele Loiacono, un altro con una fedina penale che non finisce mai. E in macchina abbiamo anche trovato il cellulare della Molinari. Era caduto tra il sedile e il freno a mano."

"Finalmente un po' di fortuna!"

"Infatti. E non è tutto. Ho parlato con Pietro Zoppi questa settimana. Due volte. La prima volta mi ha detto di non conoscere Elena. Solo che poi abbiamo scoperto che i due si mandavano messaggi su Whatsapp, così quando oggi l'ho convocato ha cambiato versione. E ha detto che avevano una relazione."

"Ah però... un bel cambiamento."

"Sì, ma non credo che mi stia dicendo la verità nemmeno questa volta. O perlomeno non tutta la verità."

"Cioè?"

"Giada Molinari crede che sua sorella avesse una relazione con Maurizio Giuliani. Avevi ragione. La sottoveste nera era di Elena. Un regalo di Maurizio, con tutta probabilità."

"Quindi?"

Giulio scrollò la testa: "Quindi non lo so. Ho pensato che magari Elena avesse una relazione sia con Maurizio che con Pietro Zoppi. Magari è stata ammazzata per gelosia da Zoppi stesso."

Ludovica annuì:

"Può essere. Ma questo non spiega la morte di Maurizio."

Locatelli sospirò:

"Lo so. È questo che mi fa impazzire. Se non fosse per il fatto che tutti siano così... *zelan*ti nell'insistere sul fatto che sia stata la coca a ucciderlo, ci avrei anche creduto. Ma tutti quelli con cui parlo non fanno altro che cercare di puntare la mia attenzione su quello e la cosa mi insospettisce."

"Sì, sono andata a prendere quel famoso caffè con Sara e anche lei non ha fatto altro che parlare di questa benedetta overdose. Però c'è una cosa che mi ha lasciato un po' perplessa."

"Cosa?"

"Le ho chiesto se avesse chiesto aiuto ai suoi per il problema di coca di Maurizio e lei mi ha detto di no. Ma a te Cattani ha detto che quello era il motivo per cui era lì quella mattina. Quindi o Sara o suo padre stanno mentendo."

"Mi domando chi. E perché."

Ludovica sospirò: "È più probabile che Sara mi abbia mentito per..." Cercò la parola giusta per spiegarlo. "...per sminuire il problema, diciamo."

"Per far sembrare che la dipendenza di Maurizio non fosse così grave?"

"Sì, esatto. Non sa che io so. Ed è sempre stata una che ci teneva alle apparenze."

Giulio annuì:

"Credo tu abbia ragione. Ma c'è un'altra cosa che non mi convince." Aggiunse. "Il salotto a casa della Molinari era tutto tirato per aria quando ho trovato Elena, ma non ho mai creduto che si fosse trattato di un vero furto. E infatti... guarda l'elenco della roba rubata che mi ha dato oggi..." Si tolse un foglio dalla tasca e glielo allungò.

"Gioielli di poco valore... un vecchio discman... un portafoglio con dentro qualche sterlina... un paio di soprammobili..."

"Non due soprammobili a caso. Due fermalibri a forma di piramide... molto, molto pesanti."

"Dunque l'unica cosa importante che è stata portata via è l'arma del delitto?"

"Esatto. Il resto si trovava in un cassetto vicino all'ingresso ed è stato rubato per inscenare una rapina e coprire il vero motivo. Che però non so quale sia." Bevvero per qualche secondo in silenzio. Poi Giulio continuò: "Dai messaggi nel cellulare abbiamo dedotto che Elena avesse una storia piuttosto burrascosa anche con questo Michele Loiacono. Il proprietario della macchina."

"Un'altra relazione turbolenta?"

"Sì. È per questo che sono qui. Volevo chiederti un favore."

"Spara."

"Domani mattina Loiacono verrà in Commissariato. Vorrei che mi dessi il tuo parere professionale."

Ludovica sorrise: "Ma certo, lo faccio volentieri."

"Anche se l'interrogatorio è alle 8?" Le chiese, inarcando un sopracciglio.

"Farò in modo che Carlo mi metta a letto presto."

Locatelli annuì e distolse lo sguardo.

"Ma adesso dimmi come stai, Giulio."

Lui scrollò le spalle e sospirò: "Diciamo che sto meglio di lunedì sera. O di martedì mattina." Non che ci volesse molto, ma era già qualcosa.

"E martedì sera... hai mangiato come mi hai promesso?"

"Ma certo."

"Cosa?"

"Io..." Rimase un attimo zitto, poi scosse la testa e arrossì: "Mezza bottiglia di vodka."

Ludovica scoppiò a ridere e alzò gli occhi al cielo: "Ci avrei giurato."

Giulio abbozzò un sorriso, ma non disse niente.

"E come ti senti oggi?" Continuò lei.

"Una parte di me è a pezzi. Un'altra parte è... sollevata, credo. È orribile da dire, ma è così."

"Perché mai dovrebbe essere orribile?"

"Perché ci eravamo promessi di stare insieme nel bene e nel male e invece non lo abbiamo fatto. Non dovrei sentirmi sollevato dal fatto di aver infranto la promessa che ci eravamo fatti."

Ludovica respirò profondamente.

"Non sono la persona adatta a cui parlare di queste cose... non sono religiosa e come sai non credo nel matrimonio."

"Non sono religioso nemmeno io. Ma credo che le promesse vadano mantenute e io non l'ho mantenuta." Aveva la voce tirata. Era chiaro che, di nuovo, sentisse quell'assurdo senso di responsabilità pesargli sulle spalle. Possibile che pensasse sempre che tutto fosse colpa sua?

"Vanno mantenute a tutti i costi?"

"Direi di sì... se no che promesse sono?"

"Bisogna essere in due per mantenere certe promesse, però." Sapeva di essere appena entrata in un campo minato e sperò di non essersi spinta troppo oltre. Non voleva certo che lui si chiudesse a riccio, ma le probabilità che lo facesse erano elevate. Si ritrovò, assurdamente, a trattenere il fiato aspettando che lui le rispondesse.

Dopo qualche istante lo vide annuire:

"Forse hai ragione, Dottoressa." Concesse con un lievissimo sorriso. Solo allora Ludovica riprese a respirare normalmente. Stava per ripetergli che non era colpa sua quando il campanello la interruppe.

"Scusami..." Si alzò. Maledizione. Carlo era arrivato in anticipo. Anche Giulio si alzò e appoggiò il bicchiere al tavolino vicino alla poltrona:

"Scusami tu. Ora tolgo il disturbo e ti lascio alla tua serata..." La seguì nell'atrio.

Ludovica aprì la porta e sorrise. Carlo era quasi più affascinante di come se lo ricordava, con quei capelli leggermente mossi e leggermente lunghi, gli occhi azzurri e quell'aria finto-trasandata che le piaceva tanto. La avvolse in un abbraccio e le diede un bacio sulla guancia:

"Finalmente..." Stava per dirle qualcos'altro ma si accorse della presenza di Giulio e si bloccò. "Ah, scusa. Non sapevo avessi compagnia." Lo sentì irrigidirsi prima di sciogliersi dall'abbraccio. Tempismo pessimo, come al solito.

"Stavo per andarmene..." Buttò lì Giulio, col tono di uno che non parla a qualcuno in particolare, ma quasi a sé stesso.

"Carlo, lui è il Commissario Locatelli." Disse. "Stiamo lavorando insieme."

Meglio mettere bene in chiaro le cose.

I due si squadrarono un secondo e si strinsero la mano, mormorando quelli che le parvero dei convenevoli a caso. Poi Giulio si girò verso di lei:

"Bene. Allora ci vediamo domani alle 8. Buon... buona serata."

Ludovica fece per avvicinarsi e salutarlo con un abbraccio, ma lui era già per metà fuori dalla porta, come se d'improvviso non vedesse l'ora di andarsene via da lì.

"A domani!" Gli rispose, parlando più che altro alla sua schiena. Lui scese i tre scalini davanti alla sua porta, si fermò e si girò a guardarla.

"A domani, Dottoressa." Le rivolse un sorriso più lungo del solito, poi si girò e se ne andò a grandi passi verso la macchina, sparendo nell'oscurità.

Appena arrivato a casa Giulio si accasciò sulla sua poltrona preferita con il telefono in mano. Non aveva mai ricevuto così tante chiamate e messaggi in vita sua. Mai. Nemmeno quando era morta sua madre.

La sua separazione da Isabella, a quanto pareva, era sulla bocca di tutti, il che era fastidioso ma sopportabile, ma soprattutto era sui polpastrelli di tutti, che si sentivano in dovere di scrivergli la loro opinione e i loro pensieri. E quello era di gran lunga più fastidioso e decisamente meno sopportabile, soprattutto dato il livello delle cose che gli stavano dicendo.

Il telefono squillò di nuovo. Era la quinta volta che suo padre lo chiamava in due ore. Ignorarlo non stava servendo a niente come al solito.

Sospirò.

"Pronto?"

"Si può sapere cosa è successo? È vero che Isabella se ne è andata?" Abbaiò suo padre.

"Ciao anche a te, Papà..."

"Non cercare di prendere tempo! È vero o no?"

"Sì, è vero."

"E si può sapere cosa diavolo le hai fatto?"

Giulio rimase un secondo immobile con la bocca aperta, sentendosi le guance in fiamme. Cosa le aveva fatto? Lui?

"Non le ho fatto un bel niente." Sibilò.

"E allora perché se ne è andata?"

"Dovresti chiederlo a lei, non credi?"

"Le persone non se ne vanno così tanto per fare... soprattutto non le persone come Isabella." Le persone come Isabella. Come se la conoscesse come le sue tasche.

"E tu cosa ne sai?"

"Lo so e basta."

"Io non le ho fatto niente." Ripeté, tentando di tenere la voce bassa e il tono neutro.

"E allora forse avresti dovuto *fare qualcosa* invece che non fare niente. Era tuo preciso dovere fare in modo che il matrimonio funzionasse!"

"Mio e basta? Guarda che mi ha lasciato lei!"

"Non ti avrebbe mai lasciato se non fossi andato via per tutti quegli anni."

Giulio deglutì e cercò di respirare normalmente. Come se non lo sapesse anche lui. Come se non fosse quello a cui pensava incessantemente, il suo più grande rimpianto, il pensiero costante che lo accompagnava in tutto quello che faceva,

"Ormai è un po' troppo tardi per quello."

"Ma non è troppo tardi per chiamare tua moglie, scusarti e rimettere in piedi il tuo matrimonio."

"Non c'è niente da rimettere in piedi, Papà. Fattene una ragione."
"Non me ne faccio nessuna ragione. I matrimoni non finiscono così, tanto per fare..."
"Il mio sì, d'accordo? Non tutti sono fortunati come te che eri sposato a una santa che ha sempre sopportato tutto!"
"Non parlare a vanvera di tua madre, Giulio."
"Era mia madre. Ne parlo come e quanto voglio. La mamma era una santa e lo sai benissimo. Ti ha sempre sopportato e supportato e, sinceramente, non so come abbia fatto visto che..."
"Stai parlando di cose di cui non sai niente!" Ringhiò suo padre, la voce già alta.
"E allora ti parlo di Isabella. Che non ne poteva più di vivere con me perché sono una persona scostante, fredda, distaccata e impossibile da amare. Così mi ha lasciato e non c'è niente che io possa fare per farle cambiare idea. Ora sei contento?"
"No che non sono contento, io..."
"Bene. Non lo sono nemmeno io, ma dovremo imparare a conviverci entrambi. Quindi adesso, se non ti spiace, ti saluto perché non ho nessuna intenzione di discuterne."
Suo padre rimase in silenzio per qualche secondo. Aveva il fiatone.
"Come desideri, Giulio. Ma sappi che non sono per niente d'accordo con questa tua decisione."
"Dormirò lo stesso, Papà."
Attaccò il telefono e lo mise su uso aereo, anche se il primo istinto che aveva avuto era gettarlo fuori dalla finestra.
Se quello era il tenore che avrebbero avuto tutte le chiamate che gli arrivavano lo avrebbe buttato sul serio.
Chiuse gli occhi e appoggiò la testa allo schienale della poltrona, cercando di calmarsi.
Parlare della separazione era una tortura per cui non era ancora pronto.
Aveva avuto voglia di parlarne un'ora prima, quando aveva deciso di andare a casa di Ludovica, perché sapeva che lei non avrebbe sparato sentenze e non avrebbe cercato di condirlo via con delle banali ovvietà. Solo che era andato da lei al momento sbagliato, quando lei stava per uscire con quel tizio con la pettinatura da rockstar bollita e la barba di tre giorni da narcotrafficante.
Cosa ci trovassero le donne in quei tipi non lo aveva mai capito. Ma non era quello il punto.
Il fatto era che lei doveva uscire con quel Carlo e lui non aveva avuto il tempo di dirle niente. E non solo: era anche abbastanza sicuro di aver fatto una

figura da imbecille presentandosi così a casa sua, come se lei non avesse niente di meglio da fare il giovedì sera che ascoltare i suoi problemi. Si era messo a parlare di lavoro per quello, per cercare di prendere un po' in mano la situazione.

Non era certo di esserci riuscito molto bene, ma forse non se l'era cavata poi così male. E poi, ormai, quello che era fatto era fatto. Era inutile stare lì a pensarci tutta la sera.

Di colpo si rese conto di essere stanchissimo e si trascinò verso il letto.

Da quando Isabella se ne era andata, gli sembrava di dormire come un sasso, ma di non riposare affatto.

VENERDÌ 20 OTTOBRE 2017

"Eccomi, Commissario!" La voce squillante di Ludovica lo fece quasi spaventare. Giulio alzò lo sguardo e se la trovò davanti con un vestito assurdamente elegante per un appuntamento in Commissariato alle 8 del mattino e anche assurdamente colorato per quella giornata uggiosa di ottobre che minacciava pioggia da un momento all'altro.

"Puntuale come un orologio svizzero, Dottoressa... spero che la levataccia non sia stata troppo traumatica."

"Per niente. In realtà mi ha dato la scusa perfetta per convincere Carlo a saltare aperitivo, cena e dopocena e andare direttamente al sodo. A mezzanotte lo avevo già messo su un taxi e stavo già dormendo come un angioletto..."

Giulio inarcò un sopracciglio:

"Beh, mi spiace di avervi messo fretta... ma avrete sicuramente modo di rifarvi."

"Non credo ci rivedremo." Lei sorrise e si sedette di fronte a lui, accavallando le gambe. Era pure senza calze.

"Come mai?" Si sentì chiedere lui. Non era il tipo di domanda che di solito avrebbe fatto, ma non aveva mica detto che quel tizio le piaceva da tre anni?

"Diciamo che le mie aspettative... sono state deluse."

Rimase un secondo interdetto. Per quanto untuoso e antipatico, Carlo gli fece quasi pena. Avere a che fare con una come Ludovica doveva essere in egual misura eccitante e terrorizzante.

"Ah. Be'... forse le tue aspettative erano un filo troppo alte." Rispose, tanto per dire qualcosa. Ludovica annuì con fare pensieroso, guardando un punto indefinito a destra della sua spalla.

"Può darsi. Non so perché molti uomini siano così impauriti da me..." Considerò. Smise di fissare il vuoto e spostò lo sguardo sul viso di Giulio. Lui scrollò le spalle. La lista di motivi era lunga, ma quello che spiccava fra tutti era il fatto che desse solo un'unica possibilità prima di giudicare spietatamente sotto standard le performance di quei poveretti che le capitavano sotto le grinfie. Non che avesse intenzione di dirglielo, però. Ludovica strinse gli occhi e lo fissò: "Faccio così paura?"

"Le donne forti e sicure fanno paura a certi uomini."

"A te no?" Domandò lei con un guizzo negli occhi. Era stato lui a servirle quell'assist. Davvero geniale.

"Sono stato sposato dieci anni con una donna forte... e no, non mi ha mai fatto paura."

"Ma io stavo parlando di me. Non di lei." Insistette Ludovica. "Faccio così paura?"

Giulio sospirò.

"Sai quello che vuoi. Non ti fai problemi a dire quello che pensi. E... a volte... hai delle reazioni inaspettate. A me non fai paura. Ma queste sono tutte cose che possono fare paura a tizi come Carlo."

"Tizi come Carlo?"

"Sì... tizi che hanno palesemente più di 50 anni e girano con la camicia con un bottone aperto di troppo e con quei capelli alla Briatore."

Ludovica inarcò le sopracciglia e scoppiò a ridere: "Commissario! Ma è proprio quello il suo fascino..."

"Sarà anche quello, ma poi non ti lamentare se delude... le tue aspettative."

"Touché."

Sembrava proprio che lei si stesse divertendo un mondo.

"Comunque sia... magari se gli dai una seconda chance potrebbe migliorare..." Disse più per provocarla che per magnanimità verso Carlo.

"Ma va!" Rispose lei con un gesto categorico della mano. "Non mi piacciono le minestre riscaldate."

"Credo che il termine *minestra riscaldata* si possa utilizzare solo nel caso uno torni insieme ad un ex..."

"Non essere fiscale. Il concetto è lo stesso." Poi sorrise: "E a proposito di ex... hai avuto altri rendez-vous con tua moglie?"

Com'è che di colpo stavano parlando di lui?

Giulio la guardò con lo sguardo più torvo che riuscì a produrre:

"Assolutamente no. E ti assicuro che non ce ne saranno altri. Anche io non amo le minestre riscaldate."

Lei sembrò scettica e lui cercò di non lasciare che la cosa lo infastidisse.

"Dì pure quello che vuoi, ma vedrai che ho ragione io. Ci saranno altri rendez-vous."

Giulio alzò gli occhi al cielo:
"Ti assicuro di no. E ora, se non ti dispiace, abbiamo un sospettato da interrogare."

———

Sembrava proprio che Elena Molinari non riuscisse a stare lontana dai laidi. Michele Loiacono assomigliava in modo impressionante a Gabriele Torriani: oltre a scegliere uomini simili caratterialmente, dunque, li sceglieva anche simili fisicamente.

Brutti e viscidi.

Ludovica lo guardò mentre Giulio lo faceva accomodare di fronte a loro: con quei capelli unti, la barba incolta, i vestiti di pessimo taglio e della misura sbagliata, Loiacono sembrava il cattivo di un episodio di Miami Vice, solo senza soldi.

"Avete trovato la mia macchina, se Dio vuole?" Abbaiò appena ebbe appoggiato il sedere sulla sedia.

Con la coda dell'occhio Ludovica vide Giulio fare un leggero sospiro prima di rispondere: "Non ne ha mai denunciato il furto, Signor Loiacono. Quindi non è che ci stessimo dando un gran daffare a cercarla…"

Quello tirò su con il naso e si grattò la testa.

"Non serve a un cazzo denunciare le cose con voi. Tanto non fate mai niente…" Disse con tono lagnoso, tirando un'altra volta su col naso. Ludovica fece il possibile per non alzare gli occhi al cielo.

"Mi spiace che abbia questa scarsa fiducia nelle forze dell'ordine. Ma la macchina, comunque, l'abbiamo trovata. Non vuole sapere come mai?"

"Mi faccia indovinare, Ispettore…"

"Commissario." Lo corresse Giulio. Le venne da ridere, ma si trattenne.

"Sì, sì ok… Commissario. Mi faccia indovinare. Avrà qualcosa a che fare con qualche minchiata fatta da una certa Elena?" Sorrise e mostrò una fila di denti ingialliti e storti.

"Tipo farsi trovare morta ammazzata nell'appartamento della sorella?"

L'espressione del volto di Loiacono passò dalla noia alla sorpresa. Questa volta Ludovica si concesse un sorriso.

"Ecco perché non rispondeva ai miei messaggi…" Disse alla fine.

"Non sembra molto affranto, Signor Loiacono."

"Non la conoscevo da tanto. E mi ha pure rubato la macchina. Cosa vuole che faccia, che mi metta a piangere?"

"Lei e Elena avevate una storia?" Incalzò Locatelli.

"Scopavamo."

Ludovica vide Giulio, di nuovo, fare un leggero sospiro: "Da molto?"

"Un paio di mesi. Ma se pensa che l'abbia ammazzata io, si sbaglia di grosso. Sono sicuro che si vedesse anche con un altro."

"Perché ne è così sicuro?"

"Perché non sono scemo. Me lo ha fatto capire. E se una donna ti vuole far sapere che vede un altro ci sono due motivi: o perché è semplicemente troia, oppure per farti ingelosire." Vide Giulio sobbalzare, come se gli fosse venuto in mente qualcosa. Aspettò per qualche istante che rispondesse, ma sembrava rimasto senza parole.

Visto che lui non diceva niente decise di prendere in mano lei la situazione: "E in questo caso, perché Elena lo aveva fatto? Per farla ingelosire?"

Loiacono si girò a guardarla: "Ma per favore! Perché era troia. Soprattutto quando qualcuno le offriva della coca."

Si girò verso Giulio, che però sembrava ancora in trance. Guardò di nuovo Loiacono:

"E chi gliela offriva?"

"E che ne so. Di certo non io. Non ho mica tutti quei soldi!"

Locatelli, finalmente, sembrò uscire dal suo temporaneo torpore: "Ha mai sentito parlare di un certo Maurizio Giuliani?"

L'altro scosse la testa: "Mai."

"E potrebbe dirmi dove si trovava la mattina di martedì 3 ottobre, per favore?"

"Ero a Napoli, per il mio compleanno. Ci sono stato tutta la settimana. Glielo possono confermare decine di persone."

Ludovica si morse un labbro.

Quella proprio non ci voleva.

L'ennesimo viscido con un alibi a prova di bomba.

Giulio tamburellò con la penna sul tavolo. Anche Loiacono aveva un alibi. Prese un sorso di caffè e con la coda dell'occhio osservò Ludovica, ancora seduta di fianco a lui, assorta in altre riflessioni.

"Cosa ne pensi?" Le chiese, rompendo il silenzio.

"Elena Molinari aveva davvero un pessimo gusto in fatto di uomini…"

"Sì, senza dubbio. Questo era quasi peggio dell'ex marito."

"Ma anche lui ha un alibi, quindi non so cosa dire."

"L'unico senza alibi rimane il nostro amico Pietro Zoppi, che potrebbe avere ammazzato Elena per gelosia..." La decima notifica di Whatsapp in altrettanti minuti fece vibrare il suo telefono, interrompendo il filo dei suoi pensieri. Alzò gli occhi al cielo e lo spense.

Ludovica gli fece un sorrisetto: "Oggi il tuo telefono squilla più spesso di quello di una escort, Commissario!"

Giulio trasalì e il sorriso di lei si allargò ancora di più

"Sì, è una tortura.".

"Come mai tanti messaggi?"

"A quanto pare tutti hanno un'opinione da condividere con me a proposito della mia separazione." Cercò di evitare di incrociare il suo sguardo e lo inchiodò su delle carte a caso che aveva davanti a sé. Quella era l'ultima cosa di cui aveva voglia di parlare.

"Ah, certo. Improvvisamente tutti terapeuti di coppia?"

Suo malgrado rise: "Sì, esatto. Qualcosa del genere."

"I peggiori in genere sono quelli che fanno finta di essere dispiaciuti, ma in realtà ci godono."

"Il peggiore, per ora, è stato mio padre..." Mormorò.

"Non mi dire che tieni per lei!"

"Non è una partita di tennis... nessuno tiene a nessuno."

"Tutti tengono a uno o all'altra, Giulio. Fidati."

"Mio padre tiene all'istituzione del matrimonio. E di conseguenza mi ritiene personalmente responsabile per il fatto di non aver fatto funzionare il mio."

"Ti ricordo che è lei ad averti lasciato."

"Si, ma purtroppo sembra che ce lo ricordiamo in pochi."

Ludovica rimase in silenzio per qualche secondo:

"E visto che abbiamo parlato delle reazioni peggiori... ora parliamo delle migliori. In genere le migliori sono di gente che non vedeva l'ora che vi lasciaste. Amiche sia tue che di tua moglie che non vedono l'ora di consolarti portandoti a letto."

Giulio risputò nella tazza il caffè che stava bevendo:

"Non ho nessuna amica del genere!"

Ludovica gli parve scettica: "Questo lo dici tu. Ma è un peccato. Perché una bella trombata ti farebbe bene."

"Dottoressa..." Cercò di usare un tono minaccioso, ma gli riuscì male.

Lei rise: "E va bene. Dì pure quello che vuoi, ma non cambio idea."

"Nemmeno io. L'ultima cosa di cui ho bisogno è buttarmi a capofitto in una storia con un'ipotetica tizia che non vedeva l'ora che mia moglie mi lasciasse."

"Ma come la metti giù dura. Chi ha parlato di una storia? Ho detto che ti farebbe bene una trombata, non una storia."

Possibile che la Invernizzi non avesse il benché minimo filtro?

"Ti ringrazio per l'interessamento, ma davvero... sto bene così."

"Così come? Come un eremita?"

"Un eremita? Guarda che mia moglie mi ha lasciato da pochi giorni."

"Sai come dicono... meglio battere il ferro mentre è caldo."

Giulio aprì la bocca per risponderle, ma l'Agente Rizzo entrò nella stanza:

"Commissario c'è qui un suo..." Non fece in tempo a finire la frase che Federico fece praticamente irruzione nella stanza.

"Giulio! Sono tre giorni che cerco di parlarti!" Esclamò, il tono risentito ma anche sollevato. Solo un secondo dopo si accorse della presenza di Ludovica. "Ah... scusate. Pensavo fossi solo."

"Non c'è problema... Dottoressa Invernizzi, ti presento il mio amico Federico Ronchi. Federico, ti presento Ludovica. Stiamo lavorando insieme ad un caso."

Lei sorrise: "Ma allora ce li hai degli amici, Giulio!"

Federico scoppiò a ridere:

"Parla pure al singolare, sono l'unico che sopporta per più di qualche minuto."

Rise anche lei.

"Ma per favore, non è assolutamente vero!" Protestò Giulio.

Era quasi vero.

"Quindi mi stai dicendo che se mi sopporta per ore alla volta devo considerarmi fortunata?"

"Più che fortunata. Se poi riesci pure a farlo parlare dei fatti suoi meriti una medaglia..."

Gli avrebbe volentieri tirato il collo. Si schiarì la voce per interrompere quel fiume di scemenze che stava dicendo, ma Ludovica lo batté sul tempo:

"Il nostro Commissario è un uomo criptico, effettivamente."

Criptico? Ma se tre sere prima era andato a vuotare il sacco da lei come una ragazzina delle medie a un pigiama party! Il solo ricordo di quello che le aveva detto rischiò di farlo arrossire, quindi cercò di non pensarci. Doveva riprendere in mano la situazione.

"Ah ma poi migliora eh... basta dargli quella ventina di anni di tempo per acclimatarsi e diventa un chiacchierone!" Disse Federico.

Scoppiarono a ridere tutti e due e Giulio si schiarì nuovamente la voce, questa volta con molta più forza. Ludovica finalmente si girò a guardarlo e sorrise con aria angelica:

"Va bene, vi lascio alle vostre chiacchiere. Devo andare a lavorare!"

Come se lui, invece, fosse lì a pettinar le bambole.
Si salutarono e lei se ne andò chiudendosi la porta alle spalle.
Giulio strinse gli occhi.
Finalmente avrebbe potuto strozzare Federico.

―――

"Innanzitutto, sappi che sono incazzato nero. Si può sapere perché non hai risposto alle mie chiamate e ai miei messaggi?"
Non era veramente arrabbiato. Ma preoccupato... quello sì.
Giulio non era mai stato un gran chiacchierone, ma tre giorni di assoluto silenzio radio erano tanti persino per lui. Dopo 48 ore senza sentirlo Federico aveva chiamato Greta, temendo che gli fosse successo qualcosa. Ma mai si sarebbe aspettato che lei gli avrebbe dato la notizia che aspettava con ansia da 15 anni. Isabella aveva lasciato Giulio. Lì per lì era rimasto basito. Poi aveva silenziosamente gioito. Poi si era sentito in colpa. Poi si era fermato un attimo a riflettere e si era un po' preoccupato: Giulio non aveva mai reagito molto bene alla fine delle sue storie quindi c'era da aspettarsi che non avesse preso molto bene neanche l'epilogo del suo matrimonio.
Era per quello che si era presentato lì come un infoiato a controllare in che stato fosse.
Ma forse si era preoccupato un po' troppo.
Lo conosceva abbastanza bene da vedere che era triste, ma non lo aveva trovato distrutto come si era aspettato. No. Lo aveva trovato lì, tranquillo, a parlare con questa sua nuova misteriosa collaboratrice.
E non per dire, ma anche a lui sarebbe passato in fretta il muso se avesse dovuto collaborare con una del genere, senza contare che le more con gli occhi chiari erano sempre state la sua debolezza. E anche se Giulio aveva sempre preferito le bionde, per quella Invernizzi avrebbe potuto fare un'eccezione. Qualunque cosa sarebbe andata bene, bastava che stesse lontano per sempre da Isabella.
Giulio gli rivolse un sorriso tirato: "Scusa, Fede. Non ho risposto a nessuno."
"Lo avevo immaginato. E ti scuso. Ma a una condizione!"
"E sarebbe?"
"Devi rispondere a una domanda molto importante."
Lo vide scrollare le spalle: "Ok. Dimmi."
"Questa Dottoressa Invernizzi?"
Strinse gli occhi e non disse niente per qualche secondo.

"Questa Dottoressa Invernizzi... cosa?"

Federico alzò gli occhi al cielo. Tipico di Giulio, ovviamente, fare il finto tonto. Come se non si fosse accorto di aver avuto lì una che avrebbe fatto resuscitare un morto.

"Lavori con questa figa spaziale e non mi dici niente?"

Giulio scrollò le spalle: "Lavoro con tantissima gente e non ti dico niente..."

Poteva dire quello che voleva, ma Federico non sarebbe rimasto lì a sentire le sue panzane:

"Vedi, questo è il genere di donna che dovresti considerare ora che tua moglie ti ha finalmente lasciato!" Forse usare la parola *finalmen*te non era il massimo della gentilezza, ma non poteva far finta di non essere contento che Isabella si fosse levata di torno.

"Questo non è *assolutamente* il genere di donna che dovrei considerare. Né ora né mai."

"Come vuoi tu. Comunque sia non sembri particolarmente distrutto."

"Sono sul posto di lavoro. Non credo che sarebbe molto professionale da parte mia se stessi qui seduto con le lacrime agli occhi ascoltando Adele e mangiando una pinta di gelato direttamente dal barattolo."

"È quello che fai quando arrivi a casa la sera?"

"No. La sera arrivo a casa, faccio una doccia, mi bevo un dito di rum e crollo dal sonno senza nemmeno fare in tempo a spegnere la luce."

"Molto macho."

"Si può sapere chi te lo ha detto, comunque? Di me e Isabella?"

"Ieri ho chiamato tua sorella, perché ero preoccupato che fossi morto... me lo ha detto lei."

"E a lei chi lo ha detto, scusa?"

"Vostro padre. Che lo ha saputo direttamente da Isabella, a quanto pare."

Giulio tirò un pugno sul tavolo. Ora sembrava decisamente seccato.

"Mi vuoi dire che Isabella è andata a dirlo a mio padre?"

"Così pare. Te l'ho sempre detto che è una stronza..."

"Sì, me lo hai sempre detto. E avrei dovuto darti retta."

Meglio tardi che mai. Avrebbe voluto dirlo, ma si trattenne. Era meglio lasciar perdere. Dopo quindici lunghissimi anni Isabella stava uscendo di scena: doveva solo fare in modo che nessuno cambiasse idea ma, soprattutto, che lui non si chiudesse per sempre in clausura come, quasi di certo, aveva intenzione di fare.

Ci avrebbe pensato lui, ecco cosa, e questa volta non avrebbe lasciato che Giulio si rovinasse la vita da solo, come gli piaceva tanto fare.

CAPITOLO UNDICI

Ben oltre le idee
    di giusto e di sbagliato
c'è un campo.
Ti aspetterò laggiù.

— *Jalaluddin Rumi*

SABATO 21 OTTOBRE

Come sempre quando c'era di mezzo Maggi, i risultati dei tossicologici arrivarono nel momento meno adatto: di sabato mattina alle 9, mentre Giulio stava correndo sotto la pioggia battente ai giardini di Porta Venezia. Così, dopo la corsa, aveva dovuto abbandonare a malincuore l'idea di farsi una colazione iperproteica a base di uova, pancetta e avocado e si era dovuto accontentare di una doccia frettolosa prima di precipitarsi in Commissariato, nella speranza di capirci qualcosa.

    E qualcosa, in effetti, lo aveva capito: Giuliani non era morto per overdose di cocaina. Quella, già di per sé, era una buona notizia perché significava che aveva fatto bene ad avere dei dubbi sulle circostanze della sua morte e aveva fatto ancora meglio a non dare retta a Costazza e a Cattani. E per quello era talmente contento che per festeggiare comprò un pacchetto di taralli al peperoncino dalla macchinetta in corridoio. Non esattamente la colazione dei campioni, ma in tempo di carestia...

Ne mangiò un paio e bevve un sorso di caffè mentre rileggeva per la quarta volta il referto.

Era sì contento, ma anche piuttosto allibito.

Aveva bisogno di parlarne con qualcuno e, in quel momento, il Commissariato non offriva grandi alternative. Banfi era via per il weekend e aveva lasciato scritto su un biglietto di non rompergli i coglioni per nessuna ragione al mondo. Beretta e Caputo erano due bravi ragazzi, ma non erano certo gli interlocutori giusti per fare ragionamenti di concetto.

Non aveva altra scelta, insomma. O così gli piaceva pensare.

Alzò il telefono per chiamare Ludovica. Probabilmente l'avrebbe svegliata, ma poco importava: dopo tutto il tempo che aveva aspettato per avere quei tossicologici ne voleva parlare con qualcuno di competente.

La Invernizzi, quindi.

Fece partire la telefonata e attese. Al decimo squillo, finalmente, lei rispose.

"Spero che sia importante, Commissario." Disse con voce da oltretomba.

Giulio sorrise: "Ho in mano i risultati degli esami tossicologici su Maurizio Giuliani e Elena Molinari."

Dall'altra parte sentì un silenzio sospetto. Che si fosse riaddormentata?

"Ma che ore sono?" Biascicò lei alla fine.

"Le dieci e un quarto, perché?"

"Perché sono andata a dormire alle sei e ho un cerchio pazzesco alla testa. Cosa ne dici se ne parliamo stasera a cena?"

"A cena?" Ripeté lui, un po' preso alla sprovvista.

"Sì. Da me. Vieni per le otto. Ma ora fammi dormire, se no muoio."

Giulio attaccò il telefono.

A quanto pareva quel giorno avrebbe avuto una buona scusa per non addormentarsi vestito e con le luci accese prima delle undici: Federico ne sarebbe stato sicuramente fiero. Non che avesse intenzione di dirglielo, ovviamente, se no ci avrebbe letto dietro chissà che cosa. Era solo una cena e per di più per parlare di un esame tossicologico, ma il pensiero di andare a casa di Ludovica e passarci la serata lo mise di buon umore. Per la prima volta da quando era tornato a Milano più di un anno prima pensare al suo sabato sera lo fece quasi sorridere.

La cabina armadio di Ludovica era una specie di scrigno delle meraviglie, il sogno proibito di ogni donna, persino di una come Veronica che non aveva molti vestiti e che si metteva sempre un paio di jeans e una maglietta. Ma la cosa divertente era guardare la Ludo che, nonostante avesse davanti a sé centinaia di capi, non sapeva cosa mettersi. Per un attimo considerò un paio di pantaloni a fiori parecchio vistosi, ma poi li mise di nuovo a posto e sbuffò. Era raro vederla così indecisa.

"Hai grandi programmi per la serata?" Le chiese sedendosi sul letto con le gambe incrociate. Ludovica scrollò le spalle:

"Niente di che. Viene Locatelli a cena." Tirò fuori un paio di vestiti, ma li rimise subito via. Veronica trattenne a stento un sorriso: aveva usato un tono diverso dal solito.

"Una cena? Interessante..." Buttò lì. Vide le spalle di Ludovica contrarsi per un secondo prima di rilassarsi di nuovo.

Ah, allora c'era qualcosa sotto.

"Dobbiamo discutere dell'esame tossicologico delle due vittime."

Tirò fuori un altro vestito e lo rimise a posto sbuffando di nuovo.

Veronica scoppiò a ridere: "Questa è la scusa peggiore che io abbia mai sentito per invitare qualcuno a cena!"

Ludovica si girò a guardarla, sgranando gli occhi: "Non è una scusa!"

"Si che lo è. È inutile che continui a negarlo. So benissimo che Locatelli ti piace."

Lei inarcò le sopracciglia e sorrise: "Diciamo che non lo butterei a calci fuori dal letto. Ma una dovrebbe essere cieca per farlo. O no?"

Veronica sorrise a sua volta.

"Quindi? Cosa hai intenzione di fare?" Chiese, ignorando la domanda di Ludovica.

"Assolutamente niente! La moglie lo ha appena lasciato..."

"Appunto. Pensavo fossi pronta a consolarlo e a fargli vedere che le donne non sono tutte delle streghe senza cuore!"

"Per carità. Non è il tipo di uomo con cui potrei avere una storia del genere che interessa a me."

"Beh potresti magari fare un'eccezione..."

Non ne aveva mai fatte negli ultimi dieci anni, ma la speranza era l'ultima a morire.

"Neanche per idea. Non voglio storie lunghe e non voglio storie serie. Quindi non farò niente." Categorica come solo lei sapeva essere. Veronica sbuffò:

"A parte, ovviamente, flirtare violentemente con lui ogni volta che lo vedi..."

Vide un sorrisino incurvarle le labbra: "A parte quello, ovviamente... non si sa mai che sia lui a cambiare idea!" Tirò fuori un vestito blu senza maniche e un golfino giallo. "Cosa ne dici? Un po' *too much*?"

"Per niente. Anzi. Direi che non è da te vestirti così castigata..."

Ludovica alzò gli occhi al cielo:

"Te l'ho detto. È solo una cena per parlare dell'esame tossicologico... e ovviamente ci sarai anche tu!"

"No, grazie. Preferisco non parlare di cadaveri mentre mangio. Starò nella mia stanza, sarà come se non ci fossi."

Ludovica fece finta per un secondo di fare il broncio, ma poi scoppiò a ridere e corse a vestirsi. Veronica sorrise. Poteva dire quello che voleva, ma era chiaro Giulio le piacesse. E non nel solito modo in cui piacevano gli uomini a Ludovica. Quando uno le interessava non ci metteva mai molto a farlo capitolare. E non ci metteva molto nemmeno a mandarlo per la sua strada subito dopo.

Con Locatelli, invece, si stava comportando in modo diverso.

Quella scusa pietosa per la cena, tanto per cominciare, non era davvero da lei.

Così come non lo erano l'indecisione sul cosa mettersi e l'outfit così semplice, come se dovesse dimostrare a sé stessa e agli altri che *davve*ro era solo una cosa di lavoro.

Vederla così le aveva ricordato la Ludovica del liceo, quella che cercava le scuse più assurde per telefonare al tipo che le piaceva e che passava ore a studiare che maglietta mettersi per andare a scuola il giorno dopo se era sicura che lo avrebbe incontrato durante l'intervallo. La Ludovica pre-Francesco, insomma, quella che credeva nell'amore.

"Se stai ancora fantasticando sul fatto che mi piaccia il Commissario, cara mia, sappi che ho appena scritto a Carlo e domani mi vedo di nuovo con lui."

A Veronica sparì il sorriso dalle labbra: "Pensavo avessi detto che non ci volevi più uscire..."

"Ho cambiato idea. E poi non ci uscirò, sarà lui a venire qui." Ludovica emerse dalla cabina armadio con vestito, golfino e scarpe col tacco addosso. Veronica per un secondo le invidiò il modo che aveva di sembrare splendida con tutto. "Come sto?"

"Stai benissimo. L'abbigliamento perfetto per parlare di cadaveri a lume di candela."

Giulio imprecò tra sé e sé.

Aveva calcolato i tempi con precisione, ma non aveva fattorizzato che Federico piombasse in casa sua tra capo e collo senza avvertire. Era appena uscito dalla doccia pulito, profumato e sbarbato, e si era dovuto trattenere a stento dal chiedergli cosa cavolo ci facesse lì: si era fermato giusto in tempo, in nome della loro amicizia più che ventennale, sapendo che se glielo avesse chiesto si sarebbe offeso a dismisura.

Attaccò il citofono e aspettò che comparisse sulla porta di casa sua. Lo vide arrivare una manciata di secondi dopo con in mano due birre da 66 cl. Federico si tolse la giacca e lo squadrò:

"Cosa ci fai in boxer?"

"Sono appena uscito dalla doccia..."

"Ma sono i tuoi boxer fortunati, quelli?"

Ma come faceva a ricordarsi cose del genere?

Giulio scrollò le spalle: "Sono i primi che ho trovato... quelli che dici tu non li ho nemmeno più."

Era vero, ma Federico lo guardò lo stesso con sospetto. Poi sorrise:

"Meglio così. L'ultima volta che ti hanno *portato fortuna* te li ha tolti Isabella. E poi per 15 anni non te li ha tolti più nessun'altra. Forse è meglio non ripetere."

Ma davvero pensava che avesse ancora un paio di boxer che metteva all'università? Fece per aprire la bocca e dirglielo, ma all'ultimo cambiò idea. Meglio parlare d'altro:

"Come mai da queste parti?" Gli fece segno di seguirlo in camera da letto.

"Passavo per di qui e ho pensato di venire a vedere come stavi."

Giulio si sedette sul letto e si infilò le calze: "Sto bene, grazie. Tu?"

"Io sto bene, ma non sono appena stato mollato da mia moglie..."

"Beh, sto bene anche io, moglie che mi ha appena mollato a parte."

Si alzò e prese una camicia bianca dall'armadio.

"L'hai più sentita?"

"No. Credo sia troppo impegnata a raccontare a tutti della nostra separazione per avere tempo di parlarne con me..." Finì di abbottonarsi la camicia e prese i pantaloni di uno dei suoi completi blu.

"Ottimo. Meno la senti meglio è."

Stava per chiedergli perché ne fosse tanto certo, ma poi lo capì da solo. Aveva paura che avrebbero cambiato idea e che si sarebbero rimessi insieme, ecco cosa. Il che era pura fantascienza, ovviamente, come lo era la storia dei boxer, ma Federico era così. Si allacciò pantaloni e cintura e prese in mano la cravatta bordeaux a puntini blu. Improvvisamente si sentì gli occhi di Federico piantati addosso. Alzò lo sguardo e lo vide fissarlo con le sopracciglia aggrottate.

"Perché mi guardi così?"

"Ma... ti stai preparando ad uscire, scusa?"

Era già un miracolo che ci avesse messo così tanto a capirlo.

Giulio sospirò e cominciò ad annodare la cravatta: "Sì."

"E dove vai, di grazia?" Federico usò l'accendino per stappare le birre e gliene appoggiò una sul comodino.

"Ho una cena. Di lavoro." Si sedette di nuovo sul letto e si chinò per infilare e allacciare le scarpe.

"Con chi?"

"Con la Dottoressa Invernizzi. E ti prego, non cominciare!" Si alzò e si infilò la giacca, poi afferrò la birra dal comodino e uscì dalla stanza.

Federico, ovviamente, lo seguì a ruota: "Non cominciare a fare cosa?"

"A fare congetture. È solo una cena di lavoro."

"Ma certo. È solo una cena di lavoro. Di sabato sera. E manco ti sei accorto che la Invernizzi sia una figa stratosferica..."

"Non ho detto questo."

"Quindi te ne sei accorto?"

"È molto carina, è vero." Ammise, sperando che bastasse a placarlo.

Federico si lasciò cadere sul divano con quel suo fare melodrammatico:

"Molto carina? La Vale Rimoldi era molto carina. Aisling era molto carina." Prese un sorso di birra. "La Invernizzi è stupenda. Togliti le fette di salame dagli occhi."

Giulio si sedette in poltrona: "Rimane comunque una cena di lavoro. Dobbiamo parlare degli esami tossicologici di due morti. Nulla di romantico."

"Se avete il gusto dell'orrido non è colpa mia. L'importante è che ce lo abbiate tutti e due..."

Erano le sette e venti. Avrebbe dovuto sopportarlo ancora per una decina di minuti, poi avrebbe potuto andarsene e mandarlo a casa sua.

"Fede, seriamente, non ti fare film. La Invernizzi mi ha invitato a casa sua solo per..."

"A casa sua?" Lo interruppe, incapace di contenere l'entusiasmo.

"Parlare di morti al ristorante non è il massimo. E ti assicuro che non ha certo tempo da perdere con uno come me. Probabilmente dopo cena uscirà con qualche tizio con il fare da *uomo che non deve chiedere mai* e andranno a bere fino alle sei del mattino in qualche assurdo locale alla moda di cui io non ho nemmeno mai sentito parlare..."

"Non ti sottovalutare così, Giulietto. Sei sempre piaciuto alle donne. E poi nel locale alla moda ce la puoi portare tu. Se vuoi ti dico io dove andare..."

"No, grazie. Non ce ne sarà bisogno. Ceneremo e parleremo dei tossicologici e poi me ne tornerò a casa e andrò a dormire. Da solo."

Federico alzò gli occhi al cielo ma non disse niente.

Giulio sospirò.

Non era da lui lasciar perdere. Probabilmente quello sarebbe stato solo il primo di tanti tentativi di convincerlo che la Invernizzi fosse la donna perfetta per lui.

Era un'assurdità.

Se solo avesse visto che tipo era quel Carlo o avesse saputo dell'*amico* dj a Berlino o di quel tizio che era pronto per il secondo round se ne sarebbe convinto anche Federico, ma dirglielo, lo sapeva, non sarebbe servito a niente. Sarebbe stato molto più semplice lasciare che i fatti dimostrassero chi aveva ragione. E Giulio sapeva di avercela lui, ovviamente.

―――

Ludovica sbuffò. La tavola sembrava preparata per una cena di stato.

Quando aveva chiesto a Gisella di farle un ultimo favore prima di andare a casa e apparecchiare per una cena con tre portate se lo sarebbe dovuto immaginare che sarebbe andata a finire così.

Come non si stancava mai di ripeterle, negli anni Settanta aveva lavorato a casa di una famiglia di nobili e lei, le cose, le sapeva fare per bene. Anche troppo, a quanto pareva.

Passò in rassegna la distesa di piatti, bicchieri e posate sistemate sulla tovaglia di fiandra bianca che sua nonna le aveva regalato per il suo trentesimo compleanno, quando aveva capito che ad aspettare il matrimonio se la sarebbe tenuta per sempre.

Era tutto perfetto. Troppo perfetto.

Sembrava di essere a Downton Abbey invece che a casa sua.

Dovevano parlare di omicidi, santo il cielo.

E non aveva fatto da mangiare Paul Bocuse, ma il rosticciere all'angolo.

Sbuffò di nuovo.

Forse avrebbe dovuto togliere alcune delle posate e dei bicchieri, e magari anche quel portaburro del servizio della bisnonna. Su cosa lo avrebbero messo,

poi, il burro? Si era pure dimenticata di comprare il pane. L'unica cosa che avrebbe dovuto fare lei, come c'era da aspettarsi, era andata in vacca.
Quando mai le era venuto in mente di invitarlo a cena.
Ora, oltre che il dilemma su cosa togliere e cosa lasciare sulla tavola, era quasi certa che il cibo, per quanto non preparato da lei, sarebbe risultato una schifezza, e non riusciva a smettere di pensare a quello che le aveva detto Veronica poco prima mentre si vestiva.
Dì la verità. Locatelli ti piace.
Che domande. Era ovvio che un po' le piacesse. Era un bell'uomo, e soprattutto era affascinante e intelligente - una combinazione irresistibile, se non altro per la sua rarità. Ed era vero che normalmente ci si sarebbe buttata a pesce su uno così, ma con lui era diverso.
Non poteva.
E non solo per via della moglie che lo aveva appena lasciato.
C'era il fatto, ben più importante, che l'amicizia che stava nascendo tra di loro era qualcosa di così inaspettato e che le faceva piacere in talmente tanti modi diversi che non se la sentiva di metterla a rischio per la storia di una notte. Perché di quello si sarebbe trattato. Mica poteva buttare all'aria tutto quello in cui credeva e che la faceva stare bene da dieci anni solo perché uno era un po' più interessante della media. E dal canto suo, lui non le sembrava uno capace di andare a letto con una e poi fare come nulla fosse.
No.
Non poteva proprio.
Con tutti gli uomini che c'erano al mondo, perché mai andare a rovinare tutto con Giulio? Non ne sarebbe valsa la pena, ecco.
E poi ci sarebbe sempre stato tempo, in futuro, per vedere come si sarebbero evolute le cose. Prima o poi lui avrebbe dimenticato Isabella e magari si sarebbe convinto che non tutte le storie debbano per forza essere serie e durature. La vedeva un po' dura, ma ci poteva sempre sperare.
Suonò il campanello e Ludovica sospirò. Ormai era troppo tardi per togliere stoviglie e per avere ripensamenti.
Trotterellò all'ingresso con il cuore che le batteva nel petto un po' più forte del normale. Decise di ignorarlo, aprì la porta e rimase una frazione di secondo in silenzio a guardare Locatelli davanti a lei. Era come al solito in giacca e cravatta, pettinato e sbarbato alla perfezione e intorno a lui aleggiava un leggero profumo di sandalo e muschio bianco.
"Buonasera, Commissario. Come sei elegante." Perfettamente in pendant con la tavola assurdamente formale preparata da Gisella. Aveva sperato di vederlo vestito in maniera meno formale, ma stava benissimo anche così.

Giulio sorrise:
"Buonasera, Dottoressa." Alzò la mano destra e le porse una bottiglia di Lagrein. "Ti ho portato una bottiglia di vino rosso della tenuta di mio nonno."

Lei la prese in mano e studiò l'etichetta:
"Azienda vinicola Patrick Moser." Lesse ad alta voce. "Hai un nonno viticoltore?"

"Beh... ormai è in pensione, ma sì. Ha ancora l'azienda di famiglia, appena fuori Bressanone." Continuò a sorridere e alzò anche la mano sinistra, in cui teneva una bottiglia di rum: "E poi ti ho portato anche questo... non ho nonni dominicani, ma al supermercato c'era un'ottima selezione."

Ludovica scoppiò a ridere. Il nervosismo che aveva sentito poco prima era come svanito: "Allora seguimi in cucina, che abbiamo dei cadaveri di cui discutere!"

Per spostarsi dall'atrio alla cucina passarono per la sala da pranzo e Giulio non poté fare a meno di notare il tavolo da pranzo apparecchiato alla perfezione, proprio come sarebbe piaciuto a sua madre e a suo fratello, con un servizio di porcellana, i bicchieri di cristallo e le posate d'argento. Ne sarebbe andata pazza anche sua sorella, per motivi diversi. Lui, per il momento, era felice di essere diretto altrove: verso la cucina, appunto, dove il bancone era allestito per l'aperitivo con una sfilza di piattini e ciotoline piene di culatello, grissini, acciughe piccanti, olive marinate, pomodorini ripieni e tapenade. Avrebbe volentieri passato lì tutta la sera, senza nemmeno spostarsi a mangiare sul tavolo della sala da pranzo.

Non che importasse veramente, in realtà. Era già abbastanza contento di avere davanti a sé una cena e una serata per parlare con la Dottoressa: del caso, ma anche di altro, come facevano sempre. Anche se la vita mondana non gli era mai piaciuta più di tanto doveva ammettere che un paio d'ore passate cenando e parlando con una come la Invernizzi, che sprizzava sempre allegria e energia da tutti i pori senza però esaurirlo, fossero il compromesso perfetto.

Ludovica gli allungò un bicchiere di Lagrein: "Allora... questo esame tossicologico? Sto morendo dalla curiosità."

"Abbiamo fatto bene a farlo fare. Maurizio Giuliani è morto per un'overdose di Fentanyl. Ne aveva in corpo abbastanza da stendere un elefante."

Ludovica spalancò la bocca:
"Ingerito?"

"No. Sniffato."

"Mio Dio, che imbecille."

"Diciamo che non doveva essere una cima. Ma d'altronde non ne aveva bisogno, dato che tutte le decisioni venivano prese per lui da Sara e dal suocero."

"Sì. E credo che lui glielo lasciasse fare per continuare a ricevere i soldi e per poter vivere in centro senza dover pagare l'affitto."

Giulio annuì: "Il Fentanyl spiegherebbe anche la posizione in cui lo abbiamo trovato..."

"Cosa vuoi dire?"

"Lì per lì non lo avevo messo a fuoco, ma ripensandoci dopo... non aveva l'aria di uno che era andato in overdose da cocaina." La guardò. Lei stava pendendo dalle sue labbra. "Correggimi se sbaglio... ma una dose massiccia di coca causa ipertermia."

"Sì. Esatto."

"E Maurizio non era sudato. Su una camicia azzurra il sudore si sarebbe visto molto bene." Bevve un sorso di vino. "Il Fentanyl invece è un oppiaceo..."

Ludovica annuì: "Giusto. E se la quantità era così elevata... credo che se ne sia accorto a stento. Il respiro e il battito si saranno affievoliti fino a cessare del tutto."

"E questo spiegherebbe perché era accasciato a terra come una bambola di pezza." Giulio sospirò. "Se me ne fossi reso conto subito avremmo risparmiato un sacco di tempo."

Lei allontanò quel pensiero con un gesto della mano e sorrise: "Con tutti i cadaveri che vedi, ogni tanto è normale che ti sfugga qualcosa..."

"Veramente... era il primo che vedevo da quando sono tornato a Milano." Come al solito gli era uscita la verità senza nemmeno volerla dire. Ludovica lo guardò e alzò un sopracciglio, ma non disse niente e lo lasciò continuare. "Nei mesi scorsi sono stato per lo più in ufficio. E avrei continuato a farlo se il Questore non mi avesse praticamente obbligato a tornare a lavorare sul campo."

"Vuoi dire che ho rischiato di non conoscerti?"

"Effettivamente non ci avevo pensato, ma è così. Se non fosse stato per Costazza avrei mandato lì un ispettore e avresti parlato con lui..."

"Sarebbe stato un disastro!" Esclamò lei. Difficile dire se stesse scherzando o meno. "Quindi dobbiamo ringraziare il Questore, se ci siamo conosciuti."

"Ringraziare il Questore non è una cosa che amo molto fare... ma in questo caso dovrei fare un'eccezione."

Ludovica annuì e alzò il bicchiere:
"Al Questore, allora. E ai posti improbabili in cui conoscere nuovi amici."
Brindarono. Se solo tre settimane prima gli avessero detto che avrebbe brindato alla salute di Costazza li avrebbe fatti rinchiudere dalla Neuro. Ma comunque, anche se il Questore per una volta ne aveva fatta una giusta, Giulio non poteva lasciare che brindassero solo a lui. Si schiarì la voce:
"E alla tua, Dottoressa. Senza di te non avremmo mai ottenuto questi tossicologici così in fretta."
Non era il brindisi migliore che avesse mai proposto, ma lei sorrise, apparentemente più che soddisfatta:
"Grazie. E a questo proposito… Cosa ci dicono i risultati di Elena?"
"Sono state trovate tracce di cocaina, ma non un granché. L'ipotesi è che ne avesse fatto uso al più tardi tra domenica e lunedì. Che sarebbe poi quando Zoppi, per sua stessa ammissione, ha esagerato un po' a far festa. Quindi è plausibile pensare che fossero insieme… soprattutto perché era roba di ottima qualità. E lei non se la sarebbe mai potuta permettere."
Ludovica annuì e non disse niente per qualche secondo. Poi sospirò:
"Non riesco a spiegarmi questa storia del Fentanyl… tu?"
"Nemmeno io. Forse a Maurizio non bastava più la cocaina e usava altre droghe … e il Fentanyl gli è stato fatale. Ti aveva detto niente del genere, quando vi eravate parlati?"
"No, ma non vuole dire niente. Potrebbe aver deciso di non dirmelo per chissà quale motivo. Maurizio era una persona strana e spesso non diceva quello che pensava." Prese un sorso di vino: "Però lo potresti chiedere a Zoppi… al contrario di Sara non credo che abbia delle remore a parlarti dei vizi del suo amico morto."
Giulio annuì: "Vero. Ed è meglio che lo faccia in fretta perché ho Costazza che mi alita sul collo perché vuole che chiuda il caso."
Un rumore alle loro spalle li fece sobbalzare. Giulio si girò e vide che era Veronica. Al contrario di Ludovica, che era elegante e truccata da gara come al solito, era in pigiama ed era pallida. I lividi, ormai, non si vedevano più, ma aveva l'aria stravolta:
"Scusatemi… volevo prendere della Coca Cola. Non sto molto bene."
"Come mai? Hai mal di stomaco?" Domandò Ludovica.
Curioso. Sembrava che la Invernizzi ancora non sapesse della gravidanza della sua amica. Chissà perché Veronica era così restia a parlarne. Un sacco di ipotesi gli affollarono il cervello. Forse perché Ludovica non era il tipo materno e non l'avrebbe saputa supportare? O magari perché Veronica voleva abortire e se ne vergognava? Conoscendola così poco era difficile dirlo. Quel

che era certo era che non aveva una bella cera e i mesi a venire, per lei, sarebbero stati difficili sotto tutti i punti di vista.

"Non so... forse ho mangiato un po' pesante a pranzo. Ora vado a stendermi e sono sicura che domani starò meglio." Prese una lattina dal frigo. "Vi lascio tornare a parlare dei vostri morti ammazzati."

Sia Giulio che Ludovica sorrisero. Veronica non fece in tempo ad uscire dalla cucina che la Dottoressa si girò verso di lui con fare da congiurata:

"Non ti sembra che la Vero sia strana in questi giorni?" Gli chiese di punto in bianco. Giulio prese un lungo sorso di vino e poi scrollò le spalle:

"Non saprei... non la conosco così bene."

"Credi che abbia qualcosa?" Lo incalzò lei.

"Forse dovresti chiederglielo..." Si trovò a rispondere. Lo stava fissando con uno sguardo inquisitore che lo faceva sentire vagamente a disagio.

"Quindi sai qualcosa che io non so!"

Giulio sospirò:

"Davvero... credo che dovresti chiederlo a lei." Le rispose, sperando che non insistesse. Ludovica restò un attimo in silenzio, fissandolo intensamente, poi le si dipinse un enorme sorriso sul volto:

"Mi piace il fatto che tu sappia tenere un segreto, Commissario." Girò intorno al bancone e si sedette accanto a lui, un po' più vicina del necessario.

"Sono stato addestrato a tenerli anche sotto tortura."

"Ma io conosco delle torture molto efficaci..." Ribatté lei avvicinando la faccia alla sua. Giulio sentì il solito profumo avvolgerlo, quel profumo che ormai non sperava più di riuscire ad identificare, e si sentì di colpo la gola secca. Avere i suoi occhi piantati addosso a distanza ravvicinata era ipnotizzante.

Cercò di deglutire, anche se non gli sembrava di avere più un filo di saliva in bocca.

Federico aveva ragione.

Ludovica Invernizzi non era molto carina.

Era splendida.

Non fece in tempo a pensarlo che si sentì asfaltato dal senso di colpa. Anche se era assurdo gli sembrava che pensare che Ludovica fosse bella fosse un tradimento nei confronti di Isabella.

E non solo.

Oltre al senso di colpa, sentiva anche il suo sesto senso urlargli a gran voce che sarebbe stato meglio stare molto lontano da lei, per lo meno fisicamente. Perché Ludovica era splendida, ma pericolosa. Era libera. Era imprevedibile. Era innamorata di una vita che era diametralmente opposta a quella in cui si barcamenava a stento lui. E le piaceva divertirsi con uomini come Carlo o come quello pronto per il secondo round. Uomini che quel gioco sapevano farlo molto meglio di lui, che a dirla tutta non lo sapeva fare per niente.

"Lo... lo credo bene. Ma sono molto bene addestrato." Riuscì a dire alla fine, anche se con la voce un po' strozzata. Ludovica non si mosse per qualche secondo. Continuò a fissarlo negli occhi, la bocca leggermente socchiusa. Flirtare era nella sua natura e lo sapeva fare con una sicurezza che Giulio avrebbe definito agghiacciante se non fosse stato per il fatto che si sentiva il viso in fiamme.

Il cellulare cominciò a suonargli in tasca e lo fece sobbalzare.

Difficile dire se quell'interruzione fosse una manna o una maledizione. Abbassò lo sguardo e tirò fuori il telefono. Era un numero che non conosceva.

"Scusami..." Disse, il fiato un po' corto.

Lei sorrise, sempre rimanendo più vicina del necessario a lui: "Per questa volta ti scuso..."

Giulio deglutì e accettò la chiamata: "Commissario Locatelli."

"Buonasera, Commissario. Sono l'Ispettore Zanin. Ci siamo conosciuti domenica scorsa... sono quello che ha preso un paio di schiaffi da Giovanni Schira."

"Ma certo, mi ricordo di lei, Ispettore. Mi dica."

"Sono sulla scena di un crimine. C'è un uomo che si è sparato un colpo in testa e nel portafoglio gli abbiamo trovato il suo biglietto da visita."

"Come si chiama?"

"Pietro Zoppi, Commissario. Lo conosce?"

Giulio chiuse gli occhi e sospirò profondamente.

"Sì. Arrivo subito, Ispettore."

Attaccò il telefono e incrociò lo sguardo di Ludovica:

"A quanto pare il nostro sospettato numero uno si è sparato un colpo in testa."

"Pietro Zoppi è morto?"

Giulio annuì.

Ludovica sospirò: "Merda."

Si limitò ad annuire di nuovo. Altro che cena e chiacchiere con la Dottoressa. Avrebbe passato la serata insieme a un cadavere, a raccogliere prove e a cercare di capire cosa fosse successo.

"Mi spiace, devo andare. Dovremo rimandare la nostra cena..."

Lei si imbronciò in maniera plateale ed esagerata: "E io che avevo passato tutto il giorno dietro i fornelli!"

"Davvero? E cosa avevi preparato?"

"Non lo saprai mai, Commissario. Ma di certo non dei ceci..." Rispose, con un sorriso sornione sulle labbra. "Ti accompagno alla porta."

Giulio uscì a malincuore da casa sua e cercò di dimenticare immediatamente il modo in cui lei lo aveva guardato poco prima.

Ma era inutile. Mentre camminava verso la macchina se la vedeva ancora lì davanti, gli occhi e la bocca a pochi centimetri da lui. Che Federico avesse ragione? In fondo lo sapeva anche lui di piacere alle donne, non era né scemo né cieco. Semplicemente non l'aveva mai trovato un grosso vantaggio, ma nemmeno una seccatura. Era una caratteristica che faceva parte di lui come tante altre, come l'essere alto 1,84 o l'avere gli occhi grigi. Ludovica, però, lo aveva guardato in un modo in cui non l'aveva mai guardato nessuna o, per lo meno, non se ne ricordava. E se la sarebbe ricordata una cosa del genere, no?

Salì in macchina e rabbrividì.

Forse sarebbe stato il caso di cominciare a mettere il cappotto.

E forse sarebbe anche stato il caso di piantarla di pensare allo sguardo della Invernizzi e concentrarsi sul caso che, a quanto pareva, più passava il tempo più si complicava.

Veronica appoggiò la lattina sul comodino e sospirò.

Sapeva che non stava bene origliare, ma appena uscita dalla cucina non aveva potuto fare a meno di sentire che Ludovica e Giulio avevano parlato di lei. Come promesso lui aveva mantenuto il suo segreto, nonostante i tentativi di Ludovica di farlo cantare.

Sorrise.

Non erano in tanti a saperlo fare, ma lui era stato in grado di tenere testa a quella rompipalle della sua amica. Era stato bravo. Molto bravo.

Ludovica comparve sulla soglia della sua porta con la faccia un po' imbronciata:

"Che palle..."

"Cosa c'è? Dov'è Giulio?"

"È dovuto andare via. Un'emergenza al lavoro." Si buttò sul letto di fianco a lei. Certo che per essere una a cui, teoricamente, quella cena non interessava non stava facendo un grande sforzo per far finta di non esserci rimasta male.

"E così niente cena a lume di candela?"

"Non avevo nessuna intenzione di accendere le candele..."

"Peccato perché era molto elegante, il Commissario." Insisté.

"È sempre elegante. Credo che ci vada anche a letto con giacca e cravatta."

"Beh, la cravatta, ancora ancora, a letto potrebbe servire…"
Ludovica si girò a guardarla con tanto d'occhi e scoppiò a ridere:
"Signorina De Luca! Vai a sciacquarti la bocca con il sapone!" Disse imitando la loro insegnante di religione del liceo.
Veronica si unì alla risata, poi la guardò e sospirò.
Ludovica sapeva sempre come farla ridere e come tirarla su di morale, ma a volte c'era da chiedersi se fosse altrettanto brava a gestire le sue di emozioni. C'erano certi momenti in cui, tra una risata e l'altra, la vedeva fissare fuori dalla finestra o guardare nel vuoto e negli occhi aveva una luce vagamente triste che non si sarebbe saputa spiegare.
Era sempre stata lì, da quando la conosceva. Solo che ora sembrava apparire più spesso - come se tutti i suoi sforzi spasmodici per divertirsi e non pensarci non facessero che peggiorare la situazione.
Ma magari era solo una sua impressione.
Cosa ne sapeva lei, in fondo?
Aveva altre cose su cui si sarebbe dovuta concentrare.
Presto le avrebbe dovuto dire del bambino. Ma prima avrebbe dovuto decidere cosa fare e quella sarebbe stata la cosa più difficile.
Era una gran situazione di merda.
"Mi è venuta fame…" Disse alla fine. La coca cola aveva fatto il suo dovere, la nausea le era passata e le si era aperta una voragine nello stomaco.
"Beh, allora andiamo giù e mangiamoci la cenetta che avevo pronta per il Commissario."
"Cosa c'è sul menù?"
"Tartarino di salmone affumicato e avocado, arrosto porchettato con patate al forno e tiramisù."
Veronica rimase un secondo a bocca aperta:
"Alla faccia, Ludo! Hai preparato tutto tu?"
"Ma sei matta? Non volevo mica avvelenarlo. Ho comprato tutto già fatto dal rosticciere di fiducia di mia madre. Perché mai mettermi a cucinare io quando c'è qualcuno molto più bravo di me a farlo?"
Veronica sorrise. Le spiaceva che la serata di Ludovica e Locatelli fosse stata interrotta, ma mangiare quel bendidio sarebbe stato un vero toccasana. C'era solo da sperare che presto quei due avrebbero avuto altre occasioni per far finta di non piacersi a vicenda, ecco.

L'Ispettore Luca Zanin lo stava aspettando sulla porta.

"Commissario, prego. Venga a vedere..." Si strinsero la mano. "Spero di non averle rovinato il sabato sera con la mia chiamata."

Due agenti in un angolo si misero a ridacchiare, sgomitandosi. Così come la voce della sua separazione era girata tra amici e conoscenti, a quanto pare era girata anche tra quelle comari in Commissariato, anche se Giulio non era certo del come. Se lo poteva immaginare, però. Isabella lo aveva detto a cani e porci, quindi con tutta probabilità anche a qualche suo collega, magari amico di un PM, a sua volta amico di qualcuno in Polizia. Ma così in fretta? Ecco, quello lo sorprendeva un po'. Sinceramente non pensava né che la voce si sarebbe sparsa nel giro di pochi giorni, né che sarebbe stata di tanto interesse. E invece, a quanto pareva, la gente non aveva niente di meglio di cui parlare.

"Nessun disturbo, Zanin." Abbaiò, più bruscamente di come avrebbe voluto.

L'altro rimase un attimo interdetto e lo guardò aggrottando le sopracciglia: "Sicuro, Commissario?"

Giulio lo guardò: non aveva ancora trent'anni, ma aveva l'aria sveglia e il fare vagamente arrogante che probabilmente aveva avuto anche lui dieci anni prima. Sembrava un tipo a posto e si pentì di aver usato quel tono con lui.

Non era colpa sua.

"Sicuro." Sospirò. "Non ce l'ho con lei." Fulminò con lo sguardo i due agenti e quelli si allontanarono immediatamente, sparendo giù per le scale.

"Non la seguo..."

Tanto valeva prendere esempio da Isabella e parlarne come se non fosse nulla di che.

"Mi ha chiesto se mi ha rovinato il sabato sera e a quanto pare c'è chi ha trovato la domanda esilarante. E il motivo è che mi sono appena separato da mia moglie."

"Ah. Merda. Mi spiace." Zanin si guardò le mani un attimo e poi lo guardò di nuovo negli occhi: "Non mi sembra una cosa di cui ridere tanto, però."

"No, non lo è. Ma li lasci fare e mi faccia vedere cosa è successo."

L'Ispettore sorrise e annuì: "Mi segua, le faccio vedere Pietro Zoppi."

Locatelli lo seguì nel salotto dell'appartamento. Era una stanza moderna e arredata con gusto, niente a che fare con l'esagerata opulenza dell'ufficio, e aveva larghe vetrate che offrivano una vista incredibile su tutta la città. In mezzo alla stanza, accasciato sul divano, c'era il corpo di Zoppi. Aveva un'espressione vagamente stupita in volto e nella mano destra teneva ancora la pistola con cui si era sparato.

Giulio si mise i guanti e si avvicinò al cadavere.

Lo guardò a lungo. E così anche Zoppi era finito al Creatore. Di tutte le rogne che si erano susseguite durante quel caso, quella era di sicuro la più grossa: ora non avrebbe più potuto chiedergli informazioni su Maurizio e su Elena e la cosa, sicuramente, lo avrebbe ulteriormente rallentato nelle indagini. Già si immaginava la sua prossima conversazione col Questore. Sarebbe stata un vero incubo.

"Non avrei mai detto che fosse tipo da suicidarsi..." Considerò ad alta voce. Zanin gli si accovacciò di fianco:
"Se mi permette, Commissario... io non credo che si sia ammazzato."
Aggrottò le sopracciglia: "Ah no? E perché?"
"Gli guardi il dito medio della mano sinistra..." Giulio obbedì: aveva un vistoso callo dello scrittore.
"Zoppi era mancino, dunque..."
"Esatto. Ma chi lo ha ammazzato non lo sapeva e gli ha messo la pistola nella mano destra. E c'è dell'altro..." Disse Zanin. "Venga in camera da letto."
Giulio lo seguì in un'altra stanza ultra moderna e asettica. Gli porse un sacchetto del supermercato sporco di sangue, con dentro alcuni gioielli di poco valore, un vecchio discman, un portafoglio con dentro delle sterline e un pesante fermalibro a forma di piramide, anche quello sporco di sangue.
"Lo abbiamo trovato nel primo cassetto della cabina armadio."
"Ed ecco, finalmente, l'oggetto con cui è stata uccisa Elena Molinari..."
"Chi è Elena Molinari?" Chiese Zanin, quasi sotto voce.
Locatelli sorrise: "Se ha tempo per un panino, Zanin, glielo racconto."

———

Per essere uno soprannominato Capitan Cagacazzi, Locatelli pareva più simpatico della media. Gli aveva offerto un panino di quelli zozzi con dentro di tutto e una porzione di patatine fritte il che, a suo modestissimo parere, lo rendeva più gentile che cagacazzi. Forse quelli del commissariato di Porta Venezia avrebbero dovuto lavorare a Porta Romana sotto il Commissario Pozzi prima di lamentarsi del loro capo, perché quello sì che era un maledetto rompicoglioni. Altro che panini e patatine.

"Chi è questa Elena Molinari, quindi?" Chiese Luca facendo attenzione di non perdere pezzi di panino nella Giulietta immacolata di Locatelli.
"La vittima in un caso a cui sto lavorando. 28 anni, morta con il cranio spaccato da un oggetto contundente in casa della sorella..."
"Il soprammobile a forma di piramide?"
"Esatto."
"Dunque l'ha ammazzata Pietro Zoppi?"

"No. Chi l'ha ammazzata non è mancino. Quindi non può essere stato lui."

"E che collegamento c'è tra i due?"

"Entrambi partecipavano a dei festini a base di whisky e coca a casa di un certo Maurizio Giuliani. Trovato morto pure lui lo stesso giorno della Molinari."

"Cranio fracassato?"

"No. Overdose di Fentanyl."

"Fentanyl?"

"Un oppiaceo potentissimo, cento volte più forte della morfina."

"Quindi è stata una morte accidentale?"

"Così parrebbe. La cocaina di Maurizio Giuliani poteva essere stata tagliata con il Fentanyl... ma il fatto è che in tasca gli abbiamo trovato nascosta dell'altra cocaina. Ed è tutta purissima, di ottima qualità. Quella che aveva in corpo, invece, era una porcata." Locatelli smise di parlare e rimase immobile, con lo sguardo perso nel vuoto.

"Quindi crede che la cocaina mista Fentanyl che aveva in corpo non fosse sua?"

"Esatto. Avete trovato droga a casa di Zoppi?"

"Sì. Ho già chiesto che sia tutto analizzato."

"Ottimo. Allora... quando sa qualcosa..."

Luca sorrise: "Appena so qualcosa la chiamo, Commissario. Ma... mi dia pure del tu."

"D'accordo." Lo guardò un secondo. "È da tanto che sei a Milano?"

"Da maggio del 2013. Prima ero in Sardegna. E prima ancora a Bologna. Perché?"

"Ti trovi bene a Porta Romana?"

Rimase un secondo zitto. C'era un modo carino per dire che il suo superiore era uno stronzo?

"Io..."

"Non è una domanda a trabocchetto. Dimmi pure la verità, se vuoi. Non sono uno che va a chiacchierare in giro..."

Luca sospirò: "La verità è che mi piace molto vivere a Milano, ma non vado granché d'accordo con Pozzi."

Locatelli annuì: "Lo avevo immaginato."

Non disse più niente e continuò a guardare fuori dal parabrezza davanti a sé.

"Allora... la tengo informata, Commissario. E grazie ancora della cena."

Locatelli, oltre che non essere cagacazzi era pure molto più sveglio del Commissario Pozzi, altro che balle.

DOMENICA 22 OTTOBRE

Giulio era seduto alla sua scrivania e tamburellava le dita sul tavolo nel vano tentativo di concentrarsi. Cercava in tutti i modi, ma non ci riusciva. Il rapporto davanti a lui gli confermava quello che già aveva pensato: che quel fermalibro a forma di piramide fosse l'arma del delitto e che fosse sporco del sangue di Elena Molinari.

Avrebbe voluto parlarne con Ludovica, ma non sapeva se era il caso di disturbarla di nuovo. Di domenica pomeriggio, per giunta.

Nessun disturbo, Commissario.

Certo, diceva così, ma solo il giorno prima l'aveva svegliata. Quindi non era effettivamente vero che non la disturbasse mai. Era anche vero, però, che non era mattina e che aveva davvero bisogno di parlarle di un paio di cose che aveva scoperto. E poi se l'avesse svegliata... amen. Non era certo la fine del mondo. Si sarebbe riaddormentata.

Allungò la mano e, prima di poterci ripensare, fece partire la chiamata. Glielo aveva detto lei di chiamarla se c'erano novità e di novità ce n'erano.

Il telefono squillò un po' di volte, quasi dieci. Stava per mettere giù quando la sentì rispondere: "Giulio! Ciao!"

Sembrava contenta di sentirlo, anche se aveva qualcosa di strano nella voce.

"Ciao. Scusami se ti ho chiamato di domenica pomeriggio... ti disturbo?"

Sentì un rumore che non riuscì a identificare, poi di nuovo la voce di lei: "Ma figurati! Non mi disturbi affatto."

"Ma come no!" Questa volta a parlare era stata una voce maschile che aveva già sentito.

"Shhh, Carlo. È una cosa di lavoro..." Sibilò lei.

Ecco di chi era la voce, dunque. Di Carlo, il brizzolato che credeva di essere Don Johnson.

"Sei sicura che non abbia... interrotto qualcosa?" Le domandò.

"Assolutamente no. Non ti preoccupare. Hai bisogno di me, per caso?"

Poteva anche essere soltanto una sua impressione, ma sembrava che lei morisse dalla voglia che lui le dicesse di sì.

"Beh, ecco... sì. Ma se hai altro da fare... posso anche aspettare domani."

"Ma figuriamoci! Dammi venti minuti e sono da te!"

Non poté dire altro che lei aveva già messo giù.

Giulio rimase un attimo con il telefono in mano e la bocca aperta. Sperava di aver capito male, ma credeva proprio che Ludovica gli avesse risposto mentre era a letto con quel tale Carlo. Che poi non aveva mica detto che a lei non piacevano le minestre riscaldate? E, a parte quello, cosa le veniva in mente di rispondere al telefono mentre era sotto le lenzuola con uno?

Scosse la testa e sospirò. Ecco, forse Federico avrebbe dovuto tenere a mente cose del genere prima di dire che era il genere di donna adatta a lui.

Ma non ebbe troppo tempo per rimuginarci sopra perché, come promesso, esattamente venti minuti dopo, Ludovica entrò nel suo ufficio, con un vestito arancione, dei tacchi vertiginosi e un cappotto bianco, avvolta da una nuvola di profumo:

"Eccomi qua, Commissario!" Si sedette davanti a lui con un gran sorriso. "E prima che tu dica niente: no, non mi hai interrotto prima."

"No? Perché sembrava proprio di sì."

"No. Erano due ore e mezzo che stavo cercando di escogitare il modo per togliermi Carlo dai piedi, quindi mi hai fatto un gran favore." Lui si sentì avvampare e, senza sapere cosa dire, guardò le carte che aveva in mano invece che guardarla in faccia. Lei scoppiò a ridere: "Sei arrossito?"

Dio, che rompipalle che era. Non gliene lasciava passare una. Possibile che ogni volta lo facesse sentire come un ragazzino delle medie? Era un uomo adulto. Avrebbe dovuto iniziare a risponderle per le rime.

Raccolse tutta la sfacciataggine che aveva in corpo, alzò lo sguardo e la fissò negli occhi: "Pensavo non ti piacessero le minestre riscaldate."

Ludovica parve sorpresa: "Infatti... non mi piacciono."

"Beh, non si direbbe."

Lei alzò un sopracciglio e sorrise: "Sei geloso, Commissario?"

"Non essere assurda. Perché mai dovrei esserlo?" Scrollò le spalle. Era meglio lasciar perdere. "Ti ho chiamato per parlare del caso, comunque... non di Carlo."

"Lo avevo immaginato. È valsa la pena di saltare la mia squisita cena per andare a vedere il corpo di Pietro Zoppi?"

Giulio appoggiò la schiena alla sedia e allungò le gambe sotto il tavolo:

"Direi proprio di sì. Lo hanno trovato morto, in salotto, con un colpo di pistola alla tempia e una pistola in mano..."

"Suicidio?"

"Era quello che ci volevano far credere. Ma no. Zoppi era mancino, ma chi lo ha ucciso non lo sapeva e gli ha sparato alla tempia destra. E poi gli ha lasciato la pistola nella mano destra. E il guanto di paraffina ci dice che non aveva polvere da sparo su nessuna delle due mani, comunque."

"La pistola era di Zoppi?"

"Era rubata, purtroppo."

"I vicini?"

"Niente. Hanno sentito lo sparo e hanno chiamato il 112, ma non hanno visto nessuno. Ma c'è dell'altro..." Giulio sollevò il sacchetto delle prove trovate nell'armadio. "Guarda un po' cosa abbiamo trovato in un cassetto della camera da letto."

Ludovica sorrise:

"Gli oggetti rubati da casa della Molinari... e quello? Hanno usato quello per ammazzare Elena?"

"Esatto. Corrisponde alla ferita ed era pieno del suo sangue, quindi direi che non ci sono dubbi a riguardo."

"Dunque è stato Pietro Zoppi a uccidere la Molinari?"

Giulio sbuffò:

"È proprio questo il problema. Non può essere stato lui."

"Perché no?"

"Per lo stesso motivo per cui sappiamo che non si sia sparato. Era mancino. Chi ha inferto i colpi alla testa della Molinari lo ha fatto con la mano destra."

"Quindi... se non è stato lui ad ammazzarla, chi è stato?"

"Potrebbe essere stato Maurizio Giuliani. Siamo praticamente sicuri che lui ed Elena avessero una relazione. Può darsi che qualcosa tra di loro sia andato storto. Oppure potrebbe essere stato qualcun altro del loro giro di cocainomani."

"E l'arma del delitto come ci è finita da Zoppi?"

"Ce l'ha messa chi lo ha ammazzato, per farlo sembrare colpevole. Il che significherebbe che chi ha ammazzato Elena abbia anche ammazzato Zoppi."

"Ma chi potrebbe aver avuto una ragione per ammazzare Elena e poi Zoppi? Va bene che lui era un coglione insopportabile, ma spargli alla testa e inscenare un suicidio mi sembra un po' eccessivo... a te no?"

"Sì. Forse qualcun altro del loro giro di festini?" Ipotizzò Giulio. "Il problema è che ora sono morti sia Maurizio che Pietro che Elena... e non abbiamo più nessuno a cui chiedere. A meno che..."

Ludovica inarcò le sopracciglia: "A meno che... che cosa?"

"Temo che dovrò di nuovo passare al setaccio i telefoni di tutti e tre da cima a fondo." Sbuffò lui. "Ci deve essere qualcuno che sa qualcosa..."

"Benissimo, Commissario. Dove sono questi telefoni?"

Lui sorrise. Non avrebbe mai avuto il coraggio di chiederle di rimanere lì ad aiutarlo, ma visto che si era offerta volontaria decise che protestare era inutile.

"Davvero non ti scoccia riguardarli tutti insieme a me?"

Lei piegò la testa da una parte: "E perché mai dovrebbe? È un modo come un altro per passare la domenica pomeriggio."

"Molto bene... io comincio da quello di Zoppi. Tu quale vuoi? Maurizio o Elena?"
"Vada per Elena. Mi sembra di capire che è quello che ti piace di meno..."
"Grazie." Aveva indovinato come al solito. Le passò il cellulare e si mise a guardare l'altro.
"Prego." Per qualche istante rimasero in silenzio. "Giulio?"
Continuò a guardare il telefono: "Sì?"
"Tanto per la cronaca... quando hai telefonato, prima, io e Carlo eravamo sul divano. Ed eravamo completamente vestiti."
Alzò gli occhi e la guardò: "Perché me lo stai dicendo?"
"Mi eri sembrato imbarazzato. Tutto qua. Ma magari mi sbaglio."
Non si sbagliava, ovviamente.
La Dottoressa Invernizzi sbagliava di rado quando si trattava di capirlo al volo. Ed era un po' quello il suo bello.

Forse quella dell'aperitivo era stata una pessima idea.
Anzi, senza il forse.
Un caffè sarebbe bastato e avanzato e avrebbe sicuramente comunicato con più precisione il significato di quel loro appuntamento. Ma Stefano aveva insistito e Isabella si era fatta convincere come una cretina.
Un aperitivo veloce. Non ti rubo più di mezz'ora.
Come se il problema fosse stata la mezz'ora in più o in meno.
Il problema era un altro.
Anche se aveva scelto un bar in tanta malora dalle parti di Piazza Wagner non poteva fare a meno di guardarsi intorno in continuazione, col terrore di incontrare qualcuno che la conoscesse. Che poi, a ben vedere, era lì solo a prendere un aperitivo e lei e Giulio non stavano più insieme, ma lo stesso...
"Isabella!" La voce di Stefano la fece sobbalzare. Si girò e lo vide avvicinarsi lentamente al tavolo dove si era seduta ad aspettarlo. Si vedeva lontano un chilometro che era nervoso tanto quanto si sentiva nervosa lei. A parte qualche volta in cui si erano incrociati per i corridoi del tribunale, era più di un anno e mezzo che non lo vedeva e non gli parlava. Il cuore prese a martellarle a mille nel petto. Non era cambiato per niente: aveva ancora i capelli con la riga in mezzo, un filo più lunghi del necessario, e quell'aria svagata, un po' da ragazzino, nonostante avesse quasi quarant'anni. Le sorrise timidamente e indicò la sedia di fronte a lei: "Posso sedermi?"
"Certo... siamo qui per questo, no?"

Erano lì per quello, no?

Stefano si sedette e chiese al cameriere di portargli un bicchiere di vino bianco.

Mentre aspettavano che glielo portasse cercarono di parlare del più e del meno, come se davvero non fossero altro che due colleghi fuori a bere qualcosa, ma era a dir poco snervante. Quando il ragazzo del bar finalmente appoggiò il bicchiere di Falanghina sul tavolo, Stefano, grazie a Dio, lo prese come segnale che fosse ora di venire al punto e si schiarì la voce:

"So che mi avevi chiesto di non scriverti mai più... ma sabato scorso... dopo che ti ho visto..." Smise di parlare e abbassò lo sguardo. Poi sospirò e la guardò di nuovo: "Sono tornato a casa e ho pensato a te tutta la notte. E domenica... non ce l'ho fatta a non scriverti."

"Beh... come vedi anche io non ce l'ho fatta a non risponderti." Offrì lei. Ci aveva provato a ignorare quel messaggio, ma aveva fallito miseramente. Una volta andata via di casa e tornata dai suoi non aveva fatto altro che pensare a lui. E a Giulio. E a lei e Stefano. E a lei e Giulio. Roba da diventare pazzi.

"Ti ringrazio di avermi risposto, Isa... davvero." Rimasero in silenzio per alcuni secondi che parvero un'eternità. Poi lui si morse un labbro. "È vero quello che si dice... di te e Giulio?"

Isabella annuì: "Sì. Sono tornata a vivere dai miei. E a fine mese mi trasferisco nel mio nuovo appartamento." Parlare delle questioni logistiche era sicuramente più facile, soprattutto con lui. Come se la separazione non fosse altro che un fatto di indirizzi.

"Ti direi che mi dispiace... ma non sarebbe vero."

"Non dire niente, allora."

"Io... non posso starmene qui e non dire niente." La guardò. "Posso chiederti cosa è successo?"

Scrollò le spalle: "Non è successo niente."

Stefano inarcò le sopracciglia: "State insieme da 15 anni... improvvisamente lo lasci. Qualcosa sarà pur successo..."

Possibile che tutti facessero le stesse domande cretine?

"Ti sbagli. Non è successo niente. È proprio quello il problema. Io... pensavo che una volta tornato a casa le cose sarebbero andate meglio. Che saremmo tornati quelli che eravamo. Ma non è stato così." Bevve un sorso di vino. "Tutto qui."

Rimasero in silenzio.

Tutto intorno a loro gli altri avventori del bar chiacchieravano e ridevano, felici e senza preoccupazioni.

Stefano sospirò: "Io..." Deglutì. "Mi manchi, Isabella. Non sai quanto."

Ecco, quello era esattamente il motivo per cui aveva fatto male a rispondergli. Ci avrebbe giurato che lui fosse lì per tornare alla carica. Ma lei non poteva farcela a tornare indietro. Da quando aveva lasciato Giulio, oltre che piangere a dirotto tutte le sere, aveva pensato molto e una cosa l'aveva capita: era ora, per una volta, di guardare avanti. "Non sai quanto vorrei vederti alla luce del sole, senza doverci nascondere. E..."

"Non mi sembra una buona idea, Stefano." Lo interruppe. Lui la guardò con gli occhi spalancati, come se gli avessero appena dato un cazzotto nello stomaco.

"In che senso? Non stai più con lui... perché non è una buona idea?"

"Davvero non lo capisci? Se io e te ci facessimo vedere insieme tutti sospetterebbero che la cosa sia iniziata ben prima che io me ne andassi di casa. E non avrebbero tutti i torti!"

"Allora potremmo aspettare qualche mese..."

"No. Non potrà mai funzionare tra me e te."

Stefano la guardò e strinse gli occhi.

"Non la pensavi certo così mentre tuo marito era via..." Isabella sentì la solita morsa allo stomaco. "Ti ricordo che sei stata tu a insistere tanto. A dire che avevi bisogno di me..."

"Piantala!" Lo sapeva benissimo quello che aveva detto per convincerlo e non ci voleva pensare.

"Piantala di fare cosa? Ti sto solo ricordando come sono andate le cose. Vuoi fare finta che quei sei mesi che siamo stati insieme non esistano? Perché esistono lo stesso."

"Lo so che esistono lo stesso... ma è una cosa passata. L'ultima cosa di cui ho bisogno adesso è mettermi insieme al mio ex amante!"

Nel sentirsi chiamare così gli occhi di Stefano si riempirono di lacrime e Isabella avrebbe voluto tirare una craniata al muro. Là dove Giulio era stoico e distaccato, lui era sensibile ed emotivo. Era quello che l'aveva fatta finire in quel casino: quella sua aria da buono, da indifeso, quel suo essere l'esatto contrario di quello che era diventato negli anni suo marito.

"È questo che sono?" La voce gli tremava. "Il tuo... ex amante? Niente di più?"

Le si strinse il cuore. Non era certo andata lì con l'intento di essere stronza con lui.

"Non prenderla nel modo sbagliato..."

"E come dovrei prenderla? Io... pensavo che ti importasse qualcosa di me. Ma mi ero sbagliato. Ero solo un ripiego mentre non c'era disponibile il grande Giulio Locatelli!"

"Shhhh! Sei impazzito? Non fare nomi!"

"Ma chi vuoi che ci conosca, qui? Hai scelto apposta questo posto perché già sapevi che mi volevi dare una volta per tutte il ben servito. E questo buco in culo ai lupi è perfetto." La fissò. "O no?"

"Ti prego, Ste..."

"Ti prego cosa?"

"Devi lasciarmi in pace. E devi lasciar perdere tutta questa storia. Dico sul serio."

Lui la fissò qualche istante senza dire niente, i suoi occhi verdi chiari ancora lucidi, le guance arrossate: "Ma certo. Ora vado a casa e spengo l'interruttore. Puf! Sarà come se tu non fossi mai esistita. Ottima idea, Isabella."

Il tono, d'improvviso, era diverso. Più duro, più sicuro.

"Non so cosa dirti. Se non che è così che deve andare." Non sapeva davvero cosa dirgli. Non avrebbe mai dovuto rispondere a quel messaggio, ecco cosa.

Lui, di colpo, si alzò: "Sai qual è l'unica cosa che mi dispiace di questa storia? È di aver fatto questa carognata a Giulio. Dopo quello che gli hai... che gli *abbiamo* fatto... sarebbe stato lui a doverti mollare come un cencio vecchio, non il contrario."

Tutta l'aria che Isabella aveva nei polmoni svanì nel nulla. Aveva ragione e, proprio per quello, si sentì di odiarlo con un'intensità che raramente aveva provato in vita sua.

"Come ti permetti?" Sibilò, cercando di rimanere calma. Lui la fissò con una smorfia in viso:

"Come mi permetto io? Come ti permetti tu, Isabella. Sono stato un idiota e un infame... ma tu... tu sei stata mille volte peggio. Ti meriteresti che lui lo venga a sapere."

Il solo pensiero le fece nuovamente asciugare la bocca.

"Saperlo lo farebbe solo stare male. Lo sai benissimo." Deglutì a fatica. "Giulio non dovrà saperlo mai."

Stefano scrollò le spalle:

"E perché? Perché così puoi andare avanti con la tua vita senza prenderti la minima responsabilità?" Rise amaramente. "Sai cosa? Potrei dirglielo io."

Per un attimo Isabella smise di respirare: "Non faresti mai una cosa del genere..."

Una speranza più che una certezza.

"E perché no? Non ho nulla da perdere, ormai."

"Perché la tua vita diventerebbe un inferno..." Tentò di convincerlo Isabella. Ma lui scosse la testa:
"La mia vita è un inferno dal giorno in cui sono venuto a letto con te. Dirglielo mi toglierebbe solo un peso dalla coscienza."
"Non lo faresti mai..." Ripeté lei con un filo di voce.
"Non esserne troppo certa." Buttò venti euro sul tavolino. "Addio, Isabella."
Senza più guardarla girò i tacchi e se ne andò, lasciando il bicchiere di vino ancora pieno sul tavolo. Solo dopo qualche secondo lei riprese a respirare, anche se a fatica.
Si nascose la faccia tra le mani e cercò di non scoppiare a piangere.
Era nella merda.
Ed era tutta colpa sua.

Devi venire da me stasera.
Giulio era stanco, ma il perentorio messaggio di Marco lo aveva convinto a passare da lui prima di andare a casa. Suo fratello non era tipo da mandare messaggi del genere senza motivo, quindi anche se sognava solo di andare a dormire si fermò da lui dopo il lavoro.
"Eccomi qui..." Si buttò sul divano accanto a Gordon. Il gatto alzò un attimo la testa e gli sbadigliò in faccia prima di rimettersi a dormire. "Cosa c'era di così urgente?"
"Ti ho preparato un panino con pata negra, crema di pomodori secchi e olio al tartufo. Lo vuoi?" Solo a sentirne parlare lo stomaco di Giulio brontolò rumorosamente.
"Sai che non dico mai di no..."
Marco piazzò un piatto sul tavolino davanti a lui insieme a un bicchiere di vino rosso. Dopo aver passato ore a spulciare i telefoni di tre morti, per quanto in compagnia della Invernizzi, Giulio era felice di aver cambiato aria ed era ancora più felice che qualcuno avesse pensato a sfamarlo.
"Allora... come mai mi hai chiesto di venire qui?"
"Papà vuole che ti parli del tuo divorzio, ma io preferirei parlare di altro."
Giulio rimase col panino fermo a mezz'aria. Certo che per chiedere a Marco di parlare di delicate questioni di coppia suo padre doveva essere davvero alla frutta.
"Eh? Ma sì... certo. Se ti mette a disagio... parliamo d'altro."

"Non mi mette a disagio, ma è un argomento di cui avrai già parlato con tutti e la mia opinione non aggiungerebbe niente."
"In realtà a me la tua opinione interessa."
"Sì, ma io voglio parlarti di un'altra cosa."
Non poteva certo biasimarlo.
"Di cosa mi vuoi parlare?"
Marco si guardò per qualche secondo le mani poi sospirò: "Mi sono innamorato. E mi spiace che sia successo proprio quando tu e Isabella vi siete lasciati, ma è... successo."
Giulio rimase un attimo a bocca aperta e poi si sciolse in un sorriso. Suo fratello aveva avuto altre ragazze in passato, ma era la prima volta che lo sentiva parlare di amore. "Di chi ti sei innamorato?"
"Sono innamorato della mia ragazza."
"Non sapevo ne avessi una..."
"Volevo dirtelo alla festa di Greta, ma eri incazzato. Allora ho lasciato perdere. Si chiama Alessandra. Vuole essere chiamata Ale, ma io non lo faccio, ovviamente."
"Ovviamente."
"Non mi chiedi come faccio a sapere di essere innamorato di lei?"
Giulio scrollò le spalle: "Perché mai dovrei? Hai 41 anni... lo saprai se sei innamorato o no..." In realtà era curioso di sapere cosa lo avesse portato a dichiararsi innamorato per la prima volta in vita sua, ma tanto sapeva che Marco glielo avrebbe detto lo stesso.
"All'inizio pensavo fosse un attacco di panico."
"In che senso?"
"Nel senso che quando ero con lei mi sentivo... strano." Lo guardò. "È una cosa davvero schifosa, ma posso dirtela lo stesso?"
Non era certo di volerla sapere, ma annuì comunque: "Ehm... certamente."
"Mi sudavano le mani." Giulio tirò un sospiro di sollievo. "Io... odio le mani sudate."
"Lo so."
"Ma mi sudavano lo stesso. E mi passava la fame. E... anche il respiro non... non respiravo come al solito."
"E quindi hai capito di essere innamorato?"
"No, te l'ho detto. Pensavo di avere degli attacchi di panico. Oppure un cancro al cervello."
A Giulio andò storto un boccone e tossì: "E dopo cosa è successo?"
"Ho pensato a quello che mi avevi detto quando ti eri innamorato della Valentina Rimoldi."

"Ne ho dette tante di cose... a quale ti riferisci?"

"Come fai a non ricordartelo?"

"Sono passati vent'anni..."

Marco sbuffò: "Sono passati vent'anni anche per me. E io non ero quello innamorato di lei."

"Ok. Hai ragione. Ma vai avanti con la storia, per favore."

"Mi avevi detto che stavi male da tanto eri innamorato di lei."

Giulio aggrottò le sopracciglia: "Ero stato così... melodrammatico?"

"Prima di Isabella lo eri sempre." Sentenziò Marco. "Comunque avevi detto proprio così. Che tu stavi male da tanto eri innamorato e a lei piaceva un altro."

"Righetti di terza D.... maledetto. Gli andavano dietro tutte..."

"Allora vedi che te lo ricordi?"

"Ma certo che me lo ricordo! Non mi ricordavo però di averti detto che stavo male da tanto ero innamorato." Mandò giù l'ultimo morso di panino.

"Non parlavi d'altro. Per fortuna poi tu e la Valentina vi siete messi insieme perché eri veramente noioso."

"Ti ringrazio."

"Prego." Si guardò un attimo le mani. "Comunque sia... mi è tornata in mente quella frase e ho capito che tutti quei sintomi che avevo non erano di una malattia. Ma che ero innamorato. Anche perché li avevo solo quando ero insieme a lei. E appena l'ho capito mi sono passati."

"Meglio così." Lo guardò. "E come va con lei?"

"Va benissimo. Con lei... devo fare meno finta. Sa che il mio cervello funziona in maniera diversa dal vostro, ma dice che a lei piace così..."

"Ma certo che le piace così. Il tuo cervello funziona meglio di quello di tanti altri."

"Lo pensi davvero?"

"Sì. E... il fatto che lo pensi anche lei è un eccellente motivo per innamorarsi."

Suo fratello annuì: "Ti assomiglia molto. Tu e Alessandra siete le due persone neurotipiche meno... *tipiche* che conosca."

Giulio scoppiò a ridere e Marco sorrise compiaciuto.

"Caspita... ti metti pure a fare battute, adesso? Questa Alessandra ti fa veramente fare faville. Me la dovrai far conoscere."

"Faccio una cena e vi invito tutti e due. Senza ceci. Promesso." Suo fratello si morse il labbro e poi lo guardò: "E ora... parliamo del tuo divorzio. Papà vuole che ne parliamo."

"Non dobbiamo per forza..."

"Lo so. Ma hai detto che la mia opinione ti interessa. O lo dicevi per dire?"
"Ma figurati! La tua è una delle poche opinioni che mi interessano."
Era vero. Anche perché al contrario di quasi tutte le altre sarebbe stata sincera, spassionata e disinteressata.
Marco sembrava stressato e, come sempre quando lo era, cominciò a contorcere le mani.
"Molto bene. Sono felice che divorziate." Disse in fretta, senza guardarlo negli occhi. Giulio fece per aprire la bocca, ma la richiuse perché vide che suo fratello non aveva finito. "Però questo non dirlo al papà. Mi ha detto di dirti il contrario."
"Non ti preoccupare. Se dovesse chiedere, gli dirò che mi hai detto di non divorziare." Marco si rilassò visibilmente e si mise ad accarezzare Gordon. "Mi puoi dire perché sei felice che divorziamo?"
Lui parve stupito, ma annuì: "Te l'ho già detto. Perché lei è sempre incazzata. E tu non sorridi mai quando siete insieme."
"Solo per questo?"
"*Solo?*" Alzò gli occhi al cielo. "Adesso ridi di nuovo, come facevi prima."
Marco non aveva tutti i torti.
Giulio sospirò e appoggiò la schiena al cuscino del divano.
Suo fratello era innamorato, suo padre impazzito e sua sorella, sicuramente, inviperita nei confronti di Isabella. Mancava soltanto l'opinione del nonno, ma quella, anche se non l'aveva ancora sentita, la sapeva già. L'ultima volta che si erano visti gli aveva citato Socrate, così dal nulla.
Sposati: se trovi una buona moglie sarai felice; se ne trovi una cattiva, diventerai filosofo.
Non ci voleva un genio a capire cosa ne pensasse.

CAPITOLO DODICI

La verità vi renderà liberi, ma prima vi renderà infelici.
— *Richard Rohe*

LUNEDÌ 23 OTTOBRE

Con Pietro Zoppi morto erano di nuovo punto e da capo. Quel caso stava cominciando davvero a stufarlo e tutta quella gente che non faceva altro che raccontargli versioni a dir poco fantasiose dei fatti lo stava stufando ancora di più.

Giulio riguardò gli appunti che avevano preso la sera prima lui e la Invernizzi.

Il cellulare di Elena era stato il peggiore da analizzare, non solo per via della quantità di messaggi, ma anche per il loro contenuto: quello che scriveva e che le scrivevano gli uomini con cui si vedeva era a dir poco raccapricciante, ma almeno erano riusciti a capire che Loiacono su una cosa aveva ragione. La Molinari non si vedeva solo con lui prima di morire.

Giulio sbuffò e girò pagina. Ludovica doveva aver riletto gli appunti dopo di lui, perché c'erano alcune parole cerchiate in colori diversi, secondo uno schema cromatico che non capiva, ma che metteva sicuramente alcune cose in evidenza. Gli cadde l'occhio sulle paro*le Zio G.* cerchiate in rosa fosforescente.

Ma certo.

Che Zio G. fosse il soprannome di Maurizio Giuliani?
MauriZIO G.iuliani
Come aveva fatto a non pensarci prima? Giuliani non sarebbe stato il primo uomo sposato ad avere un secondo cellulare da usare con l'amante. Se poi si aggiungeva il vizio della cocaina, la teoria si rafforzava ulteriormente: ok essere cretini, ma nemmeno Maurizio sarebbe stato tanto stupido da usare il telefono aziendale, pagato dal suocero, per parlare con il suo spacciatore e con la sua amante.

"Rizzo, hai scoperto a chi è stata venduta la SIM di quel numero che ti ho dato?"

Lei sobbalzò e frugò davanti a sé tra le carte che aveva davanti: "È stata venduta cinque mesi fa a una società che si chiama Trade Masters."

"A una società? Maledizione... potrebbe essere di chiunque. E farsi dare informazioni del genere sarà un incubo..."

"Non credo. Ho guardato su LinkedIn. La società in realtà è... una persona. Si chiama Claudio Bonanni."

"Davvero? Bravissima, Rizzo!" La vide arrossire violentemente ma fece finta di niente. "Già che ci sei, mi servirebbero anche i tabulati..."

Lei annuì e si attaccò al computer con quell'entusiasmo che, per fortuna di tutti in Commissariato, aveva sostituito il perenne stato catatonico in cui era stata i primi giorni.

Giulio tornò ai suoi appunti.
Claudio Bonanni.
Il nome gli diceva qualcosa.
Riguardò le informazioni che avevano ricavato dai telefoni dei tre morti.

Le passò di nuovo in rassegna e, con gli occhi e la mente riposati dopo una notte di sonno, notò una cosa che la sera prima gli era sfuggita. Zoppi nel dare appuntamenti, spesso proprio a Elena e a Maurizio parlava sempre dello stesso locale. Un bar di cui lui non aveva mai sentito parlare, ovviamente, ma quello non lo sorprese più di tanto. E non era tutto. Spesso si trovavano anche con un certo Claude.

"Rizzo? Per caso tra i collegamenti LinkedIn di quel tale Claudio Bonanni ci sono anche Zoppi e Giuliani?"

Lei ticchettò sulla tastiera qualche istante, poi lo guardò: "Sì. Entrambi."

Bingo. Esisteva ancora qualcuno di quel gruppetto con cui si poteva parlare.

Chiamò immediatamente Ludovica.
"Conosci un posto che si chiama Velvet?"
"Sì, perché?"

"Perché Maurizio, Elena e Zoppi si incontravano spesso lì con un certo Claude. Che tipo di posto è?"

"Mah... un posto dove vanno quelli come Giuliani e Zoppi. Dici che potremmo trovare lì quel tale Claude?"

"Sembra che più o meno viva lì, a giudicare dai messaggi..."

"Beh, direi che allora varrebbe la pena di saltare il nostro solito rum stasera per andare a prendere un aperitivo al Velvet, Commissario. Ci vediamo lì alle sette?"

Sorrise.

Aveva sempre trovato esagerati quelli che dicevano di leggersi nel pensiero, ma forse avrebbe dovuto ricredersi. La Dottoressa Invernizzi con lui ci riusciva alla perfezione e la cosa non poteva che fargli piacere.

―――

Nel sentire il suo nome pronunciato dalla voce sibilante dell'Ispettore Marchi Olivia si bloccò sul pianerottolo e si mise in ascolto. La scrivania del cornuto era la più vicina alla porta d'ingresso e da lì sentiva perfettamente quello che stava dicendo senza nemmeno dover tendere l'orecchio. Lo sapeva che non stava bene origliare, ma aveva la sensazione che sarebbe stato meglio non farsi vedere, per ora.

"La Rizzo è un disastro, Dottore, mi creda. Peggio di tutti gli altri novellini messi insieme." Le si rivoltò il pranzo nello stomaco ma rimase immobile. Dottore? Dottore chi? Di Dottori lì dentro ce n'erano pochi. C'era Banfi, che però non era mai in Commissariato a quell'ora, e c'era Locatelli, che nessuno chiamava Dottore. Tese l'orecchio ma non sentì nessuna risposta. Doveva essere al telefono, dunque.

"Non fa gioco di squadra. Sta sempre appicciata a Locatelli come se fosse la sua mamma chioccia e con noialtri parla a stento..." Quello era in parte vero, ma solo quando c'era lui in giro. Nei giorni in cui non c'era le faceva piacere chiacchierare e pranzare con Caputo, Beretta e Zorzi.

"E come se non bastasse, l'altro giorno le ho sentito raccontare che ha paura di usare la pistola. Mi dica lei se le sembra possibile." Olivia si sentì il respiro fermarsi a metà tra naso e polmoni. Quello stronzo l'aveva ascoltata parlare con Zia Cecilia al telefono? E da dove? E non solo. Ora lo stava andando a spiattellare a chissà chi, a un Dottore che poteva essere perfino il Questore per quello che ne sapeva lei.

Stare lì ad ascoltarlo era stata una pessima idea. Sarebbe stato mille volte meglio non sapere niente. Si schiarì la voce e girò l'angolo, in modo che

Marchi la potesse vedere. Appena posò gli occhi su di lei li strinse e bofonchiò qualcosa nella cornetta, ma lei si limitò a incenerirlo con lo sguardo e salutare tutti tranne lui prima di entrare nell'ufficio di Locatelli e chiudersi dietro la porta.

Il Commissario stava scartabellando tra degli appunti e le rivolse un saluto distratto:

"Lascia pure la porta aperta..."

"No." Si sentì dire con una voce strana che non le sembrò la sua. Anche lui la notò e alzò immediatamente lo sguardo per guardarla in faccia. Sembrava sorpreso e anche un po' preoccupato, forse.

"C'è qualcosa che non va, Rizzo?"

Lei si leccò le labbra e cercò di trovare le parole per dirgli quello che era successo.

"Marchi." Non riuscì a dire altro.

Il viso del Commissario si contrasse in una smorfia e le indicò la sedia davanti a lui:

"Siediti, per favore. Cosa ha fatto Marchi?"

Lei ubbidì e deglutì. Dirglielo era la cosa giusta. I cornuti come Marchi non si meritavano di essere protetti.

"L'ho appena sentito parlare al telefono... con qualcuno che chiamava Dottore."

"Marchi chiama tutti Dottore... di cosa parlava?"

"Di me."

"Dunque possiamo dedurre che parlasse con il Dottor Costazza... o con il Vice Questore Bertarelli, che è l'unico a rispondere alle sue chiamate. E cosa ha detto?"

"Che... che sono un disastro. Che lei è la mia mamma chioccia. E che non faccio gioco di squadra e..." Faceva fatica a dirlo ad alta voce proprio a lui.

"E?"

"E che ho paura ad usare la pistola." Disse tutto d'un fiato.

Locatelli inarcò le sopracciglia:

"Innanzitutto ricordiamoci che questa è l'opinione di Marchi e che non riflette in alcun modo la realtà." Fece un sospiro. "Non sei un disastro. Anzi. E io non sono la mamma chioccia di nessuno. Per quanto riguarda il gioco di squadra... mi sembra di vedere che con gli altri vai d'accordo, o sbaglio?"

"Non sbaglia. Con tutti tranne che con Marchi..."

"E per quanto riguarda la pistola... perché hai paura di usarla?"

Lei fece per rispondere quando si rese conto che le aveva chiesto *perché*, non se fosse vero.

"Le pistole... ammazzano la gente." Mormorò, cercando di non pensare troppo nello specifico.

"Ci sono tante cose che ammazzano la gente. Perché hai paura in particolare delle pistole, Olivia?" Nel sentirsi chiamare per nome le venne quasi da piangere. Da quando era andata via da casa nessuno la chiamava più per nome. Quando le andava bene la chiamavano Rizzo, sennò *Agente*.

"Domenico... è stato ammazzato a colpi di pistola davanti a me. Perché... perché voleva fare lo sbirro."

"Un tuo amico?"

"Era... il mio ragazzo. Dalla seconda superiore. Fu lo zio mafioso a farlo ammazzare. Non voleva uno sbirro in famiglia. Lo zio è ancora libero, ovviamente."

Alzò lo sguardo e incrociò quello di Locatelli. Sembrava triste, ora.

"Mi spiace, Olivia."

"Grazie, Commissario."

"Anche io cerco di evitare di usare la pistola. Ma non sempre si può. E ho bisogno di sapere che quando ce ne sarà bisogno la userai..."

"Sì, Commissario."

Le sorrise: "Anche perché non so dove tu abbia imparato a sparare, ma sei una tiratrice eccezionale."

Si sentì sorridere a sua volta: "Mi ha insegnato Domenico. E a sparare contro un bersaglio di carta non ho paura."

"Beh... Domenico ti ha insegnato molto bene. E non ti preoccupare. Non siamo nel Far West... non dovrai sparare molto spesso. E con la mira che hai non credo che potresti ammazzare qualcuno per sbaglio. D'accordo?" Lei sorrise di nuovo e annuì. "E per quanto riguarda Marchi... non ti preoccupare nemmeno di lui. La sua opinione conta come il due di picche."

"Ma... e la persona con cui stava parlando?"

Locatelli si alzò, aprì la porta e diede un'occhiata all'open space:

"Ci sta ancora parlando..." Disse. "Aspetta qui."

Olivia lo vide avvicinarsi alla scrivania di Marchi e fargli segno che aveva bisogno di parlargli. Oddio. Non avrà mica avuto intenzione di fargli una scenata? Sarebbe morta dalla vergogna. Già quello la odiava...

Ma no. Locatelli non fece nulla del genere.

Appena l'Ispettore ebbe messo giù il telefono li vide parlottare un attimo e poi Marchi uscì dalla stanza. Il Commissario rimase fermo appoggiato alla scrivania dell'Ispettore per qualche secondo, poi afferrò la cornetta del telefono e schiacciò un tasto. Dopo qualche istante riattaccò senza dire niente e tornò verso il suo ufficio. Si chiuse la porta alle spalle e le sorrise:

"Non ti preoccupare, Rizzo. Stava parlando con Bertarelli. Era quello l'ultimo numero che aveva chiamato."

"Parlava di me con il Vice Questore?" Sussurrò lei. Come poteva dirle di non preoccuparsi?

"Sì, ma a Bertarelli le cose entrano da un orecchio e escono dall'altro. Non gliene frega niente di quello che facciamo qui, l'unica cosa che gli interessa è prendere il posto di Costazza quando andrà in pensione. Come ti ho detto: non ti preoccupare."

Lei annuì. Locatelli aveva ragione. Marchi era uno stronzo e ascoltarlo era del tutto inutile. Inutile e dannoso, esattamente come lui.

———

Qualcuno bussò alla porta e Giulio sbuffò. Erano solo le tre, ma non ne poteva già più: quel giorno sembrava che tutto e tutti si fossero messi d'accordo per continuare ad interromperlo, come se il caso non fosse già abbastanza arenato per i fatti suoi.

"Avanti!"

La faccia leggermente stralunata di Caputo spuntò dalla porta socchiusa:

"Commissario… c'è qui il Dottor Luzzi. Per lei."

"Il Dottor Luzzi?" Ripetè Giulio, anche se aveva sentito benissimo. Ecco il perché della faccia stupida di Caputo. Non c'era mai un grande andirivieni di magistrati in quel Commissariato. Anzi. Luzzi di solito non si faceva trovare nemmeno al telefono e aveva il dono di richiamare una volta su dieci. Che si fosse presentato lì era davvero un avvenimento straordinario.

"Sì… è qui. Lo faccio entrare?"

"Beh… sì. Certo. Fallo entrare."

Caputo spalancò la porta.

Ah.

Luzzi era lì nel senso che era proprio lì dietro di lui, come se non vedesse l'ora di essere invitato ad entrare:

"Disturbo, Giulio?" Gli tese la mano e se le strinsero:

"No, figurati. Non mi aspettavo di vederti, tutto qua. Accomodati."

Si sedettero entrambi e Giulio lo guardò scostarsi il ciuffo dalla fronte con un gesto rapido e preciso, un gesto che faceva già ai tempi dell'Università, prima di guardarsi intorno con fare perplesso.

"Avrebbe bisogno di una tinteggiata…" Disse Luzzi alla fine.

"Avrebbe bisogno di doppi vetri, di un calorifero nuovo e di una magia per far andare via del tutto la puzza di fumo... ma non credo che ci sia budget per queste cose."

"Probabilmente hai ragione." Abbassò lo sguardo un secondo, prima di guardarlo di nuovo negli occhi: "Ma... non... non sono qui a parlarti di questo."

Quello se l'era immaginato anche lui. Giulio rimase in silenzio aspettando che gli dicesse perché mai si fosse presentato lì all'improvviso, ma dopo qualche istante gli fu più che chiaro che non avesse intenzione di parlare, quindi si schiarì la voce:

"Allora... come mai sei qui, Stefano?"

Luzzi lo fissò, aprendo e chiudendo la bocca un paio di volte. Poi, finalmente, si decise a dire qualcosa:

"Ho... saputo di te e Isabella."

Dopo le famiglie, gli amici e i colleghi del Commissariato ora la voce era arrivata anche in Procura. Fantastico.

"Non pensavo fosse un argomento così interessante, ma a quanto pare mi sbagliavo. Mia... *Isabel*la sembra che sia determinata a parlarne con chiunque ci conosca." Disse, cercando di mantenere un tono leggero.

"Non... no. Non è stata lei a dirmelo. L'ho saputo da... altri." Sospirò. "Volevo dirti che... mi dispiace, Giulio. Moltissimo."

"Sono cose che capitano. Comunque ti ringrazio."

Lo guardò come se avesse una fitta di mal di denti: "Non... non ringraziarmi." Si guardò intorno di nuovo. "Io... non so cosa dire."

Giulio aggrottò le sopracciglia: c'era da augurarsi che in Tribunale fosse un po' più spigliato nel parlare, se no erano fritti.

"Puoi anche non dire niente, Stefano. Di opinioni su questa storia ne ho già sentite fin troppe. E poi mica sarai venuto fin qui per parlare di me e Isabella, no?"

Luzzi lo fissò negli occhi per qualche secondo prima di parlare:

"Certo che no...." Disse alla fine. "Io... ero... ero qui per il caso Giuliani."

Se voleva sapere qualcosa sul caso Giuliani una telefonata o un'email sarebbero bastate e avanzate. Che i tentacoli di Cattani arrivassero anche in Procura? Non se ne sarebbe stupito più di tanto.

"So che tutti vorrebbero che la chiudessimo lì dicendo che è morto per un'overdose di cocaina, ma non è così. Dal tossicologico risulta che ad ammazzarlo sia stata una quantità massiccia di uno tra gli oppiacei più potenti sul mercato... nero e non."

"Ma è comunque una morte accidentale, giusto?" Gli chiese con tono speranzoso. Cattani doveva aver rotto le palle anche a lui. Ecco perché era lì.

Per dirgli di lasciar perdere, di non pestare i piedi al Commendatore, di non fare casini.

"Difficile dirlo. Tutti quelli che avrebbero potuto dirci qualcosa sono morti. Rimane solo Sara, la moglie, che però è off limits perché suo padre vuole che le si lasci elaborare il suo lutto in pace. Forse lo saprai già, ma il padre di Sara Cattani è amico di Costazza e vogliono che la cosa sia messa via senza fare chiasso..."

"Ma tu credi che di chiasso da fare ce ne sia?"

"Io credo di sì. Ma non è facile con Costazza che..." Lo squillo del telefono sulla scrivania lo interruppe. Guardò il display e sbuffò: "Parli del diavolo... scusami, Stefano, ma se non gli rispondo diventa ancora più intrattabile."

Luzzi annuì.

"Dottor Costazza, buon pomeriggio!"

"Locatelli! Cos'è questa storia che lei abbia fatto fare un secondo esame autoptico su Maurizio Giuliani?"

"Avevo l'impressione che non fosse morto per via della cocaina e infatti avevo ragione..."

"Ma non le avevo detto di muoversi a chiudere il caso?"

Luzzi davanti a lui si sbracciò per attirare la sua attenzione:

"Digli che sono stato io..." Gli sussurrò. Giulio inarcò le sopracciglia ma non protestò. Se voleva prendersi lui la responsabilità non glielo avrebbe certo impedito.

"Sì, me lo aveva detto... ma vede, è stato il PM a insistere per avere gli esami aggiuntivi."

Sentì un secondo di silenzio dall'altra parte del filo, poi un sospiro:

"È stato Luzzi?" Era incredulo e non poteva biasimarlo. Se c'era uno che non insisteva e che non si imponeva, quello era proprio Luzzi.

"Sì."

"Ma sono certo che sarà stato lei a cagare dubbi a destra e manca per convincere Luzzi della sua teoria..."

Stefano gli fece segno di passargli la cornetta.

"Guardi, Luzzi è qui, se vuole glielo passo, così lo chiede direttamente a lui."

Costazza sbuffò: "Non ce n'è bisogno. Se Luzzi è lì vi lascio tornare al vostro lavoro... che prima chiudiamo questa storia meglio è."

Giulio fece per rispondergli ma il Questore chiuse la telefonata. Sospirò e appoggiò la cornetta:

"Grazie, Stefano. Non è un'impresa facile, ma credo che siamo riusciti a zittire Costazza."

"Non c'è problema. E se avessi bisogno di altro... per le indagini... so che non lavoriamo insieme da anni... da...?"

"Otto anni."

"Esatto. E allora ero l'ultimo arrivato e non potevo fare granché, ma avevamo lavorato bene insieme, fino a che..." Lasciò la frase a metà e abbassò lo sguardo.

"Fino a che non sono partito. Sì, è vero."

Rimasero in silenzio qualche secondo poi Luzzi si schiarì la voce:

"Ti ammiro molto per quello che hai fatto. Devi aver avuto un gran coraggio per andare... in quei posti."

"Più che coraggio era incoscienza. Se avessi saputo cosa mi aspettava non so se sarei andato lo stesso... ma ormai... è acqua passata. Ora sono qui."

"Sì, sei qui. E, ribadisco, se hai bisogno... sai dove trovarmi."

Per saperlo, lo sapeva. Il più era che lui si facesse trovare al telefono.

"Ma certo. Dammi ancora un giorno o due... e se niente dovesse smuoversi credo che sarà il caso che tu convochi Sara Cattani in Procura."

Era chiaro che Luzzi avrebbe preferito non farlo, ma annuì debolmente, si alzò e gli tese la mano col fare di uno che avrebbe pagato per essere altrove.

Dopo aver salutato il PM Giulio rimase seduto alla scrivania a fissare il punto dove, fino a poco prima, era stato seduto Stefano Luzzi. Aveva come la strana sensazione che, alla fine, non avessero parlato di quello per cui era andato fin lì, ma di tutt'altro. Ripensò alla loro conversazione, ma nulla gli saltò all'occhio, tranne il fatto che Luzzi non gli era sembrato esattamente il principe del foro che tutti descrivevano. Gli era sembrato nervoso e sulle spine, e come ansioso di aiutarlo in ogni modo, il che era davvero strano dato che nei mesi precedenti si era guardato bene dal parlargli più dello strettissimo necessario.

Ma non era quello il momento di riflettere sulle turbe di Luzzi.

L'importante era che fossero riusciti, anche se in maniera del tutto fortuita, a placare Costazza e prendersi ancora un po' di tempo. Quella, per ora, era la cosa che contava di più.

"Ma come ti sei vestita?"

Ludovica era arrivata davanti al Velvet con addosso un vestito di pizzo bianco talmente corto da sembrare una maglia, leggings neri, anfibi scassati e un chiodo di pelle nera. Non che non stesse bene, per carità, ma era diversa dal solito. Molto diversa.

Gli sorrise: "In questo bar le ragazze più vecchie hanno trent'anni! Non potevo certo arrivare qui vestita come una vecchia babbiona."

Certo. Come se di solito sembrasse una vecchia babbiona.

Lo fissò un attimo e scoppiò a ridere:

"Tu invece? Come ti sei vestito? Sei qui a prendere tua figlia?"

Giulio si guardò il completo scuro, la camicia e la cravatta:

"Sono arrivato direttamente dall'ufficio, non ho avuto tempo di cambiarmi."

"E se lo avessi avuto, ti saresti messo lo stesso completo, ma con una camicia pulita e una cravatta diversa." Dal tono che aveva usato dedusse che fosse meglio non ribattere. "Cosa ne dici se almeno togliamo la cravatta?"

Prima che lui potesse protestare gli sciolse il nodo e gliela tolse, per poi piegarla e metterglierla nel taschino, così, come se fosse del tutto normale. Come se fosse altrettanto normale gli slacciò i primi due bottoni della camicia. Anche se le dita di Ludovica erano calde, quando gli sfiorarono la gola sentì un brivido correrli lungo la schiena, ma lei non sembrò curarsene. Si limitò a osservarlo un secondo con occhio critico prima di sorridere soddisfatta:

"Molto meglio. Così sembri uno di quegli spandimerda che lavorano nella finanza e che vengono qua a tirarsela dopo il lavoro."

Giulio aggrottò le sopracciglia, sperando con tutto il cuore che non fosse vero:

"E questa è una cosa positiva?"

"Ma certo. Visto che tutti non fanno altro che raccontarti palle direi che è meglio non dirgli il vero motivo per cui siamo qui... no?"

Detto quello lo prese a braccetto e lo trascinò nel locale dove, effettivamente, c'era una sovrabbondanza di fieri esemplari di sboronaggine milanese, tutti con la cravatta in tasca e il primo bottone della camicia aperto, tutti intenti a cercare di impressionare non solo i propri simili ma anche un folto gruppo di ragazze poco più che ventenni dall'aria annoiata.

"Non posso credere che la gente venga qui di sua spontanea volontà..." Borbottò Giulio. "Con tutti i bar che ci sono in zona, perché mai venire qui?"

"Lo so, sfondi una porta aperta. Qua dietro c'è uno dei miei locali del cuore... e preferirei di gran lunga andare lì. Ma ci tocca questo."

"E quale sarebbe? Questo... *locale del cuore*?"

"Lacerba. Lo conosci?" Lui scosse la testa e lei strinse gli occhi. "Allora dovremo colmare questa tua lacuna al più presto... non sai cosa ti perdi."

"Sì, eh?" L'idea di andare a bere qualcosa con lei solo per il gusto di farlo gli piaceva più del dovuto.

"Sì. Ma ora non brontolare e cerca di sembrare uno di questi sboroni... se ci riesci."

Giulio sbuffò. Davvero pensava che non fosse in grado di interpretare un personaggio? Non aveva fatto altro per più di sei anni. E non ne aveva recitato solo uno, ma decine, senza contare il fatto che, là, i rischi erano ben più grandi.

Se ci riesci!

Se era un arrogante figlio di papà quello che voleva... quello avrebbe avuto.

Sfilò il braccio dal suo e glielo appoggiò su una spalla con quel fare insopportabilmente predatorio che vedeva spesso usare agli altri uomini, e la pilotò gentilmente ma fermamente verso l'unico sgabello libero al bar. Alzò l'altro braccio e schioccò le dita praticamente in faccia al barista, anche se era chiaro che stesse facendo altro:

"Posso dire a te?" Alzò la voce anche se non ce n'era bisogno e di colpo sentì lo sguardo di Ludovica fisso su di lui. Oltre che l'attenzione del barista aveva ottenuto anche quella della Dottoressa, per una volta. Il ragazzo dietro il banco annuì, anche se infastidito:

"Sì, un attimo e sono da voi."

"Ma prima che faccia notte, eh?" Rispose Giulio, alzando il mento e rivolgendogli il suo miglior sorriso da schiaffi. Quello gliene rivolse uno peggio:

"Se hai così fretta...*dimmi*. Cosa volete bere?"

"Un gin tonic bello forte per me e un martini bianco per la signora. Con tanto ghiaccio, che se no mi si ubriaca..." Ridacchiò e si appoggiò con un gomito al bancone di fianco a lei come se tutto il bar fosse suo.

Le diede un buffetto sulla guancia: "Ti ho preso il tuo drink preferito..." Era praticamente certo che una a cui piaceva bere rum liscio avrebbe aborrito quello che le aveva appena ordinato. Ludovica, infatti, avvicinò la faccia alla sua:

"Un martini bianco? Te la farò pagare..." Gli sussurrò nell'orecchio.

Bingo.

Sorrise e si spostò un filo indietro per poterla guardare dritta negli occhi, le punte dei loro nasi a una manciata di centimetri l'una dall'altra:

"Vorrei proprio vedere come..."

La vide spalancare gli occhi e aprire la bocca per dire qualcosa, ma poi ripensarci e mettergli invece il broncio, anche se si vedeva che sotto sotto gli occhi le ridevano. L'aveva lasciata senza parole, per una volta, il che era un bene.

Il barista gli appoggiò davanti i drink: "Sono 24 euro, per favore."

Non si stupì che il Velvet fosse il genere di locale in cui due drink palesemente malfatti costassero uno sproposito. Si trattenne dallo sbuffare, mise mano al portafoglio stando ben attento che non si vedesse il suo tesserino della Polizia e buttò 30 euro sul banco.

"Tutti tuoi..." Disse al barista senza degnarlo di uno sguardo. Quando quello fece per prenderli si girò però verso di lui e gli appoggiò una mano sul braccio: "Ma stasera dove sono tutti?"

"Tutti chi?"

"Tutti! Claude, Maurizio, Pietro... sono appena tornato da Singapore, non li vedo da un secolo."

Quello rimase un attimo interdetto, poi scrollò le spalle:

"Claude è qua in giro..." Rispose guardandosi intorno. "Eccolo lì. Proprio dietro la tua tipa."

Giulio girò un attimo lo sguardo e sorrise:

"Ma certo, che pirla! Eccolo lì. Il fuso fa brutti scherzi." Spinse i 30 euro verso di lui e diede un'occhiata a Bonanni. Nella foto di LinkedIn sembrava più serio e meno pacchiano. Si chinò per parlare nell'orecchio a Ludovica:

"Claude è il tizio esattamente dietro di te. Completo grigio troppo estivo, camicia a righe troppo larghe e cravatta improponibile."

La vide sorridere.

"Ottimo lavoro, *Mister Sono Appena Tornato da Singapore*. Ora tocca a me..."

Ludovica sorrise. Non c'era che dire: Giulio era bravo. In un secondo si era trasformato da educato e serio Commissario in un insopportabile arrogantello, uno di quelli a cui lei avrebbe dato volentieri due calci nei denti. La sua interpretazione era stata impeccabile, dal tono di voce completamente diverso dal suo alle maniere da sbruffone che mai si sarebbe immaginata di vedergli usare.

Ora toccava a lei.

Occhieggiò quello schifo di Martini bianco che Locatelli le aveva ordinato sicuramente solo per darle fastidio. Ah, ma gliela avrebbe fatta pagare, quello era poco ma sicuro.

Vorrei proprio vedere come...

Lo avrebbe visto a breve.

Prese in mano il bicchiere, ma invece che brindare con Giulio, si girò leggermente e lo rovesciò tutto addosso a Claudio Bonanni, detto Claude. Quello, come sperato, sobbalzò e si girò con aria poco felice verso di loro.

"Oddio scusami!" Trillò Ludovica cercando di sembrare più oca possibile. Era una cosa che le riusciva piuttosto bene. E se un secondo prima sembrava che Claude fosse sinceramente seccato, appena si accorse che ad averlo innaffiato era stata una donna gli tornò il sorriso:

"Ma figurati, non è niente. Mi hai preso di striscio..." Disse, nonostante avesse giacca e pantaloni fradici.

"No, davvero, sono desolata. Lascia che ti offra un drink per scusarmi."

"Davvero, non ce n'è bisogno."

"Ma io insisto..." Gli appoggiò una mano sul braccio e lo fissò con le labbra leggermente socchiuse. Lui la guardò un attimo, poi sorrise:

"E va bene... se proprio insisti... prendo un whisky e cola."

Ludovica si girò verso il barista: "Due whisky e cola per favore!" Poi fissò di nuovo Claude e strinse gli occhi: "Ma noi due ci conosciamo?"

Lui scrollò le spalle:

"Non credo. Mi ricorderei di una come te."

Che originalità. Quella sì che era una cosa che non si era mai sentita dire. Peccato perché Claude, amicizie pessime e vestiti discutibili a parte, non era un brutto tipo. Avrebbe potuto fare di meglio che girare in posti come il Velvet cercando di rimorchiare sciacquette di poco conto.

"Eppure... sicuro che non ci siamo mai visti da Maurizio?" Buttò lì lei. Le sopracciglia di Claude spararono involontariamente verso il cielo.

Tombola.

"Non... mi pare. Ma non ci sono stato molto spesso da lui." Rispose lentamente. Lo vide guardare Locatelli dietro di lei. "Posso chiederti una cosa?"

"Ma certo."

"Il tuo ragazzo non è geloso se ti metti a parlare con me e lo ignori?"

Ludovica si trattenne a stento dall'alzare gli occhi al cielo.

Così non andava.

"Ma che ragazzo! È mio fratello. È appena tornato da Singapore ed è un po' fuori fase per il fuso... si starà addormentando in piedi."

"Ah, perché sei carina, ma non mi piace prenderle."

Ludovica si girò di quarantacinque gradi e mise una mano dietro al collo di Giulio per fargli abbassare la testa in modo da potergli parlare nell'orecchio. Temette, per un secondo, che lui si irrigidisse o che reagisse in maniera strana, ma invece gliela lasciò fare come se niente fosse.

"Devi andartene." Sussurrò. "Dì che sei stanco per il fuso orario, tracanna il tuo drink e saluta."

"Ma sei impazzita? Non ti lascio qui da sola con questo..." Sibilò lui.

"Se ci sei tu non mi dirà niente. E poi siamo in un bar pieno di gente, cosa vuoi che mi succeda? Vai a casa. Ti chiamo dopo."

"No." Si fissarono un attimo negli occhi. Poi lui sospirò e bevve il suo cocktail a grandi sorsate. Posò il bicchiere sul bancone con talmente tanta forza che, se non fosse stato di plexiglass, lo avrebbe rotto. "D'accordo. Ma non vado a casa. Ti aspetto fuori. In macchina."

"Va bene. Cercherò di essere breve."

Lui sbuffò.

"Sono distrutto... mi sa che vado a buttarmi in branda." Disse ad alta voce, per superare il volume assordante della musica. Guardò Claude. "Te la lascio qui. Mi raccomando eh... è la mia unica sorella."

Claudio sorrise: "Non ti preoccupare. È in buone mani..."

"Riposati. E non aspettarmi alzato, credo che farò tardi stasera..." Lo salutò con due bacetti e poi si girò di nuovo verso Claude. "Ah, bene, ci hanno portato il drink! Comunque piacere, io mi chiamo Chantal. E tu?"

Giulio non poteva credere che lei lo avesse mandato ad aspettare in macchina. Anzi, lo poteva credere eccome e le avrebbe volentieri tirato il collo.

Non solo aveva speso 30 euro per stare in un bar per nemmeno dieci minuti, ma aveva anche dovuto tracannare quel gin and tonic schifoso alla goccia per lasciare la piazza libera a... *Chantal*.

La Invernizzi era davvero irritante quando voleva.

Irritante e prepotente.

Guardò l'orologio. L'aveva lasciata con Claude da 45 minuti e ancora non la si vedeva.

E se le fosse successo qualcosa?

No. Aveva ragione lei. Era in un bar pieno di gente, cosa le sarebbe potuto succedere?

Molto probabilmente si stava semplicemente divertendo un mondo e si era dimenticata che lui fosse lì come un mentecatto a gelare in macchina...

La portiera si aprì di colpo e lei gli si sedette di fianco, con una faccia decisamente soddisfatta e il rossetto un po' sbavato: "Eccomi!"

Giulio tirò un involontario sospiro di sollievo e accese il motore.

"Era ora!"

"Ti avevo detto di andare a casa..."

"Ma figurati se vado a casa e ti lascio qui con quello... ci sono stati tre morti in due settimane, e tutti e tre conoscevano il tuo nuovo amico Claude. Pensi davvero che io sia così irresponsabile?"

Lei sorrise: "Ovviamente no. Sei la persona più responsabile che io conosca. Ma non devi preoccuparti per me... so prendermi cura di me stessa."

A Giulio uscì una risata forzata: "Ma certo, come no! È quello che dite tutti. L'ultimo a dirmelo è stato Pietro Zoppi. E guarda com'è finito!"

Ludovica rimase un attimo in silenzio.

"D'accordo. Ma non vuoi sapere cosa ho scoperto?"

Sospirò.

"Certo che lo voglio sapere." Ammise. "Soprattutto visto che vedo che ti sei dovuta rovinare il trucco per ottenere queste informazioni..."

Lei sorrise e aprì lo specchietto che aveva in borsa per pulirsi la pelle intorno alle labbra.

"Avevo messo il rossetto sbagliato stasera. Non mi aspettavo di dover baciare qualcuno..." Sembrava essere estremamente divertita.

"Allora, mi dici cosa hai scoperto... *Chantal*?"

Ludovica rise.

"Due cose molto interessanti. Vuoi cominciare dal sesso o dai soldi?"

La domanda lo lasciò un secondo spiazzato. Poi si schiarì la voce: "Decidi tu."

"Benissimo. Maurizio Giuliani doveva un sacco di soldi a un sacco di persone, Claude e Zoppi compresi. Sembra che negli ultimi mesi scialacquasse lo stipendio in tempo record..."

"Parliamo di uno stipendio di che tipo?"

"Conoscendo i Cattani credo che gli dessero il minimo indispensabile per non sembrare dei taccagni. Ma non troppo di più."

"Sì, è molto probabile." Disse Giulio. Non potè fare a meno di pensare a quell'odioso di suo cognato che non aspettava altro che suo suocero andasse in pensione allo studio notarile. Aspetta e spera, che poi si avvera. Sorrise. "E poi? Che altro hai scoperto?"

"Direi che dopo i soldi è ora di venire al dunque. Il sesso." Finì di pulirsi il rossetto sbavato e sorrise, girandosi a guardarlo: "La relazione tra Maurizio ed Elena non era un gran segreto."

"Cioè? Chi lo sapeva?"

"Tutti. Sara inclusa."

"E Claude cosa ne sa?"

"Ha assistito a una scenata. Sembra che un paio di settimane fa lei sia tornata prima del tempo da uno dei suoi weekend alle terme e li abbia sorpresi tutti a pippare sul tavolo del salotto. Ed Elena, a quanto pare, era stravaccata addosso a Maurizio in maniera abbastanza inequivocabile..."

"Quindi anche Sara ci ha mentito svariate volte." Considerò Giulio. Al contrario di quello che aveva detto sapeva benissimo chi era Elena. "E quest'ultima rivelazione... sempre che sia vera... le darebbe un movente. Potrebbe aver ammazzato lei Elena in un impeto di gelosia... o è anche lei mancina?"

"No, non è mancina. Ma..."

"Ma?"

"Credi che possa avere la forza necessaria per ammazzare qualcuno in quel modo?"

Giulio scrollò le spalle: "In circostanze normali direi di no... ma l'adrenalina fa fare cose che normalmente non si riuscirebbero a fare."

"E per quanto riguarda Maurizio? Sara adorava Maurizio. Perché mai avrebbe dovuto farlo fuori?"

"Perché la tradiva..." Lo stomaco di Giulio borbottò rumorosamente.: "Scusa. Ho un po' fame..."

"Come sempre, del resto..." Sorrise. "Ho un'idea. Ti offro un panino di quelli top se tu in cambio mi porti a Linate domani mattina."

"Ti ci porterei comunque, non c'è bisogno di corrompermi con un panino."

"Aspetta che ti dica a che ora ho il volo prima di esserne tanto sicuro..."

"A che ora è, scusa?"

"Alle sei... dovresti passare a prendermi verso le 4:15."

Giulio sospirò: "D'accordo. Spero che tu abbia in mente un panino davvero eccezionale."

Ludovica sorrise: "Il migliore di Milano."

"Andiamo al De Santis, quindi..."

Spalancò gli occhi e la bocca: "Anche secondo te è il migliore in assoluto?"

"Di gran lunga."

"Questa sì che è una vera affinità elettiva, Commissario. Altro che Goethe."

Rise e mise in moto la macchina. Marco aveva ragione: ridere era di nuovo facile.

Giulio stava divorando quel panino bresaola, caprino e rucola con l'entusiasmo di chi non tocca cibo da secoli. Vederlo mangiare era uno spettacolo: era chiaro che si gustasse ogni singolo morso come se fosse la cosa migliore che gli fosse mai capitata in vita sua e, molto probabilmente senza rendersene conto, ogni tot annuiva soddisfatto, felice e molto più rilassato del solito. Ludovica sorrise e prese un morso del suo panino.

"Grazie, Dottoressa... questo era proprio quello che ci voleva dopo quel gin and tonic annacquato e quelle patatine stantie..." Gli brillavano gli occhi. Certo che ci voleva davvero poco a renderlo felice.

"Ora che ti ho sfamato e che ti sei ripreso dall'aperitivo al Velvet, ho una domanda per te."

Lui alzò di scatto lo sguardo e inarcò un sopracciglio: "Che genere di domanda?"

"Il solito genere di domanda che ci facciamo quando siamo in studio da me il lunedì e il giovedì..." C'era una cosa che la incuriosiva da giorni. Anzi, più che incuriosirla, la interessava.

"Ah. Ok. Dimmi pure." Le sembrò quasi deluso, ma fece finta di niente.

"Come mai così arrendevole, oggi? Non è da te."

Le sorrise: "Ho imparato che tanto le domande me le fai lo stesso, tanto vale risponderti subito..."

"D'accordo. Vorrei sapere... cosa sogni?" Cercò di mantenere un tono leggero, ma il viso di Giulio si rabbuiò immediatamente. "Se te la senti... a me puoi dirlo."

"Intendi... i miei incubi?" Le chiese, quasi sottovoce. Lei si limitò ad annuire. Forse gli aveva fatto la domanda sbagliata. Giulio distolse lo sguardo, si morse il labbro inferiore e lo vide deglutire un paio di volte. Poi la guardò di nuovo negli occhi:

"Non sono tanto i sogni il problema... molto spesso non mi ricordo neanche cosa sogno. Ma c'è questa sensazione che mi sento addosso mentre sogno... Non so come spiegartela. Sento l'odore e il sapore del sangue. Sono..." Giulio smise di parlare e deglutì rumorosamente.

"Cosa sei?"

"Paralizzato... non posso fare niente. E la sensazione diventa sempre più intensa."

"Come se stessi morendo?"

"No. Peggio. Come se tutti intorno a me stessero morendo. E io non ci potessi fare niente..." Abbassò lo sguardo. Rimasero in silenzio per qualche istante, poi lui scrollò le spalle: "Preferirei smettere di parlarne..."

"Ma certo. Però voglio dirti una cosa, Giulio. Non pensare nemmeno per un momento che se tu avessi detto queste cose a tua moglie avresti salvato il tuo matrimonio."

"Perché me lo dici?" Ora aveva il tono sorpreso.

"Perché ho l'impressione che tu ti voglia accollare le colpe di tutti in questa separazione e non è giusto."

"È l'amica o la terapeuta a parlare adesso?"

"Entrambe, ma soprattutto l'amica."

Lo vide sorridere, seppure per un solo secondo.

"Forse hai ragione..."

Ludovica sorrise: "E ora tocca a te... cosa vuoi chiedermi? Ti do il permesso di essere particolarmente spietato dopo quello che ti ho chiesto io."

Lui scrollò le spalle:

"L'unica domanda che ho per te, Dottoressa, è questa..." Giulio prese un sorso di birra e Ludovica per un attimo temette, anche se in maniera del tutto irrazionale, che lui le chiedesse qualcosa su Francesco. Era assurdo, visto che non sapeva nemmeno che esistesse, ma si trovò a trattenere il fiato. "Perché ti sta tanto a cuore il fatto che io non mi prenda tutta la colpa della mia separazione?"

Ludovica riprese a respirare normalmente, ma allo stesso tempo si sentì la gola secca e le mani improvvisamente sudate.

Già. Perché le stava così a cuore?

"Perché non è solo colpa tua e non è giusto che tu pensi il contrario."

"Ma un po' lo è... colpa mia, intendo."

"Ma certo. Un po' è colpa tua e un po' è colpa sua."

"L'ho lasciata sola per più di sei anni..."

"Le sei sempre stato fedele in quei sei anni?" Lo interruppe.

Lui sembrò sinceramente stupito dalla domanda: "Ma certo. Sempre."

Ma certo. Sempre.

Giulio Locatelli era un uomo che veniva da un altro pianeta.

"Beh direi che allora, anche se eri lontano, le hai dimostrato di essere migliore della maggior parte degli esseri umani. Non credo che siano in molti a poter dire di aver fatto la vita che hai fatto tu senza cedere alla tentazione. Perché di tentazioni ce ne saranno state, immagino."

"Sì... ce ne sono state."

"Ma tu hai fatto la cosa giusta. E ora lei ti ha lasciato e tu sei ancora qui ad avere dei dubbi sul fatto che la colpa possa essere tutta tua? Scusami il termine, Commissario, ma mi sembri matto."

Giulio, inaspettatamente, scoppiò a ridere: "E detto da te..."

Ludovica si unì alla risata: "Comunque non so davvero come hai fatto, devi essere una specie di asceta."

"Perché?"

"Sei stato sei anni fedele a una persona che non vedevi quasi mai. Credi siano in tanti a farlo? C'è gente che tradisce per molto, molto meno. E non si sente nemmeno in colpa. Quindi, davvero, Giulio. Non sentirti in colpa per la fine del tuo matrimonio. Hai fatto tutto quello che potevi fare, con i tuoi limiti e con le carte che avevi a disposizione. D'accordo?"

Locatelli distolse lo sguardo.

"D'accordo..." Bevve un sorso di birra, poi scrollò la testa e la guardò di nuovo: "In realtà... non è del tutto vero."

"Cosa?"

"Che le sono sempre stato fedele..."

Ludovica, senza rendersene quasi conto, spalancò la bocca: era difficile immaginarsi un Giulio fedifrago. Anzi. Era quasi impossibile.

"Cioè?"

"Il giorno del mio trentunesimo compleanno ero a Minsk. C'era una tormenta di neve e io e il mio collega siamo finiti in un bar con queste... ragazze."

"Colleghe anche loro?"

"Dicevano di essere professoresse di biochimica, ma avrebbero anche potuto essere agenti. La maggior parte delle persone che ci facevano conoscere lo erano. Comunque sia... una di loro si chiamava Iryna ed era... stupenda."

"E tu?"

"Io ero a Minsk da due mesi e mi sembrava che nulla si smuovesse. Ero demotivato... e mi mancava casa mia talmente tanto che a volte non riuscivo a respirare..."

"Cosa ti mancava esattamente?" Cercò di chiederlo come se fosse una domanda come un'altra, ma sapeva di avergli chiesto una cosa piuttosto personale. Lui, però, non sembrò infastidito:

"Mi mancava mia moglie, soprattutto. Mi mancava tutto di lei. Mi mancava lo stare con lei... il sapere che lei c'era. A volte pensavo a Isabella e mi sembrava come se, in realtà, non esistesse. Come se fosse un frutto della mia fantasia." La guardò e scrollò la testa: "Non ha senso quello che sto dicendo, vero?"

Ludovica deglutì e cercò di sorridergli: "Ha molto più senso di quello che credi." Lui la fissò, vagamente stupito. "Ma torniamo al giorno del tuo compleanno. Tu e questa Iryna eravate al bar. E poi?"

"Mi ha fatto ubriacare di vodka. Non avrei mai dovuto lasciarlo succedere... ma ero triste e l'ho lasciata fare. E quando me lo ha chiesto ho ballato con lei. E quando mi ha baciato l'ho di nuovo lasciata fare."

"E poi?"

"Poi basta. Lei voleva che andassi a casa con lei, ma le ho detto di no. L'ho lasciata in quel bar con il mio collega e le altre ragazze e me ne sono andato."

"E questo sarebbe il tuo tradimento?"

"Sì. Perché?"

"Perché un bacio in sei anni, mentre lavori sotto copertura per di più, direi che non conta come tradimento."

"Dici?"

"Dico." Ludovica si schiarì la voce: "E tua moglie? Ti è stata fedele?"

Lui scrollò le spalle: "Non lo so."

"Non glielo hai mai chiesto?"

"No."

"Hai dei sospetti?"

"Non dei sospetti veri e propri... è solo qualcosa che ha detto l'altro giorno Loiacono..."

"Che se una ti vuol far credere di vedersi con un altro lo fa o perché è troia o perché ti vuol fare ingelosire?"

"Esatto. Mi ha fatto tornare in mente una cosa che mi ha detto Isabella la sera in cui mi ha lasciato. Mi ha domandato se non mi fossi nemmeno chiesto se avesse un altro. Lì per lì non ci ho nemmeno pensato, ma mentre parlavamo con Loiacono mi è tornato in mente. Tutto qui."

Il solo fatto che Isabella avesse chiesto una cosa del genere non lasciava sperare nulla di buono, ma Ludovica decise di lasciar perdere e non dire niente.

"Cambierebbe qualcosa saperlo?"

Lui sospirò: "Non saprei. Tu vorresti saperlo?"

La mente le si catapultò indietro di più di dieci anni, tornando a quel momento in cui lei aveva voluto sapere a tutti i costi. Era stata una decisione terribile e liberatoria allo stesso tempo.

"In passato... ho voluto saperlo. E naturalmente ci sono rimasta di merda quando ho scoperto che lui mi aveva tradita, ripetutamente."

"E poi?"

"E poi ho fatto finta di niente, ma mi sono vendicata tradendolo a mia volta. E alla fine l'ho lasciato, senza mai dirgli che lo avevo tradito e senza dirgli che sapevo che lui aveva tradito me."

"Ah."

"Non è una cosa di cui vado molto fiera."

"Il tradimento?"

"No... quella storia in generale. Ma preferirei smettere di parlarne." Disse riecheggiando le parole di lui di poco prima.

Giulio sorrise: "Ma certo. Anche perché, a quanto pare, mi toccherà svegliarmi prima dell'alba domani, quindi è meglio se andiamo a dormire."
Anche Ludovica sorrise.
Che stranezza parlare di lei, di Francesco e dei loro tradimenti ad alta voce. Era una cosa che non aveva mai fatto, nemmeno con Veronica. Era la prima volta in dieci anni che enunciava chiaro e tondo il motivo per cui quell'inferno di storia era finita. Ne aveva parlato per pochi secondi, eppure era come se di colpo si sentisse leggera, per la prima volta dopo tanto tempo. Saverio sarebbe stato incredibilmente fiero di lei e non vedeva l'ora di dirglielo.

―――

Anche se sapeva di dover dormire e di doverlo fare al più presto, Giulio non riusciva a prendere sonno. Era a letto da più di un'ora e non faceva che girarsi tra le coperte, cercando invano di addormentarsi.

Sbuffò, girandosi per l'ennesima volta e afferrando il cuscino che era stato di Isabella per appoggiarci sopra il braccio destro che gli formicolava.

Non poteva credere di aver, di nuovo, raccontato a Ludovica delle cose tanto personali come quelle che le aveva rivelato quella sera. Era come se davanti a lei tutte le difese che aveva costruito con tanta cura nemmeno esistessero. Si ritrovava a raccontarle quello che pensava più o meno senza filtri, ma poi a ripensarci, gli veniva la pelle d'oca. Va bene che era sicuramente abituata ai matti, ma come faceva a non pensare che lui fosse un caso clinico dopo quello che le aveva detto quella sera?

Le aveva persino detto di sentire l'odore e il sapore del sangue, una cosa che non aveva mai detto a nessuno perché gli sembrava la più assurda e fuori di testa di tutte. E anche perché era quella che più lo spaventava e più lo riempiva di ribrezzo durante gli incubi.

E invece glielo aveva detto. Per un secondo Giulio aveva pensato che avrebbe tirato fuori dalla borsa il blocchetto delle ricette per prescrivergli del prozac. E invece no, aveva continuato a parlargli normalmente.

Non pensare nemmeno per un momento che se tu avessi detto queste cose a tua moglie avresti salvato il tuo matrimonio.

Sempre lì andava a parare, la Dottoressa.

Giulio si girò a pancia in su e sospirò.

Che avesse ragione, su quella cosa che non era tutta colpa sua?

Ripensò a lui e Isabella, da quando si erano messi insieme a quando lei lo aveva lasciato la settimana prima. Era stato un bravo fidanzato, di quello era sicuro, perché in quei primi cinque anni insieme erano stati felici. Isabella, soprattutto, se la ricordava felice e spensierata, anche se ormai era difficile abbinare quel termine a lei. Appena sposati erano stati altrettanto felici. Era stato un bravo marito, per lo meno all'inizio. Lavorava, la aiutava a ripetere per l'esame di stato, aiutava in casa e cucinava perché lei non era mai stata una gran maga dei fornelli. Era sempre stato affettuoso, al punto che lei ogni tanto lo chiamava, scherzando, *co*lla. Non se l'era mai presa perché sapeva che Isabella era così. Odiava le smancerie superflue, le dava fastidio che le si toccasserro i capelli, non le piaceva camminare mano nella mano.

Così l'aveva accontentata anche su quello. Anzi, l'aveva accontentata su tutto, finché accontentarla aveva voluto dire prendere al volo l'occasione di fare carriera nei servizi segreti. E anche lì aveva cercato di essere un bravo marito, anche se a distanza. Nei limiti del possibile le aveva sempre scritto e telefonato il più possibile. E come aveva detto a Ludovica, non l'aveva mai tradita, tolto il famoso bacio ad Iryna. Eppure, lo stesso, quando finalmente era tornato a casa non era più stato capace di essere un buon marito.

Si è sempre in due a ballare il tango.

La voce di Ludovica invase i suoi pensieri, ma per una volta Giulio non si oppose. Preso com'era a pensare di aver rovinato tutto, di essere stato assente, distaccato e freddo non si era mai soffermato a riflettere sul fatto che anche Isabella avesse fatto parte dell'equazione. Nell'ultimo anno era stata assillante e musona, sempre pronta a criticare e a farlo sentire ancora peggio di come si sentiva già lui di suo.

Forse, quindi, la Dottoressa aveva un po' ragione. Non del tutto, perché comunque era certo che la colpa fosse sua al 90%, ma quel 10% gli dava un leggero senso di sollievo. Quello che bastava a farlo sentire sempre più pesante e rilassato, pronto per un sonno tranquillo, senza sogni e senza incubi.

MARTEDÌ 24 OTTOBRE

Erano le quattro e un quarto del mattino e Locatelli, come promesso, era fuori da casa sua. Ludovica sorrise e si affrettò a salire in macchina.

"Visto? Questa volta sono stata puntuale!"

Giulio alzò un sopracciglio: "Veramente avevamo appuntamento cinque minuti fa…"

"Cosa vuoi che siano cinque minuti rispetto a una vita intera?" Vide che lui aprì la bocca per rispondere ma poi ci ripensò e la richiuse. "Guarda il lato positivo, Commissario, a quest'ora non ci sarà traffico."

"Quello è poco ma sicuro…" Borbottò lui mettendo in moto.

"Non sei mattiniero, vedo."

"Non è mattina. È notte. Non so come fai ad essere così pimpante appena sveglia."
"Facile! Non sono ancora andata a dormire..."
Lui alzò gli occhi al cielo: "Scemo io a non averci pensato..." Ma stava sorridendo.
"Musica? O è troppo presto?"
"Per quella non è mai troppo presto. Scegli pure tu..." Le diede in mano il telefono.
"Comunque questa cosa che tu non abbia la password mi affascina molto."
"Come ti ho detto, non c'è niente di interessante da nascondere nel mio telefono."
Selezionò una playlist che si chiamava *blast from the past 1993-1998*.
"E dove le nascondi le cose interessanti, allora?"
"Da nessuna parte. Non ho niente di interessante da nascondere."
"Bugiardo!" Lo accusò. "Scommetto che da qualche parte hai ancora le lettere della tipa che ti piaceva al liceo..."
"Cosa ne sai che mi piacesse una al liceo?"
"Me lo dice la playlist che stiamo ascoltando... è un concentrato di canzoni d'amore molto adolescenziali." Lo vide arrossire. Era adorabile il fatto che arrossisse così. "E secondo me, frugando molto bene in casa tua, si troverebbero anche le cassette e i cd che ti scambiavi con queste ragazze che ti piacevano."
Giulio alzò un sopracciglio: "Ora sono diventate ragazze? Plurali?"
"Mi piace pensare che il giovane Giulio Locatelli fosse un Casanova al... dov'è che andavi a scuola?"
"Al Berchet. E mi spiace deluderti ma non ero affatto un Casanova."
"Ma come no? Non dirmi che eri brufoloso... o che non ti lavavi!"
Lui scoppiò a ridere: "No. Ero solo... timido, credo."
"A maggior ragione... avrai scritto lettere e fatto cassette come se non ci fosse un domani! O sbaglio?"
"Può darsi. Ma anche se fosse... queste lettere e cassette non le avrei certo io. Le avrebbero queste ipotetiche ragazze, sempre che abbiano deciso di tenerle, ovviamente."
"Io le ho tenute tutte!"
"Avevi abbastanza spazio in casa?"
Ludovica rise.
"Chi ti dice che ne abbia ricevute così tante? Magari ero anche io timida..."
"Ma fammi il piacere!"
"Ok, timida no. Ma all'epoca ero stupidamente romantica, quello sì."

"E poi cosa è successo?"

Ludovica si morse il labbro. Era chiaro che lui lo avesse chiesto così, tanto per fare conversazione, ma non era sicura di voler parlare di nuovo di Francesco in meno di dodici ore. Anche perché, grazie al fatto che non c'era in giro nessuno, erano già in Viale Forlanini e a breve sarebbero arrivati all'aeroporto. E la storia di Francesco era un po' troppo lunga da riassumere in una manciata di minuti.

"Niente di particolare. Mi sono solo resa conto che avere storie brevi e poco impegnative fosse più divertente..." E meno pericolo*so*. "E a te cosa è successo?"

"Ma niente... cosa vuoi che sia successo?"

"Hanno portato a qualche cosa tutte queste lettere e queste cassette che ti sei scambiato con... come si chiamava?"

"Valentina. E... sì. Hanno portato da qualche parte."

"Te la devo tirare fuori con le pinze questa storia, Commissario?" Lui sorrise e rimase in silenzio. "E dai... raccontami di te e di questa Valentina! Com'era?"

"Era la ragazza più carina della nostra classe. A tutti piaceva di più la Vittadini, ma io ho sempre preferito la Vale."

"Vediamo se indovino... la Vittadini era tettona e, si mormorava, anche un po' vacca..."

Lui scoppiò a ridere: "Come fai a saperlo?"

"Perché quelle come lei hanno rovinato la vita di molte di noi al liceo... me compresa." Sorrise. "Ma buon per te che sei andato contro corrente. E cosa è successo, dunque?"

"Ero convinto che alla Vale piacesse un altro. Ma il mio amico Federico mi ha convinto a baciarla a una tremenda festa di fine anno. E per fortuna lo ha fatto perché ho scoperto che lei non aspettava altro da mesi..."

"E poi?"

"Siamo stati insieme un anno... fino alla Maturità. E poi lei è andata a fare l'università in America e mi ha un po' spezzato il cuore. Quindi ho capito che bisogna stare un po' attenti a... *innamorarsi*."

Ludovica annuì. Ovvio che il cauto e razionale Locatelli avesse tratto quella conclusione, mentre lei aveva tratto quella esattamente opposta. Lo spiò con la coda dell'occhio e vide che era perso nei suoi pensieri. Forse stava ricordando le ragazze di cui si era innamorato e quelle da cui era stato lontano. O forse stava semplicemente pensando ad altro. Tipo che stava morendo dal sonno. Era difficile dirlo, a quell'ora del mattino.

Cambiò canzone e poi sbirciò nella cartella delle foto. I selfie che aveva fatto di nascosto erano ancora lì. Chissà se lui se ne era accorto. Lo vide che la stava guardando:

"Sono carine, quelle foto." Le disse. "Me le sono trovate nel telefono l'altro giorno... ne sai qualcosa?"

"Vedi cosa succede a non avere la password?"

"Sono rischi che sono disposto a correre..." Giulio accostò davanti alle partenze: "Eccoci qua."

Ludovica sorrise e tirò fuori il suo cellulare:

"Vieni qui. Non è giusto che tu abbia ben quattro nostri selfie e io nemmeno uno!" Prima che lui potesse protestare gli cinse le spalle con il braccio sinistro, lo tirò verso di sé e si preparò a scattare con la mano destra. Un secondo prima che schiacciasse il bottone lui si girò leggermente verso di lei e socchiuse la bocca come per dire qualcosa, ma poi lei scattò una rapida sequenza di foto quindi Giulio si girò nuovamente verso l'obiettivo con un leggero sorriso sulle labbra.

Due ore dopo, mentre volava verso Palermo, Ludovica riguardò le foto. La prima, in cui lei guardava l'obiettivo e lui guardava lei con le labbra socchiuse era di gran lunga la più bella.

―――

"Era ora che mi invitassi a cena, adesso che sei di nuovo single!" Greta gli baciò una guancia. "Una serata ogni tanto senza Paul e senza i bambini è quello che ci vuole..."

Giulio sorrise e accese il fuoco per scaldare il brodo: "Ti avrei invitato anche prima, solo che..."

"Solo che Isabella era sempre tra i piedi. Lo so. E averci nella stessa stanza per te era un incubo." Appoggiò una bottiglia di vino sulla tavola e si guardò in giro: "Vedo che si è portata via la televisione."

"Tanto io non la guardavo mai."

"Che altro si è portata via?"

"Oltre la mia dignità?"

Greta scoppiò a ridere: "Ma smettila! Ti ha fatto un favore, in realtà. Al mio compleanno eravate così infelici che mi faceva male fisico guardarvi."

"Beh, adesso non dovrà più guardarci nessuno. Domani abbiamo appuntamento in Comune per ufficializzare la separazione."

"Bravi! Non bisogna perdere tempo in queste cose." Giulio scrollò le spalle e prese una cipolla dal frigo. Sua sorella si mise ad armeggiare per aprire la bottiglia di vino: "Da uno a dieci, il Generalissimo quanto ti sta rompendo le palle in proposito?"

"Cento..." Sbottò lui. Lei scoppiò a ridere e gli porse un bicchiere di vino. Lo accettò con un sorriso. "Abbiamo litigato, ovviamente. Quindi non ti aspettare una piacevole cena di Natale..."

"Giulio... mancano due mesi a Natale."

"Dici così perché non lo hai sentito."

"In realtà... l'altro giorno mi ha chiamato appena dopo aver chiamato te." Disse Greta.

"Per dirti cosa?" Chiese anche se se lo poteva immaginare.

Sua sorella alzò gli occhi al cielo e poi fece una faccia esageratamente accigliata: "Le solite cose da Generalissimo. *Tuo fratello è impazzito, Greta. Il suo matrimonio sta andando a catafascio e lui dice che non può farci niente. Che razza di discorsi sono? Avrei dovuto dargli più calci nel culo da piccolo, ecco cos*a."

Giulio scoppiò a ridere di gusto anche se c'era poco da ridere:
"Sempre tenero, il Generalissimo."

"Io, comunque, gli ho detto di farsi i fatti suoi, ma dubito che sia servito."

"Dubito anche io. È andato persino a rompere le palle a Marco..."

Greta strabuzzò gli occhi: "A Marco?"

"Sì. Gli ha detto di dirmi di non divorziare."

"E lui?"

"Lui ovviamente mi ha ripetuto la loro conversazione parola per parola e mi ha detto che è contento che io divorzi. Ma di non dirlo al papà."

Rimasero un attimo in silenzio, poi Greta gli appoggiò una mano sul braccio. Giulio smise di armeggiare con il brodo e si girò a guardarla.

"La mamma sarebbe dalla tua parte. Lo sai."

Si sentì un improvviso groppo in gola. Certo che lo sapeva. Ma la cosa non lo faceva sentire certo meglio.

"Sì, lo so." Disse, tornando a guardare la pentola.

"E anche il Generalissimo... credo che sia dispiaciuto. E preoccupato, più che altro."

"Non credo proprio." Sospirò. "Ma parliamo d'altro, dai... che non ho voglia di rovinarmi la serata."

Lei fece un passo indietro, si avvicinò al frigorifero e indicò il biglietto che c'era attaccato alla portiera con una calamita:

"E questo cos'è?" Chiese con tono di colpo leggero.

"Quella... è l'opinione di Magda sulla mia separazione." Giulio si sforzò di sorridere.

"Quindi Magda è rimasta da te?" Si limitò ad annuire. "Bel colpo, fratellino... che se la cerchi quella stronza una santa disposta a pulirle la casa e a sopportarla!"
Greta staccò il biglietto dal frigo e lo lesse ad alta voce:

Comisario,
Sua signora andata via, ma io rimango.
Lei molto ordinato e brava persona.
Lascio kalač per lei, buono con latte.
Magda

Scoppiò a ridere. "Questa donna è fantastica! Cos'è kalač?"
"Un pane dolce ucraino. Buono con il latte, ma anche senza..."
"E ovviamente lo hai già mangiato tutto..."
"Ovviamente sì...."
Greta stava per dire qualcosa quando la musica si interruppe e si mise a squillare il telefono. Giulio guardò lo schermo e si ritrovò a sorridere.
Dottoressa Invernizzi cell
"Scusami un attimo, è una cosa di lavoro..." Disse a sua sorella. Lei annuì.
"Dottoressa!"
"Commissario. Ti disturbo?"
"No, per niente. Dimmi tutto." Il burro si mise a sfrigolare nella pentola, quindi Giulio mise il vivavoce e riprese ad affettare la cipolla prima che bruciasse.
"Cos'è questo rumore?" Chiese lei.
"Sto cucinando."
"Sai cucinare?" Sembrò stupita. "È un'altra cosa che hai imparato sotto copertura?"
"No. Ho imparato da mia madre. Da piccolo ho passato molto tempo in cucina con lei." Se poco prima il ricordo di sua madre lo aveva intristito, ora sorrise pensando a lui, Marco, Greta e sua mamma seduti al tavolo della cucina a preparare l'impasto per i canederli.
"E cosa prepari di buono?"
"Un risotto ai funghi..."
"Ah, caspita! Una volta dovrai invitarmi a mangiarlo allora. Il risotto è il mio piatto preferito." Disse. Giulio sorrise, immaginandola lì appollaiata in

cucina mentre lui cucinava, intenta a parlare senza sosta come faceva spesso. Gli sarebbe piaciuto invitarla una volta o l'altra.

"Me lo ricordo. Risotto sì, carciofi no." La sentì ridere. "Ti invito... quando vuoi." Disse, a metà tra l'imbarazzato e lo speranzoso.

"Guarda che ci conto, eh!"

"Contaci, Dottoressa." Si schiarì la voce. "Ma dimmi... come mai chiami? Hai avuto qualche folgorazione a proposito del caso?"

"A dire il vero no. Avevo solo voglia di sentirti."

Senza volerlo, smise di tagliare la cipolla e rimase un secondo a bocca aperta.

Aveva solo voglia di sentirlo. E lo aveva detto così, come se fosse la cosa più naturale del mondo. Improvvisamente si ricordò che sua sorella era lì di fianco a lui e si schiarì la voce.

"Ma certo. E... io... eccomi qui." Deglutì. "Com'è Palermo?"

"Caotica e stupenda. Ma credo che tu questo lo sappia già."

"Sì, ci ho passato del tempo quando... beh, sai bene quando."

"Tu, invece? Oltre a cucinare intendo... hai trovato le tue lettere d'amore del liceo?"

"Non ho avuto il tempo di cercarle..."

Lei rise: "Ah! Allora ci sono!"

Rise anche lui: "Ebbene sì. Da qualche parte ci sono..."

Un frastuono improvviso alle sue spalle lo fece sobbalzare.

"Oh, merda... scusami!" Esclamò sua sorella. Tutto intorno a lei c'erano i cocci del piatto che aveva appena fatto cadere. Giulio sospirò. Non la chiamavano *mani di pastafrolla* per niente.

"Tutto a posto?" Chiese Ludovica.

"Sì, sì certo... è caduto un piatto. Niente di grave." Rispose lui, un po' a entrambe.

"Dai, ti lascio andare che sento che sei impegnato e qua devo cercare un posto dove mangiare."

"Vai da Zio Totuzzo alla Vucciria, fa del pesce fantastico..." Disse Giulio.

"Posso dire che mi mandi tu?"

Lui rise sommessamente: "Se riesci a scoprire come mi chiamavo sotto copertura... sì, certo."

La risata di Ludovica echeggiò dal telefono:

"Ti saluto, Commissario. E grazie della dritta."

Appena messo giù, Giulio si affrettò ad andare ad aiutare sua sorella armato di scopa e paletta.

Greta lo guardò con un sorrisino stampato in faccia: "Una cosa di lavoro, eh?"

"Sì, perché?"

Scrollò le spalle e tornò al suo risotto. Era meglio girarle la schiena, perché conosceva quella faccia. Era la tipica faccia da sorella maggiore che gli sapeva leggere nel pensiero.

"Perché non avete parlato di lavoro. Questa... *Dottoressa* ti ha chiamato... perché aveva solo voglia di sentirti, se non ho capito male."

Giulio aggiunse il riso alla pentola e le diede una mescolata.

"Non ci leggerei dietro chissà cosa..." Si limitò a dire. La sentì avvicinarsi a lui.

"Non ci leggo dietro niente. L'unica cosa che ho notato... è che sei strano."

Continuò a mescolare: "Sarà perché mia moglie mi ha lasciato?"

"Non saprei. Sembri... rilassato."

"Lo sono. Era molto stancante passare ogni secondo della mia vita cercando di far felice Isabella o cercando di far credere a tutti che fossimo felici."

"E c'è un'altra cosa."

"Sarebbe?"

"Sorridi. Erano anni che non ti vedevo sorridere così tanto."

Oltre a Marco lo aveva notato anche Greta, allora. Se ne era accorto anche lui, di sorridere più facilmente negli ultimi tempi. E se era per via del fatto che stesse per uscire da un matrimonio che ormai era diventato un peso... bene. E se a farlo sorridere di più era la Dottoressa Ludovica Invernizzi... andava bene pure quello, bastava tenere i piedi per terra e non farsi prendere la mano.

CAPITOLO TREDICI

Le difficoltà rafforzano la mente, come la fatica rafforza il corpo.
— *Lucio Anneo Seneca*

MERCOLEDÌ 25 OTTOBRE

Quando Giulio vide comparire Ludovica agli arrivi non riuscì a non sorridere. In mezzo a quella fiumana di uomini e donne d'affari vestiti in varie tonalità di grigio e beige, la Dottoressa spiccava grazie al suo impermeabile rosso fuoco e a una sciarpa blu e bianca che le svolazzava intorno mentre si muoveva. La osservò guardarsi in giro senza vederlo. Poi, di colpo, i loro sguardi si incrociarono e vide un sorriso partirle dalle labbra e arrivarle in un attimo fino agli occhi. Sentì il suo stesso sorriso allargarsi e non fece niente per controllarlo. Greta aveva ragione: per un motivo o per l'altro sorridere gli riusciva di nuovo facile, quasi naturale, da quando quel terremoto della Invernizzi si era palesata nella sua vita.

Ludovica gli corse incontro, come se non si vedessero da settimane, e gli buttò le braccia al collo con trasporto. Aveva i capelli che profumavano di latte di mandorla e la guancia, a contatto con la sua, era morbida e fresca. Anche se il cuore gli stava battendo un filo troppo veloce nel petto cercò di ricambiare l'abbraccio posando le mani circa a metà della sua schiena, stringendola ma non troppo. Chiuse un attimo gli occhi e respirò a pieni polmoni quel profumo che lei sembrava portarsi dappertutto.

"Che entusiasmo, Dott…"
"Giulio?"
La voce dietro di loro lo colpì come un'improvvisa doccia fredda.
Non poteva essere, maledizione.
Ludovica si sciolse dall'abbraccio e Giulio si trattenne a stento dall'alzare gli occhi al cielo. Raffaele era lì a un metro da loro e li stava fissando con uno sguardo tra il confuso e l'accusatorio. Rimasero tutti e tre un attimo in silenzio prima che l'amico di sua moglie si schiarisse la voce: "Sei proprio tu, allora. Non avevo visto male…"

I suoi occhi saettarono da Giulio a Ludovica e poi si posarono di nuovo su di lui.

"Raffaele! Cosa ci fai qui?" Si morse il labbro. Aveva davvero appena fatto quella domanda idiota a un tizio in un aeroporto con una valigia in mano? "Parti o arrivi?" Aggiunse poi, cercando di rimediare.

"Arrivo. Ero a Roma per lavoro." Raffaele continuava a spostare lo sguardo da lui a Ludovica come se stesse guardando una partita di tennis e quel movimento, seppur quasi impercettibile, gli stava facendo venire un vago senso di nausea. Lo vide sorridere, stringendo gli occhi: "Tu, invece?"

"Io sono venuto a prendere la mia…" Amica? Analista? Collaboratrice? Forse era meglio stare sul vago. "…la Dottoressa Invernizzi. Ludovica, ti presento Raffaele Ricci. Lui è… un…" Ficcanaso? Pettegolo? Maledetto rompipalle? "…un amico."

Non esattamente un amico suo, ma quello poco importava. Si stava impappinando come un ragazzino delle medie e, ad ogni frase incerta e balbettante che gli usciva dalla bocca, si sentiva le guance di qualche grado più calde. La sensazione della pelle fresca di Ludovica a contatto con la sua era ormai un ricordo: ormai gli sembrava di essere in piedi davanti a un forno. O davanti alle porte dell'Inferno, a scelta. Che poi mica stava facendo qualcosa di male. Ma Raffaele li stava guardando come se li avesse sorpresi a fare sesso nella VIP lounge dell'Alitalia e la cosa lo metteva a disagio perché conosceva bene la rapidità letale con cui sapeva far partire un pettegolezzo.

"Piacere, Raffaele." Strinse la mano della Dottoressa con un sorrisino pericoloso sulle labbra.

"Piacere mio, Ludovica."

"Sei una collega di Giulio?"

Lei scosse la testa: "Non esattamente, sono una sua amica."

Raffaele non fece niente per mascherare il suo scetticismo: "Un'amica! Ma che bellezza. Proprio quello di cui il nostro Giulietto aveva bisogno."

La vide aggrottare le sopracciglia, confusa. Doveva mettere fine a quella conversazione prima che Raffaele cominciasse a fare troppe domande e a trarre miriadi di conclusioni fantasiose e sbagliatissime. Giulio si schiarì la voce.

"Bene, Dottoressa... se non vogliamo fare tardi... è meglio che andiamo." Disse, cercando di mantenere un tono leggero. L'espressione di Raffi non gli piaceva per niente. Gli pareva quasi di sentire gli ingranaggi della sua mente da pettegolo cominciare a muoversi e la cosa non poteva che preoccuparlo. Era andato lì solo per darle un passaggio, ma sapeva benissimo che non era certo quella la voce che sarebbe arrivata alle orecchie di Isabella in tempo record.

Un'improvvisa fitta di mal di testa lo colpì come un treno in corsa.

Di colpo la giornata, che era cominciata in modo più che piacevole, aveva preso una piega che non prometteva nulla di buono.

―――

Locatelli aveva la fronte corrugata e si massaggiava la tempia sinistra da cinque minuti buoni, mentre con le dita della mano destra sfilava e infilava il tappo di una bic con la cadenza e la precisione da metronomo. Il caffè che Ludovica gli aveva messo davanti era sicuramente diventato freddo, di quello era quasi certa, il che era probabilmente un bene visto che sembrava già abbastanza nervoso senza l'aggiunta di ulteriore caffeina.

L'incontro con il tizio all'aeroporto lo aveva in qualche modo scosso, anche se il perché non le era chiaro. E se un attimo prima Giulio le era sembrato felice anche se un po' sorpreso dal suo abbraccio, un attimo dopo sembrava che avesse mal di denti e che non vedesse l'ora di allontanarsi da lì e da entrambi loro. In macchina aveva alzato il volume della musica a un livello che aveva impedito la conversazione e quando l'aveva lasciata davanti a casa l'aveva a stento guardata in faccia mentre la salutava. E anche se erano ormai passate più di sei ore era lampante che fosse ancora di un umore infimo. Forse Ludovica avrebbe fatto meglio a starsene a casa, ma ormai era in ballo, tanto valeva ballare.

"Va tutto bene?" Gli chiese, rompendo il silenzio che era scandito solo dal ticchettio dell'orologio sulla parete. Lui sobbalzò, come se si fosse dimenticato che lei fosse lì.

"Ma certo. Certo. Perché?"

"Niente... è che mi sembri un po' strano."

Tornò a guardare il computer: "Non ho niente. Davvero."

Se lo diceva lui...

"Stamattina dopo che mi hai lasciato a casa, sono andata da Sara con l'idea di farla cantare a proposito dell'infedeltà di Maurizio..."

"Ha detto qualcosa di interessante?" Le domandò senza alzare lo sguardo dallo schermo, tamburellando con le dita sul tavolo.

"Macché. Quel maledetto ascensore era di nuovo rotto, così mi sono dovuta fare le scale a piedi. E come se non bastasse Sara aveva uno dei suoi musi lunghi e non era molto in vena di parlare... quindi niente. Ma domani ci riprovo. Prima o poi la becco dell'umore giusto per chiacchierare e..."

Il suono del cellulare di Giulio la interruppe. Sarà stata la decima volta che il telefono suonava e che Locatelli non rispondeva. Ludovica aveva dormito poco e male e la vibrazione stava cominciando a snervarla. Il telefono smise di vibrare, ma solo per pochi secondi. Riprese quasi subito e lei non poté fare a meno di lasciarsi uscire un sospiro esasperato:

"Puoi rispondere? O spegnerlo?" Abbaiò. Giulio scrollò le spalle e lo silenziò:

"Non posso spegnerlo, sto aspettando una chiamata importante dalla Scientifica."

"Beh, allora rispondi a chiunque sia che sta cercando di parlarti da venti minuti, per carità del Signore!"

Sapeva benissimo che chi stava cercando di chiamarlo era Isabella. Lo aveva capito dall'espressione da martire che si era dipinta sulla faccia di lui quando il cellulare aveva squillato la prima volta e che era peggiorata con ogni successiva chiamata a cui aveva studiosamente deciso di non rispondere.

"Non ho tempo di parlare, adesso." Rispose, senza guardarla in faccia. E dire che erano lì da mezz'ora a fare più o meno niente, in attesa che qualcuno o qualcosa si smuovesse.

"Ma fammi il piacere! Non hai tempo o non vuoi perché è tua moglie?" La cosa le dava più fastidio del dovuto. Forse perché, nella sua mente, Locatelli non era il tipo da nascondersi dalle telefonate, anche da quelle potenzialmente spiacevoli. E invece eccolo lì, a comportarsi come un quattordicenne. Era un modo di fare a dir poco assurdo.

"Non ho voglia di parlare con mia moglie, d'accordo? Ora che l'ho detto sei contenta?" Tenne la voce bassa, ma per una volta, le parve un libro aperto: aveva le pupille talmente piccole da sembrare le capocchie di uno spillo e il viso arrossato come se in quella stanza ci fossero stati mille gradi. Ce ne saranno stati a stento 17.

"Non è questione che io sia contenta. Fai come vuoi. Tanto mi sembra di capire che, finché non le rispondi, non smetterà di tormentarti..." Non fece nemmeno in tempo a finire la frase che il telefono si mise a vibrare di nuovo. Locatelli tirò un pugno al tavolo, diventando ancora più rosso in viso.

"Dio Santo, che palle!"

A lei lo diceva? Quello era davvero il colmo. Il telefono smise di suonare. Fece per aprire la bocca e dirgli di darsi una calmata, quando di colpo la porta si spalancò e una bionda dall'aria inviperita entrò nell'ufficio.

"Eccoti! Si può sapere che..." Si accorse di lei e si bloccò.

Non era una bionda inviperita qualunque. Era la donna della foto, la moglie del Commissario.

Rimasero tutti immobili, in silenzio.

Alla fine lui si alzò: "Isa..."

"Non mi dire niente. Vedo che come al solito sei molto impegnato. Troppo impegnato per ricordarti che avevi appuntamento con me!" Stava tenendo la voce bassa, ma era ovvio che fosse furiosa. Giulio spalancò gli occhi, poi li richiuse e mormorò qualcosa tra sé e sé. Un'imprecazione, forse. O magari una preghiera. Difficile dirlo.

"Isabella... non l'ho fatto apposta." Deglutì. "Possiamo parlarne con calma e in privato per favore?"

La stava praticamente scongiurando con un tono che non gli aveva mai sentito usare prima. Possibile che quella donna avesse il potere di trasformarlo in una pezza da piedi?

"Va bene." Concesse, velenosa come non mai. "Parliamone. *In privato.*"

Si girò a guardarla con fare eloquente.

Giulio annuì, poi si voltò verso di lei: "Ti accompagno alla porta..."

Quella sì che era una novità.

Probabilmente voleva spiegarle cosa cavolo stesse succedendo o perché non si fosse nemmeno degnato di presentarle come tra persone civili.

Ludovica si alzò, fece un cenno di saluto a Isabella e seguì Giulio fuori dal suo ufficio e attraverso l'open space. Lui però non disse niente. Camminò in silenzio fino sul pianerottolo, poi finalmente la guardò e sospirò.

"Tutto ok?" Gli chiese visto che lui non diceva niente.

Lui la fissò per qualche istante, le guance di colpo pallide e il respiro un filo pesante:

"No. Non è tutto ok. Anzi, direi che non c'è proprio niente di ok." Rispose con una voce fredda che non gli aveva mai sentito usare. Il tono accomodante che aveva usato con Isabella era sparito e ora sembrava solo incazzato come un puma.

"Vuoi..."

Non la lasciò finire: "Non voglio niente. Voglio solo... essere lasciato in pace."

La guardò solo un istante, poi inchiodò gli occhi per terra.

Ludovica sospirò:

"Molto bene. Se è quello che vuoi... buona serata, Giulio." Cercò di usare un tono normale, ma si accorse lei stessa di avere la voce tesa. Lui non alzò nemmeno gli occhi e annuì.

"Anche a te."

Avrebbe voluto scuoterlo e fargli capire che qualunque motivo Isabella avesse di essere lì e di essere furibonda non aveva la benché minima importanza, ma soprattutto che la cosa che davvero non andava bene era che lo facesse stare in quel modo.

Ma non sarebbe servito a niente. Avrebbe sicuramente trovato qualche assurdo motivo per prendersi la colpa anche di quello.

Quindi si limitò a mettersi la giacca e ad andarsene dal Commissariato, lasciandolo solo con sua moglie e il suo malumore.

Se voleva ostinarsi ad essere incazzoso e irragionevole che lo facesse pure, ma lei non sarebbe certo stata lì a fargli da spettatrice e tanto meno da valvola di sfogo.

Le scosse di mal di testa gli stavano sconquassando il cervello. Le urla di Isabella gli avevano fatto a pezzi non solo i timpani ma anche i nervi e, come se non bastasse, si rendeva conto di essersi comportato come un completo idiota con la Dottoressa Invernizzi. Si sarebbe volentieri preso a sberle da solo per il tono petulante e arrogante che aveva usato quel pomeriggio.

Lei aveva ragione. Su tutto.

E la cosa, unita alla continua vibrazione del telefono, lo aveva esasperato al punto che invece che prendersela con sé stesso o con Isabella se l'era presa con lei, che non c'entrava niente.

Marciò in casa, riempì un bicchiere di ghiaccio, afferrò la mezza bottiglia di vodka che era avanzata dalla sua sbronza della settimana prima e si accasciò in poltrona.

Si versò un bicchiere e ne bevve un sorso, cercando di pensare ad altro.

Non al caso, per carità, che gli faceva saltare i nervi ancora di più.

E nemmeno a Isabella, se non voleva che gli venisse un travaso di bile.

Anche pensare a Ludovica certo non aiutava il suo sistema nervoso, ma non riusciva a farne a meno.

Era stato davvero un imbecille a mandarla via così e se ne vergognava. E fosse stato solo quello...

Una fitta di mal di testa particolarmente acuta gli fece chiudere gli occhi per qualche istante. Come cavolo aveva fatto a dimenticarsi dell'appuntamento in Comune che aveva con Isabella per la separazione?

Lo hai fatto apposta, vero? Per punirmi. Perché sei uno stramaledetto egoista e non pensi mai a me!

Era ovvio che non lo avesse fatto apposta. Perché mai avrebbe dovuto attirare su di sé l'ira funesta di Isabella? Non era mica pazzo. Per punirla, poi. Se c'era una cosa che non era mai stato in grado di fare era punire gli altri. A farlo a sé stesso, invece, era un campione.

La verità era che gli era passato di mente perché stava pensando al caso, ma dirlo non era servito a niente. Anzi, aveva peggiorato la situazione. Lei si era inviperita oltre ogni limite.

Vorrà dire che chiederò a Fabiana di farmi da avvocato e andremo dal giudice e ci metteremo un'eternità. Spero che tu sia soddisfatto, Giulio.

Sospirò e buttò giù un sorso di vodka. Non sapeva di preciso chi fosse Fabiana, ma sospettava fosse una discreta iena del foro e non poteva immaginare niente di peggio che litigare in tribunale con lei e con una quasi-ex-moglie avvocato. Lo avrebbero fatto a pezzi, in tutti i modi e in tutti i sensi.

Un'altra fitta di mal di testa gli assalì le tempie.

Sei proprio uno stronzo. Non vedo l'ora che sia tutto finito per non dover avere mai più niente a che fare con te.

Giulio bevve un altro sorso e sbuffò.

Come se a lui, invece, quelle cose facessero piacere: le urla, le liti, le accuse. Il tirare in lungo le cose. Se quello era un assaggio di come sarebbero stati i sei mesi che li separavano dal divorzio non era certo che ce l'avrebbe fatta senza impazzire.

Sei mesi di tensioni e recriminazioni erano tanti. Tantissimi. Troppi.

Più ci pensava, più gli aumentava il mal di testa, sempre che fosse possibile averne più di così.

Ludovica aveva ragione.

Non era sempre colpa sua di tutto. Isabella aveva fatto la sua parte e non doveva dimenticarsene. E quel tono che aveva usato... beh, quello era semplicemente inaccettabile.

Afferrò il telefono e la chiamò, prima di poter cambiare idea, ma Isabella non rispose.

Eppure era lì, online su Whatsapp. La vedeva.

Quindi stava cercando di evitarlo.

Giulio si rese conto che stava digrignando i denti.

Maledizione a lei. Se pensava che avrebbe lasciato perdere si sbagliava.

Fece partire una seconda telefonata. Poi una terza e una quarta.

Al quinto tentativo, finalmente, lei rispose.

"Giulio, non ho nessuna..."

"No, Isabella. Per una volta lasciami parlare." Aveva un po' di fiatone, ma gli sembrò di avere la voce piuttosto ferma. Bene così.

"Non è un buon momento." In sottofondo sentì rumore di gente che parlava e di stoviglie. Doveva essere in un qualche locale. "Sono in un bar, non è il posto giusto per parlare di certe cose."

"Non lo è nemmeno il Commissariato, se è per questo." Quando lei se ne era andata tutti avevano fatto finta di niente, ma era impossibile che non avessero sentito la loro discussione. Per quanto lui avesse cercato di tenere la lite sotto controllo i muri erano di cartapesta là dentro.

La sentì sospirare: "D'accordo. Si può sapere cosa vuoi?"

"Innanzitutto un po' di rispetto. Puoi credere quello che vuoi, ma non ho fatto apposta a non venire in Comune oggi. Me ne sono dimenticato e mi scuso, ma non è la fine del mondo. Prenderò un altro appuntamento e stai pure sicura che non mancherò."

Ora che aveva cominciato a parlare sembrava più facile.

"Sì, ma..."

"Non mi interrompere, per favore. Vorrei anche ricordarti che sei stata tu a lasciarmi. Ho le mie colpe e so quali sono. Sono stato lontano. Sono tornato diverso. Ti ho deluso in mille modi. Ma ciò non toglie che sia stata tu a lasciarmi, quindi vorrei chiederti per favore di smetterla di andare in giro a lamentarti con tutti. È chiedere troppo?"

"Veramente..."

"È troppo, sì o no? È una domanda semplice, Isabella."

"No, non è troppo."

"Molto bene. E l'ultima cosa che devo dirti è, per favore, di non parlarmi mai più con quel tono che hai usato oggi. Se vogliamo che questo divorzio sia più rapido e indolore possibile, la prima cosa che dovresti fare è non urlarmi dietro come se fossi il tuo cane. Siamo in ballo tutti e due in questa storia. Ed è colpa di tutti e due se il nostro matrimonio sta finendo, quindi basta urla e comportati da adulta, per favore."

Dall'altro lato Giulio sentì solo i rumori del bar e una serie di respiri veloci e rabbiosi.

"Come vuoi." Sputò alla fine lei, velenosa ma rassegnata.

"Benissimo. Allora ti auguro buona serata."

Lei non gli rispose e mise giù.

Giulio sospirò e appoggiò la testa allo schienale della poltrona, con il cuore

che gli martellava nel petto. Aveva fatto la cosa giusta, eppure si sentiva mancare l'aria come se la fine del mondo fosse dietro l'angolo.
    Doveva fare qualcosa, ma non sapeva cosa.
    Avrebbe potuto prendere un paio di sonniferi e lasciare che Morfeo avesse la meglio su di lui.
    Avrebbe potuto bere vodka fino a dimenticare quella giornata d'inferno, come aveva fatto la settimana prima.
    Avrebbe potuto fare tante cose, una peggio dell'altra.
    Si alzò dalla poltrona e andò a vuotare il bicchiere nel lavandino.
    Era ora di fare qualcosa di intelligente, tanto per cambiare.

Veronica fece le scale con estrema lentezza, rallentando il passo ad ogni gradino.
    Era ora di dirle tutta la verità.
    Era ora che Ludovica sapesse che era incinta e che aveva deciso di tenere il bambino.
    Era ora di avere coraggio, anche se non se ne sentiva molto in corpo, al momento.
    L'aveva sentita rientrare in casa e trafficare in salotto, ma non si era mossa subito. Era rimasta ancora un po' sdraiata sul letto e si era ripetuta mentalmente il discorso che voleva farle mille volte, ma ora le sembrava di non ricordarsi nemmeno una parola.
    Scese le scale sentendosi i piedi di piombo e lo stomaco sottosopra e la trovò seduta sul divano. Aveva un'aria strana, pensierosa, ma non era il momento di chiedersi perché.
    "Ludo... ti devo dire una cosa." Cominciò, cercando le parole giuste. Era difficile. Difficilissimo. Sapeva che Ludovica non amava i bambini e sapeva anche che si sarebbe chiesta, o le avrebbe chiesto direttamente, cosa cavolo le fosse venuto in mente di farsi mettere incinta da Giovanni. Non che lei lo avesse esattamente pianificato, ecco, ma il punto era che sapeva che avrebbe reagito male.
    "Dimmi... c'è qualcosa che non va?" Le chiese, leggermente preoccupata. Veronica si sedette su una delle poltrone e sospirò:
    "Non c'è un modo semplice per dirlo... soprattutto a te..."
    Di colpo le sembrò spaventata.
    "Soprattutto a me? In che senso?"
    "Nel senso che... ho paura... che non sarai d'accordo con me."

Ludovica aggrottò le sopracciglia e la fissò: "Non ero d'accordo con te quando hai sposato Giovanni, ma siamo lo stesso amiche. E peggio che sposare quel porco credo che tu non possa fare..."
Veronica sospirò.
"Sì... ecco... è che... sono incinta." Disse. Per qualche secondo non successe niente, poi vide un'espressione incredula dipingersi sul volto della sua amica. "E so che non sarai d'accordo, ma ho deciso di tenerlo."
La fissò con la bocca aperta.
"È questo che mi tenevate nascosto tu e Locatelli?"
Veronica rimase a sua volta immobile. Si era immaginata una miriade di reazioni da parte di Ludovica... ma non quella.
"Sì..."
"E lo hai detto a lui e non a me?" Sbottò lei, alzandosi dalla poltrona.
Ma cosa stava dicendo? Le diceva di essere incinta del suo ex violento e lei pensava a quello?
"Ludo, ti sembra questo il problema?"
"Mi sembra uno de*i tan*ti problemi! Ci conosciamo da più di vent'anni e invece che dirlo a me vai a dirlo a un Commissario perennemente immusonito che conosci da qualche giorno?" Era raro che Ludovica alzasse la voce, ma la notizia doveva averla scioccata abbastanza da farlo.
"Innanzitutto non avevo certo pianificato di dirlo a un *Commissario perennemente immusonito*, ma quando l'ho scoperto tu eri a Berlino a una festa e scusami se non ho pensato ai tuoi sentimenti prima che ai miei!"
"Non lo hai pianificato ma lo hai fatto!"
"Certo che sì! Lui era qui ed era gentile... sicuramente più gentile di come sei tu adesso, quindi devo dire che sono contenta di averlo detto a lui e non a te! E poi tu eri via, come avrei fatto a dirtelo? Non avrei mai voluto rovinare la tua notte di baldoria con Hans!"
"Si chiama Andreas, non Hans."
"Ma chi se ne frega, Ludo! Ma ti senti quando parli? Questo è proprio il motivo per cui non volevo dirtelo. Perché pensi solo e sempre a te stessa!"
"Non mi dire che penso solo a me stessa, perché non è assolutamente vero."
"Ah no? È da quando ti conosco che ruota tutto intorno a te. Fai tutto quello che ti pare, quando ti pare, con chi ti pare. Sempre. Ma non siamo tutti qui a farti da comparse, abbiamo anche noi dei sentimenti. Ci hai mai pensato? A me o ai tuoi genitori o anche a quel povero pirla di Carlo? O Andreas? O Luca?"
"Sono sempre molto chiara con tutti, non do mai false speranze..."
"Ah beh, allora fai bene. Dici a tutti che non vuoi impegnarti, di starti vicino ma non troppo, e va bene così?"

"Non sai di cosa stai parlando, Vero."

"Sì che lo so. So che vuoi sempre allontanare tutti. E adesso, piuttosto che niente, stai cercando di farlo anche con me."

"Non è vero!"

"E invece sì. Ti ho detto che sono incinta. E che voglio tenere il bambino. E da quando te l'ho detto non hai fatto altro che parlare d*i* te e del fatto che invece che dirlo *a* te io lo abbia detto a Locatelli!" Ludovica rimase a bocca aperta a fissarla. Forse era la prima volta da quando si conoscevano che la vedeva senza parole. Veronica sentiva il cuore battere a mille e le lacrime pungerle gli occhi: "E già che stiamo parlando di lui, Ludo, ti dirò un'altra cosa. So che tu trovi divertente flirtare con lui perché è un bell'uomo e perché ti sei accorta di riuscire a farlo arrossire... ma ricordati che è una persona. Non è un giocattolo."

"Anche io lo sono!"

"Io, io, io, IO!" Urlò Veronica scoppiando a piangere. "Stai ancora parlando solo di te!" Si alzò dalla poltrona. "Domani mattina me ne vado, non ce la faccio ad avere a che fare con te visto che non pensi ad altro che a te stessa."

Non aspettò neanche che le rispondesse, girò i tacchi e corse di sopra in camera sua.

Ludovica era la seconda persona a cui aveva detto della sua gravidanza ed era stato un disastro totale. Il pensiero di doverlo dire al resto del mondo la fece scoppiare a piangere ancora più forte.

Ludovica era, per mancanza di altri termini, in stato di shock.

Veronica era incinta. E il bambino era di Giovanni. E lo voleva tenere.

Ma quella era solo la punta dell'iceberg. Come se non bastasse, lo sapeva da due settimane e gliel'aveva tenuto nascosto, come se lei fosse una specie di mostro a cui non dire certe cose. In compenso lo aveva detto a Locatelli, perché lui, invece che andare a fare festa a Berlino con Andreas, era lì con lei quando lo aveva scoperto.

Aveva sbagliato tutto.

Era stata insensibile ed egoista come solo lei sapeva essere e Veronica aveva ragione più o meno su tutta la linea.

Era vero che pensava solo e sempre a sé stessa. È che ci era abituata, perché per gli ultimi dieci anni era andata bene così: aveva vissuto la vita che voleva, con chi voleva e come voleva. Fino a quando tre settimane prima Veronica era arrivata a casa sua e lei si era offerta di aiutarla. E aveva conosciuto Locatelli e, anche se quasi non si ricordava come, si era offerta di aiutare anche lui. O forse era lui che aveva aiutato lei.

Quelli erano dettagli.

Il fatto era che nel giro di tre settimane quei due si erano insinuati nella sua vita, che fino a quel momento era scandita da feste, uomini e divertimento, e l'avevano inondata di responsabilità e rotture di palle di ogni tipo. Veronica aveva stravolto la sua routine. L'aveva obbligata a imparare dove fossero i piatti e le pentole, le aveva fatto preparare la pasta fresca con la planetaria, le aveva incrostato il forno rovesciando il sugo dell'arrosto e le aveva riempito il frigo di cose che non fossero alcol e condimenti. La svegliava sempre troppo presto durante i weekend, l'aveva fatta appassionare a un reality di cucina che mai si sarebbe sognata di guardare e l'aveva praticamente obbligata ad ammettere che Locatelli un po' le piacesse. E ora non avrebbe mai più smesso di romperle le palle in proposito, ne era sicura. E poi c'era Giulio, per l'appunto, che da quando si era presentato, non invitato, a casa sua per fornirle l'alibi era entrato a fare parte della sua vita di tutti i giorni senza che lei nemmeno se ne accorgesse. Aveva risvegliato in lei la voglia di fare domande e ottenere risposte, e soprattutto l'aveva fatta sentire utile. E se prima i suoi frequenti viaggi verso l'aeroporto erano avvenuti nel fantastico silenzio garantito da un autista di Uber, ora Ludovica faceva fatica a immaginare di andare a prendere un volo senza chiacchierare con lui, ascoltando le sue playlist sorprendentemente indie per uno dall'aria seria come lui.

Sia Veronica che Giulio le avevano fatto capire, sia in positivo che in negativo, che le sue azioni avevano effettivamente delle influenze sulle loro vite.

Era una sensazione allo stesso tempo esilarante e terrorizzante.

Ed era vero che lei cercava di tenere tutti a distanza, ma con loro due non ci era riuscita per niente. E ora era riuscita ad alienarseli entrambi, perché quella era la sua specialità: far scappare chiunque provasse a starle troppo vicino.

Ludovica sospirò.

Così non andava bene.

Salì al primo piano a bussare alla porta della camera di Veronica. Non aspettò neanche che lei rispondesse ed entrò, trovandola seduta sul letto a piangere come una fontana.

"Cosa vuoi?"

"Scusami, Vero." Si sedette accanto a lei. "Sono una pessima amica."

"Sì, lo sei..."

Incassò il colpo e le appoggiò una mano sulla spalla:

"Non voglio che tu te ne vada."

"Ti ho già detto che me ne vado domani mattina. Vado a Cremona da mia madre. Così non dovrai più avermi in casa... e potrai fare quello che vuoi con Hans o Andreas o..."

"Smettila... non puoi andare a vivere da tua madre. La uccideresti dopo un giorno. E poi... come faresti col lavoro?"

"Farei avanti e indietro col treno."

"Tu odi i treni..."

Veronica scoppiò a piangere di nuovo: "Lo so, ma non ho scelta."

"Ma sì che ce l'hai. Resta qui, per favore. Voglio che tu rimanga a vivere qui con me. Per sempre."

Alzò lo sguardo di scatto e la fissò: "Per sempre?"

"Cioè... fino a quando vorrai. Ovviamente quando ti fidanzerai con un primario bello, simpatico e intelligente sarai libera di andare a vivere con lui..."

Sorrise tra le lacrime: "Come sei ottimista... addirittura un primario?"

"Bisogna puntare in alto nella vita."

"Ludo... ti ricordi, vero, che sono incinta?"

"Ma certo. E le camere qui non mancano. Una può diventare quella del bambino."

"Ma tu odi i bambini... quasi quanto io odio i treni."

"Sono sicura che il tuo sarà diverso. Non è così che dicono tutti i genitori?" La vide annuire e sorridere. "Ti prego, Vero, dimmi che rimarrai."

"D'accordo. Ma voglio pagare l'affitto."

"Se ti fa felice lo puoi pagare... ma la pigione la decido io e non voglio sentire storie." Le sorrise: "E ora dimmi... a che punto sei? Della gravidanza, intendo."

"Ti interessa davvero saperlo?" Il tono scettico di Veronica non la sorprese. La conosceva meglio di chiunque altro, anche se a volte se ne dimenticava.

"Non... non particolarmente. Ma di solito le donne incinta non parlano d'altro..."

Veronica scoppiò a ridere: "Non io, te lo prometto. Non ho ancora capito bene come funziona il conteggio delle settimane... Ma se vuoi ti posso dire che dovrebbe nascere intorno al 25 maggio."

"Ottimo... quindi... un piccolo spaccaballe dei gemelli. E..." Cercò qualcos'altro da chiederle ma non le venne in mente niente.

"E adesso possiamo parlare d'altro, Ludo." Disse Veronica sorridendo.

"Tipo... di cosa?"

"Del fatto che sembri triste, per esempio."

Quella affermazione la sorprese, anche se non avrebbe dovuto. In fondo la conosceva meglio di chiunque altro.

"Non è niente, non preoccuparti."

"Ha a che fare con Giulio?"

Negare era inutile: "Abbiamo avuto un piccolo... screzio."

"Come mai?"

Bella domanda. Quella mattina lui le era sembrato davvero contento di vederla, fino a che quel tizio, Raffaele, aveva fatto la sua comparsa. Da lì in poi era andato tutto progressivamente peggio, culminando con l'arrivo di Isabella. Fumante e furibonda chissà per quale motivo. E lui buono e zitto, come uno zerbino.

"Credo... credo che fosse nervoso per via della ex. E poi lei è arrivata lì e... non so. Mi ha praticamente spinto fuori dal Commissariato e mi ha detto che vuole essere lasciato in pace."

"E che tipo è la ex?"

Scrollò le spalle: "Bionda. Molto bella. Con l'aria un po' da..." Stava per dire *stronza*, ma si sentì in colpa. Nemmeno la conosceva. "...era incazzata nera, non so perché. E non so nemmeno perché lui si sia comportato così."

Veronica sorrise: "Se non lo sai tu che sei del mestiere..."

"Quando si tratta di me lo sai che non sono capace di analizzare le cose con raziocinio." La guardò. "Dimmi cosa ne pensi tu..."

"Forse era a disagio. Ad avervi lì contemporaneamente."

"Talmente a disagio che non ci ha nemmeno presentate..." Sbuffò. "E poi cos'ha da essere a disagio? Lei è la sua ex. Io sono una sua amica. Non siamo in nessun modo in competizione."

Veronica la fissò qualche istante, poi scoppiò a ridere: "Ma certo. Continua a ripeterlo che magari diventa vero."

Ludovica alzò gli occhi al cielo ma non disse niente.

Perché la verità era che non c'era niente da dire e che, sotto sotto, la sua amica aveva ragione.

Federico era sbragato sul divano, senza scarpe e coi piedi sul tavolo, e stava considerando l'idea di andare a letto. Non aveva trovato un cane con cui uscire a bere qualcosa e in televisione non c'era niente: anche se erano solo le dieci e mezza andare a dormire poteva essere una prospettiva allettante. Si sarebbe poi rifatto nel weekend. Perché ok avere 38 anni suonati, ma non era ancora pronto per la vita da pantofolaio che facevano tanti suoi coetanei.

Il suono del citofono lo fece sobbalzare.

A quell'ora poteva solo essere Giulio, l'unica persona al mondo che ancora andava a casa sua senza avvertirlo. Lo avevano sempre fatto entrambi: era dal 1993 che si presentavano a casa l'uno dell'altro senza bisogno di inviti. Era anche vero che era una cosa che non facevano più da anni, più o meno da quando Giulio si era sposato, ma ora che Isabella si era tolta di mezzo potevano tornare tranquillamente alle vecchie abitudini.

Si alzò e andò a rispondere: "Sì?"

"Posso salire, Fede?" Giulio aveva un tono di voce risoluto, diverso dal solito, che non gli sentiva usare da molto tempo.

Federico sorrise e gli aprì il portone e la porta. Dopo trenta secondi lo vide entrare in casa, con la cravatta allentata, il primo bottone della camicia aperta, e lo sguardo nervoso, incapace di fermarsi per più di qualche secondo da qualche parte.

"Cosa è successo?"

"Ho bisogno del tuo aiuto."

Federico scoppiò a ridere: "Tu hai bisogno del mio aiuto? Sei matto?"

"Perché?"

"Perché l'ultima volta che mi hai chiesto di aiutarti ti ho fatto copiare la mia versione di Greco e abbiamo preso tutti e due 4."

"A dire il vero avevamo preso 3 e sono stato in punizione una settimana..." Ecco, appunto. "Ma questa volta è diverso. Voglio che tu mi dica che sto facendo la cosa giusta. E di non impazzire."

Ok, quella era una richiesta decisamente fuori dalla norma. A Giulio non era mai importato molto di quello che pensavano gli altri e tanto meno aveva mai chiesto il suo parere sulle sue scelte. Se mai l'avesse fatto avrebbe trombato di più e perso meno tempo dietro a delle stronze da competizione come Isabella. Ma visto che ora sembrava rinsavito, tanto valeva non discutere e approfittarne per assicurarsi che non imbastisse nuove minchiate.

Federico si sedette sulla poltrona del salotto e gli fece segno di accomodarsi:

"Allora... innanzitutto, non impazzire."

Giulio sorrise: "Ok."

"E ora dimmi tutto."

"Mi sono dimenticato di andare all'appuntamento che avevo in Comune con Isabella per la separazione."

"Ma no, cazzo! Non hai fatto la cosa giusta!"

"Quello lo so..." Lo fulminò con lo sguardo. "Il problema è un altro. Credevo di essere in grado di gestire il lavoro, la separazione e la Dottoressa

Invernizzi contemporaneamente, ma mi sbagliavo." Si passò la mano sulla faccia e nei capelli, spettinandoli, poi rimase lì a guardarlo come se si trovasse davanti a un oracolo. Federico scosse la testa:

"Ok... con ordine. Isabella non va gestita, va neutralizzata. Devi piantarla di darle retta. E devi smetterla di essere accomodante con lei, perché tanto è impossibile renderla felice. D'accordo?"

Giulio annuì: "Sì. Hai ragione."

Era così strano sentirselo dire da lui. Federico si ritrovò a sorridere, ma non disse niente in proposito:

"Che problema c'è al lavoro, invece?"

"A parte il fatto che non riesco a chiudere il caso su cui sto lavorando e che ho il Questore che mi alita sul collo e che non vede l'ora di vedermi fallire miseramente... direi tutto alla grande."

"Ma avrai qualcuno dalla tua parte, no?"

Giulio rimase zitto un attimo, poi annuì debolmente: "Sì... improvvisamente è arrivato Luzzi a darmi il suo supporto. Non chiedermi perché, non lo so nemmeno io."

"Luzzi... Stefano Luzzi? Il tuo compagno di università?"

"Sì, lui. Non è esattamente Capitan Coraggio... ma meglio che niente. Avere un PM che non ti rema contro è sempre un bene."

"Vedi? Tutto risolto. La situazione non è poi così tragica..."

"Ti stai dimenticando della Dottoressa Invernizzi." Mormorò Giulio, distogliendo lo sguardo. Federico non se l'era affatto dimenticata, ma non pensava ne volesse parlare davvero. Ogni volta che aveva tentato di strappargli qualche informazione aveva trattato l'argomento come un segreto di stato, ma se aveva cambiato idea sarebbe stato ben felice di approfondire la questione.

"Cosa c'è che non va con la Invernizzi?"

"Perché dai per scontato che ci sia qualcosa che non va?"

"Perché ti conosco. Di certo non sei qui per dirmi che avete iniziato una torbida relazione a luci rosse nello sgabuzzino del tuo ufficio. O sbaglio?"

Giulio non sembrò né sorpreso né offeso:

"Non sbagli. Ci ho litigato. Più o meno."

"E come mai?"

"La versione corta? Perché sono un idiota. Dopo che Isabella si è presentata in Commissariato perché avevo dimenticato l'appuntamento in Comune... me la sono presa con Ludovica e le ho detto... che voglio essere lasciato in pace."

"Sei un coglionazzo. Però non credo che questa sia la fine del mondo. O no?"

Giulio abbassò lo sguardo e si nascose la faccia tra le mani:

"Non lo so." Disse scuotendo la testa. La sicurezza e la risoluzione erano sparite dalla sua voce e di colpo sembrava solo sconfitto ed esausto.

"Come mai questa lite con la Invernizzi ti preoccupa tanto?"

"Perché... perché lei non ha fatto altro che aiutarmi e io invece le ho risposto in modo inaccettabile."

"Solo questo?"

"Sì, perché?"

"Pensavo ci fosse sotto dell'altro. Anzi, lo speravo."

Giulio raddrizzò la schiena e lo guardò negli occhi:

"Speravi male. Non... ci mancherebbe solo quello, Fede."

"Ma ti piace sì o no?"

"No! Cioè... mi rendo conto che sia una bellissima donna. Non sono cieco. Ma non è quello il punto."

Chissà se si era reso conto di essere arrossito.

"E allora qual è?"

"Non la conosci. Non fa per me. Lei è..." Si interruppe e scosse la testa, perso a pensare a chissà cosa.

"È... cosa?"

"È come te. Non ama le storie serie. Non vuole legami. Non vuole zavorre."

"E tu saresti una zavorra? Dio Santo, Giulio."

"Fidati. Non sono capace di gestire le storie superficiali come fai tu... o come fa lei."

"Ma è proprio questo il bello! Non c'è niente da gestire. Ci si spoglia, si tromba, ci si riveste e poi arrivederci e grazie. Facile, facile!"

"No. Non c'è niente di facile, te lo assicuro."

"Perché no?"

"Perché con lei ci lavoro. E ci parlo. E ci passo un sacco di tempo. E... non posso fare una cosa del genere. Non posso e basta."

Irremovibile come al solito. Integro, nobile e destinato a stare solo come un cane per sempre se anche da single ragionava in quella maniera. Federico si lasciò scappare un sospiro vagamente esasperato:

"D'accordo. Allora quello che *puoi* fare è scusarti con lei per averle risposto come un imbecille. Non tutte le persone tengono il muso per giorni come Isabella."

Giulio guardò l'orologio e scosse la testa:

"Ormai sono le undici passate..."

"Non intendevo adesso. Intendevo domani, Locatelli. Cerca di rimanermi sul pezzo..."

Gli sembrò perso per un attimo nei suoi pensieri, ma poi sorrise:
"Si, certo. Hai ragione."
Hallelujah.
Almeno di quello era riuscito a convincerlo. Non era un granché come risultato, ma era già qualcosa. Se si fosse scusato con lei avrebbe ripreso a lavorarci insieme, a parlarci insieme e a passarci un sacco di tempo insieme... e chissà mai che tutto quel fare cose insieme facesse capire a quel testone che una trombata non era la fine del mondo. Anzi.
"Bene. Adesso ci beviamo una birra e poi te ne vai a casa a dormire... o a fare qualsiasi cosa facciano quelli che vengono dal tuo pianeta quando arrivano a casa alla sera."
Giulio sorrise:
"Beviamo vodka, passiamo in rassegna la nostra vita e pensiamo a che idioti siamo stati per la stragrande maggioranza del tempo."
"Eh?"
"Mi hai chiesto cosa facciamo io e gli altri del mio pianeta quando torniamo a casa la sera..."
"Preferivo pensarti ad ascoltare Adele con le lacrime agli occhi e la pinta di gelato..."
Lo guardò storto:
"Sta zitto, Fede..."
Federico sorrise: "Anche io ti voglio bene, Giulio. La vuoi o no questa birra?"
"No, grazie. È tardi. Ho bisogno di riposare..."
Annuì.
Stavolta non avrebbe lasciato che facesse minchiate, quello era certo. Tipo rimettersi con Isabella o rimanere solo a vita come una specie di asceta. O innamorarsi come un pirla dell'ennesima donna sbagliata. Quella sarebbe stata la cosa di gran lunga peggiore e, conoscendolo, era quella che temeva di più perché era la più probabile.

———

Giulio era alla base delle scale di casa sua quando sentì l'inconfondibile mix di Dior, olio d'argan e un'ombra di tabacco solleticargli le narici. Alzò gli occhi verso la tromba delle scale, cercando di vedere meglio nel buio, ma non si vedeva un accidente. Smise di respirare e tese l'orecchio, ma sentì solo la televisione della Signora Bianchi sparata al solito volume assurdo.
Senza nemmeno rendersene conto si ritrovò con la mano sulla fondina:

sentì il calcio della pistola gelido contro il suo palmo e appoggiò l'indice sulla sicura. Solo dopo qualche secondo si rese conto dell'assurdità della sua reazione e lasciò la presa.

"Fontana?" Allungò la mano sinistra e accese la luce delle scale.

Per un attimo sentì solo il televisore della vicina, poi, di colpo, una risata echeggiò nella tromba delle scale: "Bravo, Locatelli. Mi hai beccato."

Non ci voleva molto. Era un profumo unico, che avrebbe riconosciuto sempre e ovunque e non solo per i ricordi che gli faceva riaffiorare alla memoria.

Giulio sbuffò e salì le scale.

In piedi sul suo zerbino, con un completo blu e la faccia annoiata di chi aspetta da un pezzo, c'era Fontana. Non era cambiato per niente. Aveva ancora l'aria di quello che sa che tutte le donne lo vogliono e che tutti gli uomini vorrebbero essere come lui, ma che allo stesso tempo se ne sbatte di entrambe le cose. E, nonostante i suoi 42 anni, aveva sempre la stessa espressione da ragazzino impertinente che causava problemi e spezzava cuori ovunque andasse.

Cosa ci facesse sul pianerottolo di casa sua, però, era un mistero. Anzi. Peggio. Era sicuramente l'ennesima rogna di quella settimana piena di rogne.

Si staccò dal muro a cui era appoggiato e gli tese la mano.

Giulio gliela strinse: "Cosa ci fai qui?"

Lo vide sorridere, ma solo con la bocca. Gli occhi verdi chiari rimasero per lo più inespressivi.

Non era da lui, ma probabilmente era ancora incazzato per quello che era successo l'ultima volta che si erano visti.

Anche quello non era da lui, ma non sapeva che altro pensare.

"È così che saluti un vecchio amico? Con una stretta di mano?"

"Meglio una stretta di mano che un cazzotto in bocca, non credi?"

Fontana sorrise: "Non era mia intenzione tirartelo in bocca. E tu, comunque, mi avevi fatto un occhio nero e incrinato una costola."

Giulio decise di soprassedere e aprì la porta: "Prego, *vecchio amico*. Vieni pure..."

Lo seguì in casa e si guardò in giro.

"E così questa è la mitica casa dove volevi tanto tornare..." Studiò i libri sugli scaffali, osservò un paio di quadri e poi si accasciò sul divano. "È molto bella."

"Ti ringrazio. Vuoi qualcosa da bere?"

"No, grazie."

Giulio versò lo stesso due vodke con ghiaccio e gliene porse una: "Sai cosa si dice di chi non beve in compagnia..."

Fontana scoppiò a ridere e prese il bicchiere che lui gli stava tendendo: "L'abitudine della vodka ti è rimasta, allora..."

"Non esattamente. Non ne bevevo da tempo... ma l'altro giorno ne ho avuta una voglia improvvisa."

Lo fissò, serio per un attimo: "E questa voglia improvvisa ha qualcosa a che fare con il fatto che tua moglie se ne sia andata?"

Inutile perdere tempo a chiedergli come facesse a saperlo. Sapere le cose era una delle sue tante specialità.

"Può darsi."

Bevvero in silenzio un attimo, poi Fontana sorrise: "È per questo che sono qui. Ora che sei di nuovo single mi domandavo se avessi ancora intenzione di portare avanti questa esistenza pallosa... o se magari fossi interessato a tornare a fare qualcosa di più stimolante. Il tuo vecchio lavoro ti aspetta sempre, lo sai."

Eccola la rogna.

"Lo so. E ti sembrerà incredibile, ma la mia *esistenza pallosa* mi piace."

"E va bene. Vuoi che ti scongiuri? Lo faccio." Lo fissò. "Abbiamo bisogno di te, Giulio. Da quando te ne sei andato un sacco di cose sono andate in vacca. È appena successo un mezzo casino ad Astana... e sono sicuro che tu porteresti avanti le operazioni in modo molto più pulito."

"Non c'era proprio niente di pulito nelle nostre operazioni ad Astana."

"Cazzate. Ce la siamo cavata benissimo."

"Sei quasi morto assiderato..."

"Quasi. Ma tu mi hai salvato la ghirba. E per questo ti sarò sempre grato."

"Ecco, non farmene pentire, allora. Non ho nessuna intenzione di tornare a fare quella vita. Pensavo fossimo d'accordo..."

Fontana scrollò le spalle, come se quello che si erano detti l'ultima volta che si erano visti, più di un anno prima, non contasse:

"Un agente ad Astana ci serve di più che un agente a Milano..."

"Non sono più un agente operativo. Sono un Commissario di Polizia."

"Se ripetertelo ti fa dormire meglio la notte... come vuoi, *Commissario*. Ma non mi sembra che il tuo nuovo capo ti apprezzi più di tanto... o per lo meno, così mi è sembrato al telefono."

"Hai parlato con Costazza?"

"Certo che sì. Chi credi gli abbia messo la pulce nell'orecchio sulle tue grandi capacità sul campo? Seduto dietro a una scrivania non servivi davvero a nessuno..."

Giulio si trattenne a stento dal tirare un pugno sul tavolino davanti a loro.

"Hai chiamato il Questore e hai finto di essere Prisco? Ma sei impazzito?"

"Non ti agitare, non ho fatto finta di essere nessuno. L'ho chiamato su ordine di Prisco stesso. Quindi non te la prendere con me." Bevve un sorso. "E sono qui sempre su ordine suo."

"Be', allora dì a Prisco che lo ringrazio, ma che sto bene qui. E smettetela di chiamare Costazza. Lasciatemi fare il mio lavoro."

"E quale sarebbe il tuo lavoro?" Chiese con un ghigno. Glielo avrebbe volentieri tolto a schiaffi, ma era quasi certo che da Fontana le avrebbe prese e, nel processo, avrebbero distrutto il salotto. Si limitò a guardarlo male prima di prendere un sorso di vodka senza rispondere. Lui, come sempre, non lasciò perdere: "E dai, sorridi! Era una battuta! Lo sai che a me puoi dire tutto. Per esempio... cosa ne pensi di lui?"

"Di Costazza? È un rompipalle arrogante con una testa dura come il marmo. Ha degli amici discutibili. Ma anche se mi scoccia ammetterlo... il suo mestiere lo fa bene."

"E Bertarelli? Ci è o ci fa?"

Sbuffò: "Secondo me un po' ci è, ma per lo più ci fa. Ma non ho a che fare con lui così spesso da poterlo dire con certezza. Ne sai più tu di me, su di lui."

"E la Ferri?"

"La Ferri... " Giulio scrollò le spalle. "La Ferri è molto ambiziosa. Vuole diventare Questore. E quando si mette in testa qualcosa in genere la ottiene."

"È ancora convinta che tu abbia passato sei anni in Sicilia?"

"Ne sono convinti tutti."

Tutti tranne Ludovica. A lei aveva detto la verità. E forse aveva fatto male, ma ormai era tardi per rimediare.

"E la tua nuova amica psicologa?" La domanda di Fontana gli tolse il fiato come se gli avessero dato un pugno nello stomaco, ma cercò di rimanere impassibile.

"Psichiatra, vorrai dire. Dovresti fare meglio le tue ricerche."

"Per me sono tutti uguali, quelli. Venditori di fumo."

"Tranne per il fatto che una psichiatra potrebbe farti rinchiudere in una clinica piena di psicopatici come te..." Un secondo dopo averlo detto se ne pentì. Avrebbe dovuto rimanere più neutrale, invece che fargli vedere quanto gli aveva dato fastidio.

"Esagerato!" Scoppiò a ridere. "Magari invece le piacerei. Lo sai che piaccio alle donne..."

Giulio si sforzò di sorridere: "Me lo ricordo bene."

"Anche tu avevi la tua schiera di ammiratrici... se solo non fossi stato così bacchettone te le saresti potute fare a manciate!"

"Ero sposato."

"Io non mi sarei posto il problema con una come quella... come si chiamava quella figa georgiana che ti si buttava addosso a ogni occasione?"

"Leila." Rispose quasi in automatico. "E comunque non mi piaceva, non è stato un grande sforzo."

Non era vero. Né che non gli fosse piaciuta né che resisterle fosse stato facile. Ma era vero che non l'aveva mai sfiorata e quello era tutto quello che Fontana doveva sapere.

"Però ti ricordi come si chiama. Io me la sono fatta e manco me lo ricordavo..."

"Sul grande numero è difficile ricordarsi i nomi di tutte..." Di nuovo gli uscì un tono più sarcastico di quello che avrebbe voluto, ma di nuovo il suo *vecchio amico* non se la prese:

"Ma il nome di Iryna me lo ricordo. E scommetto che te lo ricordi bene anche tu..." Giulio non disse niente, sperando che la piantasse di tormentarlo, anche se sapeva che non sarebbe successo. "Lei sì che ti piaceva. La guardavi con gli occhi dell'amore..."

"Ero comunque sposato. Che mi piacesse o no non cambiava niente."

"Per fortuna che c'ero io pronto a consolarle tutte quando le mandavi in bianco... e lasciati dire che, nel caso di Iryna, non sai cosa ti sei perso..." Fontana lo guardò e scosse la testa. "Non ho mai conosciuto nessuno che non pensi mai a scopare come te."

"Dovresti ringraziare il cielo."

"E perché, scusa?"

"Perché se fossi stato diverso avrei cercato di farmi Farah ogni volta che tu e lei litigavate."

Per un secondo vide un lampo di qualcosa nei suoi occhi, ma passò quasi subito.

"Avresti potuto. Non sono certo un tipo geloso." L'espressione che aveva in faccia diceva il contrario. Era una magra consolazione essere riuscito a irritarlo, ma era già qualcosa. Fontana vuotò il bicchiere e si alzò: "Comunque ora basta chiacchiere. Devo andare, ma ci terremo in contatto. E se dovessi cambiare idea..."

"Non la cambio."

Scrollò le spalle.

"Ma se dovessi... sai come trovarmi." Si fecero un cenno con il capo e Fontana fece per andarsene. Fece qualche passo, poi si girò: "A proposito di

Farah... mi ha detto di salutarti. Di dirti che le mancano le vostre passeggiate."
Lo guardò. "A volte mancano anche a me, a dire il vero."
Sembrava sincero, anche se con lui era difficile dirlo.
Giulio si morse il labbro.
Aveva talmente tanti ricordi di loro tre, di lui e Fontana e di lui e Farah che era quasi impossibile pensare che fosse davvero lì nel suo salotto e, soprattutto, che non ce l'avesse con lui per quello che era successo quasi due anni prima. Labbro rotto e occhi neri a parte, erano le cose che si erano detti quelle che avevano fatto più male. Eppure lui era lì e non sembrava ostile. Anzi.
Sospirò: "Come sta?"
"Sta bene."
"Bene? E basta?"
"È in un posto relativamente sicuro. E quando l'ho vista l'ultima volta era bella e rompicoglioni come sempre." Ora era davvero sincero. E anche il leggero sorriso che aveva stampato in faccia era genuino. "Ma come ti ho detto... da quando te ne sei andato sono successi un sacco di casini. È una situazione un po' difficile."
"Mi dispiace." Era vero. "Ma non posso farci niente."
Fontana sospirò a sua volta: "Lo so. Ma almeno non sembri più sotto shock come l'ultima volta che ti ho visto."
"Vorrei ben vedere... è passato più di un anno e mezzo."
"Lo so."
Si guardarono.
Fontana sembrava combattuto, ma non avrebbe saputo dire il perché. Era come se avesse qualcosa sulla punta della lingua, ma alla fine non disse niente. Sorrise un'ultima volta, gli fece un saluto militare volutamente storto e se ne andò.
Giulio rimase seduto dov'era, cercando di allontanare dalla mente il pensiero di Astana. Anche se in casa sua si stava bene di temperatura lo percorse un brivido. Il ricordo della pelle bluastra di Fontana era difficile da cacciare: se lo vedeva ancora lì di fianco a lui, più morto che vivo.
Raramente aveva avuto così paura.
Paura che non si riprendesse, che morisse assiderato.
Per ore e ore aveva pensato che da un momento all'altro il respiro, già flebile, si sarebbe spento del tutto. Non aveva chiuso occhio tutta la notte, sperando che il suo calore corporeo e tutte le coperte che gli aveva messo addosso fossero abbastanza per tenerlo in vita. Gli aveva parlato senza sosta, perché temeva che se si fosse addormentato sarebbe passato dal sonno alla morte senza rendersene conto.

Ma alla fine, alle sei del mattino, Fontana si era mosso e aveva aperto gli occhi.

Avrei preferito svegliarmi abbracciato a Farah. Ma grazie. Non me ne dimenticherò, Locatelli.

Rabbrividì di nuovo.

No.

Ad Astana, o in qualunque altro posto, ci potevano mandare un altro.

CAPITOLO QUATTORDICI

D opo tanta nebbia
  A una
A una
Si svelano le stelle
— Giuseppe Ungaretti

GIOVEDÌ 26 OTTOBRE 2017

Giulio si svegliò di soprassalto con il cuore che gli batteva in gola e i polmoni completamente privi d'aria. Si sedette nel letto cercando di riprendere fiato, mentre le ultime immagini del sogno sparivano da davanti ai suoi occhi.

Non era stato uno dei suoi soliti incubi.

Non c'erano stati di mezzo né sangue né cadaveri né urla.

Anzi. In vita sua, forse, non aveva mai fatto un sogno così…

"Silenzioso." Disse ad alta voce, come per controllare che quel silenzio di tomba non esistesse davvero. Il suono di quell'unica parola parve quasi echeggiare nella stanza e di colpo gli sembrò che respirare non fosse poi così difficile. Si passò una mano sulla fronte per asciugarsi il sudore e tastò la maglietta che aveva addosso. Non era fradicia come gli era capitato altre volte, ma se la tolse ugualmente e la buttò per terra.

Il telefono sul comodino diceva che erano le tre e undici, decisamente troppo presto per alzarsi.

Si lasciò cadere di nuovo nel letto e sospirò.

Le lenzuola contro la pelle nuda della schiena erano piacevolmente fresche e la poca luce che filtrava dalle persiane lasciava intravedere i contorni della sua camera, con i suoi quadri e i suoi oggetti.

Era tutto a posto.

Il mondo fuori dalla finestra era buio, ma era certo che fosse ancora a colori. Da qualche parte, in Australia e in Giappone, il sole splendeva e la gente era a lavorare già da ore. I rumori, al di là dei vetri, c'erano ancora, anche se attutiti dalla notte.

Tutto era normale.

Fece un paio di respiri profondi.

Il letto era ancora intriso del profumo di Isabella, maledizione. Ed era colpa sua. Era stato lui a dire a Magda di non cambiare le lenzuola. Così adesso era come averla lì di fianco e quella era l'ultima cosa di cui aveva bisogno.

Si alzò, disfò il letto senza accendere la luce e andò in bagno a mettere le coperte nella lavatrice. Prese un nuovo set dal cassetto e gli diede un'annusata per essere sicuro che non sapessero di lei.

No. Sapevano solo di pulito.

Fece il letto e ci si buttò dentro sospirando.

Ecco. Così andava meglio.

Cercò di allontanare del tutto il pensiero di Isabella dalla mente. Tentò anche di non pensare al silenzio angosciante del mondo in bianco e nero che aveva sognato.

Chissà perché aveva fatto quel nuovo incubo, così diverso dagli altri.

Cosa sogni? A me puoi dirlo.

La voce di Ludovica rimbombò talmente forte nella sua testa che gli sembrò quasi che fosse lì e di colpo fu pervaso da un desiderio egualmente irrazionale e travolgente di averla vicina, di guardarla negli occhi, di parlarle.

Ma erano le tre e mezza del mattino e non poteva farci niente.

Lei sarà stata profondamente addormentata in quel momento.

O magari era con un qualche Carlo o un qualche dj di Berlino.

Giulio sospirò e allungò una mano sul comodino per prendere il cellulare. Non poteva chiamarla, era vero, ma poteva almeno guardarla in foto. Aprì il suo preferito dei quattro selfie che si era scattata andando alla Malpensa, quello in cui lei tirava fuori la lingua e lui rideva. Non era esattamente come vederla in carne ed ossa, ma era meglio che niente.

Fissò la foto per qualche secondo, poi riappoggiò il telefono sul comodino e sorrise.

Era ora di dormire, senza né sogni né incubi.

Sara era di pessimo umore e Ludovica si pentì immediatamente di essersi auto invitata da lei per un caffè.

L'idea le era venuta quella mattina, mentre cercava di pensare al caso e non alla petulanza insopportabile con cui le aveva risposto Locatelli il pomeriggio prima. Le era venuta la tentazione di chiamarlo, appena sveglia, ma poi aveva desistito. L'avrebbe chiamata lui quando gli sarebbe passata la luna storta, ne era sicura.

Così aveva deciso di portarsi avanti e agire da sola, ma forse era stato un errore.

Sara era torva e chiaramente seccata, col volto scavato di chi non mangia abbastanza e gli occhi stravolti di chi non dorme da giorni.

Ma ormai era lì.

Ludovica sorrise, anche se il suo sorriso andò completamente sprecato:

"Allora, dimmi... come stai?"

"Potrebbe andare meglio..." Disse l'altra, senza sprecarsi in molti convenevoli. Ludovica annuì e si sedette sul divano, appoggiando telefono e borsa sul tavolo davanti a lei.

"C'è qualcosa che non va?"

"A parte il marito morto e la Polizia che non chiude il caso?"

"Beh... credo che stiano facendo il possibile, no?"

"Non saprei. C'è quel maledetto Commissario che continua a fare domande in giro. Come se non gli bastasse il fatto che Maurizio sia morto di overdose." Sara fece ruotare gli occhi. "E poi continua a rompere le palle a tutti con quella donna morta del secondo piano. Come se fosse colpa mia se quella si è fatta fracassare il cranio con una piramide di Cheope!"

Senza volerlo Ludovica rimase per alcuni secondi a bocca aperta.

Una piramide di Cheope?

Quindi Sara sapeva esattamente con cosa era stata uccisa Elena. Ma non avrebbe potuto saperlo se non essendo stata presente all'omicidio o avendone parlato con l'assassino. Perché quello era un particolare che sapevano solo lei e la Polizia.

Deglutì, sentendo di colpo lo stomaco chiuso, poi si sforzò di sorridere:

"I poliziotti sono così..." Disse, tanto per dire qualcosa e per sembrare indifferente. Vide gli occhi di Sara stringersi e il suo volto diventare indecifrabile. "Non mi preoccuperei troppo... sono sicura che tra poco il caso sarà chiuso e ti lascerà in pace."

"Lo spero vivamente..." Sara aveva la voce gelida e la scrutava con un'espressione malevola. Ludovica sospirò, cercando di sembrare tranquilla: quella faccia non le piaceva per niente e non vedeva l'ora di allontanarsi da lei.

Avrebbe dovuto trovare un modo di andarsene da lì e farlo in fretta. E, screzio o non screzio, avrebbe dovuto chiamare al più presto Locatelli e dirgli quello che aveva scoperto.

―――

Era la quarta volta in pochi minuti che il telefono sulla scrivania di Locatelli suonava per più di dieci squilli.

Magari era qualcosa di importante. E forse avrebbe dovuto rispondere lei, dato che del Commissario non c'era traccia. Se fosse stato qualcosa di importante, però, non lo avrebbero cercato sul cellulare?

Il telefono prese a squillare per la quinta volta e Olivia si alzò, sospirando per raccogliere le forze. Già odiava rispondere alle sue di chiamate, figuriamoci a quelle degli altri.

"Commissariato di Milano Porta Venezia, ufficio del Commissario Locatelli." Recitò a macchinetta, tentando di non impappinarsi. Non le riuscì granché bene.

"Sì, buongiorno. Sono l'Ispettore Zanin dal Commissariato di Porta Romana... cerco il Commissario."

Caspita, che bella voce.

Profonda ma non troppo, morbida e con un che di amichevole. Una voce da dj, quasi. Peccato per quel pesantissimo accento veneto che faceva sembrare che cantilenasse invece che parlare. La voce era bella lo stesso, però.

"Ehm... buongiorno. Sono l'Agente Rizzo. Il Commissario non è ancora tornato dal pranzo... le do il numero del cellulare?"

"Ce l'ho già, grazie, ma non risponde... ha idea a che ora arriverà?"

Olivia guardò l'orologio sulla parete: "A dire il vero di solito è già qui a quest'ora..."

In realtà, solitamente, manco usciva a pranzo: tirava fuori qualche triste avanzo che si era portato da casa e lo mangiava lì alla scrivania, da solo. Se Zia Cecilia lo avesse visto si sarebbe messa le mani nei capelli: *È troppu siccu, Commissario. Si manciassi a me bedda pasta o fornu e a smittissi i travagghiari!*

Quella mattina, però, era stato strano. Era arrivato in considerevole ritardo e le era parso più pensieroso e meno loquace del solito, sempre che fosse possibile. Quando le aveva detto che sarebbe uscito a mangiare un boccone, quindi, mica gli aveva chiesto dove, con chi e a che ora sarebbe tornato.

Rimasero tutti e due in silenzio.
"Posso lasciare un messaggio?" Domandò alla fine l'Ispettore *Bellavoce*.
"Ma certo... dica pure."
"La cocaina che abbiamo trovato in tasca di Zoppi era tagliata con il Fentanyl. Ma quella che aveva in camera da letto era purissima."
Scrisse giù tutto su un pezzo di carta. "È tutto?"
"Sì. Se ha domande gli dica pure di chiamarmi. Ha già il mio numero."
"Sarà fatto."
Solo un secondo dopo aver riattaccato la cornetta Olivia si rese conto di non essersi segnata e di non ricordarsi il vero nome dell'Ispettore Bellavoce. Era la solita minchiona. Forse aveva ragione Marchi a dire che era un disastro se manco sapeva prendere nota di un nome.
E ora come avrebbe fatto a riferire il messaggio a Locatelli?
Avrebbe voluto inventarsi qualcosa, ma non ne ebbe il tempo perché il Commissario entrò in ufficio, leggermente trafelato:
"Eccomi, Rizzo. Novità?"
Olivia rimase un secondo immobile con il pezzo in carta su cui aveva scritto il messaggio in mano:
"Ehm... a dire il vero sì."
Lui si sedette e accese il computer, poi la guardò: "Dimmi pure..."
"Hanno... chiamato. Per lei."
"Chi?"
"Dal Commissariato di..." Merda. Manco il nome del Commissariato di ricordava. "...di... Porta..."
Locatelli inarcò le sopracciglia: "Porta Genova? Porta Vicentina? Porta Romana?"
"Porta Romana! Ecco. Giusto. Ha chiamato un Ispettore da Porta Romana."
"L'Ispettore Luca Zanin, per caso? Veneto? Voce un po' da presentatore radiofonico?"
"Esatto!" Grazie al cielo che il resto se lo era scritto: "Ha detto di dirle che la cocaina che hanno trovato in tasca di Zoppi era tagliata con il Fentanyl. Ma quella che aveva in camera da letto era purissima. E di chiamarlo, se ha bisogno."
Il Commissario rimase a guardarla per qualche secondo, perso in chissà quali pensieri. Olivia appoggiò il pezzo di carta alla scrivania e rimase in piedi in attesa che lui dicesse qualcosa. Quando le fu più che chiaro che lui non avesse intenzione di aprire bocca fece un paio di passi indietro e si sedette alla sua piccola scrivania, cercando di non fare rumore per lasciarlo riflettere.

Dunque Pietro Zoppi aveva in tasca la stessa cocaina tagliata male che aveva ucciso Maurizio e di certo non poteva essere un caso. Chi aveva ammazzato Giuliani aveva fatto fuori anche Zoppi e non solo gli aveva piazzato in casa le prove che riconducevano all'omicidio di Elena Molinari, ma anche quelle che riportavano alla morte di Maurizio. Se l'assassino avesse saputo che Zoppi era mancino se la sarebbe anche cavata, magari. Se li vedeva i titoli dei telegiornali. *Milano: uomo d'affari uccide l'amante e l'amante della sua amante e poi si toglie la vita, sopraffatto dai sensi di colpa.*

Balle.

Zoppi era stato fatto fuori, così come erano stati fatti fuori Maurizio ed Elena.

Erano morti tutti e tre, in tre modi diversi.

"Tre morti... tre diversi modi di morire..." Disse ad alta voce. Avrebbe tanto voluto parlarne con la Invernizzi: era sicuro che insieme ne sarebbero venuti a capo. Sospirò. Doveva fare come aveva detto Federico: chiamarla e scusarsi, perché non avevano mica tredici anni. Prese in mano il telefono e la chiamò, ma lei non rispose. Che fosse un'altra che teneva il muso come Isabella? Non gli sembrava il tipo, ma forse la conosceva meno di quello che pensava.

Doveva concentrarsi.

Ripartire dal principio.

Elena era stata la prima a morire, quindi era da lì che si doveva cominciare.

Poco prima di morire Elena aveva scritto a Maurizio di avere paura di qualcosa o, molto più probabilmente, di qualcuno. Giulio guardò gli appunti.

8:55

Non so come ringraziarti. Sono da Giada, ma è meglio che io mi tolga di mezzo per un po'. Ho paura e sono stanca di questa situazione. Ma non ti preoccupare, mi farò sentire presto. E tra non molto tutto questo sarà solo un brutto ricordo.

Perché pensava che presto la situazione si sarebbe risolta e che quel periodo sarebbe stato solo un brutto ricordo? Che avessero intenzione di scappare insieme?

Lui le aveva risposto semplicemente: *Non ti agitare, arrivo.*

Lei era scesa a portare in macchina la borsa e poi era tornata nell'appartamento della sorella. Ma perché? Solo perché lui le aveva detto che sarebbe andato da lei? Non aveva senso. Cosa aveva di speciale Maurizio? A giudicare dai messaggi del suo telefono gli uomini non le mancavano.

Personaggi discutibili, certo, ma anche Giuliani non è che fosse esattamente uno stinco di santo.

Eppure lei era tornata nell'appartamento della sorella per incontrarlo. Poco dopo, lui era uscito di casa ed era sceso al secondo piano. Ma non l'aveva ammazzata lui, non ne avrebbe avuto motivo. L'aveva uccisa qualcun altro, qualcuno in preda a una rabbia cieca, qualcuno di poco furbo e decisamente disorganizzato.

Con tutta probabilità Maurizio l'aveva semplicemente tranquillizzata e poi era andato a lavorare. Perché avevano controllato e quella mattina Giuliani era andato in ufficio regolarmente. Poi era tornato a casa e dopo pranzo aveva sniffato una quantità di Fentanyl tale da ucciderlo, pensando che fosse cocaina. Chi aveva sostituito la coca con il Fentanyl era stato furbo e organizzato.

E poi c'era la morte di Zoppi, che doveva sembrare un suicidio ma non lo era. Chi l'aveva inscenato era stato furbo, ma sfortunato.

Tre omicidi dunque e tre modi diversi di uccidere.

Una cranio spaccato, un'overdose indotta e un finto suicidio.

La mente di Giulio continuava a tornare a Sara Cattani.

Avrebbe avuto il movente e l'occasione per ammazzare tutti e tre.

Elena perché era l'amante di suo marito.

Maurizio perché la tradiva da mesi.

E Pietro? La ricattava, forse. Dato il personaggio non ci sarebbe stato da esserne sorpresi.

Dunque avrebbe ucciso la Molinari in un impeto di rabbia, a mani nude. Fracassare il cranio era un modo molto personale di uccidere qualcuno e nessuno più di Sara aveva un motivo estremamente personale per volerla morta.

Ma Maurizio? Dove avrebbe preso una come Sara il Fentanyl? Non gli sembrava certo la tipa da conoscere spacciatori a Rogoredo. E poi, secondo l'esame tossicologico, il Fentanyl che aveva ucciso Maurizio non era robaccia comprata per strada. Anzi. Era di altissima qualità, di quello che gira solo negli ospedali o nelle farmacie.

Giulio scosse la testa.

Non riusciva a immaginare come avesse potuto fare Sara a metterci su le mani. Anche ad avere un amico medico non era certo il genere di cosa che si potesse chiedere come se fosse un antibiotico o un ansiolitico.

No. Doveva essere stato qualcun altro.

Tre omicidi dunque, ma non un solo colpevole.

Lo squillo del cellulare interrompe il filo dei suoi pensieri. Per un secondo sperò che fosse Ludovica, ma sul display lampeggiava un numero fisso che non conosceva.

"Commissario Locatelli."

"Salve. Sono Giada Molinari. Io... credo di aver trovato qualcosa che le potrebbe interessare."

Azionò il vivavoce e mise il telefono sulla scrivania:

"Mi dica, Signora Molinari."

"Ecco... io sono a casa malata in questi giorni... mi sono fatta una tisana e volevo mangiare qualche biscotto. Nella dispensa ce n'era un pacchetto di una marca che io non ho mai comprato. Li deve aver comprati Elena..."

Giulio alzò gli occhi al cielo. Nella borsetta della vittima avevano trovato uno scontrino per dei biscotti, effettivamente. E ok che aveva detto a Giada di avvertirlo se avesse trovato qualcosa che apparteneva alla sorella, ma non voleva certo essere chiamato per dei frollini. Prima gli teneva nascoste relazioni clandestine e dipendenze da droghe pesanti e ora gli telefonava per un pacchetto di...

"...ma dentro non c'erano biscotti." La voce di Giada lo fece quasi scattare sull'attenti. Raddrizzò la schiena, tolse il vivavoce e portò il telefono all'orecchio:

"Cosa c'era?"

"Quasi 6000 euro. E un biglietto."

"E cosa dice il biglietto?"

"Per cominciare la nostra nuova vita insieme. Ti amo, M."

Giulio si alzò di scatto, rovesciando quasi la sedia: "Arrivo subito, Signora Molinari."

Dunque la relazione tra Maurizio ed Elena non era solo una storiella di sesso. Lui la amava e voleva cominciare una nuova vita con lei. Dopo essere stata con una sfilza infinita di balordi e di viscidi aveva trovato qualcuno che teneva davvero a lei. Non che la cosa, purtroppo, l'avesse portata da qualche parte. Anzi.

Prima di morire aveva comprato un pacchetto di biscotti, non per mangiarli bensì per nasconderci dentro i soldi che le aveva dato Maurizio.

Giulio scartabellò più in fretta che poteva nel fascicolo su Elena Molinari.

Il suo divorzio non era ancora finalizzato. E aveva un solo conto in banca ed era un conto cointestato con Gabriele Torriani. Non c'era da stupirsi, dunque, che i soldi li avesse nascosti nella dispensa della sorella.

Era per i soldi che Elena era tornata in casa quella mattina. Per quelli e per salutare il suo amante. Quello che aveva di speciale Maurizio era che, al contrario degli altri, la amava. E quell'eccesso di zelo, unito a quel gesto romantico, le erano stati fatali. Perché non aveva solo incontrato Maurizio, quella mattina, ma anche qualcuno che l'aveva uccisa.

Senza nemmeno sedersi riprese in mano i suoi appunti e partì a leggerli dal principio.

Ana Mendoza aveva detto che Giuliani era uscito per primo la mattina della sua morte, verso le 9:15. Un quarto d'ora dopo Sara era uscita per andare dal parrucchiere ed era tornata quasi due ore dopo. Poi...

Giulio smise di leggere e alzò di scatto la testa, fulminato da un pensiero.

Ripensò a quel giorno, quando lui e la Rizzo erano arrivati a casa dei Giuliani. Chiuse gli occhi per mettere meglio a fuoco la scena. Ricordò Ludovica, seduta al bancone della cucina, assurdamente composta per una che aveva appena trovato un morto, e Sara che la abbracciava e le singhiozzava su una spalla, l'immagine della disperazione e della sciatteria.

"Rizzo!" Urlò più forte del necessario. L'agente arrivò correndo, le mani piene di fotocopie:

"Sì?"

"Ti ricordi quando siamo andati dai Giuliani il giorno che Maurizio è morto? Ti ricordi bene com'era Sara Cattani?" Olivia lo guardò un po' stralunata ma annuì. "Ti sembra che potesse essere appena tornata dal parrucchiere?"

La Rizzo scosse la testa:

"No... anzi. Era spettinata e sembrava che la testa avesse bisogno di una bella lavata."

"La Cattani ci ha mentito. Ha detto di essere stata dal parrucchiere per quasi due ore, ma non è vero."

"E dove è stata allora?"

Quel maledetto ascensore era di nuovo rotto, mi sono dovuta fare tutte le scale a piedi. E come se non bastasse Sara non era molto in vena di parlare...

Le parole di Ludovica gli tornarono in mente con insistenza.

"Credo che Sara stesse effettivamente andando dal parrucchiere. Ma se ricordi l'ascensore non funzionava molto bene quel giorno e non arrivava mai... e quindi ha fatto le scale..."

"Come abbiamo fatto io e lei."

"Esatto. Arrivata sul pianerottolo del secondo piano deve aver sentito la voce del marito che parlava con la Molinari. Credo volessero scappare insieme. Così ha aspettato che lui andasse a lavorare e poi l'ha affrontata. E l'ha uccisa."

"E poi?"

"Poi è tornata a casa e ha chiamato lì suo padre. Voleva che la aiutasse a mandare Maurizio al centro di riabilitazione quel giorno stesso, perché sperava di rimettere il matrimonio in carreggiata al più presto. Ed era convinta che lui, una volta disintossicato, sarebbe stato con lei per sempre..."

"Quindi Sara Cattani..."

"Quindi Sara Cattani ci è dentro fino al collo." Nel momento stesso in cui Locatelli lo disse ad alta voce un brivido gli percorse la schiena.

Domani ci riprovo. Prima o poi la becco dell'umore giusto per chiacchierare...

Così aveva detto Ludovica, il giorno prima. E a lui non era venuto in mente che fosse pericoloso, per lo meno non fino a quel momento. E se fosse andata da lei sul serio? La chiamò di nuovo, ma lei, di nuovo, non rispose.

"Maledizione!"

"C'è qualcosa che non va, Commissario?" La Rizzo lo stava guardando con gli occhi spalancati. Locatelli non le rispose e compose il numero di Luzzi.

"Giulio! Come..."

"Stefano, sto andando ad arrestare Sara Cattani."

"In che... Sara Cattani? La figlia del Commendatore?"

"Sì. Ho ragione di pensare che abbia ammazzato lei l'amante del marito. E che sia complice degli omicidi di Maurizio Giuliani e Pietro Zoppi."

"Hai *ragione di pensare*? E solo per questo stai andando a fare irruzione a casa della figlia di..."

"Lo so, Stefano. Ma devi fidarti. Mi hai detto tu di chiederti aiuto se ne avessi avuto bisogno." Fece segno alla Rizzo di seguirlo. "Te lo sto chiedendo. Ho bisogno del tuo aiuto."

Luzzi rimase in silenzio per una mezza eternità, poi si schiarì la voce:

"Possiamo pensare che possa... distruggere delle prove? O che ce ne siano a casa sua?" Chiese, il tono teso e leggermente tentennante. Non era il momento di andare per il sottile:

"Sì." Mentì Giulio.

Sentì Luzzi sospirare: "Molto bene. Intervenite, allora. Immediatamente."

Era la nona volta che Locatelli cercava di chiamarla, ma Ludovica per la nona volta non rispose.

Non tanto perché ce l'avesse con lui per come le aveva risposto il giorno prima. Quella per lei era acqua passata. Il problema era che si trovava in una situazione decisamente spinosa. Era ancora seduta sul divano, il cellulare appoggiato lì davanti, ma non osava rispondere perché in piedi a due metri da lei c'era Sara che le puntava addosso una pistola.

"Smettila di far suonare quel telefono!" Le urlò, il viso rosso e le pupille dilatate. Ludovica deglutì e cercò di restare calma. Il cuore le stava martellando talmente forte che sembrava volesse uscirle dal petto. Si era trovata in tante situazioni del cavolo in vita sua, ma quella le batteva tutte.

Perché mai Locatelli aveva aspettato tanto a chiamarla?

Alzò gli occhi al cielo. Probabilmente era per via di quello stupido screzio del giorno prima. Ecco perché. Sarebbe morta per via dei problemi coniugali di un altro. Che sottile ironia: pur non essendo sposata il matrimonio l'avrebbe portata comunque a una prematura dipartita, dimostrando una volta per tutte che aveva sempre avuto ragione lei a considerarlo un'istituzione inutile e dannosa.

Sara indicò il cellulare con il mento: "Chi è che continua a chiamarti?"

"Il Commissario Locatelli."

"Cosa cazzo vuole? Fallo smettere!"

"Non posso farlo smettere di chiamare, Sara. Sii ragionevole. E se non rispondo non credo che la smetterà di telefonare. È la decima volta che chiama in due minuti."

"Perché ti chiama? Sei in combutta con lui?"

"Ma figurati!" Deglutì. "È... diventato mio paziente. Non è tutto a posto con la testa, quello..."

"Mi prendi per il culo?"

"No! È la verità... è per quello che ti dico che non... che non la chiuderà mai questa indagine. Sembra normale a guardarlo, ma ha tante di quelle nevrosi che non so come... come possano lasciarlo in servizio." Il telefono smise di suonare, ma riprese l'ennesima volta. "È... ossessivo compulsivo. Se non gli rispondo non la smetterà mai..."

Sara strinse gli occhi, poi sbuffò: "E allora rispondigli. E sbolognalo. E niente scherzi o ti ammazzo."

"Tanto mi ammazzerai lo stesso... o no?"

"Taci e rispondigli." Sibilò facendo un passo in avanti con la pistola sempre puntata contro di lei. Sara sarebbe stata capace di spararle? Non ne era sicura. Per tutta la vita era stata una persona completamente insignificante, una lagna e un'insicura, ma ora sembrava in preda a un raptus e non le piaceva per niente il modo in cui la guardava. E sembrava anche perfettamente a suo agio a maneggiare la pistola.

Il telefono cominciò a squillare un'altra volta. Ludovica allungò una mano molto lentamente e sospirò prima di rispondere, cercando di tenere a bada il respiro

"Pronto?" La voce le uscì tutto sommato normale, considerata la situazione.

"Ludovica!" Nel sentirgli pronunciare il suo nome sentì un assurdo senso di sollievo. "Dove sei? Devi stare lontana da Sara, è stata lei ad ammazzare Elena. E c'entra anche con le morti di Maurizio e Pietro." Senza volerlo chiuse un secondo gli occhi. Avrebbe voluto potergli rispondere telepaticamente e supplicarlo di correre lì da lei, ma si dovette accontentare della magra consolazione che lui avesse capito che Sara avesse avuto un ruolo negli omicidi.

"Salve, Commissario. Come sta?" Trillò, sperando che dandogli del lei lui si insospettisse, che capisse che qualcosa non andava.

"Hai sentito quello che ho detto?"

Deglutì: "Ma certo. Solo che al momento sono con una paziente e non posso parlarne."

Avrebbe saputo leggere tra le righe e capire che era nella merda fino al collo?

"Possiamo vederci dopo, allora?"

Ludovica ebbe un tuffo al cuore. Non aveva capito. Doveva tentare il tutto per tutto.

"Guardi, stasera non posso. Ho un*a favolo*sa teglia d*i carcio*fi e funghi che mi aspetta a casa e una vecchia amica a cena... non posso disdire."

Lo sentì esitare un secondo e, anche se non era certo religiosa, pregò che avesse capito.

"Sei da Sara? C'è qualcosa che non va?" Glielo chiese in un sussurro.

Avrebbe voluto tirare un sospiro di sollievo ma si trattenne e deglutì di nuovo, cercando di mantenere lo stesso tono di voce.

"Sì, davvero un disastro!" Disse sforzandosi di ridere, come se stesse scherzando.

"Sei in pericolo? È armata?" La incalzò lui.

"Esattamente."

"Arrivo subito. Siamo già per strada."

"Mi farebbe molto piacere, Commissario. Allora la saluto."

"Due minuti e sono lì. Cerca di farla rimanere calma."

Ludovica chiuse la conversazione e appoggiò lentamente il telefono al tavolino:

"Ecco fatto. L'ho sbolognato."

Sara strinse gli occhi: "Cosa voleva?"

"Parlarmi... stava avendo un po'... una crisi."

La guardò con disprezzo: "Bene. Così se ne starà fuori dai piedi."

Ludovica decise di non dire niente in proposito, ma di cambiare argomento.

"Perché mi stai puntando contro una pistola, Sara?"

"Perché? Hai coraggio di chiedermi perché?" Scoppiò a ridere istericamente. "Perché non ti sai fare i cazzi tuoi, ecco perché!"

"Non so di cosa tu stia parlando..."

"Credi che non abbia capito perché sei venuta qui?" Strinse gli occhi. "Sei qui a ficcare il naso. Perché credi di aver capito chissà cosa... perché pensi sempre di essere più intelligente degli altri. Ma non lo sei. E guarda in che situazione ti sei cacciata..."

"Non potevo immaginare che tu avessi una pistola."

Era la verità.

"A Miami non è così strano averne un paio in casa."

"Ma qui non siamo a Miami."

"No, ma Maurizio se le era volute portare dietro lo stesso. Sai che a lui di fare le cose legalmente non gliene è mai fregato molto..."

Ludovica annuì.

"Sì, lo so. Quello che non capisco però è perché lo hai ammazzato."

Sara inarcò le sopracciglia:

"Ti facevo più intelligente, sai?" Rise. "Pensi davvero che io abbia ucciso Maurizio? Non hai proprio capito niente..."

"E allora cosa è successo quella mattina?"

"Sarebbe stata una mattina normalissima, se solo l'ascensore non fosse stato rotto come al solito. Ma era fuori servizio, quindi sono scesa a piedi. E arrivata al secondo piano ho sentito mio marito che diceva a quella puttanella di Elena di stare tranquilla, che presto sarebbero andati via insieme. Se la facevano da mesi, quei due..." Sara non accennava ad abbassare la pistola. "Voleva... andarsene con lei, capisci?"

"Sì, capisco."

Ma quanto ci metteva Giulio ad arrivare? Ludovica si sforzò di non continuare a guardare verso la porta del salotto.

"E io non potevo permettere che lui mi lasciasse per quella... così ho aspettato che lui andasse via e sono andata a parlarle. Le avevo già parlato altre volte. Le avevo detto di stargli lontana. E ti giuro che non avevo intenzione di farle del male. Volevo solo che se ne andasse e lasciasse perdere mio marito... ma lei no! Ha detto che lui non mi aveva mai amato. Che se ne sarebbero andati via insieme a cominciare una nuova vita..."

"Così l'hai ammazzata?"

"Non avevo altra scelta... tolta di mezzo lei Maurizio sarebbe tornato in sé e tutto sarebbe stato a posto..."

Certo, come no. Oltre che aggressiva era anche delirante. Una combinazione pessima.

"E allora perché lo hai ammazzato?"

"Ti ho già detto che non l'ho ammazzato io. Secondo te avrei ammazzato mio marito sapendo che tre piani sotto di noi c'era già un cadavere?"

"Certo che no. L'ha fatto suo padre, non è vero?" La voce di Locatelli rimbombò nella stanza, facendole sobbalzare entrambe. Ludovica non era mai stata più felice di sentire la voce di qualcuno. Giulio era comparso sulla porta del salotto e stava puntando la pistola contro Sara. Lei, però, non sembrò particolarmente colpita. Proprio lei, che alle medie scoppiava a piangere ogni volta che la interrogavano in Scienze, ora stava lì davanti alla canna di una Beretta come se niente fosse. Si era sempre sbagliata su di lei. Non era debole. Era furba e insidiosa e si era sempre approfittata del fatto che tutti la considerassero remissiva e insignificante.

"Ohhhh molto bene! Ecco che è arrivata la cavalleria! Mi hai fatto fessa, complimenti." Disse gelidamente. Fissò Giulio: "Stia lontano, Commissario o ammazzo la nostra amica Ludovica."

"Non le servirebbe a molto, Signora Cattani. Ammazzare Elena Molinari non le è bastato?"

"Una più, una meno... che differenza vuole che faccia?"

"Ne fa eccome. Per favore, metta giù la pistola. Non peggiori ulteriormente la situazione."

"Peggio di così come vuole che vada?" Disse Sara, la voce stridente. "Ho ammazzato la donna con cui mio marito mi tradiva da mesi e non è servito a niente perché mio padre si è messo in mezzo e ha ammazzato mio marito. E adesso cosa dovrei fare io? Eh? Me lo dite voi?"

Locatelli le si avvicinò un po' di più e Ludovica vide che sul ciglio della porta c'era anche la Rizzo, anche lei con la pistola puntata e il volto terreo.

"Sara... mi ascolti... abbassi la pistola." Giulio cercò il suo sguardo. Sara non abbassò l'arma ma si girò di scatto e la puntò contro di lui. Il cuore di Ludovica smise di battere per quella che le sembrò una vita intera. Per un istante infinito aspettò di sentire il rumore dello sparo e di vedere Giulio crollare a terra.

Ma non successe niente.

Sara e Locatelli rimasero immobili, fissandosi negli occhi, puntandosi addosso la pistola a vicenda. Ludovica riprese cautamente a respirare.

"Perché mai dovrei ascoltarla, Commissario? Cosa ne sa lei di cosa voglia dire essere sposata con uno come Maurizio?"

Lui scosse gentilmente la testa:

"Non so come fosse essere sposata con Maurizio... ma... capisco la situazione."

"Ah sì? E perché mai dovrei crederci?"

"Anche io ho sposato la persona sbagliata."

Sara scoppiò a ridere: "Ma certo, come no! Lo dice solo per farmi fessa! Così come ha fatto prima questa stronza..."

"No... Sara. Davvero. Mia moglie mi ha lasciato una decina di giorni fa..."

Lei scrollò le spalle: "Avrà avuto i suoi buoni motivi!"

"Senza dubbio."

"Cos'è, anche lei la tradiva con una qualche... troietta insignificante come Elena?"

"No, non l'ho mai tradita." Disse lui, lo sguardo fisso sul viso di Sara. Ludovica avrebbe preferito che lo tenesse sulla pistola che gli puntava addosso, ma se erano gli occhi di quella psicolabile che voleva tenere sotto controllo, chi era lei per dissentire?

"Allora sarà stata sua moglie a tradirla... perché c'è sempre qualcuno che tradisce. *Sempre*."

"Può darsi." Disse lui con voce controllata. Ludovica lo fissò, cercando di capire cosa stesse pensando, ma aveva quell'espressione stoica in viso che non lasciava trasparire niente. Quella stessa espressione che tanto le aveva dato fastidio quando lo aveva appena conosciuto, ora le sembrava una manna dal cielo. Perché se non capiva lei cosa stesse pensando era certa che non lo capisse nemmeno Sara.

"E non la fa... imbestialire? Non la vuole vedere morire tra mille sofferenze?"

"No. Perché so che la colpa non è né solo mia né solo sua. Una mia amica mi ha fatto notare che si è sempre in due a ballare il tango." Se non fosse stato per la situazione in cui si trovavano, Ludovica avrebbe sorriso. "Ed è vero."

"Molto nobile, Commissario. E molto zen... ma la sua è una farsa."

"Macché zen, mi faccia il piacere!" Sbuffò Giulio. "Cosa crede, che non mi sia ubriacato senza ritegno? Che non stia male come un cane? Gli ultimi dieci giorni sono stati un inferno. È per questo che le dico che la capisco. Ma ammazzare me o la Dottoressa Invernizzi non è la soluzione."

"E allora qual è la soluzione? Perché io non la vedo..."

Ormai aveva la voce rotta dal pianto.

"Sara... non c'è una soluzione. Mi guardi. Ho 37 anni. Sono stato sposato per gli ultimi dieci. E ora mia moglie mi ha lasciato e tutti sembrano essere dalla sua parte... ma ci sono... quattro o cinque persone che sono dalla mia parte. E quello mi basta." Ludovica chiuse gli occhi. Era felice che quello che gli aveva detto lo avesse aiutato, ma sarebbe stata più felice se Sara avesse smesso di puntargli contro la pistola. Se quella pazza gli avesse sparato non se lo sarebbe mai perdonata.

"E io chi ho dalla mia parte?"

"Sua madre. E sicuramente anche suo padre…"

"Io non gli ho chiesto di ammazzare nessuno…" Piagnucolò Sara.

Locatelli annuì: "Lo so. Lei gli ha semplicemente chiesto di aiutarla a far disintossicare Maurizio, vero?"

"Sì. Ma lui prima di andare via da casa nostra è andato in bagno e ha sostituito la coca con il Fentanyl. Ma io non glielo avevo chiesto…" Disse ormai piangendo.

"Certo che no. Anche perché, al contrario di suo padre, lei sapeva che Elena era morta, giù al secondo piano."

Sara annuì, scossa dai singhiozzi.

"Io non volevo che ammazzasse Maurizio… e nemmeno che ammazzasse Pietro."

Locatelli annuì:

"Lo so. Metta giù la pistola, Sara. La prego."Autorevole ma gentile.

Con lentezza infinita la vide abbassare la pistola e appoggiarla sul pavimento, per poi accasciarsi a piangere per terra. Locatelli allungò un piede per allontanare l'arma, poi abbassò a sua volta la sua, mise la sicura e la rimise nella fondina prima di avvicinarsi a lei:

"Si alzi, Sara, per favore." La aiutò a rimettersi in piedi e si girò verso l'agente: "Rizzo, porta giù la Signora… io arrivo subito."

Olivia, gli occhi ancora sbarrati dalla paura, annuì e condusse Sara fuori dalla porta.

Solo allora Giulio si girò verso di lei e le si avvicinò a grandi passi. Era pallido e aveva le pupille dilatate al punto che i suoi occhi, invece che grigi, sembravano neri.

"Tutto bene?" Chiese appoggiandole entrambe le mani sulle spalle e cercando il suo sguardo.

Lei annuì, anche se in realtà era stata improvvisamente stesa da un'ondata di nausea: "Sì… più o meno sì."

Si sentiva come se un treno le fosse appena passato sopra. I muscoli di tutto il corpo, fino a un secondo prima tesi all'impossibile, le si erano trasformati in gelatina e non aveva più saliva in bocca.

"Dottoressa?" La voce di Giulio era bassa, quasi un sussurro.

Cercò di rispondergli ma non ci riuscì. Le tremavano anche le mani.

"Ludovica?" Le strinse gentilmente la spalla. Un brivido le percorse tutto il corpo. Alzò gli occhi per incrociare i suoi:

"Credo di aver bisogno di una doccia e di un drink..." Riuscì a dire alla fine.
Lo vide sorridere: "Vieni. Ti accompagno a casa."

―――

Si vedeva che Ludovica, anche se non voleva darlo a vedere, era scossa da quello che era appena successo. Mentre la Rizzo e Caputo portavano via Sara Cattani, Giulio la portò non solo sotto casa, ma fino alla porta, in silenzio.
Avrebbe voluto sapere cosa dirle, ma consolare la gente non era mai stato il suo forte. E anche lui si sentiva vagamente a pezzi, stordito dagli avvenimenti del pomeriggio, allo stesso tempo ancora impaurito da quello che sarebbe potuto succedere e infinitamente grato per quello che non era successo.
Non voleva nemmeno pensare a quello che sarebbe accaduto se lui non avesse deciso di chiamare Ludovica.
"Hai cinque minuti?" Domandò lei quando furono sulla soglia di casa sua.
Giulio guardò l'orologio e annuì:
"Ma certo. Anche dieci."
La seguì in salotto. Era strano vederla così diversa dal solito. Molto silenziosa e apparentemente tranquilla, come se anche lei avesse altro per la testa. Si sedette sulla poltrona e lo guardò:
"Avrebbe potuto spararti..." Gli disse alla fine.
"Sì. Ma peggio ancora, avrebbe potuto sparare a te."
"Mi sembrava che non arrivassi più..."
"Il tempo passa molto lentamente quando ti stanno puntando contro una pistola..." Le sorrise. "E poi ho dovuto cercare la portinaia per farci entrare senza che Sara se ne accorgesse..."
Ludovica annuì: "Come lo hai capito? Che fosse stata lei?"
"Per via dei capelli. Aveva detto di essere stata dal parrucchiere... ma quando l'ho vista il giorno degli omicidi aveva i capelli sporchi e spettinati. Tu?"
"Ha fatto un commento sul soprammobile a forma di piramide di Cheope. Solo qualcuno che era stato lì quando era morta Elena poteva sapere che aveva quella forma."
Giulio annuì:
"Bel colpo, Dottoressa. Ma la prossima volta preferirei che mi avvertissi prima di incontrarti per un caffè con una potenziale assassina... e vorrei che tu lo facessi anche nel caso il giorno prima io mi sia comportato come un completo imbecille."

La vide sorridere per la prima volta quella sera:
"Non so a cosa tu ti stia riferendo, Commissario."
Era carina a non volerlo mettere a disagio, ma si sentiva di doverle una spiegazione vera e propria:
"Ieri pomeriggio sarei dovuto andare in Comune per... per la separazione. E me ne sono dimenticato. Isabella non era molto felice. Era per quello che continuava a telefonare e che è piombata in Commissariato a quel modo. Era stata più di mezz'ora per strada ad aspettarmi."
Lei scrollò le spalle: "Non credo che tu lo abbia fatto apposta..."
"No, certo. Ma lei non la pensa così."
"Quello che pensa lei non è più un problema tuo, Giulio."
Fece per ribattere che in realtà lo era, ma si fermò e annuì.
"Sai una cosa? Hai ragione."
"Anche se me lo dico da sola... ho quasi sempre ragione su queste cose."
"Ora non esagerare..." Le sorrise. "Adesso devo andare a parlare con il PM... e a occuparmi di Sara e di suo padre. Posso lasciarti sola, Dottoressa?"
Ludovica sorrise e annuì.
"Un'ultima cosa Giulio..."
"Dimmi."
"Grazie."
Si mise il soprabito e uscì. L'ultima cosa che avrebbe voluto fare dopo quello che era successo era lasciarla lì coi suoi pensieri, ma non aveva molta scelta: lo aspettava una lunga serata di interrogatori, confessioni e scartoffie.

———

"Va tutto bene?"
La voce di Zorzi la fece sobbalzare. Olivia si voltò a guardarlo e annuì: "Sì, perché?"
"Sembri un po'... sconvolta."
Scrollò le spalle: "Non mi era mai successo di dover intervenire così."
Massimo annuì: "Ho sentito dire che te la sei cavata benissimo, però..."
Aggrottò le sopracciglia: "Ah, sì?"
"Giuro. Caputo ha detto che sei salita nell'appartamento con il Commissario, come un ninja."
Scoppiò a ridere: "Un ninja un po' imbranato..." Lui sorrise. "In realtà ha fatto tutto Locatelli. Io ero lì solo a fare numero..."
Lo vide scuotere la testa: "Non credo, sai? Non è tipo da portarsi dietro qualcuno se non pensa che sia capace di fare il suo lavoro."

Si sentì arrossire: "Dici?"
"Dico. Lo conosco da dieci anni. Non fa mai niente per caso."
Quella sì che era una novità.
"Non lo sapevo. Che vi conosceste da tanto, intendo."
"È stato il mio primo capo. Avevo 19 anni e lui era l'unico a non trattarmi come se fossi un ragazzino."
Olivia sorrise.
"Sì... capisco cosa vuoi dire."
"Toglimi una curiosità... è vero che ha parlato della moglie con la Cattani?"
Annuì: "Sì, perché?"
"Non è da lui. Tutto qua."
"Cioè?"
"È sempre stato molto riservato. Quando si è sposato... lo ha detto solo a noi della vecchia squadra e solo perché il Rosso Volante lo aveva scoperto per caso." Scrollò le spalle. "Se lo ha fatto... avrà avuto i suoi motivi."
"Lo ha fatto per far calmare la Cattani. E ci è riuscito."
"Non intendevo dire quello... intendevo dire che se lo ha fatto è perché in qualche modo è cambiato." Zorzi sorrise. "In meglio, intendo..."
Olivia avrebbe voluto chiedergli di più, ma dei passi dietro di lei la fecero zittire. Sia lei che Massimo si voltarono. Locatelli era arrivato nell'open space e sembrava ancora più stanco di prima.
"Commissario! La Dottoressa sta bene?"
Sorrise lievemente: "Sì. Credo abbia solo bisogno di riposare un po'." Li guardò. "Sono già arrivati tutti?"
"Sì... sono tutti di là, nella saletta degli interrogatori."
"Molto bene. Vieni, Rizzo. Voglio che tu assista."
Olivia annuì e sospirò.
Era la prima volta che stava seduta nella stessa stanza con un assassino. O per lo meno era la prima volta che *sape*va di essere a meno di un metro da un omicida, ma anche quello era qualcosa a cui si sarebbe dovuta abituare. Entrarono nella stanza e salutarono.
Locatelli si sedette di fronte a Cattani, calmo e controllato come al solito.
Il Commendatore, dal canto suo, non sembrava più sbruffone e arrogante come l'ultima volta che lo avevano visto. Anzi. Sembrava come rimpicciolito, sgonfiato ed esausto. Il PM Stefano Luzzi, invece, osservava il tutto stando con la schiena appoggiata al muro con un'espressione da martire sul viso, manco avesse il mal di denti. Era un uomo strano, anche se non avrebbe saputo dire il perché. Sembrava perennemente insofferente, ma allo stesso tempo era come se non avesse il coraggio di dire cosa esattamente gli desse fastidio.

Olivia si sistemò in un angolo.

Locatelli si schiarì la voce e fece partire la registrazione:

"Interrogatorio di Roberto Cattani, in stato di fermo per gli omicidi di Maurizio Giuliani e Pietro Zoppi. Sono le 17:16 di giovedì 26 ottobre 2017. Sono presenti il Pubblico Ministero Stefano Luzzi, il Commissario Giulio Locatelli e l'Agente Olivia Rizzo. Il Signor Cattani ha deciso di partecipare senza la presenza di un avvocato. È corretto?"

Cattani annuì.

"Dovrebbe rispondere a voce alta, per favore." Locatelli era gentile nonostante tutto.

L'altro annuì di nuovo: "Sì. È tutto corretto."

"Molto bene. Allora cominciamo." Il Commissario sospirò. "Commendatore, sappiamo che è stato lei a uccidere suo genero e Pietro Zoppi. Sara ha confessato." Cattani abbassò la testa, ma di nuovo non disse niente. "Mi può dire, esattamente come sono andate le cose?"

"Sara non meritava di stare con quel fallito di Maurizio. Non avrebbe mai dovuto sposarlo."

"Però lo aveva sposato..."

"Ha voluto fare di testa sua." Alzò lo sguardo. "Lei ha figli, Commissario?"

"No."

"Beh, allora non può capirmi." Cattani incrociò le braccia sul petto e guardò altrove. Locatelli sospirò:

"Però ho un padre che credo che direbbe la stessa cosa di me. Che ho sempre fatto di testa mia."

Il Commendatore tornò a guardarlo e annuì:

"Ci fate preoccupare dall'istante in cui nascete, lo sa?" Olivia vide il Commissario annuire prima che l'altro continuasse. "Quando nascete siete minuscoli e abbiamo paura di farvi del male per errore. Poi da bambini siete spericolati e senza timori... e abbiamo paura che vi facciate male. Da adolescenti abbiamo paura che frequentiate le persone sbagliate... e anche quando siete adulti continuate a preoccuparci. Perché sappiamo che non potremo proteggervi per sempre..."

"È quello che ha cercato di fare con Sara? Proteggerla?"

Cattani annuì: "Da quando era tornata da Miami non faceva che chiamare me e sua madre piangendo. Sapeva che Maurizio era fuori controllo e che la tradiva. Il tutto anche grazie a quel... poco di buono di Zoppi. Andava sempre peggio. Non potevo più sopportare di vederla così. E quella mattina... era isterica. Pensavo che Maurizio le avesse fatto del male, anche se lei continuava a dire di no..." Scrollò le spalle. "Avevo capito male, a quanto pare. Se solo mi avesse detto la verità..."

"Lei non avrebbe ucciso suo genero."

"Certo che no! Lo avrei mandato in quel centro di recupero in Svizzera e avrei fatto in modo che quella donna al secondo piano sparisse..." Rise amaramente. "Ma non è andata così."

"No, infatti. Mi dica esattamente come è andata."

"Sapevo dove Maurizio nascondeva la cocaina... anche perché non è che ne facesse un gran segreto. Pensava di essere furbo, ma non lo era affatto. Sono andato in camera da letto e l'ho sostituita con il Fentanyl. Ero sicuro che quell'idiota prima di tornare in ufficio al pomeriggio si sarebbe fatto una delle sue dosi abbondanti, come sempre prima delle riunioni con il CdA. E così ho sperato che prendendone una dose massiccia pensando fosse cocaina... speravo che sarebbe morto."

"E così è stato. Ne ha sniffata una dose massiccia. Ed è morto, proprio come voleva lei. Ma mi dica... Dove ha preso il Fentanyl?"

Cattani si tolse dalla tasca interna della giacca una boccetta di plastica arancione col tappo bianco, piena di pastiglie:

"Il mio oncologo negli Stati Uniti me lo ha prescritto per il dolore." Sospirò. "Ora capisce perché non mi interessa che ci sia qui il mio avvocato? Probabilmente morirò prima che inizi il processo."

"Capisco. Quindi ha polverizzato queste pastiglie e ha sostituito la polvere alla cocaina di suo genero. E lui è morto. E poi?"

"E poi due ore dopo mia figlia mi ha chiamato, ancora più isterica di prima perché Maurizio era morto. Al che le ho dovuto dire la verità. Che lo avevo ammazzato io. Ma il vero problema era che io non sapevo della donna morta al secondo piano. È stato solo allora che Sara mi ha raccontato la verità... ma era troppo tardi. Ormai erano morti tutti e due. Il piano, quindi era di aspettare la sera e spostare il cadavere di Maurizio nel suo ufficio a City Life, lontano da casa, e farlo trovare il mattino dopo..."

"Solo che la Dottoressa Invernizzi è arrivata inaspettatamente a casa di sua figlia, giusto?"

"Sì. E Sara ha dovuto improvvisare... e non è mai stato il suo forte. È sempre stata una pianificatrice, non una fantasiosa."

"E Zoppi?"

"Zoppi aveva capito tutto. Sapeva che Maurizio voleva scappare con quella donna. Le aveva pure dato 6000 euro. Ne era al corrente?"

"Lo abbiamo scoperto da poco."

"Si rende conto? Maurizio faceva fuori i soldi come se niente fosse e ne chiedeva sempre di più. A tutti. Però per quella lì 6000 euro li ha trovati senza problemi..."

"Perché ha ucciso Zoppi, Commendatore?"

"Perché ha cominciato a ricattarci. Voleva venire a dire tutto alla Polizia."

"Così ha pensato di fare fuori anche lui?"

Cattani annuì: "Sì. Non volevo che Sara dovesse affrontare anche un ricatto. Sono andato a casa sua dicendogli che l'avrei pagato. E quel coglione arrogante mi ha fatto entrare... così. Pensando di essere invincibile."

"E già che c'era ha lasciato da lui l'arma del delitto... e la coca tagliata col Fentanyl. Per dargli la colpa."

"Sì."

"E lo ha ammazzato. Solo che non sapeva che era mancino..."

"Come facevo a saperlo?" Abbaiò. Lo guardarono tutti in silenzio e, dopo qualche istante, abbassò la testa: "Mi rendo conto di non aver agito in maniera molto razionale... ma dovevo aiutare mia figlia. Cosa capiterà a Sara, Commissario?"

Locatelli scosse la testa e si girò a guardare Luzzi. Il PM, a sua volta, scrollò le spalle:

"Sua figlia è accusata di omicidio volontario non premeditato... e di complicità in altri due omicidi. E per finire ha puntato una pistola contro due persone, di cui un pubblico ufficiale..."

Cattani si drizzò di colpo, scuotendo la testa:

"Cosa? Quando?"

"Questa sera. Aveva capito che la Invernizzi sapeva che c'entrava con l'omicidio della Molinari... e anche che avrebbe presto capito che era stato lei ad ammazzare gli altri due. Il Commissario Locatelli l'ha sorpresa mentre puntava la pistola addosso alla Invernizzi."

"Ma non ha sparato, giusto?'"

"No. Non l'ha fatto."

"Grazie a Dio..."

Luzzi scosse la testa: "Non ringrazi Dio, Commendatore. Ringrazi il Commissario Locatelli. È stato lui a convincerla a non fare altre sciocchezze."

Cattani sembrò diventare ancora più piccolo sulla sedia e non disse più niente. Si mise a piangere sommessamente, come un bambino, fino a quando non lo aiutarono ad alzarsi e lo condussero via.

Olivia guardò Locatelli e Luzzi. Entrambi sembravano persi nei loro pensieri ed entrambi sembravano provati da quegli interrogatori, anche se non avrebbe saputo dire il perché.

CAPITOLO QUINDICI

P *iù tardi sarà troppo tardi.*
La nostra vita è ora.
— Jacques Prèvert

VENERDÌ 27 OTTOBRE

Era un venerdì che sapeva decisamente di lunedì.

Giulio sbuffò e spostò alcune carte davanti a sé sulla scrivania. Gli sembrava di essere lì lì per annegare nelle scartoffie. Come cavolo aveva fatto a occuparsi esclusivamente di quello per quasi un anno non se lo ricordava proprio. Ora avrebbe fatto carte false per non dover stare lì inchiodato in ufficio dietro a deposizioni e rapporti.

Non lo avrebbe mai e poi mai ammesso ad alta voce ma Costazza, seppur involontariamente, gli aveva fatto un favore a obbligarlo ad alzarsi da lì e tornare a lavorare sul campo. Mentre i dieci mesi da dicembre a settembre erano passati lenti come una flebo, l'ultimo mese era volato come volavano le vacanze estive quando era piccolo. In un battito di ciglia.

La Rizzo, nel suo angolino, tirò fuori da un sacchetto una fetta di focaccia super unta e il profumo gli fece borbottare lo stomaco.

Guardò l'ora.

Erano da poco passate le quattro. Se si fosse sbrigato a concludere l'iter burocratico avrebbe potuto essere a casa in tre ore. Tre e mezza, contando che doveva passare dal supermercato a comprare gli ingredienti per farsi una bella amatriciana.

"Ciao, Commissario! Ciao, Olivia!" La voce squillante di Ludovica interruppe i suoi pensieri. Sollevò lo sguardo e sorrise vedendola sulla porta del suo ufficio. Sembrava essersi ripresa alla perfezione dagli eventi della sera prima e, nonostante il tempo fuori fosse tutt'altro che clemente, indossava un vistoso abito rosso e un trench blu cobalto. L'unica cosa diversa dal solito era che in mano, invece che la borsetta, aveva una pianta: "Questa è per te."

"Mi hai portato una pianta?" Il pollice verde non era uno dei suoi talenti. Anzi. Sotto le sue amorevoli cure morivano perfino i cactus.

"Non una pianta qualunque. È un giglio della pace che, oltre ad avere un bel nome, è anche facilissimo da curare..." Glielo piazzò sulla scrivania e si accomodò sulla sedia di fronte a lui. "Guarda come sta bene in quest'angolo. Ho pensato che avessi bisogno di qualcosa per abbellire il tuo ufficio visto che non hai più qua in giro l'unico soprammobile che avevi prima..."

Scrollò le spalle e sorrise: "Non so di che soprammobile tu stia parlando..."

"Fai pure il finto tonto, ma a me non sfugge niente. E nemmeno a Olivia, vero Olivia?"

La Rizzo trasalì e diventò color porpora:

"Io... ehm.. Io... non..."

Sorrise:

"Tranquilla, Rizzo. Credo che ormai lo sappiano anche i pali della luce che io e mia moglie ci siamo separati." Lei annuì, ma subito dopo si scusò, ancora rossa come un peperone, mormorò di voler andare a prendere un caffè e scappò fuori dalla stanza. Giulio scosse la testa: "Povera Rizzo... dovresti essere più delicata con lei, Dottoressa."

"E con te no?"

"No. Ho le spalle larghe." Si fissarono per qualche secondo. Gli occhi di Ludovica, con quel trench color cobalto, sembravano ancora più blu. Lo ipnotizzavano.

Avrebbe voluto dirle che era felice che lei fosse lì e, soprattutto, che era felice che Sara Cattani non le avesse fatto del male, ma non riusciva a trovare le parole giuste per dirglielo senza sembrare a scelta un paternalista o uno sfigato. O entrambe le cose.

"Perché mi guardi così, Commissario?"

Giulio deglutì. Come l'aveva guardata? Forse, molto semplicemente, come qualcuno contento che non le fosse successo niente. O per lo meno lo sperava.

"Sono solo felice che..."

La porta si spalancò e Isabella marciò nel suo ufficio, facendoli sobbalzare entrambi:
"Giulio, dobbiamo..." La voce le morì in gola non appena vide Ludovica. Rimase con la bocca aperta per un secondo e strinse gli occhi, guardando prima lei e poi lui. "...parlare."
Non era possibile.
Non di nuovo.
Avrebbe voluto imprecare, ma non lo fece.
Questa volta non si era dimenticato nessun appuntamento, non poteva avere niente da rimproverargli.
Si alzò e fece per farle gesto di sedersi quando si rese conto che sulla sedia ci era già seduta Ludovica, quindi si cacciò le mani in tasca e tentò di sorridere:
"Isabella... ciao."
"Ciao." Rispose lei con tono seccato.
Rimasero per qualche altro secondo tutti a guardarsi, mentre Giulio riusciva quasi a sentire fisicamente le scosse di elettricità che si stavano creando nell'aria. Alla fine, vagamente snervato, si schiarì la voce.
"Isabella.... questa è la Dottoressa Ludovica Invernizzi." Lasciò perdere di spiegare chi fosse esattamente. "E questa è Isabella Ferrari." Anche qui le spiegazioni gli parvero superflue.
Le due si guardarono per qualche istante, poi si strinsero la mano senza scambiarsi grandi sorrisi.
"Quindi tu sei *la giovane testimone* del caso a cui sta lavorando Giulio." Isabella usò un tono che conosceva molto bene. Era il tono che in genere dava il via a una polemica senza fine. Ludovica, però, non si lasciò intimidire:
"E tu devi essere la futura ex moglie!" Esclamò con un sorrisetto sulle labbra.
Giulio chiuse gli occhi e sospirò. Se avesse potuto si sarebbe teletrasportato ovunque. Anche nel souk del Cairo in agosto. Anche per strada ad Astana senza giacca, in gennaio. Anche a casa di suo padre, quasi quasi.
"Così sembra." La voce gelida di Isabella gli fece riaprire di colpo gli occhi. Si girò verso di lui e gli appoggiò una mano sul braccio: "Giulio, devo parlarti."
Tipico.
Prima non gli parlava per giorni e poi, di colpo, voleva che lui piantasse lì quello che stava facendo per ascoltarla.
Fece per aprire la bocca ma Ludovica lo batté sul tempo: "Vi lascio alle vostre questioni. Si è fatto tardi e devo andare in studio."
E prima che lui potesse dire qualunque cosa sparì fuori dalla porta,

mollandolo lì con Isabella e con la sua faccia belligerante che non prometteva nulla di buono.

Si rese conto solo un attimo dopo che non l'aveva nemmeno ringraziata per la pianta.

Dunque così stavano le cose. Questa tale Dottoressa Ludovica Invernizzi non solo era una figa da gara, ma era pure sempre lì intorno a Giulio. Dottoressa in cosa, poi, non si sapeva. E non solo. Isabella aveva sperato che fosse una sciacquetta di quelle che vanno e vengono con la velocità di un temporale estivo... e invece no. Aveva l'aria di una che non aveva intenzione di andare da nessuna parte. Anzi, le era sembrata decisamente a suo agio lì seduta di fronte a Giulio, leggermente piegata in avanti per dirgli chissà cosa.

Qualcosa che lo aveva lasciato lì a fissarla negli occhi con aria rapita.

Era così che li aveva trovati, entrando nell'ufficio di lui.

Lei che dava la schiena alla porta e lui che la guardava con un'intensità che Isabella non ricordava di avergli visto nello sguardo per gli ultimi... cinque anni, forse? Forse anche di più.

Quella era stata la cosa che più le aveva dato fastidio, quello sguardo complice che avevano, come se qualcosa li avesse uniti inaspettatamente, come se avessero un segreto che nessun altro sapeva.

Un altro segreto, insomma, uno dei tanti dai quali Giulio la voleva tenere lontana a tutti i costi.

Era furiosa, ma era anche sul punto di piangere. E quello la faceva infuriare ancora di più.

Era andata da lui per scusarsi per le due spiacevolissime conversazioni che avevano avuto prima dal vivo e poi al telefono due giorni prima. Era arrivata al Commissariato con le migliori intenzioni, ma poi averlo trovato così *compiaciu*to *e conten*to con quella tizia le aveva fatto bollire il sangue nelle vene.

Lui che con lei era sempre così freddo e distaccato, le era sembrato così in sintonia con quella tale Invernizzi, quasi complice, che c'era mancato poco che gli tirasse qualcosa addosso.

Isabella mescolò furiosamente il cocktail che aveva davanti, mandando schizzi da tutte le parti.

Niente.

Sarebbe impazzita.

Dove cavolo era Raffaele? Le aveva detto che sarebbe arrivato subito. Ed

erano già passati venti minuti e lui non era ancora lì e a lei sembrava di essere sul punto di dar fuori di matto.
    Non era mai stata gelosa in vita sua fino a quel giorno.
    Le sue amiche le avevano sempre detto che non era normale. Che essere gelose faceva parte del gioco. Ma lei non lo era mai stata e, sinceramente, Giulio non gliene aveva mai dato motivo. Non lo aveva mai visto nemmeno guardare di sfuggita un'altra. E ora, di colpo, era sempre insieme a quella cavolo di Dottoressa strafiga e la cosa che la faceva più incazzare era che non la guardava con fare predatorio. No. La guardava con uno sguardo tra il felice e il rilassato.
    Le avrebbe fatto meno male trovarlo a letto con una escort, ecco cosa.
    La porta del bar si aprì e Isabella vide comparire Raffaele. Grazie a Dio era arrivato.
    "Eccoti qua! Ma cosa è successo?"
    "Giulio era di nuovo in ufficio con quella… Dottoressa." Sibilò lei, dando un'altra mescolata furiosa al cocktail.
    Lui si sedette.
    "A fare cosa? Non dirmi che li hai beccati in flagrante!"
    "Ma no… erano lì seduti alla scrivania a guardarsi negli occhi come se il resto del mondo non esistesse. A me non guardava nemmeno più in faccia… e questa invece…" Isabella si accorse che le si stava incrinando la voce ma decise di sbattersene. "…la guarda così."
    "Ma così come, Isa?"
    "La guarda come se fosse importante…" Mormorò asciugandosi gli occhi.
    "Secondo me ti stai immaginando tutto. Non devi impazzire così. E poi…"
    "Sì. Lo so. Sono stata io a lasciarlo. Quindi non dovrebbe importarmi di come guarda le altre… è che non mi aspettavo che lui dopo solo dieci giorni fosse lì a fare il cretino con un'altra!"
    "Definisci *fare il cretino* per favore, perché conosco tuo marito dai tempi dell'Università e non mi è mai parso un mago a fare il cretino con le ragazze…"
    "Non ti ci mettere anche tu, Raffi!" Sbottò lei. Poi scrollò le spalle. "Scusami. Non so cos'ho. Sono giorni che sono insopportabile con tutti."
    "Non sarai mica incinta?" La cantilenò Raffaele.
    Isabella smise per un secondo di respirare e sentì lo stomaco contorcersi. Aveva voluto un bambino per anni e non era mai arrivato. Poi, negli ultimi anni, aveva ripreso a prendere la pillola perché non le era sembrato che fosse il momento giusto per mettere al mondo un figlio dato che suo marito si faceva

vedere tre o quattro volte all'anno. Sarebbe stato davvero il colmo essere rimasta incinta proprio la sera che aveva lasciato Giulio.

"Isa*? Isa*? Rispondimi, mi fai paura così..."

"Io... non credo."

"Cosa vuol dir*e non credo?*" Disse Raffaele con gli occhi spalancati. "Credevo prendessi la pillola."

"Ho smesso quattro mesi fa... tanto non è che avessi questa gran vita sessuale... e mi faceva venire mal di testa."

"E a lui lo hai detto l'altra sera?"

Isabella sospirò.

"No."

"Ma sei scema? Cosa ti è venuto in mente?!?"

L'incredulità nella voce di Raffaele le fece venire di nuovo le lacrime agli occhi. Già. Cosa le era venuto in mente? Perché non glielo aveva detto? Non se lo sapeva spiegare nemmeno lei. E ora si sentiva una morsa sempre più stretta allo stomaco e un senso di nausea sempre più forte.

"Non lo so..." Disse, lasciando che le lacrime le scendessero lungo le guance anche se era in mezzo a un bar affollato. Lui allungò un braccio e le prese la mano:

"Scusami, non volevo sclerare così. È che nel giro di dieci giorni mi hai detto che hai lasciato tuo marito, che è uno stronzo perché non si è presentato in comune per la separazione, che faceva il cretino con un'altra e ora che potresti essere incinta... è un po' troppo persino per me."

Isabella rise tra le lacrime: "Sì, non hai tutti i torti."

"Quindi direi che adesso bisogna fare un po' di ordine in questa situazione. Non sono un grande esperto di gravidanze, ma per sapere se sei incinta c'è un test. Giusto?"

"Giusto."

"E?"

"Ho paura di farlo." Scoppiò di nuovo a piangere, anche se non voleva. "E se fossi incinta, Raffi?"

"Ma dai, Isa. Non sei incinta. Me lo sento. Ma devi fare il test."

"Lo so. Domani lo faccio. Promesso."

"Ottimo. Quindi, fino a domani, non ci pensiamo. E ora ci sfondiamo di margarita e parliamo male di Giulio e di quella figa ma stronza con cui gli piace tanto andare in giro in questo periodo..."

Isabella tirò su con il naso:

"Come fai a sapere che è stronza?"

"Lo sono tutte quelle come lei, fidati. Lo farà a pezzetti, uno come Giulio."

Isabella annuì, ma non ne era molto convinta.

Sarebbe stato di gran lunga peggio se invece che essere stronza, quella tale Ludovica fosse la donna perfetta per Giulio, quella che lei non aveva saputo essere.

Non era sua abitudine pensare male delle altre donne, ma la ex di Giulio non le aveva fatto una gran bella impressione, né la prima né tanto meno la seconda volta che l'aveva vista. Ludovica si tolse le scarpe e si lasciò cadere sul divano.

Aveva l'aria odiosa.

E probabilmente lo era.

Odiosa ma molto bella.

Ma bellezza a parte, Isabella le era stata antipatica più o meno immediatamente, e non solo per quello che sapeva di lei attraverso i racconti di Giulio stesso. No, le era stata ancora più indigesta già solo per il fare con cui era entrata nell'ufficio: come fosse suo, sia l'ufficio che il Commissario stesso. La faccia poi che aveva fatto vedendo che lei era lì... beh, quella era stata ancora peggio. L'aveva squadrata da capo a piedi senza alcun ritegno, e poi l'aveva guardata in cagnesco come se lei le avesse fatto qualcosa di male.

E tutto questo prima ancora di stringersi la mano.

Anche il tentativo di Giulio di mitigare la tensione presentandole era fallito miseramente: la famigerata ex aveva esordito con quella battutina sulla giovane testimone che Ludovica non aveva capito ma che comunque non aveva gradito.

E per concludere in bellezza, Isabella gli aveva messo una mano sul braccio con fare rapace e gli aveva detto con tono perentorio che doveva parlargli.

Giulio, dobbiamo parlare.

E lui lì zitto, manco fosse una scimmia ammaestrata.

Ma d'altra parte non avrebbe dovuto sorprendersi più di tanto. Aveva visto quelle dinamiche mille volte. Prima tra i suoi genitori. Poi tra suo padre e la sua nuova moglie e tra sua madre e il suo nuovo marito. Poi tra le sue amiche e i loro mariti e tra i suoi amici e le loro mogli.

Non c'era niente da fare. La gente andava all'altare e perdeva ogni buonsenso.

E poi le chiedevano perché fosse contro il matrimonio...

Il suono del campanello la fece sobbalzare. Ludovica sbuffò e andò ad aprire. Rimase per un secondo a bocca aperta nel trovarsi davanti Giulio con un leggero sorriso sulle labbra.

"Commissario! Pensavo fossi con tua moglie!" Disse senza pensare. Lui parve un attimo stupito, ma si riprese in fretta e inarcò le sopracciglia:
"La mia futura ex moglie, vorrai dire."
Ludovica non potè fare a meno di sorridere e gli fece segno di entrare: "Proprio lei."
Cosa ci faceva lì? E soprattutto come aveva fatto a liberarsi di Isabella così in fretta? Non le aveva dato l'idea di essere una che si lascia mandare via tanto facilmente.
"A cosa devo l'onore, Commissario?" Se la domanda lo prese in contropiede non lo diede a vedere. Scrollò le spalle:
"Stavo tornando a casa e ho pensato che potessimo berci una birretta..." Ludovica decise di non sottolineare il fatto che casa sua fosse da tutt'altra parte e non fosse certamente di strada.
"Ma certo. Accomodati pure in salotto, te la porto là."
Si prese tutto il tempo per andare in cucina, prendere due bottiglie dal frigo e versarle nei bicchieri. Poi lo raggiunse in salotto, dove lo trovò seduto su quella che lei, ormai, considerava *la sua* poltrona.
Brindarono e lui le rivolse un sorriso:
"Prima non ho avuto il tempo di ringraziarti per la pianta. Farò di tutto per non ucciderla."
"È una pianta molto resistente... è difficile da uccidere." Disse Ludovica accoccolandosi sull'altra poltrona.
"Si piega ma non si spezza?"
"Qualcosa del genere. Non ha bisogno di molta acqua e nemmeno di molta luce.... È una bella pianta, ma senza molte pretese insomma. Basta ricordarsi di darle qualche attenzione, ogni tanto."
Giulio la fissò negli occhi e annuì:
"Lo terrò presente. E farò del mio meglio per darle le attenzioni di cui ha bisogno." Poi sorrise: "Ma cercherò di non soffocarla dandogliene troppe."
Ludovica si sentì lo stomaco tutto d'un colpo aggrovigliato. Stava ancora parlando della pianta? Lo guardò per cercare di leggerglielo negli occhi, ma Giulio li abbassò. "E... c'è un'altra cosa." Si schiarì la voce e la guardò. "Volevo scusarmi per prima."
"Cosa intendi?" Chiese lei facendo finta di non capire a cosa si riferisse.
"Stavamo parlando ed è arrivata Isabella... e ci ha interrotti."
Alla faccia dell'essere interrotti.
"Sembrava ansiosa di parlarti..."
"Non è quello il punto. Sono stato con lei per così tanto tempo che per un

attimo mi sono dimenticato che adesso renderla felice non è più un problema mio. Quindi scusa se ho lasciato che ci interrompesse."

"Be', adesso sei qui, no? Quindi sei scusato." Giulio spalancò gli occhi e aprì la bocca per dire qualcosa, ma poi la richiuse e scosse la testa. Ludovica aggrottò le sopracciglia: "Sembri stupido…"

"Sono piacevolmente stupido… tutto qua."

"La vita è troppo breve per tenersi il muso per delle cazzate del genere, non trovi?"

"Sì, è vero."

Si guardarono negli occhi e sorrisero entrambi:

"Io invece ho da chiederti una cosa e vorrei tanto che tu mi dicessi di sì."

Lui la guardò con un'aria vagamente preoccupata ma annuì:

"Dimmi pure…"

"Vorrei che tu venissi alla mia festa di Halloween martedì sera."

Le sembrò stupito ma sollevato:

"Ma certo, Dottoressa. Ci sarò."

"E sarai mascherato?"

"Se è una festa in maschera… sì."

"E non vale vestirsi da Commissario di Polizia."

Giulio si morse un labbro e lei scoppiò a ridere.

"Non avevo intenzione di vestirmi da… me stesso. Non ti preoccupare." Disse, ma era rosso fino alla punta delle orecchie.

"E da cosa ti vestirai allora?"

Lui piegò la testa da una parte: "È una sorpresa. Dovrai aspettare martedì per saperlo."

Aspettare non era mai stato il suo forte, ma per una volta avrebbe dovuto fare un'eccezione. E poi il tempo sarebbe passato in fretta dato che doveva lavorare sul suo costume. Un costume, era certa, che avrebbe fatto scena.

LUNEDÌ 30 OTTOBRE

Anche se era lunedì e pioveva, Giulio era di ottimo umore. Dopo la birra bevuta con la dottoressa venerdì sera si era chiuso in casa e non aveva più messo il naso fuori fino a lunedì mattina. Non aveva visto nessuno e non aveva parlato con nessuno, tolto suo nonno per telefono. Aveva letto, aveva dormito, aveva suonato il violino. Aveva mangiato e bevuto. E aveva fatto in modo che il mondo esterno, per una volta, non interferisse con i suoi piani. Era stato un weekend fantastico, esattamente quello di cui aveva bisogno.

Entrò in Commissariato.

"Buon giorno!" Nemmeno vedere la faccia arcigna di Marchi scalfì il suo buon umore. E nemmeno il pensiero di dover andare di lì a breve in comune per la separazione gli avrebbe tolto il sorriso.

"C'è il Questore per lei, Commissario." Disse l'Ispettore con un ghigno. Giulio scrollò le spalle:

"Passamelo pure in ufficio."

"No. È qui *fisicamente*. È già nel suo ufficio che la aspetta."

Locatelli alzò un sopracciglio: "Ah. Molto bene."

Una stranezza.

Andò nel suo ufficio dove lo stava aspettando, seduto dando le spalle alla porta.

Entrò e chiuse la porta dietro di lui: "Signor Questore!"

Costazza si alzò. Aveva un'aria solenne: "Commissario, buongiorno."

Si strinsero la mano e si sedettero entrambi.

"Non mi aspettavo di vederla qui così presto di lunedì mattina..." Buttò lì Giulio. "Caffè?"

"No, grazie. Sono qui perché... devo parlarle di alcune cose."

"Prego, mi dica."

"Prima di tutto... devo chiederle un favore."

Quella sì che era una assoluta novità. Di solito Costazza non faceva altro che abbaiare ordini a caso a destra a manca, ma di favori non ne aveva mai chiesti. Un'idea attraversò improvvisamente la mente di Giulio, facendolo sorridere:

"La ascolto, ma poi ho anche io un favore da chiederle."

Il Questore sembrò a disagio, ma annuì: "Riguarda il Commendator Cattani... il suo arresto."

"Sì?"

"So che le avevo detto... non molto gentilmente, forse... di chiudere in fretta il caso e di non ficcare il naso più del necessario."

"Sì, me lo ricordo. E sì, non me lo aveva detto molto gentilmente." Disse Giulio, continuando a sorridere. Vedere Costazza in difficoltà era uno spasso.

"Ecco... le volevo chiedere, se possibile... se potesse non fare emergere il fatto che io glielo abbia chiesto. È stato un grossolano errore di valutazione da parte mia... sia per quanto riguarda il caso, sia per quanto riguarda Cattani stesso." Sospirò. "Non avrei dovuto, ma mi sono fatto influenzare dalle pressioni del Prefetto..."

Giulio scrollò le spalle:

"Non si preoccupi. In fin dei conti non ho dato ascolto alla sua richiesta e ho *ficcato il naso* lo stesso... quindi, per me, è come se quella richiesta non me l'avesse mai fatta."

Costazza abbozzò un sorriso: "La ringrazio, Commissario."

"Non ce n'è bisogno, Signor Questore. C'è altro?"

"A dire il vero... sì. Mi è giunta voce che durante questo caso lei abbia coinvolto una persona esterna al Commissariato nelle indagini..."

"Si riferisce alla Dottoressa Invernizzi?"

"Esatto. È vero?"

"È una psichiatra forense. Ed è esperta di criminologia. Era un consulto professionale."

"Certamente... ma qui non siamo nel Far West, Commissario, e nemmeno in qualche buco in Medio Oriente dove ognuno può prendere delle iniziative a suo piacimento..." Costazza smise un attimo di parlare e si schiarì la voce, guardandolo poi negli occhi: "So che lei lo ha fatto in buona fede. E ho assicurato a... a chi di dovere... che questa collaborazione, se dovesse continuare in futuro, verrà regolarizzata. Sa... per la trasparenza nell'amministrazione dei pubblici uffici e tutte quelle palle lì." Gli passò dei fogli.

"Mi sta chiedendo di domandare alla Invernizzi di essere una nostra collaboratrice?"

"Le sto chiedendo di farlo se ritiene che sia un elemento valido."

"Lo è."

"Benissimo. E già che stiamo parlando di lei... cerchi di non metterla in pericolo, per favore. Sua madre è una persona molto influente a Milano. E non è per niente felice che a sua figlia sia stata puntata addosso una pistola."

Giulio annuì: "Farò del mio meglio per tenerla fuori dai guai. Anche se... è una donna adulta."

"Ma certo che lo è, Locatelli. E come se non bastasse è della generazione del *faccio tutto da solo...*"

"La generazione...?"

"Sì, Commissario, parlo della generazione sua, della Invernizzi e anche dei miei figli. Siete dei maledetti rompicoglioni. Non ascoltate mai nessuno. Fate sempre quello che vi pare. Non volete che i vostri genitori vi aiutino..."

"Non esageri, Dottor..." Costazza lo fulminò con lo sguardo e Giulio si zittì.

"Non esagero. La Invernizzi potrebbe essere a capo di qualunque istituto psichiatrico in Lombardia e invece preferisce giocare a guardie e ladri con lei. Mio figlio dice di non essere mai stato così bene come da quando vive in quel paesello dimenticato dal Signore in Friuli. Mia figlia non ha mai ascoltato un consiglio in vita sua. E lei... beh, lei..."

"Io... cosa?"

"Lei avrebbe potuto fare una carriera folgorante nell'Arma... e invece ha deciso di venire a scassare le palle qui in Polizia."

Giulio scoppiò a ridere: "Le giuro che non l'ho fatto apposta per darle fastidio."

Costazza sorrise: "Certo che no. Ma lo ha fatto apposta per dare fastidio a suo padre. O no?"

"Non esattamente. Ma diciamo che non volevo fare carriera solo perché sono figlio del Generale Locatelli."

"Vede? È esattamente quello che sto dicendo. Se mio padre fosse stato Questore o Generale dei Carabinieri mi sarei fatto aiutare di corsa, ma voi... no."

"In realtà, come le ho detto, un favore da chiederle ce l'ho ... mi farebbe piacere se mi potesse aiutare con una questione qui in Commissariato."

Costazza parve sorpreso ma annuì: "Ma certo. Mi dica."

"Ho conosciuto di recente un certo Ispettore Luca Zanin."

"E?"

"Vorrei che fosse trasferito qui al mio Commissariato."

"Ma non siete al completo? E non posso lasciare sguarnita un'altra unità per trasferire questo Zanin qui da lei..."

Locatelli sorrise: "Ma vede, l'altra unità non resterebbe sguarnita. Perché io, in cambio, cederei loro l'Ispettore Marchi. Così saremmo pari."

"Gli ispettori non sono figurine da scambiare, Commissario."

"Non l'ho mai detto."

"E c'è un motivo particolare per cui vuole fare questo... scambio?" Chiese Costazza. Giulio scrollò le spalle:

"Chiamiamoli motivi disciplinari. Marchi si comporta in maniera discutibile e credo che il Commissario Pozzi sarebbe in grado di metterlo in riga molto meglio di come possa farlo io."

Il Questore lo fissò: "Le hanno mai detto che lei è un gran paraculo, Locatelli?"

Giulio sorrise: "Un paio di volte. Per lo più mio padre."

Anche Costazza sorrise: "Suo padre è un uomo molto saggio." Poi annuì: "D'accordo. Si può fare."

"E si farà al più presto?"

"Sì, Locatelli. Ha la mia parola."

Giulio diede un'occhiata all'ora. Si stava facendo tardi.

"Bene... grazie, Dottor Costazza." Disse alzandosi. Il Questore si alzò a sua volta e lo guardò con fare incuriosito:
"Ha fretta di andare da qualche parte, Commissario?"
Giulio scrollò le spalle: "Io... ho un appuntamento in Comune tra meno di un'ora."
"In Comune? A fare?"
"È una... questione personale."
Costazza sembrò illuminarsi di colpo, poi arrossì e tossicchiò a disagio:
"Ma... ma certo. Ho saputo..." Giulio annuì senza dire niente. "...la lascio andare. E... in bocca al lupo con la sua questione personale."

Questa volta non solo Giulio era arrivato, ma era arrivato prima di lei, e la aspettava davanti all'entrata del Comune avvolto nel cappotto antracite che gli aveva regalato lei qualche anno prima a Natale. Isabella si fermò a guardarlo, intento a leggere qualcosa sul suo telefono. Sembrava calmo e rilassato, senz'altro più calmo e rilassato di come si sentiva lei in quel momento. Scattò il verde e attraversò la strada, sentendo il cuore che le batteva sempre più forte man mano che si avvicinava a lui. Quando fu a pochi metri di distanza lui alzò lo sguardo e la vide. Abbozzò un sorriso:
"Questa volta me ne sono ricordato..."
Cercò di sorridere anche lei: "Lo vedo. Ti ringrazio."
Rimasero qualche istante in silenzio. Dopo la debacle del venerdì pomeriggio precedente era felice di avere qualche momento sola con lui. Vederlo in compagnia della sua *amica* Dottoressa l'aveva lasciata scossa come non le capitava da tempo e non aveva fatto che pensare a lui — a loro — per tutto il weekend. Non tanto al fatto che lui venerdì fosse stato qualcosa a metà tra l'impacciato e lo sbrigativo, ma più che altro al fatto che lui fosse l'uomo con cui aveva passato praticamente tutta la sua vita adulta. Quel pensiero l'aveva accompagnata per tutto il sabato e tutta la domenica. Quello e il pensiero dell'ultima notte che avevano passato insieme, dopo che lei lo aveva lasciato. Quello, poi, l'aveva tenuta sveglia fino all'alba e l'aveva fatta piangere più di quanto avesse mai pianto in vita sua.
"Bene... andiamo, Isa?" Aveva la sua solita voce tranquilla e gentile.
"Aspetta, Giulio..." Isabella gli prese una mano e lo bloccò. "Non sono sicura di volerlo fare."
Lui aggrottò le sopracciglia: "Non sei sicura di voler fare... cosa?"
"Questo. La separazione. Forse è stato un errore..."

Ora pareva sinceramente stupito e non poteva certo biasimarlo.
"Di cosa stai parlando?"
"Di noi... forse dovremmo provarci un'altra volta." Si rendeva conto di avere una voce disperata e supplicante che proprio non era da lei, ma non gliene fregava niente. Non era quello il momento di mettersi a fare l'orgogliosa.
"Isabella..."
"No, ascoltami. Ti prego." Sentiva una morsa stringerle lo stomaco, i polmoni, la gola.
"Isa..."
"No, Giulio! Non dire niente, per favore. Ho sbagliato. Ho fatto un grosso errore. Non... non so nemmeno perché l'ho fatto."
"Perché hai fatto *cosa*?"
Isabella cercò di prendere fiato, ma ci riuscì male. Non riusciva a pensare ad altro che a Stefano. E al fatto che, forse, se lei non avesse fatto quell'errore madornale le cose sarebbero state diverse. Anzi. Lo sarebbero state sicuramente. Perché, di colpo, aveva la certezza che tutto avesse cominciato ad andare male tra di loro esattamente dopo che lei aveva tradito Giulio. Non era lui ad essere tornato diverso. O forse sì, un po', ma non era quello il punto. Era lei che di colpo non era stata più in grado di amarlo come prima perché era sopraffatta dal senso di colpa. Era andata così, ne era certa. Se lei non avesse avuto quella stramaledetta relazione, lei e Giulio sarebbero andati più d'accordo una volta tornato a casa. Lei sarebbe stata capace di stargli vicina, invece di spingerlo sempre più lontano da lei. Avrebbe saputo consolarlo in silenzio, invece che cercare di obbligarlo a parlarle di cose che, chiaramente, gli facevano male. Sarebbe potuta essere, come era stata in passato, la ragione numero uno della sua felicità invece che la sua croce più grande. Era tutta colpa sua. E doveva dirglielo. Doveva dirgli che era stata lei a rovinare tutto. Non lui.
Lo fissò. Giulio la stava guardando, confuso ma tranquillo.
"Perché... perché ti ho lasciato. Non lo so."
Niente. Non riusciva a dirglielo. Non mentre lui la guardava così.
"Perché con me eri infelice, ricordi?"
"Non era così male..."
"Isabella... era un inferno. Sei stata tu a dirlo." Più lui cercava di essere ragionevole più a lei sembrava che niente avesse senso. Giulio era Giulio. Dove avrebbe trovato un altro come lui? Bello. Intelligente. Buono. Generoso. Altruista. Aveva vinto la lotteria dei mariti e, come una cretina, stava buttando tutto al cesso.
"Non so nemmeno perché ho detto una cosa del genere..."

"Isa... non te lo sei immaginato. Era un disastro, tu..."

"No, Giulio! Non è vero!" Lo interruppe, la voce abbastanza alta da far girare un paio di persone che stavano passando accanto a loro sul marciapiede. Lui le prese delicatamente la faccia tra le mani e il contatto le fece riempire gli occhi di lacrime. Quelle mani non l'avrebbero toccata mai più. Non serviva a niente, ovviamente, ma non potè fare a meno di pensare, per la millesima volta in tre giorni, a quella loro ultima notte insieme.

Vai piano. Abbiamo tutta la notte.

Lei aveva cercato di accontentarlo ma, lo stesso, erano arrivati a stento al letto. Dalla fretta gli aveva strappato i bottoni della camicia e lo aveva spinto sul materasso con talmente tanta forza che gli era poi caduta addosso in maniera decisamente poco aggraziata. Non che la cosa avesse rovinato l'atmosfera. Anzi. Gli aveva semplicemente dato l'occasione di prenderle il viso tra le mani, proprio come stava facendo ora, e guardarla negli occhi con un sorriso triste. Se la sarebbe ricordata per sempre, quella faccia che aveva fatto, steso mezzo su e mezzo giù dal letto, con lei addosso, prima di ricominciare a baciarla con una lentezza e una deliberazione che ancora le facevano venire i brividi. Era sempre stato un mago, in quello, fin da quel pomeriggio del 2002 in cui, per la prima volta, le aveva baciato ogni lentiggine che aveva sulle spalle. Era come un incantesimo. Giulio era capace di far rallentare lo scorrere del tempo fino quasi a fermarlo ed era in grado di far sparire il resto del mondo, come se tutto quello che non erano loro due fosse del tutto superfluo. E in un certo senso lo era.

"Tesoro... ascoltami." La voce di Giulio ora era un filo più bassa. "Da quando sono tornato non siamo mai stati felici, nemmeno lontanamente. Ci ho provato ad essere come ero prima, ma non ci sono riuscito e non ci riuscirò mai. E a me va bene così. Mi va bene di essere una persona diversa."

"Posso cambiare io... posso imparare a convivere con la nuova versione di te." Le sarebbe andata bene qualsiasi versione di lui, purché non smettesse mai più di tenerle il viso tra le mani, purché continuasse a lasciarsi cadere sul letto con lei e ripetesse quel suo incantesimo di rallentare il tempo fino quasi a fermarlo.

"No... non puoi. E non sarebbe nemmeno giusto. Non devi rinunciare ad essere felice per me."

"Come puoi dire così? Mi hai appena chiamato tesoro!"

"Mi è scappato... ti prego, non attaccarti a queste cose... non rendiamo tutto ancora più difficile."

Niente.

Era irremovibile.

Come se avesse già dimenticato tutto di loro.

Isabella deglutì, cercando di ricacciare le lacrime da dove erano venute: "Hai un'altra?"

Doveva esserci un motivo se di colpo lui era così diverso.

Giulio sgranò gli occhi: "No."

"Sicuro?"

"Sicuro." Giulio sospirò. "Questa domanda ha qualcosa a che fare con il fatto che Raffaele mi abbia visto a Linate con la Dottoressa Invernizzi?"

"Sì. Ha detto che... eravate avvinghiati."

"Non eravamo *avvinghiati*. Ci stavamo solo abbracciando..." Mormorò Giulio, perso nel ricordo. Nel vedergli fare quella faccia le venne una fitta allo stomaco. "...in realtà è stata lei ad abbracciarmi. È fatta così."

"Mi stai dicendo che Raffaele ha equivocato? Perché anche quando vi ho visti in Commissariato...."

"Sì. Tu e Raffaele avete equivocato. Non c'è niente tra me e la Invernizzi. Abbiamo lavorato insieme a un caso e siamo diventati amici. Tutto qua. Credimi, Isabella."

Rimasero in silenzio. Tolto Federico, Giulio non aveva mai avuto molti amici. E soprattutto non aveva mai avuto amiche come la Invernizzi. Ma sapeva anche che non le avrebbe mai mentito spudoratamente a quella maniera. Si schiarì la voce: "Se... quando... quando avrai una nuova ragazza, me lo dirai?"

"Se è quello che vuoi... certamente. Ma fossi in te non terrei il fiato... non ho intenzione di trovarmene una per un bel po'."

"E... quando ce l'avrò io... vuoi che te lo dica?"

"Sta a te deciderlo. Ma ricordati che a Milano le voci girano in fretta..." Sorrise. "Anche se tu non me lo dicessi probabilmente lo verrei a sapere dall'usciere della Questura, che lo ha saputo da Costazza che lo ha sentito da Luzzi..." Stava scherzando, ma nel sentirgli nominare Stefano lo stomaco le si rigirò completamente.

"Ok..." Si limitò a dire, perché non riusciva a dire altro. Giulio la guardò. Grazie a Dio non doveva aver notato che era trasalita.

"Dai, Isa. Andiamo dentro. Ci aspettano."

Isabella annuì, senza sapere cosa dire.

Aveva fatto tutto lei, se ne rendeva conto, ma ora era lui che sembrava ansioso di mettere la parola fine al loro matrimonio. Era calmo e ragionevole, come sempre. Erano due cose che le erano sempre piaciute di lui, eppure, per una volta, avrebbe voluto vederlo meno pacato, anche se non era sicura di come esattamente avrebbe voluto vederlo.

Più triste, forse.
Più combattivo.
O forse, semplicemente, avrebbe voluto intravedere in lui ancora un po' di quell'amore che invece, a quanto pareva, non c'era più.
"D'accordo. Andiamo." Gli disse.
Entrarono in Comune in silenzio, camminando uno di fianco all'altra.

"Sei sicura di stare bene, Ludovica?"
Saverio la guardò con la solita aria benevola e lei sorrise: "Ma sì, certo. Perché?"
"Perché sembri... diversa dal solito, diciamo."
"Ho passato un weekend decisamente noioso... forse è quello."
"Sicura che non abbia niente a che fare con il fatto che Sara ti abbia puntato contro una pistola?"
Ludovica rabbrividì e cercò di scacciare il pensiero. Locatelli era arrivato in tempo e lei era viva e vegeta ed era meglio concentrarsi su quello.
"Sicura."
"Allora... se sei sicura io vado."
Gli sorrise: "Tra poco vado anch'io."
"E se hai bisogno... chiama."
"Non ti preoccupare. La chiacchierata di stamattina mi ha fatto molto bene. Buona serata..."
Lui annuì e se ne andò chiudendosi dietro la porta. Ludovica lo sentì allontanarsi in corridoio verso l'ingresso.
Guardò l'orologio, per la terza volta in cinque minuti. Erano quasi le sette di sera e fuori, con il cambio dell'ora, era già buio pesto. Non aveva più nulla da fare e avrebbe potuto tranquillamente andare a casa, ma non si mosse.
Cosa aspettava ad arrivare?
Ludovica gonfiò le guance e lasciò poi uscire l'aria lentamente in un lungo e deliberato sbuffo. Dopo essere stato a casa sua venerdì sera Giulio era sparito nel nulla e non si era fatto sentire per tutto il weekend.
E per tutto il lunedì.
Va be' che nemmeno lei si era fatta sentire... però, lo stesso... che palle.
Era riuscita a fargli promettere di andare alla festa di Halloween, quello sì, quindi lo avrebbe visto sicuramente la sera successiva, ma non era quello il punto. Il fatto era che, da quando il caso era stato chiuso, lui non l'aveva più

contattata e Ludovica si chiese se se lo sarebbe dovuto aspettare. Forse sarebbe stato così, d'ora in poi.
Guardò l'orologio un'altra volta.
Le 18:56.
Lo avrebbe aspettato fino alle 19 in punto, poi se ne sarebbe andata.
Le seccava ammetterlo, ma un po' le dispiaceva non averlo visto negli ultimi giorni. Si era abituata a sentirlo e vederlo in continuazione e ora che non lo vedeva da tre giorni, anche se non lo avrebbe mai ammesso nemmeno sotto tortura, un po' le mancava parlare con lui, punzecchiarlo, esasperarlo, farlo ridere.
Il telefono squillò e lei lo afferrò, sentendosi più speranzosa di quello che avrebbe voluto e rimanendoci immediatamente male vedendo che era Andreas, il suo amico di Berlino. Riappoggiò il telefono alla scrivania senza rispondere. Non aveva voglia né di sentirlo né tanto meno di vederlo e se la stava chiamando era sicuramente perché era arrivato a Milano. Dopo una manciata di squilli il telefono smise di vibrare e lo studio tornò ad essere silenzioso.
Le 18:59.
Ludovica fissò la lancetta dei secondi fare tutto il giro fino a quando fece scattare il braccio dei minuti e delle ore.
Le 19:00.
Sospirò ma non si mosse.
Era una deficiente.
Cosa stava lì a fare alle sette di sera seduta alla scrivania? Era davvero lì a sperare che Locatelli arrivasse per sollevare le sorti della giornata?
Sospirò e si alzò, cominciando a mettere a posto le carte che aveva sulla scrivania.
Basta fare la cretina. Doveva andare a casa e comportarsi da adulta.
Qualcuno bussò alla porta e la aprì senza aspettare che lei rispondesse.
"Hai dimenticato qualcosa, Save?" Chiese Ludovica frugando nella borsa per cercare le chiavi.
"Disturbo?" La voce di Locatelli la fece quasi sobbalzare, anche se cercò di non darlo a vedere. Giulio era lì in piedi sulla soglia con una mano sulla maniglia, il completo scuro, la camicia bianca e la cravatta verde foresta. Doveva essere la sua preferita, perché la metteva molto più spesso delle altre. "Ho incrociato Saverio sul pianerottolo. Mi ha fatto entrare lui."
"Non disturbi mai, Commissario. Quante volte devo dirtelo?" Lasciò ricadere le chiavi nella borsa e gli sorrise: "Vieni pure."
"Stavi andando a casa?"
"No, non ancora." Mentì. Gli indicò la sedia e si risedette a sua volta dietro

la scrivania. Senza chiedergli niente versò due bicchierini di rum e gliene passò uno.

"Sembri sorpresa di vedermi..." Disse lui dopo qualche istante di silenzio. Era stata così ovvia? Ludovica scrollò le spalle:

"Non ero sicura che saresti venuto."

"Sono venuto a farti una proposta."

"Che genere di proposta?"

Locatelli si tolse dalla tasca un plico di carte.

"Mi domandavo... se fossi interessata a diventare una nostra consulente. Al Commissariato, intendo." Le passò i fogli. "A quanto pare di questi tempi se non hai un esperto di psichiatria e di criminologia non sei nessuno... e visto che tu sei entrambe le cose... ho pensato a te." Ludovica prese in mano i moduli che lui le stava tendendo e si accorse solo dopo un attimo di avere la bocca aperta. "È una cosa part time e la paga fa schifo, ovviamente... ma magari potresti farlo come... cosa extra. Se hai tempo. E voglia." Sembrava nervoso, come se fosse quasi certo che lei avrebbe detto di no. Ludovica si morse il labbro per cercare di non sorridere troppo.

"Se questa è la paga..." Posò l'indice su una cifra. "...direi che è davvero da fame. Ma di certo non lo farei per i soldi..."

Le sorrise leggermente: "Lo faresti per la gloria?"

"Lo farei per tanti motivi..."

"Lo faresti o lo farai?"

Sempre diretto, il Commissario. Ludovica sorrise:

"Lo farò. Dove devo firmare?"

Il sorriso di Giulio si allargò all'impossibile. Forse non lo aveva mai visto sorridere così apertamente:

"Non c'è fretta. Lo puoi firmare con calma e ridarmelo nei prossimi giorni."

"Va bene. E dimmi. Ti dovrò chiamare *ca*po, quindi?"

Lui scoppiò a ridere e scosse la testa, arrossendo leggermente:

"Commissario andrà benissimo.... Dottoressa."

Brindarono e bevvero un sorso di rum in silenzio.

"Grazie, Giulio."

"Di cosa?"

"Di tutto... di aver pensato a me."

"Non conosco molti altri psichiatri all'altezza..."

"No, dico davvero. È... una cosa che mi fa molto piacere. E grazie anche di essere passato stasera."

"Non c'è di che..." Locatelli sembrava vagamente confuso. "Continui a sembrare sorpresa che io sia passato... non dovevo?"

Ludovica scosse la testa: "No! Cioè, sì. Sì, dovevi." Sospirò. "Nel senso... non è un obbligo, ma se ti fa piacere..."

"Ho capito." Le venne in soccorso lui. "Posso passare quando voglio. Non ti disturbo mai. Me lo hai detto mille volte. Tranne poi quando, effettivamente, ti disturbo... ma quello è un altro paio di maniche."

Ludovica annuì: "Gli amici non mi disturbano mai."

"Dunque... è ufficiale. Siamo amici." Le sorrise. Che domande.

"Certo che siamo amici... quindi, nel dubbio, passa sempre sia qui che a casa. Per un rum... o per chiacchierare... o la prossima volta che verrai mollato..." Solo un secondo dopo averlo detto Ludovica si rese conto di essere un'idiota. Ma Giulio scoppiò a ridere:

"Lo terrò presente."

Si schiarì la voce: "Erano vere le cose che hai detto a Sara?"

Lui tornò serio: "In linea di massima sì... ma ogni giorno che passa va un po' meglio."

"Dicono che la separazione e il divorzio siano simili a un lutto. E ci vuole del tempo per elaborare un lutto..."

"Sì, ma il mio matrimonio era morto da talmente tanto tempo che in realtà credo di aver elaborato il lutto nell'arco degli anni."

"Quindi presto sarai pronto a gettarti nuovamente nella mischia?"

"Neanche per idea. Per un po' credo che non avrò né mogli, né fidanzate."

"Io intendevo qualcosa di decisamente meno serio... e magari più divertente." Disse Ludovica guardandolo negli occhi. Giulio la fissò un attimo prima di scrollare le spalle:

"No. È meglio che io stia lontano dalle storie di ogni genere."

"Non ti sentirai solo?"

Giulio aprì la bocca per rispondere ma il suono del campanello lo interruppe.

Ma chi cavolo era a quell'ora?

Ludovica alzò gli occhi al cielo e si alzò con un gesto di scuse per andare ad aprire. Si affrettò giù per il corridoio e rimase un attimo inebetita trovando fuori dalla porta sua madre:

"Mamma!"

"Ho visto le luci accese e ho pensato di passare, visto che non rispondi mai ai miei messaggi..." Le disse con tono accusatorio.

"Ho avuto un pomeriggio un po' pieno, ti avrei chiamato una volta arrivata a casa."

Sua madre entrò e si diresse a grandi passi verso lo studio. Ludovica si affrettò a chiudere la porta e le trottò dietro, ma non fece in tempo a raggiungerla prima che lei entrasse nella stanza.

"Si può sapere... ah!" Si interruppe non appena mise a fuoco Giulio. "Scusatemi, pensavo fossi sola..."

Lui si alzò e si schiarì la voce: "Buonasera..."

"Mamma, ti presento il Commissario Giulio Locatelli."

Si strinsero la mano.

"Piacere, Commissario. Margherita Crespi. Sono la madre di Ludovica." Nel caso qualcuno non l'avesse capito...

"Il piacere è mio, Signora."

"No, no. Le assicuro che è mio. Devo dedurre che sia lei il Commissario che ha salvato la vita a mia figlia... o così ho sentito dire. Perché se aspetto che le cose me le dica Ludovica posso aspettare fino alle calende greche..."

Ludovica sospirò e chiuse un attimo gli occhi. Quella donna aveva occhi e orecchie ovunque. E aveva il dono di arrivare sempre nel momento sbagliato.

"Io e il Commissario abbiamo semplicemente lavorato insieme a un caso, Mamma. Non dare retta a tutto quello che ti dicono..."

Sua madre buttò l'occhio sulla bottiglia di rum e i due bicchieri.

"Lavorate... o bevete?"

Lui arrossì lievemente.

"Beh, ora abbiamo finito di lavorare, Mamma. Sono le sette passate..."

Giulio si schiarì la voce:

"E a questo proposito... è meglio che io vada. Buona serata, Dottoressa. Piacere di averla conosciuta, Dottoressa Crespi." Strinse la mano a tutte e due.

"Altrettanto, Commissario."

E con quello sparì, lasciando Ludovica e sua madre in piedi nello studio a guardarsi in faccia.

"Cos'è questa storia, Ludovica?"

"Che storia?"

"Non fare la finta tonta. È vero che una pazza con cui sei andata a scuola ti ha puntato una pistola addosso? E che questo Commissario è arrivato per il rotto della cuffia ad arrestarla?"

"Sì, Mamma."

"E pensavi che a tua madre non interessasse sapere che avevi rischiato di finire all'altro mondo?"

"Pensavo che saresti uscita di testa... ed è esattamente quello che sta succedendo."

"Non sto affatto andando fuori di testa. Sono solo preoccupata per te. Se solo ti fossi decisa a sposarti e ad avere dei figli sapresti cosa vuol dire..." Lei non disse niente e sua madre lo prese come un invito a continuare: "Comunque ne ho dette quattro al Questore..."

Ludovica si sentì avvampare:

"Hai chiamato il Questore?"

"Certo che sì. Ha blaterato qualcosa a proposito del fatto che potresti diventare una loro collaboratrice?"

"Effettivamente... me lo hanno chiesto."

"Chi te lo ha chiesto?"

"Il Commissario Locatelli. Era qui per quello."

"E hai tempo per lavorare con la Polizia? Pensavo il Tribunale ti bastasse..."

"Certo che ho tempo. Se no avrei rifiutato, non credi?" Raccolse la borsa e le sue carte. Doveva andarsene da lì, se no sua madre l'avrebbe fatta impazzire. "Comunque non ti preoccupare, non credo che mi prenderà molto tempo."

"E questa tua decisione ha qualcosa a che fare con il fatto che il Commissario sia un bell'uomo?"

"Mamma! Ma cosa dici?"

"Dico la verità. Ti conosco. E riconosco un bell'uomo quando ne vedo uno, anche se ha l'età per essere mio figlio."

"E?"

"E niente. Ci manca solo che ti fidanzi con un poliziotto... per quanto estremamente carino. Ed educato."

Ludovica alzò gli occhi al cielo:

"Non mi fidanzo con nessuno, Mamma, non ti preoccupare."

Sua madre era sempre stata la regina delle teorie assurde, ma questa storia che ancora sperasse che lei si fidanzasse, sposasse e figliasse era davvero la più assurda di tutte.

CAPITOLO SEDICI

Non puoi tornare indietro e cambiare l'inizio.
Ma puoi cominciare da dove sei e cambiare la fine.
— C.S. Lewis

MARTEDÌ 31 OTTOBRE

"Commissario... c'è qui la Dottoressa Ferri per lei."

Giulio alzò gli occhi al cielo e si trattenne a stento dall'imprecare ad alta voce in faccia a Beretta.

Era già tardissimo e quella proprio non ci voleva. Doveva fare benzina, andare a casa, lavarsi, vestirsi e andare alla festa della Invernizzi e non ce l'avrebbe mai fatta ad arrivare in orario, maledizione.

"Falla pure entrare, Beretta. Grazie."

Spense il computer e rimase seduto. Qualche istante dopo la Vice Questore entrò nella stanza, avvolta in una nuvola di CK One, i capelli biondi che ondeggiavano sulle spalle come sempre.

Sorrise e si sedette di fronte a lui: "Speravo di trovarti ancora qui, Giulio..."

"Mi hai trovato per un pelo... stavo per andare."

"Fai il ponte?"

"Vado qualche giorno da mio nonno... non lo vedo da agosto."

"Fai bene. E scusa se sono piombata qui così... ma non ti rubo molto tempo, promesso."

Giulio guardò l'ora, come per sottolineare che aveva fretta e annuì: "Cinque minuti li ho, non ti preoccupare."

Lei annuì: "Volevo parlarti. Ho saputo di Isabella..."

Per la seconda volta in un minuto si dovette trattenere dall'imprecare:

"Ti prego, dimmi che non sei venuta fin qui solo per parlarmi di quello."

Lei sembrò sorpresa, poi quasi ferita:

"Ovviamente no, Locatelli. Volevo solo dirti che mi dispiace, anche se non posso certo dire di essere sorpresa." Se non altro era sincera. "Ma in realtà sono qui per parlarti di altro..." Si guardò un attimo intorno, poi lo fissò negli occhi: "Ho sentito dire da Costazza che vorresti collaborare con la Dottoressa Invernizzi."

"Sì, è così."

"La conosco."

"Me lo ha detto."

Enrica strinse gli occhi: "Non molto bene, ma la conosco. Ed è per questo che sono qui. Vorrei caldamente sconsigliarti di lavorare con lei."

Questa poi...

"E perché?"

"Non hai bisogno di lei. Questo caso... lo avresti risolto anche senza il suo aiuto."

"Certamente, ma probabilmente ci avrei messo di più."

"Non credo. Ma il punto è un altro." Lo guardò ma non disse più niente. Giulio sospirò e cercò di portare pazienza:

"E qual è questo punto, allora?"

"È meglio non dovere favori a gente... esterna."

"Se è per questo, è meglio non dovere favori anche a gente... interna." Lei lo guardò come se le avesse dato uno schiaffo, ma non le diede il tempo di rispondere: "Ma è inutile che ne parliamo. Non è stata un'idea mia quella di chiederle di collaborare con noi."

"Ah, no?"

"No. È stata di Costazza."

"E da quando dai retta a Costazza?"

"Da quando dice cose sensate. Non posso dare sempre e soltanto ascolto a te, Enrica. Non sono più un ragazzino di vent'anni."

Lei alzò gli occhi al cielo e fece un gesto con la mano, come per scacciare quel pensiero:

"Credevo che i miei consigli ti avessero sempre aiutato..."

"Non sempre. E lo sai bene." Lo guardò ma non disse niente. Quella sua calma apparente era decisamente insopportabile. Giulio decise di rincarare la dose: "E poi adesso non si tratta di decidere se dare o non dare Diritto Penale."

"Dare Diritto Penale? Non sarà mica quello l'unico buon suggerimento che ti ho dato..."

"È stato il migliore. Gli altri non hanno sempre sortito l'effetto desiderato... non credi? O per lo meno, non l'effetto che desideravo io."

"Non capisco a cosa tu ti riferisca, Giulio."

Come no.

"Comunque sia, ormai è troppo tardi per la storia della Invernizzi. Le ho già chiesto di lavorare con noi e ha già accettato."

"Molto bene. In questo caso... è inutile parlarne." La Ferri si alzò e gli rivolse un sorriso tirato: "Ti auguro che la vostra sia una collaborazione proficua."

Se ne andò e lo lasciò solo alla scrivania.

Mai un augurio gli era sembrato meno sincero di quello.

Ma non aveva tempo per pensarci.

Doveva andare a prepararsi per la festa, non solo fisicamente ma anche, e soprattutto, psicologicamente. Giulio si alzò e si mise il cappotto, poi spense la luce e chiuse la porta del suo ufficio: il pensiero di non doverci tornare per più di dieci giorni lo fece sorridere e gli fece quasi dimenticare il tono minaccioso e insopportabile della Ferri. Quasi.

"Allora? Cosa te ne pare?" Ludovica si girò lentamente su sé stessa per mostrare il suo costume. Veronica rimase un secondo a bocca aperta. Bello era bello. E le stava divinamente, ovviamente, perché la Ludo aveva sempre avuto il dono di sembrare stupenda anche con addosso un sacco di patate... ma con quel costume in particolare era splendida dalla testa ai piedi. Aveva i capelli raccolti, tenuti su da un copricapo di perle, che richiamavano il reggiseno e i bracciali che aveva lungo le braccia e gli avambracci. Da sotto l'ombelico partiva una gonna di seta giallo oro e azzurro cupo, lo stesso colore dei suoi occhi, che frusciava in maniera deliziosa ogni volta che lei si muoveva.

"Sei bellissima..." Mormorò Veronica. "Ma lo hai fatto fare apposta?"

"Sì... ma la gonna poi si potrà trasformare in un vestito, quindi potrò riutilizzarlo."

Ballò un po' sul posto anche se non c'era musica.

"Farai sicuramente colpo." Commentò sedendosi sul letto. Ludovica si girò a guardarla:
"Spero non su Luca! Mi sta asfissiando di messaggi, oggi."
"Non parlavo certo di Luca..."
Ludovica annuì e rimase un po' in silenzio, guardandosi allo specchio come se però non si vedesse veramente. Alla fine si schiarì la voce: "Ieri Giulio è passato dallo studio per il solito bicchierino e abbiamo parlato un po'."
"E?"
"Non vuole storie. Di nessun genere. Vuole stare lontano dalle donne in tutti i modi."
"Comprensibile, direi."
"Comprensibile ma palloso..."
"Pensavo non ti piacesse e non ti interessasse..."
Ludovica alzò gli occhi al cielo: "E va bene. Mi piace."
"E fin qui..."
"Sì, questa era la parte facile." La guardò e scrollò le spalle: "Il fatto è che... mi sto affezionando alla nostra amicizia. Anche se forse è assurdo dirlo visto che lo conosco da così poco."
"Non è così assurdo. Si vede lontano un chilometro che vi trovate bene insieme e..."
Veronica si interruppe.
"E... cosa?"
"Non prenderla nel modo sbagliato, Ludo... ma è bello vedere come sei diversa con lui."
"È questo che mi fa paura. Ed è per questo che è meglio che le cose rimangano così." Paura di cosa, lo sapeva solo lei. O forse lo sapeva anche Veronica, ma sapeva che non era il momento di tirare a mano Francesco. Erano dieci anni che cercava di convincerla che non tutti fossero come lui e non ci era mai riuscita, come poteva sperare di riuscire a farlo in due minuti?
"E riuscirai a farle rimanere così? L'autocontrollo non è mai stato il tuo forte..."
Ludovica scoppiò a ridere: "No, ma non ti preoccupare che di autocontrollo ne ha lui per tutti e due..." La abbracciò. "Dai, adesso scendiamo che stanno per arrivare tutti."

———

La festa stava andando alla grande. La gente beveva, mangiava e si divertiva, la musica era fantastica e l'atmosfera era assolutamente perfetta. C'era solo un

piccolo particolare stonato. Ludovica guardò l'ora. Erano le dieci. La festa era cominciata da un'ora e di Giulio ancora non si vedeva l'ombra.
Che avesse avuto un contrattempo?
Magari era stato chiamato su una qualche scena di un crimine.
O magari stava ancora lavorando.
Sbuffò.
In compenso c'era Luca, vestito da Dracula, che continuava a tampinarla, portandole da bere anche quando lei non glielo chiedeva e lanciandole occhiate ammiccanti. Cominciava a non sopportarlo più. E dire che era stata chiara, no? Niente di serio. Niente di duraturo. Niente che potesse solo avvicinarsi lontanamente a una storia. Ci voleva tanto a capirlo?
Il campanello suonò per l'ennesima volta e vide Gisella andare ad aprire.
Trattenne il fiato un istante e lo lasciò andare solo quando vide Giulio guardarsi in giro un attimo prima di cominciare a farsi strada tra la gente. Stava morendo dalla curiosità, ma con la folla che c'era non riusciva a vedere da cosa fosse vestito, quindi si avvicinò per salutarlo. Solo quando fu più vicina mise a fuoco il suo travestimento.
Era James Bond.
Sorrise. Solo Giulio Locatelli poteva trovare il modo di vestirsi in maschera senza davvero vestirsi in maschera.
E per fortuna, perché lo smoking che aveva addosso gli stava divinamente.
Lo fissò per qualche istante, mentre lui non l'aveva ancora vista, e le sembrò in qualche modo diverso, anche se sarebbe stato difficile dire in che modo. In quell'istante Giulio incrociò il suo sguardo e le sorrise, facendo un cenno con la mano.
Si avvicinarono fino ad essere una di fronte all'altro:
"Agente 007... benvenuto!" Disse Ludovica. Per un secondo pensò che lui volesse stringerle la mano come se fossero a un convegno, quindi decise di batterlo sul tempo e lo abbracciò, con meno trasporto di come aveva fatto a Linate, ma dandogli un veloce bacio sulla guancia che gli lasciò un vistoso segno di rossetto rosso. Lui non protestò. Dunque gli abbracci non gli facevano poi così schifo. Anzi, lo vide sorridere:
"Grazie ancora dell'invito, Mata Hari."
Ludovica sorrise a sua volta.
Non era stupita che Giulio avesse capito al volo da cosa era vestita, al contrario dei cerebrolesi che le avevano chiesto se fosse una danzatrice del ventre. Chissà però se aveva anche capito che l'idea le era venuta per via del fatto che lui qualche tempo prima l'aveva chiamata così. E chissà se lui si era vestito così perché lei lo aveva chiamato 007.

Fece un altro passetto verso di lui, anche se non ce n'era nessun bisogno. Anche quella sera aveva un leggero profumo di sandalo e muschio bianco.
"Questo smoking ti dona molto, James..."
"Anche il tuo vestito ti sta molto bene, Margaretha... anche se non so se si possa chiamarlo vestito."
Guardò il suo costume per qualche secondo, prima di guardarla di nuovo negli occhi. Ludovica cercò di vedere se era arrossito come faceva a volte, ma era perfettamente calmo e la guardava con un sorrisetto quasi arrogante che le piacque molto più di quello che avrebbe mai ammesso. Fece una piroetta su se stessa e la seta gialla e azzurra della sua gonna si mosse con lei, esattamente come avrebbe dovuto:
"Lo prendo come un complimento."
"Fai benissimo perché lo era."
Si guardarono ancora un attimo negli occhi.
Uno, due, tre secondi.
"Ludo! Eccoti qua. Ti stavo cercando ovunque..." La voce di Luca fece distogliere lo sguardo a entrambi.
Maledizione a lui, arrivava sempre nel momento sbagliato.
"Ora arrivo." Doveva trovare un modo per liberarsene. Anche se aveva il bicchiere mezzo pieno glielo mise in mano: "Mi faresti un altro vodka tonic per favore? Ti raggiungo subito in cucina."
Luca annuì e, grazie a Dio, se ne andò subito.
"Questa voce non mi è nuova..." Commentò Locatelli, alzando un sopracciglio. "O sbaglio?"
Che orecchio. Come cavolo aveva fatto a riconoscerlo?
"Non sbagli..." Era assurdo ma si sentiva vagamente in imbarazzo.
"In questo periodo stai riscaldando un sacco di minestre, a quanto pare..." Scherzò lui, mascherando a malapena un sorriso. Gli diede una gomitata e scoppiò a ridere:
"Ma piantala. Abbiamo degli amici in comune e li avevo invitati, non potevo non invitarlo."
"Capisco. Quindi è stato un invito fatto... per pura educazione?"
"Esatto. Niente secondi fini."
"E come mai hai voluto invitare anche me?" Le chiese Locatelli, così, come se fosse una domanda normale da fare. Ludovica rimase spiazzata. Non era certa se fosse lo smoking o se fosse che si era calato fin troppo nel personaggio, ma le sembrava che il Commissario trasudasse sicurezza da tutti i pori.
E non solo quella. La sicurezza, quella sera, era seconda solo al fascino.

"Ero curiosa di vederti mascherato."
"Niente secondi fini?"
"Non ho detto questo… una spia ha sempre dei secondi fini."
Giulio sorrise: "Questo lo so bene. Non dimenticarti che sono un agente segreto."
"Parli del travestimento o della vita reale?" Domandò lei inarcando un sopracciglio.
"Di entrambi." Rispose lui, abbassando la voce quel tanto che bastò a farle venire la pelle d'oca. Senza pensare Ludovica si avvicinò ulteriormente a lui, in modo da essergli esattamente davanti e, quasi senza rendersene conto, gli appoggiò una mano sul petto, accarezzandogli lentamente il bavero della giacca dall'alto verso il basso. Giulio aprì leggermente la bocca, come se volesse dire qualcosa, ma non disse niente e rimase a fissarla negli occhi in silenzio. Non sapeva nemmeno lei cosa stava facendo e sentirgli il cuore battere sotto la giacca la fece sentire ancora più persa.
"Ludooooo! Ecco il tuo drink!"
Ludovica balzò indietro, come se si fosse scottata la mano. Vide anche Giulio approfittarne per fare un passo indietro e allontanarsi da lei, mentre Luca, ignaro di tutto, le tendeva un bicchiere.
Rimasero entrambi in silenzio.
"Io… vado anche io a prendere da bere…" Mormorò alla fine Locatelli rivolgendole un sorriso… imbarazzato? Tirato? Era difficile dirlo.
Ludovica sospirò e lo guardò allontanarsi in tutta fretta, come se non vedesse l'ora di essere altrove.
Forse aveva esagerato. Ma non lo aveva fatto del tutto coscientemente. Si era fatta un po' prendere la mano. Sarà stata colpa della vodka o dello smoking o del fatto che lui avesse flirtato con lei con una sicurezza che non si aspettava? Non era certa del perché gli avesse appoggiato quella mano sul petto, ma quello di cui era certa era che se era vero che lui era rimasto senza parole, era altrettanto vero che a lei mancava un po' il fiato.
Prese in mano il drink che Luca le stava porgendo e sospirò: come volevasi dimostrare non aveva il benché minimo autocontrollo.

Cinque minuti a mezzanotte.
Giulio sorrise e si appoggiò allo stipite delle porte che dividevano l'atrio dal salotto, osservando il marasma di streghe, maghi e vampiri ballare YMCA come se non ci fosse un domani.

Dopo un paio di vodka tonic con poca acqua tonica cominciava a sentirsi di nuovo sé stesso. Gli seccava ammetterlo, ma l'incontro ravvicinato con la Invernizzi lo aveva lasciato un po' spiazzato, manco avesse tredici anni. Certo, ci si era andato a mettere da solo in quella situazione, ma non si aspettava che lei si sarebbe avvicinata così tanto a lui e nemmeno che gli avrebbe messo la mano sul petto in quello che gli era sembrato il gesto più intimo che gli fosse stato rivolto in anni e anni. Era quello che lo aveva fatto rimanere senza parole, forse. Quell'improvvisa e inaspettata intimità lo aveva lasciato leggermente tramortito.

Quattro minuti a mezzanotte.

Prima ancora che Ludovica gli comparisse di fianco sentì arrivare il suo profumo. Si girò e la vide sorridere, leggermente brilla e con due drink in mano.

"Vodka tonic, Commissario?" Disse offrendogliene uno.

Lui sorrise: "Come lo sai?"

"Ho torturato il barista per farmelo dire."

"Grazie." Prese il drink e ne bevve un sorso. Si sentiva un filo brillo anche lui, ma era una sensazione piacevole, così come era piacevole avere Ludovica lì di fianco a lui.

Tre minuti a mezzanotte.

"Veronica mi ha detto del bambino." Gli disse lei dopo qualche attimo di silenzio. La osservò per capire se se la fosse presa, ma sembrava tutt'altro che arrabbiata. "Dunque era quello il segreto che custodivi così gelosamente..."

"Ebbene sì."

"Ha deciso di tenerlo. Nascerà a fine maggio."

"Sono felice per lei, allora."

Ludovica sospirò:

"Non sarà facile, però."

"No, ma avrà te. Quindi anche se non sarà facile, sarà sicuramente divertente. E il bambino avrà la zia matta che noi tutti abbiamo e amiamo..."

Si fissarono negli occhi senza riuscire a guardare altrove per alcuni lunghissimi secondi. Fu Ludovica ad abbassare lo sguardo alla fine:

"Sai qual è la cosa strana, Commissario? Mi sembra di conoscerti da una vita. E invece un mese fa non ci conoscevamo neanche."

Giulio sorrise:

"Tante cose possono cambiare in un mese..."

Due minuti a mezzanotte.

Ripensò all'ultimo giorno di settembre, alla festa di compleanno di Greta. Era stata una vera e propria agonia, quella serata. Isabella gli aveva parlato a stento, furibonda com'era perché lui erano tre notti di fila che non dormiva a letto. Suo padre lo aveva tormentato in tutti i modi possibili e immaginabili, come se già se lo sentisse che sarebbe tutto finito in vacca di lì a poco. Aveva fatto una fatica erculea ad aspettare la mezzanotte per andarsene a casa, lontano da tutto e da tutti.

E adesso, solo trentun giorni dopo, era ufficialmente separato e non avrebbe mai più dovuto litigare con Isabella per via di dove dormiva o di quello che sognava. Non avrebbe mai più dovuto fare finta di essere felice per far piacere alla sua famiglia. Era a una festa di Halloween vestito da James Bond per fare felice la Dottoressa Invernizzi, e farla felice gli sembrava semplice e gli veniva facile.

Ecco, forse quello era stato il cambiamento più grande.

La Dottoressa Ludovica Invernizzi era entrata a fare parte della sua vita come un caterpillar, con una naturalezza e un impeto che Giulio non era stato in grado di gestire.

Ma chi voleva prendere in giro? Quella donna era assolutamente ingestibile ed era quello il suo bello.

Era lì di fianco a lui e ballava sul posto, con un drink che traballava pericolosamente in una mano e un'espressione indefinibile sul volto.

Era bellissima.

"Sì, in questo mese sono cambiate molte cose…" Disse lei. Smise di ballare per un secondo e lo guardò negli occhi. "Quando ti ho conosciuto non avrei mai e poi mai pensato che ti avrei visto a una festa in maschera."

Un minuto a mezzanotte.

"Non fare l'errore di sottovalutarmi, Dottoressa. Ho i miei assi nella manica."

Lei sorrise e si avvicinò a lui, appoggiandogli di nuovo la mano sul petto. Giulio sentì il cuore battergli più velocemente del normale e sperò che non lo sentisse anche lei.

"Non vedo l'ora di scoprirli, questi assi nella manica…" Sussurrò Ludovica, provocandogli un'ulteriore extrasistole.

Sapeva che era pericoloso, ma la guardò negli occhi. Era certo che lei lo stesse provocando apposta, perché era evidente che flirtare fosse il suo sport preferito.

"Dovrai avere pazienza, non scopro le carte tanto facilmente." Disse abbassando a sua volta la voce. Lei sorrise con fare ammiccante e gli tese una mano:

"Mentre aspettiamo che tu ti decida a scoprirle, vuoi ballare?"

Giulio considerò la domanda un attimo. Gli sarebbe piaciuto ballare con lei, ma persino nel suo stato di agitazione e inebriamento sapeva che non sarebbe stata una buona idea. Per quella sera aveva già rischiato abbastanza ed era meglio stare attenti. Averla tra le braccia sarebbe stato un po' troppo pericoloso.

Ludovica era una forza della natura a cui avvicinarsi con molta cautela. Era libera e indipendente e imprevedibile e per niente interessata a impegnarsi.

Lui invece aveva un divorzio a cui pensare e l'ultima cosa di cui aveva bisogno in quel momento era di farsi delle illusioni.

Era meglio rimanere coi piedi per terra.

Giulio scosse la testa:

"No, grazie. Ma credo che Dracula sarà felice di farti ballare..." Indicò Luca con un cenno della testa. Lei non sembrò rimanerci troppo male e sorrise:

"Come vuoi. Ma prima o poi mi dovrai far ballare, Commissario."

"Prima o poi ti farò ballare, Dottoressa."

"Promesso?"

"Promesso."

"Guarda che ormai mi fido delle tue promesse..." Disse Ludovica allontanandosi per andare a ballare con Luca.

Giulio sorrise e sospirò, tenendo lo sguardo fisso su di lei, avvolta in quella nuvola di seta gialla e turchese.

Un attimo dopo la vide tra le braccia di Dracula. Lui le disse qualcosa nell'orecchio e lei scoppiò a ridere. Poi, però, per un brevissimo istante alzò lo sguardo e lo guardò fisso negli occhi, come per sigillare la promessa che lui le aveva appena fatto.

Prima o poi mi dovrai far ballare, Commissario.

Prima o poi avrebbe voluto fare tante cose.

E magari molte le avrebbe anche fatte.

*** FINE ***

DELLO STESSO AUTORE

La serie "Il Commissario e la Dottoressa"

Fratelli Coltelli (Il Commissario e la Dottoressa, volume 2)

Il Commissario Locatelli e la Dottoressa Invernizzi sono alle prese con un nuovo caso e questa volta si ritroveranno ad indagare tra pentole e padelle in uno dei ristoranti più in voga a Milano. Un misterioso avvelenamento di massa darà il via a un crescendo di fatti inspiegabili e Locatelli si dovrà destreggiare tra minacce di morte, pressioni dai piani alti, lettere anonime, chef dal carattere difficile e la stampa che non gli dà tregua. La pressione aumenterà a dismisura e il ritmo si farà sempre più incalzante, per non parlare del fatto che Giulio avrà un rivale per le attenzioni della sua Dottoressa...

ACQUISTALO QUI (INCLUSO IN KINDLE UNLIMITED)

Cattive Compagnie (Il Commissario e la Dottoressa, volume 3)

Un liceo privato di lusso, un preside intransigente, genitori invadenti, ragazzini viziati e un blog a luci rosse... cosa mai potrà andare storto? È dicembre, ma il Commissario Giulio Locatelli non ha tempo di pensare al Natale: c'è qualcosa che non va nella prestigiosa scuola cattolica che frequentano i figli della Vice Questore Enrica Ferri e le sorelle minori della Dottoressa Invernizzi. La situazione da spinosa diventerà presto allarmante quando un corpo viene trovato durante una raccolta fondi della scuola. Il Commissario e la Dottoressa dovranno investigare sull'omicidio, ma si ritroveranno anche a fare un tuffo nel passato, loro e degli altri. Riusciranno a risolvere il caso tra pressioni della Curia, isterismi adolescenziali e interventi dei servizi segreti?

ACQUISTALO QUI (INCLUSO IN KINDLE UNLIMITED)

RIMANIAMO IN CONTATTO

Sono sempre felice di ricevere email dai lettori! Puoi scrivermi a questo indirizzo: **chiara.assi@gmail.com**

Se vuoi avere notizie sui miei prossimi libri e leggere **"Il terzo incomodo"**, **un racconto gratis** sul passato di Giulio nei servizi segreti, iscriviti alla mia newsletter sul sito **www.chiaraassi.com** o direttamente **QUI**.

Il Commissario e la Dottoressa sono anche su **Facebook** e **Instagram**.

facebook.com/ilCommissarioelaDottoressa

instagram.com/commissarioedottoressa